RENA ROSENTHAL

Die Hofgärtnerin

Sommerleuchten

ROMAN

PENGUIN VERLAG

Sollte diese Publikation Links auf Webseiten Dritter enthalten,
so übernehmen wir für deren Inhalte keine Haftung,
da wir uns diese nicht zu eigen machen, sondern lediglich auf
deren Stand zum Zeitpunkt der Erstveröffentlichung verweisen.

MIX
Papier aus verantwortungsvollen Quellen
FSC® C014496
FSC www.fsc.org

Klimaneutral*
Druckprodukt
ClimatePartner.com/14044-1912-1001

Penguin Random House Verlagsgruppe FSC® N001967

1. Auflage 2022

in der Penguin Random House Verlagsgruppe GmbH,
Neumarkter Straße 28, 81673 München
Dieses Werk wurde vermittelt durch die
Michael Meller Literary Agency GmbH, München.
Redaktion: Angela Kuepper
Umschlaggestaltung: Favoritbuero
Umschlagabbildung: © Sophia Molek/arcangel, © Shutterstock
(JeniFoto, SGM, Jones M, lennystan, Gringoann, Spiroview Inc, Nataliia K)
Satz: Uhl + Massopust, Aalen
Druck und Bindung: GGP Media GmbH, Pößneck
Printed in Germany
ISBN 978-3-328-10681-4
www.penguin-verlag.de

Für Jürgen und Waltraud

1. Kapitel

Oldenburg, August 1892

Marleene beugte sich zu den rosafarbenen Ranunkeln hinunter und sog den süßlichen Duft tief in sich ein. Für einen Moment vertrieb er den Geruch des Bohnerwachses aus ihrer Nase und ließ sie vergessen, dass ihre Hände nun erneut rissig vom Seifenwasser waren und sich nicht mehr durch frische Blumenerde graben durften.

Niemals hätte sie vermutet, dass sie je wieder einen Fuß in das Hotel Holthusen setzen würde, wo sie vor ihrer Gärtnerlehre als Zimmermädchen gearbeitet hatte.

Dennoch war es so gekommen.

Sachte strich sie über die weichen Blätter der Dekorationspflanze auf der Anrichte – und erschrak, als es im Nebenzimmer laut klirrte. Ein unterdrückter Schrei drang herüber. Ohne zu zögern, stürzte sie los und stieß die hölzerne Tür auf. Zum Glück ging es diesmal nicht um einen übergriffigen Gast, wie sie insgeheim befürchtet hatte. Seitdem sie selbst einmal bedrängt worden war, war sie stets vor solchen Vorkommnissen auf der Hut und achtete auch auf die anderen Mädchen. Doch diesmal stand nur ihre Kollegin Sophie in ihrer weiß gestärkten Schürze mit Rüschen an den Rändern vor den Scherben einer Vase auf dem edlen Parkett. Sie hatte die Hände vor den Mund geschlagen und blickte Marleene panisch an.

Im Hotel Holthusen war eine kaputte Vase nicht eben nur eine kaputte Vase. Es war ein Desaster – insbesondere wenn es bereits das zweite zerbrochene Einrichtungsstück in diesem Monat war. Derlei Dinge wurden nicht nur vom Lohn abgezogen, die Hoteldirektorin hatte es auch schon fertiggebracht, ein Mädchen nach mehreren kleinen Missgeschicken vor die Tür zu setzen.

Ohne mit der Wimper zu zucken.

Mit drei Schritten war Marleene im Zimmer und machte sich daran, die Scherben vorsichtig aufzusammeln. »Komm,wenn wir uns beeilen, merkt der Hausdrachen vielleicht gar nichts.«

Sophie ging neben ihr in die Hocke. »Und wie erklären wir die fehlende Vase?«

»Das würde mich auch interessieren«, sagte eine kühle Stimme hinter ihnen.

Marleene roch einen Hauch Zigarettenqualm. Offenbar war auch Frau Holthusen durch den Tumult herbeigelockt worden. Für eine Sekunde war sie erstarrt, machte dann aber emsig weiter.

»Die Vase ist einfach von der Kommode gefallen. Es kann keiner etwas dafür«, sagte sie über die Schulter hinweg.

»Ich bitte dich.« Frau Holthusen schnaubte verächtlich. »Vasen fallen doch nicht grundlos herunter. Wie anmaßend von dir, das zu behaupten!« Sie verschränkte die Arme, und zwischen ihren Augen bildete sich eine steile Falte. »Und jetzt raus mit der Sprache. Wer von euch hat das hier zu verantworten?«

Marleene schob eine ihrer hellblonden Strähnen zurück unter die Haube, während sie händeringend nach einer Ausrede suchte.

»Ich höre?« Frau Holthusen sah sie über ihre spitze Nase so streng an, dass Marleene keine Widerworte wagte.

Sophie atmete tief ein, um sich für ihr Geständnis zu wappnen, doch im letzten Moment fiel Marleene ihr ins Wort.

»Ich wars. Es ist meine Schuld. Meinetwegen ist die Vase heruntergefallen. Ich bitte gnädigst um Verzeihung.«

Sie hatte sich in ihrer Zeit im Hotel noch nichts zuschulden kommen lassen und konnte nicht mit ansehen, wie Sophie ein weiteres Vergehen angelastet wurde. Ihre junge Kollegin wollte ihr ganzes Leben als Zimmermädchen tätig sein, und wenn es hier nicht möglich sein sollte, war sie bei einem Fortgang auf eine Empfehlung von Frau Holthusen angewiesen. Marleene hingegen hatte andere Pläne und würde bei der nächstbesten Gelegenheit ohnehin kündigen, deswegen beschloss sie, Sophie diese Schmach zu ersparen. Das vom Lohn abgezogene Geld würde sie Marleene gewiss erstatten.

»Du bist wahrhaftig ein Trampeltier, Marleene.« Frau Holthusen atmete lautstark aus. Keiner sonst schaffte es, durch einen simplen Atemzug dermaßen viel Unmut deutlich zu machen wie die Direktorin. »Dein freier Tag morgen ist damit gestrichen.«

»Was?« Marleene riss die Augen auf. »Äh … Wie bitte?, meinte ich natürlich. Mein freier Tag? Ich bitte Sie, alles, nur das nicht. Ich brauche diesen Tag!« Die Verzweiflung in ihrer Stimme war deutlich, denn es war nicht gelogen. Es war der einzig schöne Tag der Woche. Der Tag, an dem sie ihren Verlobten Julius, Sohn des Hofgärtners Alexander Goldbach, sehen konnte. Der lebte mittlerweile nämlich nicht mehr in Oldenburg in der Hofgärtnerei, sondern weiter draußen auf dem Lande. Nach dem Zerwürfnis mit seinem Vater hatte sein Onkel ihn aufgenommen, und er arbeitete mit auf dessen Tafelgut, das Obst und Gemüse für den Großherzog erwirtschaftete. Nur lag das in Mansholt, und Marleene benötigte zu Fuß fast drei Stunden – zu lange für einen Besuch nach Feierabend.

An ihren freien Tagen verbrachten sie jede Minute gemeinsam und fertigten Stecklinge und Steckhölzer für die eigene Gärtnerei an, die sie eröffnen wollten. Nur fehlte ihnen noch das Geld, um das benötigte Land zu kaufen. Heute würde Julius erfahren, ob die letztmögliche Bank ihnen einen Kredit gewähren würde. Und jetzt hätte sie keine Gelegenheit, ihm Bescheid zu sagen, warum sie nicht kam.

Er könnte das Schlimmste vermuten.

»K-können Sie mir die Vase nicht einfach vom Lohn abziehen?«

»Das werde ich natürlich zusätzlich machen.«

Marleene biss die Zähne zusammen, um nicht loszuschreien. Es war so, so, so ungerecht! Sie fand es ohnehin nicht richtig, dass die Angestellten die kaputten Gegenstände selbst bezahlen mussten. Wenn man täglich zweihundert Teller schrubbte, ließ es sich nicht vermeiden, dass hin und wieder einer zu Bruch ging. Und wenn man verglich, wie viel eine Nacht im Hotel kostete und wie viel die Zimmermädchen verdienten, wäre es gewiss ein Leichtes für das Hotel gewesen, für solche Dinge aufzukommen. Ihr jetzt auch noch einen ganzen freien Tag zu streichen, war unverhältnismäßig.

Das unterdrückte Grinsen im Gesicht der Direktorin ließ Marleene zudem vermuten, dass diese genau wusste, was sie ihr damit antat. Frau Holthusen nahm ihr den einzigen Tag, an dem sie an der Verwirklichung ihres Traumes arbeiten konnte. Warum hatte die Frau sie überhaupt wieder eingestellt, wenn sie sie dermaßen hasste? Es war ein Rätsel, das Marleene bis zum heutigen Tag nicht zu lösen vermocht hatte. Nur ungern gab sie zu, dass ausgerechnet Frau Holthusen sie mehr oder weniger gerettet hatte, nachdem ihr kleines Abenteuer so gänzlich schiefgegangen war.

Schon ihr Vater hatte in der Hofgärtnerei gearbeitet und ihr vor seinem Tod alles über Pflanzen beigebracht, was er wusste. Marleene liebte Blumen und Gewächse genauso wie er, und so war es seit jeher ihr großer Traum gewesen, Gärtnerin zu werden – nur leider durften Frauen keine entsprechende Lehre machen. Das war allein Männern vorbehalten. Es gab zwar neuerdings eine Schule für Gärtnerinnen, aber die war unglaublich kostspielig und, da Marleene sich kaum die Kleidung an ihrem Leib leisten konnte, gänzlich außerhalb ihrer Reichweite.

Also hatte sie sich etwas überlegt.

Ihr Plan war wahnsinnig riskant gewesen, aber ihr Wunsch so übermächtig, dass sie es dennoch gewagt hatte. Sie hatte sich als Junge verkleidet. Dass sie die Stelle tatsächlich bekommen hatte, hatte sie allein dem zu verdanken, was ihr Vater ihr beigebracht und was sie sich nach seinem Tod angelesen hatte. Der Chef der Hofgärtnerei war beeindruckt gewesen und hatte sie in den höchsten Tönen gelobt – was ihr allerdings einen schlechten Stand unter den anderen Arbeitern beschert hatte. Die hatten ihr das Leben ganz schön schwer gemacht. Aber so richtig kompliziert war es erst geworden, als sie sich in Julius verliebt hatte.

Alexander hatte ihr die Maskerade zudem nicht verzeihen können, als alles herausgekommen war, und Julius kurzerhand enterbt.

Er war so voller Groll gewesen, dass er zusätzlich in ganz Oldenburg verkündet hatte, welch liederliche Person sie sei.

Und so hatte keiner sie eingestellt.

Die wenigen Gärtnereien, die es neben der Hofgärtnerei im Umland gab, waren ebenso abgeneigt gewesen wie die Hotels und Gastwirtschaften. Aus der Not heraus hatte Marleene all ihren Stolz heruntergeschluckt und war in das Hotel zurückgekehrt, wo sie vor ihrer Gärtnerlehre als Zimmermädchen gearbeitet hatte.

Es war ihr nichts anderes übrig geblieben. Sie sah es noch genau vor sich, wie sie im Kontor der Hoteldirektorin gestanden hatte. Frau Holthusens Blick war nicht einzuordnen gewesen. Eine absonderliche Mischung aus Ärger, Triumph und womöglich sogar eine Spur Mitleid.

»Was willst du?«, fragte sie in dem ihr so eigenen desinteressierten Ton und wandte sich sogleich wieder der Korrespondenz auf ihrem Schreibtisch zu.

»Ich wollte anbieten, für Sie als Zimmermädchen zu arbeiten.« Die Worte hatte Marleene sich genauestens zurechtgelegt. Sie würde nicht zurückkehren und um Arbeit betteln, dieser Mensch war sie nicht mehr. Wenn sie eines aus ihrer Zeit als junger Bursche gelernt hatte, dann war es das, mit mehr Selbstbewusstsein durchs Leben zu gehen. Dieses Gefühl hatte sich geradezu natürlich mit dem Anlegen der Männerkleider eingestellt, da ihr fortan ein gänzlich anderer Respekt entgegengebracht worden war. Und auch wenn sie ihre Rolle als Gärtnerlehrling hatte aufgeben müssen, die veränderte innerliche Einstellung hatte sie sich bewahrt.

Und so ging sie auch an das Gespräch heran. Sie musste nicht um Arbeit flehen, denn sie hatte etwas zu bieten.

»Und warum sollte ich dich wieder in Lohn und Brot nehmen, nachdem du mich letztes Mal dermaßen hast hängen lassen?«, fragte Frau Holthusen und strich den Brief glatt, den sie soeben noch gelesen hatte.

Marleene erinnerte sie nicht daran, dass sie frühzeitig gekündigt und die Direktorin verlangt hatte, dass sie auf der Stelle ging, während sie bis zum Vertragsende hätte weiterarbeiten wollen.

»Weil ich bereits eingearbeitet bin, Ihnen momentan drei Zimmermädchen fehlen, die in anderen Umständen sind, und Sie sicher sein können, dass ich meine Arbeit gewissenhaft und zu Ihrer Zufriedenheit verrichten werde.«

Schließlich blickte Frau Holthusen auf und musterte sie eingehend. Ihre Augen verweilten einen Herzschlag zu lange an Marleenes noch immer recht kurzen Haaren, von denen sich nur die oberen zu einem winzigen Zopf zusammenfassen ließen. Erst als Marleene bereits dachte, sie würde nicht mehr antworten, und im Begriff war zu gehen, ergriff die Direktorin das Wort.

»Ich werde es mir überlegen.«

Drei Tage ließ sie Marleene schmoren. Dann schickte sie einen kleinen Jungen als Boten in die Arbeiterherberge, wo Marleene mit ihrer Cousine Frieda eine enge Kammer bewohnte. Sie musste einwilligen, dass sie noch weniger Lohn als zuvor bekam, aber sie durfte am darauffolgenden Montag anfangen …

Dass die Direktorin ihr jetzt den freien Tag nehmen wollte, ging wahrhaftig zu weit.

»Bitte, Frau Holthusen, ich arbeite jeden Tag länger, aber bitte nehmen Sie mir nicht den freien Tag.«

Zu spät erkannte sie, dass sie einen Fehler gemacht hatte. Durch ihr Flehen bestätigte sie nur, wie wichtig es ihr war. Sie hätte gelassen bleiben müssen und logische Argumente finden sollen.

Aber wenn es um Julius ging, waren schlichtweg zu viele Emotionen im Spiel, die konnte sie nicht unterdrücken. Das hatte sie in der Gärtnerei monatelang gemacht, und jetzt, wo sie sich ihren Gefühlen hingeben durfte, fieberte sie die ganze Woche ihrem Wiedersehen entgegen und lebte fast nur noch dafür.

Frau Holthusen hob die Augenbrauen in den Himmel. »Ich weiß gar nicht, wie du überhaupt auf die Idee kommst, hier mitreden zu dürfen.«

Marleene schluckte eine Antwort herunter und zwang sich, die Augen niederzuschlagen.

»Vergiss nicht, dass später die Topfpflanzen für den Salon kommen. Sie sollen hurtig abgeladen werden, sonst berechnet der Halsabschneider von der Hofgärtnerei mir wieder doppelt so viel für die Lieferung.« Mit diesen Worten machte sie auf dem Absatz kehrt.

Sophie trat nun auf Marleene zu und blickte sie zerknirscht an. »Herrje, das tut mir so unendlich leid. Ich wollte die ganze Zeit etwas sagen, habe aber befürchtet, dass das die Sache nur noch schlimmer machen würde, wenn herauskäme, dass es nicht die Wahrheit war.« Sie war gänzlich blass im Gesicht, sodass ihre schwarzen Haare, die unter der Haube hervorschauten, sich besonders stark von ihrem Teint abhoben.

»Mach dir keine Sorgen, es war ja meine Entscheidung. Ich dachte, Frau Holthusen könnte mir nicht mehr viel anhaben, immerhin ist es für mich unmöglich, in ihrer Gunst noch tiefer zu sinken. Julius war guter Dinge wegen des Kredits für unser Land, und sobald wir den haben, bin ich hier ohnehin weg…«

Und dann würde sie Julius Tag für Tag sehen.

Sie würden heiraten, es gäbe keine ungerechten Hoteldirektorinnen mehr, und sie könnten alles selbst bestimmen.

***

Als Marleene später die Bettwäsche abzog, ging ein Schauder durch ihren Körper, denn die Daunen hatten noch immer etwas Körperwärme gespeichert. Es war absurd. In der Hofgärtnerei hatten sie mitunter die Pflanzen mit einem Gemisch aus Kuhdung, Blut, Hornspänen und Asche gedüngt. Einmal hatte sie damit sogar nähere Bekanntschaft geschlossen, als ihr lieb gewesen war. Trotzdem weckte nichts dermaßen ihr Ekelgefühl wie die noch warme Bettdecke eines Hotelgasts. Erst als sie beim anschließenden Staubwedeln aus dem Fenster sah und Lotte entdeckte, das kräftige braune Pferd mit der hellen Mähne der Hofgärtnerei, besserte sich ihre Laune. Vor dem schwer beladenen Fuhrwerk trabte das Pferd zum Hotel, und Marleene sprang die Stufen hinunter, um die Pflanzen entgegenzunehmen.

Sie freute sich stets, wenn sie den alten Alois aus der Hofgärtnerei sah, und auch er lächelte ihr mit seiner Zahnlücke stets aus seinem gutmütigen Runzelgesicht entgegen. Dennoch spürte sie dabei auch jedes Mal den Stachel, der seit dem Rauswurf in ihrem Herzen saß. Obgleich die anderen Arbeiter ihr den Anfang ihrer Lehrzeit ziemlich schwer gemacht hatten, hatten sie sich irgendwann zusammengerauft, und so dachte sie noch immer voller Wehmut an die Zeit in der Hofgärtnerei, obwohl das alles bereits über ein halbes Jahr zurücklag. Aber sie sorgte dafür, dass Alois nichts von ihrer Niedergeschlagenheit mitbekam. Freudestrahlend begrüßte sie ihn und bewunderte die rosafarbenen Pfingstrosen, die für das Hotel ausgesucht worden waren. Alois kletterte derweil auf die Ladefläche und reichte ihr unter einem leichten Ächzen die prall gefüllten hölzernen Pflanzenkisten an.

»Wie geht es allen, und was gibt es Neues in der Hofgärtnerei?«, fragte Marleene wissbegierig.

»Wi hebbt twee neue Helferinnen für das Unkraut und so«, antwortete er auf Plattdeutsch und lächelte ihr aus seinem faltigen Gesicht fast schon entschuldigend zu.

Obwohl sie keine richtige Lehre bekamen, sondern lediglich für leichte Hilfsarbeiten eingesetzt wurden und nicht das machten, was Marleene anstrebte, spannte sie sich innerlich an, um den Schmerz abzuwehren, denn ganz offensichtlich ersetzten die beiden Helferinnen einen Teil der Arbeit von Julius und ihr.

»Sind sie gut?«

Alois rümpfte die Nase. »Ik meen nich. Snatern den ganzen Dag. Und die eene takelt sük up, und die andere staart ständig wie een dood Enter. Konstantin hat se een Deenst gestellt.«

Hervorragend, dann hat er ja neue Opfer für seine Jagd, dachte Marleene, denn Konstantin Goldbach, Julius' älterer Bruder, hatte längst einen Ruf als Schwerenöter weg. Die beiden Frauen taten Marleene jetzt schon leid.

»Und davon abgesehen? Was gibt es sonst noch Neues?«, fragte Marleene, nachdem sie die duftende Blumenkiste in den Keller gestellt hatte.

»Och …« Er wich ihrem Blick aus und stützte seinen Rücken mit der rechten Hand. »Nix. Sonst gibt es egentlik rein gar nix to vertellen. Alles beim Alten. All up Stee!« Er schabte sorgsam etwas Erde zusammen, die aus einem Topf herausgerieselt war.

»Alois«, sie sah ihn streng an. »Raus mit der Sprache!«

Hoch konzentriert nestelte er an einem abgeknickten Blatt einer Pfingstrose und presste die Lippen zusammen.

»Ich wurde rausgeschmissen und mein Verlobter meinetwegen von seiner Familie verstoßen«, erinnerte Marleene ihn. »So schlimm können deine Neuigkeiten wohl kaum sein.«

Alois grummelte und war noch immer mit der Pfingstrose beschäftigt. »Das nicht … Es ist nur …«, er schnappte nach Luft, »wi hebt een neuen Lehrjungse.«

Marleenes Schultern sackten herunter, und sie konnte ihn nur anstarren. Sie hatte unrecht gehabt.

Das war schlimm.

Dass Alexander nun für Ersatz gesorgt hatte, machte alles so endgültig. Sie würde nie wieder in der Hofgärtnerei arbeiten. Die Erkenntnis lastete schwer auf ihrer Brust.

Eigentlich hatten Julius und sie sich eine eigene Gärtnerei aufbauen und selbst junge Frauen in die Lehre nehmen wollen. Doch wenn Marleene ehrlich zu sich war, dann glaubte sie nicht mehr daran, dass sie es schaffen würden.

Entschlossen griff sie nach der nächsten Kiste und trug sie mit eng gewordener Kehle die steinernen Stufen hinab. Das war alles, was sie für den Rest ihres Lebens mit Blumen tun würde: sie für das Hotel auf den Tischen verteilen. Julius dachte, sie ahnte nichts, aber ihr war klar, dass ihr Traum geplatzt war. Die Hoffnung auf den Kredit war nichts als eine Illusion. Von sämtlichen Banken war er bisher mit den gleichen abschlägigen Nachrichten heimgekehrt. Eine eigene Gärtnerei würden sie sich nie und nimmer leisten können, wenn sie keinen Kredit bekämen. Und was womöglich noch schlimmer war: So ganz ohne Geld konnten sie hier in der Stadt auch nicht heiraten. Es war nicht wie auf dem Lande, wo das meiste über nachbarschaftliche Hilfe lief.

Deswegen hatte sie im Stillen gehofft, dass sich in der Hofgärtnerei nach Monaten des Grolls doch noch eine Arbeitsmöglichkeit ergeben würde. Aber wenn Alexander einen neuen Lehrling eingestellt hatte, war wohl auch die kleinste Hoffnung verloren.

Gab es wahrhaftig kein Zurück mehr?

***

Alexander Goldbachs Lächeln erstarb, sobald Herr von Wallenhorsts massiger Körper in der weißen Kutsche verschwunden war. Betont leise schloss er die Tür zur Fliedervilla, um seine Contenance zu wahren, und kehrte dann in sein Kontor zurück, wo er sich hinter den edlen Nussbaumschreibtisch sinken ließ.

Sein Verhältnis zum Hotelier von Wallenhorst war von Anfang an problembehaftet gewesen, nachdem er im Vollrausch zugestimmt hatte, dessen Tochter Dorothea als Gärtnerin einzustellen, wenn sie dafür den alljährlichen Rosenball mit Pflanzen bestücken dürften. Nur dass der Umgang mit Dorothea äußerst schwierig gewesen war, da sie es nicht gewohnt war, Anweisungen entgegenzunehmen, und das Wissen, das sie sich auf der Gärtnerinnenschule angeeignet hatte, im Grunde rein theoretisch war.

Doch was er jetzt erfahren hatte, setzte dem Ganzen die Krone auf.

Er brauchte Zeit. Zeit, um seine Gedanken zu ordnen nach dieser ungeheuerlichen Neuigkeit, die von Wallenhorst soeben überbracht hatte. Die Situation hatte ihn vage an jene von vor einem Jahr erinnert, als sie ebenfalls zu einem wahrlich unangenehmen Gespräch in der Fliedervilla zusammengekommen waren. Damals hatten sie dem Hotelier beichten müssen, dass alle Rosen für seinen legendären Rosenball im Hotel Rosenstock vertrocknet waren. Das war bereits ein einschneidendes Erlebnis gewesen, und doch war es nichts im Vergleich zu dem, was von Wallenhorst ihm heute eröffnet hatte.

Alexander sog so viel Luft ein, wie seine Lunge zu fassen vermochte, und ließ sie dann ganz gemächlich wieder ausströmen. Sollte das nicht helfen, die Wut unter Kontrolle zu halten?

Es war jedoch wirkungslos.

Die Neuigkeit war schlichtweg zu ungeheuerlich. Es würde weitreichende Konsequenzen für die Familie und, wenn Konstantin nicht mitspielte, auch für die Hofgärtnerei haben.

Aber sein Sohn musste sich fügen, dafür würde er diesmal sorgen. Alexander musste sich eingestehen, dass sich die Dinge ganz und gar nicht so entwickelt hatten, wie er es sich gewünscht hatte. Er hatte immer geglaubt, dass Konstantin, nachdem er so viel Interesse an der Gartenarchitektur gezeigt und schon erste Erfolge eingefahren hatte, eine große Laufbahn als Kunstgärtner einschlagen und Julius eines Tages die Hofgärtnerei übernehmen würde. Doch nun hatte auch Julius besonderes Geschick bei einer gänzlich neuartigen Planung des Oldenburger Schlossgartens gezeigt – ein Entwurf, der nun von Konstantin umgesetzt wurde, da es Teil des Gewinns war, dass die einreichende Gärtnerei damit beauftragt wurde. Also musste Konstantin sich darum kümmern, während er gleichzeitig die Hofgärtnerei mit leitete, die Alexander ursprünglich Julius zugedacht hatte, da Konstantin nach Höherem strebte. Doch Julius war weg, und da die großen Anstellungen für Konstantin als Kunstgärtner ausgeblieben waren, sollte sein ältester Sohn nun eben die Hofgärtnerei übernehmen – etwas, worauf man ebenso stolz sein konnte.

Die Betonung lag hier jedoch auf *sollte*, denn Konstantins Einsatz ließ bisweilen zu wünschen übrig. Viel zu oft trieb er sich in diversen Etablissements herum und kam abends so spät nach Hause, dass Alexander es schon gar nicht mehr hörte, da er bereits im Tiefschlaf war. Letzteres musste auch so sein, denn die Tage in der Hofgärtnerei begannen früh. Schon öfter hatte er deswegen ein ernstes Wörtchen an Konstantin gerichtet, aber dieser beharrte darauf, dass er nur einmal jung sei und Alexander ihm doch wenigstens ein bisschen Freude gönnen solle, bevor er sich häuslich niederließ.

Konstantin war mit seinen nunmehr achtundzwanzig Jahren mitnichten jung und ließ zudem noch immer kein bisschen erkennen, dass er jemals sesshaft würde. Alexander würde es niemals offen zugeben, aber in letzter Zeit dachte er immer öfter, dass es mit Julius anders gelaufen wäre. Obwohl er der Jüngere war, hatte er bereits sehr viel mehr Verantwortungsbewusstsein an den Tag gelegt. In den Zeiten, in denen er in der Gärtnerei mitgearbeitet hatte, hatte er zudem ein sehr viel besseres Führungsverhalten gezeigt, als Konstantin es je getan hatte. Dieser schlug meist erst gegen neun oder zehn in der Gärtnerei auf, wenn dort bereits das zweite Frühstück eingenommen wurde. Und dann hatte er oft wenig Ahnung, welche Arbeiten anstanden, und manchmal nicht einmal, wie sie gemacht wurden. Alexander wusste, dass er eigentlich noch viel strenger mit Konstantin sein müsste, aber es war nicht einfach, einen erwachsenen Mann in die Schranken zu weisen. Letzten Endes wollte er es sich nicht auch noch mit dem zweiten seiner Söhne verscherzen. Dann hätte er gar keinen Erben mehr für das Familienunternehmen.

Alexander hörte, wie sich die Tür zur Fliedervilla mit einem leisen Quietschen öffnete. Das musste er sein.

»Konstantin, auf ein Wort!«, rief er von seinem Platz in den Flur.

Sein Sohn stolzierte in einem geschniegelten braunen Anzug, passend zu seiner Haarfarbe, samt Spazierstock ins Zimmer. Hochgewachsen, wie er war, passte sein Ellenbogen genau auf das Vertiko, und er kümmerte sich nicht darum, dass er die Porzellankatzensammlung seiner verstorbenen Mutter ins Wanken brachte, als er sich darauf abstützte. Er lächelte seinen Vater gewinnend an, die braunen Augen blitzten dabei.

»Was gibt es? Ich habe nicht viel Zeit, ich habe für heute Abend einer Bekannten einen Besuch versprochen.«

»Es ist sehr dringend.« Alexander erhob sich und stützte die Hände in die Hüften. »Du wirst deinen Besuch heute Abend und auch alle weiteren Termine in dieser und in den kommenden Wochen absagen. Es wird Zeit, dass du erwachsen wirst.«

Konstantin lachte auf. »Absagen? Das werde ich gewiss nicht tun. Warum sollte ich?«

»Weil Herr von Wallenhorst soeben hier war.«

Für einen winzigen Moment geriet Konstantin ins Stocken. »Und weiter?«, erkundigte er sich sodann aber gelassen.

Alexander wandte sich dem Fenster zu und ließ den Blick über die Hofgärtnerei gleiten, wo seine Jagdhündin Asta vor den Topfpflanzen eine Fliege zu fangen versuchte. Er ertrug den Anblick seines Sohnes nicht länger. Sollte er in seiner Erziehung wirklich dermaßen versagt haben?

»Du weißt sehr gut, was das zu bedeuten hat. Deswegen ist jetzt Schluss mit dem Humbug, und du wirst deinen Pflichten nachkommen.«

Die Holzdielen knarzten, als Konstantin seelenruhig einige Schritte mit seinen auf Hochglanz polierten Schuhen in das Kontor hineinging.

»Ich lebe mein Leben so, wie ich es für richtig halte. Was willst du denn tun? Mich ebenfalls enterben?«

Alexander löste den Blick von den Blumen in der Nachmittagssonne. »Vielleicht.« Langsam drehte er sich wieder zu seinem Sohn und lehnte sich an die Fensterbank. »Ein Testament ist rasch geändert.«

Konstantin lachte tonlos auf und verließ schlicht und einfach den Raum.

Alexander wusste nicht, wohin mit seiner Wut. In einer fließenden Bewegung fegte er sämtliche Topfpflanzen von der Fensterbank. Scheppernd türmten sie sich übereinander, und die Erde rieselte auf den kostbaren Orientteppich. Aus den Augenwinkeln sah er das Dienstmädchen herbeihuschen und ebenso schnell wieder verschwinden. Allein das hielt ihn davon ab, laut zu schreien. Konstantin trieb ihn wahrhaftig in den Wahnsinn.

Erschöpft ließ er sich auf die Mahagonibank sinken und fuhr sich mit den Händen durchs Gesicht.

Sein Sohn wiegte sich verdammt in Sicherheit. Vielleicht war es wirklich an der Zeit, die Dinge zu überdenken? War Julius wahrhaftig der Böse in diesem Szenario? Nur weil er unbedingt die mittellose Marleene zur Frau nehmen wollte? Ja, Marleene hatte seinen guten Ruf geschädigt. Noch Wochen nach ihrer Maskerade hatte er das Tuscheln hinter seinem Rücken gehört, und immer wieder war er darauf angesprochen worden, wie das passiert sein konnte. Selbst heute, über ein halbes Jahr später, kam die Sache noch regelmäßig auf den Tisch, stets gefolgt von einem höhnischen Lachen. Aber schadete Konstantin seinem Ansehen nicht noch viel mehr, wenn er sein Verhalten nicht änderte? Alexander musste sich sogar eingestehen, dass Marleene immerhin Gründe für ihr Handeln gehabt hatte. Gute Gründe. Konstantins Verhalten hingegen basierte einzig und allein auf seinem Egoismus. Marleene aber hatte dafür gekämpft, dass sie dem Beruf nachgehen konnte, der ihr so viel bedeutete.

Dem Beruf, den er ebenfalls liebte.

Tief in Gedanken versunken, kehrte er zum Schreibtisch zurück und ließ sich erneut auf den gepolsterten Stuhl hinter dem klobigen Schreibtisch sinken. Er holte den versteckten Schlüssel heraus, öffnete das verschlossene Geheimfach in der untersten Schublade und holte einen versiegelten Umschlag heraus. *Testament,* hatte er in seiner kantigen Handschrift darauf geschrieben.

2. Kapitel

Sobald das Mädchen ihr in das zartrosafarbene Seidenkleid mit der ausladenden Turnüre geholfen hatte, merkte Rosalie, dass Meike sämtliche Säume ausgelassen haben musste. Nichts zwickte und zwackte mehr. Noch vor gar nicht langer Zeit hätte sie das wütend gemacht, da es sie an die neue Fülle um ihre Hüften erinnerte.

Heute war es ihr gleich.

Fertig angekleidet, schwebte sie in bester Damenmanier die ausladende Treppe des Hotels hinunter, die Hand elfengleich auf dem kunstvoll geschnitzten Geländer. Sobald man sie von unten entdecken konnte, schoss ein drahtiger Mann in die Höhe. Sein faszinierter Blick glitt wohlwollend über ihren Körper und dann zu der pompösen Frisur, zu der Meike ihre goldblonden Locken hochgesteckt hatte. Neben ihm erhob sich eine derart dünne ältere Dame, dass man sie trotz ihres offen zur Schau getragenen Wohlstands nur als ausgemergelt bezeichnen konnte. Der Argwohn verließ ihre Miene niemals ganz, letztlich hatte sie sich der Wahl ihres hochverehrten Sohnes jedoch gebeugt, was ihre künftige Schwiegertochter anging.

Unten angekommen, legte Rosalie ihre Hand so behutsam auf den ihr dargebotenen Arm, dass sie den jungen Mann kaum berührte. Sie genoss die verstohlenen Blicke, die ihr von den neuen Gästen entgegenschossen, und sonnte sich ein wenig darin. Jeder hier kannte ihn.

»Wenn ich mir diese Bemerkung erlauben darf, Sie sind an diesem Abend wieder die reinste Augenweide, Fräulein Goldbach. Die schönste Dame im ganzen Saal, aber was sage ich denn da? Von ganz Norderney«, näselte er und strich sich mit der noch freien Hand vereinzelte lange Haarsträhnen zurück, mit denen er versuchte, seinen lichten Oberkopf zu überdecken.

Rosalie lächelte. Sie hatte es tatsächlich geschafft. Nur zu gerne hatte er um ihre Hand angehalten, die Hochzeit würde im kommenden Monat, im September, stattfinden. Sie hatte ihr Versprechen ihrem Vater gegenüber gehalten, immerhin war ihr letztendlich keine andere Wahl geblieben. Sie war wahrhaftig mit Meike, dem Stubenmädchen der Fliedervilla, zum Heiratsmarkt des Nordens nach Norderney gereist. Dort hatte sie einen Verehrer nach dem anderen abblitzen lassen, ganz gleich, wie eifrig sie ihr den Hof gemacht hatten, denn sie hatte ein klares Ziel. Wenn sie nicht wie versprochen den wohlhabendsten Junggesellen der ganzen Insel ausfindig machte und von ihren Vorzügen überzeugte, musste sie gar nicht erst in die Fliedervilla zurückkehren. Die Worte ihres Vaters waren diesbezüglich unmissverständlich gewesen.

Es hatte nicht lange gedauert, bis sie sich einen Überblick über den Markt verschafft hatte. Auf die öffentlich aushängenden Listen hatte sie sich dabei nicht verlassen. Erst nachdem sie mit Meike regelmäßig die feinsten Kaffeehäuser aufgesucht und ihr Mädchen dezente Nachfragen beim immer gut informierten Personal platziert hatte, hatte sie herausgefunden, nach wem sie ihre Angel auswerfen musste. Meike war fast enttäuscht gewesen, denn nachdem sie sich anfänglich geziert hatte, hatte sie überraschenderweise Gefallen an ihrer Spionage gefunden.

Doch mit Edelbert von und zu Tappenbeck, dem Erben einer großen Marzipan-Dynastie, hatte Rosalie alles, wonach sie streben sollte. Ihn von ihren Vorzügen zu überzeugen und ihre zahlreichen Konkurrentinnen auszustechen, war fast schon zu einfach gewesen, so angetan war er von ihrem Äußeren. Ein paar lange Blicke in seine

Richtung, einige tiefe Einblicke in ihr Dekolleté, wenn sie sich erhob, und zudem ein Papierorden beim Cotillon, den sie ihm angesteckt hatte, hatten ausgereicht. Fortan hatte er sie weder bei den komplizierten Tanzfiguren noch im gesellschaftlichen Beisammensein aus den Augen gelassen.

Vermutlich hätte bereits ein einziges Lächeln genügt, hatte Rosalie im Nachhinein oft gedacht, so fasziniert war er von ihrer Schönheit.

Gemeinsam betraten sie nun den Speisesaal des Hotels, durch dessen ausladende Fenster die Sonne in den Raum fiel, die das bereits eingedeckte Silberbesteck auf den Damasttischdecken zum Glänzen brachte. Edelbert ließ es sich nicht nehmen, ihr höchstpersönlich den Stuhl zurechtzurücken, bevor er neben seiner Mutter Platz nahm, die absurderweise Edeltraud hieß.

Edelbert und Edeltraud.

Das hätte ihr eine Warnung sein sollen.

So kurz vor der Hochzeit geriet sie immer wieder ins Grübeln, wegen des eintönigen Lebens, das sich nun vor ihr erstreckte. Die Jagd war noch aufregend gewesen, hatte sie von ihrem Kummer abgelenkt. Aber nun? Sollte es das schon gewesen sein?

Da sie sich nicht bemühte, etwas zu sagen, betrieb Edelbert selbst Konversation. Nur hin und wieder pflichtete sie ihm bei oder verneinte, während ihr Blick vom ewigen Heranrollen der Wellen am nicht weit entfernten Strand gefesselt wurde. Immer wieder hatte sie in den vergangenen Tagen auf das Meer hinausgestarrt, sodass ihre Ohren nun wie von selbst die Unterhaltungen ausblendeten und sich an das mächtige Rauschen der Brandung erinnerten. Welle um Welle rollte heran. Es ging immer weiter. Unermüdlich zogen die Wogen über das Meer, ganz gleich, was geschah. So wie ihr Leben. Auch das ging immer weiter, selbst nachdem ihre Mutter gestorben war und kurz darauf der Mann, den sie liebte, das Land verlassen hatte.

Seitdem waren viele Monate vergangen – doch in ihr zog sich noch immer alles zusammen, wenn sie daran dachte. Manchmal fragte sie sich, ob sie deswegen einen zukünftigen Ehemann ausgesucht hatte, der so wenig mit Manilo, ihrer großen Liebe, gemein hatte, wie es nur irgendwie möglich war. Edelbert war hager, wo Manilo muskulös war; wo der Italiener kräftige schwarze Haare hatte, wies Edelberts sich lichtender Schopf ein nichtssagendes Aschblond auf, und wo Manilo vor Lebensfreude sprühte, war Edelbert eine Eintönigkeit ohne jegliche Höhen oder Tiefen eigen. Sein Gemüt blieb ewig auf der gleichen Stufe und zeigte allemal Tendenzen, jedoch nie große Veränderungen.

Er war perfekt. Gerade richtig für ihr Vorhaben, Manilo zu vergessen.

Für immer.

»Fühlen Sie sich nicht wohl?« Seine wässrigen Augen starrten sie durch die dünne Brille an, und zwischen seinen leicht geöffneten Lippen zog sich ein Speichelfaden, auf dem ein winziger Tropfen wie das Silber in der Sonne glänzte. Rosalie fixierte rasch einen imaginären Punkt zwischen seinen Augen, damit ihr nicht übel wurde.

»Ich bitte um Verzeihung, ich habe mir nur gerade ausgemalt, wie schön unsere Hochzeit werden wird«, sagte sie und schenkte ihm ein scheues Lächeln, für das sie nun doch auf ihre Schauspielkünste zurückgreifen musste.

Es war ein kluger Schachzug, denn nun würde Edeltraud sich gewiss in ihrer unablässigen Planung ergehen und detailliert äußern, was sie für das große Fest in Lübeck alles im Sinn hatte. Rosalie indes hätte lieber wie Meike den Abend in dem Zimmer verbracht, das an ihre Suite angrenzte, wo das Mädchen vermutlich die restlichen Kleider umnähte. Und Rosalie hasste Nähen abgrundtief.

Der Kellner brachte den ersten Gang. Mit einem unterdrückten Seufzer wandte sie sich dem zu, was in der letzten Zeit zu ihrer einzigen Freude geworden war. Sie schaffte es, über dem Genuss der hervorragend gewürzten Pilzsuppe und dem zarten Filet mit den goldenen Kartoffeln mit einem Hauch Petersilie nicht an Manilo zu denken. Nach dem Dessert wechselten sie jedoch in den Ballsaal, und ihr Verlobter forderte sie zum Tanz auf, was sie schwerlich ablehnen konnte. Als das Orchester die ersten Töne anstimmte, musste Rosalie schlucken.

Ausgerechnet.

Es war das Lied, zu dem sie mit Manilo auf dem Alpenrosenball getanzt hatte. Manchmal fragte sie sich, ob die Dinge anders verlaufen wären, wenn sie ihm bereits an jenem Tag die Wahrheit gestanden hätte. Wenn sie ihm freiheraus gesagt hätte, dass sie sich unsterblich in ihn verliebt hatte und alles für ihn aufgeben würde. Doch das schickte sich für eine Dame nicht, sie war dazu verdammt abzuwarten. Warum machte sie sich überhaupt Gedanken darüber? Sein Herz war ohnehin längst vergeben. Wie sehr er einer anderen zugetan war, das hatte sie erst viele Wochen später begriffen, als ihr Vater sie um einen Gefallen gebeten hatte. Damals hatte sie letztendlich auch erfahren, *wem* sein Herz gehörte.

»Hier, bring das bitte zu dieser Frieda im Blumengeschäft deiner Tante«, hatte ihr Vater gesagt. »Die hat mir der Posthalter überreicht, weil meine liebe Schwägerin offenbar so gut wie nie ihre Post abholt.« Er drückte ihr ein dickes Bündel Briefe in die Hand. Rosalies Herz wäre derweil fast zum Stillstand gekommen, als sie die Worte auf dem Papier las. Unter der Adresse der Blumenbindewerkstatt ihrer Tante in leicht krakeliger Handschrift stand: *Zu Händen von Frieda Hildebrand.*

Der Absender war *Manilo Moretti.*

Diese Briefe konnte Rosalie nicht abgeben. Vielleicht würde sie auf die Weise endlich erfahren, was geschehen war, überlegte sie. Ihr Vater hatte ihr zwar gesagt, dass er Manilo des Landes verwiesen hatte, da er sich als Dieb entpuppt hatte, doch Rosalie hatte das nie geglaubt. Deswegen nahm sie das verschnürte Bündel mit auf ihr Zimmer. Kurz überlegte sie hin und her. Es war verboten. Und es würde ihr vermutlich wehtun. Doch letztendlich siegte die Neugierde. Sie verzehrte sich danach, Manilo nahe zu sein. Und wenn es nur seine geschriebenen Worte waren, die nicht an sie gerichtet waren, so war es doch ein Teil von *ihm*.

Also las sie die Briefe.

Einen um den anderen.

Stille Tränen liefen ihre Wange herunter, als sie Manilos Entschuldigungen und Liebesschwüre las, denn sie wirkten so aufrichtig. Doch sie galten nicht ihr. Erst jetzt wurde ihr bewusst, wie innig seine Liebe zu Frieda sein musste. Er bat das stille Mädchen mit den warmen und doch so traurigen Augen wieder und wieder, dass es ihm verzeihen möge. Mehrfach lud er Frieda zu sich nach Italien ein und erklärte, dass er nicht mehr nach Oldenburg zurückkehren könne.

Ein halbes Jahr lang hatte er nahezu wöchentlich Briefe geschickt, die Rosalie fortan höchstpersönlich von der Post holte, indem sie vorgab, im Auftrag ihrer Tante zu handeln. Dann wurden die Briefe weniger.

Und schließlich hatte sie dafür gesorgt, dass gar keine mehr kamen.

***

Nachdem Julius den ganzen Tag beißend riechenden Pferdemist auf dem Acker verteilt hatte, um ihn für die Stoppelrüben des Tafelguts seines Onkels vorzubereiten, flüchtete er nur zu gerne in das Gewächshaus, wo ihn ein duftendes Meer aus Rhododendren erwartete. Aber die Temperaturregelung war heikel. Jetzt, im Sommer, musste er stets dafür sorgen, dass die Luft feucht genug war. Bespritzte er die Heizrohre jedoch mit zu viel Wasser, würden sich eiskalte Kondenstropfen bilden, die dann auf die Blätter fielen und unschöne Flecken auf seinen kostbaren Pflanzen hinterließen.

Und die Pflanzen, die näher an den Heizrohren standen, benötigten oft sehr viel mehr Wasser als die in der Mitte. Kein Wunder, dass sie in der Hofgärtnerei eine Person eingestellt hatten, die sich einzig und allein um die Orangerie und die Gewächshäuser kümmerte. Julius spürte beim Gedanken an sein früheres Zuhause einen Stich. Er hatte alles dafür aufgegeben. Er hatte seine Studienreise abgebrochen, obwohl er es geliebt hatte, neue Pflanzen zu entdecken. Zudem hätte er in England unter Joseph Hooker im Royal Botanic Garden in Kew arbeiten und von dem vielfach ausgezeichneten Botaniker, der mit Charles Darwin befreundet war, unendlich viel lernen können. Aber sein Vater hatte verlangt, dass er in die Hofgärtnerei zurückkehrte, da er sie eines Tages übernehmen sollte. Julius hatte sich seinem Schicksal gebeugt. Doch dann war Marleene gekommen, und er hatte mit ihr eine Frau kennengelernt, von der er nicht einmal zu hoffen gewagt hatte, dass es sie gab. Diesmal hatte er nicht klein beigegeben, als sein Vater sich aufgelehnt hatte – seine Gefühle für Marleene waren zu stark.

Und so war nun alles ganz anders gekommen.

Aber er hatte Glück.

Das Tafelgut seines Onkels wurde für die Bedürfnisse des Großherzogs bewirtschaftet, und so gab es für das Wintergemüse einige beheizte Gewächshäuser. Eins davon hatte sein Onkel ihm nun für seine Pflanzenzucht überlassen, nur in einer Ecke keimten einige Kartoffeln. Julius begutachtete jeden Rhododendron einzeln und schnitt hier und dort ein paar Triebe zurück, damit die Pflanzen im nächsten Jahr umso buschiger wachsen würden. Zufrieden stellte er das letzte Gewächs zurück an seinen Platz und begab sich dann nach draußen, um zu sehen, wie sich seine Schützlinge dort machten. Um herauszufinden, welche Rhododendren die norddeutschen Temperaturen überstehen würden, hatte er einige neben das Gewächshaus gepflanzt. Er hoffte inständig, dass er zumindest mit ein paar Exemplaren seiner ausgewählten Pflanzen Erfolg haben würde, damit er etwas hatte, worauf seine Neuzüchtungen aufbauen konnten. Sein Herz zog sich zusammen, als er sah, dass eine der Pflanzen bereits bei diesen milden Temperaturen verkümmert war und eine weitere kurz davor war, doch die anderen strahlten ihm grün entgegen.

Sein Onkel trat an ihn heran und legte ihm eine Hand auf die rechte Schulter. »Na, mien Jung, wie war das Gespräch mit der Bank?«, erkundigte er sich mit einem warmen Lächeln in dem faltigen Gesicht. Julius murmelte etwas vor sich hin, was sein Onkel trotzdem richtig verstand, nämlich dass auch das Gespräch mit dem letzten infrage kommenden Bankhaus nicht zum erhofften Erfolg geführt hatte.

Julius deutete auf die Rhododendren. »Keiner will mir glauben, dass diese Pflanzen unsere Zukunft sein können. Auch die letzte Bank – meine letzte Hoffnung – wollte sie nicht als Sicherheit für einen neuen Kredit akzeptieren.« Zudem war es so, dass man ein äußerst gottgefälliges Leben führen musste, um in der winzig kleinen Ortschaft einen Kredit zu bekommen, da der dortige Kassenführer der Raiffeisenkasse zugleich der Pfarrer war. Aber das wollte Julius nicht einmal laut aussprechen.

»Das tut mir leid. Ich wünschte so sehr, dass ich dir irgendwie helfen könnte, aber mit sieben Töchtern …«

Julius schüttelte den Kopf. Da sein Vater und sein Onkel sich bereits vor seiner Geburt zerstritten hatten, hatte er seinen Onkel nur zu den allerwichtigsten Familienfesten gesehen, und von denen hatte es, nachdem seine Großeltern verstorben waren, nicht mehr viele gegeben. »Du hast mir beileibe genug geholfen. Immerhin hast du mich hier mit offenen Armen aufgenommen, obwohl wir seit mindestens siebzehn Jahren nicht miteinander gesprochen hatten.« Es plagte ihn, dass sein Onkel nun auch noch sein Maul stopfen musste und ihm für die Arbeit auf dem Tafelgut sogar einen kleinen Lohn zahlte. Doch obwohl sein Stolz ihn zu gerne verleitet hätte, darauf zu verzichten, war das nicht möglich. Es war bereits weniger, als ein normaler Arbeiter auf dem Hof verdienen würde, und er wollte seinerseits Marleene ein gutes Leben bieten und benötigte Gründungskapital für sein Vorhaben.

Sie beide hatten sich solch eine schöne Zukunft ausgemalt. Sie wollten die Hofgärtnerei hinter sich lassen und ihre eigene Gärtnerei aufbauen. Und dann wollte Marleene sogar eine Gärtnerinnenschule eröffnen, damit noch mehr junge Frauen diesen Beruf erlernen konnten.

Und jetzt scheiterten sie bereits an den Grundvoraussetzungen.

Selbst in den ländlicheren Gegenden, etwas abgelegen von Oldenburg, wo das Land günstiger war als in der Stadt, war es mittlerweile zu teuer geworden. Julius hatte fast alles, was er gespart und geerbt hatte, in neue Pflanzen gesteckt, weil es dauerte, bis diese anwuchsen, und sie so zumindest bereits ein Grundsortiment hätten. Doch er brauchte auch Geld für eine Anzahlung. Seit fast einem Jahr klapperte er nun schon die Banken ab. Aber keiner war bereit, ihnen nur aufgrund seines Berufs und einiger vorhandener exotischer Pflanzen einen Kredit zu bewilligen.

Am morgigen Abend würde er es Marleene sagen, würde ihr beichten, dass sie ihren Traum begraben mussten. Bisher war er ein Hasenfuß gewesen und hatte sich nicht getraut, die zerstörerischen Worte über die Lippen zu bringen. Ihre Augen funkelten immer so aufgeregt, wenn sie gemeinsam die Gärtnerei planten. In ihr schien ein schier unerschöpflicher Quell an Ideen zu sprudeln, die sie allesamt umsetzen wollte. Sie konnte aus dem Kopf zwanzig Pflanzenarten aufzählen, die sie gerne kultivieren würde, da es diese so noch nicht gab, Marleene sich aber gewiss war, dass sie bei den Leuten außerordentlich gut ankommen würden.

Und jetzt war es an ihm, ihr diesen Traum zu nehmen.

Er fürchtete das Treffen, obwohl er sich immer so sehr nach ihr sehnte.

Als hätte sein Onkel seine düsteren Gedanken erraten, klopfte er ihm ein paarmal auf die Schulter. »Komm, es ist Zeit für das Abendessen.«

Das Leben hier auf dem Tafelgut war um einiges einfacher als das in der eleganten Fliedervilla, wo er aufgewachsen war. Sein Vater hatte es damals geschafft, in einen höheren Stand aufzusteigen, indem er seine Mutter geehelicht hatte und fortan Chef der Hofgärtnerei geworden war.

Die Hofgärtnerei, die er hatte übernehmen sollen – bevor sein Vater ihn hinausgeworfen hatte.

Nicht nur, weil er sich in eine Arbeiterin verliebt hatte, sondern vor allem, weil er sich in die Frau verliebt hatte, die sich in Männerkleidern eine Stelle als Lehrling verschafft hatte, da dies Frauen nicht erlaubt war. Sein Vater fühlte sich seitdem zum Narren gehalten und wollte nichts mehr von Marleene wissen. Und von ihm ebenso wenig. Julius hatte einige Male versucht, Kontakt zu ihm aufzunehmen, aber die Entscheidung seines Vaters stand unumstößlich fest.

Trotz der zweckmäßigen Möbel fühlte Julius sich in dem großen Bauernhaus, wo nahezu immer ein Feuer im Ofen in der Küche brannte, sehr wohl. Hier gab die Bäuerin jeden Abend einen Sleev voll Eintopf in die Schüssel. In den ersten Minuten danach waren immer nur ein Klappern und leichtes Schlürfen zu hören. Mit den sieben Mädchen, dem Knecht und der Magd neben seinem Onkel und seiner Tante kam eine beträchtliche Runde zusammen. Hier wurde stets so viel gelacht und geplappert, dass man kaum merkte, wie schnell die Zeit verflog.

Doch heute stand Julius auf, sobald er seine Schüssel mit einem Stück Brot leer geschabt hatte.

»Ich gehe noch einmal ins Gewächshaus.«

»Jetzt noch?«, rief seine Tante erstaunt.

Julius nickte. »Das, was ich vorhabe, geht ausschließlich bei Dunkelheit.«

»Was hast du denn vor?«, fragte Elise, die Zweitjüngste mit den langen Zöpfen, neugierig.

»Ich muss dafür sorgen, dass die Pflanzen hübsch aussehen«, sagte er ausweichend.

»Und warum geht das nur in der Dunkelheit? Dann siehst du die Blumen ja kaum.« Hannah, eine von den älteren Töchtern, war aufgestanden und half ihrer Mutter, das Geschirr abzuräumen.

»Die Pflanzen muss ich auch nicht sehen. Nicht so genau zumindest.«

Louise wirkte verwirrt. »Nicht? Aber was denn dann?«

»Schnecken. Nacktschnecken, um genau zu sein. Und Dickmaulrüssler, diese schwarzen Käfer.«

Es klang, als würden alle sieben Mädchen auf einmal loskreischen. Julius schmunzelte innerlich. Genau deswegen hatte er ursprünglich nicht sagen wollen, was er noch vorhatte. Rosalie war früher immer genauso angeekelt gewesen wie die Töchter seines Onkels. Das Schnecken- und Käfersammeln hatte bereits in der Kindheit zu Konstantins und Julius' Aufgaben gehört, denn sie waren neben Rehen und Raupen die schlimmsten Feinde der Gärtner. Die Fraßspuren, die sie an den Blättern hinterließen, machten die Pflanzen unverkäuflich. Also waren Konstantin und er regelmäßig mit einer Öllampe nachts durch die Gewächshäuser gezogen, um die nachtaktiven Wesen wegzusammeln. Julius dachte wehmütig daran zurück, welch einen Heidenspaß sie dabei gehabt hatten, denn die Aufgabe hatte immer etwas von einem Abenteuer mit großem Beutezug gehabt. Außerdem hatten sie Rosalie zum Kreischen gebracht, wenn sie ihr das Ungeziefer vor die Nase gehalten hatten.

Und nun redeten sie nicht einmal mehr miteinander.

Rasch vertrieb er die dunklen Gedanken und setzte ein Lächeln auf. »Ja, Schnecken! Und jede Menge Käfer«, rief er und kitzelte die zwei jüngsten Schwestern durch, die daraufhin gackernd davonliefen. »Ihr könnt mir sehr gerne helfen!«

Sechs Mädchen schrien angeekelt auf, nur Elise lächelte still und nahm seine Aufforderung ernst. »Ich muss heute Mutter helfen, aber nächstes Mal gerne.«

Er grinste noch immer, während er wenig später im schwachen Licht die Pflanzen nach schleimig glänzenden Spuren und schwarzen Käfern absuchte.

»Das habt ihr früher schon gerne gemacht«, sagte unvermittelt eine tiefe Stimme hinter ihm.

Julius glitt vor Schreck der Eimer aus der Hand und fiel scheppernd zu Boden. Umständlich richtete er sich auf. Im Gewächshauseingang entdeckte er im schwachen Licht eine Gestalt. Julius bückte sich zur Öllampe und hielt sie in die Höhe.

Der Mann nahm den Hut ab und trat zögerlich etwas weiter in das Gewächshaus hinein. Er räusperte sich. »Es gibt etwas, das ich gerne mit dir besprechen würde«, sagte sein Vater.

3. Kapitel

Mit großen Schritten lief Marleene eine Woche später die Straße nach Mansholt hinunter. Hoffentlich hatte Julius in der vergangenen Woche die richtigen Schlüsse gezogen und nicht vermutet, dass sie ihn nicht mehr sehen wollte. Er würde doch wissen, dass das niemals geschehen würde, oder?

In Metjendorf wurde sie langsamer. War das nicht ...? Doch, es war eindeutig Julius! Sie hätte ihn unter tausend anderen sofort erkannt, obwohl er keinen besonders auffälligen Gang hatte und auch nicht besonders groß oder breit war.

Sie spürte es einfach.

Aufgeregt rannte sie los, und er tat es ihr gleich.

»Überraschung!«, rief er schon von Weitem. Seine wachen Augen lugten schelmisch unter seinen stets verwuschelten Haaren hervor, und sein Lächeln fuhr ihr bis in die Fingerspitzen.

Anfangs hatte er sie regelmäßig abgeholt, schließlich hatten sie aber entschieden, dass es besser wäre, wenn Julius die Zeit bereits für die Pflanzen nutzte, um mit den Vorbereitungen voranzukommen. Schließlich würden sie bald Tag und Nacht Seite an Seite verbringen.

»Welch eine Ehre!«, rief sie in dem scherzhaften Versuch, wie eine Bürgerliche zu klingen. »Womit habe ich das denn verdient? Und das, wo ich dich letzte Woche so haben hängen lassen ... Es tut mir furchtbar leid, ich konnte leider nicht weg, du kennst ja Frau Holthusen.«

»Der Drachen mal wieder, das hatte ich vermutet.«

Völlig außer Atem fielen sie sich in die Arme. Julius drückte sie fest an sich, und obwohl sie mitten auf einem Schotterweg standen, fühlte Marleene sich mehr zu Hause denn je. Sie schloss die Augen, genoss seine Nähe und sog seinen vertrauten Duft tief in sich ein.

»Siehst du, es hat auch etwas Gutes, dass du ein Arbeitermädchen bist. Du musst dich nicht immerzu dafür entschuldigen«, sagte Julius nun zu ihr.

»Und wie sollte das etwas Gutes haben?«

»Eine Tochter aus einer bürgerlichen Familie hätte ich nie so freizügig begrüßen dürfen. Es ist natürlich unschicklich, auf offener Straße Gefühle zu zeigen.«

Marleene schlug sogleich damenhaft die Hand vor dem Mund. »Pardon, ich bitte gnädigst um Verzeihung, wenn ich Ihnen zu nahe getreten bin.«

Julius legte den Arm um ihre Taille und zog sie an sich. »Im Gegenteil, treten Sie bitte noch näher«, murmelte er. Da niemand in Sichtweite war, küssten sie sich.

»Nur gut, dass ich mich zur Tarnung als Junge verkleidet habe, um die Gärtnerlehre zu machen. Mein Ersatzplan, mich als höhere Tochter auszugeben, um die Ausbildung an der ersten Gärtnerinnenschule zu absolvieren, wäre wohl gründlich schiefgegangen.«

»Oh, ja, als rüpelhafter Junge hast du wirklich mehr Talent«, sagte Julius lachend, und Marleene stieß ihm den Ellenbogen in die Seite. Julius nahm den großen Weidenkorb, den er für die Begrüßung beiseitegestellt hatte und dessen Inhalt unter einem karierten Tuch verborgen war, wieder auf. Neugierig deutete Marleene darauf.

»Was hat es damit auf sich?«

Julius strahlte sie an, zog den Korb jedoch weg, als sie unter das Tuch linsen wollte.

»Heute«, sagte er mit feierlicher Betonung, »ist ein geschichtsträchtiger Tag.«

»Ja?« Marleene legte ihre Hände an die Wangen und atmete hastig ein. Sollten sie in diesem Sommer etwa doch noch ein wenig Glück haben? »Hast du einen winterharten Rhododendron gefunden? Oder hat deine neue Züchtung endgültig Wurzeln geschlagen? Oder …?« Jetzt blieb sie sogar ehrfürchtig stehen und legte die Hände an die Wangen. »Oder hat uns die Bank doch einen Kredit zugesagt?«

Julius' Lächeln verschwand aus seinem Gesicht. »Nein, das ist es nicht. Es ist sogar noch besser.«

»Noch besser?« Marleenes Herzschlag beschleunigte sich. Sollte er etwa eine Möglichkeit gefunden haben, dass sie doch schon heiraten konnten? Bisher hatte ihnen auch dazu das Geld gefehlt.

Julius nickte geheimnisvoll. »Das erzähle ich dir gleich beim Picknick, es ist nichts für zwischendurch. Also verrate mir doch erst einmal, was es bei dir Neues gibt. Wie geht es Frieda?«

Marleene hakte sich unter, und gemeinsam schlenderten sie die Hauptstraße bis zu einem Feldweg entlang. Ihre Cousine Frieda hatte sich mittlerweile sehr gut mit Julius angefreundet, und er fragte stets nach ihr. Sie war im vergangenen Jahr von ihrem Beinaheverlobten Manilo verlassen worden, und das Schicksal des herzensguten Mädchens ging auch Julius sehr nahe.

Marleene kickte einen größeren Stein mit ihrem Holzschuh aus dem Weg. »Sie lacht immerhin wieder etwas häufiger, aber ich spüre, dass sie nach wie vor viel an Manilo denkt. So schlimm war es nicht einmal, nachdem dieser Großbauer ihr das Herz gebrochen hatte. Ich höre sie manchmal nachts leise weinen, wenn sie denkt, dass ich schlafe, und auch wenn sie kaum darüber spricht, sehe ich, dass sie nicht richtig glücklich ist. Ich mag ihr kaum von dir erzählen, weil ich genau merke, dass ich dann immer vor Freude strahle und ganz aufgeregt werde.« Sie lächelte Julius zu, und er drückte ihre Hand. Er deutete auf eine umgefallene Eiche am Wegesrand, und sie gingen hinüber. Der Korb knackte leise, als Julius ihn auf den mächtigen Stamm stellte, den die Sonne ganz trocken und warm gemacht hatte.

»Das tut mir sehr leid, ich hätte mir so sehr gewünscht, dass er sich zumindest noch einmal meldet«, sagte Julius und reichte Marleene ein Butterbrot, nachdem sie sich neben ihn gesetzt hatte. »Und wie geht es dir? Es kommt mir so vor, als hätten wir uns ewig nicht gesehen.«

»Ganz gut, im Hotel nimmt alles seinen gewohnten Gang.« Den Vorfall mit der kaputten Vase verschwieg sie wohlweislich, da Julius sich viel zu sehr aufregte, wenn sie nicht rechtens behandelt wurde, und es war immerhin ihre Entscheidung gewesen, diese Schuld auf sich zu nehmen.

»Alois war letzte Woche da. Es wurden wohl zwei neue Helferinnen eingestellt und …« Sie schluckte, gab sich dann aber einen Ruck. »… und wohl auch ein neuer Lehrling.«

Julius nickte, doch seltsamerweise lächelte er dabei.

»Das freut dich?«

»Vater war letzte Woche bei mir.«

Marleene hatte den Mund bereits geöffnet, um von ihrem Brot abzubeißen, hielt nun aber inne. »Nein!«, rief sie überwältigt.

Julius nickte grinsend.

»Das gibt es doch nicht! Was hat er denn gewollt? Das ist ein gutes Zeichen, oder? Er würde dich gewiss nicht aufsuchen, um den Streit fortzusetzen?« Marleenes Gedanken liefen durcheinander wie Ameisen auf einem Haufen, und sie wusste nicht, in welche Richtung sie als Erstes denken sollte.

»Nein, er ist nicht gekommen, um zu streiten.« Julius legte sein Brot beiseite und griff nach ihren Händen. »Es sieht tatsächlich so aus, als hätte er ein Einsehen. Er hat mich um Verzeihung gebeten und eingestanden, dass er Fehler gemacht hat. Dann hat er mich für die kommende Woche in die Fliedervilla geladen, um noch einmal in Ruhe alles zu besprechen. Offenbar möchte er, dass ich …«, er sah ihr tief in die Augen und berichtigte sich, »dass *wir* zurück in die Hofgärtnerei kommen.«

»Wirklich?«, fragte Marleene flüsternd. Es war all das, wofür sie gebetet hatte. Und dennoch klang es zu gut, um wahr zu sein.

Julius nickte bedächtig. »Er hat mir erzählt, dass er sogar bereits das zugunsten von Konstantin geänderte Testament rückgängig gemacht hat.«

»Nein!« Marleene schnappte nach Luft, und Julius nickte voll freudiger Aufregung.

»Doch!«, versicherte er ihr.

Glückselig fiel sie ihm um den Hals. Es fühlte sich an, als würde ihr Herz nach langer Zeit aus einem viel zu engen Kokon entschlüpfen. Erst jetzt merkte sie, wie schwer es sie belastet hatte, dass Julius und sein Vater sich ihretwegen überworfen hatten und Julius deswegen die Hofgärtnerei nicht hatte weiterführen können. Sie wusste, wie viel ihm an dem Familienunternehmen lag, und auch wenn sie überglücklich war, dass er sich für sie entschieden und so ein prestigeträchtiges Unternehmen gar für sie verlassen hatte, war es eine schwere Bürde auf ihrer Seele gewesen.

»Ich freue mich so! Dann können wir ja wieder mit Bruno, Johannes, Dorothea und den anderen zusammenarbeiten.«

Julius nickte begeistert. »Und zusehen, wie Asta versucht, das Gießwasser aus dem Strahl der Gießkanne zu trinken. Außerdem werden wir wieder direkt für den Großherzog arbeiten und können so auch an der Umsetzung unseres Plans für den Schlossgarten mitwirken.«

»Das ist ja großartig, daran hatte ich gar nicht gedacht! Es wäre so schön, den Schlossgarten selbst anzulegen.« Marleene legte eine Hand auf ihr Herz.

»Auf jeden Fall werde ich es zur Bedingung machen, dass ich meine Rhododendronzucht fortsetzen kann«, ergänzte Julius, und für einen Moment sahen sie sich verschwörerisch an.

»Und wir vermehren unseren besonderen Flieder!«, sagten sie dann wie aus einem Munde und lachten. Den Flieder mit den zweifarbigen Blütenblättern hatte Marleene als Kind mit ihrem Vater veredelt und in der Schule präsentiert. Rosalie, Julius' Schwester, hatte ihn aus Neid zertrampelt, doch Julius hatte aus einem der Zweige eine neue Pflanze gezogen.

»Ein Glück, dass dein Vater ein Einsehen hatte. Es wäre sonst auch schwierig, an unseren Fliederstrauch zu kommen.« Bisher war es ihnen nicht möglich gewesen, den zweifarbigen Flieder vom Gelände der Hofgärtnerei zu holen, aber nun mussten sie das wohl gar nicht mehr. Marleene fühlte sich, als würde sie innerlich leuchten. Auf einmal fügte sich alles wie von selbst.

»Das stimmt. Wir können froh sein, dass Konstantin nicht ahnt, was ganz hinten auf der Lichtung im Wald wächst. Wer weiß, was er damit angestellt hätte …«

Marleene sah versonnen über das Stoppelfeld, über dem die Schmetterlinge tanzten.

»Mittags gibt es dann wieder Meikes leckere Eintöpfe, über die alle wie ausgehungerte Wildschweine herfallen, und die Äpfel von der Streuobstwiese essen wir zum Nachtisch.«

»Und nachmittags kannst du wieder in der Jauchegrube baden«, sagte Julius mit einem spitzbübischen Grinsen.

»He!«, rief Marleene empört und boxte gegen seine Schulter. »Als wenn ich das mit Absicht getan hätte!«

Lachend hielt Julius ihre Handgelenke fest, sie wehrte sich, und mit einem Mal fielen sie kreischend nach hinten in das Dickicht hinter dem Baumstamm, sodass ihre Füße in die Luft ragten. Marleene lachte so sehr, dass sie kaum noch Luft bekam und Tränen an den Schläfen entlang in ihr Haar rannen. Während sie sich den Bauch hielt, sah sie zu Julius, der ebenso gelacht hatte, doch als ihre Augen sich fanden, wurden beide wieder ganz ruhig.

»Endlich können wir zurück in die Hofgärtnerei«, sagte Julius mit sanfter Stimme. »Endlich können wir nach Hause.«

***

Sobald Alexander in den Krug trat, wurde er von der schummerigen Atmosphäre aus Rauch und Malz eingehüllt. Der Schmerz pochte noch stärker gegen seine Schläfen. Er entdeckte die Kollegen vom Gärtnerstammtisch in der gewohnten Ecke des Wirtshauses, in der Mitte des Tisches lag ein Stapel Karten bereit. Alexander hob wortlos einen Zeigefinger, um dem Wirt zu signalisieren, dass er ein Bier nahm. Dann gesellte er sich mit einem knappen Gruß zur Männerrunde und ließ sich auf einen Stuhl sinken. Ihm war etwas duselig, doch der Stammtisch fand nur ein Mal im Monat statt, das ließ er sich ungern entgehen, zumal er bereits den Juli-Stammtisch verpasst hatte.

»Und, Alexander, wo geiht di dat?«, fragte Jan-Died Eppendorf, der eine Gärtnerei am anderen Ende der Stadt besaß, während er die Karten für die erste Runde Schafskopp verteilte. Da beim Gärtnerstammtisch viele ältere Semester vertreten waren, wurde noch viel Plattdeutsch gesprochen, was Alexander sich eigentlich abgewöhnt hatte, um seine niedere Herkunft zu vertuschen, aber hier machte er eine Ausnahme.

Er zuckte mit den Schultern und nahm die Karten auf. »Nicht viel. Wat mutt, dat mutt«, versuchte er, mit der norddeutschen Antwort auf alles davonzukommen. Ihm war nicht nach Reden zumute. Er hatte den ganzen Tag auf dem Feld gestanden und das Kalk-Stickstoff-Gemisch zum Düngen verteilt. Eine Arbeit, die er sonst als Lehrling verrichtet hatte, und nun musste er sich selbst als Seniorchef noch dazu herablassen, weil sie trotz der zwei neuen Mädchen für das Unkraut und des Lehrlings noch immer heillos hinterherhinkten mit den Arbeiten.

»Ik heb neulich mol den Schlossgarten ankiekt, ik glaub, dat wird eene ganz feine Sache«, sagte Bauer Jansen, der neben seinem Bauernhof eine kleine Gärtnerei betrieb. »Mogt dat immer noch dein Konstantin?«

»Jo, Konstantin setzt den Plan von Julius um. Er hat sich inzwischen sehr damit angefreundet, dass es kein Renaissance-Garten mit strengen geometrischen Formen sein wird, sondern ein hochmoderner Landschaftspark nach englischem Vorbild. Er hat nur ein paar kleinere Anpassungen vorgenommen.« Was er nicht erzählte, war, dass das so ziemlich das Einzige war, wofür Konstantin sich begeistern konnte. Trotzdem fragte er sich abermals, ob seine Entscheidung richtig war. War es rechtens, Julius wieder zum Grunderben zu machen und Konstantin mit dem Pflichtanteil abzuspeisen? Aber anders würde Julius die Hofgärtnerei kaum am Laufen halten können, dazu brauchte man immense finanzielle Mittel. Letztendlich stellte sich die Frage aber ja noch gar nicht. Auch wenn er sich heute nach der harten Arbeit auf dem Feld ziemlich elendig fühlte, hatte er schließlich noch einige Jahre zu leben.

Jan-Died knallte seinen Buben mit so viel Nachdruck auf den Stapel, dass der Tisch wackelte. »Wie ich höre, werden schon bald die Hochzeitsglocken läuten?«

Alexander lächelte. »Ja, Rosalie wird nächsten Monat heiraten. Mit der Hochzeit wird sie sogar in den Adelsstand übergehen.«

Ein warmes Gefühl breitete sich in ihm aus. Letztendlich hatte Rosalie es doch noch geschafft, ihn stolz zu machen, wer hätte das gedacht?

Doch das wohlige Gefühl sollte nicht lange vorhalten.

»Ich meine gar nicht Rosalie, das ist ja nichts Neues mehr. Ich meine Konstantin. Ich habe da was munkeln gehört …«, sagte der Bauer, nachdem der Wirt die Bierhumpen auf den Tisch gestellt hatte.

Blixem! Dann gab es also bereits Gerüchte. Alexander nahm einen großen Schluck und wischte sich mit dem Handrücken den Bierschaum von der Oberlippe. »Dazu will ich lieber erst etwas sagen, wenn die jungen Leute sich einig geworden sind. Ihr wisst ja, wie das heutzutage ist …«

Sollte Konstantin seine Drohung wahrmachen, wäre es eine wahrhaftige Blamage. Schon allein deswegen war Julius der bessere Juniorchef der Hofgärtnerei. Aber wie sehr hatte die Frau, die er zu heiraten gedachte, ihn blamiert?

Ausgelacht hatten sie ihn hier beim Stammtisch, das derbe Lachen klang noch heute in seinen Ohren, und er hatte wochenlang nicht mehr gewagt, sich irgendwo blicken zu lassen. Plötzlich hatten alle behauptet, es wäre von Anfang an offensichtlich gewesen, dass sie eine *Fruunsperson* war. Er fragte sich nur, warum ihn dann niemand darauf hingewiesen hatte, wenn es allen so klar gewesen war. Hierfür gab es jede Menge Ausreden, wovon ihn aber keine recht überzeugen konnte. Im Nachhinein war es immer einfach zu behaupten, man habe etwas besser gewusst. Tatsache war jedoch, dass Marleene sie alle an der Nase herumgeführt hatte.

»Und wie steht es mit Julius, wird er auch bald heiraten?«, fragte Friedrich Diekmann, der erst vor Kurzem zum Gärtnerstammtisch dazugestoßen und noch dabei war, seine Gärtnerei aufzubauen.

Alexander war froh, dass er husten musste und so die Antwort umgehen konnte.

»Ich finde ja, der hat alles richtig gemacht. Warum nicht eene Deern heiraten, dat ordentlich mit anzupacken weiß?«

So gesehen musste Alexander ihm recht geben, anpacken konnte Marleene wahrhaftig. Aber sie war mit ihrem eisernen Willen auch unberechenbar, wie sie nicht zuletzt durch ihre Maskerade bewiesen hatte. Wer wusste schon, wie weit sie noch gehen würde? Am Ende wollte sie womöglich die ganze Hofgärtnerei mit leiten. Eine Frau, das war wirklich ungeheuerlich. Er wusste ja, dass Frauen weder den

Verstand noch das Gebaren für eine Führungsposition hatten, aber war ihr selbst das ebenfalls klar?

Womöglich würde sie sogar hier zum Stammtisch kommen wollen, der letzten Bastion der Männer. Diese modernen jungen Frauen kannten heutzutage keinerlei Scham mehr. Einige erdreisteten sich gar, das Frauenwahlrecht einzufordern, stelle sich das einer vor! Den Heldentod auf dem Feld wollten sie nicht sterben, aber wählen gehen. Das war eine Unverschämtheit! Was würden sie denn beschließen, wenn sie mitregieren dürften? Höchstens, dass kein Mann über fünfundzwanzig unverheiratet bleiben dürfe und dass Heiraten ohne jegliche Voranmeldung möglich sein solle, damit sie nicht so lange warten mussten. Nein, nein, nein, Frauen waren doch gar nicht in der Lage, weitreichende Entscheidungen zu treffen.

Schnell nahm Alexander einen weiteren Schluck des kühlen Bieres, um sich zu beruhigen und seine staubige Kehle zu erfrischen. Er hatte sich heute bereits genug geärgert und wollte sich in dieses anstößige Thema lieber nicht hineinsteigern.

»Ich meine, was soll das denn mit den ganz jungen Frauen, die noch zu Hause rumsitzen und nichts tun?«, fuhr Friedrich fort. »Die können doch genauso gut mit an 'ne Arbeit gehen. Früher konnten sie sich im Haus nützlich machen, aber heute, in der modernen Zeit … Es gibt doch immer mehr Maschinen, die die Sachen erledigen, oder man kauft sie einfach.«

Einige in der Runde murmelten nun etwas Zustimmendes, doch Gerthold Weber widersprach. Er schob seine Nickelbrille nach oben, und Alexander bewunderte seine erstaunlich reinen Hände. Bei ihm selbst hatte sich so viel Pflanzenharz in die Haut gefressen und dort mit Erde vermischt, dass er die Haut selbst mit dem stärksten Schrubben kaum sauber bekam. Die Hände dieses Mannes sahen so aus, als würde er die Pflanzenerde nicht einmal anfassen.

»Arbeitende Frauen gehören sich einfach nicht«, sagte Gerthold nun. »Ich weiß nicht, wie es bei euch ist, aber unserem Hause geht es noch so gut, dass wir das auch gar nicht nötig haben.«

Auf einmal beeilten sich alle außer Friedrich, ihm zuzustimmen, und taten so, als könnten sie es sich ebenfalls leisten. Dabei hätte Alexander darauf gewettet, dass das allerhöchstens bei der Hälfte seiner Kollegen der Fall war. Aber wer gab das schon gerne zu?

Selbst er würde drei Kreuze machen, wenn Rosalie endlich aus dem Haus und gut untergekommen war. Er hätte es ihr ungern mitteilen wollen, aber es war langsam zur Belastung geworden, sie durchzufüttern. Durch die regelmäßigen Aufträge des Großherzogs kamen zwar nette Summen rein, und die Gestaltung des Schlossgartens brachte darüber hinaus ein gutes Zubrot, aber sie hatten noch immer an den Verlusten des Vorjahres zu knabbern, als fast alle Pflanzen vertrocknet waren. Jegliche zusätzlichen Kosten ließen sich daher nur schwer bewältigen.

Doch bald würde sich alles zum Guten wenden, rief Alexander sich wieder ins Gedächtnis, denn etwas in seinem Kopf begann zu rauschen. Er durfte sich nicht so in seine Sorgen hineinsteigern. Julius würde nach Hause zurückkehren, und gemeinsam würden sie das Lebenswerk von Julius' Großvater, das er weitergeführt hatte, zu noch höheren Zielen vorantreiben. Und vielleicht war es ja doch nicht schlecht, dass Marleene dabei war, denn interessante Ideen hatte sie allemal.

Zufrieden nahm er einen besonders großen Schluck seines Bieres, lehnte sich zurück und rieb sich über den prall gewordenen Bauch, der sich zwischen den Hosenträgern hervorschob.

Plötzlich musste er husten. So stark, dass er sich verschluckte. Ihm traten die Tränen in die Augen. Er rang nach Luft, das Rauschen in seinen Ohren wurde lauter – so laut, dass er kaum mitbekam, wie Jan-Died auf ihn einredete. Friedrich war aufgesprungen und half ihm, seinen Kragen zu lockern, denn es fühlte sich an, als legte sich eine Schlinge um seinen Hals, die sich immer enger zog.

Doch dort war nichts, sein Hals lag frei. Alexander riss den Hemdkragen hin und her, aber es wurde nicht besser. Er röchelte, sein Brustkorb fühlte sich viel zu klein an. Immer wieder versuchte er, die Luft einzusaugen, aber seine Kehle schien sich zu wehren, sie zog sich immer enger zusammen. Schon bald konnte er das Stimmengewirr des Gasthauses nicht mehr hören, merkte nicht, dass die Leute ihre Plätze verlassen hatten und ihn umringten. Friedrich versuchte, ihm etwas zu trinken zu reichen, doch er schlug es ihm in seiner Panik aus der Hand. Er sprang auf, kämpfte wild fuchtelnd gegen den unsichtbaren Feind in seiner Lunge, griff immer wieder an seine Kehle. Die Menschen hatten einen Kreis um ihn gebildet, jemand rief nach einem Arzt. Alexander deutete frenetisch auf seine Brust – doch keiner vermochte ihm zu helfen.

Wenn doch nur endlich Luft in seine Lunge kommen würde!

Doch egal, wie heftig er sog, er konnte keinen rettenden Atemzug tun. Mit jedem Versuch krampfte sich seine Kehle noch enger zusammen. Kraftlos sank er in die Knie. Röchelte. Würgte. Da war nur mehr ein unerträgliches, säuerliches Brennen in seiner Brust, und der Druck in seinen Augen erhöhte sich. Kläglich versuchte er zu sprechen. Schließlich zu schreien.

Aber es kam nichts.

Er sah in angstverzerrte Augenpaare, nichts davon ergab noch einen Sinn. Er verstand nicht mehr. Wo war er? Dieser Druck, der unendliche Druck. Wer war er? Er kippte zur Seite, sah Sandkörner und Fussel auf dem Dielenboden direkt vor seinen Augen, dann verschwammen sie. Es gab nur noch einen Gedanken: Luft. Er brauchte dringend Luft. Seine Brust schien zu brennen. Er wollte schreien – doch er brachte nur ein klägliches Japsen heraus.

Und dann wurde alles dunkel.

4. Kapitel

Im Seebad pflegte man gleich nach dem Morgenkaffee am Strand zu flanieren, wenn die Augusthitze noch nicht allzu stechend war. Danach warteten viele mit größter Geduld auf das Freiwerden eines Badekarrens – was Rosalie aber stets abzuwenden wusste. Sie zog ein Luft- oder Sonnenbad vor und zum Abschluss des Vormittags ein weiteres, ausgiebigeres Frühstück. Was sollte man auf so einer kleinen Insel außer Essen auch sonst tun? Jetzt, kurz vor dem Abendessen, spazierten sie abermals die Promenade entlang. Die Abende waren natürlich für die zahlreichen Bälle und Schauspiele reserviert, doch die Tage flossen so zäh wie Honig dahin.

An der Seite ihres Verlobten und seiner Mutter als Anstandsdame schritt sie gediegen dahin, nickte hier und da bekannten Kurgästen zum Gruß, lächelte, obwohl ihr kaum danach zumute war.

Doch dann geschah etwas außer der Reihe. Edelbert deutete auf eine Seitenstraße, die am Brauhaus vorbeiführte. »Wollen wir heute ein wenig durch den Rosengarten spazieren? Er soll gar herrlich duften um diese Zeit, und du liebst doch Pflanzen.«

Rosalie stutzte. Es sah Edelbert nicht ähnlich, um diese Zeit den Park aufsuchen zu wollen. Er liebte ja gerade dieses Sehen und Gesehenwerden, insbesondere wenn er sie an seiner Seite hatte, das versicherte er ihr stets aufs Neue. Sagte ihr immer wieder, ihre Schönheit sei so strahlend, dass sie für sie beide reiche. Warum wollte er jetzt in den Park, in dem kaum Leute waren?

Abwartend sah er sie an, und sie stimmte seinem Vorschlag notgedrungen zu. Sie passierten das Theater, das sich gerade im Aufbau befand, und schließlich auch das hübsche Conversationshaus mit den Säulen und dem Türmchen auf dem Dach.

Am Park angekommen, stellte sie fest, dass nur noch vereinzelte Rosen blühten. Sie war sich nicht sicher, aber sie meinte aus den Augenwinkeln zu sehen, wie Edeltraut und Edelbert einen verstohlenen Blick tauschten, gerade als sie den Rosenpavillon passierten.

»Ach herrje«, echauffierte sich Edeltraud mit einem Mal und blieb stehen. »Ich habe gänzlich vergessen, meine Medikamente einzunehmen.«

»Dann kehren wir doch zum Hotel zurück.« Fast hätte Rosalie mit den Schultern gezuckt, es war immerhin nicht so, dass sie hier irgendetwas verpasste. Doch Edeltraud winkte entschieden ab.

»Kommt gar nicht infrage. So ein schöner Spätsommerabend …« Sie blickte um sich und schien genau in diesem Moment den weißen Rosenpavillon am Rande der saftig grünen Rasenfläche zu entdecken, an dem sich die Kletterrosen so märchenhaft emporrankten. »Ruht euch doch solange ein wenig aus. Ich werde im Nu zurück sein.«

Ein nervöses Grummeln breitete sich in Rosalies Magen aus. Sie sollte mit Edelbert allein sein? Der Gedanke behagte ihr gar nicht. »Aber …«

Edeltraud fiel ihr ins Wort und sah ihr fest in die Augen. »Ihr seid verlobt, werdet in Kürze heiraten. Da kann man die Regeln guten Gewissens etwas lockern.«

Rosalie wollte dennoch protestieren, darauf hinweisen, dass sie nichts riskieren wolle und für eine äußerst strenge Einhaltung der Regeln sei, doch Edeltraud war bereits auf dem Weg zum Ausgang des Parks.

Verlegen schenkte sie Edelbert ein Lächeln, der es mit dünnen Lippen erwiderte und sie zum Pavillon führte. Durch den halb zugerankten Eingang herrschte innen nur mehr dämmeriges Licht. Man hätte fast vermuten können, dass er für ein kleines Techtelmechtel unter Liebenden vorgesehen war.

Nur dass Rosalie Edelbert eben nicht liebte.

Und allein bei dem Gedanken an einen Kuss wurde ihr flau im Magen. Er bedeutete ihr, Platz zu nehmen, und Rosalie folgte schließlich seiner Aufforderung, nahm sich aber ausgiebig Zeit, um ihre Röcke zu raffen. Könnte sie womöglich so lange mit ihnen kämpfen, bis Edeltraud zurück war?

Doch schließlich arrangierte sie ihre Kleidung auf der hölzernen Bank so weit links, wie es nur möglich war. Dennoch nahm Edelbert viel zu nah neben ihr Platz.

Zunächst schwiegen sie, lächelten sich immer wieder nur verlegen an.

»Meine Freunde und Bekannten sind alle ganz blass vor Neid geworden, als ich unsere Verlobung verkündet habe.« Das rauschende Fest auf dem Familienanwesen in Lübeck lag schon Monate zurück, aber sie hatten nie vollkommen privat sprechen können – was Rosalie eigentlich ganz recht gewesen war. Jetzt rückte er näher, und der Mottenkugelgeruch seiner Kleidung drang in ihre Nase. Sie spürte durch die Rockschichten seinen warmen Oberschenkel gegen den ihrigen drücken, sodass sie am liebsten abgerückt wäre.

Um jegliche romantische Anwandlungen im Keim zu ersticken, lenkte sie die Konversation auf das heikle Thema, von dem sie wusste, dass es vor ihrer Verlobung innerhalb seiner Familie vehement diskutiert worden war.

»Tröstet es sie darüber hinweg, dass ich lediglich eine Bürgerliche bin?«, fragte sie mit einem zuckersüßen Lächeln, und Edelbert strich sich fahrig die spärlichen Haare zurück. Er kam ihr noch ein Stück näher und zwang Rosalie dadurch, unauffällig an das Ende der Bank zu rutschen. Wenn sie noch weiter von ihm abrückte, würde sie auf dem Kiesboden landen.

»Aber, aber, du bist doch nicht irgendeine Bürgerliche!«, widersprach er mit Nachdruck. »Du bist eine wunderschöne höhere Tochter aus gutem Hause. Bei eurem Vermögen kann ich zudem sicher sein, dass du es nicht allein auf meinen Wohlstand abgesehen hast.«

Er strich über ihre Wange, und sie unterdrückte ein Schaudern. In einer fließenden Bewegung hob er ihr Kinn mit seinem dürren Zeigefinger an, sodass sie gezwungen war, in seine waschblauen Augen zu sehen. Nervös wich sie seinem Blick aus. Er ahnte also nicht, dass die elegante Fliedervilla und die dazugehörige Hofgärtnerei nur noch Überbleibsel eines längst vergangenen Wohlstands waren.

Voller Zärtlichkeit streichelte er erneut über ihre Wange. Sie widerstand dem Impuls, die feuchte Spur, die seine nervösen Finger hinterließen, fortzureiben.

»Meine Rosalie«, wisperte er. »Du bist noch schöner als die perfekteste aller Rosen.«

Ihr wurde unwohl, denn sie wusste, dass sie seinen Worten nicht gerecht wurde. Doch noch unwohler wurde ihr, als er langsam mit der Zungenspitze seine ewig trockene Unterlippe benetzte. Seine Zunge schoss aus seinem Mund und erinnerte sie an eine Nacktschnecke.

Dabei wäre der Moment an sich perfekt. Die sanfte Abendsonne brachte die rosafarbenen Blüten zum Leuchten, in der Ferne war das Quaken der Frösche am See zu hören, und Edelberts Blick war voll zärtlicher Zuneigung.

»Ich bin wahrlich der glücklichste Mann der Welt«, säuselte er in ihr Ohr. Rosalie kicherte und zog die rechte Schulter hoch, tat so, als kitzelte er sie, dabei wollte sie einfach seinen Atem nicht länger auf ihrer Haut spüren. Dann führte er sein Gesicht mit dem fein frisierten Schnurrbart so nahe an sie heran, dass sie seinen Atem auch noch riechen konnte. Er war nicht einmal unangenehm, kein Fischgeruch oder dergleichen – dennoch konnte sie es nicht über sich bringen. Sie wusste, worauf er aus war, aber sie konnte ihn einfach nicht küssen.

Wenn sie auch nur daran dachte, dass schon viel zu bald kein Weg mehr daran vorbeiführen würde, diese Nacktschneckenlippen zu küssen, wurde ihr übel. Sie sprang auf und strich über ihre Arme.

»Mir ist etwas frisch«, erklärte sie und machte dadurch indirekt deutlich, dass ihr Anstand es ihr verbat, bereits vor der Hochzeit Zärtlichkeiten auszutauschen, ganz gleich, was Edeltraud zuvor gesagt hatte. Insgeheim wusste sie jedoch, dass sie Manilo ohne jegliches Zögern geküsst hätte.

Für den Augenblick konnte sie noch Ausflüchte erfinden.

Aber nach der Hochzeit?

Als hätte er ihre Gedanken erraten, trat er an sie heran und griff nach ihren Händen. Mit seinen kaltschweißigen Fingern strich er über ihre Handrücken und schenkte ihr ein ehrerbietiges Lächeln.

Sie wandte den Blick ab. Ob er bemerkte, dass die Bilder in ihrem Kopf ihr oft etwas anderes zeigten als sein hageres Gesicht, so wie er es sich gewiss wünschte? In den vergangenen Tagen hatte sie die meiste Zeit in der Parallelwelt ihrer eigenen Gedanken verbracht. Er kannte eine gänzlich andere Rosalie. Sie war stets verführerisch und dabei doch charmant. Eine selbstbewusste Frau, die unter ihren Freundinnen die Tonangeberin war. Doch seit die Hochzeit näher rückte, hatte sie sich verändert. Mittlerweile war sie nahezu in sich gekehrt, die meiste Zeit in ihre eigenen Gedanken versunken und von einer unbestimmten Melancholie erfüllt. Immer wieder dachte sie an all die Geschehnisse der vergangenen Monate zurück, bevor sie nach Norderney gekommen war. Als sie noch sorglos gewesen war. Als sie geglaubt hatte, sie würde eines Tages ein schönes Leben führen.

Edelbert reckte den schmalen Hals und lugte durch die Rosenranken, wo nun ein Ehepaar in Sichtweite kam. Sie konnten den Pavillon also noch nicht verlassen.

»Ich kann gar nicht abwarten, bis du offiziell die Meinige bist«, sagte er.

Was als Kompliment gedacht war, schnürte ihr die Kehle zu.

Herrje, was war sie naiv gewesen.

Erst jetzt wurde ihr das wahre Ausmaß bewusst, was das alles für sie bedeutete. Sie würde aus der Obhut ihres Vaters, der sie die meiste Zeit hatte schalten und walten lassen, wie es ihr beliebte, an diesen Mann übergeben werden. Dann war sie die *Seine*, wie er immer wieder voller Freude betonte. Ganz gleich, was sie wollte, sie würde ihn stets um Erlaubnis bitten müssen. In einer fremden Stadt, ohne ihre Freundinnen, wäre er alles, was sie hatte. Sie würde mit ihm das Bett teilen müssen!

Schnell verbannte sie den Gedanken aus ihrem Kopf und wechselte das Thema.

»Ob heute wohl noch neue Kurgäste anreisen?«, fragte sie Edelbert, denn dies war immer ein aufregendes Geschehnis auf der Insel.

»Das wäre schön, dann kann ich ein weiteres Mal mit meiner wundervollen Rose prahlen«, sagte er augenzwinkernd, doch es schwang echter Stolz in seiner Stimme mit. »Aber ich bezweifle, dass zu so später Stunde noch ein Schiff anlegen wird.«

Wenn er lächelte, wirkte er wie ein Fischotter. Manilos Lächeln hingegen hatte immer eine strahlende Verschmitztheit gehabt. *Manilo.* Wie so oft waren ihre Gedanken schließlich bei ihm gelandet. Auch wenn sie mittlerweile nicht mehr ganz so sehr schmerzten, wünschte Rosalie sich doch, dass auch sie eines Tages so sehr geliebt werden würde wie Frieda von Manilo.

Voller Wehmut dachte sie an die einfühlsamen Zeilen zurück, die er für Frieda in jedem Brief zu Papier gebracht hatte und die regelmäßig ihr gerade heilendes Herz aufgerissen hatten. Sie waren von solch einer liebevollen Zärtlichkeit erfüllt, dass sie gar nicht anders konnte, als Frieda zu verabscheuen.

Was hatte diese Landpomeranze mit den Rehaugen, was sie nicht hatte?

Und auch wenn Edelbert ihr überaus zugetan war und ihr das stets versicherte, war dies nicht die alles umfassende Liebe, die Manilo mit Frieda zu verbinden schien. Aber genau das war es, was sie sich wünschte. Für Edelbert glich sie einer Trophäe, die er ergattert hatte. Er bedachte sie immerfort mit Flatterien und kleinen – manchmal auch großen – Aufmerksamkeiten. Doch war sie sich sicher, dass er keine tiefer gehenden Gefühle für sie hegte. Es war eher so, als wäre sie etwas zum Vorzeigen.

Sie war durchaus stolz auf ihre Schönheit – wie sollte es auch anders sein, war ihr doch von klein auf eingeschärft worden, dass es das war, worauf es ankam. Dennoch war es ihr ein Gräuel, dass ihr gutes Aussehen nun alles sein sollte, was sie einbrachte und worum es in ihrem restlichen Leben ging.

Als Edelbert sie in der Lübecker Gesellschaft eingeführt hatte, hatte er gesagt: »Das ist meine wunderschöne Rose, die auch einen ebensolchen Namen trägt. Rosalie.«

Anfangs hatte sie Gefallen daran gefunden und sich in den bewundernden Blicken gesonnt, doch nach und nach war ihr klar geworden, dass das nicht alles sein konnte. Schon nach einigen Bällen waren die bewundernden Blicke weniger geworden, offenbar gewöhnte der Mensch sich wahrlich an alles, sogar an Schönheit. Außerdem hatte der Rosenvergleich ihr stechend ins Bewusstsein gerufen, dass ihre Schönheit eines Tages verblühen würde. Ihre makellose Haut würde nicht ewig so bleiben. Und da sie in den letzten Monaten nur im Essen von Brötchen, am liebsten dick bestrichen mit einer gar köstlichen Himbeer-Rosen-Konfitüre, und reichlich süßen Naschereien einen Trost gefunden hatte, war ihre Figur bereits deutlich rundlicher geworden. Deswegen konnte sie nicht allein auf ihr Äußeres bauen.

Edelbert hatte ihr versichert, dass sie in Lübeck alles haben würde, was das Herz begehrte, und sie sich zudem um nichts kümmern müsse, denn seine Mutter bestand darauf, weiterhin den Haushalt zu führen, während er mit seinem Vater die Geschäfte leitete. So könnte sie ganz ihren Interessen nachgehen.

Doch wenn Rosalie vollkommen ehrlich war, musste sie sich eingestehen, dass sie nicht sicher war, was ihre Interessen überhaupt waren. Natürlich stöberte sie gerne die Modezeitschriften durch, redete mit ihren Freundinnen und trank Tee. Doch sollte das alles sein? Das würde ihr Leben nicht erfüllen. Daher sah sie beim Gedanken an die Zukunft nur eine völlige Leere vor sich, einen verlassenen Raum, in dem vereinzelte Staubkörner herumwirbelten – das genaue Gegenteil des Lebens, das sie sich ursprünglich vorgestellt hatte.

Sie wollte eine richtige Aufgabe.

Schon vor langer Zeit hatte sie zu Konstantin gesagt, dass sie in der Welt etwas ausrichten wolle. Damals hatte sie die Schauspielerei für sich entdeckt und erstmalig etwas gefunden, in dem sie richtig aufging. Auf der Bühne war sie in ihrem Element gewesen. Allerdings würde ihr dies in Zukunft gewiss nicht gestattet sein. Edelberts Mutter hatte konsterniert die Augenbrauen hochgezogen, als sie vorsichtig nachgefragt hatte, ob sie dieser Beschäftigung nachgehen dürfe. »Schauspiel?«, hatte Edeltraud gerufen. »Dann bist du den ganzen Tag dem künstlichen Licht ausgesetzt, also lieber nicht, am Ende bekommst du noch elektronische Sommersprossen. Erst neulich habe ich davon gehört …«

Rosalie hatte auch dieses Seufzen unterdrückt. Elektronische Sommersprossen? Natürlich ging nichts über eine vornehme Blässe, aber das war nun wirklich absurd. Dennoch war die Tätigkeit am Theater keine klassische Aufgabe für feine Damen, und sie war in ihrem vorherigen Leben ohnehin nur damit durchgekommen, weil ihre Mutter damals zu krank gewesen war, sich um derartige Angelegenheiten zu kümmern, und ihr Vater von solchen Dingen nicht viel verstand.

Endlich war das Knirschen des Kieses zu hören, und kurz darauf trat Edeltraud zu ihnen. Rosalies innere Anspannung löste sich wieder. Mit ihr im Rücken kehrten sie auf die Promenade zurück und flanierten weiter. Edelbert liebte Norderney und verbrachte so viel Zeit wie möglich auf der Insel. Für ihn wären die Ostseebäder eigentlich leichter zu erreichen gewesen, doch er zog das Flair der Nordsee vor, das für ihn offenbar etwas ganz Exotisches mit sich brachte.

Als sie das weiße Hotel mit den wehenden Fahnen erreichten, fragte Edelbert das, was er jeden Tag zu fragen pflegte. »Sollen wir dann in die Garderobe für das Dinner wechseln, und ich erwarte dich im Foyer?«

Rosalie nickte gediegen.

»Vortrefflich. Ich bin bereits gespannt, mit welchem Kleid meine Schönheit mich heute bezirzen wird.«

Um sie seinerseits zu bezirzen, hatte er schon zu Beginn ihrer Liaison die hübschesten Kleider anfertigen lassen, für die sie ihrem Vater monatelang in den Ohren hätte liegen müssen. Damals hatte sie sich noch gefreut, aber mittlerweile fragte sie sich, ob sie nicht vielleicht doch einen Ehemann hätte wählen sollen, der zwar etwas weniger Geld hatte, dafür aber vielleicht nicht ganz so viel Unbehagen in ihr auslöste. Aber vermutlich war das gar nicht Edelberts Schuld. Es war ihr nun mal zuwider, dass sie überhaupt gezwungen war zu heiraten.

Als sie die Rezeption passierten, räusperte sich der Hoteldirektor, der mit seinem gezwirbelten Schnauzbart ein wenig wie ein Zirkusdirektor aussah.

»Fräulein Goldbach?«, fragte er, obwohl er gewiss wusste, wer sie war. Jeder im Hotel wusste das, nicht zuletzt, seit sie sich mit Edelbert verlobt hatte, denn damals war sie das Gespräch der Insel gewesen.

Rosalie wunderte sich, denn für gewöhnlich beließen sie es bei einem kurzen Gruß, wenn sie die Rezeption passierten. »Ja, worum geht es?«

Er hielt ihr ein Silbertablett hin, auf dem ein gefalteter Zettel lag. »Das ist soeben für Sie eingetroffen. Es scheint sehr wichtig zu sein.«

»Ein Telegramm?« Mit zitternden Händen nahm Rosalie das Papier vom Tablett. Sie ahnte, dass es keine guten Nachrichten sein würden, denn warum sollte sie sonst ein Telegramm erhalten? Normalerweise bekam sie die Briefe auf ihr Zimmer, so wie die anderen Hotelgäste auch.

»Vielen Dank«, sagte sie zum Hoteldirektor und signalisierte damit, dass er gehen könne.

Vermutlich sollte sie warten, bis sie auf ihrem Zimmer war, um das Telegramm zu lesen, doch sie ertrug die Ungewissheit nicht.

Geschwind faltete sie das Papier auseinander. Die Nachricht bestand aus nur wenigen Zeilen.

Obwohl es ein sommerlicher Tag war, wurde ihr urplötzlich eiskalt. Die Luft schien sich zu verdicken, denn es fiel ihr schwer zu atmen.

Sie spürte Edelberts Hand auf ihrem Rücken und unterdrückte den Drang, Abstand zwischen ihn und sich zu bringen.

»Meine Liebste, was ist denn?«, fragte er, und seine hellblauen Augen blickten sie ehrlich besorgt an.

»Ja, Rosalie, was steht in dem Telegramm? Du bist vollkommen blass«, erkundigte sich auch Edeltraud mit einer merkwürdigen Mischung aus Sorge und Sensationslust in der Stimme.

Rosalie blickte abermals auf die Zeilen. Es erschien ihr widersinnig, wie man etwas so Großes, Unfassbares in so wenigen, nüchternen Worten zusammenfassen konnte.

»Rosalie?«

Sie konnte nicht antworten. Wie eine Marionette ging sie mit steifen Gliedern auf ihr Zimmer. Edelbert und Edeltraud folgten ihr auf dem Fuß. Meike sah verwundert hoch, als sie die Gruppe eintreten sah, und blickte Rosalie fragend an.

Rosalie ließ sich auf die edle Polstergarnitur sinken und starrte durch das große Fenster auf die Brandung hinaus, die ihrer aufgewühlten Innenwelt so oft Ruhe zu spenden vermocht hatte. Sie sehnte sich danach, dass die Wellen auch dieses Mal über ihre Seele streichelten. Doch es gelang nicht. Egal, wie lange sie auf das stetige Hereinbranden der Wellen schaute, ihr Herz pochte immer noch wild.

Es konnte einfach nicht wahr sein, *durfte* nicht wahr sein.

Edelbert ging vor ihr auf die Knie und griff nach ihren Händen. Rosalie fühlte nicht einmal mehr die kühle Nässe seiner Haut.

»Liebste, nun sprich doch endlich. Was ist geschehen?«

Rosalie schüttelte kraftlos den Kopf und hielt ihm das Telegramm entgegen. Er ergriff es und hielt es ins Licht, das aus dem großen Fenster einfiel, um besser lesen zu können.

»Grundgütiger«, rief er aus und schnappte nach Luft. »Das darf doch nicht wahr sein!«

Edeltraud eilte zu ihm und versuchte, ihm das Telegramm abzunehmen, doch er ließ es nicht zu.

»Was ist denn geschehen? Sagt es doch endlich«, beschwerte sie sich.

»H-Herr Goldbach, er ist … er ist …« Mit großen Augen sah er seine Mutter an. »Er ist verstorben.«

Meike kreischte auf. Ihr Schrei fuhr durch Rosalies Glieder, erschütterte sie mit der düsteren Gewissheit, die in ihm lag, während das Stubenmädchen die Hände vor den Mund schlug, sie aus den eng zusammenstehenden Augen erschrocken ansah und zu wimmern begann.

Jetzt war es wahr. Ihr Vater lebte nicht mehr.

5. Kapitel

Julius sang gemeinsam mit Alrich und den anderen Erntehelfern voller Inbrunst, während er die Sichte, eine kürzere Sense, die das Stroh glatter machte, durch den Roggen sausen ließ. »Wir pflügen und wir streuen den Samen auf das Land, doch Wachstum und Gedeihen steht in des Himmels Hand.« Das Singen der Erntelieder half, die Sichte im Takt zu schwingen, und machte gleichzeitig die anstrengende Ernte erträglicher.

Doch als sie den Wagen vom alten Bauern Schünemann bis zu ihrem Acker heranfahren sahen, verstummte einer nach dem anderen.

»Hinrich, was ist los?«, rief Alrich seinem Nachbarn entgegen, der die Pferde zum Stehen gebracht hatte und abstieg.

Mit einigen Schritten lief er Alrich entgegen. »Ich komme gerade aus der Stadt«, erklärte er und sah zu Julius herüber. »Du sollst sofort in die Fliedervilla kommen. Es ist dringend.«

Julius stellte die Sichte auf den Mahdhaken und ging ein paar Schritte auf den gebrechlich wirkenden Mann zu.

»In die Fliedervilla? Was ist geschehen?«

»Das kann dein Bruder dir besser selbst erzählen. Aber du solltest dich beeilen, es sieht nicht gut aus.«

Herrje, was mochte nur geschehen sein, das so dringlich war, dass sie sogar die Ernte unterbrechen sollten? Er schauderte. Der Nachbarbauer wusste ja, welche Verluste dies nach sich ziehen konnte, und würde die Bitte keinesfalls leichtfertig weitertragen.

»In Ordnung, ich werde mich sogleich auf den Weg machen«, sagte Julius und überlegte, wie er schnellstens in die Stadt gelangen könnte.

Alrich trat an seine Seite. »Ich werde dich begleiten.«

»Bist zu sicher?« Julius' Blick glitt über das erst halb gemähte Feld. Es war ein feuchter Sommer gewesen. Sie hatten Woche um Woche auf wärmere Tage gewartet und waren ohnehin schon viel zu spät dran mit der Ernte. Wenn sie den heutigen Tag nicht nutzten, könnte ein Großteil verloren gehen. Es war schon schlimm genug, dass er selbst als Erntehelfer ausfiel.

Doch sein Onkel nickte bestimmt. »Familie geht vor.«

Julius lächelte ihm dankbar zu. Gemeinsam stiegen sie auf den Pferdewagen, wo sein Onkel sofort die Zügel ergriff. Das Korn würden sie später einfahren.

Seine Gedanken zerfraßen ihn derweil. Ging es um seinen Vater? Oder Rosalie? Sie war momentan auf Norderney – es hatte doch nicht etwa ein Schiffsunglück gegeben? Oder vielleicht hatten Alexander oder Konstantin einen Arbeitsunfall gehabt? Jedes dieser Szenarien löste eine kaum erträgliche Beklemmung in ihm aus. Wenn seinem Vater etwas zugestoßen sein sollte, würde er sich das nie verzeihen können. Erst vor wenigen Tagen war Alexander bei ihm gewesen, um sich mit ihm auszusöhnen, und hatte damit etwas getan, was Julius ihm niemals zugetraut hätte.

Er hatte sich immens gefreut, dass sein Vater nicht nur bereit gewesen war, Marleene in die Familie aufzunehmen, sondern ihm sogar die bereits verloren geglaubte Hofgärtnerei samt Fliedervilla wieder hatte vererben wollen. Innerlich hatte er sich seine Zukunft bereits in leuchtenden Farben ausgemalt, und dennoch hatte er äußerlich den störrischen Esel gegeben, um es seinem Vater nicht allzu leicht zu machen. Zu tief saß seine Enttäuschung aus dem Vorjahr.

Was war er doch für ein Narr gewesen.

Sein Onkel klopfte ihm auf den Rücken. »Warte erst einmal ab, was geschehen ist. Es nützt nichts, den Teufel an die Wand zu malen, ohne dass wir wissen, was passiert ist.«

Das Pferd trabte über die Feldwege, und keiner von ihnen sprach ein Wort, bis die ersten Häuser von Oldenburg vor ihnen auftauchten. Die womöglich düstere Wahrheit rückte jetzt immer näher.

»Kannst du bitte beim Hotel Holthusen vorbeifahren? Ich möchte Marleene jetzt bei mir haben.«

Es würde nicht leicht werden, sie von der Arbeit wegzubekommen, aber Julius spürte einfach, dass er sie jetzt in seiner Nähe brauchte.

»Was ist geschehen?«, fragte Marleene, sobald das Hotel hinter ihnen lag und er ihr auf die Ladefläche half. Julius hatte etwas Zeit benötigt, um Frau Holthusen zu überzeugen, aber schließlich war es ihm gelungen. Die Sorge stach deutlich aus Marleenes Worten hervor, und alles in ihm zog sich zusammen.

»Ich weiß es noch nicht, ich habe nur erfahren, dass wir schnellstmöglich nach Hause kommen sollen.«

Im eiligen Trab fuhren sie weiter, bis endlich die Umrisse der Fliedervilla vor ihnen lagen. Wehmut ergriff ihn, er hatte dieses wunderschöne Haus immer geliebt und merkte erst jetzt, wie sehr er es vermisst hatte. Die roten Backsteine, das kleine Spitzdach und die weiß umsäumten Fenster und Ecken des Hauses hatte er schon viel zu lange nicht mehr gesehen. Der Flieder, der das gesamte Gebäude umgab, war natürlich längst verblüht, und auf eine sonderbare Art wirkte die Villa an diesem Tag fast traurig.

Noch bevor sein Onkel das Fuhrwerk zum Stehen gebracht hatte, sprang Julius vom Wagen und half danach Marleene herunterzuklettern. Mit der Faust klopfte er ungeduldig gegen die grün gestrichene Holztür und hörte das Pochen im Inneren widerhallen.

Ein ihm unbekanntes Stubenmädchen öffnete die Tür, seine Augen waren rot geschwollen. Der riesige, mit verräucherten Goldleisten eingefasste Spiegel war verhängt, und die Zeiger der großen Standuhr zeigten auf 23 Uhr 17. Das Pendel stand still.

Jemand war um diese Zeit gestorben.

Wie durch einen Nebelschleier fühlte Julius eine warme Hand, die sich um seine schloss und sie drückte. Marleene. Sie gab ihm Halt, damit er nicht einknickte. Auch sein Onkel hatte die Villa betreten und nickte ihm traurig zu. Dann kam Konstantin die geschwungene Treppe herunter.

Es war ungewohnt, ihn in einem tiefen Schwarz anstatt des üblichen Kastanienbrauns zu sehen.

»Julius, da bist du ja. Schön, dass du's einrichten konntest.«

»Ist … ist es Vater?«, äußerte er seine schlimmste Befürchtung, und Konstantin nickte knapp, als hätten sie soeben ein nichtssagendes Geschäft gemacht.

»Ja, natürlich ist es Vater. Es hat sich herausgestellt, dass die Verbindung des Kalk-Stickstoff-Mittels für das Feld zusammen mit Alkohol überaus tödlich ist. Er ist gestern Abend ums Leben gekommen.«

Marleene schnappte nach Luft, und auch Julius konnte diese Ungeheuerlichkeit kaum fassen.

»Gestern Abend bereits? Und dann verständigst du mich erst jetzt?«

»Herrgott, ich hatte nun mal sehr viel zu erledigen. Bestatter, Notar, Beerdigung … Das alles regelt sich nicht von alleine.«

»Das ist mir bewusst, aber ich hätte dich natürlich dabei unterstützt.« An Konstantins Miene sah er, dass es müßig war, das Thema noch länger zu diskutieren. »Kann ich ihn sehen?«, fragte er einlenkend.

Konstantin nickte. »Wir haben ihn im Schlafzimmer aufgebahrt. Du kannst dich in Ruhe von ihm verabschieden. Danach komm bitte ins Kontor.«

»Warum?« Julius wollte nichts einfallen, was man in dieser Situation im Kontor würde regeln können. Die Trauerfeier würde doch gewiss erst in einigen Tagen stattfinden.

»Die Testamentseröffnung. Ich habe arrangiert, dass sie bereits heute stattfindet, da es sich bei unseren Pflanzen um lebende Güter handelt. Oder denkst du etwa, dass ich mich auch nur einen weiteren Tag um die Hofgärtnerei kümmere, wenn ich gar nicht gewiss sein kann, dass sie weiterhin mir gehört?« Er wandte sich zum Gehen.

Julius sah seinem Bruder hinterher und spürte, wie ihm der Schweiß über den Rücken lief. Ahnte Konstantin, dass sein Vater ihn bedacht hatte, und wollte es deswegen so schnell wie möglich hinter sich bringen? Oder hatte er keinen blassen Schimmer und wollte ihn loswerden?

Aber eigentlich waren das Fragen, denen er sich jetzt noch gar nicht stellen wollte.

***

Marleene hatte sich in ihrem ganzen Leben noch nie so hilflos gefühlt. Jetzt hatten sie diese grauenvolle Nachricht erhalten, dass Alexander verstorben war, und alles, was sie tun konnte, war, hin und wieder Julius' Hand zu drücken. Stumm begleitete sie ihn die mit einem samtenen Teppich bezogene Doppeltreppe hinauf und folgte ihm in ein eindrucksvolles Schlafzimmer mit einem pompösen Bett aus Nussbaumholz, Betthimmel und farblich abgestimmten Möbeln.

Und in all dieser Pracht lag er.

Ihr ehemaliger Chef war kaum wiederzuerkennen, so blass, wie er war. Jegliche Härte war aus seinem Gesicht gewichen, und er sah trotz seines schlimmen Todes friedlich aus. In nur seltenen Momenten hatte sie ihn zu Lebzeiten auf diese Weise erlebt. Wenn überhaupt, eher zu Beginn ihrer Lehrzeit, als es noch mehrere fröhliche

Momente gegeben hatte. Wenn er etwa ihr Wissen anerkennend zur Kenntnis genommen oder mal über einen Männerwitz gelacht hatte, dann war dieser Alexander durchgeblitzt, der nun vor ihr lag. Unwillkürlich musste sie an ihren eigenen Vater denken, den sie viel zu früh verloren hatte. Er hatte ihre Liebe zu den märchenhaften Pflanzen und ganz besonders zum Flieder geweckt. Am Tag seines Todes war ein Nachbarsjunge ihr auf dem Rückweg von der Schule entgegengerannt – und doch war sie zu spät gekommen. Sie war nur noch bei seinen letzten Atemzügen zugegen gewesen.

Vorsichtig sah sie zu Julius, der vor dem Bett auf die Knie sank und nach Alexanders Hand griff. Er vergrub sein Gesicht in der Decke neben seinem Vater, und am leichten Beben seiner Schultern erkannte Marleene, dass er weinte. Machtlos sah sie zu, konnte nichts weiter tun, als immer wieder beschwichtigend über seine Schultern zu streichen.

Nach ungefähr einer Stunde erschien Konstantin und lehnte sich gegen den Türrahmen.

»Kommst du dann langsam mal?«, fragte er und machte sich dabei nicht die Mühe, die Missbilligung in seiner Stimme zu verschleiern. Als Junge weinte man nicht, als junger Mann schon gar nicht.

Er verschwand, und Julius rappelte sich langsam wieder hoch. »Es tut mir leid, ich … ich …«

Marleene legte einen Finger auf seine Lippen. »Ich verurteile dich nicht dafür, dass du geweint hast«, sagte sie. »Ich hätte es getan, wenn du keine einzige Träne vergossen hättest, denn das würde bedeuten, dass du ein gefühlloser Klotz bist.«

Seite an Seite gingen sie die Treppe hinunter und suchten dann das Kontor auf, wo Konstantin bereits ungeduldig wartete. Julius' Onkel und Frau Maader aus dem Blumenladen hatten ebenfalls Platz genommen, während der Notar hinter dem edlen Mahagonischreibtisch saß. Rosalie war offenbar noch nicht zurückgekehrt.

Sobald Marleene und Julius sich gesetzt hatten, räusperte sich der untersetzte Mann mit den rundlichen Wangen und der runden Brille und setzte sich in dem eleganten Stuhl zurecht.

»Ich erlaube mir, Ihnen zunächst mein aufrichtiges Beileid auszusprechen zu dem traurigen Anlass, zu dem wir uns hier zusammengefunden haben. Ich wurde in dieser Angelegenheit zu besonderer Eile verpflichtet, da es sich bei den Erbgütern um Pflanzen handelt, die versorgt werden wollen. Dieser Bitte bin ich selbstverständlich nachgekommen.« Er sah jeden Einzelnen im Raum an. Marleene fühlte sich unbehaglich, ihr ging alles viel zu schnell. Wie würde Konstantin reagieren, wenn er erfuhr, dass er die Gärtnerei nicht erben würde?

»Ich habe das Testament des Verstorbenen hier vorliegen und werde jetzt die einzelnen Güter durchgehen.« Der Notar nahm die Papiere auf und startete mit einigen Kleinigkeiten wie Tischdecken, Handtüchern und Sonntagsgeschirr, die zwischen der nicht anwesenden Rosalie und Frau Maader aufgeteilt wurden.

Dann ordnete er die Papiere neu und räusperte sich. »Und nun kommen wir zu dem größten Posten. Ich werde Alexander Goldbachs Worte verlesen:

Ich, Alexander Goldbach aus Oldenburg, erkläre im Alter von vierundfünfzig Jahren in Gottes Namen und bei klarem Verstand und Gedächtnis, dass dies mein Letzter Wille ist.
Als Grundbesitzer mache ich von den Nachlassregeln der Erbrechtsreform zum Grund und Boden von 1874 Gebrauch und ernenne die Hofgärtnerei zu einer Grunderbstelle. Der Grunderbe erhält die Hofgärtnerei, einschließlich der Fliedervilla samt Möblierung, alle Pflanzen, Arbeitsmittel und Geräte zur Bewirtschaftung. Darüber hinaus erhält er vierzig Prozent des Vermögens. Die übrigen sechzig Prozent werden zwischen den weichenden Erben aufgeteilt.«

Marleene hielt die Luft an. Sie wusste, dass vor einigen Jahren das Erbrecht geändert worden war, sodass nicht zwangsläufig der älteste oder, wie in einigen Regionen, der jüngste Sohn alles erbte. Um die Zerstückelung von Grund und Boden zu verhindern, was die Betriebe nicht länger wirtschaftlich machen würde, konnte aber weiterhin alles zu einer Grunderbstelle zusammengefasst werden, wie Alexander es getan hatte.

Der Notar schob die Brille nach oben und hielt die Papiere näher an seine Augen. Dann verlas er den entscheidenden Satz: *»Zum Grunderben ernenne ich meinen Sohn Konstantin.«*

Für einen Moment herrschte vollkommene Stille im Raum.

Hatte sie das gerade richtig gehört? Marleene schloss die Augen, als könnte sie sich auf diese Weise irgendwie vor der Bedeutung der Wörter verstecken. Doch es half nichts. Nach und nach sickerte die Bedeutung in ihr Bewusstsein, es gab kein Entrinnen.

Nahezu alles würde an Konstantin übergehen.

Entweder hatte Julius sich verhört, oder Alexander war schlicht und einfach nicht mehr dazu gekommen, sein Testament zu ändern. Es war lediglich ein Vorhaben gewesen, noch keine abgeschlossene Sache, und sein Tod war zum denkbar ungünstigsten Zeitpunkt gekommen. Vorsichtig sah sie zu Julius hinüber, der zusammengesunken auf dem Stuhl saß und ihr nicht in die Augen blicken konnte.

Vermutlich ertrug er es nicht. Alles war weg.

Julius bekam die Hofgärtnerei nicht zurück, keine Bank wollte ihnen einen Kredit für ein Stück Land gewähren, und somit hatten sie abermals ihren großen Traum verloren.

6. Kapitel

»Un de leste Kiste«, rief der alte Alois, während er Frieda die Blumen aus der Hofgärtnerei für den Laden in der Oldenburger Innenstadt anreichte. Frieda lächelte dem Mann mit den spärlichen weißen Haaren zu, bedankte sich und sah erst dann die Blumen in der Mitte der Kiste. Sie erstarrte innerlich. Rote Astern. Unweigerlich bildete sich ein Kloß in ihrem Hals, und sie versuchte vergeblich, ihn hinunterzuschlucken. Das waren die Blumen, die sie am fürchterlichsten Tag ihres Lebens in ihrem dunkelbraunen Haarkranz getragen hatte. Ausgerechnet der Tag, der einer der schönsten hatte werden sollen. Aber das war lange her.

Frau Maader hatte ihr schon mehrmals gesagt, dass sie mit der Sache endlich abschließen müsse. Da konnte Frieda ihrer Chefin nur zustimmen. Ihr war ja selbst bewusst, dass sie aufgeben musste. Doch leider schien ihr Herz das anders zu empfinden. Auch nach so langer Zeit schlug es noch immer einen Takt schneller, wenn sie an Manilo dachte, obwohl der Italiener mit dem strahlenden Lächeln längst in seine Heimat zurückgekehrt war. Frieda biss die Zähne zusammen, stellte die Kiste im Ladeninneren ab und verteilte die Blumen auf die Blecheimer, in die sie bereits Wasser gefüllt hatte.

Unweigerlich kamen dabei die Bilder von jenem Abend vor fast einem Jahr wieder hoch. Der Abend, an dem das Theaterstück in der Hofgärtnerei aufgeführt worden war – und er ihr einen Antrag hatte machen wollen. Schon am Morgen war sie mit einem Lächeln im Gesicht aufgewacht, auf dem Weg zur Arbeit hat sie jeden fröhlich gegrüßt, und im Laden hatte sie den ganzen Tag gesummt. Kein noch so fordernder Kunde hatte ihr die Laune vermiesen können. Frau Maader hatte sie ausnahmsweise früher gehen lassen, und sie hatte mit der Schrubbkur ihrer Oma ihre Haut zartweich bekommen. Danach hatte sie sich zur Feier das Tages mit Marleenes kostbarem Fliederöl eingerieben und geplättete Kleidung angezogen und dann hatte sie die Astern in ihren Haarkranz gesteckt.

Alles war perfekt gewesen.

Nur dass sie die Blumen gut eine Stunde später hatte wegwerfen müssen, nachdem sie erfahren hatte, wer Manilo wirklich war. Nämlich nichts anderes als ein gemeiner, rücksichtsloser Dieb und keineswegs der herzliche, fürsorgliche Mensch, für den sie ihn gehalten hatte. Denn wenn er das gewesen wäre, hätte er sich ja zumindest bei ihr gemeldet, doch sie hatte kein Sterbenswörtchen mehr von ihm gehört.

Mit ihrer Schulter versuchte sie verstohlen, sich die Tränen aus dem Gesicht zu reiben, während sie die Eimer für den Verkauf zurechtstellte, als es hinter ihr klatschte.

»Jetzt reicht es mir aber mit dir, Frieda«, rief Frau Maader, die entschlossen ihren Heftroman zugeklappt hatte und in die Tasche ihrer Kittelschürze schob.

Frieda tauschte bei zwei Blumeneimern die Plätze, damit die Farben besser harmonierten, und schniefte leise. »Ich … ich weiß, ich verspreche, es wird gleich wieder gut sein, ich brauche nur einen kleinen Moment, um mich zu beruhigen. Sie müssen aber nichts sagen, Sie haben vollkommen recht. Er hat es nicht verdient, dass ich ihm auch nur eine Träne nachweine.«

»Ganz recht«, grollte Frau Maader. »Es kann so einfach nicht weitergehen, du musst ein für alle Mal mit der Sache abschließen. Ansonsten wird es dich auf ewig verfolgen.«

Frieda stockte, bevor sie die nächsten Blumeneimer holte, und sah ihre Chefin verwundert an. »Aber genau das versuche ich doch bereits seit einem Jahr. Immer wieder erinnere ich mich daran, dass er es nicht wert ist, und will ihn mir aus dem Kopf schlagen, und dennoch gelingt es mir nicht. Was soll ich denn noch machen?«

»Du wirst nach Italien fahren und diesen Bastard zur Rede stellen«, sagte Frau Maader und verschränkte die Arme, als wäre es bereits beschlossene Sache.

Frieda riss die Augen auf. »Nach Italien? Ich? Ganz allein? Wie soll das gehen? Ich … ich kann doch nicht nach Italien fahren. Das kann ich mir beileibe nicht leisten, und als Frau alleine zu reisen, ist außerdem viel zu gefährlich.«

Frau Maader kletterte von ihrem erhöhten Hocker herunter, der neben der Kasse stand, und lehnte sich an die Wand. »Das stimmt«, sagte sie nachdenklich, als wären ihr all diese Umstände erst jetzt eingefallen. »Dann muss dich halt jemand begleiten. Was ist mit deiner Cousine, dieser Marleene? Die könnte doch mit dir fahren! Vielleicht kann sie sich wieder als Mann verkleiden, das wäre sicherer, und es hat damals ja recht gut funktioniert.«

Frieda ließ sich nicht dazu hinreißen, darüber zu diskutieren, wie gut Marleenes Verkleidung wirklich funktioniert hatte, denn das war etwas fragwürdig gewesen. Stattdessen besann sie sich auf das wichtigste Gegenargument. »Marleene ist arm wie eine Kirchenmaus, sie hat noch weniger Geld als ich. Alles, was sie verdient, spart sie, damit sie sich irgendwann einmal ein Stück Land für eine Gärtnerei kaufen können.«

»Und sonst gibt es niemanden?«

Frieda schüttelte traurig den Kopf. »In meiner Familie haben alle Haus und Hof zu versorgen. Zudem sind die meisten kaum über ihre Heimat hinausgekommen, geschweige denn, dass sie das Land verlassen hätten. Nach Italien zu reisen, ist für uns vollkommen undenkbar.«

»Hmmm …« In innerer Zwiesprache legte Frau Maader eine Hand an ihr Kinn. Ihr Blick wanderte über die bunten Blumen in den Eimern zu den Gestecken und schließlich nach draußen, wo gerade ein Mann mit Zylinder und eine Frau mit Sonnenschirm vorbeispazierten. »Das ist gar nicht so einfach, aber es muss eine Lösung geben.« Ihre Stirn legte sich in tiefe Falten, schließlich richtete sich ihr Blick wieder auf den Laden und fand Friedas Augen. »Vielleicht sollte ich mitkommen.«

»Sie?« Frieda bemühte sich, ihre Stimme nicht zu erheben und damit zu offenbaren, dass sie die Idee völlig absurd fand. Warum sollte ihre oftmals so grantige Chefin so etwas für sie tun?

Frau Maader verließ derweil ihren Platz und lief sinnierend im Laden auf und ab. »Natürlich, warum bin ich nicht gleich darauf gekommen? Alexander ist alle paar Jahre nach Italien gereist, um die exotischen Pflanzen für die Orangerie zu kaufen. Ich weiß, dass nächstes Jahr wieder eine Reise fällig wäre, doch mit den Arbeiten am Schlossgarten fehlt Konstantin gewiss die Zeit.« Mit ungewohnter Begeisterung sah sie Frieda an. »Verstehst du?«

Unsicher blickte Frieda von links nach rechts. Sie verstand gar nichts mehr. Worauf wollte Frau Maader hinaus? Ungünstigerweise kündigte die helle Glocke über der Ladentür einen neuen Kunden an, und Frieda musste sich gedulden, bis er sich zwischen zwei Blumensträußen und einem Gesteck als Mitbringsel für seine Angebetete entschieden hatte. Kaum hatte sich die Tür hinter ihm geschlossen, wandte sie sich wieder Frau Maader zu.

»Also, wie meinten Sie das mit der Reise?«

Ein sanftes Lächeln umspielte Frau Maaders Mundwinkel. »Ganz einfach. Ich werde meinem Neffen anbieten, die Einkaufsfahrt nach Italien zu unternehmen. Ich wollte ohnehin schon immer Orangenbäume in freier Natur sehen. Der letzte Roman, den ich gelesen habe, hat ebenfalls in Italien gespielt … Es muss dort wirklich schön sein!

Und wenn wir schon einmal dort sind, werden wir eben auch deinem Manilo einen Besuch abstatten.« Triumphierend verschränkte sie die Arme.

»Gewiss, das wäre ein guter Plan«, sagte Frieda langsam, da sie nicht sicher war, ob sie es ernst nehmen sollte, was Frau Maader da vorhatte. »Aber dennoch bleibt es für mich ganz einfach unerschwinglich. Und letztendlich … Was soll das bringen? Dann bin ich in Italien, und, ganz abgesehen davon, dass ich nicht einmal seine genaue Adresse habe, was soll ich ihm sagen? Nein, ich denke, dass er sich nicht bei mir gemeldet hat, ist Aussage genug. Er will mich nicht, vermutlich hat er mich nie wirklich gewollt. Ich war lediglich ein süßer Zeitvertreib für ihn während seines Aufenthalts hier.«

»Das mag sein«, gab Frau Maader zu. »Letztendlich wirst du ohne eine Reise nach Italien jedoch nie Gewissheit haben. Und ist es nicht diese Ungewissheit, die einen in die Verzweiflung treibt? Glaub mir, ich kenne das. Mein Leopold ist vermutlich im Deutsch-Französischen Krieg gefallen. Allerdings wurde seine Leiche niemals gefunden, und man kann es lediglich stark vermuten. Und obwohl es vollkommen unwahrscheinlich ist, hoffe ich bis heute, dass er vielleicht doch noch eines Tages hier durch die Tür kommt und sagt: ›Mutter, hier bin ich wieder.‹«

Melancholisch sah sie zum Fenster hinaus.

»Dieser winzige Funke Hoffnung macht es mir unmöglich, endgültig damit abzuschließen. Im Allgemeinen wird Hoffnung stets als etwas sehr Positives angesehen, aber ich finde, das stimmt nicht. Sie hat etwas Zerstörerisches. Denn jeder noch so kleine Funke hindert einen daran, einen Schlussstrich zu ziehen. Hoffnung ist wie Unkraut und raubt den neuen zarten Pflanzen die Kraft zum Wachsen. Und deshalb, Frieda, versichere ich dir, es wird nicht besser werden, bis du Gewissheit hast. Aus diesem Grund werden wir zwei nach Italien reisen.«

Derartige Worte hatte Frieda noch nie zuvor von ihrer Chefin gehört, und sie wusste gar nicht recht, was sie dazu sagen sollte.

»Ich glaube Ihnen. Aber kann man das tatsächlich vergleichen? Es geht hier ja nicht um Leben und Tod ... Ist der Aufwand nicht zu groß für eine verlorene Liebe? Gewiss wird sie eines Tages von selbst wieder vergehen.«

Frau Maader lachte auf. »Glaub mir, ich weiß aus eigener Erfahrung, dass gerade die Liebe eine Pflanze ist, die sich vor allem von dieser tödlichen Hoffnung nährt. Sie ist in dieser Hinsicht ein einzigartiger Kaktus, dem bereits der kleinste Tropfen Hoffnung zum Überleben reicht.« Eindringlich sah sie Frieda an. »Über viele, viele Jahre«, setzte sie hinzu.

Frieda musste schlucken. Sie hatte eine vage Vermutung, von wie vielen Jahren Frau Maader da sprach. Musste sie also wirklich handeln, um mit Manilo abzuschließen? Würde sie sonst wie Frau Maader enden und ihm mit Ende fünfzig noch immer hinterherweinen?

Aber es war eine vollkommen abwegige Vorstellung, nach Italien zu reisen – so reizvoll sie diese auch fand. Es war einfach nicht machbar, und zwar aus mannigfaltigen Gründen.

»Nun? Fahren wir nach *Bella Italia*?«, fragte Frau Maader, und in ihrer Stimme schwang ein völlig ungewohnter jugendlicher Leichtsinn mit. Es schien, als freute sie sich bereits auf diese Reise.

»Wie soll das gehen?«, fragte Frieda, fast schon amüsiert über die Entschlossenheit ihrer Chefin.

Frau Maader sah durch das große Fenster mit den pompösen Bouquets in der Auslage. Ihre Augen bekamen einen geheimnisvollen Glanz. »Lass mich nur machen.«

7. Kapitel

Dorothea streckte sich, um den nächsten rot-grünen Apfel zu erreichen. Sie war heute mit dem neuen Lehrling auf der Obstbaumwiese eingeteilt, denn die ersten Früchte waren bereits jetzt, im August, reif. Nachdem sie ihm gezeigt hatte, wie er sie am besten vom Zweig löste, schenkte sie dem Jungen, dessen Augenbrauen in der Mitte zusammenwuchsen, kaum noch Beachtung. Vielmehr glitt ihr Blick nach jedem Apfel, den sie vorsichtig in den Weidenkorb legte, nervös den sandigen Hauptweg hinunter. Am Ende des Weges thronte mit zugezogenen Gardinen die Fliedervilla, wo alle verständlicherweise in tiefster Trauer waren. Auch sie hatte die Nachricht von Alexanders Tod sehr bestürzt. Dennoch wollte sie sichergehen, dass Konstantin nicht ausgerechnet jetzt das Haus verließ und auf sie zukam. Ihr Blick war schon oft diesem Weg gefolgt – zuvor war er aber stets mit einem aufgeregten Prickeln verbunden gewesen.

Doch das war nun vorbei.

Schon in den letzten Wochen war jede Begegnung mit Konstantin reichlich unbehaglich gewesen, aber zu jener Zeit hatte sie immerhin ihre Würde bewahren und so tun können, als wäre ihr seine schleichende Missachtung vollkommen gleich. Doch das war nur möglich gewesen, bis sie erfahren hatte, dass ihr Verhalten nicht ohne Folgen geblieben war. Sie hatte gebetet und gefleht, nachdem der Arzt ihr die unwillkommene Neuigkeit verkündet hatte, doch ihre Gebete waren nicht erhört worden. Schließlich hatte sie den unausweichlichen

Schritt gewagt und sich ihren Eltern anvertraut. Es würde schließlich ohnehin nicht ewig zu verbergen sein. Die Enttäuschung in den Augen ihres Vaters war fast noch schlimmer gewesen als die Neuigkeit an sich.

»Ein Kind? Was ist bloß in dich gefahren, Dorothea? Das hätte ich niemals von dir erwartet, ich erkenne dich kaum wieder«, hatte ihr sonst zur Cholerik neigender Vater verstörend ruhig gesagt.

Am nächsten Tag hatte er die Emotionen heruntergeschluckt, war zur Hofgärtnerei gefahren und hatte Alexander Goldbach alles berichtet und verlangt, dass Konstantin seine Tochter umgehend heiratete, um den Skandal so klein wie möglich zu halten.

Rückblickend betrachtet, konnte sie es sich selbst kaum erklären, wie Konstantin es letztendlich doch geschafft hatte, sie zu verführen. War es seine Beharrlichkeit gewesen? Seine charmante Art? Die in ihr schlummernde Sehnsucht, die sie so lange unterdrückt hatte, dass sie nicht einmal mehr gewusst hatte, dass sie da war? Sie war seit jeher pragmatisch gewesen, ganz wie ihr Vater. Es war eine Tatsache, dass es nach dem Krieg mehr Frauen als Männer gab. Es war eine weitere Tatsache, dass ihr Körper eher füllig und sie nicht eben mit Schönheit gesegnet war – daran hatten die Kinder, die sie in jungen Jahren gehänselt hatten, keinen Zweifel gelassen.

Angesichts der eindeutigen Faktenlage hatte sie sich dazu entschieden, es noch nicht einmal mit der Ehe zu versuchen, denn in diesen modernen Zeiten standen den Frauen immerhin gänzlich neue Wege offen.

Zunächst hatte sie Lehrerin werden wollen, wie einige ihrer Freundinnen es anstrebten, aber als sie von dieser Gärtnerinnenschule für höhere Töchter gehört hatte, war das für sie wie ein Zeichen Gottes gewesen. Sie hatte die Natur und Pflanzen schon immer gemocht, und das war eine Tätigkeit, von der sie sich durchaus vorstellen konnte, sie den Rest ihres Lebens zu verrichten. Ihre Eltern waren zwar überaus wohlhabend, und sie hatte es nicht nötig, einem Beruf nachzugehen, aber der Gedanke, die Tage mit gegenseitigen Besuchen und Kaffeekränzchen zu vertrödeln, war ihr ein Gräuel. Sie brauchte etwas darüber hinaus. Zudem war sie gerne ihre eigene Herrin, und es machte ihr Freude, eigenes Geld zu verdienen – auch wenn es nicht viel war.

Darauf hatte sie ihr Leben ausgerichtet. Sie würde nicht heiraten. Die Bälle und Gesellschaften, bei denen sich die Frauen sogar um die grässlichsten Junggesellen schlecht versteckte Kämpfe lieferten, waren für sie nichts als Schauspiele gewesen, die sie amüsiert von außen betrachtet hatte.

Doch dann war Konstantin in ihr Leben getreten. Richtig in ihr Leben getreten. Es hatte an dem Tag begonnen, als alle Arbeiter der Hofgärtnerei einen Ausflug zum Kramermarkt gemacht hatten, erinnerte sie sich. Von einem Tag auf den anderen änderte sich alles. Auf einmal bedachte er sie nahezu täglich mit seiner Galanterie. Meist mit kleinen Komplimenten, manchmal brachte er ihr sogar kleine Aufmerksamkeiten mit. Eine Blume, die er ihr gepflückt hatte und mit einer tiefen Verbeugung überreichte. Ein kurzes Gedicht, das er offenbar nur für sie geschrieben hatte und ihr zusteckte.

Immer wieder bat er sie, mit ihm auszugehen. Woche um Woche musste sie mehrere Einladungen ausschlagen. Sie war sich gewiss, dass es ihm nicht ernst war. Warum sollte er ihr den Hof machen? Was sollte so einer wie er schon von ihr wollen?

Doch dann änderten sich die Dinge in der Gärtnerei. Julius und Marleene verließen sie, und auch Greta und Manilo kamen nicht mehr, das brachte die Dynamik unter den Arbeitern durcheinander. Während sie vorher viel geschwatzt und gelacht sowie Lieder gesungen hatten, wurde das Arbeiten eher trist. Nicht nur weil sie alle sehr viel mehr zu tun hatten – das Beisammensein stimmte einfach nicht mehr. Johannes stichelte nicht mal mehr bei seinen Kollegen, was sie insgeheim ein kleines bisschen witzig gefunden hatte. Jeder arbeitete nur noch angestrengt vor sich hin.

Und irgendwann hörten schließlich auch Konstantins Bemühungen auf. Es gab keine Blumen oder Gedichtverse mehr für sie, und wenn er den Lohn auszahlte, machte er das zwar höflich, aber dennoch rasch und fachmännisch. Als sie sich an einem fürchterlichen Regentag unter vier Augen in einem Gewächshaus trafen, wo sie alleine das Unkraut aus den Blumen zog, ließ die Neugierde ihr keine Ruhe.

»Heute kein kleines Geschenk für mich?«, fragte sie halb neckend und halb im Ernst.

Konstantin schloss die Tür hinter sich und kam lächelnd auf sie zu. »Ich hatte nicht das Gefühl, dass du darauf Wert legst, und ich habe deine Botschaft verstanden, Dorothea. Ich finde es überaus schade, denn du bist eine bemerkenswerte Frau, aber gerade deswegen möchte ich deine Wünsche respektieren. Du bist mir wichtig.«

Dorothea spürte Hitze in sich aufsteigen und senkte den Kopf rasch, sodass die Hutkrempe einen Schatten auf ihr Gesicht warf und ihre Aufregung äußerlich nicht allzu sehr zu sehen wäre.

»Danke, das weiß ich sehr zu schätzen«, sagte sie, auch wenn ein Teil von ihr etwas betrübt war, nicht länger im Mittelpunkt seines Interesses zu stehen. Geschwind wandte sie sich wieder dem Unkraut zu. Hätte sie vielleicht doch auf seine Avancen eingehen sollen? War es ihm wahrhaftig ernst gewesen?

»Ich bin gekommen, um etwas ganz anderes mit dir zu besprechen. Etwas Geschäftliches.«

Dorothea richtete sich ächzend wieder auf. Sie vertrug die körperliche Arbeit zwar bedeutend besser, seit sie sich ein Arbeiterkorsett zugelegt hatte und ihre Kleidung angemessener war, doch beschwerlich war sie noch immer.

»Worum geht es?«

»Vater hat mich gebeten, die diesjährigen Einkaufsfahrten durch die Gärtnereien des Umlandes vorzunehmen. Und ich wollte dich bitten, mich dabei zu begleiten. Ich schätze dein Fachwissen als Gärtnerin und würde dich gerne dabeihaben, um eine zweite Meinung für die Zukaufsentscheidungen zu hören.«

Innerlich jubilierte Dorothea, aber als Frau von Stand wusste sie natürlich stets ihre Contenance zu bewahren. Er wollte sie bei sich haben, und zwar weil er ihre fachliche Kompetenz schätzte.

»Also, wirst du mich begleiten?«, fragte er mit Augen voller Hoffnung.

Dorothea streckte ihren Rücken durch. »Ich werde darüber nachdenken«, sagte sie gediegen, obgleich sie keineswegs darüber nachdenken musste. Seine Offerte bot eine vorzügliche Gelegenheit, noch mehr über Pflanzen zu erlernen, und in Konstantins Anwesenheit fühlte sie sich zugegebenermaßen recht wohl. Es würden vermutlich schöne Fahrten werden.

»Du könntest dann auch selbst die Pflanzen für den Rosenball aussuchen«, erhöhte Konstantin sein Angebot. »Ich habe mich nämlich gefragt, ob dein Vater statt des Alpenrosenballs vielleicht doch wieder einen Rosenball in seinem Hotel ausrichten will, auf deinen Vorschlag hört er doch gewiss?« Dorothea nickte, sie verstand das Problem. Die gesamten Rhododendren waren zusammen mit Julius aus der Hofgärtnerei verschwunden und Konstantin auf den Auftrag angewiesen.

»Ich werde sehen, was ich tun kann.«

»Danke. Und unsere Reise?«

Allein die Vorstellung machte sie ganz aufgeregt, dennoch ließ sie sich nichts anmerken. »Ich werde es mir überlegen«, sagte sie schlicht, während ihr Herz schneller pochte als der Regen auf das Glasdach des Gewächshauses …

Damals war sie bei schlechtem Wetter voller Freude gewesen, heute schien die Sonne, und in ihrem Innern herrschte Trübsal. Sie bückte sich, um den mittlerweile vollen Apfelkorb auf den Anhänger zu laden. Der Lehrling eilte herbei, um ihr zu helfen, und sie ließ ihn gewähren. Dass auch sie als Frau von Stand solche Arbeiten eigentlich allein erledigen musste, war gerade für neue Arbeiter noch ungewohnt.

Sie erklärte ihm rasch den Unterschied zwischen dem Altländer Pfannkuchenapfel und dem Boskop-Apfel und flüchtete sich dann beim Pflücken wieder in ihre Gedankenwelt.

Vielleicht wäre es anders gekommen, wenn sie damals nicht zugesagt hätte?

Letztendlich waren jene Wochen aber die schönsten in ihrem gesamten Leben gewesen … Jeden Samstag, wenn das Wetter es zuließ, zogen sie los und besuchten eine andere Gärtnerei im Umland, wo sie die prächtigsten Pflanzen auswählten, um das Sortiment der Hofgärtnerei zu erweitern.

Im Sonnenschein trabten Lotte und Lore über die Schotterwege, vorbei an Blumenwiesen, die bis zum Horizont wogten, ihren Duft verströmten, derweil sie fachliche Diskussionen führten. Oft gab Konstantin zudem heitere Anekdoten zum Besten, die Dorothea herzlich lachen ließen. Er schien auch dermaßen an ihrem Leben interessiert zu sein, dass er schlichtweg alles über sie in Erfahrung bringen wollte. Ganz gleich, was sie ihm erzählte, er hörte stets höchst aufmerksam zu und stellte eifrig Nachfragen. Schon bald hatte sie das Gefühl, in Konstantin einen echten Freund gefunden zu haben. Allerdings tauchte dieser gute Freund immer öfter in ihren Gedanken auf. Schon bald sehnte sie die gemeinsamen Wochenenden mit ihm förmlich herbei, sagte sogar Landpartien mit ihren Freundinnen zugunsten der Fahrten ab.

Und dann kam Holland.

Die Fahrt ins Nachbarland sollte der große Abschluss ihrer Einkaufstouren werden. Diesmal fuhren sie mit der Eisenbahn und nicht mit dem Pferdewagen, und aufgrund der Länge der Fahrt würden sie über Nacht bleiben. Im Hotel hatte sie selbstverständlich darauf bestanden, dass ihr ein Einzelzimmer zugewiesen wurde, und dies auch bekommen.

Doch als sie tief in der Nacht von einem Geräusch geweckt wurde und Schritte auf dem Flur hörte, beschleunigte sich ihr Herzschlag. In einigen verbotenen Romanen hatte sie einmal von nächtlichen Besuchern gelesen, und allein das hatte sie damals in pure Aufregung versetzt. Die Vorstellung, dass ein Mann sich zu ihr aufs Zimmer schlich, weil er sie so sehr begehrte, war unvorstellbar – und dennoch gefiel sie ihr.

Bald darauf ertönte eine flüsternde tiefe Stimme. »Dorothea?«

Die Welt schien stehen zu bleiben, und ihre Hände begannen zu schwitzen, sodass sie sich an ihre Bettdecke klammerte. Er war wahrhaftig zu ihr gekommen. Wie sollte sie sich jetzt verhalten? Eigentlich müsste sie ihn im hohen Bogen hinauswerfen, wenn er ihr Zimmer betreten sollte. Aber da war etwas in ihr, was sie nicht recht einordnen konnte. Eine unbekannte Abenteuerlust. Sie verzehrte sich nahezu danach zu erfahren, wie sich diese unverhoffte Wendung in ihrem Leben entwickeln würde.

»Ja«, krächzte sie unsicher in die Dunkelheit, und mit wenigen Schritten war er bei ihr, nachdem er die Tür hinter sich geschlossen hatte.

»Verzeih mir, aber ich musste einfach zu dir kommen. All die Wochen mit dir so nah an meiner Seite … Vergib mir! Darf ich mich ein wenig zu dir legen? Ich verspreche dir, dass ich mich ehrenhaft verhalten werde. Ich möchte einfach nur neben dir liegen und deine Nähe genießen und sonst nichts weiter.«

Instinktiv spürte Dorothea, dass dies ihre letzte Gelegenheit war. Wenn sie ihn abermals abwies, würde er es gewiss nicht erneut versuchen. Und die Vorstellung, ihn lediglich in seinem Nachtgewand neben sich zu wissen, getrennt von nur wenigen Lagen Stoff, versetzte sie in helle Aufregung.

»In Ordnung«, flüsterte sie mit bebender Stimme.

Dann wurde ihre Decke angehoben, die Matratze bewegte sich, und Sekunden später umspielte sein intensiver Geruch nach Zedernholz ihre Nase. Zunächst sprach keiner von ihnen, Dorothea wagte kaum zu atmen. Ihre Augen hatten sich bald an die Dunkelheit gewöhnt, und jetzt konnte sie Konstantin sehen, wenn sie den Kopf zur Seite neigte. Sie studierte seine Umrisse im halbdunklen Zimmer, lauschte seinem ruhigen Atem und – was sie am meisten faszinierte – fühlte, wie sein warmer Arm den ihren berührte.

Die Matratze wackelte wieder. Konstantin legte sich auf die Seite. Auch er schien ihre Züge genauestens zu betrachten. Dorothea hielt die Luft an, spürte, wie das Blut durch ihre Adern rauschte.

Schließlich streckte er eine Hand aus und strich damit in unendlicher Zärtlichkeit eine Locke ihres dunklen Haars aus ihrem Gesicht. Er beließ es nicht dabei. Ganz langsam streichelte er immer wieder über ihre Wange und ihren Kopf und brachte damit ihren gesamten Körper in Aufruhr.

Als sie nicht protestierte, weitete er seine Bewegungen aus. Wie erstarrt lag sie da und genoss die wohligen Schauder, die jede seiner Berührungen durch ihren Körper schickte.

Noch nie war sie einem Mann so nahe gewesen.

Und dann verweilte seine Hand in ihrem Nacken, und er zog sie sachte zu sich heran. Unendlich langsam näherte sich sein Kopf dem ihren, und seine Lippen legten sich schließlich auf ihre. Dorothea war überrascht, wie weich sie waren, und zuckte zusammen, als bald darauf etwas Feuchtes ihre Oberlippe berührte. Natürlich hatte sie schon einige Male gesehen, wie Menschen sich in versteckten Winkeln küssten, aber das hatte für sie immer etwas Barbarisches gehabt. Doch wie Konstantin sie nun küsste, das war einfach nur wunderschön. Sie erschrak über sich selbst, wie sehr sie es genoss, hätte nie zu träumen gewagt, dass auch sie so tollkühn sein würde, ihre Zunge zum Einsatz zu bringen.

Der Kuss wurde intensiver, und er rückte noch näher an sie heran und zog sie an sich. Sie hatte sich noch nie so wohl und geborgen gefühlt.

Dennoch riss sie sich los. Was sie hier taten, war viel zu gewagt. Es könnte sie ihren guten Ruf kosten.

»Nein, Konstantin, das dürfen wir nicht. Es gehört sich nicht.«

Konstantin hörte nicht damit auf, sie zu liebkosen. Seine Küsse wanderten nun ihren Hals hinunter. »Wie könnte denn so etwas Schönes verboten sein?«, fragte er leise säuselnd. »Und wenn man verheiratet ist, ist es nicht verboten.«

Dorothea lachte leise auf. »Aber wir sind nicht verheiratet.«

Jetzt hielt Konstantin für einen Moment inne und sah ihr im Halbdunkel in die Augen. »Aber wenn du es mir gestattest, würde ich dich sofort heiraten, Dorothea. Das ist schon lange mein Wunsch, ich kann mir keine bessere Ehefrau vorstellen als dich. Und dann wäre es doch nicht verkehrt, wenn wir jetzt bereits das Bett miteinander teilen würden. Wozu sollen wir denn noch monatelang warten, wenn wir jetzt schon sicher sind, dass wir unser Leben miteinander verbringen wollen?«

Dorothea konnte nicht anders, als ihn daraufhin heftig an sich zu ziehen und zu küssen. Er wollte sie heiraten. Er wollte für immer mit ihr zusammen sein. Auf einmal schien ihr Leben eine gänzlich andere Richtung zu nehmen, als sie ursprünglich geglaubt hatte.

Er küsste sie heftig zurück und strich dabei immer wieder über ihren Körper. Jetzt wagte er es gar, mit seiner Hand unter ihr Nachtgewand zu fahren und ihre üppige Brust zu massieren. Doch anstatt sich zu empören, streckte sie sich ihm entgegen. Die jahrelang unterdrückte Sehnsucht schien in ihr umso heftiger zum Leben zu erwachen, und schon bald wollte sie nur noch eins. Ihn. Sie erschrak über die Kraft ihrer eigenen Gefühle, doch als er ihr leise ins Ohr flüsterte, wie sehr er sie begehrte, kämpfte sie nicht länger dagegen an …

Mit einem Seufzen ließ sie den nächsten Apfel in den Korb gleiten. Der Lehrling warf ihr einen neugierigen Blick zu. Der würde gewiss auch eines Tages einer jungen Dame den Kopf verdrehen. Aber mit etwas Glück würde er nicht so ein Schwerenöter wie Konstantin werden.

Wobei sich ihr schlimmster Albtraum nicht eingestellt hatte, sobald sie aus Holland zurückgekehrt waren. Er schien es ernst zu meinen, sie setzten ihre Liebschaft fort, wenn auch zunächst heimlich. Wann immer Dorothea alleine in einem der Gewächshäuser war, pflegte Konstantin sie aufzusuchen und mit seinen heißen Küssen von der Arbeit abzulenken. Einige Male versuchte er sogar, sie dazu zu bewegen, sich auf mehr einzulassen, aber sie machte ihm deutlich, dass das zwischen all dem Dreck nun wirklich unter ihrer Würde wäre.

Aber dann fand er in Oldenburg ein Haus, wo sie sich treffen konnten. Dort stellte keiner Fragen, was den Ehestatus betraf. Von Zeit zu Zeit erkundigte sich Dorothea, wann sie ihre Neuigkeit verkünden würden, aber Konstantin war überzeugt, dass es noch kein guter Zeitpunkt sei. Er sagte, dass Rosalie es ihm nicht verzeihen würde, wenn er ihr mit einer noch viel größeren und pompöseren Hochzeit das Rampenlicht stehlen würde.

Also wartete sie geduldig.

Bis zu jenem Tag. Ihre Ernüchterung war groß, als sie außer der Reihe in der Stadt war und ihn dort bei bester Laune in so vertraulicher Zweisamkeit mit einer rothaarigen Schönheit entdeckte, dass kaum Zweifel blieben, in welchem Verhältnis sie zueinander standen. Sie gab sich ihm nicht zu erkennen, sondern verschwand schnell in einem Laden, um den Schmerz durch die Ablenkung besser zu verkraften.

Sie hatte an jenem Tag den halben Laden leer gekauft.

Immer wenn sie miteinander das Bett geteilt hatten, war Konstantin in ihren Armen eingeschlafen, und sie hatte ihm die Haare aus dem Gesicht gestrichen, so wie er es in der ersten gemeinsamen Nacht bei ihr getan hatte. Wenn sie jemand gefragt hätte, warum sie sich wider besseres Wissen auf ihn eingelassen hatte, hätte sie gesagt, dass es aus Liebe gewesen sei. Nicht nur ihrer Liebe. Wenn sie zusammen gelegen hatten, hatte sie regelrecht gespürt, dass er sie genauso sehr liebte wie sie ihn. Aber das fragte im Nachhinein keiner. Alle fragten lediglich, wie sie so töricht hatte sein können.

8. Kapitel

Als die Beerdigung zwei Tage später stattfand, regnete es in Strömen. Marleene drängte sich dicht an Julius, dem das aufmerksame Stubenmädchen einen Regenschirm aus der Fliedervilla gereicht hatte. Julius verfügte nur noch über einen Bruchteil seiner Sachen, da das meiste auch nach seinem Auszug in der Fliedervilla verblieben war.

Während der gesamten Andacht starrte er regungslos auf die weißen Callas, Edelnelken und Rosen in den üppigen Blumenkränzen auf dem tiefschwarzen Sarg. Marleenes Blick glitt derweil über die Trauergemeinde. In den vorderen Reihen standen vor allem die adrett gekleideten Menschen der gehobenen Gesellschaft, die durch Regenschirme oder Kleidung gut geschützt wurden. Es waren viele Geschäftspartner anwesend; einige waren sogar aus dem Ausland angereist, um Alexander Goldbach die letzte Ehre zu erweisen. Aufgrund seiner Position als Hofgärtner waren auch einige Angehörige des Hofstaats gekommen, obgleich der Großherzog selbst der Beerdigung nicht beiwohnte. Er hatte sich jedoch für die anschließende Trauerfeier angekündigt.

Weiter hinten entdeckte sie ihre ehemaligen Kollegen. Bruno stach mit seinen feuerroten Haaren hervor, auch wenn sie durch den Regen etwas dunkler wirkten. Neben ihm stand der hochgewachsene Johannes mit seinem üppigen Vollbart. Der Obergärtner Oskar, der alte Alois und auch Dorothea und Hildegard waren ebenso gekommen.

Als ihre früheren Kollegen nach der Andacht für die Beileidsbekundung an Julius und sie herantraten, machte sich auf Brunos Gesicht für einen Moment ein Lächeln breit, doch dann schien er sich zu erinnern, warum sie hier waren. Mit ernster Miene nahm er seine regendurchtränkte Kappe ab.

»Hallo«, sagte er etwas scheu. Sein Blick verweilte einen Moment länger auf ihr als auf Julius, vermutlich hatte er sich noch immer nicht daran gewöhnt, sie mit ihren jetzt halblangen Haaren und in Frauenkleidern zu sehen.

»Es tut mir unendlich leid, was passiert ist. Natürlich dass dein Vater verstorben ist, aber auch … dass ihr nicht zurück in die Hofgärtnerei kommt. Das hatten wir alle gehofft.« Sein Blick war voller Traurigkeit, und er schien noch etwas sagen zu wollen, doch er fand offenbar keine Worte.

Marleene nickte, um zu signalisieren, dass sie auch so verstand, und er machte Platz für die nächsten Trauergäste. Nachdem die nicht enden wollenden Kondolenzen geschafft waren, gingen sie vorbei an der riesigen Eiche und auf den Ausgang des Gertrudenfriedhofs zu, wo bereits eine Reihe von Kutschen auf sie warteten. Sie würden sie zur Fliedervilla bringen, wo die Trauerfeier stattfinden sollte.

Als die Feierlichkeit im vollen Gange war, wunderte sich Marleene, wie sehr sich diese doch vom Tröstelbeer auf dem Lande unterschied. Dort wurden oft Anekdoten des Verstorbenen erzählt, und es war nicht gänzlich untersagt, auch mal zu lachen – was mit fortgeschrittener Stunde immer häufiger der Fall war. Aber es war auf eine Art auch ein befreiendes Lachen, und Marleene hatte es immer sehr angenehm gefunden, all die schönen Erinnerungen noch einmal mit allen teilen zu können.

Hier in der Fliedervilla war es so, als hätte jeder Gast Bedenken, überhaupt das Wort zu erheben. Die Unterhaltungen wurden ausschließlich mit gedämpften Stimmen geführt, anstatt eines deftigen Essens wurden kleine Kanapees gereicht, und jeder, der auch nur die Mundwinkel ein wenig hob, wurde entrüstet angesehen.

Mit einem Sektglas in der Hand ging Marleene weiter durch den Raum und sah in der Ecke neben einem spillerigen Mann mit lichtem Haar Rosalie mit verquollenen Augen sitzen. Es war schwer, sie wiederzuerkennen, denn sie hatte sie noch nie in solch miserabler Verfassung erlebt. Marleene musste sich eingestehen, dass sie zum ersten Mal in ihrem Leben so etwas wie Sympathie für Rosalie empfand. Sie überlegte gerade, ob sie trotz des Grolls, den sie wegen ihrer unfreiwilligen Enttarnung noch immer gegen Rosalie hegte, zu ihr hinübergehen sollte, als sie ein hustendes Lachen im Flur hörte.

Sofort stellten sich die Härchen auf ihren Armen auf.

Kannte sie dieses unsympathische Lachen nicht? Ihre Befürchtungen wurden bestätigt, als kurz darauf der Holländer Eik de Vos den Salon betrat und den Hut abnahm, sobald er Konstantin erblickte. Er eilte auf ihn zu, bat um Verzeihung für sein Zuspätkommen und sprach sein Beileid aus. Unwillkürlich sah Marleene sich nach Julius um und stellte sich an seine Seite. Ein Fehler, denn als Nächstes wollte der Holländer auch ihm kondolieren. Es ließ sich nicht vermeiden, dass danach sein Blick an Marleene hängen blieb.

Diesmal schien er sie ohne Umschweife zu erkennen.

»Was machst du denn hier? Wurde die Verpflegung vom Hotel Holthusen übernommen?«, fragte er herablassend und musterte ihr schwarzes Trauerkleid.

Julius legte den Arm um ihre Taille. »Darf ich vorstellen? Das ist meine Verlobte, Marleene Langfeld«, sagte Julius, und Herrn de Vos entglitten für einen Moment die Gesichtszüge. Doch er fing sich rasch wieder.

»Verstehe, Goldbach junior hat ein Zimmermädchen geschwängert. Mein neuerliches Beileid«, sagte er mit seinem hustenden Lachen und zog damit sämtliche Blicke auf sie.

Auch Konstantin hatte sich zu ihnen gesellt und kam Julius mit einer Antwort zuvor.

»Aber, aber, es verhält sich ganz anders. Julius hat nicht vor, irgendein Zimmermädchen zu ehelichen. Darf ich vorstellen, das ist nicht nur das Zimmermädchen Marleene Langfeld, sondern gleichzeitig auch unser ehemaliger Lehrling Marten Langfeld. Du müsstest ihm schon einmal begegnet sein …«

Fassungslos starrte de Vos Marleene an. »Voriges Jahr in meiner Baumschule … Das warst du?« Entsetzt wandte er sich an Julius. »Und du wagst es auch noch, solch ein betrügerisches Weibsbild zu heiraten? Die wollen uns Männern doch alle die Anstellungen wegnehmen!«

***

Was bildete dieser Widerling sich eigentlich ein?, fragte sich Julius empört. Mit Absicht hatte er sämtliche geschäftlichen Beziehungen zu de Vos beendet, nachdem er von Marleene erfahren hatte, dass er sich an einer jungen Dame hatte vergreifen wollen. Im Nachhinein hatte Marleene ihm erzählt, dass sie es höchstselbst gewesen war und Frau Holthusen obendrein noch verlangt hatte, dass sie sich entschuldigte. Schlimm genug, dass Konstantin die Geschäftsbeziehung offenbar wieder aufgenommen hatte. Und nun wagte dieser Kerl es, auf der Beerdigung seines Vaters Marleene zu beleidigen?

»Na, hören Sie mal!« Julius stemmte die Hände in die Hüften und kämpfte gegen die überschäumende Wut an. Am liebsten hätte er de Vos mit einem Tritt in den Allerwertesten hinausbefördert. »Wir sprechen hier immer noch von meiner Verlobten! Sie ist weder betrügerisch, noch nimmt sie irgendwem Anstellungen weg, sie hat sich durch ihr Fachwissen bewiesen, daher möchte ich Sie dazu auffordern, sich umgehend zu entschuldigen.«

De Vos lachte auf, verstummte aber schnell, als er bemerkte, dass niemand eingestimmt hatte. »Wie bitte?«

Julius erdolchte ihn mit seinem Blick. »Sie haben mich schon verstanden.«

»A-aber ich …«

»Entschuldigen Sie sich, oder die Gärtnereien in und um Oldenburg sind die längste Zeit Ihre Kunden gewesen, dafür werde ich sorgen.«

»Na schön!« De Vos räusperte sich unruhig und ruckelte den fleischigen Hals aus seinem gestärkten Kragen. »Wenn es Ihnen dermaßen wichtig ist …« Abermals räusperte er sich. »Ich … äh«, nur für eine halbe Sekunde blickte er Marleene an, und Julius beobachtete zufrieden, wie sein Gesicht röter und röter wurde. »Ich … ich bitte vielmals um Verzeihung … Fräulein … Langfeld.«

Julius legte den Kopf minimal zur Seite, während er den Holländer auffordernd ansah, und schon verbeugte der sich vor Marleene, was diese wie eine Königin mit einem Nicken quittierte.

Plötzlich wurde es still im Raum, und de Vos entfernte sich zügig. Der Großherzog wurde angekündigt, und sobald er mit seinen würdevollen Schritten den Raum betreten hatte, vollführten alle einen Knicks oder eine Verbeugung. Da Alexander sein jahrelanger Lieferant gewesen war, hatte er darauf bestanden, der Trauerfeier beizuwohnen, wenn seine Zeit es schon nicht zuließ, zur Beerdigung zu kommen.

Auf Konstantins Gesicht erschien umgehend sein bezeichnendes Lächeln, und er trat rasch auf den Großherzog zu. »Vielen Dank noch einmal, dass Sie uns die Ehre erweisen, Durchlaucht.«

»Aber das ist doch selbstverständlich nach allem, was Herr Goldbach für uns getan hat. Sein Tod ist ein großer Verlust, und ich bin wahrlich untröstlich.« Alle nickten bedächtig und sannen über seine Worte und Alexander nach. Als langsam die Gespräche wieder aufgenommen wurden, bot Konstantin dem Großherzog eine Besichtigung der Hofgärtnerei an, da der Regen endlich aufgehört hatte.

»Eine vortreffliche Idee.« Der Großherzog wandte sich an Julius und Marleene. »Werden Sie uns ebenfalls begleiten?«

Julius sah zu Marleene, und da sie leicht nickte, stimmte er zu.

Als sie den vertrauten Hauptweg entlanggingen, konnte Julius das Gelände nur mit einer gewissen Wehmut betrachten. Hier hatte er jede freie Minute in seiner Kindheit verbracht, die Gärtnerei war seine Heimat – und nun gehörte all das Konstantin. Offenbar war sein Vater nicht mehr dazu gekommen, die versprochenen Änderungen am Testament vorzunehmen.

»Also, ich muss schon sagen …«, wandte sich der Großherzog an Marleene und ihn, »jetzt, wo Ihr Plan für den Schlossgarten immer mehr Form annimmt … Sie haben auf dem Papier nicht zu viel versprochen, ich bin wirklich sehr angetan. Es war eine gute Entscheidung, einen modernen Landschaftsgarten anzulegen und nicht so einen extravaganten und eher altmodischen Renaissance-Garten. Das passt wahrhaftig besser zu Oldenburg.«

Julius bedankte sich beklommen. Zuvor hatte sein Vater stets diese Gespräche geführt. So offen mit einer Persönlichkeit wie dem Großherzog zu sprechen, machte ihn befangen. Mit Blick auf die Pflanzen zu ihren Seiten schritten sie weiter, und je mehr er sich mit ihnen unterhielt, musste er feststellen, dass auch der Großherzog letztlich ein ganz normaler Mensch war. Und er schien sich überaus stark für Pflanzen zu interessieren, denn er sah sich die Bäume auf dem Freilandquartier, die Mistbeetkästen, die Obstbaumwiese und auch die Gewächshäuser ohne jede Eile an und stellte zahlreiche aufmerksame Fragen. Es war klar herauszuhören, dass er sich mit dem Thema bereits ausgiebig befasst hatte. Offenbar hatte er sogar vor einigen Monaten eine riesige Baumschule bei Berlin besucht und berichtete höchst interessante Dinge von dort.

Nachdem Konstantin die Tür der Orangerie, die er wohl als krönenden Abschluss aufgehoben hatte, wieder geschlossen hatte und sie auf die Fliedervilla zusteuerten, zog der Großherzog sein Resümee.

»Es ist wahrlich beeindruckend, wie planvoll hier die Pflanzenvermehrung betrieben wird, und die Gewächse machen einen überaus guten Eindruck. Ich bin höchst zufrieden!«

Nun räusperte Konstantin sich und schob seine wie immer perfekt sitzenden Haare ein wenig zurück. »Wenn Sie mir die Frage gestatten, Durchlaucht... Es ist womöglich noch etwas verfrüht, aber dennoch eine wichtige Information für die Fortführung der Geschäfte.«

Der Großherzog sah ihn abwartend an, und auch Julius fragte sich, was an diesem Tag geschäftlich so ungemein wichtig sein konnte, dass Konstantin es noch während der Trauerfeier für seinen Vater zur Sprache brachte.

»Es wäre für mich unermesslich wichtig zu erfahren...« Konstantin knetete seine Hände, und Julius freute sich insgeheim zu sehen, dass auch sein Bruder hin und wieder Schwierigkeiten hatte, sich gewählt auszudrücken.

»Also, um es kurz zu machen, ich müsste dringlich wissen, ob wir denn auch weiterhin der Hoflieferant des Großherzogs bleiben? Ich meine, letztendlich ist es nur eine Formalität, wir haben ja nach wie vor dieselben Pflanzen hier in der Gärtnerei, und ich bin vorzüglich eingearbeitet, aber ich wollte nur ganz sichergehen, da ich ja weiß, dass der Titel an die Person gebunden ist und nicht an die Gärtnerei.«

Wer ihn nicht so gut kannte, dem wäre es vielleicht nicht aufgefallen, aber Julius sah die Angst in Konstantins Augen. Letztendlich hatte auch er es nicht leicht. Sein Traumberuf war eigentlich ein anderer gewesen, und die Hofgärtnerei brachte eine immense Verantwortung mit sich.

Der Großherzog verschränkte die Arme hinter dem Rücken und schlenderte langsam weiter.

»Werden denn Sie beide die Gärtnerei fortan führen?« Er sah zwischen Konstantin und Julius hin und her.

»Nun ja …«, druckste Konstantin herum. »Also … Mein Vater hat verfügt, dass ich allein der Grunderbe werde. Daher werde nur ich die Gärtnerei weiterführen.«

Der Großherzog nickte vor sich hin und schien dabei innerlich etwas abzuwägen.

»Und wollen Sie auch diese Rhododendren kultivieren?«

Konstantin lockerte sein Halstuch, und Julius sah kleine Schweißperlen auf seiner Stirn stehen. »Nun ja, äh … Also dafür gibt es momentan noch keine Pläne.« Er sah den Großherzog fragend an, doch dieser wandte sich an Marleene und Julius. »Was ist mit Ihnen?«

Julius konnte das kleine Triumphgefühl, das er spürte, einfach nicht verhindern. Konstantin hatte alles bekommen. Aber diese eine Sache, die hatte er ihm voraus – und genau die schien von Interesse für den Großherzog zu sein.

»Ich habe ein ganzes Gewächshaus voll Rhododendren bei meinem Onkel.«

Das Gesicht des Großherzogs hellte sich auf. »Tatsächlich?«

Marleene nickte heftig, und Julius spürte den sanften Druck ihrer Hand auf seinem Rücken.

»Ja, Durchlaucht, wir prüfen bereits, welche Sorten auch unser Klima vertragen würden, da es hier ja kälter ist als im Himalaya, wo viele Rhododendren ursprünglich herkommen.«

»Gewiss, das ist mir ebenfalls zu Ohren gekommen«, sagte der Großherzog. »Aber der Boden hier, der soll ganz hervorragend sein, hat der Gärtner von der Baumschule Späth bei Berlin gesagt.«

»Das kann ich nur bestätigen«, sagte Julius so gelassen wie möglich, obwohl das Blut durch seine Adern raste. »Auf meiner Studienreise in England hat der Leiter der Kew Gardens ebenfalls darauf hingewiesen.« Er lachte kurz auf. »Und wenn sich jemand mit Rhododendren auskennt, dann ja wohl die Engländer…«

Der Großherzog breitete die Hände aus. »Ich denke, das ist ein Wirtschaftszweig, den wir unbedingt ausweiten sollten. Dann wären wir nicht so sehr von der Landwirtschaft abhängig. Wann werden Sie in Produktion gehen?«

Er sah zu Konstantin, der den Blick senkte, dann zu Marleene, die ebenfalls auf ihre Schuhe starrte, und schließlich zu ihm.

»Nun ja, der Boden mag gut sein, aber…«, Julius ließ den Blick über die schier endlosen Reihen von Beeten der Gärtnerei schweifen, die eigentlich seine hätte sein sollen, und unterdrückte das Stechen in seinem Herzen, »… aber wir haben keinen.«

»Wie meinen Sie das?«

Julius schluckte. »Niemand will Marleene und mir ein Grundstück verpachten, damit wir unsere eigene Gärtnerei aufbauen können.«

Sie hatten die Fliedervilla fast erreicht, und der Großherzog blieb kurz vor der Treppe stehen. Perplex sah er sie an. »Daran scheitert es? Deswegen kriege ich keine Rhododendren ins Ammerland und nach Oldenburg?«

Marleene presste die Lippen zusammen, und Julius zuckte in Ermangelung einer Antwort mit der Schulter.

»Warum sind Sie nicht zu mir gekommen?« Der Großherzog lachte wie ein alter Bär. »Ich habe doch Ländereien«, sagte er und lächelte Julius und Marleene an. »Wenn es darum geht, dass wir womöglich ein neues Geschäftsfeld erschließen könnten, spreche ich Ihnen gerne ein Stück Land zu. Ich werde gleich meinen Adjutanten darauf ansetzen.«

Julius und Marleene konnten den Großherzog zunächst lediglich anstarren, auch Konstantin schien vollkommen fassungslos.

»W-was?«, stammelte Julius und vergaß sämtliche Höflichkeitsformeln.

»Dann können Sie eine eigene Gärtnerei aufbauen«, erklärte der Großherzog. »Ich will diese Rhododendren in meinem Land, und wenn sich sonst keiner damit befasst …«

Julius' Kopf war nahezu leer gefegt, während ein neuer Hoffnungsfunken in seiner Brust größer und größer wurde. Ein Lächeln erschien auf seinem Gesicht, und es war so intensiv, dass es sich anfühlte, als würde es seine Miene nie wieder verlassen.

»Fürwahr? Das ist …«, stotterte Julius, »das alles … Das ist …«

»Das ist die schönste Nachricht, die wir seit Langem gehört haben, Durchlaucht«, beendete Marleene seinen Satz, nachdem sie sich etwas gefangen hatte. Sie sahen sich für einen Moment an, um sich zu vergewissern, dass in den Augen des anderen die gleiche Freude geschrieben stand.

Genau in diesem Moment kam die Sonne hervor und ließ die regennassen Blätter um sie herum golden leuchten. Sämtliche Schwere der vergangenen Wochen und Monate schien mit dem Dampf, der von den Blättern aufstieg, ihre Körper zu verlassen.

Doch nun hob der Großherzog den Zeigefinger. »Es gibt allerdings eine Bedingung.«

»Und die wäre?«

»Wenn Sie das Land nicht binnen drei Jahren in eine florierende Gärtnerei verwandelt haben, muss ich Ihnen das Grundstück wieder abnehmen.«

Julius schluckte und suchte Marleenes Blick. Drei Jahre waren im Gartenbau nicht viel, denn die Pflanzen benötigten ja eine gewisse Zeit, um anzuwachsen.

»Das schaffen wir!«, flüsterte sie jedoch voller Zuversicht, und er besiegelte das Geschäft mit dem Großherzog mit einem Handschlag.

Konstantin verschränkte derweil die Arme vor der Brust und räusperte sich. »Das ist … ja, nun wirklich … ganz … erquicklich. Gratulation an euch beide!«, sagte er mit einem knappen Lächeln. Dann wandte er sich seinerseits an den Großherzog. »Aber wir sind uns weiterhin einig? Es bleibt alles beim Alten, wir beliefern den Hof und dürfen auch offiziell angeben, dass wir der Hoflieferant sind?«

Der Großherzog sah Konstantin nachdenklich an. Wenn er sich über dessen Dreistigkeit ärgerte, dass er etwas voraussetzte, was mitnichten besprochen worden war, so zeigte er dies nicht.

»Für mich ist vor allem wichtig, dass ich die allerbesten Pflanzen des Landes auf meinen Tafeln habe, denn von der Pracht des Hofes wird unmittelbar Rückschluss auf die Qualität meiner Regentschaft gezogen. Das kann ich als Laie aber schlecht beurteilen«, gab er zu, und Julius war beeindruckt von seiner Ehrlichkeit und Bescheidenheit. »Ich möchte die Entscheidung aus diesem Grunde jemand anderem überlassen.«

»Jemand anderem?«, fuhr Konstantin auf. »Wer soll das sein? Etwa Ihr Berater, dieser Baron?«

Der Großherzog lachte herzlich. »Nein, gewiss nicht.« Sie gingen gemächlich die letzten Stufen zur Fliedervilla hoch. »Die Entscheidung werde ich den wahren Experten überlassen. Im kommenden Jahr wird die Allgemeine Gartenbau-Ausstellung in Hamburg stattfinden. Wie Sie vermutlich wissen, werden dort die besten Pflanzen prämiert. Nehmen Sie daran teil.« Der Reihe nach sah er jeden Einzelnen an. »Wer auch immer von dort eine Prämie oder die höhere Platzierung nach Hause bringt, der wird der nächste Hofgärtner.«

9. Kapitel

Konstantin zuckte kaum merklich zusammen, als aus dem Salon ein Räuspern ertönte. Er hatte geglaubt, dass bereits alle den Rückweg angetreten hätten. Missmutig schwang er herum, er wollte jetzt eigentlich nur diese desaströsen Nachrichten des Großherzogs sacken lassen und einen Schlachtplan entwerfen. Aus dem fahlen Licht des Salons trat die plumpe Gestalt seiner Tante. Nicht einmal das schlichte Schwarz tat ihrer Figur einen Gefallen, und unter ihren Augen zeichneten sich tiefe Ringe ab.

»Kann ich dich kurz sprechen?«, fragte sie einen Hauch weniger bestimmt als gewohnt. Sollte Alexanders Tod sie etwa mitgenommen haben? Die beiden waren sich spinnefeind gewesen und hatten stets nur über das Geschäftliche gesprochen.

»Ich habe wenig Zeit«, kanzelte er sie wahrheitsgemäß ab. Wenn es Julius und Marleene gelang, aus dem Land rechtzeitig etwas zu machen, würde die Katastrophe über ihn hereinbrechen, da konnte er sich jetzt nicht die Jammereien seiner Tante anhören. »Falls Rosalie das Kaffeeservice oder die Tischdecken bekommen hat, die du wolltest, mach das bitte direkt mit ihr aus.« Er legte die Hand auf den lackierten Handlauf der Doppeltreppe, als sie schnaubte.

»Alexanders oder besser gesagt Helenes altes Geschirr ist mir ganz gleich. Es geht ums Geschäft.«

Das weckte nun doch sein Interesse. »Ach ja?« Er machte auf dem Absatz kehrt. »Was gibt es?«

»Nächstes Jahr wäre es ja wieder an der Zeit für eine Einkaufsfahrt nach Italien.« Sie trat auf eine üppig bepflanzte Schale zu und zog einige welke Blätter heraus. Konstantin ärgerte sich, dass Meike dies übersehen hatte. Wozu bezahlte er das Mädchen eigentlich?

»In dem milden Mittelmeerklima wachsen ja gänzlich andere Pflanzen als hierzulande …« Ihr Blick bekam etwas Schwärmerisches, und er fragte sich, warum sie ihm etwas erzählte, was er längst wusste. Er hatte auf seiner Studienreise selbst ein halbes Jahr dort gearbeitet, und wenn er an die eine oder andere hübsche Italienerin zurückdachte, hätte er nicht wenig Lust, wieder hinzufahren – aber dazu fehlte das Geld.

»Das weiß ich doch«, sagte er. »Nächstes Jahr wird die Fahrt jedoch ausfallen, wir müssen sparen.«

»Hmm«, machte seine Tante und prüfte seelenruhig mit zwei Fingern die Feuchtigkeit der Erde. »Ein Jammer.« Abrupt zog sie ihre Hand zurück und wischte die kleinen Erdkrümel von den Fingerspitzen, bevor sie ihre Handschuhe herauszog. »Nun gut. Du wirst schon wissen, was du tust.« Mit durchgestrecktem Rücken ging sie auf die Haustür zu.

»Warte!«, hielt er sie zurück. »Wie meinst du das?«

»Ganz einfach«, erklärte sie, während sie die dicklichen Finger in die engen Handschuhe quetschte. »Dir ist doch sicherlich daran gelegen, Hofgärtner zu bleiben?« Er bestätigte ihren fragenden Blick. »Wäre es dann nicht sinnig, das Unternehmen so fortzuführen, wie dein Vater es getan hat? Er hatte den Status immerhin schon viele Jahre inne, und er wusste, was dazugehört. Alexander war es stets wichtig, auch exotische Pflanzen im Sortiment zu haben, oder denkst du, der Großherzog von Oldenburg gibt sich mit Dotterblumen zufrieden?«

Konstantin strich seine Haare zurück; an diesem vermaledeiten Tag war es ihm mittlerweile gleich, dass er seinen akkuraten Scheitel zerstörte. Ein Problem türmte sich auf dem nächsten. Fürwahr, was sie sagte, ergab Sinn, aber wie sollte er auch das noch bewerkstelligen? »Es geht dennoch nicht, mir fehlt die Zeit.«

»Das ist natürlich ungünstig«, sagte Helga Maader und setzte ihren Hut auf, den Meike ihr zwischenzeitlich gebracht hatte. »Aber wenn es nur das ist, kann ich dir womöglich behilflich sein.«

»Wie das?«

»Ich kann die Einkäufe tätigen.« Sie ließ sich von Meike in den Mantel helfen. »Ich werde für dich nach Italien fahren.«

»Du?!« Konstantin lachte auf, der Gedanke war doch absurd. »Eine Frau? Allein nach Italien?« Er musste noch lauter lachen. »Das geht doch nun wirklich nicht!«

***

Wie immer lag ein leichter Geruch nach Schinken in der Luft, als Greta im ärmlichen Bauernhaus von Brunos Eltern zu Bruno hinübersah. Sie saß im Unterschlag und flocht eine lange Weidenrute durch die bereits vorhandenen Querstreben, der Korb würde bald fertig sein. Bruno hatte sich derweil in den Kopf gesetzt, ihrem kleinen Sohn Elias, um genau zu sein Konstantin Elias Gerdes, das Krabbeln beizubringen. Sobald sie an diesem Sonntag von der Kirche zurückgekehrt waren, hatte er sich neben den Kleinen auf die Decke gelegt und ihn wieder und wieder ermuntert, sich vom Boden abzustützen.

»Ja, nur noch ein kleines Stück!« Bruno robbte über den Boden und sah erwartungsvoll zurück. Als Elias wie zu erwarten liegen blieb, hielt er ihm die Hand hin. »Na komm schon!«, sagte er anspornend und beobachtete fasziniert, wie sich die kleinen Fäustchen um seinen riesigen Zeigefinger schlossen.

Seine Mutter kam in den Wohnbereich, blickte versonnen zu Bruno und Elias und schenkte auch Greta ein warmes Lächeln.

»Mama, Elias kann schon fast krabbeln! Siehst du, wie er sich ganz alleine aufrichtet?«, rief Bruno.

»Fein!« Sie legte die Hände ans Gesicht. Dann blickte sie zu Greta. »Aber warum macht ihr beide nicht een moien Spazeergang? Ich kümmer mich solange um den lütschen Dubsack.«

Seit Greta im vergangenen Jahr, kurz nachdem Julius, Marleene und auch Manilo die Gärtnerei verlassen hatten, ebenfalls erbost ihre Kündigung ausgesprochen hatte, war sie nach einer unangenehmen Zwischenetappe schließlich in Brunos Elternhaus gezogen. Lange hatte er sie dazu überreden müssen, letztendlich hatte aber auch sie eingesehen, dass es die beste Lösung war.

Und er hatte recht behalten.

Brunos Mutter war ganz vernarrt in das Kind, und ohne ihre Unterstützung hätte sie es vermutlich niemals geschafft. Besonders die Geburt war eine Herausforderung gewesen, aber Brunos Mutter hatte selbst sieben Kinder geboren und schon bei vielen Geburten in der Nachbarschaft geholfen. Sie hatte gewusst, was zu tun war.

»Na los, en bietje frische Luft wird euch wohl bekommen. Hier ist es ja schon wieder ganz verräuchert, den Schinken im Giebel tut es gut, dennoch müssen wir uns wohl noch mal um den Abzug kümmern«, sagte Brunos Mutter und trat zu Greta ans Feuer. Greta strich eine Strähne ihrer glatten schwarzen Haare, die sich aus ihrem Zopf gelöst hatte, hinters Ohr. Brunos Mutter versuchte stets, ihrem Sohn und ihr etwas Zweisamkeit zu verschaffen, und hoffte wohl noch immer darauf, dass dies früher oder später zu mehr führen würde.

Greta hielt ihren zu drei Vierteln geflochtenen Weidenkorb in die Höhe. »Ich möchte lieber noch meinen Korb fertig machen. Wenn ich schon nichts dazu beisteuern darf, dass ich hier wohne, will ich doch zumindest hierbei helfen.« Sie bekam zwar monatlich eine kleine Summe von Konstantin, dafür hatte Julius gesorgt, aber Brunos Mutter weigerte sich, Geld anzunehmen, und bestand darauf, dass sie es für den Kleinen zur Seite legte. Also flocht sie die Körbe. Das war zunächst gar nicht so leicht gewesen, wie es aussah, doch in den vergangenen Monaten hatte sie den Dreh herausbekommen und beherrschte inzwischen sogar verschiedene Techniken. Ihr gefiel die Arbeit, bei der sie in Ruhe dasitzen und ihren Gedanken nachhängen konnte, und durch den Verkauf konnte sie immerhin einen kleinen Beitrag leisten.

»Greta, Liebes, du machst bei Weitem mehr als genug. Seit du hier bist, habe ich kaum noch etwas zu tun.«

Greta griff nach der Hand der gebrechlichen Frau und drückte sie sachte. Sie hatte Bruno bekommen, als sie bereits über vierzig gewesen war, und auch das arbeitsreiche Leben auf dem ärmlichen Bauernhof hatte ihr zugesetzt.

»Und das ist auch gut so. Du solltest in aller Ruhe dein Altenteil genießen und dich nicht Tag für Tag für uns schinden.«

Die alte Frau schüttelte entschieden den Kopf. »Ik hebb mien Leben lang gearbeitet, und es hat mir noch nie etwas ausgemacht. Doch heute ist Sönndag, ihr solltet ihn en bietje genießen.« Sie griff nach Elias' Klöterdose und hockte sich auf das Kuhfell, das ihnen als Teppich diente.

Greta erhob sich ergeben, als Bruno zu ihr herüberkam. Wenig später streiften sie durch die Feldwege neben den inzwischen meist abgemähten Kornfeldern. Ein Schwarm Zugvögel flog am Horizont seine wilden Formationen und folgte einem unsichtbaren Muster. Bruno beobachtete es so gebannt, als würde er es zum ersten Mal sehen. »Ist das nicht faszinierend? Sind das Stare?«

Greta rollte mit den Augen und ging weiter. »Keine Ahnung.« Solch dämlichen Fragen stellte er immer wieder, doch Greta wusste sie mittlerweile abzuwimmeln. Wen interessierte es schon, welche Vögel es waren?

Hinter einer Bäke bogen sie ab, und Bruno schien noch immer gefesselt, wie eingeübt der Formationstanz der Vögel wirkte.

»Du hast mir noch gar nicht erzählt, wie die Beerdigung war.«

Bruno zuckte mit den Schultern. »Na, wie Beerdigungen eben sind. Wir mussten es im strömenden Regen aushalten, wie der Pastor eine ewig lange Rede gehalten hat, von der ich ohnehin kaum etwas verstanden habe, weil wir ganz hinten versammelt waren. Dann mussten wir ewig lange anstehen, um zu kondolieren. Julius hat mir sehr leidgetan, er wirkte wie am Boden zerstört. Trotzdem habe ich mich auch gefreut, ihn und Marleene wiederzusehen, aber irgendwie war es auch ein wenig seltsam. Ich glaube, ich werde mich nie daran gewöhnen, dass Marleene Frauenkleider anhat.«

»Nein? Ich finde, es passt eigentlich viel besser zu ihr. Mir hätte gleich auffallen müssen, dass sie eine Frau ist. Sie ist viel zu schlau für einen Jungen.«

»Was soll das denn heißen?«, fragte Bruno entrüstet und stemmte die Hände in die Hüften.

»Schon gut, schon gut«, sagte Greta lachend und betrachtete Bruno verstohlen von der Seite, der ja nun wirklich nicht der Schlauste war. Aber er besaß eine immense Herzensgüte, und das zeigte sich nicht nur darin, dass er darauf bestanden hatte, ihr samt dem Säugling Obdach zu gewähren. Er behandelte das Kind wie sein eigenes, obwohl Greta ihm von Anfang an zu verstehen gegeben hatte, dass sie seine Gefühle leider nicht erwidern konnte. Dabei war sie sich dessen nicht einmal sicher. Sie mochte Bruno und war gerne mit ihm zusammen. Auf der anderen Seite war er mit den roten Haaren und den arg abstehenden Ohren nun wirklich keine Augenweide.

Und sollte Liebe sich nicht anders anfühlen?

Waren die Gefühle dann nicht intensiver?

Oder kam das erst mit der Zeit? Konnte sie als Arbeitermädchen überhaupt auf so etwas wie die große Liebe warten? Oder war das nur eine wirre Idee aus Geschichten, denen sie ohnehin niemals nacheifern könnte?

»Und Konstantin?«, stellte sie nun die Frage, die sie zugegebenermaßen am meisten interessierte. Allein die Aussprache seines Namens machte sie nervös und beantwortete ihre Frage. Es gab Liebe. Sie fühlte sich anders an, und leider konnte man sich mitnichten aussuchen, wen man liebte.

Hoch konzentriert sah sie einer vorbeifliegenden Schnake hinterher, um Brunos Blick auszuweichen. Warum nahm er sich mit seiner Antwort so viel Zeit?

»Was soll mit ihm sein?«, fragte er mit seinerseits in die Ferne gerichtetem Blick.

»War er auch auf der Beerdigung?«

»Natürlich.« Bruno wirkte angespannt. So dumm war er nun offenbar auch wieder nicht, als dass er nicht längst durchschaut hätte, worauf sie hinauswollte. Und es gefiel ihm nicht. Ihre Fragen plagten ihn, aber sie musste es einfach wissen.

»Allein?«

Er nickte, und die Sonne brachte nicht nur die Getreidestoppel, sondern auch Brunos Haare zum Leuchten, sodass sie noch röter wirkten. Fürchterlich.

»Soweit ich das gesehen habe, schon.«

»Hatte er jemanden an seiner Seite? Oder hat er mit irgendjemandem länger gesprochen?«

»Rosalie war die meiste Zeit an seiner Seite. Und für Unterhaltungen blieb ja kaum Zeit. Meistens hat der Pastor geredet, und dann konnte man höchstens bei den Beileidsbekundungen etwas sagen. Auf die Trauerfeier waren wir Arbeiter ja mal wieder nicht geladen. Die ist nur für die feinen Gäste …«

Greta atmete unmerklich auf. Dann war noch nicht alles verloren. Bisher hatte Konstantin sich zwar noch nicht großartig für seinen

Sohn interessiert, aber das konnte sich jederzeit ändern, solange er unverheiratet war und keine eigenen Kinder hatte. Sie wusste nicht, warum, aber sie hatte die leise Hoffnung, dass Konstantin zur Besinnung kommen würde, sobald er Elias in die Augen sah, denn die hatte der Kleine ganz gewiss von seinem Vater. Deswegen hatte sie extra die Taufe noch hinausgezögert – obwohl das Unglück bringen konnte.

Sie sah zu Bruno und merkte, dass er ihren Blick mied.

»Was?«, fragte sie missmutig.

Bruno sah auf das platt gefahrene Gras des Feldwegs. »Um ehrlich zu sein, gibt es da Gerüchte …«

Greta blieb abrupt stehen. Sie beobachtete ihn genau, als könnte die kleinste Regung in seinem Gesicht verraten, worum es sich dabei handelte.

»Welcher Art?«, fragte sie in einem Ton, der nach sofortiger Antwort verlangte.

Bruno atmete tief ein und aus, bevor er sprach. »Allem Anschein nach hat Konstantin noch jemanden geschwängert. Und diesmal war es keine einfache Arbeiterin.«

»Aber das …« Greta legte die Hände auf ihre Brust und schaffte es nicht, den Satz zu beenden. Wenn er eine Frau von Stand geschwängert hatte, würde er gewiss nicht so einfach davonkommen wie bei ihr. Dann wäre er für sie verloren.

10. Kapitel

Am Sonntag nach der Trauerfeier stand Marleene gegenüber vom Gertrudenfriedhof, wippte auf ihren Zehenspitzen und sah hoffnungsvoll jedem Pferdewagen entgegen. Julius durfte heute das Fuhrwerk seines Onkels ausborgen, und sie hatten abgemacht, dass er sie an dieser Stelle abholen würde, damit er nicht ganz in die Stadt hineinfahren musste. Und dann wäre es endlich so weit. Sie würden das Land für ihre künftige Gärtnerei besichtigen, das der Großherzog ihnen zugesprochen hatte.

»Es ist in der Nähe von Rastede«, hatte sie Frieda nach der Trauerfeier berichtet. Sie war ganz aufgeregt, denn in diesem kleinen Ort bei Oldenburg hatte sie die ersten Jahre ihres Lebens verbracht. Damals, als ihr Vater noch gelebt hatte und ihre Mutter noch voller Kraft gewesen war. Bevor es schlimmer und schlimmer geworden war, weil sie nach seinem Tode nicht nur mit dem menschlichen Verlust hatten zurechtkommen müssen, sondern auch mit der Aufgabe des Heuerhauses, das ihre Mutter allein nicht mehr hatte halten können. Fortan waren sie von Ort zu Ort gezogen und stets dort geblieben, wo gerade helfende Hände gesucht worden waren.

»Oh, wie fantastisch, die Sommerresidenz des Großherzogs!«, hatte Frieda gerufen. »Ist das alles aufregend.« Sorgfältig hatte sie dabei ihre Sonntagskleider für die Kirche auf den Stuhl neben ihrem Bett gelegt.

Marleene ging seit dem Tod ihres Vaters nicht mehr in die Kirche und wollte den Tag lieber nutzen, um endlich das Landstück zu besichtigen.

Letztendlich blieben nur die Sonntage für den Aufbau ihrer Gärtnerei. *Ihre Gärtnerei.* Die Worte fühlten sich noch ganz ungewohnt an, so als erblühte sie selbst in einer noch nie da gewesenen Farbe.

Nun erspähte sie Julius ganz weit hinten auf der Alexanderstraße. Als er näher kam, sah sie, dass er erstmalig wieder etwas munterer wirkte. Der Tod seines Vaters hatte ihm schwer zu schaffen gemacht, deswegen war es gut, dass sie jetzt diese neue Aufgabe hatten, die sie beschäftigen würde. Er brachte die Stute zum Stehen, stieg herunter und schloss sie in die Arme.

»Wollen wir losfahren?«, fragte er schließlich und hatte sogar einen Hauch von Aufregung in der Stimme.

Marleene nickte eifrig. »Ich kann es kaum abwarten.«

Sie kletterte auf den Kutschbock und entdeckte nun auch Asta, Alexanders Jagdhündin, die sich seit der Beerdigung nicht mehr von Julius lösen wollte. Die Hündin saß schwanzwedelnd auf der Ladefläche, und Marleene streichelte sie zur Begrüßung hinter den samtweichen Ohren.

Unterwegs genoss Marleene den Wind in ihrem Gesicht und den Komfort des Fuhrwerks, da sie es gewohnt war, stets zu Fuß überall hinzulaufen. Sie kuschelte sich an Julius' Seite und genoss für eine Weile einfach nur seine Nähe, während vereinzelte Giebelhäuser an ihnen vorbeizogen.

»Wollen wir mal durchgehen, was alles zu machen ist und wie wir am besten vorgehen?«, erkundigte sie sich dann aber, da sich über Julius' Gesicht wieder ein Schleier aus Traurigkeit gelegt hatte.

»Gute Idee.« Er warf ihr einen schnellen Blick von der Seite zu und wechselte die Zügel in die andere Hand. »Die Anmeldeunterlagen für die Gartenbau-Ausstellung in Hamburg sind vorgestern bei mir angekommen. Es gibt zahlreiche Kategorien, an denen wir teilnehmen könnten, wir müssen nur die geeigneten auswählen und die entsprechenden Pflanzen möglichst apart in einem Schaubeet präsentieren.«

»In einem Schaubeet?«, hakte Marleene unsicher nach, denn das klang nicht eben einfach. Schon bei der Planung des Schlossgartens hatten sie sich mit bunten Beeten schwergetan und erst einen Erfolg versprechenden Weg gefunden, als sie im Sinne der natürlich gehaltenen, englisch inspirierten Landschaftsparks geplant hatten.

»Ja, die Beete werden meistens in den großen Blumenhallen der Gartenbau-Ausstellungen präsentiert, da geht es hauptsächlich darum, dass sie ansprechend für die Besucher aussehen. Das Beurteilungskomitee wird dennoch die einzelnen Pflanzen bewerten, aber gewiss schadet es nicht, wenn man sie gut in Szene setzt. Ich dachte, dass Frieda uns vielleicht helfen kann?«

Marleene nickte begeistert. »Das macht sie bestimmt. Wann werden die Pflanzen denn prämiert?«

»Gleich zu Beginn im Mai, aber der Anmeldeschluss ist Ende Januar nächsten Jahres. Bis dahin müssen wir also unseren festen Wohnsitz dort haben. Außerdem müssen wir natürlich Pflanzen in der Gärtnerei haben, das Land allein genügt nicht.«

»Haben wir denn überhaupt eine Chance? Oder sollten wir uns vielleicht besser allein auf die Gärtnerei konzentrieren? Es ist ja schwierig genug, sie innerhalb von drei Jahren aufzubauen.«

»Das ist es gewiss. Aber gerade deswegen wäre das Prädikat des Hofgärtners so wichtig. Ich habe in den vergangenen Jahren schon einige Gärtnereien kommen und gehen sehen. Letztendlich sind die meisten Menschen Gewohnheitstiere und kaufen dort, wo sie immer gekauft haben, oder ebendort, wo der Ruf am besten ist. Ich bin dem Großherzog unendlich dankbar für das Land, letztendlich ist Rastede aber schon etwas ab vom Schuss, und viele der wohlhabenden Kunden wohnen in Oldenburg. Wenn wir sie auf uns aufmerksam machen und zugleich überzeugen wollen, dass unsere Gärtnerei den Weg wert ist, *müssen* wir Hofgärtnerei werden!«

»Hmmm«, sagte Marleene nachdenklich. Sie liebte es, wie vorausschauend und umfassend Julius dachte. Ohne ihn hätte sie sich tatsächlich auf das falsche Ziel gestürzt, da sie gedacht hatte, mit dem Status des Hoflieferanten würden sie hauptsächlich Konstantin eins auswischen – was auch nicht zu verachten wäre, aber die Prioritäten sollten in Anbetracht ihrer Umstände doch besser woanders liegen. Was Julius sagte, ergab vollkommen Sinn. »Du hast recht. Wenn es uns bei unserem großen Ziel hilft, sollten wir wirklich alles geben und es versuchen.«

»Es hilft uns nicht nur …«, unruhig setzte Julius sich auf seinem Platz zurecht und knetete die Zügel. »Ich fürchte … wenn es uns nicht gelingt, Hofgärtnerei zu werden … dann werden wir es generell nicht schaffen.«

Er sah angestrengt nach vorne, und Marleene konnte ihn einen Moment nur anstarren. Ihr war nicht bewusst gewesen, wie viel auf dem Spiel stand, denn sie war davon ausgegangen, dass alles gut werden würde, wenn sie nur das Land hätten.

»All die vorbereiteten Pflanzen und auch das Land nützen leider nichts, wenn wir später keine Kunden haben, die ganz bis ans südliche Ende von Rastede hinausfahren, um sie zu kaufen.

»Na gut.« Marleene zwang sich, sich nicht von der Fülle an Aufgaben erschlagen zu lassen und einen Schritt nach dem anderen zu denken. Erst mal stand also die Gartenbau-Ausstellung bevor. Was hatte er gesagt? Sie mussten sich bis Ende Januar anmelden? Der September war angebrochen, das hieß, ihnen blieben nur knapp fünf Monate.

»Es wird jede Menge Arbeit, das ist gewiss. Aber irgendwie werden wir es schaffen. Immerhin gibt es schon ein Haus. Dort könnte ich zunächst alleine einziehen, dann wäre die Sache mit dem Wohnsitz bereits erledigt.«

»Es gibt sogar ein Haus?«, flüsterte sie andächtig.

»Ja, hatte ich das noch nicht erwähnt? Deswegen hat der Großherzog dieses Grundstück gewählt.«

»Das ist perfekt, das wird uns so einiges erleichtern! Dann könnten wir als Nächstes die Rhododendren herüberholen. Und wozu haben wir in den vergangenen Monaten die Pflanzen vermehrt? Hunderte von Stecklingen warten im Gewächshaus deines Onkels auf uns!«

»Die können wir aber erst im Frühjahr einpflanzen. Und die Mehrzahl der Rhododendren benötigt noch beheizte Gewächshäuser, bis wir die winterharten Sorten entwickelt haben.«

»Na, dann sind die Gewächshäuser eben unser erstes Ziel, wir werden uns gleich zu Beginn darum kümmern! Dann holen wir die Pflanzen zu uns, und das Wichtigste wäre geschafft: Wohnsitz mit Zuchtpflanzen, es wäre also eine richtige Gärtnerei.«

Ja, so würde es klappen. Es war ein Segen, dass bereits ein Haus da war, sodass sie sich auf den Bau der Gewächshäuser konzentrieren konnten – wobei die gläsernen Häuser wirklich teuer waren. Aber womöglich könnte sie ja ein paar Extraschichten im Hotel übernehmen. Momentan sollten sie sich besser um das nächste Problem Gedanken machen, das wie ein Mammutbaum vor ihnen aufragte.

»Welche Pflanzen sollen wir denn eigentlich mit nach Hamburg auf die Gartenbau-Ausstellung nehmen? Welche hätten wohl die beste Aussicht auf eine Prämierung?«

Julius seufzte. »Das beschäftigt mich ebenfalls schon seit Tagen. Perfekt wäre natürlich unser spezieller Flieder …«

»Ja, das dachte ich auch«, sagte Marleene, und vor ihrem inneren Auge erschien der ganz besondere Flieder aus ihrer Kindheit mit Blütenblättern in Purpurviolett mit weißem Rand, der in der Sonne leuchtete.

Der, mit dem Julius um ihre Hand angehalten hatte.

»Es gibt sonst keinen weiteren Flieder mit zweifarbigen Blüten. Der Sieg wäre uns nahezu sicher …«

»Aber ich sehe keine Möglichkeit, wie wir an ihn gelangen könnten, immerhin steht er nach wie vor im kleinen Wäldchen in der Hofgärtnerei«, gab Julius zu bedenken. Als hätte sie verstanden, bellte Asta bestätigend, und Julius und Marleene lachten.

»Gibt es denn wirklich gar keinen Weg?«, überlegte Marleene laut. Irgendwie mussten sie doch an die Pflanze kommen! »Können wir irgendwo die Mauer überwinden?«

Niedergeschlagen schüttelte Julius den Kopf. »Die ist zu hoch. Und seit der Dieb sein Unwesen getrieben hat, hat Vater obendrauf auch noch diesen neuartigen Stacheldraht anbringen lassen … Der einzige Weg führt über die Lindenallee.«

Marleene schürzte die Lippen. »Und wenn wir Konstantin einfach fragen? Immerhin ist es unser Flieder. Ich habe die Mutterpflanze gezogen, und du hast ihn in den Wald gepflanzt.«

»Ich weiß nicht …« Julius sah wenig optimistisch aus, und sie konnte es ihm nicht verdenken. »Bisher hat Konstantin keinen blassen Schimmer, was da versteckt am Ende der Gärtnerei wächst. Vielleicht tue ich ihm unrecht, aber wenn du mich fragst, ist es besser, keine schlafenden Hunde zu wecken. Nachher tritt er noch mit unserem Flieder an, das wäre die reinste Katastrophe.«

Damit hatte er höchstwahrscheinlich recht. Noch die restliche Fahrt über suchte Marleene nach einer Möglichkeit, wie sie an ihren Flieder kommen könnten, doch es war ausweglos.

***

Nachdem Julius vor dem Ortseingang von Rastede scharf links abgebogen war und bald darauf auf einen Feldweg gedeutet hatte, richtete Marleene sich kerzengerade auf. Die Kornfelder und Weiden wurden immer wieder von baumbewachsenen Wällen durchzogen, und es waren nur ganz vereinzelt großzügige Bauernhöfe mit ausladenden Scheunen zu sehen. Marleenes Handflächen wurden ganz kribbelig.

Jetzt würde es jeden Moment so weit sein.

Sie konnte es kaum abwarten, das Land und vor allem das Haus zu sehen. Irgendwie stellte sie es sich so ähnlich wie das Heuerhus ihrer Eltern vor, dieses kleine Häuschen mit dem windschiefen Reetdach und dem riesigen Schornstein. Aber ganz gleich, wie es war, sie würden es schon heute ordentlich putzen. Dann könnte Julius in der kommenden Woche einziehen, und danach würden sie sich bereits die nächste Aufgabe vorknöpfen.

»Da vorne müsste es sein.«

Er schnalzte mit der Zunge, um den Haflinger in den Trab zu bringen. Sie fuhren den Schotterweg entlang, der auf der Karte als »Birkenweg« gekennzeichnet worden war, bis sie auf ein kleines Waldstück stießen, durch das eine offenbar wenig befahrene Auffahrt führte.

Julius sah sich um, schien etwas im Kopf nachzurechnen. »Dies müsste die Zufahrt zum Grundstück sein«, sagte er schließlich. »Das Wäldchen müsste bereits zu uns gehören.«

Marleene legte die Hände aufs Herz, in der Hoffnung, sie könnte es so beruhigen. »Wirklich? Das ist ja grandios! Dann können wir die winterharten Rhododendren direkt im Wald anpflanzen, der Boden ist perfekt dafür.«

Julius nickte. Sie hatten beide das vergangene Jahr genutzt und in Fachzeitschriften und Bibliotheken alles über Rhododendren, Flieder und auch den Aufbau einer eigenen Gärtnerei gelesen, was sie nur finden konnten. In ihren Köpfen war längst alles durchgeplant, nur das Land hatte ihnen noch gefehlt.

»Komm, lass uns schauen, wie der Rest aussieht.« Marleene wollte Julius die Zügel aus der Hand nehmen, doch er hielt sie davon ab.

»Warte! Den Augenblick möchte ich ganz in Ruhe genießen, mit dir an meiner Seite.« Er lächelte sie so glücklich an, dass Marleene ganz warm wurde, dann sprang er vom Wagen, band das Pferd an, sodass es grasen konnte, und streckte die Hand nach ihr aus. Marleene ergriff sie nur zu gerne und stieg ebenfalls vom Fuhrwerk. Er hatte recht, sie hatten den gesamten Tag noch vor sich, und einen ersten Eindruck konnte man nicht wiederholen.

Hand in Hand schlenderten sie den Waldweg entlang, aus dem munteres Vogelgezwitscher ertönte. Marleene sog die frische Luft, die angenehm nach Fichtennadeln roch, tief in sich ein. Was war dies für ein Unterschied zur Stadt, wo stets die Schornsteine rauchten, Pferdeäpfel auf der Straße lagen und hin und wieder sogar eines dieser neuartigen Automobile die Luft verpestete.

Kleine Äste knackten unter ihren Holsken, und die von Tannennadeln bedeckte Erde fühlte sich weich an. Und dann lag es vor ihnen. Ein Fachwerkhaus aus roten Backsteinen, die von dunkelbraunen Balken unterteilt wurden, mit einem ebenso dunklen Reetdach, das von einem dicken Moospolster bedeckt war. Direkt unter dem Giebel befand sich ein kleines Uhlenloch. Die sogenannte Grootdör in der Mitte war eine typische abgerundete Doppeltür, groß genug, um mit einem Pferdewagen hindurchzufahren, und mit einer normalen Tür in der Mitte. Die kleinen dunkelbraunen Fenster daneben waren jedoch mit langen Brettern zugenagelt worden und verliehen dem Haus etwas Trauriges.

Julius legte den Arm um sie, und Marleene schmiegte sich an ihn.

Innerlich war sie in Aufruhr wie Blätter in einem Herbststurm. Sie sah es bereits vor sich, wie sie hier ihre Hochzeit feiern würden, denn das sollte durch die Eingliederung in eine Nachbarschaft nun endlich möglich sein. Als Kind war sie an solchen Abenden viel zu lange aufgeblieben. Manchmal hatte sie mit den anderen Dorfkindern das Bettzeug der Brautleute zusammengenäht, oder sie hatten Tische und

Stühle auf dem Ehebett gestapelt. Alles in allem dauerte eine solche Zeremonie mit dem Abholen des Brautschatzes, der Kranzaufhängung und der Trauung gleich mehrere Tage. Essen gab es vom Feinsten und reichlich, da jeder etwas mitbrachte. Getanzt wurde auf der großen Diele des Bauernhauses, und wenn es an Sitzgelegenheiten mangelte, wurden einfach Bretter auf Kisten gelegt. Falls das Geld für den Tanzboden fehlte, wurden schlichtweg Sägespäne auf den gelehmten Boden gestreut. Man brauchte nicht viel, und doch war es immer ein riesiges Vergnügen gewesen, mit ausgelassenen Feiern bis tief in die Nacht und so viel Gelächter, dass man sich den Bauch halten musste.

Nun könnten auch sie ihre Bauernhochzeit feiern.

Tausend Gefühle tobten zugleich in Marleene, eine Mischung aus Neugier, Aufregung und Tollkühnheit. Mit langsamen Schritten gingen sie auf das Haus zu. Dass es schon recht alt war, störte sie nicht. Sie fand die Vorstellung großartig, überhaupt mit Julius in einem eigenen Haus zu wohnen. Dank der Großzügigkeit des Großherzogs schien sich alles zu fügen und jedes ihrer Probleme in Luft aufzulösen.

»Sieh nur diese Wiese! Wenn wir sie gebrochen haben, wird sie mit der Morgensonne ein ganz hervorragendes Freilandquartier. Was sollen wir für den Nährstoffgehalt aussäen? Lupinen oder doch besser Kartoffeln? Am besten fangen wir gleich nächste Woche an«, rief sie, noch während sie auf die verwilderte Grünfläche zurannte. »Dann wachsen sie dieses Jahr an, und wenn wir alles umgraben, um das Freilandquartier daraus zu machen, haben wir den Boden humushaltiger gemacht und …« Abrupt brach sie ab und sah hinunter auf ihre Holsken. »Oh.« Sie stellte sich auf die Ränder der Wiese und beobachtete bestürzt, wie sich kleine schwarzgraue Seen an den Stellen bildeten, wo sie das Gras platt getreten hatte. Als sie ein paar Schritte rückwärtsging, versank sie mit quietschenden Geräuschen in der sumpfigen Wiese. Das Wasser hatte ihre Holzschuhe an den Rändern bereits dunkel gefärbt.

Mit zusammengepressten Lippen sah sie zu Julius. Er wirkte ebenso betroffen, zuckte jedoch mit einem erzwungenen Lächeln die Schultern.

»Dann müssen wir die Wiese eben vorher auch noch entwässern.«

Marleene nickte beklommen, denn eine Drainage zu verlegen, würde sehr, sehr teuer werden. Das Wohnproblem war behoben, ein neues jedoch hinzugekommen.

Sie schob den Gedanken beiseite und sah wieder zum Bauernhaus. »Hach, ich kann es wirklich kaum abwarten, dort einzuziehen.«

Julius hatte den Blick in die Ferne gerichtet und blieb still.

»Julius?«, fragte sie vorsichtig, und erst jetzt kehrte er aus seiner Gedankenwelt zurück.

»Gefällt es dir nicht?« Letztendlich war die Hofgärtnerei sehr viel edler und moderner und die Fliedervilla eben eine richtige Villa und nicht nur ein altes Bauernhaus mit Reetdach.

»Nein, das hier ist großartig. Nach allem, was passiert ist, hatte ich schon nicht mehr zu hoffen gewagt, dass wir je eine Gärtnerei haben würden …« Er sah noch einmal zum Haus und lächelte. »Es wird eine Menge Arbeit, aber das schaffen wir!« Schelmisch lächelte er ihr zu. »Wollen wir einen Blick ins Haus wagen?«

»Unbedingt!«, rief Marleene voller Begeisterung.

Er griff nach ihrer Hand, und wie zwei Kinder rannten sie auf die Grootdör zu und hatten dabei so viel Schwung, dass sie erst knapp davor atemlos zum Stehen kamen. Julius zog freudestrahlend einen leicht verrosteten Schlüssel an einem riesigen Ring aus seiner Tasche.

»Na, dann wollen wir mal sehen, was das Haus zu bieten hat. Vielleicht haben sie uns ja sogar noch ein paar Sachen dagelassen.«

Er versuchte, den Schlüssel umzudrehen, benötigte jedoch mehrere Versuche, bis es ihm gelang. Die Angeln ächzten laut, als Julius die Tür vorsichtig nach innen drückte. Marleene versuchte, einen Blick über seine Schulter zu erhaschen, doch ihr schlug lediglich Dunkelheit entgegen – und ein abgestandener Geruch nach Staub, Spinnen und Moder.

Plötzlich flatterte etwas direkt über ihren Kopf hinweg und durch den schmalen Spalt über ihre Köpfe nach draußen. Julius schrie erschrocken auf, und sie blickten einer Schwalbe hinterher, die sich mit aufgeregtem Flappen der Flügel in den Schutz der Kiefern flüchtete. Marleene musste lachen, und Julius warf ihr einen gespielt entrüsteten Blick zu.

»Moment!«, ordnete er an, schob sich in die ungewisse Dunkelheit und löste den Querbalken, der, dem leisen Reißen der zahlreichen Spinnweben nach zu urteilen, die große Tür für viele Jahre geschlossen gehalten hatte. Kurz darauf schwangen beide Türhälften nach innen, ließen den abgestandenen Mief heraus und die sanfte Spätsommerluft hinein.

Neugierig ließ Marleene den Blick über das Innere des Hauses schweifen, das im Licht der Sonne offenbart wurde.

Und musste schlucken.

Kraftlos griff sie nach Julius' Arm.

Es war ein sehr altmodisches Ammerländer Bauernhaus, wo das Vieh noch mit den Menschen gemeinsam gewohnt hatte. Doch das war nicht das Problem, damit hatte sie gerechnet, und sie konnten es einfach umbauen. Im hinteren Bereich gab es gewiss eine Tür zu den Schlafzimmern, vielleicht sah es dort besser aus. Aber hier vorne bei den Stallungen mit dem angrenzenden Wohnbereich und selbst auf den Zwischenböden war alles übervoll mit … Unrat.

Marleene wusste nicht, wie sie es gedanklich fassen sollte, es war zu viel. Zu beiden Seiten türmte sich das Gerümpel bis zum Dachboden, und dort ging es womöglich noch weiter. Es war so viel aufeinandergestapelt, dass sich nur vereinzelte Gegenstände ausmachen ließen, ein einziger Wust aus Braun und Grau mit vereinzelten Farbtupfern. Am Rand zwischen den Lumpen lehnte ein abgebrochener Reisigbesen, alte Milchkannen schauten aus dem Haufen hervor, Bretter mit verrosteten Nägeln, Holzkisten, die kaputten Spitzen einer Egge, Stühle mit fehlenden Beinen und zerschossenem Plüschüberzug, kaputte Weidenkörbe, erblindete Spiegel mit Sprung, eingefasst von holzwurmigen Leisten ... und das war nur der Anfang. Der Ramsch hatte das ganze Haus in Beschlag genommen, man konnte nicht einmal die Wände, geschweige denn Fenster erkennen.

»Ich würde sagen, dein Wunsch wurde erfüllt«, sagte sie mit einem Anflug von Galgenhumor, um das mulmige Gefühl, das sie erfasst hatte, zu vertreiben. Sie ordnete ihre Gedanken neu. Das Wohnproblem hatte sie im Geiste bereits abgehakt gehabt, doch nun stand es wieder ganz oben auf der Liste. Der Zeitplan war weiterhin überaus knapp, womöglich wäre es sogar einfacher, ein gänzlich neues Haus zu bauen, als dieses wieder herzurichten. Jetzt mussten sie nicht nur eine Gärtnerei aufbauen, sondern zudem noch das Land entwässern und zu zweit, nur mit ihren eigenen Händen, diesen immensen Berg an Gerümpel loswerden.

Julius wollte etwas sagen, doch sie hob die Hand, um ihn am Sprechen zu hindern. Sie wusste auch so, was er sagen wollte, und die Erkenntnis war zu niederschmetternd. Sie würden es niemals schaffen.

11. Kapitel

Als Frieda am Montag den Blumenladen betrat, war etwas anders. Wie immer hüllte der Blütenduft sie ein, aber Frau Maader saß nicht wie gewohnt hinter der Kasse. Sie las auch nicht. Nein, sie hatte sich über die Blecheimer gebeugt und sortierte die welk gewordenen Blüten aus – eine Arbeit, die sie sonst stets Frieda überließ –, und als sie zu ihr sah, zeigte sich der Anflug eines Lächelns um ihre Mundwinkel.

»Ist etwas geschehen?«, fragte Frieda skeptisch und hängte ihr wollenes Tuch an den Messinghaken in der kleinen Bindestube.

»Nein. Nichts weiter.« Mit ihrem eigentümlichen Lächeln ließ Frau Maader die trockenen Blüten in einen leeren Eimer rieseln, ganz so, als wäre sie ein junges Blumenmädchen und als wären die Blumen nicht welk, sondern frische Rosenblätter.

Hier stimmte etwas eindeutig nicht.

Frieda musterte ihre Chefin aufs Genaueste, doch nichts gab ihr Aufschluss. »Wirklich?«

Jetzt verzog sich Frau Maaders Mund zu einem breiten Lächeln. »Nichts weiter, außer dass wir nach Italien reisen werden!«

Frieda schlug die Hände vor den Mund und spürte, wie etwas in ihrem Bauch zu flattern begann. Sollte Frau Maaders Plan tatsächlich aufgegangen sein? Würden sie wahrhaftig in Manilos Heimat reisen? Sie konnte das noch gar nicht glauben.

»Fürwahr?«, stammelte sie fassungslos.

»Ja.« Entschlossen stellte Frau Maader den Eimer in die Bindestube. »Erst hat Konstantin sich natürlich quergestellt, meinte, ich als Frau könne nicht allein reisen und solche Sperenzchen. Das war die beste Vorlage, um dich ins Spiel zu bringen. Als ich ihm dann noch in Erinnerung gerufen habe, dass ja auch ich gemeinsam mit seiner Mutter in der Hofgärtnerei aufgewachsen bin und das Sortiment kenne und zudem jeden Tag mit Pflanzen arbeite und ebenso Geschäftsfrau bin, ist er langsam weich geworden. Letztendlich war die Gelegenheit einfach zu günstig für ihn: Jemand, dem er vertrauen kann, wird die weite Reise auf sich nehmen und die notwendigen Pflanzen einkaufen, damit er dem Großherzog weiterhin etwas bieten kann. Dass wir nebenbei noch etwas anderes machen, braucht er nie zu erfahren.« Verschwörerisch blitzte sie Frieda an, doch dann verdüsterte sich ihre Miene wieder, und Frieda spannte sich innerlich an, um sich für den Haken zu wappnen, den es unweigerlich geben musste. »Allerdings müssen wir dritter Klasse reisen. Dieser Geizhals, er selbst reist stets nur erster Klasse! Ursprünglich hat er sogar die vierte vorgeschlagen, immerhin konnte ich ihn auf die dritte hochhandeln, aber ansonsten war ich machtlos.«

Frieda lachte vor Erleichterung. Das war Frau Maaders größte Sorge? Sie selbst reiste sonst allemal mit der vierten Klasse, eine Reise dritter Klasse nach Italien, um Manilo zu suchen, war mehr, als sie je zu hoffen gewagt hätte.

»Danke!«, rief sie stürmisch und fiel Frau Maader im Übermut der Gefühle um den Hals. »Aber was machen wir solange mit dem Blumenladen?«

Frau Maader überlegte kurz. »Wir werden im Februar fahren! Da verkaufen wir ohnehin kaum etwas …« Sie stockte. »Eigentlich fehlt in dem Monat ein Feiertag. Könnte man da nicht etwas erfinden? Etwas, was die Leute anstiftet, Blumen zu kaufen?« Sie winkte ab. »Wie dem auch sei, ich komme vom Thema ab. Wir fahren im Februar nach Italien!«

Frieda nickte skeptisch, so ganz konnte sie es noch nicht glauben, und ihr fiel sogleich ein weiteres Problem ein. »Aber was ist mit unseren Stammkunden, die können wir nicht unversorgt lassen.«

Frau Maader begann wieder, im Laden auf und ab zu laufen, doch diesmal schien die Bewegung ihr Gehirn nicht zu beflügeln.

»Vielleicht könnten wir ja beim Blumenhaus Husmann freundlich nachfragen, ob sie …«, begann Frieda.

»Das kommt gar nicht infrage«, herrschte Frau Maader sie so laut an, dass Frieda sich unwillkürlich wegduckte. Sie dachte an jenen Tag zurück, als sie das konkurrierende Blumenhaus Husmann besucht hatte – und der Besitzer fuchsteufelswild geworden war, sobald Frau Maaders Name gefallen war. In ihrem Kopf bildete sich unweigerlich eine Frage. War Frau Maader deshalb so empfindlich, was das Blumenhaus betraf, weil der Gedanke an den Besitzer noch mit klitzekleinen Funken Hoffnung verbunden war, die sie neulich so verteufelt hatte? Die Frage war nur, ob die Hoffnung ihr Herz noch nährte, oder war es ganz und gar vertrocknet?

* * *

»Ihre Gäste sind soeben eingetroffen, gnädiges Fräulein«, kündigte das Stubenmädchen mit einem Knicks an, und Rosalie legte ihr Buch zur Seite. »Ich habe sie in den Salon geführt. Wünschen Sie, dass ich Tee zubereite?« Sie sah noch verschreckter aus als gewohnt, denn dass die von und zu Tappenbecks aus einer noch höheren Gesellschaftsschicht stammten, bereitete ihr eine Heidenangst. Bisher hatte sie durch die Aufenthalte in Lübeck und auf Norderney das Bedienen zumeist umgehen können.

»Ja. Danke, Meike«, sagte Rosalie und strich ihr faltenfreies Kleid glatt, um ihren zitternden Händen etwas zu tun zu geben. Bevor sie sich erhob, atmete sie tief durch. Auch sie war nervös – jedoch aus einem ganz anderen Grund. Nun gab es kein Entrinnen mehr. Seit der Beerdigung residierten die beiden im besten Haus von ganz Oldenburg, wollten am kommenden Tag aber in die Hansestadt zurückkehren.

Und Rosalie sollte sie begleiten.

Mit langsamen Schritten ging sie die Doppeltreppe hinunter und versuchte, ihr pochendes Herz unter Kontrolle zu bringen, bevor sie die beiden begrüßte.

Rosalie war bewusst, dass sie vorübergehend einen Teil ihrer Schönheit eingebüßt hatte, da ihre Augen rot geändert waren und sie momentan nicht die Muße hatte, für aufwendige Frisuren still zu sitzen. Edelbert eilte sofort auf sie zu und griff nach ihren Händen.

»Meine Liebste, wie ist es dir ergangen?« Er wirkte ernsthaft um sie besorgt und drückte ihr eine Dose mit feinsten Marzipanpralinen in die Hand, die er seiner Mutter abgenommen hatte. »Ich habe sie extra kommen lassen, die haben dir doch so sehr gemundet.«

Rosalie bedankte sich und gab zu, dass es ihr nicht gut ergangen sei, obwohl die Höflichkeit verlangt hätte, dass sie ihre wahren Gefühle unterdrückte und die Contenance wahrte. Edelbert wirkte dennoch sehr verständnisvoll, vielleicht weil er selbst seinen Bruder in jungen Jahren verloren hatte?

Sie tranken den Ostfriesentee, in den Rosalie dicke Kluntjes häufte, aus dem edlen Zwiebelmusterporzellan und sprachen nach einer kurzen Rekapitulation der Trauerfeier über das immer herbstlicher werdende Wetter.

Doch Edelberts Mutter ließ nicht zu, dass sie noch länger beim Austausch von Oberflächlichkeiten verweilten, und kam recht schnell auf das Thema zu sprechen, das Rosalie bereits seit Tagen mied.

»Was machen wir denn jetzt mit der Hochzeit?«

Edelbert setzte sich eng an Rosalies Seite, benetzte die Lippen und ergriff mit seinen feuchtkalten Fingern ihre Hand. »Die Hochzeit verschieben wir selbstverständlich und werden sie nächstes Jahr zelebrieren. Rosalie muss sich erst von dem Schock erholen, sie steht ja noch vollkommen neben sich.«

Rosalie schüttelte den Kopf.

»Doch, ich denke, das ist der richtige Weg, Liebes. Du solltest nicht heiraten, wenn du noch in tiefster Trauer bist. Es soll doch der schönste Tag in deinem Leben werden.« Er verzog die dünnen Lippen zu einem Lächeln, und Rosalies Blick blieb an einem kleinen weißlichen Hautfetzen hängen, der von der Unterlippe abstand.

Sie schüttelte erneut den Kopf. »Nein«, widersprach sie fest, um keinen Zweifel aufkommen zu lassen.

»Nein? Was willst du damit sagen?«, erkundigte sich Edeltraud und setzte sich auf dem samtig grünen Bezug des Sofas aufrechter hin. Ihre Augen schienen sie festnageln zu wollen, und Rosalie stand abrupt auf, um dem fordernden Blick zu entgehen. Sie umklammerte ihre Arme und sah zur Hofgärtnerei hinaus, wo die ersten Blätter der Bäume im Freilandquartier bereits gelb wurden. Für einen Moment schloss sie die Augen.

Jetzt oder nie.

Es musste gesagt werden, oder sie wäre auf ewig gefangen. Die düstere Zukunftsaussicht gab ihr die Kraft, sich wieder umzudrehen.

»Es wird keine Hochzeit geben«, sagte sie mit fester Stimme und zuckte zusammen, als Edeltraud die Hand vor den Mund schlug.

»Aber, aber!« Edelbert stand auf und eilte auf sie zu. Mit seinen knochigen Fingern ergriff er ihre Hände. »Mir ist bewusst, dass der überraschende Tod deines Vaters ein großer Schock für dich war, meine Schönheit. Aber deswegen muss man doch nichts überstürzen! Wir können schließlich nächstes Jahr immer noch heiraten, wir haben keine Eile. So schnell verfliegt die Liebe doch nicht …«

Rosalie schüttelte zum dritten Mal den Kopf. Das Sprechen fiel ihr schwer, weil sie innerlich zitterte, aber sie hatte in den letzten Tagen viel nachdenken können und wusste jetzt endlich, was sie wollte. Sie musste sich eingestehen, dass, so schwer der Tod ihres Vaters auch auf ihr lastete, er auf der anderen Seite eine kleine Befreiung für sie war. Sie war nun nicht mehr an ihr Versprechen gebunden. Allerdings musste sie dies nun irgendwie ihrem Verlobten beibringen.

Sie nahm sich zusammen und atmete abermals tief durch, bevor sie sprach. »Es tut mir leid, aber ich habe diese Hochzeit offen gestanden nie gewollt. Es war der Wunsch meines Vaters, und da er jetzt von uns gegangen ist, gibt es für mich keinen Grund mehr, dich zu heiraten.«

Edelbert sah sie entsetzt an. »Ist das dein Ernst?«

»Ja«, sagte Rosalie schlicht.

Edelbert neigte den Kopf und studierte ihre Züge ganz genau, als versuchte er, etwas darin zu erkennen, das sie nicht zu sagen vermochte. Rosalie wagte nicht, ihm in die Augen zu sehen. Am Ende würde er noch die Wahrheit erkennen, und auch wenn sie sich lieber die Fingernägel einzeln herausreißen würde, als für den Rest ihres Lebens mit ihm das Bett zu teilen, hatte er sie stets zuvorkommend behandelt. Sie wollte ihn nicht durch ihre Abscheu verletzen.

»Das geht aber nicht, wie …«, wetterte Edeltraud los, doch ihr Sohn brachte sie mit einer Handbewegung zum Schweigen.

»Du bist dir bewusst, was das für dich bedeutet? Ich meine, nicht nur für dich persönlich, sondern vielmehr gesellschaftlich?«

Edeltraud erhob sich, trat zu ihrem Sohn und hakte sich bei ihm unter. Mit ihren hageren Fingern tätschelte sie seine Hand, als müsste sie ihm eine Stütze sein. »Das wäre ein Skandal! Ein gesellschaftlicher Selbstmord«, sagte sie, um ja keinen Zweifel aufkommen zu lassen.

Rosalie ertrug den Anblick der beiden nicht länger und drehte sich wieder weg, um sich vom vertrauten Anblick der Hofgärtnerei innerlich beruhigen zu lassen.

Natürlich wusste sie, was es bedeutete. Deswegen hatte sie sich die Entscheidung auch nicht leicht gemacht.

Sie wäre gesellschaftlich geächtet, wenn sie als Frau eine geschlossene Verlobung wieder löste. Zudem würden alle vermuten, dass sie sich ihm hingegeben hatte, da dies mittlerweile in der Verlobungszeit geduldet wurde. Kein Mann würde sie mehr wollen, denn alle würden vermuten, dass sie nicht jungfräulich in die Ehe gehen würde. Eine überaus harte Zeit stand ihr bevor.

»Ich bin mir dessen bewusst«, flüsterte sie und beharrte weiterhin auf ihrem Entschluss. Denn was waren schon ein paar Wochen mit Gerede innerhalb der Gesellschaft, ein paar entgangene Einladungen zu Bällen und Feierlichkeiten gegen ein ganzes Leben in der Eintönigkeit von Edelbert und Edeltraud?

12. Kapitel

Der kühle Ostwind unterstrich Marleenes trostlose Stimmung genau wie der unablässige Regen, der schon den ganzen Tag aus dem tief hängenden Himmel gegen die zugestellten Fenster klatschte und noch weniger Licht hereinließ, als ohnehin durch den Unrat zu ihnen fand. Wie an den vergangenen zwei Sonntagen hatten sie den gesamten Tag unermüdlich gearbeitet. Das Gerümpel in den Ställen und der Diele hatten sie aussortiert, noch brauchbare Teile in den Schuppen geschafft und die irreparablen auf einem Müllhaufen geschichtet. Nun mussten sie noch die Türen und Fenster reparieren und die Hilge, den tief hängenden Zwischenboden über den ehemaligen Viehställen, herausreißen, um auch die Diele zum Wohnbereich zu machen. Danach würden sie vermutlich tagelang putzen und den Wagen von Julius' Onkel leihen, um den Schrott wegzubringen. Noch immer war kein Ende in Sicht, und wenn sie weiterhin nur an den Sonntagen kämen, würden sie den ganzen Rest des Jahres benötigen, um das Haus bewohnbar zu machen. Dabei mussten sie doch so dringend die Felder entwässern und die Lupinen aussäen, wenn sie bis zur Gartenbau-Ausstellung eine Gärtnerei vorweisen wollten, denn sonst dürften sie trotz Anmeldung nicht teilnehmen.

An die sündhaft teuren Gewächshäuser samt Heizkessel mochte Marleene mittlerweile nicht einmal mehr denken. Allein die Hochzeitsplanung für das kommende Jahr hätte ein Lichtblick sein können, doch wann immer sie eine vage Andeutung in diese Richtung machte, wechselte Julius das Thema.

Fluchend zerrte sie an einem verkeilten Stuhl mit gelösten Binsen auf der Sitzfläche, als ein lautes Pochen sie zusammenzucken ließ. In der weit geöffneten Tür zeichnete sich eine dunkle Gestalt gegen das Licht ab. Marleenes Inneres zog sich zusammen.

Auch das noch.

Vermutlich waren sie zu laut gewesen. Einigen Menschen war der Sonntag überaus heilig, und sie würden es nicht gutheißen, dass sie und Julius hier arbeiteten und andere bei der Sonntagsruhe störten. Es gab zwar nicht viele Nachbarn hier auf dem Lande, ab ein weiteres Reetdach hatte sie durch die Baumwipfel neben ihrem Hof bereits entdecken können.

Marleene ließ von dem Stuhl ab und klopfte sich den Staub aus den Kleidern, während sie sich mit einem beklommenen Gefühl im Magen die Augen abschirmte, um im Gegenlicht mehr erkennen zu können.

Zu ihrer Überraschung stand dort eine junge Frau. Sie war einen guten Kopf kleiner als Marleene, was sie jünger wirken ließ, doch ihren feinen Gesichtszügen nach zu urteilen, war sie vermutlich im gleichen Alter wie sie selbst. Sie hatte lockige tiefschwarze Haare, was viele Menschen eher streng aussehen ließ, aber sie lächelte ihnen aus einem sehr hellen Gesicht mit wachen Augen fröhlich entgegen. Sie wirkte wie die pure Lebensfreude, und Marleene fragte sich, ob sie immer so gut gelaunt war oder nur heute aus irgendwelchen ihr unbekannten Gründen besonders freudig gestimmt war.

»Waren wir zu laut?«, fragte Marleene vorsichtig und tauschte einen Blick mit Julius, der ebenfalls vorgetreten war.

»Zu laut? Aber nicht doch. Ich bin froh, dass diese Schönheit hier endlich aus dem Schlaf erwacht.« Sie beschrieb mit dem Kopf einen Kreis und hielt ihnen dann einen Korb entgegen.

»Bitte sehr, das ist für euch. Ich weiß, eigentlich schenkt man Brot und Salz«, sagte sie mit einem kaum wahrnehmbaren Lispeln. »Aber meine Mutter hat immer gesagt, es gibt nichts, was sich nicht durch eine Schwedische Apfeltorte lösen lässt. Sie ist leider schon vor sieben Jahren von uns gegangen, Gott habe sie selig, es war ein schrecklicher Unfall. Hier«, sie zog ein kleines Silberkettchen mit einem Kreuz unter ihrer Bluse hervor, »das ist alles, was ich noch von ihr habe.« Sie stopfte es zurück und zögerte kurz. »Vielleicht backe ich deswegen so gerne die Apfeltorte, dann duftet die Küche immer so, als wäre sie noch da. Ich hatte den Kuchen gerade nach draußen gestellt, damit er schneller abkühlt, denn ich wollte ihn unbedingt zur Kaffeepause auftischen, war mit dem Backen aber zu spät dran, da ich noch ein paar Dinge erledigen musste. Und dann habe ich die Geräusche gehört. Da musste ich gleich einmal nachsehen, aber ich konnte natürlich nicht mit leeren Händen kommen. Vielleicht ist Kuchen aber ja auch gar keine schlechte Idee, dachte ich mir. Nachher haben alle anderen Nachbarn euch schon das traditionelle Begrüßungsgeschenk gebracht, und ihr habt am Ende gar sieben Säcke Salz und Brote noch dazu ...« Sie lachte so amüsiert auf, dass ihre Wangen rosig wurden und sie Julius und Marleene mit ihrer Fröhlichkeit mitriss. »Das wird ja auch alles schlecht, das Salz natürlich nicht, aber das Brot schon, es wäre also die reinste Verschwendung. Und mit Apfeltorte kann man wahrhaftig nichts verkehrt machen, oder?«

Sie deutete auf den Korb, den Marleene perplex entgegengenommen hatte, und als diese verdattert nickte, sprach sie sogleich weiter.

»Hoffentlich bringt es kein Unglück«, ihr Seufzen wirkte ehrlich besorgt, »letztendlich ist Kuchenteig aber ja auch aus Mehl, und eine Prise Salz ist ebenfalls drin, dachte ich mir ... Also dürfte eigentlich nichts passieren.« Sie bekreuzigte sich rasch und lugte dann über Marleenes Schulter. »Wie schön, dass das Schwalbennest endlich wieder zum Leben erweckt wird.«

»Schwalbennest?«, fragte Julius verwirrt, während das Mädchen weiterhin versuchte, über Marleenes Schulter in das Innere des Hauses zu blicken.

»Ja, hier wohnen seit Jahrzehnten nur noch die Schwalben, daher der Name. Aber grämt euch nicht, es heißt ja: ›Wo eine Schwalbe nistet, bleibt das Unglück weg.‹ Und Schwalbennester sichern sogar vor Feuergefahr! Ihr müsst nur aufpassen, dass kein Schwalbennest herabfällt, denn dann werdet ihr das Haus binnen eines Jahres wieder verlassen, und das wäre doch nun wirklich zu schade, oder?«

Sie schlug sich urplötzlich die Hände vor den Mund.

»Ich habe es schon wieder getan, oder? Margarete – das ist die Neue von meinem Vater – schimpft immer mit mir, wenn ich so viel plappere, aber was soll ich denn machen? Papa und mein großer Bruder sind ungefähr so gesprächig wie der Dorfbulle, und Jörn-Fied und Lieschen, meine beiden kleineren Geschwister, butschern den ganzen Tag herum. Und Margarete … Na ja, die schimpft lieber, als zu reden. Daher muss ich das übernehmen. Ich bin übrigens Alma. Alma Thormälen. Wir wohnen gleich nebenan, hinter der Wiese. Ihr könnt den Feldweg nehmen, der seitlich von eurem Grundstück wegführt, dann kommt ihr direkt zu uns.«

Julius und Marleene schüttelten ihr die Hand.

»Danke für dein herzliches Willkommen, das freut uns wirklich sehr. Ich würde dich ja zum Kaffee einladen, aber …« Marleene trat zur Seite, um den Blick auf das Hausinnere freizugeben, und Almas Augen weiteten sich. Fassungslos ging sie an ihnen vorbei, inspizierte alles und legte die Hände an die Wange.

»Jesus, Maria und Josef. So könnt ihr doch nicht wohnen!«

»Es soll ja nicht so bleiben. Aber wir haben gerade erst angefangen, und es liegt noch eine Menge Arbeit vor uns …«

Alma rüttelte an einem vergilbten Lampenschirm und musste von dem Staub niesen, den sie dabei aufgewirbelt hatte. »Verstehe.« Sie stemmte die Hände in die Hüften und sah sich noch einmal ganz langsam um. Dann nickte sie entschieden. »Ihr kommt jetzt mit zu uns.«

Julius wollte Einspruch erheben, aber Alma hob den Zeigefinger und sprach weiter. »Es sind keine fünf Minuten, und ihr könnt eine Stärkung gebrauchen. Papa und Jost bringe ich unter der Woche auch immer das Essen aufs Feld. Eigentlich wäre das Margaretes Aufgabe, aber sie ist sich wohl zu fein dafür. Wie auch immer. Wir essen jetzt diese himmlische Apfeltorte«, sie nahm Marleene den Korb wieder ab, »lernen uns als neue Nachbarn kennen, und danach können Jost, ich und die Kleinen hier beim Aufräumen helfen. So verliert ihr keine Zeit.« Sie hatte bereits die große Tür wieder erreicht und drehte sich um. »Worauf wartet ihr noch?«

Marleene und Julius sahen sich an, und Marleene merkte, dass Julius' Mundwinkel ein Grinsen umspielte. Wie hatte diese kleine Person es geschafft, sie innerhalb von nicht mal zehn Minuten über ihre Familie ins Bild zu setzen und die gesamte Planung zu übernehmen? Man merkte ihr sofort an, dass sie Bauerstochter und schon früh auf sich gestellt gewesen war, denn auf einem Hof musste die Bäuerin stets eine Menge gleichzeitig organisieren.

Genau in diesem Moment knurrte Julius' Magen vernehmlich.

Alma lachte. »Ich würde sagen, die Entscheidung ist gefallen. Kommt mit!« Mit dem Korb in der Hand stapfte sie davon. Julius und Marleene folgten ihr, und Marleene merkte, dass der Dauerregen ein wenig von seiner Härte verloren hatte.

***

Alma führte Julius und Marleene in das riesige Bauernhaus, wo alles blitzblank geputzt war. In der geräumigen Bauernküche stand ein kunstvoll geschnitzter Büfettschrank, gefüllt mit dem feinsten Geschirr, aber da Alma den erstmaligen Besuch ihrer neuen Nachbarn zu etwas Besonderem deklarierte, ging sie durch die Küche hindurch und setzte sie in das Esszimmer. Hier zog sie fein poliertes Silbergeschirr aus einer Schublade und holte ein Service mit Goldrand aus dem Schrank, dessen Ränder so dünn waren, dass Marleene Befürchtungen hatte, es zu zerbrechen.

»Kaffee ist fertig«, rief sie bald darauf so laut über den Hof, dass das Scheunentor des gegenüberliegenden Gebäudes wackelte.

Als Erstes trat ein Mann Ende zwanzig mit weit ins Gesicht reichenden Koteletten und ebenso dunklen Locken, wie Alma sie hatte, in den Raum. Marleene fiel auf, dass er sein rechtes Bein leicht nachzog. Er hatte breite Schultern, und förmlich alles an ihm strahlte eine ruhige Kraft aus, doch spähte er so verhalten in die Runde, als wäre er der Fremde. Alma ging auf ihn zu und zog ihn weiter in den Raum.

»Das ist mein Bruder Jost. Jost, das sind unsere neuen Nachbarn, Julius und Marleene. Sie sind ins Schwalbennest gezogen.«

Jost nickte. Sein Blick wanderte von Julius zu Marleene – und blieb dort hängen. Er schien ihn kaum von ihr lösen zu können, was Marleene etwas nervös machte.

»Willst du sie nicht begrüßen?«, fragte Alma, als wäre ihr Bruder nicht mehrere Jahre älter als sie.

»Moin.«

Julius und Marleene hatten sich erhoben, und Marleene war unschlüssig, ob sie die Hand des jungen Mannes schütteln sollte, da dieser so gar keine Anstalten machte, auf sie zuzukommen. Immerhin hatte er den Blick von ihr fortgerissen, dafür betrachtete er jetzt mit glühendem Kopf das verwobene Muster des edlen Teppichs. Zum Glück trat nun ein älterer Mann mit grau melierten Haaren um die fünfzig in den Raum und erfüllte ihn mit seiner Präsenz. Er hatte Lachfalten um die Augen und sah sie neugierig an. Freundlich begrüßte er sie, und Alma stellte ihn als ihren Vater, Hermann Thormälen, vor. Es folgten zwei sich zankende Kinder, die jedoch wieder fortgeschickt wurden, um sich die schmutzigen Gesichter zu waschen. Danach trat eine überraschend junge Frau, sie war gewiss erst Mitte dreißig, in den Raum. Ihre Kleidung und die Frisur wirkten viel zu aufwendig für einen Bauernhof – auch wenn es sich ganz offensichtlich um einen wohlhabenden Großbauern handelte.

»Wen haben wir denn hier?«, fragte sie mit heller Stimme, während ihre Augen Alma stumm zu fragen schienen, wie sie sich anmaßen konnte, ungefragt Gäste ins Esszimmer zu setzen. Marleene fühlte sich mit ihren staubigen Kleidern und den einfachen Holzschuhen sogleich fehl am Platze, doch im nächsten Moment kehrten die jüngeren Geschwister zurück und vertrieben mit ihrer guten Laune die Gewitterwolken, die Almas Stiefmutter hereingebracht hatte.

Während Alma die Kuchenstücke auf die Teller verteilte, löcherten Jörn-Fied und Lieschen sie mit Fragen. Für die Kinder schien Oldenburg eine verheißungsvolle neue Welt zu sein, und sie konnten gar nicht glauben, welch exotische neue Nachbarn sie jetzt hatten. Marleene fragte sich, was sie wohl sagen würden, wenn sie erführen, dass Julius sogar schon nach England und bis in den Himalaya gereist war, doch diese Geschichte sparte sie sich lieber auf.

»Soso, ist ja höchst interessant, dass der Großherzog den Aufbau der Gärtnereien vorantreiben will. Habt ihr denn auch etwas mit der Gärtnerei in der Hasenstraat zu tun?«

Marleene spürte, dass Julius' Interesse ebenso geweckt worden war wie ihres. »Es gibt in dieser Gegend eine weitere Gärtnerei?«

»Ja, gar nicht weit von hier. Dort, wo ihr von der großen Straße links in den Birkenweg abgebogen seid, kann man ja auch rechts in die Hasenstraat fahren. Dort gibt es hinter dem kleinen Waldstück seit vier Jahren ebenfalls eine Gärtnerei. Oder sind es schon fünf?« Fragend sah Hermann seinen ältesten Sohn an.

»Vier Jahre und sieben Monate«, warf Jost ein, ohne von seinem Teller aufzusehen.

»Also fast fünf Jahre. Sie machen einen netten Eindruck, allerdings haben wir die Inhaber noch nicht oft getroffen. Sie haben wohl noch andere Anstellungen und wenig Zeit.«

In dem Moment kehrte Alma zurück, die kurz zuvor die Küche verlassen hatte. Sie trug ein großes Tablett mit dampfenden Tonkrügen und trieb einen Geruch von Malz und Gerste vor sich her.

»Ich habe uns allen noch rasch einen *Heet und Söet* gemacht, dann sind wir für das kühle Schietwetter da draußen gerüstet«, rief sie strahlend.

»Heet und Söet? Was ist das denn?«, fragte Julius neugierig.

»Du kennst es nicht?« Alma wirkte vollkommen perplex. »Das ist doch so etwas wie unser Nationalgetränk hier im Norden?!«

Julius sah fragend in die Runde, doch alle konnten nur bestätigen, was Alma sagte, und so zuckte er hilflos mit den Schultern.

»Na, dann wird es höchste Zeit, dass du es kennenlernst«, sagte Alma und reichte ihm den ersten Krug. »Aber Vorsicht, es ist sehr heiß.«

Julius bedankte sich und nippte an dem dampfenden Getränk, sobald alle einen Krug hatten und sich auf die neue Nachbarschaft zugeprostet hatten. Doch viel zu rasch stellte er den Becher zurück auf den Tisch, sodass ein wenig überschwappte, und hielt sich die Hand vor den Mund.

»Herrje, was ist das?«, fragte er mit verzerrtem Gesicht, unfähig, seine Abscheu zu verbergen.

Alma nahm es mit Humor. »Nun ja, einfach heißes Bier mit Sirup. Und Anis.«

»Nicht zu vergessen der Palmwein-Reissirup-Rum aus Indonesien, er ist sehr hochprozentig«, ergänzte Hermann.

»Schmeckt es dir nicht?«, fragte Margarete mit einem scheinheiligen Unterton.

»Doch, doch«, beteuerte Julius mit einem unterdrückten Husten. »Ich glaube, das wird mein neues Lieblingsgetränk.«

Alle lachten, und Alma forderte ihn grinsend auf, doch noch einen Schluck zu nehmen. Julius zog demonstrativ seine Taschenuhr hervor.

»Ich würde ja liebend gerne, aber ich fürchte, wir müssen zurück an die Arbeit, wir haben immerhin noch schrecklich viel zu tun ...«

Alma nickte eifrig. »Das kann man laut sagen. Papa, du kannst dir nicht vorstellen, wie das Schwalbennest von innen aussieht. Ich meine, von außen wirkt es ja schon nicht eben wie aus dem Ei gepellt, aber von innen ...«, sie schüttelte die Hand, als hätte sie sich soeben verbrannt, »huijuijui! Alles ist vollgestopft mit Unrat. Das wird noch Monate dauern. Und sie sind ja nur zu zweit. Und sieh dir mal Marleenes dünne Ärmchen an, das arme Mädchen! Unter gar keinen Umständen können wir die beiden alles alleine machen lassen. Deswegen dachte ich, dass Jost und ich mit rübergehen. Jörn-Fied und Lieschen können auch mitkommen, für die finden wir sicherlich ebenfalls etwas zu tun. Dürfen wir? Bitte, bitte, bitte!«

»Das halte ich für keine gute Idee«, schaltete Margarete sich ein. »Wir haben hier wahrlich genug zu tun, und heute ist der einzige Ruhetag.«

Alma sah ihren Vater mit großen Augen an. »Aber andererseits ... Du weißt doch, nachbarschaftliche Hilfe ist eine Tugend.«

Der Großbauer sah zu Jost, der knapp nickte.

»In Ordnung, aber zur Fütterung seid ihr zurück«, ordnete Hermann Thormälen an.

»Danke!« Alma sprang begeistert auf und küsste ihren Vater auf die Wange. »Übernimmst du das Geschirr?«, fragte sie ihre Stiefmutter, während sie bereits die Tür ansteuerte und den anderen bedeutete, ihr zu folgen.

Sie hörten Margarete noch auflachen, als hätte Alma einen schlechten Scherz gemacht, aber das Mädchen ließ sich nicht davon beirren. Während andere dieser riesige Berg an Arbeit, den das Schwalbennest in sich barg, lähmen würde, wirkte sie angesichts der Herausforderung nur noch enthusiastischer.

Als das Dämmerlicht Stunden später zur undurchdringlichen Nacht geworden war, warfen sie einen Blick darauf, was sie bereits geschafft hatten. Die Kinder hatten sich als eifrige Verräumer der freigeschaufelten Sachen entpuppt, und Jost hatte in der kurzen Zeit bereits zwei wackelige Stühle repariert. Marleene war erleichtert, so ganz allmählich sah sie Licht am Ende des Tunnels.

13. Kapitel

Als die milde Septembersonne die rosafarbenen Gardinen in ihrem Zimmer zum Leuchten brachte, fasste Rosalie einen Entschluss. »Wir werden heute in die Stadt fahren, Meike. Bitte hol mir mein blaues Kleid heraus.« Das Stubenmädchen eilte herbei und blickte ihre Herrin angsterfüllt an. So sah sie immer aus, wenn sie es wagte, Widerworte zu geben.

»A-aber ist es nicht zu früh, die Trauerkleidung abzulegen?«

Rosalie schnaubte. »Es wird schon gehen.« Ihr schwarzes Kleid sollte dringend in die Wäsche, und da Konstantin ihr nicht gestattete, ein weiteres Trauerkleid zu kaufen, musste das blaue herhalten. Immerhin war es dunkel. Aber sie merkte wieder, wie sehr ihr die Abhängigkeit von ihrem Bruder zuwider war. Zuvor hatte ihr Vater über alles bestimmt, nun tat es Konstantin, und ihr blieben nur ein Kaffeeservice und eine Truhe voll Tischdecken und Laken.

Seit nunmehr einem Monat hatte sie jeden Tag zu Hause verbracht und sich ihrer Trauer hingegeben. Die Besuche ihrer Freundinnen, die sie ihr noch auf der Trauerfeier angekündigt hatten, waren ausgeblieben. Sollte das mit der abgesagten Hochzeit zu tun haben? Sie hatte zwar gewusst, dass es Konsequenzen nach sich ziehen würde, aber niemals hätte sie vermutet, dass selbst ihre Freundinnen sie schneiden würden. Edelbert hatte ihr eine Woche nach ihrer Absage noch einen Brief zukommen lassen und sich höflich erkundigt, ob sie bei ihrer Entscheidung bliebe. Noch hatten sie nichts offiziell verkündet, und er bot ihr an, ihren Entschluss in den Mantel des Vergessens zu hüllen, ihn einer kurzweiligen geistigen Umnachtung zuzuschreiben und zum ursprünglichen Plan zurückzukehren. Doch Rosalie dachte gar nicht daran, alles rückgängig zu machen. Vielleicht entging ihr ein Leben als Gräfin, das ihr alle erdenklichen Annehmlichkeiten eingebracht hätte und ein immenses Ansehen noch dazu – aber sie ersparte sich gleichzeitig ein Leben ohne jegliche Aufgabe an der Seite eines Muttersöhnchens mit ständig spröden Lippen, die stets von einer nacktschneckengleichen Zunge befeuchtet wurden.

Vielleicht gab es ja da draußen einen patenten Junggesellen, an dessen Seite sie ein erfülltes Leben führen konnte, ohne dass sich bei dem Gedanken daran, ihn zu küssen, alles in ihr zusammenzog. Um das herauszufinden, musste sie wieder am gesellschaftlichen Leben teilnehmen. Ein Nachmittagstee im Hotelrestaurant Kaiserhof wäre von daher genau das Richtige.

»Wo gehen wir denn hin?«, erkundigte Meike sich, nachdem sie in der Kutsche Platz genommen hatten, in der der alte Alois sie in die Stadt fuhr. Als Rosalie ihr Ziel nannte, schnappte Meike nach Luft. Das hochherrschaftliche Restaurant hatte erst im vergangenen Jahr eröffnet, sich aber wegen der eleganten Ausstattung und der vorzüglichen Bewirtung in kurzer Zeit zu einem der besten von ganz Oldenburg entwickelt. Dementsprechend hochpreisig waren die Speisen und Getränke, und auch Meike wusste, dass es finanziell momentan wieder äußerst knapp aussah, nachdem Konstantin den weichenden Erben ihre Anteile hatte auszahlen müssen.

Aber wo sonst sollte Rosalie eine geeignete Partie finden? Sicherlich nicht in irgendeiner Spelunke mit günstigen Preisen. Nein, nein, sie musste ganz gewieft vorgehen und sich von vornherein in den gehobenen Kreisen bewegen. Bei der Gelegenheit konnte sie auch herausfinden, wie sehr über sie und den Skandal um die gelöste Verlobung geredet wurde. Womöglich war es ja gar nicht so schlimm. Gab es nicht letzten Endes sehr viel größere Vergehen?

Als sie wenig später das Etablissement betraten, atmete Rosalie auf. Außer gedämpften Stimmen und leisem Geschirrklappern war es angenehm still. Die hohe Decke wurde von kunstvoll geschnitzten Balken gehalten, die weit oben durch elegante Bogen verbunden wurden. Goldene Kronleuchter glänzten in der Nachmittagssonne, und über ihr prangte ein gar meisterhaftes Fresko an der stuckverzierten Decke.

Hier fühlte sie sich wohl.

Sie streckte den Rücken durch und schritt zielstrebig durch den Raum, obgleich sie sich noch nicht entschieden hatte, wo sie Platz nehmen würde. Unterwegs entdeckte sie einen hellen Tisch, nicht weit vom Fenster und in geringer Entfernung einiger Herren, die an einem anderen Tisch Konversation betrieben. Rosalie ging darauf zu – doch im nächsten Moment erstarrte sie.

Halb hinter einer Säule verborgen, entdeckte sie eine aufwendige Hochsteckfrisur in tiefem Mahagonirot neben einer aschblonden Haarkreation sowie den beiden gegenüber das sauertöpfische Gesicht von Henrietta. Mit dem Rücken zu Rosalie saßen also Mathilde und Julia.

Meike trat an ihre Seite und folgte ihrer Blickrichtung. »Oh«, stieß sie aus.

Rosalies Freundinnen waren dermaßen ins Gespräch vertieft, dass sie Rosalie nicht einmal bemerkten. Warum hatten sie ihr nicht wie sonst auch Bescheid gegeben, dass sie sich heute hier trafen? Und wie viele dieser Treffen hatten wohl bereits ohne sie stattgefunden?

»Sollen wir wieder gehen?«, fragte Meike und wich dabei bereits einige Schritte zurück. Es wäre sicherlich das Einfachste gewesen. Aber Rosalie wäre nicht Rosalie gewesen, wenn sie sich stets für den einfachen Weg entschieden hätte.

Sie funkelte Meike erzürnt an. »Das kommt gar nicht infrage.« Kurz kontrollierte sie den Sitz ihrer Frisur, schob dann die Schultern nach hinten und schwebte zu ihren Freundinnen hinüber.

»Na, das ist ja eine Überraschung«, rief sie voller Freude, als hätten sie nicht etwa einen Verrat an ihr begangen, und begrüßte jede von ihnen mit Küsschen. »Warum habt ihr denn nichts gesagt? Ihr wolltet mich nicht in meiner Trauer stören, nicht wahr?« Aus den Augenwinkeln sah Rosalie, wie Meike sich zu den anderen Dienstmädchen an einen gesonderten Tisch setzte. Viel zu fröhlich plapperte sie weiter. »Aber darauf müsst ihr keine Rücksicht mehr nehmen, mir fällt zu Hause so langsam die Decke auf den Kopf.«

Die drei Mädchen tauschten unbeholfene Blicke untereinander aus, bevor Henrietta schließlich zustimmte. »Ja, genau. Wir wollten dir etwas Zeit geben. Es ist ja allerhand geschehen. Ich meine ...«, Hilfe suchend sah sie zu Mathilde und dann zu Julia, »... nicht nur das mit deinem Vater.«

Dann wussten sie also Bescheid. Gut. Das gab Rosalie die Gelegenheit, sich zu erklären. »Die Verlobung? Ja, das habe ich mir anders überlegt. Letzten Endes ... Was soll ich denn alleine in Lübeck? Dann hätte ich euch ja gar nicht mehr.« Sie strahlte ihre Freundinnen an. Doch diesmal kam kein freudiges Nicken zur Antwort.

Mathilde verengte sogar ihre Augen und sah sie geradezu spöttisch an. »Jetzt gib doch nicht vor, dass *du* die Verlobung gelöst hättest. Keine Frau würde eine anstehende Hochzeit mit einem Grafen absagen, wo es doch das ist, wovon wir alle träumen.«

Rosalie lachte auf. »Mag sein, dass du davon träumst. Ich ganz gewiss nicht, ich kann mir etwas Besseres für mein Leben vorstellen.« Sie suchte Henriettas oder wenigstens Julias Zustimmung, die eigentlich zu allem »Ja und Amen« sagte, doch auch hier stieß sie auf Ablehnung.

Was war nur geschehen? Sie war immer die Tonangeberin ihrer

Gruppe gewesen, und nun glaubten sie ihr nicht einmal mehr, was sie beteuerte?

»Wie dem auch sei. Ich bin der Sache überdrüssig, immer nur davon zu sprechen. Erzählt mir lieber, was ich verpasst habe.« Sie musste sich anstrengen, um ein weiteres Mal gespielt fröhlich in die Runde blicken zu können.

Allerdings fixierten alle drei Mädchen nun die Tischdecke.

»Was ist? Ihr wirkt ja fast, als wäre noch jemand gestorben.«

Julia, deren Gesichtsfarbe den roten Samtbezügen der Sessel Konkurrenz machte, erbarmte sich zu einer Antwort. Zumindest zu dem Versuch einer Antwort. »Das ist es nicht«, piepste sie und sah dann hektisch zu Henrietta.

Die wiederum lächelte Mathilde zu. »Es ist *deine* Neuigkeit.«

Mathilde räusperte sich, blickte zur Tür und dann erst zu Rosalie. »Nun ja … Ich … ich werde heiraten.«

»Aber das ist doch fabelhaft!« Rosalie griff nach der Hand ihrer Freundin. »Ich freue mich wahrhaftig für dich. Ihr müsst wirklich keine Rücksicht auf mich nehmen, ich bin froh über alles, was mich von Vaters Tod ablenkt. Die Lösung der Verlobung war tatsächlich mein höchsteigener Wunsch, und mir geht es deswegen nicht schlecht. Ganz im Gegenteil, seitdem entschieden ist, dass ich nicht nach Lübeck ziehe, fühle ich mich wieder viel besser.« Sie drückte Mathildes zarte Hand, um ihren Worten mehr Nachdruck zu verleihen. »Wer ist denn der Glückliche?«

Mathilde wich ihrem Blick aus. Fragend blickte Rosalie zu Julia, die auf ihrem Stuhl herumrutschte, ohne aufzusehen, und dann zu Henrietta.

»Manfred von Seggern«, sagte Henrietta schließlich leise.

»Oh«, entwich es Rosalie. Und das hatte nichts damit zu tun, dass der Baron ihr für lange Zeit den Hof gemacht hatte, sondern vielmehr damit, dass er mit seinem gedrungenen Körper, den glashausdicken Brillengläsern und den schwülstigen Lippen hässlich wie ein Borkenkäfer war. Selbst Edelbert war der reinste Adonis neben Manfred. Zum Glück fing sie sich schnell wieder. »Oh, wie wunderbar, dass ihr zueinandergefunden habt! Wann wird die Hochzeit stattfinden? Und habt ihr schon besprochen, was ihr anziehen werdet?« Endlich packte sie ihr verloren geglaubter Enthusiasmus wieder. Es gab ein neues Ziel, etwas zu planen, und einen ersten Hauch der Verbindung, die sie früher zu ihren Freundinnen gefühlt hatte. Damals, bevor sie ständig nach Norderney oder Lübeck hatte reisen müssen.

»Wir heiraten im Dezember.«

»Dezember, hmmm«, Rosalie legte den Zeigefinger an die Lippe. »Das ist ja nicht mehr lange hin. Habt ihr bereits Blumen ausgewählt? Ich kann sonst über Konstantin in Erfahrung bringen, welche Blumen man im Winter besonders gut zum Austrieb bringen kann. Dann können wir alle unsere Kleider darauf abstimmen.« Rosalie klatschte vor Vorfreude in die Hände. »Und hast du schon eine Beisteherin ausgewählt?«

Als eine der besten Freundinnen hatte sie sehr gute Chancen, dass sie die Trauzeugin werden würde. Sie musste dann zwar schleunigst eine Begleitung arrangieren, doch das würde sich gewiss einrichten lassen.

Aber was war das? Auch Mathildes Gesicht, das in der Regel keine Gefühle verriet, hatte sich nun hochrot verfärbt.

»Du kannst leider nicht meine Trauzeugin werden, Rosalie«, sagte ihre Freundin mit rauer Stimme und griff fahrig nach ihrer Kuchengabel, obwohl der Kuchenteller mit Goldrand bereits leer war.

»Nein?« Rosalies Enthusiasmus verflog, machte der Trostlosigkeit wieder Platz und verdrängte alle weiteren Worte aus ihrem Mund. Dann hätte sie also nichts zum Planen.

Mathilde wirkte zerknirscht. »Leider nicht.«

Rosalie versuchte, den Trübsinn abzuschütteln. Dennoch musste sie einsehen, dass sie unter ihren Freundinnen nicht mehr die Stellung genoss, die sie gewohnt war. Zumindest vorübergehend. Sie zwang sich dazu, sich zusammenzunehmen. »Das macht doch nichts. Es wäre bei unserer Vorgeschichte vermutlich ohnehin nicht ganz angemessen«, gab Rosalie zu, denn sie hatte den Baron im Vorjahr immerhin abgewiesen. »Aber ich kann dir bei der Planung der Feier ja dennoch behilflich sein. Du weißt, dass ich sehr gut im Organisieren solcher Großereignisse bin.«

Mathilde nickte, schien dabei jedoch die Zähne zusammenzubeißen.

»Das sieht nach einem Aber aus.«

Es dauerte eine Weile, bis Mathilde ihr in die Augen sah. »Du kannst mir helfen«, sagte sie schließlich und sorgte dafür, dass warme Erleichterung Rosalie durchströmte. »Allerdings wirst du nicht zur Feier kommen können«, setzte sie dann jedoch hinzu.

»W-wie bitte?«, rief Rosalie und geriet erstmalig in ihrem Leben ins Stottern. »Aber warum denn nicht? Wir sind doch Freundinnen.«

»Du musst verstehen … mit deiner gelösten Verlobung … und deinem neuen Ruf in der Gesellschaft …« Mathilde schüttelte den Kopf. »Es würde einfach keinen guten Eindruck hinterlassen.«

Rosalie starrte ihre Freundin an. Auch sie hatte in den vergangenen Jahren an den geächteten Damen, die sich auf einer Gesellschaft einen unverzeihlichen Fauxpas erlaubt hatten, die Scheidung eingereicht oder sich sogar hatten schwängern lassen, kein gutes Haar gelassen. Aber sie hatte lediglich eine Verlobung gelöst. Aus guten Gründen, wie sie fand. War es denn wirklich so verwerflich? Rosalie schluckte. Wenn eine Fremde so gehandelt hätte, hätte sie sie gewiss ebenso verurteilt. Aber sie war doch mit Mathilde seit der Schulzeit befreundet. Sie hatten gemeinsam die Schule für höhere Töchter besucht – und nun hatte sie ein einziges Vergehen derart an den gesellschaftlichen Rand katapultiert?

Das hätte sie ihren Freundinnen nicht zugetraut. Doch offensichtlich hatte sie sich in ihnen getäuscht.

»Verstehe«, flüsterte Rosalie und zwang sich zu einem Lächeln, um die Sturmflut der Tränen, die in ihr heranrollte, mit aller Macht zurückzuhalten.

14. Kapitel

Als das forsche Klopfen des Wirts Marleene am Montagmorgen aus dem Tiefschlaf riss, zog sie sich die Bettdecke wieder über den Kopf. Die Nacht konnte einfach noch nicht vorüber sein. War sie nicht gerade erst eingeschlafen?

»Ich will noch nicht«, jammerte sie, und Frieda lachte leise. Seit sie die Italienreise in Aussicht hatte, hatte sie ein gutes Stück ihres alten Selbst wiedergefunden.

»Was ist denn mit dir los? Dass Frau Holthusen dir die schlimmsten Aufgaben aufhalst, solltest du doch inzwischen gewohnt sein. Sagst du nicht immer, dein Sturz in die Jauchegrube der Hofgärtnerei hätte dich gegen alles abgehärtet?«

»Ach, das ist es auch nicht. Die Zeit im Hotel kommt mir nur so vergeudet vor … Im Schwalbennest wartet dieser Berg an Arbeit auf mich, meine Finger verzehren sich förmlich danach, die Lupinen auszusäen. Sie müssen unbedingt diesen Herbst noch in die Erde! Aber was mache ich stattdessen? Ich wandle mit dem riesigen Staubwedel von Zimmer zu Zimmer, staube nahezu saubere Schränke und Kommoden ab und beziehe ein Bett nach dem anderen.«

»Das ist wahrlich ärgerlich«, sagte Frieda, während sie sorgsam ihre Haut mit dem Waschschwamm abrieb. »Aber ab nächsten Sonntag kann ich ebenfalls mithelfen, die Zusatzarbeiten im Blumenladen sind abgeschlossen. Ich bin schon sehr gespannt auf Alma, von der du erzählt hast.« Dann legte sie den Kopf schief und musterte Marleene aus zusammengezogenen Augen. »Dennoch kann ich mir nicht vorstellen, dass das der einzige Grund ist, warum du so verdrießlich bist.«

Marleene schnaubte und stieß die Decke beiseite. Es hatte ja doch keinen Sinn – weder noch länger im Bett zu bleiben und Frau Holthusen durch ihr Zuspätkommen zu erzürnen noch Frieda etwas vorzumachen. Sie musste ihr gestehen, warum sie partout nicht in den Schlaf gefunden hatte.

»Er hat noch immer nichts gesagt.«

Friedas Gesicht zuckte, und Marleene wusste, dass sie sich Mühe gab, es nicht mitleidig zu verziehen.

»Das kann aber tausend gute Gründe haben. Vielleicht möchte er mit der Hochzeit warten, bis absehbar ist, wann das Haus fertig ist? Wie weit seid ihr denn jetzt?«

Marleene seufzte. »Es ist schier endlos. Trotzdem könnten wir aber ja schon mal einen Termin festlegen. Nächstes Jahr werden wir doch gewiss fertig sein.«

»Vielleicht will er es ja besonders romantisch machen?«, überlegte Frieda, und ihr Blick wanderte verträumt in die Ferne.

»Er hat mir auf dem Platz vor dem Oldenburger Schloss, nachdem wir beide einen großartigen Sieg errungen haben, mit dem Flieder, der uns verbindet, vor den Augen aller einen Antrag gemacht … Was willst du denn noch? Stolze Rappen, die uns in einer weißen Kutsche in den Sternenhimmel ziehen?«

Frieda schürzte die Lippen. »Ja, das ist schon nicht schlecht. Aber du vergisst das Feuerwerk!«

Marleene hob ihren eigenen Waschschwamm und drohte Frieda damit, die sich lachend duckte. Es war so schön, dass ihre Cousine jetzt sogar wieder über Heiratsanträge scherzen konnte, obwohl ihr eigener auf so schmerzvolle Weise ausgeblieben war.

»Nein, jetzt mal ernsthaft. Vielleicht gibt es ja einen ganz einfachen Grund, auf den wir nur nicht kommen. Warum fragst du ihn nicht?«

Frieda stieg in ihren weinroten Rock und stopfte ihre Bluse in den Bund.

»Ich weiß nicht...« Marleene rümpfte die Nase. »Obwohl ich mit ihm ansonsten über alles sprechen kann, wage ich mich an dieses Thema einfach nicht heran. Ich habe das Gefühl, dass er schon etwas sagen würde, wenn es für ihn an der Zeit wäre. Und da er standesmäßig so weit nach unten heiratet und fast alles für mich aufgibt, habe ich das Gefühl, dass ich hier nichts einfordern kann. Ich will ihn einfach nicht bedrängen.«

Frieda nickte bedächtig, als das Läuten der Lambertikirche sie in die Gegenwart zurückholte.

»Harrijassesne, es ist schon halb!«, quietschte sie, und beide streiften eilig die noch fehlenden Kleidungsstücke über und hetzten aus der Arbeiterherberge und die Mottenstraße hinunter, wo sie sich trennen mussten.

»Viel Spaß mit deinem Maader«, rief Marleene und bog links ab.

»Wundervolles Vergnügen mit dem Hausdrachen«, konterte Frieda rückwärtslaufend und bog dann rechts ab.

Marleene rannte bis zum Stau, wo eine vertraute Stimme sie rief.

»Marleene, was machst du denn hier? Warte doch mal!«

Sobald Marleene Brunos Rotschopf vor sich entdeckte, durchfluteten sie sogleich sonnige Erinnerungen aus ihrer Zeit in der Hofgärtnerei. Es waren mit die glücklichsten ihres Lebens, obwohl es auch viele schwere Tage dort gegeben hatte – aber vermutlich waren die Schatten durch ihre aufkommende Verliebtheit vertrieben worden.

»Huch, das ist ja eine Überraschung! Was machst du denn hier?«

Bruno wohnte in einer kleinen Ortschaft vor Oldenburg und musste eigentlich nicht durch die Stadt, wenn er zur Hofgärtnerei ging. Er hielt eine lederne Tasche in die Höhe. »Ich soll vor der Arbeit noch einige Besorgungen für Mutter machen, deswegen habe ich leider auch nicht viel Zeit.«

»Ich auch nicht. Bin etwas spät dran …«

»Aber sag unbedingt noch schnell: Wie geht es Julius inzwischen? Der Arme!«

Marleene erzählte in aller Eile, was auf der Trauerfeier dank dem Großherzog passiert war, und es war Bruno anzusehen, wie sehr er sich mit ihr freute. »Grootaardig! Davon hat Konstantin natürlich kein Erbenswörtchen verloren. Wenn ich könnte, würde ich sofort kündigen und nur noch bei euch arbeiten.«

»Und wenn wir könnten, würden wir dich mit Kusshand nehmen, Bruno. Aber leider fehlt uns momentan noch das Geld, um Leute in Stellung zu nehmen. Dabei könnten wir die wahrhaft gebrauchen.« Sie beugte sich näher zu ihm heran. »Wenn nächstes Jahr auf der Gartenbau-Ausstellung eine Pflanze von uns prämiert wird, dann könnte unsere Gärtnerei anstelle von Konstantins der neue Hoflieferant werden.«

Bruno riss die Augen auf. »Wirklich? Ich sag dir was, Marleene! Vielleicht kann ich nicht bei euch arbeiten, aber keiner kann mir vorschreiben, was ich an meinem freien Tag mache …«

»Aber du hilfst doch schon auf eurem Bauernhof, und wir haben wie gesagt wirklich kein Geld. Und was wird Konstantin sagen, wenn er es herausfindet? Der verdonnert dich noch dazu, im nächsten Frühjahr ganz allein das Jauchegemisch zu verteilen«, sagte Marleene lachend, dann wurde sie ernst. »Oder schlimmer noch, er wird wütend und entlässt dich … Nein, nein, das ist viel zu riskant!«

Bruno zögerte, schien sich an etwas zu erinnern. »Unsinn!«, sagte er dann jedoch hastig. »Das ist jetzt wichtig, deswegen werde ich von nun an jeden Sonntag helfen. Greta bringe ich auch mit. Wie sollte er es denn je herausfinden?«

15. Kapitel

Die Kutsche traf ein, nachdem die Arbeiter die Hofgärtnerei bereits verlassen hatten. Aufgeschreckt vom Hufgeklapper, trat Konstantin an das Fenster, und als er das Weiß sah, das in der Dämmerung wie verwaschenes Grau wirkte, zog sich alles in ihm zusammen. Die Kutsche der von Wallenhorsts. Rasch löschte er das Licht, huschte aus dem Zimmer und rief mit gedämpfter Stimme nach Meike, die gleich darauf aus ihrer kleinen Kammer neben der Waschküche trat.

»Ich bin für niemanden zu sprechen«, raunte er ihr gerade noch rechtzeitig zu, bevor ein wütendes Pochen an der Eingangstür durch das Foyer hallte.

»Aber…«, wisperte sie ängstlich und sah abwechselnd zu ihm und zur Tür.

»Lass dir einfach seine Karte geben und vertröste ihn auf ein andermal«, flüsterte er und zog sich wie eine schleichende Katze rückwärts in das dunkle Kontor zurück.

Mit angehaltenem Atem lauschte er einer sehr erbosten und einer kaum hörbaren Stimme. Dann polterten Schritte durch den Empfangsbereich, und kurz darauf wurde die friedliche Dunkelheit von grellem Flurlicht und einem heftig atmenden von Wallenhorst vertrieben.

»Wie ich's mir gedacht habe. Das sieht Ihnen ähnlich, sich verleugnen zu lassen!« Hinter ihm warf Meike Konstantin den Blick eines Kaninchens auf der Schlachtbank zu, und er bedeutete ihr mit einer minimalen Kopfbewegung, sich zu verziehen. Dieses Mädchen war einfach nur unfähig, und was jetzt besprochen wurde, brauchte es nicht aus erster Hand mitzubekommen.

»Mich werden Sie nicht an der Nase herumführen«, polterte von Wallenhorst weiter, und Konstantin versuchte, so viel Abstand wie nur möglich zwischen sie beide zu bringen. »Das mag bei den jungen Dingern ja gelingen, aber ich werde nicht gehen, bis wir die Sache geregelt haben.«

Von Wallenhorst war ihm mit erhobenem Zeigefinger gefolgt und stand nun direkt vor ihm, sodass sein voluminöser Bierbauch beinahe Konstantins Jackett berührte. Scheinbar ergeben seufzte er und wandte sich ab, um das Licht im Kontor zu entzünden.

»Na schön. Was wollen Sie?«

»Was ich will?« Er warf die Hände in die Luft. »Na, was denken Sie wohl? Ich verlange, dass Sie zu dem stehen, was Sie meiner Tochter versprochen haben. Dass Sie sie heiraten und dem Kind ein Vater sind.« Jetzt verschränkte er die Arme. »Schlimm genug, dass ich Sie darum bitten muss. Ich hätte mir beileibe einen anderen Schwiegersohn gewünscht.«

Ohne auf den letzten Satz einzugehen, verschränkte Konstantin ebenfalls die Arme. »Ich habe Ihrer Tochter nie etwas versprochen.«

»Da habe ich etwas anderes gehört, und Dorothea würde mich niemals anlügen. Von daher werden Sie sie heiraten, ich bestehe darauf.«

Konstantin lachte leise. Wenn der Mann wüsste, wie oft er das schon gehört hatte … Aber was gedachte er denn zu tun? Er konnte ihn schlecht vor den Altar schleifen.

Auf der anderen Seite war von Wallenhorst ein hoch angesehener Mann, der Einfluss hatte und weitreichenden Respekt genoss. Ob er dies gegen ihn einsetzen würde?

Dennoch konnte er ihn nicht zwingen.

Wieso unterlag eigentlich jeder der Annahme, ihm vorschreiben zu können, wie er sich zu verhalten habe? Was konnte er dafür, wenn jede angeblich noch so tugendhafte Tochter heimlich darauf wartete, von ihm verführt zu werden? Dorothea hatte es ihm zwar wahrhaftig nicht leicht gemacht, aber das hatte ihn nur umso mehr angestachelt, es zu schaffen. Nie war sein strategisches Vorgehen, gepaart mit seinem unwiderstehlichen Charme, stärker gefragt gewesen als im Umgang mit Dorothea. Die Tatsache, dass Rosalie gewettet hatte, dass er es nicht schaffen würde, eine gestandene Frau wie Dorothea zu verführen, war nur das Sahnehäubchen dieser besonderen Herausforderung gewesen. Wenn er siegreich war, hatte sie versprochen, ein gutes Wort bei ihrer Freundin Mathilde einzulegen. Auf die rothaarige Schönheit hatte er schon lange ein Auge geworfen.

Und seine Schwester hatte ihr Versprechen gehalten – wenn auch recht zögerlich, da sie es zunächst nicht hatte glauben können, dass er Dorothea tatsächlich verführt hatte. Als Beweis hatte ihm einer seiner Liebesbriefe gedient, in denen er sie um ein Treffen bat und auf den sie geantwortet hatte. Im Hochsommer hatte er schließlich sein versprochenes Tête-à-Tête mit Mathilde gehabt. Wie alle anderen hatte sie sich zu Beginn geziert, und wie alle anderen war sie am Ende seinen Avancen erlegen. Wie er gehört hatte, sollte sie jetzt sogar heiraten, und er war nicht umhingekommen, sich zu fragen, ob auch ihr Zusammensein Folgen gehabt hatte.

Aber er würde nicht heiraten.

Er mochte Dorothea, das war es nicht. Die gemeinsamen Ausflüge mit ihr waren ein erquickliches Vergnügen gewesen und das Beisammensein in dem Hotel, wo keine Fragen zum Ehestatus gestellt wurden, noch viel mehr. Mehr sogar als das schnelle, schambehaftete Stelldichein mit Mathilde. Dennoch konnte er sich schlichtweg nicht an eine Frau binden. Noch nicht. Dazu war er bei Weitem zu jung, und es gab noch zu viele Frauen da draußen, von denen er kosten wollte. Zudem hatte er doch an seinen Eltern gesehen, was geschah, wenn man sich band. Sicher, sein Vater hatte mit dem Erbe der Gärtnerei einen guten Schnitt gemacht. Aber seine Mutter war mit jedem Jahr schwächer geworden, kein einziges Medikament hatte ihr mehr zu helfen vermocht. Lachen, Freude, Spaß, all das hatte es im Leben der beiden schon lange nicht mehr gegeben …

»Ich *muss* rein gar nichts«, sagte Konstantin daher gefährlich leise zu Herrn von Wallenhorst, ging auf die Kontortür zu und machte durch das weite Öffnen mehr als deutlich, dass das Thema für ihn damit abgeschlossen war.

»Sie …«, rief von Wallenhorst und gestikulierte in Ermangelung an Worten in der Luft herum. »Sie sind ein verantwortungsloser Lump! Ein Lüstling! Glauben Sie ja nicht, dass ich die Blumen für den Rosenball im kommenden Jahr wieder über die Hofgärtnerei beziehen werde. Und meine Tochter wird keinen Fuß mehr in die Gärtnerei setzen!«

Der Hotelier war so nah an ihn herangetreten, dass vereinzelte Speicheltropfen in Konstantins Gesicht landeten. Doch erst als der untersetzte Herr aus der Villa gestürmt war, wischte Konstantin sie angeekelt fort, um sich keine Blöße zu geben. Sobald die Kutsche im Dunkel zwischen den Linden verschwunden war, preschte er an die frische Luft. Er musste sich den Kopf durchpusten lassen als Abkühlung für sein erhitztes Gemüt.

Erbost trat er gegen eine Thuja und lief immer weiter in die Hofgärtnerei hinein. Da er keinen Mantel angezogen hatte, fraß sich die kalte Herbstluft in seine Haut. Es tat gut. Dass diese dämlichen Frauen auch immer schwanger werden mussten! Sie wussten doch, dass das passieren würde. Warum ließen sie sich denn überhaupt auf ihn ein, wenn sie es nicht wollten? Oder war es gar ihr Mittel, um ihn zu einer Heirat zu nötigen? Wobei Dorothea diesen Wunsch nie an ihn herangetragen hatte. Es war ausschließlich ihr Vater, der darauf bestand, um ihren guten Ruf zu schützen. Sie selbst konnte ihm in der Gärtnerei kaum noch in die Augen sehen, und auch er mied ihre Anwesenheit, wann immer es ging, und überließ Oskar die meiste Arbeit. Aber selbst das hatte nun wohl ein Ende, wenn sie nicht mehr käme.

Ein Knacken ließ ihn zusammenfahren. Er hatte mittlerweile das Ende der Hofgärtnerei fast erreicht und das kleine Waldstück im hinteren Teil des Geländes betreten. War es ein Tier? Aber das müsste ein wahrlich großes Tier sein, und Asta war am Tag der Beerdigung mit Julius gegangen, nachdem sie zuvor tagelang mit kummervollen Augen auf Alexander gewartet hatte.

Im Schutz der Dunkelheit verließ Konstantin den Hauptweg und sah sich mit vor Anstrengung schmerzenden Augen um. Nichts. War es am Ende nur ein Igel? Die konnten im trockenen Laub mitunter recht großen Lärm verursachen.

Doch da, jetzt hörte er ein leises Fluchen und duckte sich rasch hinter einen Juniperus. War es eine Verflossene, die ihm nachstellte? Die Stimme war eindeutig weiblich gewesen. Er schlich ein Stück voran und hielt schließlich den Atem an. Verborgen hinter einem breiten Busch, konnte er sich nun ein Bild des Geschehens machen. Nur zwei Meter entfernt ragte die Mauer aus roten Backsteinen auf, die die Hofgärtnerei umgab. Genau dort verschwand soeben eine Person durch ebendiese Mauer. Drei Pflanzen standen noch vor der Mauer, und die Hände, die sich gut im Licht des Halbmonds abzeichneten, zogen eine nach der anderen hindurch.

Jetzt verstand Konstantin, was da vor sich ging.

Im nächsten Moment löste er sich aus seiner Starre, lief auf leisen Sohlen zum Hauptweg zurück und rannte ab dort, so schnell er konnte. Bald hatte er die Lindenallee erreicht und hetzte die Einfahrt hoch, die ihn zur Straße brachte. Mit rasselndem Atem lehnte er sich schließlich im Schutz einiger Büsche gegen die Mauer und beobachtete, was passierte. Die Chancen waren hoch, dass der Pflanzendieb hier entlangging, um die besser befestigte Nadorster Straße zu erreichen. Schon wenig später bestätigten leise quietschende Räder seine Vermutung. Als er sah, wer den Handwagen zog, der mit allerlei teuren Pflanzen gut gefüllt war, explodierte der Zorn in ihm.

Doch er ließ sich nichts anmerken.

»So spät noch unterwegs, Hildegard?«, fragte er lässig von seinem Posten an der Mauer und zog die Augenbrauen hoch.

Er genoss das erschrockene Zusammenzucken der kleinen Frau mit dem leicht gebeugten Rücken.

»Konstantin, du meine Güte, hast du mich erschreckt.« Sie wirkte angespannt, als sie ihr dunkles Kopftuch zurechtzupfte.

Konstantin löste sich von der Mauer, trat zu ihr herüber und inspizierte ihre Wagenladung.

»Was hast du denn da?«

Hildegard sah hinter sich zum Wagen, als wüsste sie es selbst nicht genau, und lachte nervös auf. »Ach das … Ich … Also wir … Ich hab noch ein paar Pflanzen besorgt.«

»Woher?«

»Äh … Ich … Also … Vieles davon wuchs hier am Wegesrand. Du, ich habe leider gar nicht viel Zeit. Mein Mann und die Kinder warten schon auf mich, ich sollte mich lieber beeilen.«

Konstantin begutachtete die Pflanzen ganz genau. »Das ist aber seltsam.«

Hildegard blieb wieder stehen. »Was denn?«

»Ich fahre nun seit vielen Jahren nahezu täglich diesen Weg entlang, und ich habe hier noch niemals Rosen, Lilien oder gar ein kleines Orangenbäumchen am Wegesrand wachsen sehen. Wie dumm von mir! Was machen wir uns eigentlich die Mühe, diese Pflanzen aufwendig in der Gärtnerei zu ziehen, wenn das alles hier wild wächst?«

Er beugte sich dicht zu Hildegard. Mit jedem Wort war er lauter und lauter geworden, und nun schrie er all seinen Frust über die schwangere Dorothea und die Leute, die ihn zu etwas zwingen wollten, und zuletzt den Zorn über seine höchsteigene Blindheit Hildegard gegenüber in die Nacht hinaus: »Und weißt du, was ich mich noch viel mehr frage? Warum zum Teufel die Leute die Sachen bei uns für teures Geld kaufen, wenn doch alles hier einfach so am Wegesrand wächst?«

Hildegard war bei seiner Ereiferung kleiner und kleiner geworden.

»Schon gut, schon gut, Konstantin. Bitte, beruhige dich wieder! Ich gebe es ja zu. Hartmut und ich wollen unseren Garten verschönern, und deswegen habe ich heute die Pflanzen mitgenommen. Aber ich wollte dir gleich morgen das Geld dafür geben, das verspreche ich!«

»Sicherlich!« Konstantin lachte voller Sarkasmus auf und zerraufte sich die peinlich genau frisierten Haare, während er drei Schritte ging. »So macht man es ja immer, wenn man etwas anschreiben lässt. Man kommt in der Dunkelheit und schafft die Ware ungesehen durch ein tiefes Loch unter einer Mauer. Würdest du mich bitte nicht für dumm verkaufen?«, schrie er nun wutentbrannt. Er mochte weiß Gott nicht immer ein Ehrenmann sein, aber Hildegards hinterlistiges Verhalten brachte sein Blut zum Brodeln. Diese Frau arbeitete seit dreißig Jahren für die Hofgärtnerei, und nun hinterging sie ihren Arbeitgeber auf das Dreisteste.

»Bitte, du musst mir glauben!«, beteuerte Hildegard.

Wenn er den Diebstahl nicht mit eigenen Augen gesehen hätte, hätte er das womöglich auch getan, denn ihr Bedauern und ihre Worte wirkten vollkommen aufrichtig. Aber heute war er alles andere als milde gestimmt. Er verschränkte die Arme.

»Nein, ich glaube dir kein Wort. Ich denke vielmehr, wir haben dir schon viel zu oft geglaubt. Herrje, der arme Manilo wurde wegen des Diebstahls, den du fälschlicherweise bezeugt hattest, zurück nach Italien geschickt! Ich kann nicht glauben, dass wir dir jahrelang vertraut haben und du diejenigen bestiehlst, die dir Lohn und Brot gegeben haben. Und den Lehrling haben wir auch rausgeworfen. Ich sollte auf der Stelle die Polizei verständigen! Schämst du dich denn gar nicht?«

»Ich … ich …«

»Du bist entlassen.« Konstantin machte auf dem Absatz kehrt und ging zur Fliedervilla. Doch dann kam er noch einmal zurück, nahm ihr den hölzernen Wagen aus der Hand, durchbohrte sie mit einem bitterbösen Blick und steuerte die Gärtnerei an. Er spürte ihren Blick noch lange in seinem Rücken, doch er drehte sich nicht mehr um.

16. Kapitel

Julius rüttelte vehement an einer Latte des Zwischenbodens und stolperte drei Schritte nach hinten, als diese sich plötzlich löste. Eine muffige Staubwolke umhüllte ihn, und er musste husten.

Das alles hier war wahrlich eine elendige Arbeit. Schlecht geschlafen hatte er noch dazu. Auf einmal war er wieder in der Hofgärtnerei gewesen, und sein Vater hatte die Arme weit geöffnet, wie es Rosalie sonst auf der Bühne tat. Er hatte auf die Freilandquartiere gedeutet und gesagt: »Das wird eines Tages alles dir gehören. Ich habe mein Testament bereits geändert.« Der letzte Satz hatte sich ständig wiederholt, war mit verzerrter Stimme von allen Seiten an Julius' Ohren gedrungen.

Er schluckte. Auch jetzt, am neuen Tag, spukte ihm der Nachklang der Worte immer wieder durch den Kopf, denn sie hatten ihn nicht losgelassen, seit er sie im wahren Leben gehört hatte. *Ich habe mein Testament bereits geändert.* So hatte sein Vater es gesagt, da war er sich ganz gewiss. Aber vermutlich hatte er nur angekündigt, was er noch vorhatte. Normalerweise hätte es ja auch keinen Unterschied gemacht, keiner hätte gemerkt, dass er die Änderung erst ein paar Tage später als angekündigt vorgenommen hatte. Doch nun saß Konstantin in der perfekt ausgestatteten Hofgärtnerei und er auf einem Haufen Unrat.

»Da kommen Bruno und Greta«, rief Marleene in diesem Moment, während Asta freudig bellend hinausgerannt war. Julius entdeckte blinzelnd durch die weit geöffnete Grootdör zwei Gestalten in der Herbstsonne auf ihrer Einfahrt.

»Gott sei Dank, noch mehr Hilfe!«, sagte Frieda und sprach ihm damit aus der Seele.

Auch Alma hatte den Besen zur Seite gestellt. Gemeinsam traten sie nach draußen, während Jost einfach weiterarbeitete. Julius wusste, dass er gerade für seine Unterstützung dankbar sein musste, denn Jost war ein tüchtiger Kerl und handwerklich sehr begabt. Immer wieder zog er einzelne Objekte aus dem Haufen und reparierte sie. Er hatte sich kurz erkundigt, ob sie Geld für Möbel zur Verfügung hätten, und nachdem sie dies peinlich berührt verneint hatten, hatte er sich darangemacht, die benötigten Teile höchstpersönlich aus dem, was er fand, zusammenzubauen. Auf diese Weise hatte er ihnen schon einen Schrank und einen Tisch gezimmert, der mittlerweile nicht einmal mehr wackelte, obwohl das vierte Bein improvisiert worden war. Neben dem Tisch hatte er sieben Stühle, von denen zwei so gut aussahen, dass Julius bezweifelte, dass die Einzelteile allesamt aus den Gerümpelhaufen stammten.

Doch Julius mochte ihn nicht.

Meistens werkelte Jost ohne viele Worte vor sich hin, aber wenn er eine Frage hatte, richtete er sie ausschließlich an Marleene. Niemals an ihn. Und da Julius nicht entgangen war, dass Jost rot geworden war, als Frieda und Marleene am frühen Morgen eingetroffen waren, hatte er eine recht gute Ahnung, warum Jost sich so verhielt.

Eine Unverschämtheit war das!

Er half mit, das Haus für sie als verlobtes Paar instand zu setzen, und machte Marleene dabei schöne Augen. Julius musste zwar zugeben, dass Jost eigentlich nicht viel tat, außer stillschweigend vor sich hin zu arbeiten, Marleene kurze Fragen zu stellen und hin und wieder rot zu werden, dennoch grollte er ihm. Der Kerl war Mitte zwanzig und würde als Erbe eines Großbauern in einem kleinen Örtchen wie Rastede sicherlich nicht verschmäht werden. Warum musste er ausgerechnet seine Marleene anhimmeln?

»Wer sind denn die beiden?«, fragte Alma nun aber neugierig, und Julius erklärte ihr, dass sie früher mit ihnen in der Hofgärtnerei gearbeitet hatten. Das peinliche Detail, dass sein Bruder Greta geschwängert hatte, ließ er wohlweislich erst mal aus.

Sie begrüßten sich freudig, stellten Alma vor, und Bruno entschuldigte sich, dass sie so spät kamen. »Ich weiß, eigentlich heißt es ›Morgenstund hat den frühen Vogel im Mund‹, aber wir mussten noch bei der Versorgung der Tiere helfen.«

Julius hatte sich schon daran gewöhnt, dass Bruno ständig die Sprichwörter verdrehte, doch Alma kicherte leise.

»Aber wir haben gar nicht lange hergebraucht«, fuhr Bruno jetzt fort, »fast genauso wie zur Hofgärtnerei, es ist schon praktisch, dass Ofenerdiek genau zwischen Oldenburg und Rastede liegt.«

»Das interessiert jetzt doch keine Menschenseele«, fuhr Greta dazwischen und lächelte dann Julius zu. »Zeig uns lieber euer neues Anwesen.«

Julius lachte. »Also *Anwesen* kann man es beileibe nicht nennen, aber wir sind trotzdem unglaublich froh, es zu haben.«

Sie gingen in das kleine Fichtenwäldchen, wo sie im Frühjahr die Rhododendren pflanzen wollten, und zeigten Bruno und Greta das weitläufige Weideland um das Bauernhaus herum. »Das soll unser Freilandquartier werden, aber bis dahin ist es noch ein weiter Weg«, erklärte Marleene mit geröteten Wangen und mit einem noch immer vorhaltenden Feuereifer, den Julius ihr hoch anrechnete.

»Wir müssen zunächst das Haus herrichten, damit wir hier eine Adresse haben, das haben wir zur Hälfte bereits geschafft. Aber wir müssen auch noch die Wiesen entwässern, einen Zaun oder einen Wall als Schutz vor Kaninchen und Rehen hochziehen und das Land fruchtbarer machen.« Julius geriet außer Atem, während sie zum Bauernhaus zurückliefen, und vertrieb die nagende Nervosität, die jedes Mal in ihm aufkam, wenn er an all die Aufgaben dachte – und die Gewissheit, dass alle Mühe vergebens sein könnte, wenn sie auf der Gartenbau-Ausstellung Konstantin nicht übertrumpften. Und der hatte nicht nur mehr als das doppelte und zudem gut ausgebildete Personal, jahrelang gepflegte Mutterpflanzen, Kalt- und Warmhäuser – er hatte vor allem Zeit, um sich jeden Tag um die Wettbewerbspflanzen zu kümmern. Aber dank der Rhododendren hatten sie zumindest eine Chance, erinnerte er sich. Wann immer sie anderen Menschen die majestätischen Pflanzen präsentierten, stießen sie eigentlich auf Begeisterung.

Als sie das Schwalbennest betraten, rümpfte Greta die Nase. »Herrje, das Haus von Brunos Eltern ist ja schon ziemlich alt, aber das hier …« Ihr Blick verweilte auf dem Gerümpel, dem Schutt und den Spinnweben. »Was sagtest du, wie viel Zeit habt ihr noch?«

Julius wurde heiß. Immerhin hatte sie nicht nach der Hochzeit gefragt, beruhigte er sich und atmete tief ein. »Der Anmeldeschluss für die Gartenbau-Ausstellung im Mai ist am 31. Januar. Bis dahin muss zumindest einer von uns eingezogen sein, außerdem müssen die Freilandquartiere und vier Frühbeete vorhanden sein, damit es nicht heißt, wir würden das Gärtnern nur als Liebhaberei betreiben. Das ist also am wichtigsten. Die Gewächshäuser machen wir dann nach und nach, sobald wir etwas Geld übrig haben.« Er schluckte, denn er hatte keine Ahnung, woher dieses Geld kommen sollte. Das, was er noch besaß, würde er für die Geräte brauchen. Oder für die große Hochzeitsfeier.

Greta quiekte. »Vier Monate? In vier Monaten soll das alles fertig sein?«

Julius nickte mit einem nervösen Zucken im Augenlid. Ihm war selbst bewusst, dass die Aufgabe immens war, und er konnte vor Sorge kaum noch schlafen. Dennoch redete er sich immer wieder ein, dass sie es schaffen könnten.

Es durfte nur nichts schiefgehen.

* * *

»Na gut, womit sollen wir anfangen?«, fragte Bruno Marleene und rieb sich die Hände.

Fast hätte Marleene erwartet, dass Alma antworten würde. Es wäre die perfekte Frage für die kleine Organisatorin. Erst am vergangenen Sonntag hatte sie ewig auf Marleene eingeredet, um sie zu überzeugen, dass sie den Schlüssel zum Schwalbennest bei ihr ließ, damit sie in ihren freien Stunden ein wenig aufräumen könne. Doch Marleene war standhaft geblieben. Am Ende wären sie sonst nach einer Woche zurückgekehrt und hätten nicht nur ein leer geräumtes, sondern auch ein perfekt eingerichtetes Bauernhaus vorgefunden. Eine durchaus reizvolle Vorstellung, aber sie hasste es, anderen zur Last zu fallen. Es reichte schon, dass so viele den heiligen Sonntag für sie opferten und sie sich womöglich niemals revanchieren konnten.

Doch Alma blieb still.

»Für die Gewächshäuser fehlt das Glas, für die Stecklinge das Material, die Planung der Schaubeete für die Gartenschau kann wohl noch etwas warten.« Marleene legte einen Finger an die Unterlippe.

»Die Entwässerung der Felder wäre das Wichtigste, aber dazu benötigen wir einen Fachmann. Es bleiben also die Lupinen auf den zwei höher liegenden Feldern oder der Zaun. Was meinst du?« Fragend sah Julius zu Marleene.

»Ich würde sagen, wir säen die Lupinen aus, dann können die schon mal anwachsen. Die Samen habe ich vorige Woche besorgt.«

Julius nickte, und sie setzten sich in Bewegung, wurden aber von einer tiefen Stimme unterbrochen. »Also, was die Entwässerung betrifft …«

Alle drehten sich um und sahen zu Jost. »Dafür habe ich hier etwas vorbereitet. Ich kann es euch draußen zeigen.« Er nickte zu mehreren roten Röhren aus Ton, die zwischen dem Gerümpel gelegen hatten. »Mitnehmen.«

Jeder griff sich zwei Rohre, und gemeinsam gingen sie zur Wiese neben dem Haus.

»Das ist die Drainage. Die Rohre sammeln das Wasser und führen es den Bäken zu, sodass die Pflanzen nicht ertrinken. Wir müssen sie nur richtig verlegen.«

»Jost, du bist ja großartig!«, rief Marleene. Was hatte sie den stillen Mann doch unterschätzt... Nein, vielmehr hatte sie ihn vollkommen falsch eingeschätzt. Er war gar nicht still und schüchtern. Er sprach einfach nur dann, wenn er wirklich etwas zu sagen hatte, und war ein Macher. Er verschaffte sich einen Überblick, und dann machte er sich an die Arbeit.

»Einen Großteil der Rohre konnte ich im Haus finden. Ihr werdet jedoch einige dazukaufen müssen, denn eine gute Entwässerung ist unumgänglich. Sie kann über Erfolg und Misserfolg eurer Gärtnerei entscheiden.«

Marleene und Julius warfen sich einen Blick zu. Auch Julius hatte schon einige Male auf die Wichtigkeit der Entwässerung hingewiesen. Er nickte.

»Ich weiß, es nützt nichts, wenn wir Pflanzen anbauen, die beim nächsten größeren Regenguss ertrinken. Allerdings brauchen wir das Geld eigentlich für den Zukauf der Pflanzen, die Erneuerung des Wohnhauses und...«, er räusperte sich, »... noch einige andere Dinge.«

Marleene war bewusst, dass er damit ihre Hochzeit meinte, und schluckte. Warum mied er das Thema wie die Pest? So viel Geld kostete es nun auch nicht, eigentlich mussten sie nur das Aufgebot bezahlen, wenn sie hier im Haus feierten. War sie ihm nicht einmal das wert?

»Lasst uns trotzdem erst mal mit dem anfangen, was wir haben«, rief Marleene, um sich selbst auf andere Gedanken zu bringen. »Die anderen Probleme können wir uns vornehmen, wenn sie direkt vor uns liegen.«

Jost erklärte, was sie zu tun hatten, und jeder machte sich daran, seine Aufgabe zu erledigen. Nur Alma blieb wie angewurzelt und mit leicht geöffnetem Mund neben der Weide stehen. Marleene wollte sie bereits fragen, was sie hatte, doch dann folgte sie ihrem Blick. Am hinteren Ende der Weide lief Bruno, der die Versatzstücke der Rohre dort verteilen wollte. Er zeichnete sich deutlich vor den honiggelb gefärbten Blättern der Eichen im Hintergrund ab. Selbst aus der Entfernung konnte man sehen, wie vorsichtig er die Drainagerohre ablegte.

Marleene legte den Arm um Alma. »Ist alles in Ordnung?«

Alma riss ihren Blick von Bruno los. »W-wie bitte?«

»Geht es dir gut?«

Mit gläsernem Blick nickte sie einfach nur und ging schließlich davon.

17. Kapitel

Konstantin kniff die Augen zusammen und beugte sich noch etwas tiefer über die Bücher. Die Zahlen verschwammen vor ihm. Er hoffte, dass es nur die Nachwirkungen des Alkohols waren, die vorübergehend seine Sicht einschränkten. Eine Brille würde sein gutes Aussehen mindern, und das konnte er nicht zulassen. Auch so schon war es am Abend zuvor beschwerlich genug gewesen.

Er hatte einem Tanzabend beigewohnt und sich tadellos benommen. Nahezu seine gesamte Aufmerksamkeit hatte er einem zauberhaften weiblichen Wesen geschenkt, sie mit seinen Anekdoten erfreut, ihr mit kleinen Gedichten geschmeichelt – und doch war alles vergebens gewesen. Nachdem er vorgeschlagen hatte, ein Nebenzimmer aufzusuchen, dessen Daseinszweck unter der Hand bekannt war, hatte sie ihn doch sehr pikiert angesehen. Natürlich hatte er umgehend so getan, als hätte sie ihn komplett missverstanden, doch sie hatte nach diesem Affront kein einziges Wort mehr mit ihm wechseln wollen. Da der Abend schon recht weit fortgeschritten gewesen war, hatte er sich danach um eine nur leidlich ansehnliche Dame bemüht, doch selbst die hatte ihm eine Abfuhr erteilt.

Es war fast, als hätte sich die Damenwelt gegen ihn verschworen.

Letztendlich war ihm nur der Branntwein geblieben. Und der rechnete heute mit ihm ab.

Seit sein Vater verstorben war, hatte Konstantin zusätzlich die mühselige Buchhaltung übernehmen müssen. Auch dies hatte er während seiner Ausbildung in der königlichen Gärtnerlehranstalt in Potsdam gelernt, doch er hatte es nie gemocht. Es hatte so wenig Künstlerisches. Schon die Befüllung der Lohntüten war eine verhasste Aufgabe, die er hatte übernehmen müssen, und nun musste er sämtliche organisatorischen Arbeiten allein verrichten. Ohnehin hatte kaum etwas in der Hofgärtnerei mit Gartenkunst zu tun, es war nicht das Leben, das er sich einst ausgemalt hatte. Er setzte zwar die Parkplanung um, doch es waren Julius' und Marleenes Ideen und nicht seine eigenen. Nirgendwo gab es beeindruckende Teppichbeete mit ausgeklügelten Mustern. Ob er vielleicht einfach eins integrieren sollte? Besser nicht, es war kaum auszudenken, wie es wäre, wenn er den Großherzog gegen sich aufbrachte und womöglich den Status als Hoflieferant verlöre. Dann bliebe ihm nicht einmal mehr das Ansehen, das er momentan dadurch genoss.

Konstantin seufzte resigniert. Wenn er ehrlich zu sich selbst war, musste er gar nicht in den Büchern nachschlagen, um sich zu bestätigen, was er ohnehin wusste. Die zwei neuen Mädchen und der neue Lehrling reichten nicht aus, um Julius', Marleenes, Gretas und jetzt auch noch Dorotheas und Hildegards Weggang zu kompensieren. Er musste weitere Arbeiter einstellen. Und das bedeutete Kosten. Noch mehr Ausgaben. Zwischen seinen Schläfen pochte es, der Kopf schien zu eng zu sein.

Vielleicht würde ein schöner warmer Ostfriesentee seine Kopfschmerzen etwas eindämmen, überlegte er und erhob sich vom Schreibtisch. Er trat in den Salon, um dort mit der kleinen silbernen Glocke nach dem Stubenmädchen zu klingeln.

Auf einer Chaiselongue ausgestreckt, blätterte Rosalie in einem weißen Sonntagskleid in der *Gartenlaube,* dem illustrierten Familienblatt.

»Du musst gar nichts sagen!«, zeterte sie, ohne aufzusehen. »Wenn du mir kein weiteres Geld für neue Kleider zugestehst, muss ich nun mal auch meine hellen Kleider in der Trauerphase tragen.« Sie blätterte ungeduldig weiter, ohne wirklich in die Zeitschrift hineinzusehen.

Konstantin atmete scharf ein. Wenn man eine Schwester wie Rosalie hatte, benötigte man keine Ehefrau mehr, die einem den letzten Nerv raubte. Dieses Weib war wahrhaft unersättlich! Sie schien partout nicht zu verstehen, dass sie das wenige Geld, das sie noch hatten, für die Geschäfte benötigten.

Rosalie gähnte genüsslich und streckte die Arme. »Aber gut, dass du kommst. Ich langweile mich ganz fürchterlich. Wollen wir in die Stadt fahren und die Auslagen betrachten?« Sie hob abwehrend die Hände. »Ich verspreche, ich werde nichts kaufen, ich will nur schauen, was es gibt. Das wird doch noch erlaubt sein?«

Konstantin hatte die silberne Klingel bereits in der Hand, doch nun hielt er inne. Die Worte seiner Schwester erinnerten ihn an etwas, lösten ein Déjà-vu aus, das gestochen scharf vor seinem inneren Auge erschien. Vor zwei Jahren hatte es eine sehr ähnliche Situation gegeben, damals,als er kurz davor gewesen war, seine Stelle als Kunstgärtner anzutreten. Damals war seinem Vater die Arbeit über den Kopf gewachsen, und Rosalie und er hatten sich im Salon gelangweilt. Alexander war ganz erbost gewesen, was Konstantin erst jetzt verstand, wo er haargenau die gleichen Sorgen hatte. Es war tatsächlich rücksichtslos gewesen, doch damals hatte er nicht weiter darüber nachgedacht und ausschließlich sein eigenes Vergnügen im Kopf gehabt.

Er läutete, bestellte den Tee und setzte sich dann in den Ohrensessel auf der anderen Seite des Tisches. Nachdenklich betrachtete er seine Schwester. Rosalie hatte damals sogar gescherzt, dass sie ja schlecht in der Hofgärtnerei arbeiten könne, und sie hatten herzlich gelacht, denn so etwas hätte sein Vater gewiss nicht in Erwägung gezogen. Er wollte den Gedanken bereits wieder fortschieben, aber dann stutzte er.

Warum eigentlich nicht?

Dorothea hatte als Frau von Stand ja ebenfalls in der Hofgärtnerei gearbeitet. Die Zeiten änderten sich, immer mehr Frauen hatten den Wunsch, einer Arbeit nachzugehen. Es war nicht mehr vollkommen abwegig, wie noch vor einigen Jahren.

Meike betrat mit einem Tablett den Raum und deckte den Tisch mit dem blau-weiß gemusterten Geschirr ein.

»Soll ich noch etwas von der Wiener Patisserie bringen?«

Konstantin runzelte die Stirn. Das klang teuer. »Welche Patisserie?«

»Die, die das gnädige Fräulein …« Sie stoppte mitten im Satz, und Konstantin sah im letzten Moment den erdolchenden Blick, den Rosalie ihrem Stubenmädchen zuschickte, bevor sie ihn herzlich anlächelte.

»Du arbeitest immer so hart, Bruderherz, deswegen habe ich dir am Freitag eine Kleinigkeit vom Wiener Feinbäcker mitgebracht.«

Konstantin biss die Backenzähne zusammen. Er brauchte kein Feingebäck. Einige Schmalznüsse oder Heidesand-Plätzchen waren vollkommen ausreichend. »Wie viel?«

»Man darf wahrlich nicht immer am falschen Ende sparen und muss sich auch mal etwas gönnen.«

»Wie viel haben diese vermaledeiten Plätzchen gekostet?«

Rosalie hatte sich inzwischen aufgesetzt und verweilte regungslos mit kerzengeradem Rücken am äußersten Rand der Chaiselongue.

»Rosalie?!«

Sie nannte ihm leise die Summe.

»Ist das dein Ernst? Für Kekse? Dafür müssen die da draußen einen ganzen Tag arbeiten, Meike könnte dafür einen Zentner Kartoffeln erstehen.« Konstantin wischte sich den Zorn aus dem Gesicht, es war schlichtweg zu zermürbend, was seine Schwester sich da wieder geleistet hatte.

»Es sind nicht einfach *Kekse*, sondern es ist überaus schmackhaftes

Feingebäck, und ich konnte wahrlich etwas Aufmunterung gebrauchen.« Rosalie verschränkte die Arme und zog einen Schmollmund. »Du ahnst ja nicht, was im Kaffeehaus geschehen ist. Eigentlich wollte ich dich damit nicht behelligen, aber …«

»Soso, im Kaffeehaus warst du also auch noch?!« Konstantin erhob sich. »Weißt du, was? Mir ist es gleich, welche Tragödie dein Leben jetzt wieder ereilt hat. Ich habe aber und abermals versucht zu erklären, dass wir kaum noch Geld haben. Willst du, dass wir die Hofgärtnerei verlieren? Dann sind wir das hier auch alles los.« Er gestikulierte in den Raum. »Dann gibt es keine feinen Gesellschaften mehr, keine Himbeer-Rosen-Konfitüre, keine eleganten Kleider oder Stubenmädchen«, er zeigte auf Meike, die das Tablett wie einen Schutzschild gegen ihren Körper gepresst hielt, »oder überteuerte Plätzchen.«

Er hatte mit vehementen Widerworten gerechnet, doch Rosalie ruderte zurück.

»In Ordnung, es kommt nicht wieder vor«, sagte sie ungewohnt scheu und schlug sogar die Augen nieder. »Es tut mir leid.«

Sie war klug. Trotzdem ließ Konstantin sich davon nicht einwickeln. »Du schmeißt das Geld zum Fenster hinaus, Rosalie! Und damit ist jetzt Schluss, ich mache das nicht länger mit.«

Rosalie erhob sich ebenfalls. »Ich habe mich doch bereits entschuldigt und Besserung gelobt. Was willst du denn noch?«

»Ich will, dass du endlich den Wert von Geld verstehst. Du sitzt hier den ganzen Tag herum und heulst deiner verflossenen Liebe oder was weiß ich hinterher oder langweilst dich, während wir da draußen in Arbeit ersticken.« Mit fahrigen Bewegungen deutete er aus dem Fenster.

»Ich weiß sehr gut, was wie viel Geld wert ist.« Sie sah an ihrem sorgfältig bestickten Teekleid herunter. »Dieses Kleid zum Beispiel …«

Konstantin schnitt ihr das Wort ab. »Falsch! Du weißt vielleicht, wie viel das Kleid gekostet hat, aber nicht, wie es sich anfühlt, dafür zu arbeiten, bis du die Summe beisammenhast.« Mit seinem Blick nagelte er sie fest. Er hatte eine Entscheidung getroffen. »Und genau das wirst du jetzt tun.«

Es herrschte vollkommene Stille im Raum.

Selbst Rosalie fand keine Worte und starrte ihn zunächst lediglich an. »Ich … ich soll meine Kleider abarbeiten?«, fragte sie dann zaghaft, sah ihn aus weit aufgerissenen Augen an und blinzelte ganz langsam.

»Nicht nur das.« Er stemmte die Hände in die Hüften. »Du wirst ab Montag in der Hofgärtnerei mitarbeiten. Ganz regulär wie die restliche Belegschaft. Jeden Tag außer Sonntag. Von Sonnenauf- bis Sonnenuntergang.«

Rosalies Mund öffnete sich leicht. Tränen benetzten ihre Augenlider, doch das musste bei ihr nichts bedeuten. Er wusste sehr wohl, dass Rosalie diese herbeirufen konnte wie eine Hausherrin die Dienstboten.

»Was …?«, fragte sie mit erstickter Stimme. »Das … das kannst du mir nicht antun! Es schickt sich nicht für Damen zu arbeiten. Was sollen die Leute denken?«

Das waren die Worte ihrer Mutter gewesen, die sie so oft gehört hatten. Es machte keinen guten Eindruck, wenn junge Frauen arbeiteten, denn das könnte andeuten, dass die Familie es nötig hatte und auf die finanziellen Mittel angewiesen war.

»Weißt du, was, Rosalie? Ich arbeite, Julius arbeitet, Meike hier arbeitet … Alle arbeiten! Nur du lässt dich von hinten bis vorne bedienen. Aber solange du in meinem Haus wohnen möchtest, kannst und wirst du etwas dafür tun. Und außerdem … Dir war es letztendlich gleich, was die Leute zu deiner gelösten Verlobung sagen«, rief er erbost. Es war eine überaus törichte Entscheidung gewesen, eine solch gute Partie auszuschlagen. Eine Verbindung zum Adelsstand hätte auch sein Leben erleichtern und ihm neue Kontakte bringen können.

»Und genau deswegen werden wir damit leben können, dass du arbeitest. Denn wenn du es ehrlich wissen willst: Wir sind tatsächlich darauf angewiesen.« Sein erhobener Zeigefinger zitterte in der Luft.

»Aber das geht doch nicht. Unser guter Ruf …« Während Rosalie zuvor gekeift hatte, schien sie nun sämtliche Kraft verloren zu haben und flüsterte nur noch heiser.

Konstantin lachte auf. »Welcher gute Ruf? Dein jüngerer Bruder ist mit einer Arbeiterin durchgebrannt, die die gesamte Hofgärtnerei zum Narren gehalten hat, und dein älterer Bruder hat eine Frau von Stand geschwängert, wie inzwischen wohl jeder mitbekommen hat. Ich denke, eine arbeitende höhere Tochter wird unser geringstes Problem sein, denn unser guter Ruf ist spätestens mit Vater von uns gegangen.«

18. Kapitel

»Moin!«, ertönte es hinter Alma, und sie fuhr herum.

»So wird das aber nichts mit der Sahne«, kommentierte Jost, der in die Bauernküche trat.

Alma sah auf die Schüssel unter ihrem Arm. Gedankenverloren hatte sie mit dem Schneebesen darin herumgestochert, sodass sich lediglich an der Oberfläche vereinzelte Bläschen gebildet hatten.

»Und seit wann backst du jetzt sogar schon am Montag?«, erkundigte sich ihr Bruder.

»Mir war einfach danach. Außerdem müssen die Äpfel weg«, antwortete Alma ausweichend. Sie konnte ihm schlecht sagen, dass sie dringend etwas zu tun gebraucht hatte. Seit mehr als einem Tag stand sie vollkommen neben sich. Sie konnte an nichts anderes als an diesen gut gebauten jungen Burschen mit den Haaren in der Farbe des Sonnenaufgangs denken. Bruno. Er hatte so eine offene Herzlichkeit ausgestrahlt, half Julius und Marleene, ohne eine Gegenleistung zu erwarten, und hatte gut mit anpacken können. Also war er ein wenig wie sie. Und das Beste war, wenn sie es richtig aufgeschnappt hatte, dass er ein Bauerssohn war.

Nur diese Greta, die war ihr ein Dorn im Auge. Sie waren gemeinsam gekommen, aber Julius hatte ja gesagt, dass sie beide ehemalige Kollegen waren. Und so, wie sie den armen Bruno angegiftet hatte, waren sie gewiss nicht zusammen.

Bruno.

Seit sie ihn das erste Mal gesehen hatte, fühlte es sich an, als wäre ihr gesamter Körper von einem Bienenschwarm bevölkert. Jedes Mal wenn sie innerlich seinen Namen aussprach und an sein herzliches Lächeln dachte, surrten sie durch sie hindurch.

»Alma?«

Erst jetzt merkte sie, dass Jost noch etwas gesagt haben musste. »Wie bitte?«

»Wäre es denn nicht klüger, wenn du Apfelmus machst?«

»Wieso Apfelmus?«

Jost setzte sich und seufzte. »Na, wenn du die Äpfel verbrauchen willst …«

Sie nickte versonnen. »Das kann ich auch noch machen. Und Apfelmarmelade und kandierte Äpfel. Dann freuen sich Julius und Marleene am Sonntag sicherlich. Und vielleicht auch …«

»Vielleicht auch was?«

»Frieda. Vielleicht kommt Frieda wieder mit, die fand ich richtig nett. Und die anderen beiden. Wie hießen sie noch gleich?«

»Bruno und Greta?« Jost griff nach dem Messer und schnitt sich ein dickes Stück Butter ab, das er auf seiner Stulle verschmierte.

»Ja, genau. Waren die zwei eigentlich ein Paar?«

Jost zuckte mit den Schultern. »Glaub nicht. Aber so richtig habe ich das nicht mitbekommen.«

Die Bienen sausten nun wild durch Almas Bauch. Jetzt musste sie nur noch einen Weg finden, auch in Brunos Gegenwart den Mund aufzumachen, aber das war gar nicht so einfach. Und sie musste vorsichtig herausfinden, ob es ihm ebenso erging. Sie fühlte eine dermaßen starke Verbindung zu ihm, dass sie sich fast nicht vorstellen konnte, er hätte es nicht ebenfalls bemerkt.

Aber sie musste sicher sein.

»Gab es für dich eigentlich mal jemanden?«, fragte sie Jost und schlug die Sahne jetzt besonders eifrig, um dieses peinliche Thema zu überspielen und ihm dabei nicht in die Augen sehen zu müssen. Über Gefühle redete man schließlich nicht.

»Jemanden?«

»Na, ein Mädchen beziehungsweise eine Frau, die dir gefallen hat.«

Jost zuckte mit den Schultern.

»Du bist fünf Jahre älter als ich … Da muss es doch mal jemanden gegeben haben.«

»Nee.«

»Überhaupt keine?«

»Na ja …«, Jost kaute in aller Ruhe zu Ende, bevor er antwortete, »eine war da vielleicht mal.«

Alma hielt im Rühren inne. Hiervon wollte sie kein Wort verpassen, denn so offen hatten sie noch nie gesprochen. »Und was hast du gemacht?«

»Was soll ich denn gemacht haben?«

»Na, irgendetwas, um es ihr zu zeigen.«

Er verneinte wortlos.

»Du hast nichts gemacht?«

»Was soll ich denn machen?«, fragte er kauend und schien ehrlich verwundert.

»Ja, was weiß ich? Sie besonders oft zum Tanzen auffordern oder so. Du musst es doch irgendwie deutlich machen …« Vor Aufregung wurde ihr Lispeln stärker, und wie so oft verfluchte sie ihren Sprachfehler.

»Nee, tanzen ist nichts für mich.« Seelenruhig verteilte er auf einem neuen Brot die hellgelbe Butter. »Ist noch Ammerländer Schinken da?« Alma holte das Stück aus der Speisekammer und legte es mit Nachdruck auf den Tisch.

»Aber man muss doch irgendetwas tun! Du kannst nicht einfach gar nichts machen!« Am liebsten hätte Alma ihn geschüttelt. Wenn jeder so schüchtern und zurückhaltend wäre wie Jost, würde alle Welt einsam und allein sterben. Außerdem mussten Frauen darauf warten, dass Männer den ersten Schritt machten, sie konnten allemal kleine Zeichen geben. Wie konnte er sich nur so bewusst ins Unglück stürzen? Ach, hätte sie doch nur eher etwas davon geahnt, dann hätte sie etwas unternehmen können. Alma seufzte. »Wie ist es denn jetzt mit ihr?«

»Ganz normal.« Jost legte Schinken aufs Brot. »Ich grüße sie von Weitem, wenn ich sie im Ort sehe.«

»Und willst du ihr denn gar nichts sagen?«

»Nee«, Jost biss erneut ab und trieb Alma in den Wahnsinn, weil er ewig für seine Antwort brauchte. »Das ist lange her. Und sie ist nun verheiratet und hat drei Kinder.«

Alma blieb beinahe das Herz stehen. Wie konnte er das so freiweg sagen? Für sie würde eine Welt untergehen, wenn sie erführe, dass Bruno verheiratet war und Kinder hatte.

»Und das ist in Ordnung für dich?«

Jost zuckte mit den Schultern. »Wie gesagt, es ist lange her. Man gewöhnt sich dran.«

»Und danach hat es nie wieder jemanden gegeben?«

Mitten in der Kaubewegung hielt Jost inne und sah in die Luft. »Doch. Einmal bin ich einer jungen Frau begegnet, die mir sofort gefallen hat, obwohl ich sie nicht kannte. Sie war wunderschön. Und wir haben uns angesehen …«

Alma hatte die Luft angehalten. »Und dann? Warum weiß ich nichts von dieser Frau? So etwas musst du mir doch erzählen! Und überhaupt, du hast nie erwähnt, dass du dich mit einer Frau triffst.«

»Das habe ich ja auch nicht.«

Wenn Alma nicht den Schneebesen in der Hand gehabt hätte, hätte sie wohl die Hände über dem Kopf zusammengeschlagen. Ihr Bruder machte sie noch wahnsinnig, und er war wirklich gar keine Hilfe. Im Gegenteil, sie hatte eher das Gefühl, dass er von ihr etwas lernen könnte – obwohl sie jünger war.

»Du hast sie nie getroffen?«, fragte sie mit zerrissenem Herzen und griff nach dem filigranen Silberkreuz an ihrer Kette.

Er zuckte die Schultern. »Sie ist einfach weitergelaufen, bevor ich etwas sagen konnte …«

»Das heißt, sie ist dir nur ganz kurz begegnet?«

Jost nickte.

»Wann war das?«

Er überlegte kurz. »Vor über einem Jahr. Auf dem Alpenrosenball.«

»Und sie ist dir bis heute nicht aus dem Kopf gegangen?«

Jetzt schüttelte er den Kopf.

»Und du hast sie nie wiedergesehen?«

Nachdenklich blickte er aus dem Fenster. »Sehr lange habe ich das nicht.« Dann erhob er sich. »Na ja, ich muss dann auch mal wieder.«

Er verließ den Raum, wirkte dabei aber keineswegs traurig oder niedergeschlagen. Anscheinend hatte er tatsächlich mit der Sache abgeschlossen. Aber Alma kam nicht umhin, sich zu fragen, ob Jost nur deswegen noch Junggeselle war, weil er so ein Feigling war. Hochgewachsen und breitschultrig, wie er war, und mit seinen markanten Gesichtszügen war er nämlich durchaus gut aussehend. An seinem leichten Hinken, das er seit dem Unfall hatte, würde sich doch gewiss keine Frau stören? Ansonsten war er etwas still, aber welcher norddeutsche Mann war das nicht?

Bruno. Wieder surrte es überall in ihr. Er schien um kein Wort verlegen gewesen zu sein. Und er war so unglaublich lustig. Sie musste einen Weg finden, um herauszubekommen, wie es um sein Herz stand.

* * *

Wieder dieses erbarmungslose Weckklopfen des Wirts. In der Ferne läuteten die Glocken der Lambertikirche sechsmal, doch weder Frieda im Bett an der gegenüberliegenden Wand noch Marleene bewegten sich.

»Du hast auch kein Auge zugetan, oder?«, fragte Frieda nach einer Weile.

»Nein.« Marleene seufzte tief, und Frieda setzte sich in ihrem Bett auf.

»Aber warum sorgst du dich? Sagtest du nicht, dass das Haus leer geräumt und die Entwässerung der Felder fertig sei? Dann geht es mit der Gärtnerei doch voran …«

Marleene seufzte abermals. »Ja, schon. Aber welche Arbeit gehen wir als Nächstes an? Sollen wir noch Zäune zum Schutz vor Fressfeinden bauen oder doch besser gleich Stecklinge machen? Doch woher sollen wir das Material dafür nehmen? Mutterpflanzen kosten einiges, und wir brauchen auch Geld für die Gewächshäuser samt Heizkessel … Andererseits, wenn wir jetzt keine neuen Stecklinge machen, haben wir nichts, was wir in drei Jahren verkaufen können, und wir müssen dem Großherzog doch beweisen, dass wir das Land verdient haben, sonst nimmt er es uns wieder ab. Aber ohne Gewächshäuser werden die Stecklinge ohnehin nicht wachsen, da beißt sich die Katze in den Schwanz. Und als wäre das nicht genug, gibt es so viel, was schiefgehen könnte! Was, wenn es friert, was, wenn die Pflanzen nicht austreiben, was, wenn wir uns verschätzt haben und keiner unsere Rhododendren oder den Flieder will? Was, wenn eine riesige Horde dunkler Käfer unsere Pflanzen wegfrisst?«

Nun lachte Frieda auf. »Also erst mal: Große Ungezieferplagen gibt es nur in der Bibel. Im wahren Leben passiert so etwas nicht. Und ich weiß, dass das überwältigend sein muss, eine Gärtnerei aus dem Nichts aufzubauen, das ist wirklich immens! Aber ihr habt schon so viel gemeistert, und ich denke, wenn ihr einen Schritt nach dem anderen geht, dann werdet ihr es hinbekommen. Ihr habt ja schließlich auch noch uns …«

»Ja, du hast recht. Es nutzt rein gar nichts, in Panik zu verfallen«, sagte Marleene, spürte aber dennoch, wie das Unbehagen ihr die Luft abschnürte, obwohl das, was Frieda sagte, vollkommen sinnig war.

Außerdem war da aber noch immer diese eine Sache.

Warum heirateten sie nicht endlich?

Sie wollte Frieda jedoch nicht schon wieder damit belasten. Sie vertrieb den Gedanken, schwang sich aus dem Bett und wandte sich an Frieda, während sie sich mit dem kalten Wasser die Arme abrieb.

»Und was ist mit dir? Warum hast du nicht geschlafen? Immer noch Manilo?«

»Ja.« Jetzt war es an Frieda, ausgiebig zu seufzen. »Ich krieg ihn einfach nicht aus dem Kopf. Und jetzt, wo die Italienreise immer näher rückt, male ich mir Abertausende Szenarien aus, wie unser Wiedersehen ablaufen könnte. Dabei ist noch nicht einmal gewiss, ob ich ihn finde. Ich weiß doch nur, in welcher Stadt er lebt.«

»Ach, so viele Gärtnereien wird es dort schon nicht geben. Und als Gärtner kennt man sich ja meist. Eigentlich müsst ihr nur die erstbeste Gärtnerei aufsuchen, dort wird man euch gewiss weiterhelfen.«

Frieda nickte unsicher, und als Marleene wenig später auf der Ladefläche eines Fuhrwerks Richtung Rastede fuhr, dachte sie weiter darüber nach, wie es Frieda wohl ergehen würde. Ihr gefiel die Idee von Frau Maader, Manilo in Italien zu suchen, denn auch sie hatte das Gefühl, dass Frieda andernfalls niemals mit ihm würde abschließen können.

Beim Schwalbennest angekommen, zog Julius sie fest an sich, und es war nicht zu übersehen, wie sehr er sich freute, dass sie heute auch unter der Woche helfen konnte, da sie ihren freien Tag hatte. Doch die dunklen Ringe unter seinen Augen zeigten, dass auch er in letzter Zeit viel zu wenig Schlaf bekam.

Schweren Herzens lösten sie sich voneinander, und Marleene machte sich daran, die Wiese umzugraben, war gedanklich aber schon bei den nächsten zwanzig Aufgaben, die ebenfalls anstanden, wann immer sie den Spaten kräftig in das Gras stach und vom erdigen Geruch umhüllt wurde. Momentan war es noch frisch, doch die Morgensonne brachte die vielen kleinen Tautropfen auf den herunterhängenden Weben zum Leuchten und versprach ihnen einen herrlichen Altweibersommertag.

Marleene hatte sich gerade auf die stumpfe Seite des Spatens gestellt, als sie spürte, wie kräftige Oberarme sie von hinten umfingen.

»Vesperpause«, flüsterte Julius ihr ins Ohr. Marleene kreischte, als er sie zu sich nach hinten und vom Spaten herunterzog und sie gegen seine muskulöse Brust taumelte.

»Was, jetzt schon? Es ist doch noch nicht einmal zehn«, sagte sie noch immer lachend.

»Das stimmt. Aber ich habe für heute etwas Besonderes vorbereitet.« Er lächelte und hielt einen Weidenkorb hoch, der mit einem karierten Tuch abgedeckt war. So wie der vor wenigen Wochen, als er ihr gesagt hatte, dass sie womöglich die Gärtnerei bekommen würden. Was hatte sich seit damals alles getan … Sie stockte. Ob er ihr jetzt etwa wieder etwas Besonderes zu sagen hatte? Etwas, das mit der Hochzeit zu tun hatte?

»Ich finde, es wird Zeit, dass wir im Schwalbennest unsere erste richtige gemeinsame Mahlzeit einnehmen. Und wenn es nur ein Picknick auf dem fleckigen Fußboden ist – den sollten wir uns als Nächstes vornehmen.« Er griff nach ihrer Hand und zog sie auf ihr baldiges gemeinsames Haus zu, das mit den geöffneten grünen Fensterläden schon deutlich fröhlicher als zu Beginn aussah. Dennoch konnte Marleene noch immer nicht fassen, dass sie einmal in einem so großen Haus wohnen würde, nachdem sie zuvor mehr oder weniger von der Hand in den Mund gelebt hatte. Wenn sie doch nur endlich verheiratet wären.

»Meine Tante hat mir alle möglichen Leckereien eingepackt, und dir ist …« Er hielt mitten im Satz inne, nachdem er die Tür geöffnet hatte. Mitten auf dem Dielenfußboden ihres Hauses saß eine zierliche Gestalt mit Kopftuch, die emsig dabei war, den Boden zu schrubben.

Marleene stemmte amüsiert die Hände in die Hüften. »Alma?! Du kannst dich nicht einfach in unser Haus schleichen und heimlich putzen!«

»Was?«, rief Alma verlegen. »Es … es tut mir leid! Aber drüben bei uns war schon alles fertig, und die Männer sind heute in der Stadt, also muss ich kein Essen aufs Feld bringen, und eingekocht ist auch schon alles, also habe ich … äh … Da dachte ich …« Sie war so nervös, dass ihr Lispeln stärker wurde, und Marleene unterbrach sie lächelnd, um sie von der Pein zu erlösen.

»Du musst dich doch nicht dafür entschuldigen, ich bin dir sehr dankbar!«

Ein Strahlen erschien auf Almas Gesicht. »Ich freue mich einfach immer nur so ungemein, wenn die Dinge voranschreiten. Und hier sieht man so viel Fortschritt …« Sie stutzte. »Damit meine ich jetzt nicht, dass euer Haus heruntergekommen wäre. Ich finde, es macht sich schon ganz hervorragend, insbesondere seit wir die Wände frisch gekalkt haben. Deswegen dachte ich, wenn ich jetzt noch die Flecken vom Fußboden …« Sie hielt inne. »Störe ich? Ich wusste nicht, dass du heute hier bist, Marleene. Warum müssen die freien Tage im Hotel auch immer wechseln, wie soll man da mitkommen? Wie dem auch sei, wollt ihr das Haus für euch haben?«, fragte sie mit Blick auf den Picknickkorb. »Ihr könnt euch übrigens auch jederzeit den Wagen ausleihen, wenn ihr wegfahren wollt …«

Julius überlegte kurz, schüttelte dann aber den Kopf. »Mach du nur weiter, wir wollen dich nicht stören. Ich habe schon eine andere Idee.« Er zog Marleene über den Hof und ging mit ihr auf den Schuppen zu.

»Leider haben wir ja noch kein Gewächshaus, sonst könnten wir alte Zeiten aufleben lassen – diesmal sogar ohne verwirrende Gefühle …« Er zwinkerte ihr zu. »Aber ich denke, im Schuppen können wir es uns auch gemütlich machen.« Er öffnete die Tür und blieb abermals verdattert stehen. Zwei Paar helle Kinderaugen blickten ihnen überrascht entgegen, beide eingefroren in der Bewegung.

»Jörn-Fied? Lieschen? Was macht ihr denn in unserem uralten Schuppen? Die Scheune bei euch drüben ist doch viel größer …«

»Das schon.« Jörn-Fied verzog das Gesicht und schob die Unterlippe vor. »Aber Alma macht dort immer alles so sauber, dass man keine einzige Spinne finden kann.« Er hielt ein großes Weckglas hoch, und Marleene sah nun, dass Lieschen ein ganz ähnliches in der Hand hatte.

»U-u-und ich habe hier letztens eine ganz, ganz große Spinne gesehen, und die wollen wir uns jetzt holen«, sagte Lieschen voller Eifer.

Marleene runzelte die Stirn. »Was habt ihr denn damit vor? Ihr wollt die Tiere doch nicht etwa quälen?«

»Nein!«, rief Jörn-Fied sofort. »Hier, wir lassen sogar Luft in die Gläser. Und sie bleiben auch nicht lange da drin. Wir wollen sie wieder rauslassen, wenn Frieda da ist. Die kreischt immer so schön …«

Die beiden kicherten, und Julius und Marleene stimmten sich wortlos ab, dass sie die Kinder Kinder sein lassen würden, und verabschiedeten sich.

Julius legte den Arm um Marleene, während sie über den Hof schlenderten. »Und was machen wir nun? Am liebsten würde ich dich ja ans Meer entführen, aber dazu hätten wir früher aufbrechen müssen.«

»Ans Meer?« Pure Aufregung erfasste Marleene. »Ich war noch nie am Meer!« Sie hatte bisher nur zahlreiche Bilder gesehen, und schon die waren faszinierend.

Julius blieb stehen. »Noch nie? So weit ist es aber doch gar nicht, höchstens drei Stunden mit der Kutsche …«

»Das stimmt.« Marleene schlug die Augen nieder. Ihr Vater hatte es ihr eines Tages zeigen wollen, doch dann war es ihm immer schlechter gegangen, und nachdem er gestorben war, hatten sie immer dort hinziehen müssen, wo es Arbeit gab. Doch mit diesen trübsinnigen Gedanken wollte sie Julius nicht belasten. »Wir haben es einfach nie geschafft. Was hältst du denn schlicht und einfach von einem Picknick auf der Wiese? Oder ganz hinten auf dem Wall?«

Julius nickte. »Picknick auf dem Wall.« Er streckte die Hand nach ihr aus, sie verschränkten ihre Finger und gingen dicht nebeneinander los.

19. Kapitel

Am Montagmorgen floss der pure Zorn so geschwind durch Rosalies Körper, dass sie umgehend hellwach war, als Meike sie in aller Frühe vorsichtig weckte. Konstantin hatte am Vorabend im Salon abermals deutlich gemacht, dass es sein voller Ernst war und er keinerlei Widerworte oder Ausflüchte duldete. Entweder sie arbeitete in der Hofgärtnerei, oder sie zog aus. Und das ging nur, wenn sie einen Ehemann in Aussicht hatte, und der war – wegen ihrer momentanen skandalbefleckten gesellschaftlichen Stellung – noch lange nicht in Sicht.

»Darf ich Ihnen jetzt beim Ankleiden behilflich sein, gnädiges Fräulein?«, fragte Meike mit ihrer Piepsstimme. Rosalie hatte sie in der vergangenen Woche noch heftig zurechtgewiesen, weil letztendlich das Wiener Feingebäck das Fass zum Überlaufen gebracht hatte. Seitdem schien das Stubenmädchen regelrecht Angst vor ihr zu haben. Für einen Moment hatte Rosalie sogar überlegt, sich bei ihr zu entschuldigen, hatte den Gedanken aber recht schnell wieder verworfen. Es war schließlich überaus töricht von Meike gewesen, das teure Gebäck Konstantin gegenüber zu erwähnen.

Rosalie stand seufzend auf und begann, sich mit Meikes Hilfe zu waschen, die zu diesem Zweck jeden Morgen warmes Wasser für die Waschschüssel auf ihr Zimmer brachte. Tief sog sie den Geruch der Rosenseife ein, der sie zumindest noch ein wenig davon ablenkte, was ihr bevorstand. Als die Prozedur abgeschlossen war und Rosalie die Unaussprechliche – wie die Unterhosen genannt wurden – und ein frisches Unterhemd trug, griff sie nach ihrem Korsett, um es Meike zu reichen. Diese stockte und sah schon wieder aus, als würde sie innerlich gleich mehrere Tode sterben.

Rosalie verdrehte die Augen. »Was?«

»Sind Sie … sind Sie sicher, dass Sie dieses Korsett bei der Arbeit tragen wollen?«

»Was denn sonst? Ich kann mich schließlich nicht ohne Korsett in der Öffentlichkeit zeigen.«

Meike nahm es ihr eilfertig aus der Hand und begann, die Bänder zu lösen. »Das ist wahr. Aber soll ich es vielleicht etwas luftiger schnüren?«

»Auf gar keinen Fall! Es ist schlimm genug, dass ich in den letzten Monaten zugenommen habe. Das möchte ich so gut verbergen wie nur möglich.« Sie hielt die Luft an, und Meike kam ihrem Wunsch nach und zog an den Bändern, bis es nicht mehr weiterging.

»Haben Sie bereits entschieden, welches Kleid Sie heute tragen wollen?«, fragte sie, als sie fast fertig war.

»Allerdings«, sagte Rosalie mit innerer Genugtuung, denn sie hatte einen meisterlichen Plan ausgetüftelt.

Sie würde das traumhaft schöne smaragdgrüne Kleid tragen, das ihre goldblonden Locken stets so gut zur Geltung brachte. Als sie ihre Entscheidung Meike mitteilte, klappte deren Mund auf – ohne dass Worte herauskamen. Amüsiert beobachtete Rosalie sie im Spiegel des Schminktisches. Würde Meike es wagen, Einwände zu erheben?

»Aber … aber …«, stammelte das Stubenmädchen hilflos zu Rosalies Vergnügen. »Sind Sie sicher?«

»Absolut!«

Es war offensichtlich, dass Meike sich quälte, doch sie blieb still.

»Du musst gar nicht gucken wie eine Weihnachtsgans im Angesicht des Schlachtbeils. Mir ist vollkommen bewusst, dass ich es bei der Arbeit ruinieren würde.«

Meikes Stirn legte sich in Falten. »A-aber wieso …«

»Denk doch mal nach, du Dummerchen! Wenn Konstantin mich draußen sieht in meinem schönsten und teuersten Kleid, wird er gewiss Mitleid bekommen, da ihm bewusst ist, dass es keinen Arbeitstag überstehen würde. Diese herzzerreißende Vorstellung wird ihm in der Seele wehtun, und dann wird er mich wieder ins Haus schicken, da ihm klar wird, dass eine derartige Arbeit schlichtweg nichts für mich ist.«

»Hmm«, sagte Meike mit wenig Überzeugung, während sie ihr half, in das Unterkleid zu steigen. »Und die Haare? Wie wünschen Sie die zu tragen?«

Rosalie überlegte kurz. Greta hatte stets geflochtene Zöpfe gehabt; andere, so wie Frieda, legten sie geflochten um den Kopf. Sie rümpfte die Nase. Solch eine törichte Frisur wollte sie nicht. Sie würde ja aussehen wie ein Mädchen.

»Hol die Lockenzange, wir machen es so wie immer.«

Meike sah sie wieder an, an wäre sie eine Bestie, die jeden Moment über sie herfallen könnte.

»Was?«

»Dazu fehlt uns leider die Zeit. Sie werden draußen erwartet, und Sie tun gut daran, vor der Arbeit noch etwas zu frühstücken.«

Die schneidende Bemerkung, was Meike sich anmaßte, ihr vorzuschreiben, lag Rosalie bereits auf der Zunge. Doch sie überlegte es sich anders. Nachdem sie wegen des Gebäcks Meike gegenüber womöglich ein klein wenig zu harsch reagiert hatte, nickte sie jetzt einfach nur; das war ihre Art der Entschuldigung.

»Dann fass die oberen Haare bitte zu einem Knoten zusammen, und nur die unteren lassen wir gelockt heraushängen. Ich verzichte dafür auf mein Frühstück.«

Meike schickte sich an, etwas zu sagen, überlegte es sich offenbar jedoch erneut anders und machte sich an die Arbeit.

* * *

Als Rosalie fertig zurechtgemacht war, eilte sie mit zehn Minuten Verspätung nach draußen. Sie wusste, dass sich alle Arbeiter vor der Remise zur morgendlichen Besprechung und Arbeitseinteilung trafen, hatte dem aber nie viel Beachtung geschenkt, da sie für gewöhnlich sehr viel länger schlief.

Den Obergärtner Oskar erkannte sie aufgrund seines massigen Körpers bereits von Weitem. Mit dem Rücken zu ihr standen der alte Alois, der eigentlich schon immer uralt gewesen war, und der kaum jüngere Hugo. Neben ihm blickte Johannes, der einen Vollbart trug, obwohl das für Männer seines Alters vollkommen außer Mode war, finster vor sich hin. An seiner Seite hatte er den dümmlichen Bruno, dessen Äußeres so anspruchslos war, dass sie kaum hinsehen mochte.

Ansonsten waren da nur noch die zwei neuen Mädchen, die sich hauptsächlich um das Unkraut kümmerten und eigentlich schon gar nicht mehr so neu waren, sowie der Jungspund mit den rötlich braunen Haaren, der wohl der neue Lehrling sein musste. Die Schwestern hatten die Haare auf die gleiche Weise geflochten um ihren Kopf gelegt, wobei die eine dadurch eine naive Schönheit ausstrahlte und die andere eine nahezu abstoßende Hässlichkeit. Insbesondere wenn sie durch ein gut gemeintes Lächeln ihre schiefen gelben Zähne entblößte. Die beiden waren so ungleich wie eine Motte und ein Schmetterling.

Aber wo war Dorothea?

Rosalie konnte die einzige Person, die sie womöglich ansatzweise verstehen konnte, nirgendwo entdecken.

Missmutig trat sie an Konstantins Seite, den ihr Anblick in schiere Freude zu versetzen schien. Nur als er ihr Kleid sah, zog er eine Augenbraue hoch, ging jedoch mit keiner Silbe darauf ein.

»Ach ja, ich habe noch eine weitere Mitteilung zu machen.« Er blickte in die Runde. »Hildegard hat die Hofgärtnerei verlassen, und da wir zurzeit sehr spärlich besetzt sind, hat sich meine liebe Schwester dazu entschlossen, uns fortan zu unterstützen.«

Alle starrten sie an, und Rosalie sah, wie Johannes Bruno den Ellenbogen in die Seite stieß.

»Was soll denn das? Die Ratten verlassen das sinkende Schiff?«, flüsterte er ihm hörbar zu, und auf seinem Gesicht machte sich ein fieses Grinsen breit. Rosalie schnaubte, und er pfefferte eine Ladung Kautabak auf den Boden, ohne den Blick von ihr abzuwenden.

Was bildete der sich nur ein, hatte er keinerlei Anstand? Er priemte wie ein Matrose.

»Noch Fragen?«, erkundigte Konstantin sich.

»Warum hat Hildegard die Hofgärtnerei verlassen?« Oskar wirkte wahrhaftig bestürzt.

»Es hat sich herausgestellt, dass sie es war, die die ganze Zeit die Pflanzen gestohlen hat. Deswegen habe ich sie fristlos entlassen.« Er hob den Zeigefinger. »Ich hoffe, das wird euch allen eine Warnung sein. Ich werde euch nicht mit Samthandschuhen anfassen, wie mein Vater es getan hat. Wer sich etwas zuschulden kommen lässt oder nicht ordentlich arbeitet, ist raus!«

Er sah jeden Einzelnen an und verweilte bei Rosalie besonders lange, sodass sie merkte, wie die Haare auf ihren Armen sich aufstellten. Er würde also selbst für seine kleine Schwester keine Ausnahme machen.

»Nun gut, dann ist alles gesagt. Wer kümmert sich um Rosalie?« Konstantin dachte einen Moment nach und wandte sich dann an Johannes.

Oh, nein, bitte nicht dieser rebellische Sauertopf, dachte Rosalie.

»Johannes, das übernimmst du. Rosalie ist fortan dir zugeteilt. Weise sie in alle Arbeiten ein und sieh zu, dass sie immer beschäftigt ist.«

»Was? Warum ich?« Wild gestikulierend trat er vor. »Ich habe nichts verbrochen, das ist ungerecht!« Er stemmte die Hände in die Seiten, und Rosalies Magen krampfte sich zusammen.

War es denn wahrhaftig dermaßen schlimm, ihr alles zu zeigen? Im Allgemeinen wurde ihr stets versichert, welch angenehme Konversationspartnerin sie war. Sie spürte ein merkwürdiges Ziehen um die Nase. Ihre Nebenhöhlen zogen sich zu. Eigentlich hatte sie ihre Tränen besser im Griff, aber dass sie nicht nur von ihren Freundinnen gemieden, sondern von Konstantin zur Arbeit gezwungen und von den Arbeitern abgelehnt wurde, war nun doch etwas viel. Vor nur zwei Monaten war sie eine höchst beneidete angehende Gräfin gewesen. Sie hatte im besten Hotel von Norderney residiert, die hübschesten Kleider getragen und mit poliertem Silberbesteck gegessen. Nun stand sie hier inmitten der Arbeiter, als wäre sie auch nichts Besseres, und musste sich gar beleidigen lassen.

Hatte sie mit der Lösung der Verlobung womöglich einen riesigen Fehler begangen?

Sie rief sich Edelberts Gesicht mit den spröden Lippen und den eintönigen, sich lichtenden Haaren vor Augen, und sofort verschwand jegliche Reue. Ein Leben mit ihm hätte sie nie und nimmer ausgehalten, da zupfte sie lieber ein wenig Unkraut und topfte Pflanzen um oder was auch immer sie hier den ganzen Tag machten.

Sie streckte den Rücken durch und zog die Schultern zurück, wie sie es vor Jahren in der Schule für höhere Töchter gelernt hatte. Diese Bewegungen halfen ihr seitdem stets, die Contenance zu wahren. Gediegen wie eine Königin sah sie Johannes von der Seite her an und winkte so hoheitsvoll ab, als trüge sie Spitzenhandschuhe.

»Bitte keine Umstände.« Sie ging zu Alois hinüber und hakte sich bei ihm unter. Dieser lächelte ihr aus seinem faltigen Gesicht ein wenig schief zu, sodass seine große Zahnlücke sichtbar wurde. »Ich bin mir sicher, dass der gute alte Alois mir mit Freuden alles zeigen wird.«

»Ja … äh … also, gnädiges Fräulein …« Er kratzte sich am Nacken, und Konstantin fiel ihm ins Wort. »Nee, nee, nee, du bleibst hier.

Alois wird heute Pflanzen ausliefern, dabei kannst du nichts lernen. Und noch etwas: Dieses ›gnädige Fräulein‹ könnt ihr euch sparen! Wir haben abgemacht, dass wir auf der Arbeit auf sämtliche Titel verzichten und uns schlicht und einfach alle mit Vornamen anreden. Das gilt auch für meine werte Schwester. Also, würde sich bitte endlich jemand dazu erbarmen, sie einzuarbeiten?«

Nun trat Johannes vor. »Ich habe es mir anders überlegt, ich übernehme das doch.«

Konstantin sah ihn überrascht an, nickte aber. »Gut. Dann mal alle an die Arbeit!«, sagte er und ging in Richtung der Fliedervilla davon, während sich die restliche Gruppe auflöste.

Er meinte es also tatsächlich ernst. »Konstantin!«, rief Rosalie mit einem Anflug von Panik ihrem Bruder hinterher. Er drehte sich um und sah sie mit hochgezogenen Augenbrauen an.

Sie wollte sich nicht die Blöße geben, vor den anderen ihre edle Garderobe anzusprechen. Also stellte sie ihm nur durch eine Kopfbewegung und ihre Augen eine stumme Frage.

Soll ich wahrhaftig so an die Arbeit gehen?

Seine Hände beschrieben als Antwort eine abfällige Geste: *Das hast du selbst so gewählt, jetzt musst du damit zurechtkommen.*

Oh nein, oh nein, oh nein. Das durfte nicht geschehen, ihr gutes Kleid! Es zu ruinieren, käme einer Katastrophe gleich. Ihr wurde ganz blümerant. Ob sie rasch in die Villa laufen und sich doch umziehen sollte, obwohl Konstantin sie dafür schelten würde?

Sie warf einen raschen Blick zu Johannes und sah, dass er sie wie ein Fuchs angrinste.

»Können wir denn endlich?«

Rosalie raffte ihre Röcke und trat unschlüssig auf ihn zu. Na schön. Dann würde sie einfach sehr, sehr gut auf das teure Kleid achtgeben. Aber etwas an Johannes' Miene gefiel ihr ganz und gar nicht. Er musterte sie betont und ging dann zur Remise.

»Schickes Kleid«, sagte er in ihre Richtung. »Ich weiß, dass du normalerweise die Tage damit verbringst, in voller Montur euren Zimmerpflanzen vorzujammern, wie gemein alle zu dir sind. Aber hier draußen musst du dich nicht so herausputzen.« Er musterte sie. »Bei dir ist ohnehin nicht mehr viel zu retten.«

Hatte er das gerade wirklich gesagt? Rosalie war es gewohnt, von Komplimenten umschmeichelt zu werden, und er deutete an, dass ihre Schönheit allein von den Kleidern herrührte? Sie benötigte ihre gesamte Selbstbeherrschung, um ihm nicht auf der Stelle die Augen auszukratzen. Sie lachte tonlos und begutachtete ihn ihrerseits.

»Von jemandem mit sichtbaren Hosenträgern lasse ich mich gewiss nicht zu meiner Garderobe beraten.«

Er hakte seine Daumen hinter besagte Hosenträger und ließ sie grinsend gegen seine Brust knallen, während sie zur Remise gingen. »Also, wie sieht es aus? Hat das Prinzesschen sich die heimische Hofgärtnerei auch einmal angesehen? Bist du mit dem Gelände vertraut? Oder sollen wir mit einer Führung beginnen?«

Rosalie funkelte ihn wütend an. So anmaßend wie dieser Johannes hatte sich wahrlich noch niemand ihr gegenüber aufgeführt. Ob sie Konstantin bitten könnte, ihn zu entlassen? Dennoch ließ sie sich nicht anmerken, wie sehr er sie in Rage brachte.

»Vermutlich hast du es nicht gehört, weil du zu sehr damit beschäftigt warst, dich selbst brillant zu finden, aber du kannst mich einfach Rosalie nennen. Und natürlich kenne ich das Gelände hier sehr gut.«

»Das ist seltsam, ich habe dich nämlich so gut wie nie in den Pflanzenquartieren gesehen. Wobei …«, er stockte, »… als Manilo noch hier war, bist du ziemlich oft zur Orangerie gehuscht.« Er betrachtete sie ohne jegliche Scheu von oben bis unten. »Damals warst du aber um einiges dünner.«

Rosalie musste aufpassen, vor Wut kein Feuer zu speien. Was wusste dieser Lump von ihr und Manilo? Und wie konnte er es wagen, jetzt sogar ganz offen ihr Äußeres anzusprechen? Kaum merklich sog sie die Luft ein. Sie durfte ihn nicht spüren lassen, dass er ihren wunden Punkt berührt hatte. Das würde er wie ein Bluthund wittern und nur noch mehr darauf herumreiten. Erneut korrigierte sie ihre Haltung und warf ihm einen desinteressierten Blick zu.

»Oh, ich bitte vielmals um Verzeihung, wenn es dir nicht genehm ist, dass ich Blumen für die Villa aus der Orangerie hole. Allerdings finde ich es höchst aufschlussreich, dass du so viel Interesse an meiner Person hast und dir auch kleinste Veränderungen auffallen. Ich würde dir ja einen Platz auf meiner Tanzkarte reservieren, aber – oje – leider ist dort nichts frei für Hohlköpfe, und wie dumm von mir, du wirst meines Wissens ja nicht einmal zu denselben gesellschaftlichen Anlässen geladen wie ich.« Sie plinkerte ihn unschuldig an.

Zunächst sagte er nichts, doch dann erschien auf seinem Gesicht wieder dieses verhöhnende Grinsen. »Meines Wissens wirst du momentan ebenfalls nicht auf allzu viele Bälle geladen.«

Herrjemine! Offenbar hatte sich ihr Vergehen sogar schon bis in die unterste Schicht herumgesprochen. Da half nur eines.

Sie gähnte betont.

»Können wir jetzt endlich mit der Arbeit beginnen? Zeit ist Geld.«

Ha! Den Satz hatte sie bei ihrem Vater aufgeschnappt, und jetzt konnte sie ihren gesamten Hass in ein triumphierendes Lächeln legen.

»Nichts lieber als das.«

Johannes ging unter die Remise. An der Wand neben den Arbeitsgeräten stand ein riesiges Regal, das von oben bis unten mit Tontöpfen zugestellt war. Er deutete auf ein Fach, in dem alle Töpfe die gleiche Größe hatten, und reichte ihr eine Art Pferdestriegel.

»Die wollen wir heute für den Winter vorbereiten. Bürste alle sauber, sieh zu, dass keine alte Erde oder Spinnweben mehr drin sind, und warte, bis ich wiederkomme.«

Spinnweben? Rosalie versuchte, sich ihr Unbehagen nicht anmerken zu lassen. Sie betrachtete die gut drei Meter langen Regale und seufzte. Das würde sicherlich Stunden dauern. Mürrisch klopfte sie den Staub von einer Holzkiste, ließ sich vorsichtig darauf nieder und machte sich an die Arbeit.

Schon bald hatte sie die ersten zehn Töpfe um sich versammelt. Sie musste sich eingestehen, dass es nicht so schlimm war, wie sie zuvor angenommen hatte. Es freute sie zu sehen, was sie geschafft hatte. Es fühlte sich gut an, und den Staub würde Meike gewiss aus dem grünen Stoff ausbürsten können. Nur wenn ihr der Striegel aus der Hand fiel, war es etwas beschwerlich, denn dann musste sie sich tief bücken, und das Korsett schnitt ihr die Luft ab. Hatte Meike sich deswegen gescheut? Vielleicht könnte sie morgen das Korsett tatsächlich etwas luftiger schnüren – auch wenn dann die neue Fülle ihrer Figur noch offensichtlicher würde und Johannes' Kommentar ihr gewiss war.

Nach etwa einer halben Stunde hatte sie schon zahlreiche Töpfe vom Schmutz befreit, sodass auf dem Boden kaum noch Platz war. Johannes kehrte mit einem blechernen Eimer zurück, auf dem ein Stück Holz lag. Für den Bruchteil einer Sekunde wirkte er erstaunt, als er sah, wie viel sie bereits geschafft hatte. Doch er verkniff sich einen lobenden Kommentar. Vorsichtig stellte er den Eimer ab, der offenbar recht schwer war.

»Puh, das wäre geschafft«, sagte er und wirkte dabei seltsam fröhlich, was ausreichte, um Rosalies Skepsis zu wecken.

»Was ist das?«

Statt einer Antwort schob Johannes das Holzstück vom Eimer, und ein bestialischer Gestank drang daraus hervor. Er war so beißend, dass Rosalie aufschrie, aufsprang und Abstand nahm. »Pfui, was ist das?«, verlangte sie erneut zu wissen, während sie sich mit spitzen Fingern die Nase zuhielt.

»Das«, sagte Johannes oberlehrerhaft und machte eine Kunstpause, »ist Kuhdung.«

»Kuhscheiße?«

»Aber, aber, Prinzesschen, bitte beachten Sie Ihre Wortwahl. Aber ja, es sind die Exkremente von Kühen.«

»Und was soll das hier? Willst du mir mit diesem abscheulichen Gestank die Arbeit erschweren?«, presste Rosalie unter ihrer zugehaltenen Nase hervor.

»Nein, so fies bin ich nicht.« Johannes lächelte, und Rosalie atmete auf. Sie hatte bereits das Schlimmste befürchtet. »Gut, dann schaff den Stinkeeimer bitte wieder fort. Du hast mir einen gehörigen Schrecken eingejagt, herzlichen Glückwunsch. Aber jetzt möchte ich bitte weitermachen.«

»Das geht nicht.« Johannes setzte sich seelenruhig auf einen abgesägten Baumstumpf und zog einen Tontopf zu sich heran. Als könnte er darin lesen, blickte er hinein.

»W-warum nicht?« Rosalie trat vorsichtig wieder etwas näher. Vielleicht gab es dort ja etwas Spannendes zu sehen?

Johannes richtete sich auf – und strahlte sie förmlich an. »Weil wir den Kuhdung für unsere Arbeit brauchen.« Zu ihrem Entsetzen griff er mit der bloßen Hand in den übel riechenden Eimer. Dann holte er die braungrüne Masse heraus, betrachtete sie kurz und begann leise summend die Innenseite der Töpfe damit einzureiben.

»Ich möchte dich noch einmal ganz herzlich in der Hofgärtnerei willkommen heißen. Es ist mir eine Ehre, dein Vorarbeiter zu sein!« Er lächelte sie zuckersüß an, hörte aber nicht mit seiner Tätigkeit auf.

Rosalie musste einen Würgereiz unterdrücken.

Das war nun wahrhaft das Widerlichste, was sie je gesehen hatte.

»Na los, worauf wartest du noch?« Mit dem Kinn deutete er zu den bereitgestellten Töpfen.

»Ich greife doch nicht in die Exkremente einer Kuh!«, quiekte sie mit zusammengekniffenem Gesicht, derweil sie noch immer gegen die Übelkeit kämpfte.

»Nun ja, wenn es dich beruhigt … Es ist nicht ausschließlich Kuhdung.«

»Nein?«, fragte Rosalie hoffnungsvoll und versuchte, in der braungrünen Masse etwas zu erkennen. Wenn es hauptsächlich Erde war, könnte sie sich vielleicht überwinden.

»Nein«, bestätigte er. »Horn, Knochenmehl und Blut sind ebenfalls dabei. Frag Marleene, die hat darin sogar mal gebadet … Du kannst also froh sein, dass wir nur die Töpfe damit einreiben.«

»Das kann doch nicht dein Ernst sein?! Wofür soll das gut sein?« Sie stemmte die Hände in die Hüften, machte einen Schritt auf ihn zu und erkannte zu spät, dass sie dadurch ihre feine Nase wieder dem beißenden Gestank aussetzte. »Das machst du doch nur, um mich zu quälen!«

»Rosalie, Rosalie«, sagte er mit einem überheblichen Kopfschütteln. »Es wird Zeit, dass du lernst, dass die Welt sich nicht allein um dich dreht. Das Einreiben der Töpfe mit Kuhdung ist eine wichtige Arbeit, denn so werden die Pflanzen, die darin getopft werden, mit Langzeitdünger versorgt. Sie wachsen besser, blühen schöner und lassen sich besser verkaufen, sodass du dir irgendwann vielleicht auch wieder hübsche Kleider leisten kannst.« Er ließ den Blick über ihr staubiges, ehemals smaragdgrünes Kleid gleiten. »Bei genauerer Überlegung sollten wir wohl auch dich einmal damit einreiben. Vielleicht wirst du dann ja schöner?« Er hielt eine Handvoll der stinkenden Masse hoch, die an seinen Fingerspitzen klebte. Ein Klumpen löste sich und platschte zurück in den Eimer. Rosalie sprang kreischend zurück. Er war nicht nur anmaßend, er war einfach widerlich!

In diesem Moment lief Oskar an ihnen vorbei, und Rosalie ergriff schwer atmend die Gelegenheit. »Oskar, ich soll hier Töpfe mit Gülle einreiben!?« Leider überschlug sich ihre Stimme und verriet, wie echauffiert sie war.

Oskar blieb stehen und musste grinsen, als er die beiden sah. »Denn man to, min Deern. Da mussten wir alle mal durch.«

»E-es ist also kein grausamer Scherz?«

Oskar schüttelte mit zusammengepressten Lippen den Kopf. »Es ist wahrlich keine schöne Arbeit, aber eine wichtige für die Pflanzen.«

Dann war es also tatsächlich wahr?! Johannes wollte sie nicht zum Narren halten? Jetzt saß sie in der Zwickmühle. Insgeheim hatte sie sich beim Abbürsten der Töpfe geschworen, es Konstantin zu zeigen, indem sie alle Arbeiten ganz vorzüglich verrichtete.

Aber das hier konnte sie einfach nicht tun.

Sie sah von ihren reinweißen Händen zu dem stinkenden matschig braunen Inhalt des Eimers. Was würde das ihrer zarten Haut antun? Würde der Geruch überhaupt je wieder weggehen? Sie hatte Grund zu zweifeln, denn Bruno umwehte stets ein leichter Kuhgeruch vom Bauernhof. Sie schluckte. Es ging einfach nicht.

»Na, Prinzesschen, gibst du schon auf? Gleich am ersten Tag? Das dachte ich mir. Bist wohl doch zu fein für die …«

Noch bevor er den Satz beendet hatte, schritt Rosalie auf den Stinkeeimer zu, hielt die Luft an, und ohne länger darüber nachzudenken, griff sie hinein.

Es war überraschend warm.

Und weich. Solange man nicht atmete, ging es eigentlich. Als sie siegesgewiss zu Johannes schaute und seinen Blick erwiderte, konnte sie irgendwann nicht anders und atmete doch wieder ein. Der Gestank war so durchdringend, dass ihr schwindelig wurde. Dennoch zwang sie sich zu einem Lächeln, griff nach einem Topf und versuchte, vollkommen gelassen zu wirken.

»Ungefähr so?«, fragte sie unschuldig und verteilte die Masse im Inneren des Topfes.

20. Kapitel

Bruno schloss für einen Moment die Augen, bevor er nach Feierabend an die Tür der Fliedervilla klopfte. Heute musste er fragen. Sonst könnte Konstantin vorschieben, dass alles zu kurzfristig wäre.

»Darf ich mal?«, fragte hinter ihm eine ungeduldige Stimme, und als er sich umdrehte, sah er, dass eine vom Novemberregen durchnässte, missmutige Rosalie mit schmutzigen Schlieren auf der Stirn darauf wartete, an ihm vorbeizugelangen. Es war ihre erste Woche in der Hofgärtnerei gewesen, und jeden Tag hatte Johannes sich eine neuerliche Schinderei für sie ausgedacht. Heute hatte sie den ganzen Tag Raupennester aus den Bäumen schneiden müssen und ein recht jämmerliches Bild abgegeben, wie sie bereits nach wenigen Minuten wieder und wieder die meterlange Schere hatte absetzen müssen und sich die schmerzenden Arme gerieben hatte.

Bruno war zwischen Mitleid und Belustigung hin- und hergerissen gewesen. Die Anfangszeit in der Gärtnerei war für alle hart, da sich der Körper an die Arbeit gewöhnen musste. Selbst für ihn als Bauerssohn war es zunächst schwer gewesen, denn trotz seiner Muskeln war es eine Umstellung, wenn man manchmal stundenlang die gleiche Arbeit verrichten musste.

Hinzu kam, dass es schon Tradition hatte, jedem neuen Mitarbeiter die Anfangszeit etwas schwerer zu machen. Aber womöglich übertrieb Johannes es ein wenig?

Rosalie Goldbach war für seinen Kollegen schon immer das beste

Beispiel einer verwöhnten Bürgerstochter gewesen. Wenn Johannes sie aus der Ferne beobachtet hatte, wie sie in ihren ausladenden Seidenkleidern über den Hof stolziert war und sich mit ihrem Stubenmädchen in die Stadt hatte kutschieren lassen, während sie alle hatten schuften müssen, hatte er stets eine abfällige Bemerkung nach der anderen ausgespien. Johannes hatte ihm oft genug erklärt, dass sie etwas gegen die Ungerechtigkeit tun mussten. Das alles besprachen die Sozialdemokraten bei ihrem wöchentlichen Stammtisch, und wenn Johannes es ihm so erklärte, klang das auch sinnig. Es war nicht gerecht, dass die einen so viel Geld hatten, dass sie von Tellern mit goldenen Rändern aßen, und so viel Kleider im Schrank hatten, dass sie sich kaum entscheiden konnten, was sie anziehen sollten, während andere Hunger litten und froren.

Bruno bekam das jetzt nicht mehr so richtig zusammen – aber Johannes hatte ihm erklärt, dass dies wohl immer so bleiben würde, wenn sich einige grundlegende Dinge nicht änderten. Das fand er sehr ärgerlich. Er selbst wollte sich gar nicht beschweren, seine Familie war zwar alles andere als reich, aber durch den heimischen Bauernhof hatte er immer genug zu essen und zwei Garnituren Kleidung sowie seine Sonntagsmontur. Und auch wenn er den Hof nicht erben würde, hätte er immerhin das kleine Heuerhus, wenn er heiratete.

Aber es gab auch Menschen wie Greta. Als Waise aufgewachsen, hatte das Leben kaum etwas für sie übrig, und wenn sie dazu verdammt war, dass das immer so bliebe, fand er das nicht gerecht. Dennoch fehlte ihm oft die Kraft, abends auch noch zu diesen Treffen zu gehen, zumal er kaum etwas davon verstand, weil alles so schnell beredet wurde. Und so tat er nur das, was er konnte. Er half, wo es ging; den Kampf für mehr Gerechtigkeit hingegen wollte er lieber den anderen überlassen.

»Schwere erste Woche, was?«, fragte er Rosalie augenzwinkernd, um zu signalisieren, dass er wusste, wie sie sich fühlte.

»Was geht dich das an?«, herrschte sie ihn an, stapfte wütend zur Tür und warf diese hinter sich zu.

Nun gut, vermutlich hatte sie Johannes verdient.

Er klopfte erneut und teilte dem Stubenmädchen mit, dass er mit Konstantin sprechen wolle. Dieser kam an die Tür geeilt und war gerade dabei, die Manschetten an seinem Hemd zu schließen. Er war bereits frisch gebadet und trug wie immer seine braunen Haare mit viel Pomade in einem geschniegelten Seitenscheitel.

»Bruno, was gibt es denn noch? Ich habe nicht viel Zeit.«

Bruno nahm seine Kappe ab. »Es tut mir leid, ich habe aber auch nur eine kurze Frage.«

»Und die wäre?«

»Ich wollte wissen …«. Er trat von einem Bein auf das andere.

»Ja, was denn nun? Heraus mit der Sprache, ich werde auf einer Gesellschaft erwartet.«

»Könnte ich am Freitag in zwei Wochen früher gehen?«

»Warum?«

Bruno senkte den Blick. Das war nun wahrhaftig unangenehm. »Gretas Kind… K…« Er stockte, fast wäre ihm der volle Name Konstantin Elias Gerdes herausgerutscht, das wäre hochnotpeinlich gewesen. »Der kleine Elias. Er soll getauft werden.«

»Und was hast du damit zu tun?«

»Ich bin der Taufpate«, sagte Bruno nicht ohne Stolz in der Stimme.

»Aber mitten an einem Freitag? Das geht nun wirklich nicht. Du weißt genau, dass wir in Arbeit ersticken, seit so viele fort sind. Warum wird das Kind denn nicht am Sonntag getauft?« Er verschwand für einen Moment, kehrte mit einer braunen Krawatte zurück und begann, sie zu binden.

»Eine Sonntagstaufe war zu teuer. Also darf ich?«

»Tut mir leid, Bruno«, sagte Konstantin, ohne vom Schlips aufzusehen. »Aber so mitten am Arbeitstag in dieser für die Hofgärtnerei schwierigen Zeit … Das geht einfach nicht. Wir müssen uns wirklich mühen, um unseren Status als Hofgärtnerei zu verteidigen, und das Geld fehlt momentan an allen Ecken und Enden.«

»Aber, aber …«, stammelte Bruno.

»Ja?«

»Es ist dein Kind?!«

Endlich sah Konstantin von seiner Krawatte hoch und warf Bruno einen langen Blick zu.

»Das ist wahr«, sagte er schließlich. »Und dafür zahle ich bis heute.«

* * *

»Kommen Bruno und Greta heute auch?«, fragte Alma Marleene beiläufig, während sie am nächsten Sonntag gemeinsam die Fenster putzten. Frieda, die fürs Nachpolieren zuständig war, warf ihr einen neugierigen Blick zu, aber Alma tat so, als würde sie es nicht bemerken.

Schließlich hatte sie eine ganz normale Frage gestellt.

Lange hatte sie mit sich gerungen, es dann aber nicht mehr ausgehalten und entschieden, dass nichts dabei war, so etwas zu erfragen. Es bezeugte Interesse. Keinesfalls wollte sie diesen Sonntag wie den vergangenen verbringen, an dem sie wieder und wieder auf den schattigen Weg zwischen den Fichten geschaut hatte, ob sie nicht doch einen roten Schopf dort entdecken würde.

»Ich denke schon«, sagte Marleene und ächzte dabei vor Anstrengung, was Alma beruhigte, denn ansonsten wirkte sie immer unermüdlich. Fast ohne Pause hatten sie in den vergangenen Wochen während der stetig kürzer werdenden Tage gearbeitet. Jetzt im November wurde es schon gegen vier Uhr nachmittags dunkel, und so war es gut, dass sie mittlerweile das undichte Dach repariert und die Ställe herausgerissen oder zu Kammern umgebaut hatten, sodass jetzt nur noch Feinheiten zu erledigen waren.

»Letzte Woche war Schlachttag auf dem Bauernhof, aber heute wollte er wieder mithelfen.«

Alma schrubbte besonders eifrig an einem Fleck herum, damit keiner das Lächeln bemerkte, das sich wie von selbst auf ihrem Gesicht breitmachte. Dann sah sie doch wieder mit schwitzigen Händen zur Tür, als jemand das Haus betrat, aber es war nur Julius.

»Na, wie weit seid ihr?«, fragte er und blickte sich neugierig um. »Hervorragend, es kommt ja sogar wieder Licht durch die Fenster!«

Marleene erhob sich. »Wir sind fast fertig. Gleich können wir die Möbel aufstellen, die Jost für uns zusammengezimmert hat.«

»Fangt ruhig an, ich mache den Rest allein«, rief Alma ihnen zu. »Ich hab mir auch schon wegen der restlichen Möbel Gedanken gemacht. Wir haben zum Beispiel noch einen alten Herd und ein großes Bett im Abstellraum. Margarete hat nach der Hochzeit darauf bestanden, alles neu einzurichten. Ihr wisst schon, für sie ist das Beste gerade gut genug… Und nun steht beides im letzten Winkel der Scheune ungenutzt herum, nicht wahr, Jost?«

Ihr Bruder nickte, ohne mit dem Schrauben aufzuhören.

»Das ist doch eigentlich pure Verschwendung«, fuhr Alma fort. »Ich finde, wir sollten beide Teile herüberholen, denn je eher hier alles fertig ist, desto schneller könnt ihr einziehen. Hach, ich kann es kaum erwarten, dass ihr unsere Nachbarn werdet. Es war richtig traurig, immer an diesem Haus mit den vernagelten Fenstern vorbeizufahren, stimmts, Jost?«

Verwundert sah er sie an.

»Und nun kommt endlich neues Leben in das Haus, und wir wohnen nicht mehr ganz so einsam jenseits von Rastede. Ich hätte mir keine besseren Nachbarn wünschen können.« Spontan drückte sie Marleene. »Und danke, dass wir hier mithelfen können, das macht so viel Freude! Ich kann es gar nicht abwarten, eines Tages mein eigenes

Bauernhaus einzurichten. Ich habe mir schon genau überlegt, wie ich es machen will.«

Sie ging auf das Ende des Raumes zu, wo eine eichene Tür den Wohnbereich von den Schlafzimmern trennte, um zu zeigen, was sie vorhatte – doch eine Stimme ließ sie innehalten.

»Moin!« Im Eingang standen Bruno und Greta. Er lächelte dieses Lächeln, das direkt von Herzen zu kommen schien, seine Begleitung hingegen war vollkommen ernst.

»Da seid ihr ja, ihr wurdet schon vermisst«, sagte Marleene mit Seitenblick auf Alma, die ihre Lobpreisungen der besten Nachbarn von Norddeutschland am liebsten umgehend zurückgenommen hätte. Aber was dachte sie da eigentlich? Ging es nicht gerade darum, Bruno auf sich aufmerksam zu machen und herauszufinden, wie es um ihn stand? Womöglich war so ein offenes Herangehen gar nicht verkehrt.

»Also, Alma, was wolltest du uns zeigen? Wie soll dein Bauernhaus später aussehen?«, fragte Marleene mit einem Lächeln auf den Lippen. »Wir sollten uns aber beeilen, es sieht nach Regen aus.«

Alma wollte in ihrer gewohnten Leichtigkeit antworten, von ihren zahlreichen Erfahrungen mit herbstlichem Schietwetter, wie ihr Vater es nannte, berichten und erzählen, wie der Regen im vergangenen Jahr ihre Kleider bis auf die Haut durchnässt hatte, weil sie spontan Kekse gebacken und in der Nachbarschaft verteilt hatte.

Doch seit Bruno da war, hatte diese scheußliche Befangenheit erneut von ihr Besitz ergriffen. Was würde er von ihr denken, wenn sie so offen von ihrer Nachlässigkeit sprach? Sie konnte sich nicht erlauben, dass er schlecht von ihr dachte. Und diese miesepetrige Greta schon gar nicht.

Sie merkte, das Marleene sie noch immer fragend anblickte. »Ein andermal«, sagte sie und wollte eigentlich noch etwas Lustiges hinterherschicken, doch da ihre Stimme so wackelig war, beließ sie es dabei.

Mit vereinten Kräften waren die Möbelstücke schnell aufgestellt. Zu guter Letzt trat Frieda in den Raum und stellte einen verbeulten Emaillekrug mit Feldblumen auf den Tisch. Eine einfache Geste mit so viel Wirkung, dass sogar Jost »Ah!« sagte, denn es machte die Diele deutlich wohnlicher.

»Hervorragend, dann könnt ihr ja noch vor Weihnachten einziehen«, rief Alma, die sich durch die praktische Tätigkeit langsam wieder fing.

Alle lachten, doch Julius sah irgendwie gequält aus, und sie fragte sich, warum. Was hinderte ihn nun noch daran, Marleene zu heiraten? Das musste sie dringend in Erfahrung bringen, aber dazu musste sie ihn unter vier Augen sprechen, denn sie hatte das Gefühl, dass es etwas Heikles war.

Julius teilte die nächsten Arbeiten ein, und zu ihrer Freude durfte sie gemeinsam mit Bruno und Greta auf dem letzten Feld die noch fehlenden Lupinen aussäen, während er selbst mit Jost und Marleene die Kästen für die Frühbeete aufstellte und Frieda letzte Feinheiten im Haus erledigen würde.

Kurz überlegte Alma, Greta vorzuschlagen, dass sie Frieda im Haus half, denn sie wäre sie gern losgeworden, doch das wäre nun wirklich zu offensichtlich gewesen. Also gingen sie zu dritt auf das weiter entfernte Feld hinter dem Haus, das, wie in dieser Gegend üblich, in der Ferne von einem dicht bewachsenen Wall von den Feldern der benachbarten Bauernhöfe abgegrenzt wurde. Julius hatte ihnen große Schüsseln gegeben, die sie sich um den Bauch schnallten, wo sie zusätzlich von einem Schulterriemen gestützt wurden. Die zahlreichen kleinen Samen, die wie Linsen aussahen, hatten zusammen nämlich ein ordentliches Gewicht.

»Lass mich dir etwas abnehmen«, sagte Bruno, als er sah, wie sie als recht kleine Person mit der großen Schüssel kämpfte.

»Nein, nein, es geht schon«, beteuerte sie, doch da langte seine kräftige Hand bereits in die Samenkörner und schaufelte die erste von zwei Händen zu sich herüber.

Greta hatte sich mürrisch verzogen und bekam so zum Glück nicht mit, wie Alma mit Rotkäppchenwangen »danke« flüsterte. Bruno nickte ihr freudig zu und ahnte vermutlich nicht, wie viele Bienen er damit in ihrem Innern aufwirbelte. Auch sie betraten nun das Feld, wirkten zunächst etwas unbeholfen und blieben still, da sich sämtliche Worte aus Almas Kopf wieder verflüchtigt hatten. Das metallische Geräusch, wenn die Hand wieder in die Kumme nach den Samen griff und die Fingernägel an der Wand schabten, war das einzige, was zu hören war.

Immer wenn sich Almas und Brunos Wege kreuzten, lächelte sie ihm schüchtern zu. Er erwiderte ihr Lächeln, was Alma von innen leuchten ließ. Greta am anderen Ende des Feldes hingegen wirkte vollkommen in Gedanken versunken und schien darauf zu achten, dass sie sich nicht in die Quere kamen – was Alma natürlich hervorragend in die Hände spielte und auch den letzten Zweifel vertrieb, ob die beiden vielleicht mehr verband.

Schließlich fasste Alma sich ein Herz und sprach Bruno trotz ihrer Nervosität an. Der Gedanke an Jost half ihr; wenn sie nicht einsam enden wollte, musste sie mutig sein, und eine günstigere Gelegenheit würde sich wohl kaum ergeben.

»Wenn ich das richtig verstanden habe, habt ihr ebenfalls einen Bauernhof?«

Er schien sich über das Interesse zu freuen. »Ja, drüben in Ofenerdiek, kurz vor Oldenburg«, erzählte er, und sie erfuhr, welche Tiere sie hatten und was sie anbauten, was eigentlich das perfekte Gesprächsthema für den Einstieg war, denn hier wusste Alma gut Bescheid. Nicht nur weil es oft das einzige Gesprächsthema am Esstisch war. Sie fand es auch interessant, welches Getreide wo gut wuchs und woran es gelegen haben könnte, wenn nicht. Jost probierte in jedem Jahr etwas Neues, und es war eines der Themen, worüber selbst er stundenlang sprechen konnte. Er führte genauestens Buch, was er auf welchem Feld versucht und welche Auswirkungen es gehabt hatte, und so konnte sie Bruno sogar einen Ratschlag geben, als er berichtete, dass der Hafer in diesem Jahr nicht so gut gewachsen sei.

»Jost hatte vor einigen Jahren die Idee, dem Hafer noch Kleesamen unterzumischen. Dann kann man, nachdem der Hafer abgeerntet ist, vom selben Feld Klee für die Kühe ernten.«

»Wirklich?« Bruno wurde langsamer, als er über ihre Worte nachdachte. »Das klingt ja großartig!«, rief er dann. »Das muss ich unbedingt zu Hause berichten, dann ist es nicht ganz so betrüblich, wenn die Hafernte recht ernüchternd ist.«

Alma gab weitere von Josts Erkenntnissen preis, und rasch waren sie so sehr ins Gespräch vertieft, dass sie nebeneinander hergingen, im vereinten Rhythmus in die Schalen griffen und die Samen gleichzeitig verstreuten.

Als Alma sich nach den Tieren erkundigte, erzählte Bruno begeistert von den Kühen und den kleinen Ferkeln, die ihre Bentheimer Landschweine bekommen hatten.

»Unsere Bertha hat auch gerade geworfen«, sagte Alma daraufhin ein wenig kummervoll. »Aber eines der Ferkel macht mir Sorgen. Es ist das schwächlichste und wird von den anderen stets abgedrängt. Ich füttere schon Milch zu, aber es hat Durchfall, sodass es nicht viel hilft.«

Sie sah, wie sich Brunos Stirn in Falten legte, und fand, dass er selbst so nachdenklich noch hinreißend aussah. Die Ohren standen zwar etwas ab, doch das fand sie goldig.

»Habt ihr es denn mal mit einem rohen Ei in der Milch versucht?«, fragte er. »Wir hatten im Frühjahr ähnliche Probleme, aber meine Mutter schwört darauf. Und sie muss es wissen, ihr Ammerländer Landschinken ist bei uns im Dorf nahezu berühmt.«

Alma blieb stehen und beobachtete für einen Moment gebannt,

welch kräftige Muskeln sich unter seinem Hemd abzeichneten. »Danke, das werde ich ganz gewiss ausprobieren.« Sie lächelten einander an, und sein Gesicht begann zu strahlen. Die Situation war so entspannt, dass selbst die Bienen in ihrem Innern Ruhe gaben – bis es vom Bauernhaus her laut wurde.

»Alma!« Sie erkannte die Stimme ihres Bruders und entdeckte ihn dann auch am anderen Ende des Feldes neben dem Schwalbennest. »Was ist mit Kuchen?«

»Meine Güte, der Kuchen!«, murmelte Alma vor sich hin. Sie waren dermaßen ins Gespräch vertieft gewesen, dass sie ihn vergessen hatte. Dabei hatte sie nahezu den ganzen Samstag in der Küche verbracht. »Ich hole ihn geschwind!«, rief sie, stellte die Schale ab und eilte über das Feld zu ihrem Elternhaus hinüber.

»Brauchst du Hilfe?«, rief Bruno ihr hinterher.

Alma rannte weiter, während sie sich umdrehte. »Es geht schon.« Im nächsten Moment ärgerte sie sich. Das wäre doch eine vorzügliche Gelegenheit gewesen, noch mehr Zeit mit Bruno zu verbringen. Sie drehte sich um, um ihm zuzurufen, dass ein weiteres Paar helfender Hände vielleicht doch ganz gut wäre, blieb jedoch just in dem Moment an einem Feldstein hängen und geriet ins Straucheln. Sie dachte, dass sie sich durch einen riesigen Schritt noch fangen könnte, doch beim Aufkommen landete ihr Holzschuh schräg auf einem Grasbüschel, sodass sie aufs Neue stolperte. Sie fiel nicht hin, immerhin. Aber die vielen Stolperschritte hintereinander mussten sie aussehen lassen wie ein buckelndes Pferd auf Glatteis. *Zumindest hast du dich nicht komplett lächerlich gemacht*, verhöhnte sie sich selbst und blickte mit feuerrotem Kopf über die Schulter. Vielleicht hatte es ja niemand gesehen?

Doch sowohl Bruno als auch Greta starrten in ihre Richtung.

»Alles gut gegangen«, rief sie und rannte noch etwas schneller zum heimischen Bauernhof.

Als sie wenig später erstmalig gemeinsam am Tisch im Schwalbennest saßen, war der Vorfall zum Glück vergessen, denn alle fielen hungrig über die Schwedische Apfeltorte her.

Bruno war voll des Lobes. »Die ist ja sogar noch besser als der Apfelkuchen von meiner Mutter«, sagte er, bevor er einen großzügigen Happen nahm.

»Und das will was heißen«, spottete Greta. »Auf die Kochkünste seiner Mutter lässt er sonst nichts kommen.«

Bruno hielt dessen ungeachtet Alma seinen Teller für ein zweites Stück entgegen. »Eigentlich ist Marmorkuchen mein Lieblingskuchen, aber der hier ist so gut, dass ich überlege umzuschwenken.«

Alma strahlte Bruno an, weil sie sich über jedes Lob freute, merkte jedoch, dass Greta förmlich mit den Zähnen knirschte.

»Ich kann übrigens auch Torten«, plapperte sie nervös. »Wenn es also endlich so weit sein sollte bei euch ...« Auffordernd sah sie von Julius zu Marleene. Julius nickte, wirkte aber wieder eher leiderfüllt. Wie konnte sie nur so unsensibel sein? Sie hatte ihn doch in einem ruhigen Moment auf das Ausbleiben der Hochzeit ansprechen wollen.

»Danke, das werden wir uns merken«, sagte Marleene zu ihr und sah dann in die Runde. »Ich danke euch allen für eure Hilfe. Eigentlich müsste ich ja backen, aber ... das käme wohl eher einer Strafe gleich, und nächsten Sonntag würde gewiss keiner wiederkommen. Ich halte mich also lieber an die Pflanzen.«

Schmunzelnd kehrten sie an ihre Arbeit zurück. Alma ging Seite an Seite mit Bruno, dicht gefolgt von Greta, die jetzt zwar nicht mehr gänzlich desinteressiert wirkte, sich aber auch nicht am Gespräch beteiligte.

»Greta wohnt zwar bei uns auf dem Bauernhof, aber sie ist trotzdem ein richtiges Stadtmädchen«, erklärte er in dem Versuch, sie einzuschließen, und klopfte ihr auf die Schulter. »Als sie neu auf dem Hof war, hatte sie sogar Angst vor den Kühen.«

»Wirklich?«, fragte Alma und konnte ein Grinsen nicht unterdrücken, denn Kühe waren überaus gutmütige Tiere.

Greta zog die Augenbrauen zusammen. »Gar nicht wahr!«

»Ein klitzekleines bisschen?« Zwischen Daumen und Zeigefinger ließ er ein Gerstenkorn breit Platz. »Aber sie versteht sich blendend mit ihnen. Im Sommer waren wir gemeinsam auf der Weide, um die Wassertröge aufzufüllen, und ich habe wie immer das Gatter aufgelassen. Greta hat mich gleich gefragt, ob dann die Kühe nicht weglaufen.«

Alma lachte auf, denn Kühe waren eher faule Tiere, und solange es ausreichend Futter gab, verließen sie ihre Weide selten freiwillig.

»Und auf einmal, ich war gerade am Brunnen und habe Wasser gepumpt, ist die erste Kuh von der Weide gelaufen und die zweite natürlich gleich hinterher. Greta neben mir hat es als Erste bemerkt und aufgeschrien, die Kühe haben sich erschreckt, und dann ist das Gerenne losgegangen … eine Kuh hinter der anderen. Sie haben sich in ganz Ofenerdiek verteilt und wären beinahe bis nach Oldenburg gerannt. Zum Glück hat ein Bauer gesehen, was geschehen ist, und mit seinem Fuhrwerk den Weg versperrt.« Bruno lachte so herzlich, dass Alma einstimmte.

Und so standen sie im Licht der Spätnachmittagssonne auf dem Feld, die sanften Strahlen brachten Brunos Haare ebenso zum Leuchten wie ihr Herz, und sie sahen einander fröhlich in die Augen. Alma konnte fast spüren, wie es sich von selbst webte: ein hauchzartes Band, genauso fein wie der Faden eines Spinnennetzes. Doch er glänzte so kraftvoll und stark wie die taubenetzten Fäden am frühen Morgen eines Altweibersommertages.

In der Ferne flogen die Stare ihre wilden Formationen, und Alma sah ihnen verträumt hinterher.

»Faszinierend, oder?«, fragte sie und hätte sich dafür am liebsten gekniffen. Was für eine dämliche Frage! Doch auch er schien wie gefesselt vom Tanz in der Luft.

»Vollkommen!«, sagte er.

Dann lächelte er sie wieder an.

Und sie ihn.

Vergessen waren die Zugvögel.

Bis Greta sich räusperte. »Ist für die Taufe unseres kleinen Dubsacks eigentlich alles vorbereitet?«

Taufe? Ihr kleiner Dubsack? Das war der plattdeutsche Kosename für kleine Kinder. Sie hatten also ein gemeinsames Kind?

Alles in Alma schnürte sich zusammen. Es war nur reine Freundlichkeit gewesen. Sie hatte ihren Seelenverwandten gefunden und sich allerlei Dinge und gegenseitige Gefühle eingebildet, nur weil er zu ihr so freundlich wie vermutlich zu jeder anderen Person gewesen war, da er nämlich ein herzensguter Mensch war.

»Ich … ich muss gehen«, sagte sie und spürte, wie der zarte Faden ihrer Verbindung riss, als sie sich abwandte.

21. Kapitel

Marleene kuschelte sich enger an Julius auf dem Kutschbock und beobachtete, wie die schwarzen Pferde weiße Wolken in die trübe Novemberluft bliesen. Heute hatten sie ganz besonders viel zu tun, sie mussten noch Pflanzen zurückschneiden, Mist auf den Freilandquartieren verteilen, Gruben für den Frostschutz ausheben, Laub zusammenklauben und die Zwiebeln für die Frühblüher setzen. Deswegen hatte er sie in aller Frühe in Oldenburg mit der Kutsche der Thormälens abgeholt.

Kurz vor Rastede gabelte sich der Weg, links ging es in Richtung des Schwalbennests, doch Julius ließ die Pferde weiter geradeaus traben.

»Brauchst du noch etwas aus dem Dorfladen?«, erkundigte Marleene sich verwirrt. »Oder willst du dort nach Post sehen?«

Julius schüttelte mit einem leichten Lächeln den Kopf.

»Aber …?!« Sie deutete auf die verpasste Chaussee.

»Du wirst schon sehen.«

Bald lag Rastede hinter ihnen, und sie passierten kleine Ortschaften, besprachen dieses und jenes, doch wo es hinging, das konnte sie einfach nicht aus Julius herausbekommen.

»Weißt du, welcher Tag heute ist?«, fragte er, nachdem Marleene abermals um Aufklärung gebettelt hatte. Sie überlegte einen Moment – und riss die Augen auf.

Wie hatte sie das vergessen können?

»Der 11. November«, stammelte sie, und Julius nickte.

»Genau. Unser offizieller Verlobungstag. Vor einem Jahr stand die Bekanntmachung unserer Eheabsichten in der Zeitung. Deswegen dachte ich, es ist höchste Zeit, dass wir etwas Schönes unternehmen und nicht immer nur arbeiten. Außerdem möchte ich dir etwas sagen.«

Seitdem er ihr das offenbart hatte, konnte Marleene kaum mehr still sitzen.

Sollte es endlich so weit sein? Wollte er den Hochzeitstermin festsetzen? Welch passenderen Tag könnte es geben als den heutigen?

Die ersten herrschaftlichen Villen eines größeren Ortes tauchten auf, und in der Ferne sah sie hohe Schlote aus Backsteinen in den Himmel ragen. War dies ihr Ziel?

»Wo sind wir hier?«

»In Varel. Bis vor wenigen Jahren noch der größte wirtschaftliche Standort der Gegend«, erklärte Julius. »Hier gab es Spinnereien, Webereien und einen Hafen für die Waren aus Großbritannien. Außerdem standen hier Ziegeleien, Tabak-, Leder- und Seifenfabriken, sogar eine Schiffswerft und mehrere Mühlen. Doch seit die anderen Städte besser an das Eisenbahnnetz angebunden sind, ist das meiste verschwunden.«

Nun gut. Eine Stadt, in der nur noch die Villen den einstigen Reichtum der florierenden Geschäfte bezeugten, war gewiss nicht das Ziel eines romantischen Ausflugs. Zudem ließen sie die Stadt bereits wieder hinter sich, Häuser wurden abgelöst von Wiesen und Feldern, die nur in weiter Ferne von Wällen durchbrochen wurde.

Es war das Kreischen, das Marleene einen ersten Hinweis gab. Möwen, die mit weit ausgebreiteten Flügeln durch die Lüfte segelten und offen ihren Unmut verkündeten. Oder freuten sie sich auf diese Weise? Es war schwer zu sagen. Doch man hörte sie an jenen Tagen, wenn es an der Küste zu stürmisch war, auch bei ihnen auf dem Lande, daher kannte Marleene ihren eigentümlichen Ruf.

Julius gab die Pferde an einem Gasthof ab, und Marleene hakte sich bei ihm unter. Sie schlenderten durch ein waldiges Stück und dann einen Hügel hinauf. Erst als sie oben angelangt war, erkannte Marleene, dass es gar kein Hügel war. Es war ein Deich. Der Blick, der sich ihr nun bot, war so imponierend, dass sie die Hand vor den Mund schlug.

Vor ihr tat sich in grenzenloser Weite das Meer auf.

Der Gedanke, dass auch hinter dem Horizont, wo sie das Wasser nicht länger sehen konnte, noch immer unendliches Meer war, überwältigte sie schier. Um sich zu versichern, dass ihre Augen sie nicht trogen, sah sie zu Julius, der ihr lächelnd zunickte.

»Willkommen im Seebad Dangast. Der Großherzog verbringt hier jedes Jahr sechs Wochen lang die Sommerfrische.« Er griff nach ihren Händen, und der Blick aus seinen waldgrünen Augen vermochte noch immer unendlich viel in ihr zu lösen.

»Julius, das ist … Ich weiß gar nicht, was ich sagen soll. Danke, dass du mir das zeigst!«

»Gerne. Seit ich gehört habe, dass du noch nie am Meer warst, ist es mir nicht mehr aus dem Kopf gegangen. Und auch wenn im November nicht gerade Badewetter ist, wollte ich es dir unbedingt jetzt schon zeigen und nicht auf das nächste Jahr warten. Es gibt so vieles, was ich dir gerne zeigen würde, aber …«

Sie drückte seine Hände. »Das Wichtigste ist doch, dass wir uns haben. Mit dir an meiner Seite finde ich sogar die Kuhweiden um unsere Gärtnerei eindrucksvoll!« Sie zwinkerte ihm zu und wurde dann wieder ernst. »Aber das hier … ist wirklich faszinierend. Können wir näher herangehen?«, fragte sie ehrfurchtsvoll und konnte sich am grenzenlosen Meer gar nicht sattsehen.

Sie rannten den Deich hinunter, und am Strand angekommen, beobachtete Marleene, wie Welle um Welle auf sie zurollte, als wären sie gesteuert von einer fernen Macht. Es war unglaublich bewegend und hatte zugleich solch eine beruhigende Beharrlichkeit, dass sie ewig hätte zusehen können.

»Danke«, flüsterte sie Julius abermals ins Ohr. »Du bist der großartigste Mann, den ich mir wünschen könnte.«

»Und ich bin so unendlich froh, dass wir uns gefunden haben.« Er schloss sie in eine Umarmung, und da an diesem kalten Novembertag weit und breit niemand zu sehen war, versanken sie in einem Kuss, den keiner von ihnen lösen mochte.

Ein Kuss am Meer.

Am Jahrestag der Bekanntgabe ihrer Verlobung.

Wenn das nicht der perfekte Moment für den nächsten Schritt wäre …

Neugierig sah sie Julius an, und er lächelte.

»Komm«, sagte er dann, »es gibt noch mehr.«

Eng nebeneinander erklommen sie den Deich, die salzige Luft in der Nase und den Blick noch immer auf das tosende Meer gerichtet, und flanierten über seinen Rücken. Sie gelangten in ein waldiges Stück, wo die Bäume bis an den Deich heranreichten. Julius deutete auf eine Malerin, die im Schutz eines Baumes ihre Staffelei aufgestellt hatte und die Schönheit des Meeres in ihrem Bild einfing. Wie gefesselt beobachteten sie, wie die Künstlerin mit Pinselstrich um Pinselstrich ihrem Werk mehr Leben einhauchte.

»Das ist wahrlich beeindruckend«, sagte Marleene, als die Frau mit dem wettergegerbten Gesicht einen Schritt zurücktrat und ihr Gemälde begutachtete.

»Die Natur, das ist das Beeindruckende. Ich versuche lediglich, diese Schönheit festzuhalten.«

»Das ist Ihnen vollends gelungen.

Grübchen erschienen auf ihren Wangen, als sie sie freudig ansah und sich als Olga Potthast von Minden vorstellte.

Marleene und Julius stellten sich ebenfalls vor. »Wo haben Sie das gelernt?«, erkundigte Marleene sich dann und betrachtete verzückt das Bild.

Ein Schatten huschte über das Gesicht der jungen Frau, und sie seufzte. »Leider dürfen wir Frauen ja keine öffentlichen Kunstakademien besuchen. Malen als Zeitvertreib ist erlaubt, aber wehe, eine von uns strebt an, damit Geld zu verdienen …«

Marleene fühlte sofort eine Verbindung zu ihr und nickte verständnisvoll. Das Problem schien sich tatsächlich durch sämtliche Berufe zu ziehen.

»Ich habe mit meiner Familie aber sehr viel Glück«, ergänzte die Frau nun mit Blick auf das Meer. »Sie sind recht offen, und ich durfte bei einem niedergelassenen Künstler in die Lehre gehen. Seitdem widme ich mich ebenfalls vollends der Schönheit der Natur.«

Marleene und Julius nickten und betrachteten neugierig die weiteren Bilder, die sie dabeihatte; alle zeigten sie die Natur in ihren schönsten Facetten. Das Ufer eines Waldsees, dessen umstehende Bäume die Sonne in ihren Blättern gefangen hielten und deren Lichtflecken förmlich über den Waldboden zu tanzen schienen. Zwei Schwäne zogen gemächlich ihre Bahnen, der eine wirkte wie gefesselt von seinem Spiegelbild, und irgendwie erinnerte er Marleene an Konstantin. Doch hauptsächlich schien die Künstlerin prächtige Alleen zu malen.

Sie war ihrem Blick offenbar gefolgt. »Ich liebe Alleen«, erklärt sie. »Das Prinzip ist so einfach, eine Reihe von Bäumen. Und doch faszinieren sie im Wechselgang der Zeiten jedes Mal aufs Neue durch ihren Wandel, verstehen den Blick zu lenken und zu beeindrucken.« Für einen Moment verlor sie sich in ihrem Innern, doch dann kehrte sie zu ihnen zurück. »Und was machen Sie so?«

Marleene tauschte einen kurzen Blick mit Julius und offenbarte dann grinsend: »Wir? Wir pflanzen Alleen.«

»Und manchmal versuchen auch wir, die Schönheit der Natur festzuhalten. Aber eher durch landschaftliche Parks als durch Gemälde.«

Julius erklärte, dass sie den Oldenburger Schlossgarten geplant hatten, und Olga Potthast von Minden überlegte sogleich, ob sie auch dort einmal malen könnte.

Sie verabschiedeten sich vergnügt, und Julius versprach Marleene, dass das Beste jetzt noch komme. Sie fragte sich, was denn noch großartiger sein könne als ein Tag mit einem geliebten Menschen am Meer, doch dann fiel ihr die Lösung von selbst ein: ein Tag mit einem geliebten Menschen am Meer, an dem sie den Termin für ihre Hochzeit festlegten.

Hinter der nächsten Kurve tat sich ein riesiges Backsteingebäude mit hohen Bogenfenstern auf. *Kurhaus* stand auf einem großen Schild über einem hölzernen Anbau mit zahlreichen Fenstern, die Terrasse daneben musste im Sommer traumhaft sein.

Bevor Marleene protestieren konnte, ob sie sich das überhaupt leisten konnten, zog Julius sie bereits ins Innere. Wenig später saßen sie in einem eindrucksvollen Saal mit ewig hohen Decken und massiven Holzbalken, dessen Wände von riesigen Gemälden mit Goldrahmen geziert wurden. Vor ihnen stand zimtig duftender Apfelkuchen mit *Slagrohm* auf Porzellantellern mit Goldrand, den Marleene einfach nur begeistert ansehen konnte. So viele neue Dinge an einem Tag hatte sie lange nicht erfahren, aber seit sie sich entschlossen hatte, den ihr vorgezeichneten Pfad zu verlassen, hatte sich ohnehin alles in ihrem Leben zum Guten gewendet – wenn auch über Umwege.

»Ich habe mir etwas überlegt«, sagte Julius nun und legte seine Hand auf ihre.

»Ja?«

»Ja. Jetzt, wo das Schwalbennest so gut wie fertig ist…«

»Ja?«, fragte Marleene leicht außer Atem, denn sie war sich gewiss, dass er jetzt auf die Hochzeit zu sprechen kommen würde.

»Spricht ja eigentlich nichts mehr dagegen…«

Marleenes Herz raste, und sie hielt ihre Kuchengabel fest umklammert.

»… dass ich bereits jetzt schon dort einziehe.«

Auf einmal war gar nichts mehr leuchtend und bunt, sondern eher bräunlich hell und bräunlich dunkel wie auf den Fotos. »Du?«

»Ja. Dann habe ich noch mehr Zeit für die Gärtnerei.«

»Das …« Marleene nickte, obwohl sie sich wunderte, wo das »Wir« geblieben war. Sie wollte doch auch mehr Zeit für die Gärtnerei haben, aber sie konnte dort nicht unverheiratet mit ihm wohnen, ihre Verbindung war auch so schon skandalbehaftet genug.

Sie zwang ihre Mundwinkel nach oben. Und sagte: »Das klingt nach einer guten Idee«, bevor sie ihre Gabel in den Kuchen rammte.

22. Kapitel

Julius zog den Mantel enger um sich, während die Kälte in sein Gesicht biss und er den Blick über die vom Frost übersäten Felder gleiten ließ. Für den Moment war alles weiß – aber das würde nicht lange so bleiben. Der Morgenfrost klammerte sich zu so früher Stunde noch an die Zweige der Bäume und die Grashalme auf den Wiesen. Aber bereits jetzt kam die Sonne hinter einer Wolke hervor und ließ alles wie Kristalle aufleuchten, bevor sie dafür sorgte, dass der Frost verschwand.

Seit einem Monat wohnte er nun im Ammerländer Bauernhaus. Er wollte seinem Onkel nicht länger zur Last fallen, obwohl dieser beteuerte, dass es mitnichten so sei.

Dennoch hatte Julius den Umzug kaum abwarten können, denn so konnte er noch mehr und noch länger für die Gärtnerei arbeiten. Bei den frostigen Temperaturen war es zwar nur möglich, Steckhölzer von einjährigen Obstgehölzen vorzubereiten, um diese später an frostfreien Tagen einzupflanzen, aber jeder Handgriff, den er jetzt tat, würde sie im arbeitsreichen Frühjahr entlasten.

Er ging ein paar Schritte über den steinhart gefrorenen Boden und warf einen Stock für Asta über die Felder, die ihm begeistert hinterherjagte. Ob der Schnee wohl noch kommen und ihnen eine weiße Weihnacht bescheren würde?

Es wäre die Krönung des Festes, denn nachdem sie in den vergangenen Wochen bis zum Umfallen gearbeitet hatten, wollten sie es sich heute einfach nur gut gehen lassen. Dort, wo es keine Wälle gab, hatten sie mithilfe der anderen Zäune aufgezogen, die Mistbeetkästen waren vorbereitet und auf den ersten Feldern Lupinen gesät. Julius konnte nur hoffen, dass sie noch vor dem Winter angewachsen waren. Niemals hätte er zu träumen gewagt, dass sie nach wenigen Monaten schon so weit wären, nachdem er das Gelände zum ersten Mal gesehen hatte. Doch nun tat sich das nächste Problem auf, und es war besonders herausfordernd. Die Gewächshäuser mussten gebaut werden, damit er die Rhododendren vom Tafelgut herüberholen konnte, denn die mussten dringend vermehrt werden, um eine Spezialität zu haben, die sonst keiner hatte. Bei allen anderen Kulturen würden sie bei null anfangen. Heide, Berberitzen, Quitten, Maulbeerbäume, Goldregen, Hamamelis, Eiben, Tannen, Liguster und eigentlich auch sämtliche Obstbäume, wenn man von den Steckhölzern auf der Diele absah.

Die Drainage für das Freiland hatte jedoch sehr viel mehr Geld gefressen als erwartet. Nun blieben ihnen kaum noch ausreichend Mittel für die kostspieligen Glashäuser samt Heizkessel. Doch mit dem Bau mussten sie so bald wie möglich beginnen, denn ohne die Rhododendren und Stecklinge konnten sie sich nicht als Gärtnerei für die Gartenbau-Ausstellung anmelden. Aber gleichzeitig mussten sie im Frühjahr Pflanzen hinzukaufen, um sie für die kommenden Jahre zu vermehren, denn eigene Mutterpflanzen, von denen sie Stecklinge schneiden könnten, hatten sie noch keine. Was sollten sie ansonsten in Zukunft verkaufen?

Natürlich hatte er noch etwas übrig von seiner Erbschaft, doch wenn sie all die wichtigen Anschaffungen bezahlt hätten, fehlte das Geld für etwas noch viel Wichtigeres.

Die Hochzeit.

Der Gedanke sollte ihn mit Freude erfüllen, und das tat er auch, nur die Begleitumstände lagen wie ein Findling in seinem Magen.

Das Aufgebot war noch das Geringste an Kosten; doch da war ja auch noch das Kleid aus feinstem Stoff voller Verzierungen, der Empfang, der Saal, die Kapelle, das Hochzeitsessen für mindestens fünfzig Gäste, die Fotografien … Da kam eine wahrlich exorbitante Summe zusammen.

Ganz gleich, wie er es drehte und wendete, es blieb einfach kein Geld für die Hochzeit. Doch solange sie nicht verheiratet waren, konnten sie nicht zusammen im Schwalbennest wohnen. Kurz hatte er sogar darüber nachgedacht, sich über diese gesellschaftliche Regel hinwegzusetzen, aber es würde wohl kaum einer glauben, dass Marleene lediglich seine Haushälterin wäre.

Rastede war zu nah an Oldenburg, als dass die brisante Neuigkeit um die beiden nicht bereits den Weg in diese kleinere Ortschaft gefunden hätte. Zudem hatten sie hier die Möglichkeit auf einen Neuanfang, und den sollten sie nicht mit einem weiteren Skandal beginnen.

Aber wenn sie heirateten, blieb kein Geld mehr für die Gewächshäuser. Es war der reinste Teufelskreis. Das Schlimmste war, dass er noch immer nicht wusste, wie er Marleene das Ganze beibringen sollte. Sie brannte darauf, in das Haus einzuziehen und ihre gebrechliche Mutter, die er vor gut einem Jahr kennengelernt hatte, herzuholen.

Julius kehrte nach seinem Inspektionsspaziergang ins Haus zurück, in dem er sich trotz Asta irgendwie allein und mit der spärlichen Einrichtung noch nicht gänzlich heimisch fühlte. Aber er war sicher, dass dies kommen würde, sobald Marleene mit eingezogen wäre.

Allerdings war er nicht einmal sicher, ob sie es zumindest im kommenden Jahr schaffen würden, und der Gedanke, noch so lange von ihr getrennt zu leben, war nahezu unerträglich. Doch es würde dauern, bis die Gärtnerei Gewinn abwarf.

Er griff nach dem Rhododendron, den er aus dem Gewächshaus

seines Onkels mitgebracht hatte, und stapfte über den festgefrorenen Feldweg zu den Thormälens hinüber.

Alma lächelte ihm entgegen, nachdem sie ihm die Tür geöffnet hatte, doch seit einigen Wochen vermisste Julius die Unbeschwertheit in ihrem Wesen.

»Soll ich Willi Bescheid sagen, dass er das Pferd einspannen soll?«

Alma hatte darauf bestanden, dass er den Wagen lieh, und Julius nahm die Gefälligkeit zu gerne an, um Marleene abzuholen.

»Das wäre nett.« Er deutete auf den Rhododendron, den er neben die Tür gestellt hat.

»Und das hier ist unser Weihnachtsgeschenk für die ganze Familie, als kleines Dankeschön.«

»Oh, was ist das für eine sonderbare Pflanze?«

»Es ist ein Rhododendron. Einige nennen ihn auch Alpenrose.«

Fassungslos sah Alma Julius an. »Eine Alpenrose, wie auf dem Alpenrosenball im vergangenen Jahr?« Sie legte eine Hand auf das Kreuz um ihren Hals. »Fürwahr? So eine wollte ich schon lange haben. Jost hat mir davon erzählt, und selbst die Zeitungen waren ja voll davon. Sie hat so überaus reizvolle Blüten … Oh, danke, Julius, das ist wahrhaftig das beste Geschenk, das du uns machen konntest«, sagte sie mit ihrem leichten Lispeln und fiel ihm um den Hals. Julius war froh, dass endlich ein Hauch ihrer Fröhlichkeit wieder durchschimmerte.

* * *

Marleene kicherte, als Julius ihr vom Wagen half, denn in ihrer Sonntagskleidung und weil Julius sie abgeholt hatte, fühlte sie sich wie eine feine Dame. Während er das Pferd in den Stall brachte, klopfte sie an die Haustür, die kurz darauf stürmisch geöffnet wurde.

»Da bist du ja endlich!« Alma schloss sie so fest in die Arme, als hätten sie sich ewig nicht gesehen, dabei war nur eine Woche vergangen.

»Komm rein, wir haben in der guten Stube schon alles vorbereitet.«

Marleene folgte Alma durch das Bauernhaus, wo es bereits köstlich nach Zimt und Karamell duftete. Doch als sie die Küche betraten, war Marleene bestürzt. Auf der Ablage standen ein mit Puderzucker bestreuter Gugelhupf, daneben ein hoher Turm Rundkuchen und eine Kumme voll Krüllkuchen. Auf dem Herd köchelte etwas vor sich hin, es duftete verführerisch, und jetzt hielt Alma ihr eine Schüssel mit honigbraunen Stückchen hin.

»Willst du mal kosten? Das sind selbst gemachte Karamellbonbons. Das Rezept habe ich aus dem Kochbuch meiner Mutter, ich finde es so köstlich, dass ich es wohl in die Tradition aufnehmen werde.« Auffordernd hielt sie Marleene die Schüssel entgegen. »Hier!«

Marleene starrte sie an.

»Willst du dir den Hunger für das große Essen aufsparen? Dann denk aber dran, heute ist Dickbuksabend.«

»Dickbuks-was?«, fragte Julius, der mit Jost in die Küche kam, seine Kappe abnahm und sich ebenso ungläubig umsah wie zuvor Marleene.

Alma lachte auf. »Wenn du hier leben willst, musst du endlich Plattdütsch lernen!« Sie klopfte auf ihren Bauch. »Das hier ist der Buk. Und der wird heute Abend so richtig dick gemacht.«

»Das ist wahrhaftig nicht zu viel versprochen, wenn ich mich hier so umsehe«, sagte Marleene. »Und das hast du alles vollkommen alleine gemacht?«

»Na klar, Rosinenstuten habe ich übrigens auch noch! Irgendwie musste ich die Zeit doch herumbekommen nach der Kirche. Wenn ich nichts zu tun habe, gehen meine Gedanken viel zu sehr auf Wanderschaft, und das …«, sie hielt inne. »Egal, das ist einfach nicht förderlich. Es ist doch gut, wenn man seine Zeit sinnvoll nutzt. Andere mögen es erquicklich finden, sich stundenlang herauszuputzen, aber was nutzt das schon?«

Wie aufs Stichwort kam Margarete in den Raum, und es war klar, worauf Alma angespielt hatte. Ihre Haare glänzten und waren zu einer kunstvollen Frisur mit unechten Blumen hochgesteckt, was ohne Kammerzofe sicherlich ein schwieriges Unterfangen gewesen war. Dazu trug sie ein fein besticktes Kleid, offensichtlich frisch geplättet, wozu sich keiner von ihnen die Zeit genommen hatte. Sie schaute sich mit hochgezogenen Augenbrauen um und ging wortlos in die angrenzende gute Stube.

Als zwei Stunden später das aufwendige Essen verspeist war und Marleene mehr als deutlich spürte, warum es Dickbuksabend hieß, war die Stimmung zum Glück wieder deutlich gelöster. Es hatte Rulken gegeben, ein Oldenburger Traditionsessen, für das Röllchen mit Rindfleisch, Fett und Reis in Pansen in Scheiben gebraten wurden, nachdem sie zuvor in Buttermilch eingelegt worden waren. Dazu Salzkartoffeln, Preiselbeeren, Rote Beete und Apfelmus.

Da Jörn-Fied untersagt worden war, seinen neuen Flitzebogen in der guten Stube auszuprobieren, begnügte er sich damit, seinen Häkelball gegen die Wand zu werfen, während Lieschen ihrer neuen Flöte erste Töne entlockte.

»Und wann wollt ihr zwee eure Plünnen binanner smeten?«, fragte Hermann.

Julius sah Hilfe suchend zu Marleene, der schlagartig noch heißer wurde. »Die Sachen zusammenschmeißen« war ein scherzhafter Ausdruck dafür, zu heiraten.

Sie tat, als wäre sie so versunken darin, den hübschen Tannenbaum zu betrachten, der mit Äpfeln und Strohsternen geschmückt war, dass sie es nicht gehört hatte.

»Ich wollte wissen, wann bei euch die Hochzeitsglocken läuten«, erklärte Hermann, der seine Pfeife stopfte, nun aber Julius.

»Ach so«, sagte Julius eilig und etwas zu laut. Marleene schielte zu ihm hinüber. Er setzte sich aufrecht hin, betrachtete seine Hände, dann sie mit einem kurzen Seitenblick und anschließend die Tür, bevor er sich wieder an seinen Gesprächspartner wandte.

Marleene hatte schon so viel in ihrem Leben mitgemacht, dass sie sich eigentlich als hartgesotten empfand. So schnell konnte sie nichts aus dem Gleichgewicht bringen. Doch Julius schaffte es mit seinem Verhalten. Worauf wartete er denn noch immer? Sie spürte den warmen Druck hinter ihren Augen und schloss sie kurz, um sich zu beruhigen.

»Ja, das …«, er räusperte sich, »… das ist sicherlich eine Sache, die wir nächstes Jahr auch angehen werden.«

Marleene schluckte. *Eine Sache, die sie angehen würden?* Das klang ja wie eine unliebsame Angelegenheit, die man nur schnell hinter sich bringen wollte. Etwas wie das Düngen der Pflanzen, damit man es endlich erledigt hätte.

Freute er sich denn etwa nicht auf ihr gemeinsames Leben?

Der Druck hinter ihren Augen wurde größer, und sie blinzelte entschieden. Jetzt sprang Alma auf, verschwand im Nebenraum und kam mit einem verschnürten Päckchen zurück, das sie vor Marleene auf den Tisch legte. Obendrauf hatte sie einen Stechpalmenzweig gebunden.

Marleene sah sie fragend an, da sie ihrer Stimme noch nicht traute.

»Nur eine Kleinigkeit für dich. Und bevor du dich beschwerst, ich bin froh, dass ich das für dich vorbereitet habe, denn Julius hat uns allen einen kostbaren Rhododendron geschenkt, und es wäre überaus beschämend, wenn ich nichts für euch hätte.«

Mit einem Lächeln wandte Marleene sich dem Geschenk zu. Sie war schon immer neugierig gewesen, aber momentan war sie vor allem dankbar für die Ablenkung, die das Auspacken mit sich brachte. Sie löste vorsichtig den Knoten des Geschenkbandes und schlug das Papier auseinander.

Zum Vorschein kamen Mullgardinen aus hauchdünnem Stoff, am unteren Saum bestickt mit kleinen Blüten.

»Aber Alma …«, stotterte Marleene überwältigt. »Das ist doch viel zu kostbar!«

Alma winkte lächelnd ab.

»Brauchst du die denn nicht für deine Aussteuer? Es hat sicherlich Wochen gedauert, sie zu besticken. Du solltest sie mit in deine Truhe nehmen.«

Jost lachte auf. »Truhe? Sie hat einen ganzen Aussteuerschrank.« Er nickte zu seiner Schwester, die eilig begann, das Papier wegzuräumen. »Und selbst der platzt aus den Angeln.«

Marleene strich über den glatten Stoff und konnte sich bereits vorstellen, wie hübsch er die Fenster im Schwalbennest zieren würde. Das Haus würde dadurch viel wohnlicher werden. Das Haus, von dem Julius aus irgendeinem Grund nicht wollte, dass sie dort einzog. Herrje, jetzt war sie abermals bei dem Thema angelangt. Ihre Kehle begann zu brennen, und sie nahm rasch einen Schluck Tee.

»Wie sind denn die Pläne für die Gärtnerei?«, fragte Alma hastig. Offenbar hatte sie Marleenes Zustand bemerkt. »Was kommt als Nächstes? Wann pflanzen wir die Blumen ein?«

»Wir?«, hakte Margarete ungläubig nach. »Es ist nicht deine Gärtnerei, Alma. Es würde mich freuen, wenn meine Kinder nur halb so viel Interesse für unseren Bauernhof aufbringen würden wie für diese Gärtnerei in Kinderschuhen. Ihr seid ja mehr drüben als bei uns. Und das alles ohne jegliche Vergütung.« Aufforderungsvoll sah sie ihren Mann an, der sichtlich um Worte rang, um alle wieder gütlicher zu stimmen. Marleenes Wangen glühten vor Scham, doch Margarete war offenbar noch nicht fertig. »Selbst die Ackergäule samt Pflug habt ihr gegen eine lächerliche Gegenleistung bekommen. Julius hat nur drei Tage auf dem Hof mitgeholfen. Das war viel zu wenig.«

»Ja«, stimmte Jost seiner Stiefmutter zu. »Es ist wirklich eine Unverschämtheit, dass Julius sich die drei Tage aufgedrängt hat, nachdem Vater ihm gesagt hatte, er könne die Pferde auch einfach so haben. Aber es kann ja nicht jeder so eifrig an der Arbeit sein wie du, Margarete.«

»Kinder, Kinder, Kinder«, sagte Hermann jetzt freundlich, aber streng. »Es gibt doch gar keinen Grund zum Streiten. Die jungen Leute haben es nicht leicht, Marga, da helfe ich gerne. Nachbarschaftshilfe wurde bei uns auf dem Land schon immer großgeschrieben. Das mag in der Stadt nicht so sein, aber hier geht es nicht anders. Und du, Jost, entschuldigst dich bitte wegen deiner Respektlosigkeit deiner Mutter gegenüber.«

»Sie ist nicht meine Mutter«, sagte Jost voller Unmut, murmelte dann aber ein leises »Verzeihung« hinterher.

Margarete war nur wenige Jahre älter als er, und das Verhältnis zwischen den beiden war gewiss kein leichtes. Seine junge Stiefmutter erhob sich derweil. »Ich fürchte, ich muss mich für den Abend bereits entschuldigen. Ich bin überaus müde.« Sie gähnte demonstrativ und tänzelte davon.

»Aber natürlich. Erhol dich gut, meine Liebe.« Hermann räusperte sich, griff nach seiner Pfeife, um sie zu stopfen, und wendete sich dann wieder Julius zu. »Wo waren wir? Genau, was steht bei euch als Nächstes an?«

Julius erzählte von den Steckhölzern und den geplanten Gewächshäusern. »Und ab März geht die Arbeit auf dem Feld weiter, damit wir die Freilandquartiere aufbauen können. Wir müssen uns wahrlich beeilen, damit wir als Gärtnerei bei der Gartenbau-Ausstellung in Hamburg teilnehmen können. Dazu muss man gewisse Kriterien erfüllen.«

»Denn man to! Wollen wir hoffen, dass sich die ganze Plackerei auch lohnt«, warf Hermann ein und entzündete dann seine Pfeife mit einem Fidibus.

Trotz des schummrigen Lichts konnte Marleene sehen, wie ein Schatten über Julius' Gesicht geisterte. Sie setzten wahrlich viel auf eine Karte. Taten alles für den Sieg, ohne gewiss sein zu können, welchen Anklang ihre Rhododendren finden würden.

Ob sie es nicht vielleicht doch noch einmal versuchen sollten mit dem Flieder? Mit den zweifarbigen Blütenblättern stieß er einfach immer auf Begeisterung. Sobald der Frost den Boden nicht mehr in seinen Klauen hätte, könnten sie ihn ausgraben. Es wäre nicht optimal für die Pflanze, aber dennoch besser, als ohne Sensationsflieder in den Kampf zu ziehen. Ihr war zu Ohren gekommen, dass Rosalie jetzt ebenfalls in der Hofgärtnerei arbeitete. Vielleicht ließ sie ja eher mit sich reden? Immerhin schuldete sie ihr noch etwas … Marleene müsste nur einen Abend abpassen, an dem Konstantin außer Haus wäre. Ihr Plan nahm immer konkretere Formen an, doch erst mal konzentrierte sie sich wieder auf das Tischgespräch, denn sie wollte nicht unhöflich erscheinen.

»Also, wenn wir euch dabei irgendwie unterstützen können …«, sagte Hermann gerade. »Ich habe nichts dagegen, wenn Jost und Alma euch helfen, solange sie ihre Aufgaben auf dem Hof nicht vernachlässigen. Nicht dass da irgendwelche Missverständnisse aufkommen.«

Julius senkte den Blick. »Danke. Aber ich denke, das wird gar nicht nötig sein. Unser Freund Bruno hat auch zugesagt, regelmäßig zu helfen.«

Marleene biss die Zähne zusammen. Warum musste Julius so stur sein? Dass Jost ihn vorhin vor Margarete verteidigt hatte, war ein Schritt auf ihn zu gewesen. Und nun trieb er einen neuen Keil zwischen sie, indem er die angebotene Hilfe ablehnte? Dabei konnten sie jedes Paar Hände dringend gebrauchen.

»Ab wann kommt Bruno denn?«, fragte Alma leise, die wohl schon müde war und zusammengesunken am Tisch saß. »Und Greta? Die wird doch sicherlich auch dabei sein.«

»Von Greta weiß ich es nicht so genau. Es kommt sicherlich auch darauf an, ob sie dann noch immer bei Bruno wohnt. Wir müssen zunächst auch abwarten, wie das Wetter wird. Aber spätestens ab März wird es bestimmt weitergehen.«

Alma wand gedankenverloren die silberne Kette um ihren Zeigefinger. »Wieso sollte sie denn nicht mehr bei Bruno wohnen?«

»Es ist ja eher eine Übergangslösung. Wer weiß schon, was als Nächstes passiert. Vielleicht hat mein Bruder ja ein Einsehen.« Julius lachte nervös auf, Marleene wusste, dass er sich für Konstantins unehrenhaftes Verhalten stets schämte.

Jost runzelte die Stirn. »Was hat denn dein Bruder damit zu tun?«

»Nun ja …« Julius warf Marleene einen hilflosen Blick zu. Er hatte offenbar geglaubt, dass hier alle bereits Bescheid wüssten. Sonst verbreitete sich schließlich auch nichts so schnell wie Gerüchte und brisante Neuigkeiten.

»Konstantin ist der Vater von Gretas Kind«, sagte Marleene sachlich, und Julius duckte sich etwas, während er einen entschuldigenden Blick in die Runde schickte.

Alma schnellte hoch. »Was?« Von ihrer Müdigkeit war nichts mehr zu bemerken. »Das heißt, die beiden sind nicht verheiratet?« Ihre Stimme war kurz vor dem Kreischen.

Julius lachte. »Nein, sind sie nicht. Soweit ich weiß, sind sie noch nicht einmal ein Paar.«

Mit einem seligen Lächeln sank Alma zurück auf den Stuhl.

»Warum fragst du?«, erkundigte Julius sich überrascht.

»Nur so, nur so«, sagte Alma schnell, strahlte mit einem Mal aber so, als hätte sie soeben das großartigste Weihnachtsgeschenk auf der Welt erhalten.

Schmunzelnd beobachtete Marleene die beiden, während sie weiter an ihrem Plan feilte. Wenn es gelang, könnte sie womöglich ihrerseits Julius das großartigste – wenn auch leicht verspätete – Weihnachtsgeschenk auf der Welt machen.

23. Kapitel

Rosalie dachte auf dem Weg zur Morgenbesprechung mit Wehmut an die Weihnachtsfeiertage zurück. Erstmalig hatte sie sie nur mit Konstantin verbracht, der sich allerdings besonders früh verabschiedet hatte, um auf einen Ball in der Stadt zu gehen. So trostlos hatte sie das Fest noch nie erlebt. Nicht einmal Meike war da gewesen; sie war direkt, nachdem sie aufgetischt hatte, aufgebrochen, um ihre Familie für die Feiertage zu besuchen.

Und nun ging auch noch die Arbeit wieder los. Nicht einmal zwischen den Jahren gestand man den Arbeitern eine Pause zu.

Der Wintervormittagshimmel, trostlos und grau, spie zudem feuchtkalte Flocken aus. Rosalie seufzte mit Blick aus dem Fenster. Normalerweise hätte sie sich heute bei einer Tasse Tee und einem guten Buch vor dem Kamin zusammengekauert.

Doch es nützte nichts.

Sie ließ sich von Meike einfache und zweckmäßige Kleidung herauslegen, heute gar noch eine lange Unterhose ihres Vaters, sonst würde sie nur mit klappernden Zähnen durch den Tag kommen.

Erstmalig würde sie sich nicht einmal mehr um eine standesgemäße Frisur mühen. »Wir belassen es heute bei den welligen Haaren«, sagte sie mit Blick auf die vergoldete Tischuhr auf ihrer Kommode zu Meike. »Fasse sie einfach zu einem Knoten zusammen, ich möchte nicht zu spät kommen.« Das würde sie nur neuerlichem Hohn aussetzen, und die Arbeit war so schon hart genug.

Da Konstantin in dieser Woche auf Reisen war und Oskar wie auch Alois krank waren, hielt zudem ausgerechnet Johannes die Morgenbesprechung ab. Bevor Rosalie nach draußen trat, spürte sie, wie sich alles in ihr wappnete. Es war eine merkwürdige Mischung aus Nervosität, Unwillen und Spannung. Was hatte er sich wohl heute für sie überlegt? In den vergangenen Monaten hatte er sie täglich zumindest mit einer fiesen Bemerkung oder besonders anstrengenden Arbeiten beglückt.

»Rosalie, du kommst mit mir«, sagte Johannes wenig später, nachdem er Bruno und dem neuen Lehrling aufgetragen hatte, Steckhölzer zu machen, Hugo Pflanzen auslieferte und Motte und Schmetterling in der Orangerie Unkraut zupfen sollten. »Wir gehen unter die Remise.«

Die Remise? Dort hatte sie nach dem Einreiben der Töpfe bisher nicht mehr gearbeitet, und mittlerweile wusste sie die Überdachung zu schätzen. Da wäre sie windgeschützt und würde den feuchtnassen Schneeflocken entgehen. Es klang gut.

Fast zu gut, um wahr zu sein.

Jetzt spürte sie, wie Johannes' Blick über sie glitt. Haha, triumphierte sie innerlich. Es gab diesmal nichts an ihr auszusetzen. Keine schicken Kleider, keine extravaganten Frisuren, keine teuren Schuhe. Sie war eine mustergültige Vorzeigearbeiterin.

»Na, Rosalie, so schlicht heute?«

Rosalie streckte den Rücken durch und warf den Kopf nach hinten. »Einige Frauen brauchen keine aufwendigen Kleider und Frisuren, um ihre Schönheit zu unterstreichen«, sagte sie selbstbewusst.

»Stimmt«, sagte er schlicht. »Einige Frauen brauchen das nicht.« Seine Reaktion überraschte sie, musste sie sich eingestehen.

Sie spürte, wie sich ein Lächeln auf ihrem Gesicht ausbreitete. Das war das erste Mal, dass er – wenn auch indirekt – ihr vortreffliches Aussehen lobte.

Sie hatte es also nicht verloren.

Wieder glitt sein Blick über ihre Kleider.

»Du gehörst nicht dazu«, setzte er mit einem tückischen Grinsen nach und ließ sie stehen, während er zum Unterstand ging.

Oh, wie wütend er sie machte! Er brachte sie wahrhaftig dazu, dass sie wie ein Kind mit dem Fuß aufstampfen wollte. Er war das reinste Ekel!

»Schön gesagt. Wie lange hast du denn vor dem Spiegel geübt, bis es so rüberkam?«

Sie benötigte ihre gesamte Selbstbeherrschung, um ihm, ohne mit der Wimper zu zucken, unter die Remise zu folgen.

»Ich habe hier deinen Arbeitstisch vorbereitet«, sagte er mit ruhiger Stimme, als wäre nichts gewesen. »Wir nutzen die Wintertage, um sämtliche Arbeitsgeräte zu säubern und zu fetten, damit sie lange brauchbar bleiben. Denn – das weiß man in deiner Welt vermutlich nicht – Arbeitsgeräte sind teuer, und dein Bruder muss viele, viele Pflanzen verkaufen, um sich beispielsweise einen Pflug leisten zu können.«

»Natürlich weiß ich das«, keifte Rosalie, riss ihm die Lederriemen aus der Hand, die zu Lotte und Lores Pferdegeschirr gehörten, und tauchte den Lappen in die Dose mit Fett.

Johannes erklärte noch etwas, doch Rosalie gab vor, nicht zuzuhören.

»Rosalie?«, hakte Johannes nach.

»Jaja, sprich nur weiter«, sagte sie und beobachtete dabei ausschließlich den glänzenden Schein, den der fettige Lappen auf dem Leder hinterließ. »Ich lausche deiner Stimme ebenso gerne wie dem Kratzen von Fingernägeln auf einer Schiefertafel.«

Er schmollte, und Rosalie polierte schmunzelnd weiter. Es war gar nicht so übel, stellte sie nach einer Weile fest. Sicherlich, früher hätte sie niemals stinkendes Pferdegeschirr in die Hand genommen, aber sie hatte schon weitaus schlimmere Arbeiten erledigt. Hier musste sie sich nicht bücken. Ein gerader Rücken war viel wert, wie sie inzwischen wusste.

Doch dann verlor sie das Zaumzeug aus der Hand, und da Erdreste und Sandkörner umgehend am frischen Fett kleben blieben, konnte das nur bedeuten, dass sie von vorne beginnen musste.

»Schiet!«, schimpfte sie gedankenverloren, während sie in die Knie ging – und verweilte dort mit angehaltenem Atem in Kauerstellung.

Sie hatte geflucht.

Öffentlich, für jegliche Ohren hörbar.

Unauffällig blinzelte sie zu Johannes hoch, doch der polierte in aller Seelenruhe weiter.

Keiner rügte sie.

Frohlockend richtete sie sich wieder auf. Das alles hier hatte hin und wieder doch etwas Gutes!

Eine Weile arbeiteten sie still vor sich hin, doch dann erkundigte Johannes sich nach den Feiertagen. Offenbar langweilte er sich ebenso wie sie.

Aber was sollte sie ihm erzählen?

Wie einsam sie sich gefühlt hatte? Dass es seltsam war, ohne Eltern und Julius zu feiern? Dass nicht einmal ihre Freundinnen sich gemeldet hatten? Mit Sicherheit nicht.

»Ganz vortrefflich«, sagte sie mit gespielter Begeisterung. »Und wie war dein Weihnachtsfest?« Gewisse Höflichkeits- und Anstandsregeln konnte sie nicht so einfach ablegen. Johannes erzählte vom Weihnachtsessen und einem Treffen der Arbeiterbewegung und brachte sie sogar zum Lachen.

Dann sah er sie mit einem merkwürdigen Blick an.

»Du, sag mal, Rosalie …«

Was mochte jetzt wohl kommen?

Sie brachte die Forke, die sie gesäubert hatte, zurück und holte sich einen Spaten.

»Was?«

»Hast du eigentlich Angst vor Spinnen?«, fragte er, ohne mit dem Einfetten des Kutschgeschirrs aufzuhören.

Rosalies Bewegungen froren ein. Jedes einzelne Haar an ihrem Körper ging in Habachtstellung. Sie war bereit, jede Sekunde zu fliehen. »W-wieso?«

Johannes warf ihr einen langen Blick zu und rieb dann rasch weiter das Fett in das Leder. »Nur so, nur so. Aber wie ist es denn nun? Hast du Angst?«

Rosalie überlegte fieberhaft. Hatten Julius oder Konstantin womöglich ihre Spinnenphobie erwähnt? Oder waren ihre Schreie, wenn ihr ein achtbeiniges Tier unter die Augen kam, so gellend, dass man sie bis in die Gärtnerei hörte? Das hielt sie durchaus für möglich. Viel wahrscheinlicher war jedoch, dass er mal wieder seine Kapriolen mit ihr trieb.

Aber sie würde nicht darauf hereinfallen.

»Nein«, sagte sie, und ihre Stimme zitterte nur minimal. »Spinnen sind mir vollkommen gleich.«

»Das heißt«, jetzt hielt er beim Einreiben inne und musterte ihre Züge ganz genau, »wenn ich dir erzählen würde, dass direkt über deinem Kopf eine tellergroße Spinne sitzt … das würde dir rein gar nichts ausmachen?«

»Hmmm«, murmelte Rosalie und wollte nicken, damit es überzeugender wirkte, doch sie getraute sich nicht, den Kopf zu bewegen.

Da war keine Spinne!

Gewiss nicht.

Warum sollte gerade jetzt dort rein zufällig eine Spinne sitzen?

Aber was, wenn es kein Zufall war?, fragte eine zaghafte Stimme in ihrem Kopf.

Sie erinnerte sich, wie er ihr genau diesen Platz zugewiesen hatte. Warum war ihr Arbeitstisch bereits vorbereitet gewesen? Am Montagmorgen?! Das war doch sonst nicht seine Art, er war niemals freundlich oder gar zuvorkommend zu ihr.

Jetzt tauchte Brunos Rotschopf auf. »Ah, Johannes, da bist du ja, ich …«

Was Bruno genau von Johannes wollte, entging Rosalie. Sie nutzte den Moment, in dem er abgelenkt war, um blitzschnell nach oben zu blicken.

Fest darauf gefasst, lediglich die Tonziegel des Daches von unten zu sehen.

Doch da, groß und fürchterlich fett, nur eine Armlänge über ihrem Kopf, saß sie – eine riesige schwarze Spinne, die sie aus tausend Augen anstarrte. Ganz ruhig bleiben, sagte sie sich. Doch es half nicht. Im nächsten Moment meinte Rosalie, den haarigen Geruch in der Nase zu spüren und die feingliedrigen Beine, die federleicht über ihre Haut kitzelten. Sie könnte unter ihre Kleidung krabbeln! Bis auf ihren Rücken, wo sie sie nicht einmal fortschlagen könnte! Sie könnte überallhin, und keiner würde ihr helfen!

Rosalie kreischte um ihr Leben und rannte, so schnell ihre Füße sie trugen, davon. Ihre Gedanken waren so sehr von der gigantischen Spinne besetzt, dass sie nicht einmal mehr Brunos verdutzten Blick im Rücken spürte oder Johannes' hämisches Lachen hörte.

24. Kapitel

Der Schnee war kurz nach Weihnachten gekommen, und auch heute, als Julius und Marleene die ruhigen Tage zwischen den Jahren nutzen wollten, um der nachbarschaftlichen Gärtnerei endlich einen Gruß zu überbringen und sich vorzustellen, lag er noch wie eine Decke auf den Wegen und den kahlen Ästen der Bäume.

Alma hatte es sich nicht nehmen lassen, Julius und Marleene zu begleiten, und plapperte fröhlich vor sich hin, während sie durch den Schnee stapften. Julius wusste nicht, was am Heiligen Abend geschehen war, aber seitdem war seine quirlige Nachbarin ein neuer beziehungsweise wieder ganz der alte Mensch, den er kennengelernt hatte.

Von Marleene konnte er das leider nicht behaupten. Sie wirkte niedergeschlagen und vermochte ihm kaum in die Augen zu sehen. Julius befürchtete, dass es an der Hochzeit lag. Sie wunderte sich gewiss, warum sie nicht heirateten. Er suchte noch immer nach Möglichkeiten, ihr schonend beizubringen, dass er es frühestens im nächsten oder doch eher übernächsten Jahr schaffen würde, das Geld dafür aufzubringen. Daher war er dankbar, dass Alma das Reden übernahm.

»Die Gärtnerei ist seit vier oder fünf Jahren hier in der Gegend«, erklärte sie und schoss mit dem Fuß einen Schneeklumpen in den Graben. »Vorher haben sie in Oldenburg gewohnt. Ansonsten weiß ich nicht viel über sie, sie haben sich aus den meisten nachbarschaftlichen Unternehmungen herausgehalten. Kein Kranzbinden, keine

Richtfeste, kein Kartenspielen. Nicht einmal beim Dorffest oder der Begrüßung des Großherzogs auf seiner Sommerresidenz habe ich sie gesehen.« An ihrem Kopfschütteln erkannte Julius, dass dies hier auf dem Lande wohl eine Ungeheuerlichkeit war.

»Das Einzige, was ich weiß, ist, dass sie fünf Kinder haben.«

»Wenn wir wieder zurückgehen, wissen wir hoffentlich mehr«, sagte Julius. Er betete innerlich, dass die Nachbarn nette Menschen waren, dann konnten sie einander womöglich sogar helfen.

Natürlich hatte Alma einen Kuchen gebacken, und Julius hatte eine Flasche Ammerländer Löffeltrunk besorgt, denn Alma war fest davon überzeugt, dass es Unglück brachte, wenn sie ohne verfrühten Neujahrsgruß zu den Nachbarn gingen. Sie verließen den Birkenweg, überquerten die Kopfsteinpflasterstraße, die nach Rastede führte, und nachdem sie eine Weile einem Schotterweg gefolgt waren, betraten sie kurz darauf das Gelände der anderen Gärtnerei. Es war von außen nicht einsehbar, denn an der einen Seite standen meterhohe Tannen, und die übrigen Grundstücksgrenzen waren von hohen Hecken umgeben. Ein wenig erinnerte das Ganze Julius an die Hofgärtnerei. Als er entdeckte, dass die Bewohner sogar kleine Lindenbäume vor dem Eingang des Bauernhauses gepflanzt hatten, musste er schmunzeln.

Gemeinsam gingen sie auf die große Eingangstür zu, und Marleene bestand darauf, Alma den Kuchen zu reichen, den sie vorsichtshalber für sie getragen hatte. Da Alma ja stets umherwieselte, stolperte sie recht häufig und ließ auch mal etwas fallen.

Mit dem eisernen Ring pochte Julius heftig gegen die Tür, und alle lauschten gebannt auf Schritte im Inneren. Kurz darauf wurde die Tür geöffnet, und ein etwa achtjähriges Mädchen mit Haaren bis zur Hüfte und einem schmutzigen Hemd sah sie mit etwas dumpfem Blick an.

Marleene drängte sich an Julius vorbei, vermutlich ahnte sie, dass er unsicher war, wie er mit der Situation umgehen sollte.

»Moin, sind deine Eltern auch da? Wir sind eure neuen Nachbarn und wollten kurz Hallo sagen.«

Die Kleine schüttelte heftig den Kopf und steckte den Daumen in den Mund, obwohl sie dafür eigentlich viel zu alt war.

»Wo sind sie denn?«

Ein Junge kam nun hinter dem Mädchen zur Tür und sah sie grimmig an. Er hatte die Kappe tief ins Gesicht gezogen, und Julius vermutete, dass er zwölf oder dreizehn sein musste.

»Wer will das wissen?«, fragte er barsch.

»Eure neuen Nachbarn. Wir wollten uns gerne vorstellen und haben auch etwas mitgebracht«, sagte Julius betont höflich und hielt die Flasche in die Luft, während Alma mit einem strahlenden Lächeln das Tuch vom Kuchen zog.

Die Gesichtszüge des Jungen hellten sich etwas auf. »Meine Mutter arbeitet, aber mein Vater ist auf dem Feld, ihr könnt zu ihm gehen.« Er nickte zu ihrem Mitbringsel. »Das könnt ihr gerne schon hierlassen.«

Alma überreichte ihnen den mit Puderzucker bestreuten Gugelhupf, doch Julius behielt die Flasche Hochprozentigen lieber bei sich. »Die hier gebe ich deinem Vater höchstpersönlich.«

Der Junge murmelte etwas und schlug die Tür zu.

»Liegt es an mir, oder habt ihr auch Gefühl, dass von dem Kuchen nicht mehr viel übrig sein wird, wenn die Eltern nach Hause kommen?«, fragte Alma leise schmunzelnd, und sie machten sich auf die Suche.

Julius verfluchte den Schnee, denn so konnte er nicht erkennen, auf welche Kulturen diese Gärtnerei setzte. Aber eigentlich hatte er nichts zu befürchten, denn es würden wohl kaum Rhododendren sein. Das machte hier in der Gegend noch niemand, und wenn ihm einer auf diesem Gebiet Konkurrenz machen könnte, dann Konstantin mit der Ausstattung der Hofgärtnerei.

Sie stapften den Hauptweg zwischen Freilandquartier und einigen noch recht provisorisch aussehenden Frühbeeten und baufällig wirkenden Gewächshäusern entlang. Auch wenn alles in einem viel kleineren Maßstab angelegt war, fühlte er sich durch diese Anordnung abermals merkwürdig an die Hofgärtnerei erinnert. Ob die Besitzer sie einmal besucht und sich davon hatten inspirieren lassen? Auf der anderen Seite war es einfach eine logische Aufteilung, und es war ja nicht so, als hätte sein Großvater darauf ein Patent gehabt.

Sie passierten einige Unterstände, bei denen teilweise der Schnee so verweht war, dass Julius Tannenzweige sehen konnte, die auf einem Holzgestell lagen, um die darunter stehenden Pflanzen vor der Kälte zu schützen. So etwas nutzten sie ebenfalls in der Hofgärtnerei für die Pflanzen, die im Gewächshaus keinen Platz mehr fanden. Insgeheim musste Julius sich eingestehen, dass er neidisch war. Auch diese Gärtnerei hatte noch viel Arbeit zu erledigen, wenn man sie mit der Hofgärtnerei verglich, aber letztendlich hatten sie schon so viel mehr geschafft als er und Marleene. Die Gewächshäuser waren gebaut, es gab Pflanzen in verschiedenen Wachstumsstadien, und sicherlich standen im Haus schon jede Menge Steckhölzer bereit, die sie im Frühling einpflanzen konnten.

»Da vorne«, rief Alma nun aufgeregt und deutete auf das andere Ende des Geländes. Julius strengte seine Augen an, und jetzt sah auch er, was Alma meinte. Kurz vor der Tannenreihe bewegte sich eine Gestalt im Schneckentempo. Sie bogen in eine Abzweigung des Weges ein, die sie zum seitlichen Ende der Gärtnerei bringen würde, wo das Gelände in einen Wald überging. Schon bald schnauften Alma und Marleene angestrengt, da auch sie es nicht gewohnt waren, sich durch den hohen Schnee zu kämpfen. Es knirschte zwar mit jedem Schritt lustig unter ihren Schuhen, aber weil sie die Füße so unnatürlich hoch heben mussten, kamen sie nur schwerlich voran. War das der Grund, warum der Gärtner sich so langsam bewegte? Aber er hob die Füße so hoch an, als reichte der Schnee ihm bis zur Hüfte, und stakste voran wie ein Storch. Immerhin war er auf diese Weise sehr viel langsamer, und so hatten sie ihn bald eingeholt. Als sie nur noch wenige Meter von ihm entfernt waren, hatte auch er sie entdeckt, sah aber gleich darauf wieder in die andere Richtung. Dabei hob er eine Hand und bedeutete ihnen, stehen zu bleiben. Alma hatte es wohl nicht bemerkt, taumelte gegen Marleene und begann zu kichern.

Der Kopf des Gärtners fuhr herum, und er blitzte sie zornig an. Dann legte er einen Finger vor die Lippen, ging in seinem storchenhaften Gang weiter und machte mit einer Handbewegung deutlich, dass sie ihm folgen sollten. Julius ging langsam und vorsichtig weiter, doch dann merkte er, dass Alma neben ihm ebenfalls begonnen hatte, die Füße weit nach oben zu reißen, und er musste ein Auflachen unterdrücken. Noch immer fragte er sich, was in aller Welt das hier eigentlich werden sollte. Er besah sich den Gärtner, der jetzt nur noch drei Meter entfernt war, genauer. Er trug eine Cordhose, eine grüne Jacke und einen dazu passenden Hut. Lederne Stiefel schützten ihn vor dem feuchtnassen Schnee.

Und da hing ein Riemen über seiner Schulter.

Julius blieb unversehens stehen.

Er wollte etwas sagen, doch genau in diesem Augenblick blieb auch der Gärtner stehen. Ohne sich umzudrehen, zeigte er ihnen wieder seine erhobene flache Hand. Dann ging alles ganz schnell. In einer fließenden Bewegung legte er das Gewehr an und schoss. Dann griff er nach etwas und wirbelte zu ihnen herum.

Marleene stieß einen spitzen Schrei aus.

»Ha!«, rief der Gärtner voller Stolz und hielt das Kaninchen, das er bei den Fesseln gepackt hatte, noch ein Stück höher.

»Das wird ein feiner Sonntagsbraten«, sagte Alma als abgeklärte Bauerstochter. Am Beben ihrer Stimme erkannte Julius jedoch, dass ihr Kommentar nicht aus vollster Überzeugung kam. Doch anscheinend hatte sie genau das gesagt, was der Gärtner hören wollte. Er lächelte strahlend und begutachtete noch einmal seine Beute.

»Nicht wahr?«, meinte er und zeigte grinsend seine schiefen Zähne.

»Ja, der kann sich sehen lassen«, sagte Julius. »Kaninchen sind ja bekanntlich der größte Feind des Gärtners.« Es war mehr eine Erklärung für Marleene als für den bärtigen Mann.

»Genau. Ich danke Gott für den Schnee, denn so kann man endlich die Spuren verfolgen und erwischt die Viecher auch mal. Sämtliche jungen Triebe hat das Biest mir weggeknabbert. Damit ist dieses Frühjahr Schluss!«

»Warum bauen Sie denn keine Wälle um Ihr Gelände, um die Tiere abzuhalten?« Marleenes Gesicht war fast so weiß wie der Schnee, und sie konnte den Blick kaum von dem toten Tier abwenden.

Der bärtige Mann ließ das Kaninchen sinken und setzte sich gen Wohnhaus in Bewegung. »Wer bist du denn bitte schön, dass du denkst, mir Vorschläge machen zu können, wie ich meine Arbeit zu verrichten habe? Du kannst dich allenfalls mit meiner Frau über die Zubereitung des Tieres austauschen. Aber was ich hier mache, das lass mal schön meine Sorge sein.«

Julius setzte ein Lächeln auf, denn er wollte es sich ungern gleich mit ihren Nachbarn verderben. Vermutlich war das hier einfach ein Mann vom alten Schlag, so wie sein Vater es gewesen war. Das Kaninchen war ein Störenfried gewesen, also wurde es beseitigt. Man musste solche Dinge wohl praktisch sehen. Nicht jeder hatte in seiner Kindheit junge Rehe aufgezogen, so wie er. Bemüht, die Wogen zu glätten, streckte er ihm die Hand entgegen.

»Ich bin Julius, und das hier ist meine Verlobte, Marleene. Alma aus dem Birkenweg kennen Sie vermutlich schon. Wir sind Ihre neuen Nachbarn und bauen gerade eine Gärtnerei auf. Deswegen wollten wir uns kurz vorstellen und Ihnen das hier überbringen.« Er hielt ihm die Flasche entgegen, die silbrig in der Wintersonne glänzte. Als wären sämtliche Sorgen vergessen, verzog der Mann das Gesicht zu einem Lächeln.

»Vielen Dank.« Er nahm die Flasche entgegen und bot Julius wegen der nachbarschaftlichen Verbundenheit das Du an. »Du baust auch eine Gärtnerei auf? Darauf müssen wir mal einen heben!« Dann verharrte er und sah Julius prüfend an. »Wie genau heißt du noch mal?«

»Julius«, sagte er lächelnd. »Julius Goldbach. Vielleicht kennst du die Hofgärtnerei Goldbach?«

Sein Nachbar räusperte sich. Wirkte sein Lächeln jetzt eine winzige Nuance weniger erfreut?

»Von der Gärtnerei Goldbach also, denn man to. Wenn das meine Frau erfährt! Ach, wenn man vom Teufel spricht. Da kommt sie ja gerade.«

Sie waren auf dem nachlässig gepflasterten Hof der Gärtnerei angekommen. Über die mit Schlaglöchern versehene Auffahrt mit den kläglichen Bäumen lief ihnen nun eine ältere Frau mit Kopftuch entgegen. Sie kam Julius bekannt vor, doch auf die Entfernung konnte er sie nicht richtig zuordnen.

Marleene schien indessen wie gefesselt von der Person, die auf sie zusteuerte. »Hildegard!?«, flüsterte sie ungläubig.

* * *

Ursprünglich wollte Marleene sich wortlos an Hildegard vorbeischieben und direkt nach Hause gehen. Bruno hatte erzählt, dass sie die Diebin gewesen war und Konstantin sie in hohem Bogen rausgeschmissen hatte. Wenigstens eine Sache, die er gut gemacht hatte.

Sie wollte mit dieser Person nichts mehr zu tun haben. Hildegard hatte zugelassen, dass jeder einzelne Angestellte unter falschen Verdächtigungen gelitten hatte, und Manilo war sogar des Landes verwiesen worden.

»Marleene, Julius … Bitte, lasst mich doch wenigstens alles erklären.«

Marleene schnaubte und wollte weitergehen.

»Bitte, ich flehe euch an! Lasst mich nur schildern, was geschehen ist. Danach müsst ihr nie wieder ein Wort mit uns wechseln, aber bitte hört euch an, was ich zu sagen habe.«

Marleene blieb stehen.

Vor nicht allzu langer Zeit hatte sie ebenso gehofft, sich einfach nur erklären zu dürfen. Es war nicht viel, worum Hildegard bat. Unsicher sah sie zu Julius, der mit der linken Schulter zuckte und leicht mit dem Kopf auf Hildegard deutete.

Er hatte recht. Sie könnten sie zumindest anhören.

Und so folgten sie ihr in das zugige Bauernhaus, wo Hildegard drei Kinder vom Ofen verscheuchte und sie Platz nahmen. Alma hatte sich zuvor dezent zurückgezogen; von ihrem Kuchen waren tatsächlich nur noch wenige Krümel übrig geblieben.

Hildegard erzählte am Küchentisch von all den entbehrungsreichen Jahren, den ständigen Schwangerschaften, den verstorbenen Kindern, vom ewig hungrigen Magen, weil sie stets dafür sorgte, dass die Kinder zuerst ihr Brot bekamen. Mit ihren knochigen Fingern griff sie nach Marleenes Händen und sah ihr fest in die Augen.

»Es tut mir unendlich leid, das musst du mir glauben. Aber ich habe keinen anderen Weg gesehen. Du weißt ja, wie wenig wir Frauen verdienen … Und sobald es um die eigenen Kinder geht, kann eine Mutter einfach nicht anders.«

Mit einem Kloß im Hals nickte Marleene. Der Lohn war wahrhaftig nicht genug, um zu überleben.

»Aber dennoch … Du hast zugelassen, dass Manilo für den Diebstahl verantwortlich gemacht wurde.«

»Ja, und ich bin untröstlich, dass es so gekommen ist.« Hilflos gestikulierte sie durch die Luft. »Als Alexander angenommen hat, dass nur Manilo der Dieb sein könnte, habe ich schweren Herzens keinen Einspruch erhoben. Mir kam es so vor, als würde es das Schicksal ein einziges Mal gut mit mir meinen und hätte das alles so für mich arrangiert. Ihm würde nichts weiter geschehen, er musste nur nach Italien zurückkehren, was doch ohnehin geplant war. Allein deswegen habe ich geschwiegen.«

Julius und Marleene tauschten einen skeptischen Blick aus.

»Glaubt mir«, erhob Hildegard nun wieder das Wort, »wenn ihr erst mal Kinder habt, werdet ihr es verstehen … Ich habe das alles nur ihretwegen gemacht. Aber nun«, sie hob die Hände, »hat Konstantin mich ja erwischt und rausgeschmissen, und ich arbeite für noch weniger Geld in der unerträglichen Hitze der Brennöfen in der Glashütte in Osternburg. Doch ich nehme es hin, Gott hat für meine gerechte Strafe gesorgt. Alles, was ich noch tun kann, ist, mich aufrichtig zu entschuldigen und euch als kleine Wiedergutmachung unsere Hilfe anzubieten. Immerhin habt ihr das vor euch, was Hartmut und ich schon hinter uns haben, wie ich gehört habe.«

Nach reiflicher Überlegung stimmten Julius und Marleene zu. Vielleicht war dies ein guter Zeitpunkt für einen Neuanfang. Es war auch nachvollziehbar, dass eine Mutter bereit war, jegliche Grenzen zu überschreiten, wenn es darum ging, die Kinder satt zu bekommen. Hildegard war kein schlechter Mensch, nur weil sie verwerflich gehandelt hatte, sagte sich Marleene. Und wer war sie, sie dafür zu verurteilen, wo sie doch selbst aus der Not heraus etwas Verwerfliches getan hatte mit ihrer Maskerade?

***

Am kommenden Sonntag hatte Marleene angekündigt, ein wenig später zu kommen. Sie hatte noch etwas zu erledigen, denn die Begegnung mit Hildegard hatte sie ins Grübeln gebracht. Sie atmete tief durch, als sie vor der schmerzlich vertrauten Lindenallee stand, wo nun die nackten Äste ihre Finger dem Himmel entgegenstreckten. Sie erinnerten sie an die atmosphärischen Bilder von Olga Potthast von Minden, die sie in Dangast kennengelernt hatten.

Aber deswegen war sie nicht hier.

Wenn sie sogar mit Hildegard Frieden geschlossen hatte, sollte sie dann nicht auch mit Rosalie das Kriegsbeil begraben? Es nützte doch nichts, einen ewigen Groll zu hegen. Zudem war sie ihre angehende Schwägerin – so absurd der Gedanke zunächst auch geklungen hatte. Und wenn sie sich versöhnten, würde Rosalie ihr womöglich mit dem Sensationsflieder helfen, und Julius und sie hätten eine riesige Sorge weniger. Die Rhododendren waren zwar vielversprechend, wenn sie aber gleich mit zwei aussichtsreichen Sorten in den Wettbewerb gingen, würde das ihre Gewinnchancen verdoppeln. Und Julius hatte schon so viel für sie getan, da hatte sie das dringende Bedürfnis, nun auch etwas für ihn zu tun. Daher hatte sie sich dazu durchgerungen, ihren Stolz herunterzuschlucken und Rosalie passend zum anstehenden Jahreswechsel einen Neuanfang vorzuschlagen.

Auch wenn sich alles in ihr dagegen sträubte.

Na los, du bist diesen Weg schon unter erheblich schwierigeren Umständen gegangen, erinnerte sie sich und dachte daran zurück, wie sie als Junge verkleidet zaghaft zwischen den Linden entlanggelaufen war. Diesmal eilte sie durch die hoheitsvollen Bäume, und als die Fliedervilla immer größer wurde, ging ihr voller Wehmut das Herz auf, da sie noch immer eine Verbundenheit mit diesem Haus spürte, in das sie sich bereits während ihrer Kindheit verliebt hatte.

Sie betätigte den Türklopfer, und nachdem sich auch nach einer Weile nichts tat, pochte sie mit der Faust laut gegen das dunkelgrüne Holz.

Doch es blieb still im Haus.

Dabei stand die Kutsche noch unter der Remise. Wo mochten sie nur sein? Marleene klopfte abermals und rief dazu Rosalies Namen, da sie wusste, dass Konstantin zwischen Weihnachten und Neujahr auf Geschäftsreise war. Nichts. Doch wenn sie jetzt ging, würde sich so schnell nicht wieder eine Gelegenheit ergeben, mit Rosalie zu sprechen, ohne dass Konstantin etwas davon mitbekam. Das ist das Haus deines Verlobten, erinnerte sie sich – und betätigte probeweise die Türklinke. Die Tür war offen.

* * *

Die kleine Ballerina auf dem silbernen Sockel drehte vor einem ovalen Spiegelchen ihre endlosen Pirouetten zur traurig-schönen Melodie von *Ade zur guten Nacht*. Rosalie konnte bereits nicht mehr zählen, wie oft sie die Spieluhr aufgezogen hatte. Ihre Eltern hatten sie ihr als Kind zu Weihnachten geschenkt, und an diesem ersten Fest, das sie gänzlich ohne sie verbracht hatte, hatte sie sie hervorgeholt und einen peinvollen Trost darin gefunden.

Ein Mal noch, sagte sie sich, als die Ballerina in ihrem Tutu ins Stocken geriet, und drehte den abgegriffenen Messinghebel. Melancholisch betrachtete sie die kleine, unermüdliche Tänzerin, stutzte dann aber, als sie glaubte, ein Geräusch zu vernehmen. War es ein Klopfen? Egal, entschied sie, denn gewiss war es kein Gast. Wer sollte ihr schon einen Besuch abstatten? An jedem Abend in den vergangenen Wochen hatte sie allein am offenen Kamin gesessen und gebetet, dass Mathilde ihre Entscheidung bezüglich der Hochzeit noch ändern würde. Vergebens. Wieso sollte es also ausgerechnet heute anders sein? Mathilde hatte am Vortag die Hochzeit ohne sie gefeiert, und all ihre Freunde waren gewiss zu müde von dem rauschenden Fest. Zudem hätte es nur zu unangenehmen Gesprächen geführt so kurz nach der Feierlichkeit, da sie nicht eingeladen worden war, Mathilde aber doch zu ihren engsten Vertrauten gehörte. Eine wahrlich vertrackte Situation.

Doch dann ließ eine Stimme sie zusammenfahren.

»Rosalie?«

Wer mochte das sein? Die Stimme war vertraut, sie konnte sie jedoch nicht zuordnen. Rasch schob sie das Kästchen unter ein Kissen, wischte die Tränen fort und verließ den Wintergarten. Zu ihrer Überraschung stand Marleene im Vestibül und krallte sich an den Rändern ihres umgehängten Tuches förmlich fest.

»Was willst du?«, fragte sie statt einer Begrüßung, da sie wütend war, dass ausgerechnet Marleene sie so verletzlich vorfand. Immerhin trug sie das elegante blaue Seidenkleid mit den aufgenähten Blüten, nur ihre Haare hatte sie wenig kunstvoll zu einem Knoten zusammengefasst, da Meike eine Freundin aufgesucht hatte.

Marleene antwortete nicht auf ihre Frage. Sie hatte leicht den Kopf geneigt, die Augen angestrengt zusammengezogen.

»Hörst du das?«, fragte sie und wirkte dabei hoch konzentriert.

Rosalie lauschte und stellte mit Schrecken fest, dass die Spieluhr noch immer lief. Und Marleene ging bereits zielstrebig auf den Wintergarten zu. Rosalie stellte sich ihr in den Weg und räusperte sich ausgiebig, um die sanften Klänge zu übertönen.

»Ich habe keinen blassen Schimmer, wovon du sprichst. Und jetzt sag mir besser, was dich herführt. Wo ist Julius?«

Marleene beachtete sie kaum, sondern umrundete sie und betrat, immer ihren Ohren folgend, den Wintergarten. Schnurstracks ging sie auf den Korbstuhl zu, hob das Kissen an und quietschte, als sie das silberne Kästchen mit der Ballerina sah.

»*Ade zur guten Nacht!* Hab ich's doch gewusst.« Sie hielt die Spieluhr hoch und betrachtete sie verzückt von allen Seiten. »Das Lied hat mein Vater immer für mich gesungen, damit ich einschlafe. Warum hast du sie versteckt?«

»Das war ich nicht.« Rosalie nahm ihr genervt die Spieluhr aus der Hand, schloss das Kästchen und stellte sie auf den Tisch. »Meike, du hast die Spieluhr nach dem Abstauben nicht zurückgestellt«, rief sie laut in den Flur, damit es glaubhafter wirkte. Eine bessere Ausrede war ihr auf die Schnelle nicht eingefallen. Niemals würde sie zugeben, wie einsam und allein sie sich momentan fühlte.

»Also, was willst du?« Sie verschränkte die Arme und bot Marleene keinen Platz an.

Diese löste anscheinend nur widerwillig den Blick von dem Silberkästchen mit den grazilen Verzierungen und hielt ihr dann die rechte Hand entgegen.

»Ich wollte Frieden mit dir schließen, Rosalie.«

Überrascht zog sie die Augenbrauen hoch, und Marleene erklärte sich.

»Immerhin werden wir bald Schwägerinnen sein, und ich fände es schade, wenn es ewig so weitergehen würde. Mir ist klar, dass ich mich unrecht verhalten habe, aber deine Aktion mit dem Theaterstück war auch … nicht gerade nett. Deswegen würde ich sagen, sind wir quitt.«

Sorgfältig wägte Rosalie ihre Optionen ab. Ein wenig bereute sie es schon, dass sie Marleene so bloßgestellt hatte, obwohl sie gar keine Liebelei mit Manilo gehabt hatte. Zudem war sie ihre einzige Besucherin an diesem letzten Sonntag des Jahres. War es vielleicht wirklich an der Zeit, einander zu verzeihen?

Auf der anderen Seite … Käme es nicht einem Schuldeingeständnis gleich, wenn sie sich jetzt die Hand reichten? Und was würden ihre Freundinnen dazu sagen, wenn sie sich nun auch noch mit einer Arbeiterin gut stellte?

»Weiß Julius, dass du hier bist?«, fragte sie, um Zeit zu gewinnen.

»Nein, ich habe es ihm nicht gesagt.« Marleene trat einen winzigen Schritt auf sie zu, und ihr Lächeln wirkte angespannt. Was hatte das zu bedeuten, waren die beiden sonst nicht schier unzertrennlich?

»Warum nicht?«, platzte es wenig elegant aus Rosalie heraus.

»I-ich … also, um ehrlich zu sein, wollte ich dich um einen kleinen

Gefallen bitten. Hinten im Wald wächst ein ganz besonderer Flieder, und es würde mir alles bedeuten, wenn du mir erlauben würdest, ihn aus dem Boden zu stechen, sobald es nicht mehr friert und Konstantin nicht da ist…«

Rosalie lachte freudlos auf und wandte ihr den Rücken zu. »Das war ja klar!«, zischte sie. Für einen Moment hatte sie wahrhaftig geglaubt, zumindest Marleene läge etwas an ihrer Person, und sie wollte tatsächlich Frieden schließen. Doch letztendlich wollte auch sie sie bloß für ihre Zwecke nutzen. Aber so dumm war sie nicht. Sie konzentrierte sich auf die Blumenampeln, die wie ein festgefrorener Wasserfall ihre grünen Triebe bis zum Boden warfen. »Scher dich hinaus! Ich will dich hier nicht mehr sehen!«, presste sie mit dem letzten Quäntchen Selbstbeherrschung hervor.

25. Kapitel

Schon seit einer Stunde strich Alma um das hintere Küchenfenster herum, das zum Hof mit der Scheune hinausging, als sie endlich das Hufklappern hörte. Wenig später tauchte das Pferdegespann mit einer einsamen Person auf dem Sockel auf. Julius war also endlich zurück, nachdem er Marleene nach ihrem freien Tag im Hotel in die Stadt gefahren hatte. Es hatte lange gedauert. Vermutlich konnten sich Marleene und er kaum voneinander lösen, sie war heute ja auch etwas später gekommen. Alma konnte sich zumindest vorstellen, dass es ihnen schwerfiel, denn ihre Zuneigung war mehr als offensichtlich. Umso mehr gab ihr sein Verhalten jedoch Rätsel auf.

Dem würde sie heute endlich auf den Grund gehen.

Seit sie erfahren hatte, dass Bruno Junggeselle war, sprudelte sie vor Energie, und dies war eine gute Möglichkeit, sie einzusetzen.

Rasch schlüpfte sie in ihre Holzschuhe, ging dann aber gemächlich nach draußen. »Hat alles gut geklappt?«, fragte sie im Plauderton und nahm Julius eines der Friesenpferde ab, sodass sie sie gemeinsam in die Stallgasse bringen konnten.

»Ja, die beiden hier sind wirklich überaus wohlerzogen. Vielen Dank noch einmal, dass ich euren Wagen wieder nutzen durfte.«

Alma winkte lächelnd ab und suchte nach Worten. Wie sollte sie es nur am geschicktesten anstellen? Sie wollte ihm immerhin nicht auf den Schlips treten.

»Da wir Weihnachten so schön bei euch gefeiert haben, wollten wir dich übrigens gerne zu Silvester zu uns ins Schwalbennest einladen. Hast du Lust?«

Alma begann, innerlich zu beben. Wenn Julius Silvester feiern wollte, bot das gänzlich neue Möglichkeiten. »Aber gewiss doch«, sagte sie. »Darf Jost auch kommen?«

Für einen Moment stockte Julius. »Natürlich, eure gesamte Familie ist eingeladen.«

Versonnen strich Alma über den Hals des Rappen, während Julius mit einer Handvoll Stroh sein Fell trocken rieb. »Und … kommen dann auch noch andere? Irgendwelche Freunde von euch?«

Julius wechselte die Seite und rieb in kreisenden Bewegungen weiter, die Strohhalme knisterten leise. »Das hatten wir eigentlich nicht geplant.«

»Aber was ist mit Bruno und Greta?« Sie genoss es, seinen Namen auszusprechen, ließ ihn förmlich auf der Zunge zergehen, während sie Gretas Namen am liebsten ausgespien hätte. »Es wäre doch eine gute Gelegenheit, Danke zu sagen.«

»Du hast recht.« Er klopfte sich die Hände ab und führte das Pferd in den Stall. »Aber ich fürchte, dann wird es zu eng. Wir haben ja bisher nur den Küchentisch …«

»Ach, mein Vater und Margarete werden ohnehin nicht mitkommen«, beeilte Alma sich zu sagen.

»Nicht?«

»Nein, die schlafen lieber, immerhin wollen auch am Neujahrsmorgen die Kühe gemolken werden. Willi geben wir an Feiertagen immer frei.«

»Na dann … Ich werde Bruno und Greta gern einladen. Das freut Marleene gewiss.«

Marleene.

Über die anstehende Feier hatte Alma fast ihr eigentliches Anliegen vergessen.

»Es gibt da noch eine andere Sache, die Marleene gewiss freuen würde«, warf sie nun ein.

»Hmm.« Julius rubbelte das zweite Pferd trocken, und plötzlich schien ihn dies gänzlich gefangen zu nehmen.

»Ganz unheimlich würde sie das freuen.«

»Hmm.«

Alma schlenderte zu ihm hinüber und strich über die samtig warmen Nüstern des Pferdes, das den Kopf an ihr zu reiben begann.

»Und es heißt ja auch neues Jahr, neues Glück ...«

»Tut es das?« Eigentlich war der Rappe jetzt trocken genug, doch Julius wechselte noch einmal die Seite und rieb weiter.

»Ja, wie allgemein bekannt ist.«

Der Rappe wieherte leise. »Und wie du siehst, findet Adler ebenso, dass es eine gute Idee ist.«

»Adler?« Julius hielt mit dem Reiben inne. »Ich dachte, er heißt Addi.«

»Das ist sein Spitzname. Graf Anton Günther hatte früher seinen weißen Kranich mit der wallenden Mähne, wir haben den schwarzen Adler mit dem wallenden Fesselbehang. Apropos Vögel: Ich glaube, ich habe letztens einen Storch auf dem hinteren Teil eures Daches nisten sehen. Weißt du, was das bedeutet?«

»Jetzt im Winter hast du einen Storch nisten gesehen?«, hakte Julius mit deutlicher Skepsis nach.

Alma unterdrückte einen Fluch, sie war so froh über die geschickte Überleitung gewesen, dass sie die Jahreszeit vergessen hatte. »Ist schon etwas länger her«, sagte sie rasch. »Aber es soll ja bedeuten, dass es bald eine Braut im Haus geben wird.«

»Ach ja? Dieses Mal keine Toten? Sonst kündigen diese ganzen Regeln doch immer nur Unheil an ...«

»Gar nicht wahr!«

»Und was war letztens mit den Hühnern? Du hast gesagt, wenn

die Hühner unter ein Schutzdach laufen, wird es den ganzen Tag regnen. Haben sie gemacht, dabei hat es schon nach kurzer Zeit wieder aufgehört. Deswegen gebe ich darauf nicht viel. Die alten Regeln behaupten ja sogar, dass ein schwarzes Huhn eine Kreuzung aus Huhn und Krähe ist …«

Alma schnaubte, denn sie hasste es, wenn man die Bauernregeln kritisierte, in denen jahrhundertealte Weisheit steckte – auch wenn die mit dem schwarzen Huhn wahrhaftig überholt war, aber die Bauern von früher konnten schließlich nicht alles wissen. Doch auf das Wetter verstanden sie sich wirklich. »Du hast es vollkommen verdreht!« Belehrend hob sie den Finger. »Ich habe gesagt, wenn die Hühner Schutz unter einem Dach suchen, dann hört der Regen bald wieder auf. Wenn sie keinen Schutz suchen, dann wird es den ganzen Tag regnen, denn es lohnt sich nicht, die Federn zu schützen. Hättest du mir richtig zugehört …« Sie stutzte, denn plötzlich wurde ihr klar, was Julius hier versuchte.

Doch nun reichte es ihr.

Sie stemmte die Hände in die Hüften und blitzte ihn an. »Aber jetzt hör mir mit diesen vermaledeiten Ausflüchten auf und sag mir in Dreiteufelsnamen, warum du Marleene nicht endlich heiratest?! Du liebst sie, sie liebt dich, ihr habt ein wunderbares Haus, das nun fertig ist, und jede Menge Arbeit, die besser zu zweit verrichtet werden kann. Warum zögerst du noch immer, diesen Schritt, den du ihr versprochen hast, nun auch zu tun?«

Außer Atem starrte sie Julius an und ließ nicht zu, dass er sich ihrem Blick entwand.

»Ich … ich …«, stammelte er.

Alma verengte die Augen. »Ja?«

»Ich …« Kapitulierend warf er die Hände hoch. »Mir fehlt einfach das Geld. Die Drainage war unglaublich teuer, und dann kommen noch die Heizkessel für die Gewächshäuser hinzu, von den Pflanzen will ich gar nicht erst anfangen. Aber wir haben nur jetzt die Möglichkeit, Hofgärtnerei zu werden, deswegen muss die Hochzeit noch warten.«

»Du hast nicht einmal das Geld, um das Aufgebot zu bestellen?«, flüsterte Alma.

»Doch. Aber es ist ja nicht nur das. Der Saal, das Essen, das Orchester, das Hochzeitskleid …«

Alma runzelte die Stirn. »Aber das musst du doch nicht bezahlen.«

»Natürlich. Marleenes Mutter wird es sich gewiss nicht leisten können!«

Er schien wirklich keine Ahnung zu haben. Da wohnte man nur wenige Kilometer auseinander, und doch unterschied sich das Landleben von dem in der Stadt wie Tag und Nacht.

»Also, ich weiß ja nicht, wie ihr in der Stadt feiert, aber hier … Wir Nachbarn sorgen doch für das ganze Drumherum!«

Julius wirkte vollkommen verdattert. »Ihr? Aber woher sollen die Nachbarn denn all das Geld …«

»Quatsch«, fiel Alma ihm ins Wort, »Geld … Wir benötigen doch kein Geld!« Sie deutete in Richtung des Schwalbennests. »Du hast in deinem eigenen Haus hervorragend Platz zum Tanzen. Was glaubst du, wofür die Diele da ist? Da kommen die Männer und zaubern dir aus einigen Brettern das feinste Tanzparkett. Außerdem sind wir hier nicht so feine Pinkel wie ihr. Zum Sitzen werden einfach lange Bretter auf Kisten gelegt. Es finden sich immer welche, die ein Instrument spielen können, und wenn es nur die Fidel und eine Quetschkommode sind.«

Fassungslos sah Julius sie an.

»U-und das Kleid? Und was ist mit dem Essen?«

»Ganz einfach. Alle, die nicht so viel Geld haben, tragen ihr Sonntagskleid. Und was das Essen betrifft: viele Hände, schnelles Ende. Jede von uns Landfrauen bereitet etwas vor. Vielleicht schlachtet jemand ein Schwein, aber ganz sicher wird jeder ein oder zwei Schüsseln mit feinstem Essen mitbringen. Die einen machen Kartoffelsalat, die anderen Suppe, Kuchen gibt es natürlich auch. Und fertig ist die Hochzeit!«

Julius schnappte nach Luft. »Das würdet ihr für mich tun?«

Alma schüttelte den Kopf, und Julius' Augen blickten traurig.

Dann grinste sie. »Das würden wir für jeden unserer Nachbarn tun.«

»Einfach so?«

»Nicht einfach so – du bist deinen Nachbarn verpflichtet. Wenn demnächst hier jemand ein Haus baut, wirst du helfen. Wenn jemand anderes heiratet, verlegst du mit den Nachbarn den Tanzboden. Wenn eine Scheune abbrennt, opferst du deine Zeit für den Wiederaufbau … So läuft das hier. Denkst du, du kannst damit leben?«

Julius führte Adler in den Stall und kehrte mit einem Lächeln auf dem Gesicht zurück. »Ich finde, das ist eine wundervolle Idee. Und das heißt … wir können jetzt endlich Nägel mit Köpfen machen?«

»Sieht ganz so aus. Oh, da kommt Jost!« Seine breiten Schultern zeichneten sich im Scheuneneingang ab. »Soll ich hier übernehmen?«

»Das schaffe ich schon«, sagte Julius.

»Julius hat uns ins Schwalbennest zu Silvester eingeladen!«, teilte Alma ihrem Bruder frohlockend mit. »Marleene und Frieda werden auch dort sein. Vielleicht sogar auch Bruno und Greta.« Alma hoffte inständig, dass keiner ihre Aufregung bemerkte und sie verbergen konnte, dass Bruno ständig in ihrem Kopf herumspukte. »Hast du Lust?«

Jost zauderte. »Och, ich denke, ich bleibe lieber hier«, grummelte er und verabschiedete sich hastig. Es war zu bedauerlich, dass er sich immer so sehr zurückzog, aber sie würde ihn schon noch überzeugen. Sie musste, denn sonst würde Margarete gewiss darauf bestehen, dass sie als alleinstehende junge Frau bereits um neun zurückkehrte.

»Ich kann noch gar nicht fassen, dass sich mein Hochzeitsproblem quasi von selbst gelöst hat«, sagte Julius mit einem seligen Lächeln im Gesicht. »Wie überbringe ich ihr nur die gute Nachricht?«

Alma kicherte. »Da hätte ich eine Idee …«

26. Kapitel

Um zwanzig nach elf am Altjahresabend trat Rosalie ans Fenster. Da sie kein einziges Licht in der gesamten Fliedervilla angemacht hatte, waren ihre Augen an die Dunkelheit gewöhnt, und sie konnte im Halbmond die Umrisse der Bäume erkennen.

Hier hatte ihr Vater oft gestanden, und sie fand in dem Gedanken etwas Tröstliches. Dennoch war sie vergebens aufgestanden, stellte sie fest. Sie hatte gedacht, ein Geräusch in der schmerzvollen Stille vernommen zu haben. So hatte sie nachgesehen, aber die Auffahrt war leer. Sie öffnete das Fenster, um vollkommen sicherzugehen, doch abgesehen vom einsamen Ruf einer Eule war draußen nichts zu hören.

Es war ohnehin eine törichte Hoffnung gewesen.

Meike war noch immer auf Heimatbesuch bei ihrer Familie. Und Konstantin würde niemals so früh von einem Ball zurückkehren. Selbst nicht, wenn er wusste, dass seine Schwester ganz allein zu Hause war. Schließlich hatte er sie auch zu Weihnachten, ohne mit der Wimper zu zucken, allein gelassen, und auf die gleiche Weise würde sie das neue Jahr begrüßen.

Ganz allein.

Was sollte sie nur tun? Abermals von Raum zu Raum streifen? Doch die leeren Zimmer unterstrichen ihre Einsamkeit nur. Noch einmal die Spieluhr aufziehen? Aber ein weiteres *Ade zur guten Nacht* würde ihr gewiss brennende Tränen in die Augen treiben. Sie hatte fast den gesamten Tag gelesen, ja war sogar eine Weile dem verhassten Sticken nachgegangen und hatte einige Lieder auf dem Pianoforte gespielt. Zu Bett gehen wollte sie auch nicht, denn dann würde sie wieder Stunde um Stunde wach liegen.

Das hatte sie sich selbst zuzuschreiben, würde Konstantin sagen. Er wurde nicht müde, sie daran zu erinnern, da er wegen der entgangenen Verbindung zum Adel noch immer verstimmt war. Dabei hatte es bezüglich ihrer Freundinnen einen Lichtblick gegeben. Endlich hatten sie sie wieder zum Nachmittagstee hinzugebeten! Rosalie hatte Konstantin angefleht, hingehen zu dürfen. Da bei dem Schnee wenig in der Gärtnerei zu tun war, hatte er ausnahmsweise sein Einverständnis gegeben. Die Voraussetzungen waren also ideal gewesen, und doch waren die aufsteigenden Erinnerungen recht bitter, denn leider war es auf Mathildes Sofa so kuschelig und in der Stube so warm gewesen und die Arbeit in der Gärtnerei so anstrengend, dass ihr immer wieder die Augen zugefallen waren.

»Rosalie!« Der Zorn in Mathildes Stimme und Julias entsprechender Blick zeigten ihr, dass sie schon wieder eingenickt sein musste.

»Mist!«, entfuhr es ihr, und dieser neue Fauxpas war so ungeheuerlich, dass Julia stellvertretend für sie die Hand vor den Mund schlug.

»Also wirklich«, tadelte Mathilde sie, und Rosalie kam der Raum plötzlich viel zu klein vor. Dennoch setzte sie das herzlichste Lächeln auf.

»Entschuldigt bitte, wonach hattest du dich erkundigt, Mathilde?«

Diese hielt ihr zwei Stoffmuster entgegen. »Weinrot oder Karminrot für mein neues Kleid? Was wird mir besser zu Gesicht stehen?«

»Für euer Silvesteressen? Aber das ist doch bereits in drei Tagen, wie soll die Schneiderin so schnell ein neues fertigen? Hast du denn noch keines in Auftrag gegeben?«

Mathilde rümpfte die Nase und schob die Unterlippe ein wenig vor. »Schon, aber ich bin des mitternachtsblauen Kleides überdrüssig geworden. Der Baron zahlt nun drei Schneiderinnen und eine Putzmacherin, die gleichzeitig an dem Kleid arbeiten werden, damit es rechtzeitig fertig wird«, erklärte Mathilde mit Triumph in der Stimme. »Mein Ehemann liest mir jeden Wunsch von den Augen ab.«

»Apropos, Silvesteressen … Ihr wolltet ja noch überlegen, ob nicht so langsam die Zeit gekommen ist, dass ich auch wieder dabei sein darf?« Nachdem die Weihnachtstage so einsam gewesen waren, hatte Rosalie beschlossen, etwas forscher vorzugehen.

Mathilde und Henrietta tauschten einen Blick aus. »Ja … äh … wir haben darüber gesprochen.« Mathilde legte kurz die Hand auf Rosalies Arm. »Ich bin untröstlich, aber … ich denke, es ist noch zu früh. Und wo du neuerdings auch noch arbeitest … Man weiß ja nie, wem das zu Ohren kommt. Jetzt, wo ich Baronesse bin, muss ich verstärkt darauf achten, das verstehst du doch?«

»Aber gewiss«, flötete Rosalie, nachdem sie unauffällig den Kloß in ihrem Hals hinuntergeschluckt hatte. »Ich wollte nur mit dir Rücksprache halten, bevor ich entscheide, welche der anderen Einladungen ich annehme. Es wäre wahrlich keine leichte Entscheidung gewesen.«

»Wie ist denn eigentlich die Arbeit?«, erkundigte Julia sich nun. »Ist sie sehr hart?«

»Aber ganz und gar nicht!« Diese Blöße würde sie sich nicht auch noch geben, immerhin wussten die anderen sehr wohl, dass sie selbstredend nicht erst drei Tage vor dem Ereignis eine angebliche Einladung beantworten würde. Händeringend suchte sie daher nach positiven Dingen, die sie berichten könnte.

»Es tut richtig gut, so viel an der frischen Luft zu sein. Ich habe seitdem keinerlei Migräneerscheinungen mehr.« Ihre Freundinnen nickten, wirkten aber nicht überzeugt. Mit allem, was ihr zu Gebote stand, fischte sie weiter. Was würden Frieda oder Marleene sagen? Die liebten diese Art von Arbeit doch tatsächlich. »Und es ist überaus erquicklich, immer von duftenden Blumen umgeben zu sein.«

»Jetzt im Winter?«, fragte Henrietta skeptisch.

»Wir treiben sie ja in der Orangerie und in den Warmhäusern für den Großherzog vor. Die riesigen Heizkessel laufen dafür Tag und Nacht«, erklärte Rosalie und merkte, dass sie auch das gesamte dazugehörige Verfahren hätte erklären können. Ihr war nicht einmal bewusst gewesen, wie viel sie bereits gelernt hatte. Doch sie wollte ihre Freundinnen nicht langweilen.

»Du wirkst aber so … erschöpft.« Julias Stimme war immerhin voller Mitgefühl, aber auch das wollte Rosalie nicht. Sie wollte Bewunderung. Anerkennung. Und einen Anflug von Neid. Das waren die Früchte, von denen ihr Selbstbewusstsein sich nährte.

Es sollte so sein wie früher.

»Mag sein. Das liegt aber nicht an der Arbeit«, sagte sie mit einem geheimnisvollen Lächeln, einer spontanen Eingebung folgend.

Wie erhofft lagen umgehend die Blicke ihrer Freundinnen wie gebannt auf ihr, und in ihnen flackerte Sensationshunger.

Rosalie stellte mit Genugtuung fest, dass Mathilde sogar endlich die Stoffmuster sinken ließ.

»Was ist es denn?«, fragte Julia mit gesenkter Stimme.

»Doch nicht etwa …«, Henrietta beugte sich dicht zu ihr heran, »… ein Mann?!«

Mathildes aufgeregt wippender Fuß zeigte ihr, dass allein das die richtige Antwort wäre.

Mit einem Kichern deutete Rosalie ein Nicken an und genoss das darauf folgende Bad in der ungeteilten Aufmerksamkeit der drei Frauen. Julia hatte eine Hand auf ihr Herz gelegt, Henrietta hielt offenbar die Luft an, und Mathilde starrte sie an.

»Wie sieht er denn aus?«, fragte Julia ganz aufgeregt.

»Oh, er … er ist ziemlich hochgewachsen. Und muskulös, sehr muskulös. Ihr müsstet seine Armmuskeln sehen oder noch besser fühlen … Er könnte mich problemlos durch die Luft wirbeln.«

Das reichte Henrietta offenbar noch nicht, die auf dem Sofa wippte, als wäre es ein Trampolin. »Welche Haarfarbe hat er? Und seine Augen?«

»Dunkelbraun, fast schwarz, ebenso wie seine Augen.«

Jetzt ergriff Mathilde wieder das Wort. Sie klang jedoch ein wenig argwöhnisch. »Hat er einen Bart?«

»Ja, einen Voll…« Rosalie erstarrte. Erst jetzt wurde sie gewahr, wen sie soeben beschrieben hatte. Ausgerechnet Johannes, diesen Rüpel! Wie hatte ihr das passieren können? Auf der anderen Seite konnte sie schlecht Brunos oder Oskars Äußerlichkeiten beschreiben, und aus jahrelangem Flunkern wusste sie, dass man stets gut daran tat, so nah wie möglich bei der Wahrheit zu bleiben. Aber diesen grässlichen Vollbart durfte sie nun wirklich nicht erwähnen, den trug doch außer dem Großherzog keiner mehr. Modische Männer hatten Schnurrbärte. Sie räusperte sich, aber Mathilde hatte bereits richtig kombiniert.

»Er trägt einen Vollbart?«, fragte sie und riss konsterniert die Augenbrauen hoch.

»Allerdings«, sagte Rosalie selbstbewusst, obwohl sie sich ganz zerknirscht fühlte. »Ich weiß, das ist unüblich, aber er kann ihn durchaus tragen, es gibt ihm etwas sehr Markantes.«

»Und wo trefft ihr euch?«, fragte Julia, während Henrietta zugleich wissen wollte: »Wo habt ihr eure Bekanntschaft gemacht?«

Rosalie konzentrierte sich auf die Frage, die sie einfacher beantworten konnte.

»Wir treffen uns spätabends in Oldenburg und gehen im Mondschein an der Hunte spazieren«, erzählte sie und sah Julia, die Romantikerin, dahinschmelzen.

»Wieso denn nachts?«, fragte Mathilde, weiterhin skeptisch. »Und ganz ohne Anstandsdame?«

Es war praktisch, dass sie sich von Anfang an so geheimnisvoll gegeben hatte. »Uns darf nun mal keiner sehen«, flüsterte sie, um die

Geschichte noch spannender zu gestalten. »Und wenn man eine gewisse Selbstverständlichkeit an den Tag legt, vermuten alle, man sei verheiratet.«

»Er ist aber doch kein Arbeiter, oder?« Mathilde hatte die Worte hart ausgesprochen und erwischte Rosalie damit so eiskalt, dass sie Schweißausbrüche bekam. Sie lachte auf, um es zu überspielen und den innerlichen Druck abzulassen.

»Aber nein!« Vorsichtshalber winkte sie auch noch ab. »Doch kein Arbeiter! Eher das genaue Gegenteil …«

»Er ist ein richtig hohes Tier?«, fiepte Julia.

Rosalie lächelte. »Deswegen kann ich euch momentan auch leider nichts weiter dazu sagen.« Sie schlug die Beine übereinander und machte deutlich, dass das Thema für sie damit abgeschlossen war.

»Puh!« Julia atmete aus, als hätte sie einen wilden Ausritt im Jagdgalopp hinter sich, und lehnte sich voller Anerkennung zurück. »Wie machst du das nur immer, Rosalie? Dein Leben ist so brisant und aufregend … Du solltest ein Buch darüber schreiben!«

An jenem Abend vor drei Tagen hatte Rosalie sich endlich wieder richtig gut und erfüllt gefühlt.

Umso leerer war sie jetzt. Ganz allein in einer dunklen Villa. Am Silvesterabend. Bitter lachte sie bei der Erinnerung an Julias Worte auf. Wenn sie ein Buch schreiben würde, wäre es ein Notizbuch. Lauter leere Seiten, denn nichts geschah mehr in ihrem Leben. Sie arbeitete jeden Tag vor sich hin. So hatte sie ja nicht einmal mehr die Gelegenheit, eine Bekanntschaft zu machen und ihrem eintönigen Leben zu entfliehen. Noch bevor die große alte Standuhr zwölfmal ihren gespenstischen Ton in die Dunkelheit geschickt hatte, wischte sie mit dem Handrücken etwas Feuchtes aus ihrem Gesicht und ging zu Bett. Doch es dauerte noch sehr lange, bis sie in den Schlaf fand.

* * *

Vor dem Schwalbennest zählten Marleene, Julius, Frieda, Alma, Jost und Bruno im milchigen Schein des Halbmonds die letzten Glockenschläge des alten Jahres mit. Als es so weit war, applaudierten sie, was Asta dazu verleitete, laut zu bellen. Julius schloss Marleene in eine feste Umarmung. Greta war zu Hause geblieben, um auf ihren Sohn aufzupassen, und so war Alma Bruno um den Hals gefallen, und als Marleene sich von Julius löste, sah sie, dass Jost Frieda für eine halbe Sekunde mit stocksteifen Bewegungen umarmte.

»Lasst uns schnell wieder hineingehen, es ist eisig«, rief sie, nachdem alle ihre Neujahrsglückwünsche ausgetauscht hatten. »Ich würde sagen, es ist zweifellos Zeit für Kaffee und Krüllkuchen.« Sie rieb sich die kalten Hände und freute sich auf die anstehende Stärkung. Zudem würde es gewiss noch spaßig werden, denn Alma hatte von ihrer Großmutter gelernt, im Kaffeesatz zu lesen, und wollte allen vorhersagen, was das kommende Jahr für sie bringen würde. Marleene konnte es kaum abwarten.

Drinnen setzte sie den kupfernen Kessel auf den Herd und verteilte bald darauf das heiße Wasser auf die Blümchentassen, in denen ein guter Löffel Kaffeepulver wartete und seinen verheißungsvollen Duft in der geräumigen Bauernküche verbreitete. Echter Kaffee – kein Zichorienkaffee. Zuvor hatten sie bereits Milchreissuppe und Rosinenstuten mit Butter gegessen, aber für die köstlichen Waffelhörnchen, die Alma gedreht hatte, war dennoch Platz im Bauch.

»Wer möchte als Erstes seine Zukunft vorhergesagt bekommen?«, fragte Alma, nachdem sie Marleene geholfen hatte, die Kaffeetassen auf dem großen Tisch im Unterschlag zu verteilen, wo sie sich versammelt hatten. »Frieda, wir fangen mit dir an«, entschied sie, bevor jemand etwas sagen konnte.

»Aber ich bin noch gar nicht fertig mit dem Kaffee …«

»Na, dann beeil dich, husch, husch, trink aus!«, sagte Alma aufgeregt, und Marleene wunderte sich, was sie so nervös machte. Sie hatten schließlich noch die ganze Nacht Zeit, wenn sie wollten.

Frieda nahm zwei riesige Schlucke hintereinander und setzte dann ihre leere Tasse ab.

»Und jetzt legst du die Untertasse auf die Tasse, drehst beides zusammen einmal kurz um und dann sofort wieder zurück«, ordnete Alma an. Frieda tat wie ihr geheißen und reichte Alma beide Teile rüber. Diese hob die Untertasse ab und beugte sich dann dicht über den Kaffeesatz, der sich am Boden der Tasse gebildet hatte. Marleene versuchte, einen Blick ins Innere zu erhaschen, doch Almas Schopf versperrte ihr die Sicht.

»Hmmm.« Alma nickte verständnisvoll und wirkte, als spräche die Tasse zu ihr. »Zunächst einmal stelle ich fest, dass es eine dunkle Tasse ist. Am Boden ist noch viel Kaffeesatz, was bedeutet, dass dich momentan viele Sorgen plagen.«

Frieda stimmte zu, schlug die Augen nieder und sank ein Stück in sich zusammen. Marleene strich kurz über ihren Rücken, das konnte nur an der Sache mit Manilo liegen.

»Aber«, Alma hob nun die Stimme in freudiger Aufregung. »Ich sehe auch eine Eisenbahn. Du wirst eine große Reise tun in diesem Jahr. Und ja, ja … daneben ist ein Schlüssel. Ist das womöglich der Schlüssel zum Glück?«

»Bestimmt! Was soll es denn sonst sein?«, rief Bruno und hob sein Schnapsglas. Alle stießen miteinander an und lachten.

»Jetzt ich!«, sagte Bruno und klang richtig aufgeregt. Er hatte zur Feier des Tages seine Sonntagsmontur angelegt und sah mit den sorgfältig gescheitelten Haaren richtig adrett aus. Alma schien ihn kaum wiederzuerkennen, denn Marleene war aufgefallen, dass ihre Augen immer wieder zu ihm wanderten. Sorgfältig vollführte er die gleiche Prozedur mit der Tasse und reichte sie Alma.

»Hmmmm«, murmelte sie und kaute langsam nickend auf ihrer

Unterlippe herum. Für eine ganze Weile drehte und wendete sie die Tasse in verschiedene Richtungen und Winkel.

»Also, was wird das neue Jahr mir bringen?«, hakte Bruno neugierig nach, und auch Marleene wunderte sich, was Alma auf dem winzigen Tassenboden alles las.

»Moment, Moment. So einfach geht das nicht. Ich will schließlich nichts Falsches vorhersagen …« Eine ganze Weile murmelte sie lediglich mit nachdenklicher Miene etwas vor sich hin.

Bruno versuchte abermals, den Prozess zu beschleunigen. »Habe ich auch eine dunkle Tasse?«

»Nein, nein«, sagte Alma in Gedanken versunken. »Sie ist eher … gemischt. Hell und dunkel. Und ich sehe ein … Ja, ich glaube, das ist ein Herz. Du musst dein Herz öffnen, dann wirst auch du das große Glück finden.«

Bruno schnaubte ungewohnt bitter. »Mein Herz öffnen? Was mache ich denn die ganze Zeit?« Marleene hätte ihm am liebsten ebenfalls über den Rücken gestrichen. Es war hart, dass er Greta so sehr umsorgte, sie sich jedoch noch immer nicht für ihn erwärmen konnte.

Bruno nahm die Tasse wieder entgegen und warf ebenfalls einen Blick hinein, dann lachte er. »Ein Herz? Ich sehe hier drin etwas ganz anderes.«

»Was denn?«, fragte Alma und klang dabei ungewohnt schüchtern.

»Marmorkuchen!« Alle lachten, und er griff nach einem weiteren Stück des Kuchens, den Alma mitgebracht hatte. Zufällig hatte sie heute Brunos Lieblingskuchen gebacken, und er hatte bestimmt die Hälfte ganz allein gegessen. »Wenn das bedeutet, dass ich im neuen Jahr noch mehr von diesem himmlischen Kuchen bekomme, habe ich gewiss mein großes Glück gefunden.« Er zwinkerte Alma zu, und sie wandte sich mit roten Wangen rasch ihrem Bruder zu.

»Jost, wollen wir mal sehen, was dir das neue Jahr beschert?«

Er schüttelte den Kopf.

»Na los, sei kein Spielverderber!«

»Mach doch bei Marleene weiter. Ich bin sicher, sie brennt darauf zu erfahren, was die Zukunft für sie bereithält.«

Marleene richtete sich auf und wollte nach ihrer Tasse greifen, wurde jedoch von Alma unterbrochen.

»Das … äh … das heben wir uns für den Schluss auf.« Sie sah kurz zu Julius. »Also, her mit der Tasse, Jost. Kneifen gilt nicht!«

Marleene spürte einen Anflug von Enttäuschung. Wollte Alma ihr ihre Zukunft denn nicht vorhersagen?

»Ach nein?« Jost streckte seine Hand aus. »Dann her mit *deiner* Tasse. Jetzt werde ich dir deine Zukunft vorhersagen.«

»Aber …«

»Her damit! Ich habe es ebenso gut bei unserer Möhm gelernt wie du.«

Alma vollführte seufzend das Umdrehmanöver und reichte Jost die Tasse. Er begutachtete sie kritisch. Dann legte er eine Hand an sein Kinn und wirkte so nachdenklich, als würde er philosophische Lyrik lesen, fand Marleene.

»Also ich sehe … ich sehe …«

Alma schien den Atem anzuhalten. »Ja?«

»Ich sehe es so wie Bruno«, sagte Jost trocken. »Marmorkuchen.« Er drehte die Tasse für alle sichtbar um, und sie lachten. Marleene musste zugeben, dass das dunkle Muster, das sich auf dem weißen Porzellan abzeichnete, auch sie stark an die Marmorierung in Almas Kuchen erinnerte.

»Nun bin ich aber wieder dran!« Almas Stimme wirkte etwas schrill. Bevor Jost etwas dagegen tun konnte, hatte sie sich seine Tasse geschnappt und begutachtete sie.

»Aber, Jost …«, sagte sie nach einer Weile, und ihre Stimme war dabei von so trauriger Ernsthaftigkeit, dass die heitere Stimmung verflog. »Die ist ja ebenso dunkel wie Friedas Tasse. Wenn ich das gewusst hätte …«

Kaum einer getraute sich, etwas zu sagen, und Marleene bemühte sich, Jost nicht anzusehen, da sie selbst es auch nicht mochte, wenn sie in solch einer Situation angestarrt wurde.

»Aber, aber, aber«, sagte Alma nun hastig, »hier zeichnet sich ganz eindeutig eine Frau ab. Die Liebe tritt in dein Leben! Und wenn das geschehen ist … hast du nächstes Jahr bestimmt eine helle Tasse.«

»Genau!«, rief Bruno, und auch die anderen murmelten zustimmende Worte. Jost lächelte, aber seine Augen wirkten weiterhin traurig.

»Wollen wir nun Marleenes Kaffeesatz lesen?«, fragte Julius eifrig, griff nach ihrer Tasse und hielt sie ihr mit einem Blitzen in den Augen entgegen. Vorsichtig legte Marleene die Untertasse darauf, um sie umdrehen zu können, und übergab sie im Anschluss an Alma.

Ihre Nachbarin wirkte höchst erfreut, nachdem sie einen Blick hineingeworfen hatte. »Ah, eine schön helle Tasse. Dir geht es seelisch gut.«

Marleene drückte Julius' Hand, und als sie fühlte, wie er ihre Geste erwiderte, prickelte es in ihr.

»Und was das neue Jahr betrifft …«, sie nickte mit geschürzten Lippen, »ich denke, das ist ziemlich eindeutig. Aber seht selbst.« Sie reichte die Tasse an ihren Bruder weiter, der ebenfalls zufrieden nickte.

»Jo!«

Jost reichte Bruno Marleenes Tasse. Dieser begann zu strahlen, sobald er einen Blick in das Innere geworfen hatte. »Oh, also das ist wirklich vollkommen eindeutig. Wie schön!«

Er gab sie Frieda, die eine Hand aufs Herz legte und tief einatmete. »Wie wundervoll, das wurde aber auch höchste Zeit.« Sie reichte die Tasse fröhlich an Julius weiter.

Marleene kam das Ganze überaus merkwürdig vor. Warum taten alle so freudig?

»Oh, ja!«, sagte auch Julius mit einem geheimnisvollen Lächeln, und Marleene beugte sich zu ihm hinüber, um einen Blick zu erhaschen, denn sie fragte sich langsam wirklich, was sie auf dem Tassenboden erwarten würde. Ihre Hände waren ganz zittrig, als sie den vergoldeten Henkel zwischen Daumen und Zeigefinger nahm.

Was mochte es sein?

Sie war sich nicht sicher, was sie erwartet hatte, vermutlich ein recht eindeutig geformtes Zeichen, doch ganz sicher nicht das. Verwirrt rümpfte sie die Nase, und ihr wurde heiß. Dort auf dem Tassenboden waren einfach nur willkürliche Flecken vom Kaffeesatz. Was zum Teufel hatten die anderen darin erkannt, was sie in helle Aufregung zu versetzen schien?

Unsicher blickte sie in die Runde. Jeder lächelte sie enthusiastisch an, Alma nickte heftig. Wieder sah sie auf den schwarz befleckten Tassenboden. Was mochte das nur bedeuten?

War dieser eine Fleck vielleicht eine Blume? Könnte sie für die Gartenbau-Ausstellung stehen? Doch man brauchte schon immens viel guten Willen, um das zu erkennen.

Schwarze Punkte. Wofür könnten schwarze Punkte stehen? Sie erinnerten Marleene an kleine Käfer. Oder war es vielleicht Torfsand? Den würden sie zu gerne noch aus dem Moor holen, da der Boden perfekt für viele Pflanzen war. Aber wussten Alma und die anderen das? Und würde es sie wirklich in derartige Freude versetzen?

Sie warf Julius einen Seitenblick zu, aber gerade er wirkte besonders hibbelig.

Schließlich gab sie auf und ließ die Tasse sinken. »Was, in Herrgottsnamen, meint ihr?«

»Na, dort im Kaffeesatz …«, Alma deutete auf die Tasse.

Marleene kräuselte die Stirn. »Was soll da sein?«

»Das ist doch eindeutig!«, sagte Alma ruhig. »Eine Kirche.«

»Eine Kirche?« Marleene spähte abermals auf die schwarzen Flecken. Für sie war partout keine Kirche zu erkennen. Fragend blickte sie Alma an. Die nickte.

Jost nickte.

Bruno nickte.

Frieda nickte.

Julius nickte.

»Was hat das zu bedeuten?«, fragte Marleene unsicher. War sie einfach zu verdummbüddelt?

Als hätten sie es abgesprochen, antworteten nun alle im Chor: »Na, du heiratest!«

Die Worte entzündeten in Marleene ein Feuerwerk. »Ich heirate?« Verblüfft sah sie zu Julius. »Noch in diesem Jahr?«

Er lächelte und zog ein Blatt Papier hervor. »Ja. Und wenn du dem Kaffeesatz nicht glauben willst, ich habe es hier schwarz auf weiß. Allerdings in Schriftform mit wenig Raum für Interpretationen.«

»Du hast das Aufgebot bestellt!« Marleene konnte es kaum fassen. Sie hatte sich wegen der Geldsorgen insgeheim darauf eingestellt, dass sie womöglich noch Jahre warten musste, bis es endlich so weit wäre. Und nun sollte es doch schon in diesem Jahr geschehen?

»Wie ist das möglich?«

Julius deutete auf Alma. »Ich habe aus zuverlässiger Quelle erfahren, dass hier auf dem Lande eine Hochzeit längst nicht so kostspielig ist wie in der Stadt. Passt dir der März? Ich hätte ja gerne den Mai genommen, wenn der Flieder blüht, aber in dem Monat sind wir auf der Gartenschau, und es ist bestimmt so unglaublich viel zu tun …«

»Mir ist ganz gleich, wann«, Marleene schloss ihn in eine Umarmung und überhäufte ihn mit Küssen. »Hauptsache, wir heiraten.«

27. Kapitel

Der kühle Januar war zäh. Im Blumenladen hatte Frieda um diese Zeit stets sehr wenig zu tun und genoss normalerweise die Tage, an denen sie ihren Gedanken nachhängen konnte. Doch diesmal war es unmöglich, an etwas anderes zu denken als an die bevorstehende Italienreise im Februar, und die Tage krochen nur so dahin. Marleene jammerte ebenso, dass die Zeit im Hotel einfach nicht vergehen wollte, während die Tage im Schwalbennest nur so verflogen. Sie hatte erzählt, dass sie inzwischen einen ganzen weiteren Haufen Steckhölzer gefertigt hatten. Und Julius hatte auch schon das teure Glas und die Heizkessel für die Gewächshäuser geordert, damit sie mit dem Bau gleich loslegen konnten, wenn der Boden nicht mehr gefroren wäre.

»Hach, ich wünschte, ich könnte jetzt schon ins Schwalbennest ziehen und müsste nicht mehr im Hotel arbeiten. Wir haben nur noch fünfundzwanzig Tage, bis wir die Anmeldung für die Gartenschau abgeben müssen, und auch wenn wir schon viel geschafft haben, fehlt doch noch einiges.«

Frieda nickte verständnisvoll. Wenn jemand wusste, wie es war, auf heißen Kohlen zu sitzen, dann sie. »Aber solange es noch friert, könnt ihr ohnehin nichts machen. Allerdings fällt mir etwas ein, was jetzt schon ginge …«

»Und zwar?«

»Wir planen jedes Detail deiner Hochzeit!«

Wie sie vermutet hatte, zauberte das ein Lächeln ins Gesicht ihrer

Cousine. Gemeinsam grübelten sie, wie sie auch ohne Geld alles besonders hübsch machen könnten.

»Vielleicht stellen wir einfach überall Wildblumen auf?«, überlegte Marleene laut, und Frieda war sofort begeistert. »Ja, das wird herzallerliebst! Daraus kann ich dir dann auch einen Kranz für dein Haar machen, den wir über den Schleier legen. Und an dein Sonntagskleid werde ich traditionelle Myrtenzweige nähen, damit eure Ehe glücklich und kinderreich wird.«

Die Ablenkung kam ihr sehr gelegen, trotzdem dachte sie die ganze verbliebene Zeit an Manilo. Marleene hatte ihr inzwischen erzählt, dass nicht er die Pflanzen entwendet hatte, und auch wenn sie es ihm nie richtig zugetraut hatte, war ihr ein Stein vom Herzen gefallen. Ein Wermutstropfen blieb jedoch.

Warum hatte er sich nie bei ihr gemeldet?

Sollten ihre Gefühle sie wirklich dermaßen getrogen haben?

***

Noch bevor Frieda am 22. Februar morgens die Augen aufschlug, wusste sie, welcher Tag gekommen war. Ihr ganzer Körper schien es zu wissen, denn ihr Herz pochte schneller, und ihre Arme und Beine kribbelten. Sie schaffte es kaum, die Knöpfe ihrer Bluse zu schließen, und ihr Haarkranz war an diesem Tag recht unordentlich und handelte ihr einen abschätzigen Blick von Frau Maader ein, als sie sich zwischen den kunstvollen Beeten vor dem imposanten Centralbahnhof trafen.

Während ihre Chefin sich für die Fahrkarten am Schalter anstellte, nahm Frieda die turbulente Bahnhofsatmosphäre in sich auf. Die Halle war von gedämpften sowie lauten Stimmen erfüllt, und im Hintergrund ertönte eine Trillerpfeife. Die Reisenden, die den Wartesaal für die erste und zweite Klasse ansteuerten, waren auf das Ausgesuchteste gekleidet, die für den Wartesaal der dritten und vierten

Klasse vielleicht etwas weniger, aber jeder hatte sich Mühe mit seinem Äußeren gegeben. Von der Bogendecke hing ein immenser ballförmiger Kronleuchter herab, der von Ringen aus hochmodernen Glühbirnen eingefasst wurde, und die hohen Decken waren über und über mit bunten Ornamenten verziert.

Nachdem Frau Maader so viele Heftromane erstanden hatte, wie ihre Tasche zu fassen vermochte, machten sie sich auf den Weg zu den Gleisen. Die riesige Lok blies dunklen und hellen Qualm in die Luft, und es stank vermutlich fürchterlich nach Öl und Rauch, aber für Frieda duftete es nach Abenteuer.

»Wir müssen nach dort hinten«, erklärte Frau Maader, und Frieda meinte selbst aus ihrer Stimme ein wenig Aufregung herauszuhören. »Mein Geizhals von Neffe hätte uns wirklich bessere Plätze bezahlen können«, setzte sie grummelig hinzu. Frau Maader mochte sich beschweren, doch Frieda würde Konstantin auf ewig dankbar sein, dass er überhaupt für die Fahrt aufkam.

Sobald sie Hannover hinter sich ließen, geriet Frieda immer wieder ins Staunen. Das flache Land wich runden Hügeln, sie durchquerten dunkle Wälder, und zwei Tage später wurde die Aussicht noch atemberaubender, denn da schlängelte sich die dampfende Lok durch die hohen Berge der Schweiz.

Das Rattern nahm Frieda inzwischen kaum noch wahr, und selbst an die harten Bretter der Holzbänke in der dritten Klasse, die sich in ihr Gesäß bohrten, hatte sie sich gewöhnt. Frau Maader wechselte alle drei Minuten die Sitzposition, aber Frieda selbst hatte ganz andere Beschwerden. Denn wann immer sie aus dem Fenster sah, um die malerische Landschaft zu genießen, wurde ihr speiübel. Es war die reinste Folter. Die Wolken zogen rasch über den Himmel, doch die Sonne hielt sich hartnäckig und beschien die weiß gepuderten Tannen. Und dennoch konnte sie nicht nach draußen sehen, ohne danach den Drang zu verspüren, sich zu übergeben. Eine Pause war Frieda nur dann vergönnt, wenn der Zug in einen der zahlreichen Tunnel abtauchte. Dann wurde alles in Dunkelheit getaucht, sie legte den Kopf zurück und atmete durch.

Doch als der Zug nach dem nächsten Tunnel wieder ans Tageslicht kam, zeigte sich ihr ein Anblick, der schlichtweg alles überbot.

»Das gibt es doch nicht!«, hauchte Frieda, während sie gebannt nach draußen starrte und sich mit den Fingern an der Bank festkrallte. »Frau Maader, das müssen Sie sehen!«

Entnervt ließ ihre Chefin den Heftroman sinken – und nahm ihn nicht wieder auf. »Vater, Herr im Himmel«, flüsterte sie.

»Das ... das kann doch niemals halten!« Da der Zug um eine enge Kurve fuhr, konnten sie genau sehen, wie die Dampflok ihre Wölkchen in die Luft blies und dabei über eine etliche Meter hohe Brücke sauste. Es war ein ehemaliges Viadukt, das zwei Berge miteinander verband und über eine Furcht einflößende ewig tiefe Schlucht führte. Die geschwungenen Steinbogen, aus denen die Brücke bestand, wirkten viel zu grazil, um eine ganze Eisenbahn samt Waggons und Passagieren tragen zu können.

Der Schweiß rann an Friedas Schläfen herab, während ihr Wagen, der letzte des Zuges, über das Konstrukt sauste. Vor lauter Angst vergaß sie gar ihre Übelkeit. Doch als sie einen neuerlichen Blick durch das Fenster wagte, der zum Boden der gewaltigen Schlucht förmlich gerissen wurde, drehte sich alles in ihr.

Nicht einmal die Dunkelheit des Tunnels, der sie nun verschluckte, half. Ob Manilo es zu schätzen wüsste, was sie hier für ihn auf sich nahm?

Sie tastete nach ihrer Blechdose und erbrach sich in der Dunkelheit darin. Als das Tageslicht sie wiederhatte, reichte Frau Maader ihr ein Taschentuch, das Frieda mit glühenden Wangen entgegennahm. Offenbar hatte ihre Chefin mitbekommen, dass ihres kaum noch zu gebrauchen war.

Nachdem sie sich gesäubert hatte, zog Frieda das kleine braune Fläschchen hervor, das sie wohlweislich in der Apotheke gegen ihre Reiseübelkeit erstanden hatte.

Frau Maader zog die Stirn kraus. »Vielleicht solltest du diese Pastillen nicht mehr nehmen. Ich habe fast das Gefühl, dass sie alles nur schlimmer machen.«

Frieda schluckte die kleine Kugel dennoch. »Die Medizin hat ein Heidengeld gekostet, und Doktor Winkelmann hat mir versichert, dass sie mir gute Dienste leisten wird. Ich bin wohl nur ein besonders schwerer Fall… Mir ist mittlerweile alles recht, wenn auch nur die kleinste Vermutung besteht, dass es helfen könnte.«

Sie schluckte und atmete ganz tief ein. Doch die Luft im Waggon war so abgestanden, dass es keine Erleichterung brachte. Die schneebedeckten Berge mit ihren felsigen Gipfeln sogen ihren Blick aufs Neue wie magisch an, und Frieda wagte es, kurz hinauszuschauen.

Ein großer Fehler.

Sogleich verwandelte sich ihr Kopf in einen Brummkreisel. Sie schloss die Augen, konzentrierte sich auf ihre Atmung und wimmerte leise.

»Du bist aber auch selbst schuld. Was guckst du denn immer wieder hinaus?«, schimpfte Frau Maader.

»Es ist einfach solch eine herzerquickende Freude, anstatt des platten Landes diese winterlichen Berge mit den weiß gepuderten Tannen zu sehen. Alles ist so frisch, und dieser Frost, der die Landschaft überzieht, wirkt nahezu märchenhaft. Er verschwindet gänzlich, wenn die Sonne auftaucht, und doch ist er überall. Und kann sogar töten…«

Frau Maaders schräger Blick unterbrach sie. »Töten?«

»Aber gewiss! Wenn im Frühjahr ganz junge Triebe nass regnen und dann der Frost kommt, ist das ihr Ende… Außerdem, was soll ich denn sonst tun?«, fragte Frieda. »Wir sitzen seit Tagen hier im

Zug, alle Mitreisenden verabscheuen mich wegen meiner Übelkeit, und Sie reden ja nicht mit mir, sondern lesen lieber.«

»Was soll ich denn reden? Außerdem sind wir bald da, dann kannst du dich noch in Ruhe an der Landschaft erfreuen.«

Da gab es schon einiges, was Frieda gern beredet hätte, zum Beispiel, was damals mit diesem Herrn Husmann war, dachte Frieda, denn die Frage ging ihr nicht aus dem Kopf. Doch Frau Maader zuckte bloß mit den Schultern und nickte zu ihrem Heftroman. »Sie könnten mir erzählen, was dort drinsteht.«

»Was soll hier schon drinstehen? Sie verliebt sich, er verliebt sich, aber durch gigantische Umstände können sie nicht zusammen sein.« Frau Maader schnaubte. »Ganz zum Schluss schaffen sie es dann doch irgendwie«, schob sie schnell hinterher, klang dabei aber wenig erfreut.

»Also besteht noch Hoffnung?«, fragte Frieda zaghaft, während sie den Kopf an die Wand des Waggons lehnte und das Rütteln als sanftes Wiegen wahrzunehmen versuchte. Sie dachte versonnen an Manilos Lachfalten, die sich um seine Mundwinkel bildeten, wenn er sich freute, und an seine funkelnden Augen.

Frau Maaders Blick hatte sich derweil zwischen Abertausenden von Tannen verloren, die in perfekter Symmetrie die Berge bevölkerten. »Nein«, sagte sie mit einem resignierten Kopfschütteln. »Das wahre Leben ist kein Heftroman.«

Traurig hob Frieda den Kopf. Aber was machen wir denn hier in einem Zug kurz vor Italien, wenn gar keine Hoffnung mehr besteht?, wollte sie fragen.

Doch dann wurde ihr etwas klar. Frau Maader hatte nicht von ihr und Manilo gesprochen.

28. Kapitel

Julius fluchte leise. Er war so froh gewesen, dass sie den Januar und die Februarwochen hatten nutzen können und die ersten beiden Gewächshäuser endlich standen, in die er nahezu sein gesamtes Erbe investiert hatte. Doch nun bekam er die sündhaft teuren Heizkessel nicht zum Laufen. Dabei hatte er die Anleitung genauestens befolgt. Aber und abermals. Dennoch blieben sie stumm. Und ohne Wärme konnte er die Rhododendren nicht von seinem Onkel herholen. Wenn das erst kurz vor der Gartenbau-Ausstellung geschah, machten sie sich angreifbar, dann könnte jemand behaupten, die Pflanzen stammten gar nicht aus dieser Gärtnerei. Er stutzte. Wie sollten sie sich eigentlich nennen? Sie konnten schlecht »Gärtnerei Goldbach, die zweite« sein. Das klang ja, als wären sie minderwertig. Dann mussten sie wohl Marleenes Nachnamen wählen. Bei größeren Bauernhöfen nahm der Mann unter Umständen auch den der Frau an, wenn es keine Erben gab, denn sonst würde man mit den Hofnamen viel zu sehr durcheinanderkommen, nachdem sie sich einmal eingebürgert hatten.

»Und wenn wir doch Jost um Hilfe bitten?«, fragte Marleene, die jetzt weniger Stunden im Hotel arbeitete, damit sie häufiger in der Gärtnerei helfen konnte. »Er kennt sich mit …«

»Ich habe doch bereits Nein gesagt!«, fuhr Julius sie an. Als er Marleenes erschrockenen Gesichtsausdruck sah, tat es ihm gleich leid. Er biss die Zähne zusammen und spürte, wie seine Halsschlagader pulsierte.

Nie und nimmer würde er diesen … diesen Charmeur fragen.

Jemand anders würde den stillen Tüftler vermutlich niemals so bezeichnen, aber er hatte ihn durchschaut. Selbst bei der Silvesterfeier, wo alle gewusst hatten, dass er Marleene die große Neuigkeit verkünden würde, war er kaum von ihrer Seite gewichen. Julius konnte selbstverständlich nachvollziehen, warum er Marleene zugetan war, denn sie war klug und hübsch und schlichtweg hinreißend, aber musste Jost es so offensichtlich machen?

Rhythmisches Hufgetrappel ließ die beiden innehalten, und sie staunten nicht schlecht, als bald darauf ein weiß-goldener Vierspänner über ihre provisorische Einfahrt holperte. Er wirkte vollkommen fehl am Platz, als er vor dem altmodischen Reetdachhaus zum Stehen kam.

»D-der Großherzog?!«, stammelte Marleene und starrte auf das goldene Emblem mit der Krone auf der Kutschentür und sah dann zu Julius.

Er richtete sich auf und klopfte die Hände an der Hose ab. Gemeinsam gingen sie auf das edle Gefährt zu. Die Tür öffnete sich, und aus der Kutsche stieg tatsächlich Nikolaus Friedrich Peter von Oldenburg. Rasch deuteten sie eine Verbeugung und einen Knicks an. Aus seinem gutmütigen Gesicht mit dem üppigen Vollbart lächelte er ihnen zu und breitete herzlich die Arme aus. »Ich wollte nur einmal nach dem Rechten sehen, denn ich war gerade auf meinem Sommersitz, um erste Anweisungen für den Frühlingsball zu geben.«

»Welch eine Ehre, Durchlaucht«, sagte Julius schnell und ging dabei den Zustand der einzelnen Quartiere durch. Herrje, in vielen Ecken sah es alles andere als vorzeigbar aus. Ob der Großherzog wohl erwartete, dass sie bereits mehr geschafft hätten? »Wünschen Sie eine Führung? Viel zu sehen gibt es allerdings noch nicht, fürchte ich.« Im Stillen hoffte er, dass der Großherzog ablehnen würde.

»Sehr gerne! Zuerst möchte ich Ihnen aber dies überreichen.« Er übergab Marleene einen versiegelten Umschlag, und Julius sah, dass ihre Hände leicht zitterten. Sie kämpfte kurz mit dem tiefroten Siegel, denn sie hatte vermutlich wenig Übung darin, es zu brechen, und überflog dann die Zeilen.

»Sie laden uns zu Ihrem Ball, Durchlaucht?« Ihre Stimme trug eine Mischung aus überbordender Freude und blanker Furcht in sich. »Aber wir …« Sie sah von dem alten Bauernhaus über den ungepflasterten Hof zum nicht funktionierenden Gewächshaus und schließlich an ihrer Kleidung herunter.

Der Großherzog zwinkerte ihr zu. »Wir sind doch jetzt sozusagen Nachbarn. Außerdem genießen Hofgärtner eine besondere Stellung …«

»Aber wir sind ja leider keine Hofgärtnerei«, warf Julius zaghaft ein, da er nicht sicher war, ob er den Großherzog korrigieren durfte; gleichzeitig wollte er jedoch mögliche Missverständnisse verhindern. Der Großherzog lächelte breit und winkte ab. »Das ist gewiss nur noch eine Frage der Zeit, wie ich Sie kenne. Zeigen Sie doch gerne, was Sie bereits alles bewerkstelligt haben.«

Julius lachte nervös. Was erwartete der Großherzog nur von ihnen?

Sie begannen mit dem Haus und erklärten bei der Gelegenheit, dass sie im kommenden Monat heiraten würden und Marleene dann auch im Ammerländer Bauernhaus wohnen würde.

»Eine Hochzeit, wie schön!«

»Sie sind natürlich herzlich eingeladen, Durchlaucht.« Julius hätte sich am liebsten geohrfeigt. Er wich Marleenes panischem Seitenblick aus, da ihm selbst bewusst war, dass er einen Fehler begangen hatte. Was hatte er da nur gesagt? Die Worte waren unwillkürlich aus seinem Mund gekommen, eine mechanische Antwort aus purer Höflichkeit. Aber er konnte doch den Großherzog nicht zu einer Bauernhochzeit einladen! Mit selbst gezimmertem Tanzboden, ohne Orchester und selbst gekochtem Essen aus der Nachbarschaft. Nun ja, vermutlich lachte der Großherzog sich in genau diesem Moment innerlich die Seele aus dem Leib und würde gleich höflich ablehnen.

Doch er winkte einen seiner Begleiter heran, der mit versteinerter Miene neben der Kutsche gewartet hatte.

»Wann genau ist der Termin angesetzt?«

Julius nannte ihm das Datum, und der Großherzog wartete auf die Antwort seines Sekretärs.

»An dem Abend ist die Besprechung mit den Großpächtern, Durchlaucht.«

»Verschieben Sie das.« An Julius und Marleene gerichtet, sagte er: »So eine Landhochzeit ist zumeist ein vortreffliches Vergnügen, das ich mir nicht entgehen lassen möchte.«

»Na dann …«, stotterte Julius, »freuen wir uns natürlich. Es ist uns wirklich eine große Ehre.«

»Aber jetzt lassen Sie mich erst mal sehen, wie weit der Rest der Gärtnerei fortgeschritten ist.«

Sie liefen an den Feldern entlang, und Julius erklärte ihre Vorgehensweise mit der Entwässerung und den Lupinen und dass man deswegen noch nicht viel sehen könne.

»Soso, verstehe. Das klingt überaus vernünftig. Aber nun will ich noch einen Blick auf meine herrlichen Rhododendren werfen.« Bevor Julius einen Einwand erheben konnte, marschierte der Großherzog auf die Gewächshäuser zu und öffnete die Tür. An seinem Rücken ließ sich erkennen, wie er erstarrte.

»Aber das ist ja leer!«, rief er empört und ging zum nächsten. »Dies ebenso. Wo sind die prachtvollen Pflanzen, die ich mir erhofft habe?«

Julius senkte den Blick, und nur durch Marleenes ruhige Ausstrahlung schaffte er es, dem Großherzog zu antworten. »Leider haben uns einige unvorhergesehene Ereignisse im Zeitplan zurückgeworfen. Deswegen konnten wir die Gewächse bisher leider noch nicht herholen. Aber das werden wir sehr bald erledigen.«

»Das sollten Sie auch. Und zwar schleunigst! In drei Monaten beginnt die Hamburger Gartenbau-Ausstellung. Denken Sie wirklich, Sie können dort als Kandidat für die Prämierung antreten, wenn Sie eine Gärtnerei ohne Pflanzen haben?«

* * *

Rosalie atmete so heftig aus, dass sich ihre Wangen blähten. Mit dem Unterarm wischte sie sich den Schweiß von der Stirn und spürte durch das Kratzen, dass sich der aufgewirbelte Staub mal wieder auf ihrem verschwitzten Gesicht abgesetzt hatte. Nie zuvor war ihr aufgefallen, wie groß der Hof der Gärtnerei war. Erst seitdem er jeden Samstagnachmittag zum Abschluss der Woche gefegt werden musste – zumeist von ihr –, spürte sie jeden einzelnen Quadratmeter in den Knochen. Doch hier wendeten die Kutschen und auch die Wagen, die mit ihren Anhängern große Ballenpflanzen und Büsche abholten. Die benötigten nicht nur Platz zum Rangieren, sondern sollten gleichzeitig einen vortrefflichen Eindruck von der Hofgärtnerei bekommen. Das ging nicht, wenn alles staubig und voller Dreckklumpen und herabgefallener Blätter war, wie Oskar ihr erklärt hatte, denn Konstantin ließ sich derzeit wenig in der Gärtnerei blicken. Sie verstand die Notwendigkeit, dennoch war es eine Heidenarbeit. Eigentlich wäre es eine Aufgabe für den neuen Lehrling gewesen, aber Johannes hatte es irgendwie geschafft, dass Oskar sie dafür einteilte.

Johannes schlenderte derweil fröhlich pfeifend zum Mitarbeiterraum, hielt aber inne, als er sie sah. Vehement schüttelte er den Kopf und kam schnellen Schrittes auf sie zu.

»Nein, nein, nein! Du machst das ja vollkommen verkehrt.«

Was hatte sie denn jetzt wieder falsch gemacht? Diesmal achtete sie darauf, dass sie stets von sich weg fegte, nicht zu viel Druck auf die Borsten ausübte und den Besen mit Schwung führte.

Johannes hatte sie erreicht und funkelte sie aus seinen dunklen Augen an. Unwirsch nahm er ihr den Besen aus den Händen. Doch anstatt damit über den Boden zu fahren, hielt er ihn tiefer. Dann schwang er ein Bein über den hölzernen Besenstiel, sodass er rittlings darauf hockte.

»So setzt du dich drauf«, erklärte er ihr in einem Tonfall, als wäre sie ein kleines Kind. »Und dann wirkst du – wie auch immer du das machst – deine Hexenmagie, und erst *dann* kannst du davonfliegen.«

Er schüttelte sich vor Lachen aus und musste sich dabei am Besenstiel festhalten.

Rosalie wollte schreien, ballte aber nur verstohlen die Fäuste. Wieder einmal hatte er es geschafft, sie zur Weißglut zu bringen. Zum Glück gelang es ihr, ihn lediglich mit einem frostigen Lächeln zu bedenken.

»Ich soll also eine Hexe sein?«, fragte sie mit hochgezogenen Augenbrauen. »Dann bist du aber der Froschkönig. Ich bin mir ganz sicher, dass, wenn man dich gegen die Wand donnern würde, dein wahres Aussehen zutage träte.« Sie versuchte, ihn mithilfe ihres Blicks zur Strecke zu bringen, und sprach den nächsten Satz zischend und langsam, während sie immer weiter auf ihn zuging. »In Wirklichkeit bist du nämlich eine dicke, fette, hässliche Kröte«, sagte sie triumphierend und tippte mit dem Zeigefinger hart gegen seine Brust. Dann nahm sie seelenruhig den Besen aus seiner Hand und fegte scheinbar gleichgültig weiter.

Johannes nickte bedächtig. Anscheinend hatte sie es ihm ordentlich gegeben, wenn sie ihn sogar um die Worte gebracht hatte.

»Moment mal, Rosalie«, sagte er dann aber und legte den Kopf schräg, während er sie musterte. »So ganz habe ich das noch nicht verstanden. Wenn ich erst zum Frosch werde, wenn man mich gegen die Wand wirft – willst du dann etwa behaupten … dass ich so, wie ich jetzt bin, der gut aussehende Prinz bin?«

29. Kapitel

»Manilo, er heißt Manilo Moretti«, beteuerte Frieda in einer Mischung aus Deutsch und den paar Wörtern Italienisch, die Manilo ihr beigebracht hatte. Dazu zeigte sie dem Gastwirt das Foto, das er ihr geschenkt hatte. Peinlicherweise hatte sie es zerrissen, sodass sie es wieder hatte zusammenkleben müssen und Manilo sein herzliches Lächeln lediglich als Mosaik zeigte.

Der glatzköpfige Mann mit dem dünnen Haarkranz schüttelte bedauernd den Kopf.

»Er arbeitet in einer *giardinaggio*«, sagte sie dennoch, denn das Wort für »Gärtnerei« war eines der wenigen, die sie beherrschte. Aber sie hatte schnell erkannt, dass dies nur eine leidliche Hilfe war, denn Pistoia, Manilos Heimatstadt, war *das* Baumschulgebiet Italiens. Bei jedem einzelnen Geschäftspartner der Hofgärtnerei hatten Frau Maader und sie nicht nur die Pflanzen begutachtet und bestellt, sondern sich auch nach Manilo erkundigt. Doch keiner kannte ihn. Letztendlich war das nicht weiter verwunderlich, denn hier gab es unzählige Gärtnereien, und sie hatten nicht einmal ein Viertel davon abgeklappert. Jetzt, wo ihnen nur noch wenige Tage blieben und sie alle Einkäufe getätigt hatten, fragten sie zusätzlich in jeder Gastwirtschaft, die sie passierten, nach Manilo.

»Und wenn er schon gar nicht mehr hier ist? Vielleicht arbeitet er ja mittlerweile in einer ganz anderen Stadt«, sagte Frieda niedergeschlagen zu Frau Maader, als sie die Wirtschaft verließen.

Wären die Umstände anders gewesen, hätte Frieda die Reise genossen. Sie konnte sich an den hellen Häusern, den knorrigen Olivenbäumen und mächtigen Zypressen gar nicht sattsehen. Seit Manilo ihr von Italien erzählt und ihr die Natur in den schönsten Farben beschrieben hatte, hatte sie immer wieder versucht, es sich vorzustellen. Sie hatte damit gerechnet, dass es bezaubernd sein würde, aber es jetzt mit eigenen Augen zu sehen, überbot alles. Außerdem liebte sie es, dass trotz des Winters die Sonne sanft über ihr Gesicht strich, während in Oldenburg um diese Zeit meist ein grauer Nieselregen in der Luft hing.

Doch innerlich hatte sie so viel Hoffnung aufgebaut, die mit jedem Kopfschütteln weiter verblasste, und das war so qualvoll, dass sie die Reise kaum genießen konnte.

»Dann hat das Schicksal entschieden, dass es besser ist, wenn ihr euch nicht mehr seht«, antwortete Frau Maader und klang dabei sehr gewiss. »Aber das weiß man erst, wenn man alles versucht hat. Also setzen wir unsere Suche fort, das schaffst du!« Sie nickte zur nächsten Gastwirtschaft und lächelte Frieda aufmunternd zu. Seit sie in Italien angekommen waren, war Frau Maader immer mehr aufgetaut, und Frieda hatte eine ganz neue, viel sanftere Seite an ihrer Chefin kennengelernt.

Seufzend trat Frieda ein und ließ sich vom Geruch nach Gerste und nassem Holz einhüllen. Wie immer hielt ihre Chefin sich dezent im Hintergrund, während sie an die Theke trat. Anfangs hatte es sie Überwindung gekostet, ihre Frage zu stellen, doch mittlerweile hatte sie dies so oft getan, dass sie ihren Text ohne jede Scheu wie von selbst herunterratterte.

»*Scusi,* kennen Sie vielleicht Manilo Moretti? Er arbeitet in einer *giardinaggio.*«

Der Mann hinter der Theke hob einen Zeigefinger, sagte etwas auf Italienisch und verschwand im Hinterraum. Frieda warf Frau Maader einen hilflosen Blick zu, die mit den Schultern zuckte.

Nun kam der Mann mit einer jungen rothaarigen Frau in weißer Bluse zurück, die Frieda warm anlächelte. »Sie sind deutsch?«

Frieda spürte die vibrierende Nervosität, die sie erfasst hatte, bis in die Zehenspitzen. Endlich konnte sie richtig mit jemandem sprechen. »Ja genau! Ich bin auf der Suche nach jemandem, er soll hier in Pistoia wohnen …«

»Dafür haben Sie sich auf den weiten Weg gemacht? Das ist ja liebreizend! Lassen Sie mich sehen, was ich für Sie tun kann. Wie heißt er denn?«

Euphorisch reichte Frieda ihr das Foto und konnte kaum stillstehen. »Manilo. Manilo Moretti.«

Die Frau nahm sich Zeit, das Bild zu betrachten. Danach warf sie Frieda einen prüfenden Blick zu.

»Und Sie sind wer genau?«

»I-ich bin Frieda Hildebrand …«, sie unterbrach sich, versuchte, die Aufregung in Schach zu halten, die von ihr Besitz ergriff. Es war das erste Mal, dass auf ihre Frage hin nicht umgehend mit dem Kopf geschüttelt wurde. Sie spürte, dass diese Frau etwas wusste, und wollte es am liebsten auf der Stelle erfahren. Dennoch wurde ihr klar, dass sie schlecht die gesamte Geschichte erzählen konnte. Dass er in Norddeutschland hatte bleiben wollen, dass er ihr an jenem Abend einen Heiratsantrag hatte machen wollen, dann aber verschwunden war … Das wollte diese Frau doch gar nicht alles wissen. Dennoch sollte sie nicht denken, dass sie irgendein dahergelaufenes Mädchen war, jetzt, wo er womöglich so nah war.

»Ich bin seine Verlobte«, sagte sie daher, da das die Geschichte am besten zusammenfasste.

Der Blick der jungen Frau zuckte wieder zu ihr. Frieda konnte nicht erkennen, ob Neugier oder Argwohn darin lag. So oder so schien sie Manilo zu kennen, sonst würde sie gewiss nicht so lange überlegen und Fragen stellen.

»Also … wissen Sie, wo ich ihn finden kann?«

Die Frau reichte ihr das Foto mit einem unverbindlichen Lächeln zurück. »Es tut mir leid. Ich kann Ihnen leider nicht helfen.«

30. Kapitel

Konstantin stach den Spaten voller Wucht in das Gras und verfluchte den erdigen Geruch, der ihm daraufhin in die Nase stieg. Wieder einmal wurde ihm bewusst, dass er sich sein Leben so nicht vorgestellt hatte. Ganz gewiss nicht. Nicht genug, dass er hier im Schlossgarten einen Plan umsetzte, der nicht seiner Feder entstammte, nein, er musste sogar selbst die Drecksarbeit erledigen!

Das verlangte der Großherzog zwar nicht, aber es war eine notwendige Entscheidung gewesen. Er bekam eine gewisse Summe für die Anschaffungen sowie die Hilfsarbeiter, und es blieb mehr für die Hofgärtnerei übrig, wenn er so viel wie möglich eigenhändig erledigte.

Durch die Auszahlung der weichenden Erben und den Wegbruch des Rosenballs als Großauftrag wusste er kaum, wie er am Ende des Monats den Lohn der Arbeiter aufbringen sollte. Gut, dass Rosalie trotz ihres Scharfsinns noch nicht auf die Idee gekommen war, dass ihr nach Abzug der Wohnkosten ebenfalls Geld zustand. Der Gedanke heiterte ihn etwas auf, machte sie ihm doch oft genug das Leben schwer. Außerdem trug er ihr noch nach, dass sie die vielversprechende Verbindung zum edlen Grafen gelöst hatte. Daher gefiel es ihm, dass sie in der ihr so fremden Arbeitswelt ausnahmsweise mal nicht die Oberhand hatte. Wenngleich er zugeben musste, dass sie sich nach anfänglichen Schwierigkeiten mittlerweile recht gut in ihre Stellung einfügte. An ihr war gewiss kein Arbeitermädchen verloren gegangen, doch er hatte insgeheim geglaubt, dass sie spätestens nach drei Tagen angeekelt davonlaufen würde.

Er arbeitete sich weiter mit dem Spaten durch die hartnäckige Grasnarbe, bis er den Rand des Geländes erreicht hatte und durch die vereinzelten Bäume die ersten Villen der Gartenstraße hindurchschimmern sah. Sie gehörten zum Dobbenviertel, bei dem mittlerweile nur noch der Name auf die sumpfigen Wiesen hindeutete, die sich hier einst erstreckt hatten. Inzwischen war es das nobelste Viertel von ganz Oldenburg. Die Hausbesitzer hatten angeblich alle einen Vertrag unterschreiben müssen, der sicherstellte, dass die Grundstücke zwar schmal, dafür aber tief waren. Die Villen darauf standen frei, wenn auch sehr eng aneinander, und alle besaßen einen Vorgarten.

Dorotheas Familie wohnte ebenfalls in diesem Viertel. Der Gedanke an sie sorgte dafür, dass sich seine Brust zusammenzog, und er tat einige hastige Spatenstiche. Der Auftritt ihres Vaters war ein Affront gewesen, dennoch gefiel es ihm nicht, wie sie auseinandergegangen waren. Ob er Dorothea vielleicht um Verzeihung bitten sollte? Aber was sollte er sagen? *Tut mir leid, dass ich dich geschwängert habe, ich will aber dennoch nichts mit dem Balg zu schaffen haben?*

Nein, dann schwieg er besser weiterhin. Sie war sie eine gebildete Frau und sie hatte gewusst, worauf sie sich einließ. Vielleicht wollte sie ja sogar ein Kind? Gewiss, unverheiratete Frauen mit Anhang wurden von der Gesellschaft verachtet, aber waren nicht alle Frauen vernarrt in Kinder? Ja, vermutlich hatte er ihr gar einen Gefallen getan. Zufrieden nickte er und stach weitere Grasbüschel für den Unterbau des sanft geschwungenen Weges durch den Park aus.

***

Friedas Herz klopfte schneller als die Hufe der Pferde, während sie mit Frau Maader im Schutz der Kutschkabine durch die milde Märzluft fuhr. Jetzt war sie dem Ziel so nah. Sie passierten einige in gleichmäßigen Reihen gepflanzte Zypressen, und Friedas Hände wurden schwitzig. War dies bereits die gesuchte Gärtnerei? Doch ihr Herz sank, als sie kurz darauf ein Schild entdeckte. *Giardinaggio Bruno* stand in großen Lettern darauf geschrieben. Frieda musste unwillkürlich lächeln. »Eine ganze Gärtnerei, die Bruno heißt. Schade, dass wir unserem Bruno zu Hause das nicht zeigen können. Wäre es nicht herrlich, wenn man Fotokästen zum Mitnehmen hätte?«

Frau Maader schmunzelte. »Fürwahr, zu Hause würden sie staunen, wie schön es hier ist.« Versonnen sah sie aus dem Fenster und ließ die herrliche Umgebung der Toskana auf sich einwirken. »Sieh dir das an…« Sanfte Hügel in allen erdenklichen Grüntönen, oft gekrönt von mächtigen Zypressen, und mannigfaltige Weinberge zogen an ihnen vorüber. Hier blühten sogar bereits die Magnolien und Mimosen, und die frisch ausgetriebenen Zweige der Photinien zeigten ein tiefes Rot. Die Sonne tauchte alles in ihr goldenes Licht und brachte zudem die vereinzelten weißen Wolken am strahlend blauen Himmel zum Leuchten. Frieda nickte bestätigend und freute sich, dass Frau Maaders Gesicht nach gut vierzehn Tagen in Italien gar nicht mehr vergrämt wirkte.

Jetzt verlangsamte der Kutscher die Geschwindigkeit und bog zwischen einem Olivenhain und einigen üppig wachsenden Pflanzen, die Frieda nicht kannte, in eine Auffahrt ein. Sie führte auf ein riesiges sonnengelbes Haus mit zahlreichen Fenstern zu, dessen Nebengebäude sogar eine Art Glockenturm hatte. Der Fahrer hielt direkt davor und sagte etwas auf Italienisch.

Obwohl Friedas Herz mittlerweile so sehr raste, dass es wohl kurz davor war, sich zu überschlagen, stieg sie ganz langsam aus der Mietdroschke. Sie durfte jetzt nicht die Nerven verlieren. Auf dem Hof entdeckte sie auf einem verwitterten Schild nun auch den Namen, den der alte stattliche Mann ihr genannt hatte. *Giardinaggio Fiorelli.*

Zum ersten Mal war am Tag zuvor ein erkennendes Lächeln über das Gesicht eines Mannes gehuscht, dem sie Manilos Foto gereicht hatte. Sie hatte schon fast aufgeben wollen.

»Sì, sì, Manilo Moretti«, hatte er gesagt und dann noch etwas, was sie nicht verstanden hatte.

Er hatte ihr schließlich einen Namen genannt. *Giardinaggio Fiorelli.* Die zwei Worte hatten sich für sie so wunderschön angehört wie eine Symphonie und ihr Herz zum Klingen gebracht. Und jetzt standen sie endlich auf dem Hof dieser Gärtnerei, und die Haupttür des großen Hauses öffnete sich. Eine dunkelhaarige Frau mit leicht gebeugtem Rücken und rotem Kopftuch kam auf sie zu.

Frieda stellte sich vor und versuchte, sich dabei mit einem kläglichen Gesichtsausdruck dafür zu entschuldigen, dass sie kein Italienisch sprach. Dann holte sie abermals das Foto heraus und reichte es der Frau.

»Sì, Manilo!«, sagte auch diese und dazu etwas auf Italienisch. Frieda zuckte hilflos mit den Schultern. Frau Maader versuchte es mit Französisch, doch das brachte sie auch nicht weiter.

Frieda deutete auf sich selbst und sagte ganz langsam und deutlich ihren Namen. Womöglich hatte Manilo ihn ja einmal erwähnt?

Die Frau sagte erneut etwas, doch Frieda konnte nur hilflos den Kopf schütteln.

Nun zuckte die Frau mit den Schultern und bedeutete ihnen mit ihren knochigen Händen mitzukommen. *»Venire«,* sagte sie dazu.

Sie ließen die Kutsche davonfahren und folgten der Frau über einen unwegsamen Feldweg. Von den Zehenspitzen bis in die Hände kribbelte alles in Friedas Körper. Frau Maader schien die knorrigen Olivenbäume höchst interessant zu finden, doch Frieda konnte nur auf den wippenden Kopftuchzipfel der Frau vor ihr starren. Würde sie sie tatsächlich zu Manilo führen? Und hätte dieser eine Erklärung für sein Verhalten? Oder wollte er sie am Ende gar nicht sehen?

Frieda stolperte, fing sich erst im letzten Moment ab.

»*Tutto bene?*«, erkundigte sich die Frau besorgt, und Frau Maader legte eine Hand auf ihren Rücken. Frieda lächelte nervös und nickte hektisch.

»Eccolo!«, sagte die Frau nun und blieb stehen. Frieda folgte ihrem Blick und sah, dass in der Ferne drei Männer einen Zaun reparierten.

Auf der Stelle schien alles in ihr zu vereisen.

Sie zitterte, denn sie hatte ihn sofort erkannt. Manilo. Da war er und schlug wieder und wieder mit einem riesigen Holzhammer auf einen Pfosten, um ihn tiefer in die Erde zu treiben. Als er fertig war, sah er in ihre Richtung – und hielt unwillkürlich inne. Hatte auch er sie auf Anhieb erkannt?

Er ging drei Schritte auf sie zu und schirmte die Augen ab, dann ließ er den Hammer fallen und rannte los. Er rief ihren Namen, und Frieda schlug die Hände vor den Mund und warf Frau Maader einen schnellen Blick zu.

Er hatte sie nicht vergessen!

Hinter ihren Augen wurde es warm, und sie spürte die ersten Wogen der Erleichterung durch ihren Körper branden. Frau Maader stupste sie sachte an, und dann gab es auch für Frieda kein Halten mehr. Sie rannte Manilo entgegen, konnte es kaum fassen, wie schnell die Meter zwischen ihnen zusammenschmolzen und dass sie verdrängt hatte, wie herzerweichend sein Lächeln war.

Endlich war er da, schloss sie umgehend so fest in seine starken Arme, dass ihr die Luft wegblieb. Wieder und wieder wisperte er ihren Namen und Worte, die sie nicht verstand, doch sein Blick und seine Gesten sagten genug. Er übersäte sie mit Küssen, dann nahm er ihr Gesicht in beide Hände.

»Ich hatte so gehofft, dass du kommst«, sagte er mit solch verzweifelter Sehnsucht in der Stimme, dass Frieda sich gewiss war: Er fühlte noch immer genauso wie sie.

31. Kapitel

Rosalie schmierte lustlos ihr Frühstücksbrot, während Konstantin mit einer Falte zwischen den Brauen die Briefe durchging, die Meike auf einem Silbertablett an den Frühstückstisch gebracht hatte. »Rechnung, Rechnung, Rechnung«, murmelte er und schmiss eine nach der anderen auf den Palisandertisch. Dann hielt er inne. Nach ausführlicher Betrachtung reichte er ihr einen versiegelten Umschlag. »Für dich, mein Schwesterherz.«

Hatte Rosalie noch eben in träger Müdigkeit ihr Honigbrot gekaut, war sie nun umgehend hellwach und richtete sich kerzengerade auf. Das feste Büttenpapier, das rote Siegel … Sollte es etwa das bedeuten, was sie sich so sehnlich wünschte? Mit zittrigen Händen brach sie das Siegel, und ihre Augen flatterten über die Zeilen.

Wahrhaftig, es war so weit.

Das Schicksal hatte ein Einsehen.

»Ich danke dir, Gott im Himmel«, flüsterte sie, drückte den Brief an ihre Brust und genoss mit geschlossenen Augen den Moment der Glückseligkeit. Sie hätte die ganze Welt umarmen können.

»Bist du etwa ebenfalls zum Frühlingsball des Großherzogs nach Rastede geladen?«, erkundigte sich Konstantin, der einen ganz ähnlichen Brief in den Händen hielt.

»Das bin ich.« Rosalie strahlte ihn an. »Offenbar ist der Großherzog der Meinung, dass meine gesellschaftliche Ächtung ein Ende haben sollte und ich genug Buße getan habe.«

Konstantin legte den Brief beiseite und griff nach seinem Brot. »Dann brauchst du ja jetzt nur noch einen Begleiter.«

Und ein Kleid, ergänzte Rosalie im Stillen. Zudem musste sie sich dringend informieren, welche Frisuren momentan in Mode waren, das hatte sie in den vergangenen Wochen doch tatsächlich schleifen lassen. Aber ja, die Begleitung wäre ebenfalls von immenser Bedeutung. Alleine würde sie sich dort unter gar keinen Umständen blicken lassen. »Da wird sich gewiss jemand finden. Könntest du sonst nicht …?«

»Ich bitte dich! Ich geleite doch nicht meine eigene Schwester auf einen Ball. Aber wie du bereits sagtest, da wird sich schon jemand finden.« Er sah auf seine Taschenuhr. »Es ist an der Zeit.«

Während der ganzen Morgenbesprechung lächelte Rosalie beschwingt vor sich hin. Klammheimlich ging sie ihre Kleider durch. Sie war klug genug, Konstantin nicht um Geld für ein neues zu bitten, obwohl das eigentlich erwartet wurde. Welches Kleid wäre das beste für den Frühlingsball? Ein Jammer, dass das grüne ruiniert war. Aber vielleicht das hellblaue? Womöglich könnte Meike die Volants des weißen daran nähen, sodass es zumindest ein wenig pompöser wirkte? Aber wenn sie wieder in die Gesellschaft aufgenommen wurde, konnte sie sich eigentlich unmöglich ohne neue Garderobe dort sehen lassen.

Die Mitarbeiter zerstreuten sich, und Johannes wartete, dass sie zu ihm aufschloss.

»Rosalie, guten Morgen!«, sagte er lächelnd. »Ich muss schon sagen, du siehst heute mal wieder …«, er musterte sie von Kopf bis Fuß, »… viertklassig aus!«

Er prustete los vor Lachen, und Rosalie verdrehte die Augen. Heute konnte er sagen, was er wollte, er würde ihr nichts anhaben können.

Sie war geladen worden.

Zu einem der größten gesellschaftlichen Anlässe im Oldenburger Land. Danach hätten Henrietta und Mathilde keinerlei Ausreden mehr, sie nicht ebenfalls wieder zu öffentlichen Anlässen einzuladen.

Johannes lachte noch immer, und Bruno sah ihn mit gerunzelter Stirn an.

»Verstehste? Viertklassig statt erstklassig.« Johannes hielt sich den Bauch.

Rosalie warf ihm einen gelangweilten Seitenblick zu. »Du solltest die Sonntage damit verbringen, zu beten, und nicht damit, dir krampfhaft Scherze zu überlegen! Wenn du Gott nicht um Hilfe bittest, wird sich nie eine deiner erbarmen …«

»Wenn ich für etwas bete, dann, dass ich endlich von dir erlöst werde.«

Bruno beugte sich näher zu Johannes. »Jo, wenn du nicht bei ihr sein willst, warum arbeitest du dann ständig mit ihr zusammen?«, wisperte er, aber Rosalie verstand es dennoch. Sie spitzte die Ohren. Die Antwort würde sie nur zu sehr interessieren.

»Bruno, holl du dien Piepen in de Sack!«, brauste Johannes auf Plattdeutsch auf, doch sie konnte sich denken, was er gesagt hatte. Die Frage war nur, ob er so erbost war, weil er sie hasste, oder fühlte er sich womöglich ertappt?

***

Die flackernde Öllampe auf dem klobigen Holztisch tauchte die italienische Gastwirtschaft in schummeriges Licht und brachte Manilos Gesicht mit dem herzlichen Lächeln zum Leuchten. Da er seine Arbeit nicht unterbrechen konnte, hatten sie ihre Aussprache auf den Abend gelegt und saßen jetzt in der trubeligen Wirtschaft zusammen. Frieda war jedoch dermaßen von seiner Präsenz gefangen genommen, dass sie ausschließlich ihn sah.

Er griff über dem Tisch nach ihren Händen und strich sanft mit dem Daumen über ihren Handrücken.

»Ich kann noch immer kaum fassen, dass du jetzt hier bist. Die weite Reise … Und dass ausgerechnet die alte Maader dich begleitet, hätte ich am allerwenigsten vermutet.«

Frieda schlug die Augen nieder. »Im Grunde genommen war es sogar ihre Idee.«

»Veramente?«

»Ja, mir …« Wie sollte sie ihm das nur sagen? Konnte sie wirklich gestehen, dass kein Tag vergangen war, an dem sie nicht an ihn gedacht hatte? Dass sie sich jeden Abend in den Schlaf geweint hatte und am Morgen kaum aus dem Bett gekommen war, weil ein neuerlicher elendig langer Tag ohne Manilo vor ihr gelegen hatte? Dass sie an nichts mehr Freude gefunden hatte? »Mir ist es nicht so gut ergangen ohne dich. Irgendwann ist ihr der Kragen geplatzt, und sie hat darauf bestanden, dass wir herfahren.«

Manilo riss die Augen auf, doch bevor er antworten konnte, wurden zwei Teller mit herrlich duftenden Teigfladen vor ihnen hingestellt.

Frieda betrachtete das runde Ding neugierig. »Das ist also eine Pizza.«

»Genau. Sie ist belegt mit Tomaten, Basilikum, und der weiße Käse heißt Mozzarella. Na los, probier einmal!«

Frieda griff nach dem Besteck und schnitt vorsichtig ein Stück ab, was sich als gar nicht so einfach herausstellte. Manilo beobachtete sie genau, während sie vorsichtig kaute. Das Gericht sah etwas eigentümlich aus, und sie fand es nach wie vor skurril, Brot mit Gemüse zu essen, doch jetzt entfaltete sich in ihrem Mund der herrlichste Geschmack. Die sonnengereiften Tomaten und dazu der herzhafte geschmolzene Käse harmonierten perfekt. Überrascht sah sie Manilo an, der mit einem wissenden Grinsen nickte.

»Das schmeckt ja himmlisch!«, rief sie aus und schnitt eifrig das nächste Stück ab. Manilo griff ebenfalls nach seinem Besteck. »Warte, bis du den Nachtisch probiert hast. Ich bestelle uns Tiramisu, und danach wirst du unser Land nie wieder verlassen wollen.«

Manilo lachte, doch ihr beklommener Blick schien ihn an all die ungesagten Dinge zwischen ihnen zu erinnern. Er ließ Messer und Gabel sinken.

»Warum hast du nie geantwortet?«, fragte er schlicht, und seine raue Stimme vermochte kaum die Enttäuschung zu verbergen.

Frieda hielt inne. »Worauf?«

Zu ihrer Überraschung wirkte Manilo verwirrt. »Na, auf all die Briefe. Ich habe doch genau erklärt, was passiert ist. Wie Hildegard und ihr Mann mich mit dem Messer bedroht und mich gezwungen haben, etwas zu gestehen, was ich nicht getan habe.«

Klirrend fiel Frieda das Besteck aus der Hand. Sie wusste nicht, was sie mehr schockierte. »Sie haben dich bedroht? Von welchen Briefen sprichst du?« So langsam verstand sie gar nichts mehr.

»Na die, auf die du mir im vergangenen Sommer geantwortet hast … dass du mit mir abgeschlossen hast und ich dir nicht mehr schreiben soll!«

Schweigend sahen sie sich an, beide fassungslos, was der andere soeben gesagt hatte.

»Aber ich habe nie einen Brief bekommen«, flüsterte Frieda schließlich.

Manilo sprang auf. »Das ist unmöglich. Ich habe sie extra an das Blumengeschäft und nicht an die Fliedervilla geschickt. Wer sollte denn …?«

Er hielt mitten im Satz inne. Frieda hatte sich ebenfalls erhoben, und sie lasen die Antwort in den Augen des jeweils anderen. »Rosalie«, sagten sie wie aus einem Munde. Deswegen hatte Alois ihnen bei den Blumenlieferungen wohl auch die Post für den Blumenladen übergeben! Rosalie musste sie zusammen mit den Briefen für die Hofgärtnerei beim Posthalter abgeholt haben. Es lag auf der Hand. Rosalie hatte damals ein Auge auf Manilo geworfen, und nach dem, was sie Marleene angetan hatte, traute Frieda ihr schlichtweg alles zu.

Manilo seufzte. »Hast du denn wenigstens meinen Abschiedsbrief bekommen, den ich Alexander Goldbach übergeben hatte?«

Frieda runzelte die Stirn. Am Abend der Theatervorstellung hatte sie Alexander Goldbach nach Manilo gefragt. Er hatte ihr offenbart, dass er ihn entlassen hatte, aber sonst nichts weiter erwähnt. »Welchen Abschiedsbrief?« Sie schüttelte verwirrt den Kopf.

Manilo massierte seine Schläfen, und sie setzten sich wieder.

»Warum bin ich nicht gleich auf die Idee gekommen, dass keiner der Briefe angekommen ist? Ich hätte noch einen an die Arbeiterherberge schicken sollen.«

Frieda drückte seine Hand. »Und warum habe ich dir zugetraut, dass du dich nicht meldest? Ich weiß doch, dass du eine herzensgute Seele bist.«

Er lächelte kläglich und nickte in Richtung ihrer Teller. »Das ist alles nicht mehr wichtig. Was zählt, ist, dass wir endlich wieder beisammen sind. Jetzt wird alles gut. Lass uns essen, sonst wird die Pizza noch vollkommen kalt.«

Frieda lächelte, nahm ihr Besteck wieder auf, und Manilo erkundigte sich nach Marleene, Bruno und den anderen und freute sich immens, dass Julius und Marleene nun eine eigene Gärtnerei aufbauten und in der kommenden Woche heiraten würden. »Du solltest nach Hamburg kommen, wenn wir auf der Gartenbau-Ausstellung sind, das wäre sicher auch für dich überaus interessant.«

»Das kann ich mir vorstellen, das würde ich zu gerne sehen. Entschuldigst du mich bitte?« Er stand auf, und Frieda sah ihn kurz darauf mit dem Gastwirt flüstern, der fröhlich nickte.

»Was hast du gemacht?«, fragte sie ihn, als er zurückkehrte.

Er zwinkerte ihr zu. »Nichts Besonderes.«

Wenig später kam allerdings der Koch mit einer Art Kuchenstück aus der Küche, auf dem wahrhaftig ein leuchtender Stab funkelnde Sterne in den Raum warf. Er steuerte genau auf Frieda zu und platzierte den Teller vor ihr. Sie konnte den Blick von dieser wundersamen Kerze gar nicht abwenden, sodass sie selbst dann noch blaue Funken in dem schummerigen Licht sah, als sie erloschen war.

»Das ist Tiramisu«, erklärte Manilo stolz, und wie aus dem Nichts tauchte nun auch noch ein Geigenspieler auf, der um ihren Tisch kreiste und dabei dem Instrument die lieblichsten Klänge entlockte. Frieda spürte die Augen der anderen Gäste auf sich ruhen, doch Manilos Lächeln war so voller Stolz, dass es sie nicht störte. Es tat so gut, wieder bei ihm zu sein. Und er hatte sie gar nicht vergessen, sondern ihr sogar endlos viele Briefe geschrieben!

Wie recht Frau Maader doch gehabt hatte! Was hätte sie verpasst, was wäre ihr entgangen, wenn sie die Sache auf sich hätte beruhen lassen und diese Reise nicht angetreten hätte?

Endlich fühlte sie sich wieder federleicht, und ihre Welt war voller Farben.

Freudig strahlte sie Manilo an, bevor sie ihren Löffel aufnahm, um ihn in der cremigen, kakaobestäubten Schicht zu versenken, die den Kuchen überzog.

Für einen Moment wurde es kühler im Raum, als die Tür hinter ihr geöffnet wurde. Sie hörte eine laute Frauenstimme, um die sie sich jedoch nicht weiter kümmerte, denn sie hatte sich an das lebhafte Temperament der Menschen hier in den vergangenen Wochen bereits gewöhnt.

Doch nun blieb eine hübsche Frau mit ausgeprägten Augenbrauen, hohen Wangenknochen und sorgfältig hochgesteckten Haaren direkt neben ihrem Tisch stehen und redete wild gestikulierend auf Manilo ein. Dabei deutete sie immer wieder auf Frieda. Verwundert sah sie zu Manilo, der sich ein wenig zusammenduckte.

Schließlich holte die Frau aus, ließ eine schallende Ohrfeige auf Manilos Wange sausen, drehte sich um und ging.

Für einen Moment sagte keiner etwas. Im gesamten Raum war es still, und Frieda konnte Manilo nur anstarren. Sie spürte förmlich, wie ihr riesengroßes Herz zusammenschrumpfte, bis nur noch eine Knospe übrig war. »W-wer war das?«

»Das … äh …« Manilo hatte eine Hand auf die feuerrote Wange gelegt und schloss für einen Moment die Lider. Als er sie wieder öffnete, schaffte er es kaum, ihr in die Augen zu sehen, und fixierte stattdessen die erloschene Wunderkerze, deren verbrannter Geruch noch immer im Raum hing. »Das war meine Verlobte.«

32. Kapitel

»Ich kann den Blumenladen morgen früh allein auf Vordermann bringen«, sagte Frau Maader, während Frieda in das ungleichmäßige, aber zumindest zuverlässige Rütteln des Zuges abgetaucht war und mit starrem Blick in den Gang blickte.

Stumm zuckte sie die Schultern.

»Dann kannst du dich von der Reise erholen. Und vom Polterabend, da geht es ja gewiss rund.«

Die Pflanzen würden nach und nach mit dem Güterzug direkt an die Hofgärtnerei geliefert werden, und so mussten sie sich nur um sich selbst kümmern. Sie hatten ihre Rückreise extra so gelegt, dass Frieda gerade rechtzeitig zum Polterabend von Julius und Marleene zurück wäre. In ihrer blauäugigen Vorstellung hatte Manilo sich ihr kurzerhand angeschlossen, sie hatte sich Blumen in den Haarkranz gesteckt, und dann hatten sie die ganze Nacht hindurch getanzt. Doch nach allem, was geschehen war, war ihr nicht mehr nach Feiern zumute.

Ihr war nach gar nichts zumute.

Sie wollte auf ewig hier im Zug sitzen, vor sich hin starren und den Rest der Welt vergessen.

»Du wirst doch hingehen?«, fragte Frau Maader zaghaft. »Ich denke, es würde dir guttun.«

»Natürlich werde ich hingehen. Warum auch nicht?«, blaffte sie die rundliche Frau an. »Weil ich niemals heiraten werde? Weil meine große Liebe gar nicht schnell genug einer anderen einen Antrag machen konnte und mir das nicht zum ersten Mal passiert ist?«

Manilo hatte auf der Stelle Entschuldigungen vorgebracht, ihr beteuert, wie sehr er sie liebe, und versucht, alles zu erklären. Doch sie war aufgestanden, hatte, inspiriert vom italienischen Temperament, die Hand auf seine verschonte Wange sausen lassen und war gegangen. Es hatte sich überraschend gut angefühlt, doch in der Stille des Pensionszimmers war sie zusammengebrochen. Als sie Frau Maader am nächsten Morgen erzählt hatte, was geschehen war, hatte sich diese so empört, dass sie wohl selbst zu Manilo gefahren wäre, um ihm mindestens eine dritte Ohrfeige zu verpassen, wenn es nicht Zeit für die Abreise gewesen wäre.

Daher hatte Frieda wahrlich wenig Lust, nun einem heiteren Polterabend beizuwohnen. Doch es ging hier nicht um sie. Ihre liebste und teuerste Freundin heiratete, und natürlich wollte Marleene sie dabeihaben. Also würde sie mitfeiern.

In ihrer Kehle spürte sie, dass ihr Magen erneut kapituliert hatte. Resigniert griff sie nach der Dose und würgte die bittere Galle hinein. Mehr war nicht in ihrem Magen, da sie während der ganzen Fahrt kaum gegessen hatte.

Sie spürte, dass ein Mann mit hochgestelltem Kragen von der schräg gegenüberliegenden Bank aus beobachtete, wie sie ihren Magen entleerte.

»Was gibt es denn da zu glotzen?«, fuhr sie ihn an und wischte verächtlich ihren Mund ab.

Frau Maader neigte den Kopf. »Das ist aber nicht die herzensgute Frieda, die ich kenne …«

Frieda verengte die Augen und knurrte leise. »Die gibt es nicht mehr.«

Für den Rest der Fahrt widmete Frau Maader sich wieder ihren Heftromanen, und keiner wagte es mehr, Frieda anzusehen, wenn sie sich abermals erbrach. Das hatte sie immerhin geschafft. Als sie in Oldenburg leicht wankend aus dem Zug stiegen, sog Frieda die nach Öl und Rauch stinkende Luft dankbar in sich ein, denn alles war besser als abgestandene Zugluft mit einem Odeur von Magensäure.

»Fahr du mit der Kutsche direkt nach Rastede. Ich zahle«, ordnete Frau Maader an. »Dann schaffst du es trotz der Verspätung noch, die Feier ist bestimmt schon im vollen Gange. Ich werde derweil in meine Wohnung fahren und unterwegs dein Gepäck in der Herberge abladen.«

Frieda nickte benommen und stieg in eine der wartenden Droschken vor dem Bahnhof. Frau Maader reichte dem Kutscher eine Münze und gab ihm einige Anweisungen.

Als Frieda eine gute halbe Stunde später ausstieg, hörte sie schon von Weitem das Gelächter vom Hof des Schwalbennests. Sie ging die Auffahrt zwischen den Fichten hinauf und sah, dass bestimmt dreißig Leute auf dem Hof standen, jeder Einzelne von ihnen schien bester Laune, und alle waren ins Gespräch vertieft. Dennoch blieb ihr Kommen nicht lange unbemerkt.

»Da ist Frieda!«, rief Alma mit ihrem leichten Lispeln, und sofort war sie von einer Traube von Menschen umringt, die sie begrüßten und tausend Fragen stellten.

»Da bist du endlich wieder, wir haben dich so vermisst«, sagte Marleene, während sie Frieda in eine feste Umarmung schloss. »Erzähl, wie war Italien?«

Frieda winkte ab. »Das ist eine lange Geschichte, die erzähle ich dir besser morgen in Ruhe. Sag mir lieber, wer all diese Leute sind? Und wo ist das Geschirr? Ich dachte, es wäre ein Polterabend?«

»Nun ja, also, was das betrifft …« Marleene duckte sich zerknirscht.

»Es ist nicht unsere Schuld!«, erklärte eine spitznasige Frau um die fünfzig.

Jetzt erhob Alma das Wort. Ihre silberne Kette glänzte im Schein der Fackeln. Sie hatte sich bunte Bänder ins Haar geflochten, mit denen sie besonders hübsch aussah. »Als Marleene das Geschirr gesehen hat, das die Nachbarn zertrümmern wollten, hat sie vehementen Einspruch erhoben. Sie fand die alten Blümchentassen und Saucieren herzallerliebst und hat darauf hingewiesen, dass sie kaum Geschirr in den Schränken hat und es ihr in der Seele wehtun würde, wenn wir das alles zertrümmern. Das fanden die Nachbarn dann auch und haben es ins Haus getragen. Ich habe allerdings darauf hingewiesen, dass es Unglück bringt, wenn wir auf dem Polterabend nicht poltern. Aber Jost meinte dann, dass ja nirgendwo geschrieben stünde, *wie viel* man poltern soll. Also haben wir eine angeschlagene Tasse samt Untertasse vor das Scheunentor gedonnert. Hier, komm mit.«

Sie zog Frieda von den Menschen weg und deutete auf ein paar weiße Scherben, die im schummerigen Licht kaum zu sehen waren.

»Meinst du, das reicht?«, fragte Alma und wirkte ehrlich besorgt, daher nickte Frieda zuversichtlich.

»Ich muss deinem Bruder recht geben. Hauptsache, man poltert. Keiner sagt, dass ein ganzes Teeservice kaputtgehen muss. Hier, ich poltere zur Sicherheit auch noch mal.« Sie nahm eine der Scherben auf und donnerte sie auf den Boden, sodass es danach zwei Stücke waren. Das schien Alma zu beruhigen.

Bruno kam mit zwei Schnapsgläsern in der Hand auf sie zu. »Jetzt müssen wir aber erst mal anstoßen, Frieda.« Er reichte ihr das kleine Glas und stockte, als er Alma sah. Dann hielt er ihr das zweite Glas hin.

»Hier, trink du mit ihr.«

Alma hob abwehrend die Hände. »Nein, nein, trink du ruhig.«

»Bitte, die Damen zuerst. Ich bestehe darauf.«

Frieda verdrehte die Augen. »Macht doch halbe-halbe«, schlug sie vor und leerte darauf ihr Glas in einem einzigen Zug. Bisher hatte sie sich von hochprozentigen Getränken stets ferngehalten, da sie wusste, dass man sich dadurch leicht selbst verlor. Daher war sie erstaunt, als sie spürte, wie ihre Kehle warm wurde, nachdem der Schnaps sie passiert hatte. Es war eine herrliche Abwechslung zum quälerischen Dauerbrennen in ihrer Brust.

»Wisst ihr, was?« Sie nahm Bruno das Glas aus der Hand. »Ich nehme den auch noch, ich muss ja einiges nachholen.« Wieder trank sie den Schnaps in einem Zug und genoss das darauf folgende Gefühl der Leichtigkeit.

»So«, sagte sie an Alma gewandt, »und jetzt erklär mir doch bitte, wer all diese Leute sind.« Bestärkt durch den Alkohol, hatte sie sich fest vorgenommen, sich an diesem Abend zu vergnügen. Das schuldete sie Marleene, und der Schnaps stimmte sie zuversichtlich, dass es ihr gelingen würde. »Und du besorgst mir bitte noch mehr von diesem Teufelszeug«, sagte sie zu Bruno und reichte ihm die Gläser zurück. Er eilte sofort von dannen. »Mit Würfelzucker!«, rief sie ihm hinterher.

»Also, das hier sind Marleenes und Julius' Nachbarn. Die dort mit den dunkelblonden Haaren und dem Bier in der Hand sind die Wessels, sie unterhalten sich mit Familie Deters, am Tisch mit dem Essen stehen die Koopmanns, und dahinter, ja, die müsstest du kennen, Marleene meinte …«

Frieda hörte nicht mehr, was Alma sagte.

Sie hatte nur noch Augen für die eine Person, die sie soeben erblickt hatte.

Die, die letztendlich für all ihr Unglück verantwortlich war, indem sie Manilo den Diebstahl in die Schuhe geschoben und dafür gesorgt hatte, dass er des Landes verwiesen worden war. Durch Manilo hatte sie erfahren, dass es sich mitnichten allein durch Alexander Goldbachs Vermutung so ergeben hatte. Hildegard und ihr Mann hatten dafür gesorgt. Mit einem Messer! Frieda stürmte auf Hildegard zu, die hinter dem Tisch mit den Salaten stand und sich mit einer gedrungenen Frau unterhielt. Sie kümmerte sich nicht darum, dass sie dabei mehrere Menschen anrempelte.

»Was hast du hier zu suchen?«, schrie sie so laut, dass alle Gespräche und der Ziehharmonikaspieler verstummten. Es fehlte nur noch, dass sämtliche Lichter erloschen.

»Frieda? Ich … Also …« Hildegard ruckelte am Knoten ihres Kopftuchs. »Was meinst du damit?«

»Ich meine, dass du ein hinterlistiges Miststück bist!« Sie biss die Zähne so sehr zusammen, dass es schmerzte, und spürte schließlich, dass jemand sanft von hinten ihre Arme umfasste und sie ein Stück fortzog. Sie atmete auf, als sie Marleene neben sich entdeckte.

»Was hat das zu bedeuten?«

»Es bedeutet, dass die dort«, mit einer ruckartigen Handbewegung zeigte sie auf Hildegard, »nicht nur die Pflanzen gestohlen hat. Ihr Mann hat Manilo mit einem Messer bedroht, damit er es gesteht.« Frieda hatte betont langsam gesprochen, um ihre Stimme unter Kontrolle zu behalten, denn bei dem Wort Messer konnte sie das Blut förmlich riechen.

Marleene war blass geworden. Sie schnappte nach Luft und sah ungläubig von Frieda zu Hildegard. »Das gibt es ja nicht«, flüsterte sie erschüttert. »Ist das wahr?« Anklagend sah sie Hildegard an.

»Nein, nein, nein«, rief diese und schüttelte energisch den Kopf. »Er hatte nie vor, ihm wirklich etwas anzutun«, beteuerte sie mit bebender Stimme. »Bitte, ihr …«

»Raus!« Julius war zu ihnen getreten und zeigte mit dem Finger in die Dunkelheit. »Schlimm genug, dass ihr die Hofgärtnerei bestohlen habt. Aber unschuldige Menschen bedrohen? Das geht zu weit! Wir wollen nichts mehr mit euch zu tun haben.«

Hildegard klappte noch einmal den Mund auf, doch Julius ließ sie nicht zu Wort kommen. »Raus, habe ich gesagt.«

Mit hängenden Schultern verließ Hildegard das Gelände. Da sie alleine war, vermutete Frieda, dass ihr Mann zu Hause geblieben war. Die darauf folgende Stille war erdrückend, kaum einer wagte etwas zu sagen. Schließlich klatschte Julius in die Hände.

»Aber davon wollen wir uns doch nicht die Laune verderben lassen! Na los. Musik.« Er gestikulierte zum Ziehharmonikaspieler, der wieder zu spielen anfing, und auch vereinzelte Gespräche setzten wieder ein. Doch erst als Bruno sein Glas in die Luft hob und rief: »Auf Julius und Marleene!«, löste sich die bedrückte Stimmung, und alle lachten und tranken.

Kurz darauf kam er mit zwei Gläsern auf sie zu. »Hier, die hast du dir verdient.« Frieda nahm sie beide, leerte eins nach dem anderen und aß hinterher ein Zuckerstück. Danach ging es ihr schon besser, der Schnaps hatte ihre Gedanken so weit benebelt, dass der Schmerz dumpfer geworden war. Sie sah von Bruno zu Alma, die wieder neben sie getreten war und fahrig an ihrer Halskette spielte.

»Ihr zwei solltet tanzen«, sagte sie kurzerhand.

»Was?«, fragte Alma, und das Quietschen in ihrer Stimme zeigte Frieda, dass sie richtig vermutet hatte.

»Ich kann nicht tanzen«, sagte Bruno jedoch zeitgleich.

»Jeder kann tanzen. Und ihr müsst! Durch meine Entlarvung ist die Stimmung gekippt, und als gute Freunde seid ihr es Julius und Marleene schuldig, sie wiederherzustellen. Wenn die Ersten tanzen, werden auch die Nächsten folgen.«

Bruno sah Frieda aus großen Augen an. »Na, wenn das so ist …« Er hielt Alma seine Hand hin, und diese nahm sie kichernd. Schon bald hüpften sie Hand in Hand über den frisch verlegten Tanzboden. Bruno konnte wirklich nicht tanzen, aber man sah, dass er so viel Freude an der Sache hatte, dass das nicht weiter schlimm war.

Frieda atmete tief ein. Was würde sie jetzt machen? Sie trank noch mehr Feuerwasser und ließ den Blick über die Menschenmenge schweifen. Weit war Alma mit ihrer Vorstellungsrunde nicht gekommen. Doch dann blieben ihre Augen an einem bekannten Gesicht hängen. Ganz allein saß er am Rand und klammerte sich an sein Bierglas. Frieda ging mit festen Schritten zu Jost hinüber, nahm ihm das Glas aus der Hand, stellte es ab und zog ihn hoch.

»Wir tanzen!«, ordnete sie an und zog den verblüfften Jungbauern kurzerhand mit sich.

***

Als es nahezu stockfinster und die Feier weit vorangeschritten war, sah Julius, dass Alma auf ihn zurannte. Fast den ganzen Abend hatte sie mit Bruno getanzt, und er wunderte sich, dass sie noch immer Energie hatte.

»Es ist gleich Mitternacht«, rief sie. »Wir müssen deine Hose verbrennen!«

Seine Augenbrauen zogen sich zusammen. »Hast du zu tief ins Glas geschaut? Ich verbrenne doch nicht meine Hose! Es ist ohnehin kaum noch jemand da.« Von den gut dreißig Gästen waren tatsächlich nur noch zehn übrig. Auf der Tanzfläche stand schon seit Stunden Frieda in inniger Umarmung mit Jost, die selbst jetzt noch tanzten, obwohl die Musik verklungen war. Es wunderte Julius ein wenig, da Frieda doch für Manilo bis nach Italien gereist war, aber immerhin war Marleene so nicht mehr das Zentrum von Josts Aufmerksamkeit.

»Das ist Brauch, und wenn wir es nicht machen, steht eure Ehe unter keinem guten Stern.« Alma fuhr sich durch die Haare. »Bitte, Julius, es ist wirklich von großer Bedeutung für eure Zukunft. Wir haben schon nicht ordentlich gepoltert…« Dieser Umstand schien ihr wahrhaftig innere Seelenqualen zu bescheren.

Seufzend ging Julius zu Marleene. »Alma will, dass ich meine Hose verbrenne.« Das war kein Satz, von dem er je vermutet hätte, dass er ihn sagen würde.

Er war darauf gefasst, dass Marleene laut loslachen oder sich womöglich empören würde, dass andere Frauen überhaupt über seine Hose bestimmen wollten, doch sie schlug sich die Hand vor die Stirn.

»Auweia, das hätte ich in all der Aufregung fast vergessen.«

Also holten sie seine älteste Hose hervor, die kurz darauf mitten auf dem Hof unter dem Applaus der letzten zehn Gäste in Flammen aufging.

Als nichts mehr außer Asche davon übrig war, übergab Alma den beiden ein Kehrblech. »Jetzt alles zusammenfegen, und dann vergraben wir die Asche im Garten«, sagte sie voll Feuereifer.

Ergeben ließ Julius auch das über sich ergehen. Hier auf dem Lande gab es wirklich jede Menge verrückter Bräuche.

»Hier obendrauf müssten wir eigentlich unseren Flieder pflanzen«, sagte er zu Marleene, als er mit dem Spaten das Loch wieder zuklopfte, das er gegraben hatte. »Dann würden wir ihn nicht nur mit der Verlobung, sondern auch mit dem schönsten Tag unseres Lebens in Verbindung bringen.«

»Was denn für ein Flieder?«, fragte Alma und tastete dabei wie so oft nach ihrer Kette am Hals. »Oh, nein!« Hektisch blickte sie um sich. »Sie ist weg, die Kette meiner Mutter! Wir müssen sie suchen.«

Im kümmerlichen Schein der Lampen schritten sie das Gelände und vor allem die Tanzfläche ab, alle auf der Suche nach Almas Silberkette, und erzählten ihr währenddessen alles über den einzigartigen Flieder mit den zweifarbigen Blütenblättern, mit dem Julius Marleene seinen Heiratsantrag gemacht hatte.

»Und dieser Flieder ist noch immer in der Hofgärtnerei, obwohl ihr damit viel bessere Gewinnaussichten in Hamburg hättet?«

Julius legte einen Arm um Marleene, zog sie an sich und küsste ihren Scheitel. »So ist es leider.«

»Warum holen wir ihn denn nicht? Die Kette finden wir in der Dunkelheit ohnehin nicht mehr. Ich werde bei Tageslicht noch einmal suchen. Aber dieser Flieder sollte doch nicht so einfach zu übersehen sein …«

»Es ist unmöglich, auf das Gelände zu kommen«, erklärte Bruno und verwies auf das hohe Tor und die unüberwindbare Mauer.

Alma verschränkte die Arme. »Unmöglich gibt es nicht, man benötigt nur das richtige Werkzeug, oder, Jost?« Sie wandte sich an ihren Bruder, der Hand in Hand mit Frieda dastand und knapp nickte. »Jo. Sollte hinhauen. Wir nehmen einfach eine Leiter mit.« Er wirkte wie ein gänzlich anderer Mann, stellte Julius fest. War es eine neue Selbstsicherheit, die ihn nun umgab? Oder eine gewisse Leichtigkeit?

»Wäre es nicht schön, wenn wir noch vor der Hochzeit den Flieder für euch zurückerobern würden? Es ist ja immerhin eurer, und wenn dieser Konstantin ihn nicht rausrücken möchte, dann holen wir uns halt, was uns zusteht.« Sie boxte in die Luft, und Bruno juchzte dazu.

»Genau, das machen wir!«

Julius überlegte. Der Spaten war überraschend gut durch die Erde geglitten, als er die Asche vergraben hatte. Der Zeitpunkt wäre also ideal, denn in anderen Nächten könnte jederzeit der Bodenfrost kommen. Und ohne ihn und Marleene gäbe es diesen Flieder ja nicht einmal, er stand ihnen zu. Konstantin würde auch nichts vermissen, da er gar nicht wusste, was hinten im Wald stand. Es würde also keiner zu Schaden kommen. Doch sie hätten eine bessere Aussicht auf Erfolg, auch ohne die ganzen Ressourcen, die der Hofgärtnerei zur Verfügung standen.

»Na gut, dann lasst es uns versuchen«, sagte er, nachdem er sich mit Marleene verständigt hatte, und sie gingen zu den Thormälens hinüber, um den Pferdewagen und eine lange Leiter zu holen.

Frieda kletterte zu Jost auf den Kutschbock, hakte sich unter und schmiegte sich dicht an ihn. Julius setzte sich neben Marleene auf die Ladefläche, gegenüber von Alma und Bruno, die sich zwischendurch immer wieder zulächelten. Der Schnaps in ihren Adern ließ sie unterwegs ausgelassen singen, doch als sie die Hofgärtnerei nach einer Dreiviertelstunde erreichten, mahnte Julius sie zur Ruhe.

»Leise, sonst verraten wir uns noch …«

»Wo soll ich anhalten?«, fragte Jost über die Schulter hinweg zu Julius, während er im Schritttempo die Mauer der Gärtnerei entlangfuhr.

»Wir brauchen eine Stelle, an der wir unauffällig die Leiter anlegen können. Eigentlich egal wo, denn wenn ich erst einmal auf der anderen Seite bin, kenne ich mich aus. Aber vielleicht gibt es einen Busch, der uns Schutz bietet?«

Dreimal lenkte Jost das Fuhrwerk an der Mauer auf und ab. Doch neben einem weiten Teil der Gärtnerei verlief ein tiefer Graben, sodass sich die Leiter nicht ohne Weiteres an die Mauer lehnen ließ.

»Und wenn wir einfach über das Tor klettern?«, fragte Alma, doch Bruno schüttelte den Kopf. »Oben auf den Streben sind messerscharfe Spitzen.«

Frieda drehte sich zu der Gruppe um. »Dann lasst es uns noch einmal weiter hinten versuchen.«

»Was versuchen?«, fragte eine schneidende Stimme, und Julius wurde eiskalt, als er ausgerechnet Konstantin mit seinem feinen Zylinder in der Dunkelheit der Straße entdeckte.

33. Kapitel

Die Kohlfahrt war Rosalies Trumpf im Ärmel. Ihre Freundinnen kannten so etwas noch nicht, aber sie hatte ihren Vater im vergangenen Jahr auf eine begleitet und gedachte diesen Vorteil nun für sich zu nutzen.

»Es ist eine überaus lustige Unternehmung«, erklärte sie ihren Freundinnen und dämmte jegliche Einwände ein, indem sie wahrheitsgetreu berichtete, dass sogar der Großherzog diesem Amüsement frönte.

Die sanftmütige Julia lenkte als Erste ein. »Wir sitzen doch bei diesem Winterwetter immer nur im Kaffeehaus, sollten wir eine solche Fahrt nicht tatsächlich einmal ausprobieren? Das ist doch eine ausgezeichnete Gelegenheit, sämtliche gut aussehenden Junggesellen einzuladen«, sagte sie an Henrietta gewandt, da Mathilde ja nun glücklich verheiratet war.

Es hätte nicht besser laufen können, denn genau das war auch Rosalies Absicht. Eine Unternehmung, die sie selbst vorschlug, konnten sie ihr immerhin nicht vorenthalten, wie sie es mit den vergangenen Tanztees gemacht hatten. Das war so gesehen besonders unglücklich, da sie so keinerlei Gelegenheit hatte, den jungen Männern zu signalisieren, dass sie ihre Trauerphase überwunden hatte und für gesellschaftliche Veranstaltungen zur Verfügung stand.

Zum Glück hatte sie diesen schier meisterlichen Einfall gehabt.

Henrietta, die ebenfalls auf der Suche war, brauchte nicht lange überredet zu werden. Und so lud Mathildes Ehemann seine Freunde und Bekannten ein, Mathilde selbst noch weitere Freundinnen, und zwei Wochen später standen sie auf dem Feldweg, über den sie die Boßelkugel werfen wollten.

Die Sonne lachte vom Himmel und brachte den Raureif an den langen Gräsern zum Leuchten. Ein herrlicher Tag, um auf Männerfang zu gehen.

Rosalie war froh, dass sie als Einzige in der Gruppe bereits Übung mit der schweren Kugel hatte und sie zudem durch ihre Arbeit in der Gärtnerei an Kraft zugelegt hatte. Sie genoss das anerkennende Gemurmel nach ihrem vortrefflichen ersten Wurf und lachte gönnerhaft.

»Ach, das ist doch eine meiner leichtesten Übungen«, sagte sie und überlegte kurz, ob sie einen weiteren ihrer Vorzüge hinzusetzen sollte: *Ihr solltet mich erst auf der Tanzfläche sehen!* Aber sie wollte auch nicht verzweifelt wirken. Besser, sie ging in privaten Konversationen und mit Fingerspitzengefühl voran. Schnell verschaffte sie sich einen Überblick. Von den sieben Männern waren drei verheiratet oder zumindest fest versprochen. Blieben noch vier, wobei Helge riesige Ohren hatte, ein Auge kleiner als das andere war und seine Schultern stets von feinen Schuppen bedeckt waren, die aus seinen Haaren rieselten. Mit einem derartigen Begleiter würde sie ihrem Ruf eigentlich nur noch mehr schaden, somit fiel auch er weg.

Sie hakte sich beim strohblonden Ole unter, der sich seit seiner Zeit beim Militär stets so aufrecht hielt, als machte er Meldung. Nach ein wenig Geplänkel und einer dezenten Schmeichelei ihrerseits pirschte sie sich an das heikle Thema an.

»Freust du dich schon auf den Frühlingsball des Großherzogs?«

Er wog den Kopf hin und her. »Ich bin noch nicht sicher, ob mein Regiment zu der Zeit in der Stadt sein wird.«

Von der anderen Seite trat Julia an sie heran. »Zu welcher Zeit?«

»Wir sprachen gerade vom Frühlingsball«, erklärte Ole.

Julia schnappte nach Luft. »Wirst du etwa teilnehmen?«, fragte sie Rosalie und wirkte ehrlich aufgeregt.

Rosalie blieb vollkommen ruhig und war froh, dass sie dank Johannes sehr geübt darin war, ihre wahren Gefühle zu verbergen. Dieses dumme Ding würde ihr noch den Plan zunichtemachen. »Aber gewiss doch.«

Julia freute sich. »Das ist ja vortrefflich. Wer wird dich denn begleiten?« Vorsichtig sah sie sich um und senkte die Stimme. »Doch nicht etwa dieser junge Mann, den du neulich erwähnt hast?«

Rosalie lächelte gequält, und Ole seufzte. »Es ist aber auch ein Jammer mit so einer Schönheit wie dir, Rosalie. Kaum bist du wieder frei, schnappt dich erneut jemand weg.« Er löste sich von ihr. »Wenn ihr mich bitte entschuldigt, meine Damen, ich möchte mich jetzt auch einmal an dieser Boßelkugel versuchen.«

»Blixem!«, stieß Rosalie leise aus, ein Fluch, den Johannes so oft von sich gab, und Julia sah sie wieder ganz erschrocken an. Mist, sie wollte sich das Fluchen doch wieder abgewöhnen, es war schon recht undamenhaft. Doch irgendwie kam es, seit sie es einmal herausgelassen hatte, immer wie von selbst.

»Ach du meine Güte, du wolltest doch nicht etwa mit Ole gehen? Das tut mir leid. Ich dachte nur, nun, da du diese mysteriöse Bekanntschaft hast … Ich kann aber auch gerne versuchen, etwas für dich zu arrangieren, wenn ihr noch nicht gemeinsam in der Öffentlichkeit auftreten könnt. Immerhin stehe ich in deiner Schuld, da du dafür gesorgt hast, dass ich in Julius' Begleitung zum Alpenrosenball gehen konnte.«

In diesem Moment lief Lorenz an ihnen vorüber. Er war ein Stück kleiner als Rosalie, aber davon abgesehen war sein Äußeres recht passabel. Nicht ihre erste Wahl, aber zunächst brauchte sie ja nur jemanden, um sich überhaupt wieder in der Gesellschaft blicken lassen zu können.

»Lorenz, entschuldige bitte«, sprach Julia ihn mit haspliger Stimme an. Lächelnd trat er zu ihnen, und sie vergrößerten den Abstand zur restlichen Gruppe. »Hast du schon eine Begleitung für den Frühlingsball?«, fragte Julia nach etwas Höflichkeitsgeplänkel freiheraus, und nur ihre geröteten Wangen verrieten, wie unangenehm ihr dies war.

»Wieso fragst du, benötigst du etwa noch einen Begleiter? Wenn ja, wäre es mir eine absolute Ehre. Ich finde es großartig, dass du das ansprichst, denn ich habe offen gestanden schon des Öfteren überlegt, dich zu fragen. Aber du kommst aus solch gutem Hause und bist dazu noch so hübsch … Ich wollte nicht, dass man denkt, ich hätte die falschen Absichten. Aber ja, wie gesagt, wenn du mich so fragst, wäre es mir eine Ehre.«

Die zwei lächelten sich an und schienen Rosalie kaum noch wahrzunehmen. Sie unterdrückte ein sarkastisches »Bitte, kümmert euch nicht weiter um mich« und entschlüpfte resigniert Julias Griff.

Lorenz fiel also ebenfalls weg.

Nun ja, es blieben immerhin noch zwei weitere Männer. Sie trat näher an Gebhard heran. Sein schütteres Haar sagte ihr gar nicht zu, aber er war hochgewachsen und hatte zumindest ebenmäßige Gesichtszüge, wenn sie auch durch eine feine Narbe auf der Wange unterbrochen wurden. Sie wollte gerade seinen gelungenen Wurf loben, als sich Hagen zu ihm beugte. »Du geleitest Gudrun von Meinburg zum Frühlingsball, ist mir zu Ohren gekommen? Meinen Glückwunsch!«

Gebhard nickte, und seine Narbe wurde in die Länge gezogen, als er grinste. »Mechthild Hofmeister ist aber auch keine schlechte Partie!«

Fast wäre Rosalie auf der Stelle stehen geblieben. Für einen Atemzug schloss sie die Augen. Damit schieden die letzten zwei Junggesellen ebenfalls aus. Diesen gesamten vermaledeiten Ausflug hatte sie also vergebens in die Wege geleitet. Sie ruckelte an ihrem Korsett, denn es fühlte sich an, als würde sie nicht ausreichend Sauerstoff bekommen.

»Ist dir nicht wohl?« Sie blickte in die ungleichen Augen von Helge, die sie sorgenvoll anblickten. Na schön, überlegte sie mit einem innerlichen Seufzen. Was sein muss, muss sein.

Sie fuhr sich mit dem Handrücken über die Stirn, gab sich ihrem innerlichen Schwanken hin und blickte ihn hilflos an. »Mir ist … mir ist ein wenig schwindelig. Kannst du mir etwas Halt geben?«

»Aber gewiss doch«, er eilte zu ihr herüber, bot umgehend seinen Arm dar, und Rosalie hakte sich mit einem dankbaren Lächeln unter. Nach einem kurzen Austausch über das Boßeln schlug sie auch ihm gegenüber ihr Thema an. Es nutzte alles nichts, sie musste mit der Vogelscheuche gehen, wenn sie ihren gesellschaftlichen Wiedereinstieg nicht verpassen wollte.

»Ich freue mich schon sehr auf den Frühlingsball.«

Er nickte. »Es ist immer schön zu wissen, dass der unangenehme Winter sich endgültig verabschiedet hat, und das sollte man unbedingt gebührend feiern.«

»Du wirst folglich hingehen?«

»Aber gewiss doch, dieses Ereignis lasse ich mir nur ungern entgehen. Wie ist es mit dir?«

Rosalie schürzte die Lippen und gab vor zu überlegen. »Vermutlich. Ich warte noch auf den richtigen Begleiter.«

»Ah. Verstehe.«

Anstatt sie nun zu fragen, beobachtete er ganz genau, wie Henrietta die Boßelkugel warf.

»Diese Kohlfahrt war wirklich eine vortreffliche Idee von dir. Man sitzt sonst so viel in geschlossenen Räumen herum.«

Ach Gottchen, dieser Dummbödel war offenbar wirklich auf den Kopf gefallen. Wieso fragte er sie nicht endlich? Was sollte sie noch machen, ihm den Zaunpfahl auf den Kopf schlagen?

»Ich habe allerlei vortreffliche Ideen. Wenn wir Gelegenheit hätten, uns öfter zu unterhalten, erzähle ich gerne mehr davon.«

Erfreut lächelte er sie an. »Was für ein überaus nettes Angebot.«

Am liebsten hätte Rosalie ihn genommen und geschüttelt und geschrien: Jetzt frag mich endlich, du Maulwurf! Aber gut, wenn er es wirklich so wollte, hatte sie als moderne Frau kein Problem damit, die Sache selbst in die Hand zu nehmen. Julia hatte es schließlich ebenfalls getan – wenn auch unbeabsichtigt. Einige Männer standen offenbar einfach auf dem Schlauch, und ihr blieb keine Zeit. Durch den Deutsch-Französischen Krieg waren Frauen in der Überzahl, und wenn sie sich jetzt keinen Begleiter organisierte, würde sie leer ausgehen.

Das konnte sie nicht zulassen.

Also schenkte sie ihm ihr herzlichstes Lächeln und benetzte ihre Lippen.

»Eine dieser verrückten Ideen wäre zum Beispiel, dass wir zwei zusammen zum Ball gehen …«

Er lachte nervös auf und fuhr sich durch die Haare. Dann sah er sie an. Sie hasste die Entschuldigung in seinen Augen, die aufflackerte, bevor er es aussprach. »Ich bin wahrlich untröstlich, aber ich habe bereits jemanden.«

34. Kapitel

»Na, Rosalie, was ist los? Waren die goldenen Löffel schmutzig, und du musstest dich mit dem Silberbesteck zufriedengeben?« Johannes legte am Montag kumpelhaft einen Arm um ihre Schultern, wie er es oft bei Bruno zu tun pflegte, und Rosalie zuckte zusammen. Sie war solche körperliche Nähe nicht gewohnt. Aber das würde sie sich selbstredend nicht anmerken lassen.

Doch was sollte sie ihm sagen? Offenbar war es ihr nicht gelungen, ihre Niedergeschlagenheit zu verbergen, aber dass keiner sie zum Ball begleiten wollte, würde sie ihm gewiss nicht auf die Nase binden.

»Es ist doch ganz gleich, was mich beschäftigt, du würdest dich ohnehin nur darüber lustig machen.«

Johannes legte den Kopf zur Seite. »Das würde ich so nicht sagen. Die Sozialdemokratische Partei Deutschlands kämpft für die Abschaffung der Klassenherrschaft und für gleiche Rechte und Pflichten aller ohne Unterschied des Geschlechts oder der Abstammung. Das würdest du wissen, wenn du endlich unser Parteiprogramm gelesen hättest, das ich dir gegeben habe. Und ich setze mich für all meine Kollegen ein. Mit Bruno habe ich zum Beispiel gerade beratschlagt, ob eine gewisse junge Frau ihm zugetan ist oder einfach nur freundlich. Also, was denkst du? Hat Bruno Aussicht auf Erfolg?«

Rosalie lachte auf. »Ich denke nicht.« Wie lange brauchte Bruno noch, um zu verstehen, dass diese Greta ihn nie lieben würde? Schon gar nicht, wenn er ihr hinterherlief wie ein trauriges Schoßhündchen.

»Und was könnte er tun, um das zu ändern?«

Rosalie musste sich zusammennehmen, um nicht garstig »gar nichts« zu rufen. »Hm. Vielleicht könnte er ihr ein wenig die kalte Schulter zeigen? Und die Kleidung … die sollte immer picobello sein.« Sie musterte Bruno eingehend. »Und ganz vortrefflich wäre ein Schnurrbart.«

»Ein Schnurrbart?« Bruno zog eine Schnute. »So was mag ich aber nicht.«

Johannes sah ihn streng an. »Möchtest du diese Frau nun für dich gewinnen, oder nicht?«

Bruno seufzte, doch dann wandte er sich an sie. »Und warum bist du nun so betrübt, Rosalie?«

Rosalie spürte einen Klaps zwischen ihren Schulterblättern und Johannes dicht neben sich. »Genau, was ist dein Problem? Siebzehn Kinder, achtzehn Betten, und keines will an der Wand schlafen?«

Sie verdrehte die Augen, und Bruno kratzte sich im Nacken. »Aber … das wäre ja gar kein Problem. Kommt dann doch genau hin.«

Johannes grinste diabolisch. »Eben! Und was sollte unser Prinzesschen schon für ein Problem haben? Sie wohnt in einer Villa, hat großartige Kollegen und immer ausreichend zu essen.«

»Das ist nicht gerecht«, sagte Bruno und wirkte ehrlich verärgert. »Wir wollten uns doch gegenseitig helfen. Also, Rosalie, was brennt dir auf der Kehle?« Mitfühlend sah er sie an.

Herrjemine, wie tief war sie gesunken, dass sie hier nun mit zwei Arbeitern ihre Probleme besprach? Niemals würde sie gestehen, wie lächerlich sie sich am Wochenende gemacht hatte. Aber sie wusste, dass die eintönige Arbeit mithilfe von Unterhaltungen in den Hintergrund gerückt wurde und die ewig langen Tage so schneller vergingen. Sie musste ja nicht ihr Hauptproblem offenbaren, sie hatte schließlich zahlreiche. Wenn sie ihnen eines davon gestand, konnten sie ruhig einmal hören, wie ausweglos ihre Lage war und dass auch sie nicht die verwöhnte Prinzessin war, zu der Johannes sie stets abstempelte.

»Nächsten Monat ist der Frühlingsball.«

»Ach ja«, Johannes warf theatralisch den Kopf in den Nacken und kühlte seine Stirn mit dem Handrücken. »Du armes, vom Schicksal gebeuteltes Wesen musst auf Bällen Champagner schlürfen und tanzen … Höchst bemitleidenswert!«

Rosalie funkelte ihn wütend an. Konnte er sie wirklich nie ernst nehmen? Sie mochte andere Probleme haben als die gewöhnlichen Arbeiter, dennoch war es sehr belastend. »So einfach ist das nicht.«

»Warum nicht?«, fragte Bruno, und sein Interesse wirkte zumindest ernsthaft.

»Bei derartigen Anlässen hat man gewisse gesellschaftliche Erwartungen zu erfüllen. Und es …« Rosalie presste die Lippen zusammen und verstummte. Sollte sie sich ihnen wirklich offenbaren? Sie sah auf und blickte in vier ernste aufmerksame Augen. Wenn sie wollte, dass sie und ihre Sorgen ernst genommen wurden, führte offenkundig kein Weg daran vorbei.

»Es ist der erste offizielle Anlass seit …«, sie holte tief Luft, damit ihre Stimme fester wurde, »seit …« Sie bekam es einfach nicht über die Lippen.

»Seit du deinen Freier in den Wind geschossen hast«, kam ihr Johannes in seiner lapidaren Art zu Hilfe, und Rosalie musste schmunzeln.

»Ja. Seit der Lösung meiner Verlobung. Deswegen ist dieser Ball für mich von immenser Bedeutung, und ganz gewiss werden aller Augen auf mir liegen. Nicht wenige werden spotten, und ganz gleich, was ich tue, alles wird besonders viel Aufmerksamkeit erhalten. Und ich weiß, dass ihr das jetzt nicht als echtes Problem erachtet, aber für mich ist es das.«

»Was denn?«, fragte Bruno, während er eine Pflanze zur Seite stellte.

»Ich … ich habe kein neues Kleid. Ja, lacht euch jetzt ruhig die Seele aus dem Leib. Aber wie gesagt stehe ich dort unter besonderer Begutachtung. Ich trage bereits den Schandfleck der gelösten Verlobung, und wenn ich zudem als einzige weibliche Person mit einem Kleid aus der letzten Saison auftauche, dann ist das, dann ist das …«

Erbärmlich?

Kompromittierend?

Eine Blamage auf ganzer Linie?

»Blöd?«, schlug Bruno vor, und Rosalie lachte leise, aber sie nickte, während sie die Spitzen der nächsten Pflanze abschnitt. »Ja, das wäre ziemlich blöd. Aber ich habe nun mal kein Geld für ein neues Kleid.«

Wie erwartet schnaubte Johannes verächtlich. »Aber da bist du ja selbst mit bei!«, sagte er dann jedoch, und Rosalie versuchte vergeblich einzuordnen, worauf er anspielte. »Ich meine, du musst keine Miete zahlen, bekommst Essen … Wofür hast du denn dein ganzes Geld ausgegeben?«

Rosalie runzelte die Stirn. »Welches Geld?«

»Na deinen Lo-hohn!« Johannes sog entnervt die Luft ein. »Du arbeitest seit – wann fing diese peinvolle Zeit mit dir, dieses Joch, noch mal an? Im November. Wir haben März, also hast du gut und gerne, wenn wir diesen Monat mit einrechnen und von zwanzig Mark pro Monat ausgehen, hundert Mark verdient.«

Rosalie konnte ihn einfach nur anstarren.

Johannes wurde skeptisch. »Oder …«, ganz langsam griff er nach der nächsten Pflanze, »willst du etwa sagen …? Nein. So töricht bist selbst du nicht!«

Sie wurde rot, und ihre Gedanken überschlugen sich. Ja, jetzt, wo er es ansprach, fiel es auch ihr auf. Natürlich sollte sie für ihre harte Arbeit Lohn bekommen! Wie hatte ihr das entgehen können?

»Ach, Rosalie«, Johannes schlug bereits mehrfach die flache Hand gegen seine Stirn, »das kann doch jetzt nicht sein.« Er wirkte richtig empört. »Etwas mehr mitdenken, bitte! Nicht immer nur Kleider und Vergnügungen im Kopf haben! Du musst doch auf mich hören! Ich sags ja, wenn du unser Parteiprogramm gelesen hättest, wäre das nicht passiert.«

Rosalie legte die Schere weg und wischte sich die Hände an ihrem Rock ab. »Entschuldigt mich bitte, ich habe etwas zu erledigen«, sagte sie so würdevoll, wie sie konnte, und ging auf den Hauptweg zu. Ihr Bruder konnte sich auf etwas gefasst machen.

***

Konstantin saß am Montagvormittag im Kontor und dachte erneut an das seltsame Erlebnis des Wochenendes zurück. Was konnte sein Bruder gewollt haben?

Herausgeredet mit einer nächtlichen Spazierfahrt hatten sie sich. »Genau, nachts sind alle Katzen … äh … Pflanzen so schön grau«, sagte Bruno, der eine wahre Schönheit an seiner Seite hatte, die seinen Spruch ganz offenbar so amüsant fand, dass sie heftig lachte.

»Versucht nicht, mich für dumm zu verkaufen«, schimpfte Konstantin. »Ihr sagt mir jetzt auf der Stelle, was ihr hier wollt.« Dann dünkte ihm etwas, denn das, was er auf der Ladefläche entdeckte, war nur allzu offensichtlich. »Mit einer Leiter.«

»Wir …«, stammelte Julius, doch Marleene rief: »Es ist ein Brauch«, und im nächsten Moment nickten alle Mitfahrenden. Alle außer Bruno.

»Mit einer Leiter durch die Nacht zu fahren?«

Wieder nickten alle. Diesmal selbst Bruno.

»Mit zwei nachtschwarzen Pferden«, ergänzte Frieda vom Kutschbock, und er sah argwöhnisch auf die Friesenpferde, während die unbekannte Schönheit auf den Mond deutete. »Kurz bevor der Mond sich gänzlich füllt.«

»Muss man drei Runden drehen«, rief der Bär von einem Mann mit den ausgeprägten Koteletten neben Frieda.

Konstantin verschränkte die Arme. »Und warum sollte man das tun?«

Die hübsche Schwarzhaarige sah ihm direkt in die Augen. »Sonst ereilt dich ein schreckliches Unglück«, flüsterte sie halblaut. Er wusste nicht, was es war, aber er glaubte ihr, denn ihre Angst vor einem möglichen Desaster wirkte aufrichtig. Dennoch wollte er sichergehen, dass er nicht verhöhnt wurde. »Und das muss man bei jedem Fastvollmond machen?«

Sofort protestierten alle auf dem Wagen.

»Nicht bei jedem Fastvollmond«, ergriff Bruno das Wort, und Marleene und Julius wirkten, als erlitten sie die schlimmste Marter. »Nur beim Polterabend.«

Ha, jetzt hatte er sie ertappt. Er wusste genau, dass Julius kein Geld für eine Hochzeit hatte. Deswegen wirkten die beiden so gequält, sie hatten gewiss befürchtet, dass Bruno sich verplappern würde.

»Ihr feiert heute also euren Polterabend?«, hakte er zuckersüß nach.

Alle auf dem Wagen nickten.

»Du kannst jeden in unserer Nachbarschaft fragen«, sagte Julius. »Die Feier war großartig, jetzt folgen die ganzen Bräuche aus der ländlichen Gegend. Ich habe vorhin auch schon meine Hose verbrannt …«

»Aber jetzt«, sagte die Schwarzhaarige, »müssen wir dringend weiter. Das Unglück und so … Man darf nicht zu lange stehen bleiben. Jost?«

Der Mann auf dem Kutschbock nahm die Zügel auf, das Fuhrwerk setzte sich langsam in Bewegung, und Konstantin schaute ihnen noch lange nach …

Was zum Teufel war das gewesen?, fragte er sich bis heute und spielte nachdenklich mit dem Füllfederhalter. Er hatte sich bei Meike erkundigt, das mit dem Verbrennen der Hose stimmte, und offenbar gab es tatsächlich jede Menge Hochzeitsbräuche auf dem Lande, die er nicht kannte.

Aber was wäre geschehen, wenn er nicht just in diesem Moment aus der Stadt zurückgekehrt wäre?

Ein lautes Pochen an der Tür riss ihn aus seinen Gedanken. Er konnte bereits am Geräusch des Klopfens hören, dass auf der anderen Seite jemand sehr erbost war. Meike konnte es also nicht sein, die klopfte stets, als fürchtete sie, die Tür würde aus Zuckerguss bestehen.

Bevor er den Besucher hereinbitten konnte, schwang die Tür auf, knallte gegen die Kommode, und Rosalie stürmte ins Kontor. »Warum bekomme ich keinen Lohn?«

Konstantin legte seinen Stift zur Seite und betrachtete seine Schwester. Sie hatte die Hände in die Hüften gestemmt, und ihr Brustkorb hob und senkte sich heftig. Durch den Rock mit der schlichten Bluse und die in einem einfachen Zopf zusammengefassten Haare war von der Rosalie aus dem vergangenen Jahr nicht mehr viel zu erkennen.

Nur das Temperament war das gleiche geblieben.

»Nun ja, also wir als Familienunternehmen … Da wäre es mehr als unüblich, dir Lohn auszuzahlen.«

Rosalies Augen wurden zu schmalen Schlitzen. »Hat Julius Lohn bekommen, als er hier gearbeitet hat?«

Mist! Wieder einmal bewies seine Schwester, dass sie nicht auf den Kopf gefallen war. »Äh …«

»Hast du Lohn bekommen, als du für Vater gearbeitet hast?«

»Aber, Rosalie …«, er ruckelte sich auf seinem lederbezogenen Holzstuhl zurecht. »Das lässt sich doch überhaupt nicht vergleichen.«

»Warum?« Sie trat einen Schritt näher und sah ihn scharf an. »Weil ich eine Frau bin?«

Konstantin ordnete seine Gedanken. So kam er nicht weiter, doch er musste sie dringend zur Räson bringen. Richtungswechsel!

»Nein, damit hat es gewiss nichts zu tun. Die finanzielle Situation war damals eine andere. Nachdem ich die weichenden Erben auszahlen musste, ist einfach nicht mehr viel da.« Wie ein verletzter Welpe sah er sie an, es fehlte nur noch, dass er winselte. Aber was tat er nicht alles, um ein paar Mark zu sparen? »Und da du ja keine Familie oder dergleichen versorgen musst und hier wohnst …«

»Das ist mir gleich! Ich habe ebenfalls gewisse Ausgaben, die ich tätigen muss, ich brauche zum Beispiel ein Kleid für den Frühlingsball. Alle tragen jetzt diese Keulenärmel …«

Konstantin nahm seinen Federhalter wieder auf. »Wenn du so dringend Geld und neue Kleider brauchst, warum heiratest du denn nicht?« Jetzt, wo er sie an diese unschöne Episode in ihrem Leben erinnert hatte, würde sie gewiss nicht mehr widersprechen, dachte er triumphierend.

Rosalie aber stützte sich auf den Schreibtisch und beugte sich ganz dicht an Konstantin heran. »Wenn *du* so dringend Geld brauchst, warum heiratest *du* denn nicht?«

35. Kapitel

Auf dem Weg von der Hofgärtnerei nach Hause war Bruno tief in Gedanken versunken. So viel Spaß wie auf dem Polterabend hatte er lange nicht gehabt. Normalerweise versuchte er stets, Greta zu gefallen, doch je mehr er sich bemühte, desto genervter schien sie zu sein.

Er war zunächst voller Kummer gewesen, dass sie nicht mit zum Polterabend hatte kommen wollen, da sie seiner gebrechlichen Mutter nicht zumuten wollte, sich einen ganzen Abend um den kleinen Elias zu kümmern, der gerade zahnte.

Doch dann hatte er sich bestens amüsiert.

Er hatte es sich zur Aufgabe gemacht, alle Gäste mit Schnaps zu versorgen, und hatte so zu keiner Zeit untätig am Rand gestanden. Nach Friedas Auftritt hatte es dann diese neue Wende gegeben. Das Tanzen mit Alma war einfach herrlich gewesen. Eigentlich sogar besser als sein Tanzabend mit Greta, denn sie hatten ja gar nicht mehr aufgehört – zumindest bis es an der Zeit gewesen war, Julius' Hose zu verbrennen. Sie hatten so viel gelacht und sich so gut unterhalten, dass auch an den vergangenen Tagen seine Gedanken immer wieder zu Alma zurückgekehrt waren. Greta hatte ihm zu Hause schon mehrmals gesagt, dass er nicht so dümmlich grinsen solle.

Doch er konnte nicht anders.

Und weil das alles so schön gewesen war, hatte er sich gefragt, ob es Alma womöglich ganz ähnlich erging. Immerhin hatte sie zu Silvester sogar seinen Lieblingskuchen gebacken. Vielleicht hatte sie sich ja gemerkt, dass er das erzählt hatte? Aber auf der anderen Seite backte Alma ständig irgendetwas, und Marmorkuchen war nicht eben selten.

Alma war zudem eine fröhliche Person, also mochte es auch nichts bedeuten, dass sie über seine Witze stets so herzlich lachte. Und sie unterhielt sich auch mit jedem angeregt, die Worte sprudelten ja ständig so freudig aus ihr heraus. Allerdings hatte sie sich bei ihrem nächtlichen Abenteuer ganz dicht an ihn gekuschelt. Auf der anderen Seite war es zu so später Stunde wirklich frisch gewesen, und sie hatte sich schlecht zwischen Julius und Marleene setzen können.

Aber war da nicht ein ganz besonderes Funkeln in ihren Augen gewesen?

Er wusste es einfach nicht.

Deswegen hatte er den gefragt, der sich am besten mit Frauen auskannte. Johannes. Aber auch der hatte keinen Rat gewusst. Rosalie hingegen hatte ihm auf die Nase hin zugesagt, dass er sich keine Hoffnung machen solle.

Und er konnte sich denken, warum. Warum sollte eine Frau wie Alma an einem Mann mit roten Haaren und abstehenden Ohren Gefallen finden? Also musste er sich jetzt wohl so einen blöden Schnurrbart wachsen lassen. Das fand er affig, aber wenn es den Frauen nun mal so wichtig war und er sein Aussehen dadurch verbessern konnte, würde er es tun.

Und dann würde er Alma vollkommen links liegen lassen. Rosalie meinte ja, dass das helfen könnte. Und Rosalie war eine viel umworbene Frau, die würde es wissen. Und er war bereit, alles zu tun, um Alma für sich zu gewinnen.

***

Dorothea atmete tief ein und legte eine Hand auf ihren inzwischen kugelrunden Bauch, als das Mädchen vermeldete, welcher Besucher vor der Tür stand. Am liebsten hätte sie sich verleugnen lassen. Konstantin Goldbach. Sie hatte sich geschworen, ihm niemals wieder unter die Augen zu treten – doch wenn sie ihn jetzt abwies, könnte es Gerede geben. Womöglich wäre dann nur zu offensichtlich, dass selbst sie auf diesen Schwerenöter hereingefallen war. Und auf solche Gerüchte konnte sie gut verzichten, auch wenn sie nicht gelogen waren.

»Darf ich etwas zu trinken bringen?«, erkundigte sich das Mädchen dienstbeflissen, nachdem Konstantin in den Raum stolziert war.

Dorothea verfluchte ihr verräterisches Herz, das einen kleinen Hüpfer tat, während er seinen Zylinder abnahm und sie gewinnend anlächelte. *Fall nicht abermals darauf herein,* befahl sie sich selbst.

»Nein, unser Gast wird nicht lange bleiben«, sagte sie in einem bemüht ruhigen Tonfall und legte schweren Herzens Jules Vernes *Reise um die Welt* beiseite, das beste Buch, das sie seit Karl May gelesen hatte. Ach, könnte sie doch ebenso auf Weltreise sein – dafür würde sie in ihrem gegenwärtigen Zustand sogar den Verlust ihres Vermögens in Kauf nehmen.

»Danke, dass du mich empfängst.«

»Was willst du?«, fragte Dorothea barsch, sobald das Mädchen den Raum verlassen hatte.

Konstantin nahm sich Zeit mit seiner Antwort. Mit langsamen Schritten ging er durch den Salon und sah sich um, begutachtete die grün dominierte Ausstattung. Dorothea hatte den Raum in den vergangenen Monaten gänzlich neu eingerichtet, da die zahlreichen Einladungen zu Bällen, Landpartien und Kaffeekränzchen ausgeblieben waren. Sie konnte heilfroh sein, dass einige ihrer Freundinnen moderner gesinnt waren und sie wegen ihres Vergehens nicht verachteten. Nein, sie gingen sogar so weit, die Schuld nicht bei ihr zu sehen. Unter anderem deswegen setzten sie sich mit ihrem Verein jetzt insgeheim dafür ein, dass auch Mädchen Abitur machen durften. Doch auch das hatte ihr noch viel freie Zeit gelassen, und so hatte sie sich an die Umgestaltung der Renovierung gemacht und war stolz auf ihr Werk. Die Wände zierte eine grünliche Tapete mit großen Bäumen, großblättrigen Pflanzen und hellen Vögeln. Unten wurde die Wand von einer hellgrün gestrichenen Holzvertäfelung eingefasst. Die Sessel mit den geschwungenen Holzbeinen waren mit dunkelgrünem Samt bezogen, und selbst die modische Stehlampe zierte grüne Bommel am Ende des Schirms. Das deckenhohe Holz des eingebauten Bücherregals war selbstverständlich ebenfalls grün, wohingegen die zahlreichen braunen, goldenen und beigefarbenen Buchrücken in Dick und Dünn dem Auge eine Abwechslung boten. Außerdem hatte sie zahlreiche Pflanzen aufstellen lassen, und sie fand, dass diese dem Raum ein sehr angenehmes Klima verliehen.

»Das ist ja der reinste Urwald hier ...«

»Es mag für dich kaum vorstellbar sein, aber einige Angestellte in deiner Gärtnerei mögen tatsächlich Pflanzen. Verrätst du mir jetzt endlich, was dich herführt? Ansonsten würde ich mich gerne wieder meiner Lektüre widmen.« Sie nahm das Buch in die Hände und hielt es kurz hoch.

Er räusperte sich. »Dorothea, ich bin gekommen, um dich um Verzeihung zu bitten. Es tut mir leid! Aufrichtig und aus tiefster Seele! Ich weiß, ich habe mich fürchterlich benommen, und ich hätte mich schon viel eher melden sollen, aber ... Es war alles so viel auf einmal. Der Tod meines Vaters – und ganz plötzlich sollte ich selbst Vater werden? Das hat mich im ersten Moment überfordert.« Er ging auf sie zu. »Aber jetzt bin ich bereit.«

Dorothea lachte auf. »Glaubst du wirklich, du kannst mich ein halbes Jahr lang links liegen lassen, dich keinen Deut darum scheren, wie es mir ergeht, und dann aus heiterem Himmel hier auftauchen, eine kleine Rede schwingen, und schon ist alles wieder gut?«

»Nein, nein, das glaube ich natürlich nicht. Deswegen habe ich ja auch so lange gebraucht, um zu kommen. Ich wusste, dass mein Verhalten unverzeihlich ist und ich dir vermutlich höchst zuwider bin und dass …«

Glänzten da etwa Tränen in seinen Augen?

»Es tut mir unglaublich leid. Aber bitte strafe doch mein Kind … unser Kind nicht für meine Feigheit. Das hat es nicht verdient. Ihr habt mir immerhin kaum Gelegenheit gelassen, mich an die neue Situation zu gewöhnen. Dein Vater kam umgehend ins Kontor und hat getobt und eine Heirat verlangt. Ist es nicht normal, dass man dann zunächst eine Abwehrhaltung einnimmt? Ich hatte keinerlei Gelegenheit zum Nachdenken …«

Sprach er die Wahrheit? Was er sagte, ergab Sinn. Doch nur zu gut wusste sie, dass Konstantin ihr alles erzählen würde, um ein gewisses Ziel zu erreichen. War es zudem überhaupt wichtig, dass er sich überrumpelt gefühlt hatte? Immerhin war es ihr nicht eben besser ergangen, als sie vom Doktor erfahren hatte, in welchem Zustand sie sich befand. Letztendlich waren sie beide erwachsen und hätten damit rechnen müssen, auch wenn er stets versichert hatte, er würde aufpassen. Diese Dinge ließen sich nun mal nicht verhüten, und wenn man ihnen gegenüberstand, musste jeder die Konsequenzen tragen. Und dazu hatte er sich nicht imstande gefühlt, er war alles andere als ein Ehrenmann gewesen. Sollte sich dies von heute auf morgen wirklich geändert haben?

»Warum jetzt?«, erkundigte sie sich, um der Sache tiefer auf den Grund zu gehen. Sie war gewiss noch immer skeptisch, dennoch hatten seine Worte etwas sehr Wahres erfasst.

Es ging jetzt nicht mehr um sie allein.

Sie war eine starke Frau, sie hatte in ihrem Leben schon einiges ertragen und würde mithilfe ihrer Freundinnen und dank des Rückhalts innerhalb der Familie auch die schmachvolle Zeit der sozialen

Ächtung überstehen. Immerhin waren die gesellschaftlichen Zusammenkünfte eher eine Pflichtveranstaltung gewesen. Aber sie trug jetzt auch Verantwortung. Das kleine schutzlose Wesen unter ihrem Herzen sollte es so gut haben, wie es nur möglich war. Und wenn sich nun die Gelegenheit ergab, dass es nicht in den Unglimpf hineingeboren wurde … sollte sie eine Versöhnung dann nicht zumindest in Erwägung ziehen?

Sie neigte den Kopf, da Konstantin sich noch nicht geäußert hatte, und er presste die Lippen zusammen. Dann sah er ihr direkt in die Augen.

»Ich glaube, ich musste dich zunächst verlieren, um zu erkennen, wie wichtig du mir bist. Doch jetzt, wo ich so lange ohne dich war, weiß ich eins: Ich möchte nicht auch den Rest meines Lebens ohne dich verbringen. Nein, ich möchte dich an meiner Seite haben.«

Dorothea spannte rasch jeden Muskel ihres Körpers an. Das war diese andere Sache, die ihr die Entscheidung erschwerte. Egal, wie sehr sie sich wehrte, er hatte noch immer unglaubliche Macht über sie. Er hatte ihr Herz im Sturm erobert, und obwohl er es mittlerweile mit Füßen getreten hatte, gehörte es noch immer ihm. Ob sie wollte oder nicht. Sie liebte ihn nach wie vor, ganz gleich, wie sehr sie sich dagegen wehrte. Er trat einen Fingerbreit auf sie zu und schenkte ihr sein so bezauberndes Lächeln. Dorotheas Verbitterung schmolz dahin, und auch wenn ihr Verstand sie kreischend zur Vorsicht mahnte, wagte sie es, vorsichtig Hoffnung zu schöpfen. Vielleicht würde doch noch alles gut werden?

Vielleicht musste ihr Kind nicht unehelich aufwachsen und sie nicht in Schande leben?

»Wirklich?«, fragte sie zaghaft, und er kam noch näher auf sie zu.

»Aber gewiss! Dorothea, du bist eine wunderschöne und beeindruckende Frau. Und zudem wirst du in einigen Wochen meinen Nachkommen zur Welt bringen. Wäre es nicht herrlich, wenn er eines Tages die Hofgärtnerei leiten oder Kunstgärtner werden würde?«

Oder *sie,* wollte Dorothea sagen, doch das war jetzt nicht der Moment für Feinheiten. Tränen stiegen ihr in die Augen, als Konstantin nun vor ihr auf die Knie ging. Es stimmte, was die Leute sagten, die Schwangerschaft verstärkte jegliche Gefühle. Zuvor hatte sie sich unendlich allein gefühlt, und jetzt könnte dies von heute auf morgen ein Ende haben.

»Dorothea von Wallenhorst, ich liebe dich von ganzem Herzen und möchte den Rest meines Lebens an deiner Seite verbringen. Erweist du mir die Ehre, meine Frau zu werden?«

Am liebsten hätte Dorothea augenblicklich aus voller Kehle *Ja!* in die Welt hinausgerufen. Doch er hatte sie zu sehr verletzt, zu oft ihre Gedanken beherrscht und sie dazu gebracht, sich selbst zu hassen. Sie hatte sich hoch und heilig geschworen, sich nie wieder von ihm täuschen zu lassen. Sie musste sichergehen, dass er wirklich an ihr als Person und nicht am Vermögen ihrer Familie interessiert war.

»Möchtest du das auch, wenn ich keinerlei Geld mit in die Ehe bringe? Denn mein Vater hat bereits angekündigt, dass dies so sein wird, wenn ich jetzt noch gedenke, dich zu heiraten.«

War da der Anklang eines Zögerns in seinen Zügen? Wenn ja, fing er sich schnell wieder. Er küsste ihre Hand. »Aber gewiss doch, mir geht es ganz allein um dich, meine Schöne. Bitte sag Ja!«

Hoffnungsvoll sah er sie an und wirkte dabei vollkommen aufrichtig. Aber konnte sie ihm wahrhaftig trauen?

36. Kapitel

Nachdem Bruno in den Birkenweg eingebogen war, holte er tief Luft und entließ sie nur ganz allmählich wieder. Er würde bei den Thormälens klopfen, nach Alma fragen und ihr die Kette überreichen, die er am Vortag endlich gefunden hatte, nachdem er an jedem Feierabend danach gesucht hatte. Julius hatte sich bereits gewundert, dass er nun so oft unter der Woche kam.

Das war der Plan.

Und dabei würde er die ganze Zeit vollkommen fischblütig bleiben, wie Rosalie es empfohlen hatte. Eigentlich wäre es so ähnlich, wie Johannes gegenüber Rosalie war, denn er hatte das Gefühl, dass sein Kollege Rosalie sehr mochte. Zu schade, dass sie eine Bürgerliche war, denn die beiden waren wie geschaffen füreinander. Rosalie war bisher die Einzige, die es schaffte, ihm Paroli zu bieten. Dabei war er nicht sicher, ob Johannes tatsächlich voll spontaner Gemeinheiten war oder sie zu Hause plante. Wie auch immer er es schaffte, er hatte stets eine neue Fiesheit für Rosalie parat. Bruno stockte. Ob er auch das einmal bei Alma versuchen sollte? Würde er sich dadurch interessanter für sie machen? Womöglich würde er dann sogar so schlau wie Johannes wirken.

Aber wie bekam Johannes das immer hin? Neulich hatte er dezent angedeutet, dass sie nicht eben hässlich war. Als sie mit nicht zu verhehlender Freude gefragt hatte: »Soll das heißen, dass du mich gut aussehend findest?«, hatte Johannes mit einem gehässigen Grinsen geantwortet: »Das kommt drauf an. Wie lange kannst du den Mund halten?« Natürlich hatte das Rosalie zum Fauchen gebracht, und sie hatten sich mindestens noch eine halbe Stunde gekabbelt.

Das imposante Bauernhaus der Thormälens kam nun hinter den mächtigen Bäumen in Sichtweite, und Bruno unterdrückte den Impuls, unverrichteter Dinge wieder umzukehren. Mit zittrigen Knien schritt er über den gefegten Hof und tastete nach den feinen Stoppeln über seiner Oberlippe. Es würde noch dauern, bis der Schnauzbart gänzlich da war, aber er ließ sich bereits erahnen. Er bog auf den akkurat gepflasterten Weg zur Haustür ab und hob die Hand zum Klopfen, nachdem er sich innerlich Mut zugesprochen hatte. Doch bevor seine Knöchel auf das Holz stießen, schwang die Tür bereits auf.

»Bruno, na das ist ja eine Überraschung!« Alma strahlte ihn aus ihren blaugrauen Augen an und trat zur Seite. »Möchtest du hereinkommen? Ich habe gerade Birnen in Duftkuchen gemacht.«

Bruno lief das Wasser im Munde zusammen, das war eine seiner Leibspeisen.

Frostiges Verhalten, flapsige Bemerkungen, rief gerade noch rechtzeitig Rosalies Stimme in seinem Kopf.

»Puh, du backst ja wirklich Kuchen wie ein Schnellzug«, sagte er, ohne seine Begeisterung zu zeigen oder auf ihre Einladung einzugehen. Nach kurzem Zögern lachte Alma.

»Ich bin aber nur gekommen, um dir das hier zu überreichen.« Er hielt ihr die feingliedrige Silberkette mit dem kleinen Kreuz entgegen. Alma erkannte sie sofort und stürzte darauf zu.

»Die Kette meiner Mutter?« Sie nahm sie in beide Hände und betrachtete sie entzückt. »Gott sei Dank, ich dachte bereits, sie wäre für immer verloren. Ich habe noch einige Male danach gesucht … Wo hast du sie gefunden?«

»Ich war gestern zufällig noch einmal bei Julius, und da habe ich sie zwischen den Tanzdielen entdeckt.« Hoffentlich erwähnte Julius nicht bei Gelegenheit, dass er seit fünf Tagen bis spät in den Abend jeden Winkel mit einer Petroleumlampe abgesucht hatte.

»Oh, ich danke dir wirklich von Herzen. Jetzt hast du aber einen Wunsch bei mir frei. Soll ich dir vielleicht einen Marmorkuchen backen am Sonntag? Den mochtest du doch ganz gerne, oder?«

Sie hatte sich also tatsächlich gemerkt, dass das sein Lieblingskuchen war, freute sich Bruno. Und er hätte viel gegeben für ein weiteres Stück dieser Köstlichkeit. Doch er musste ihr ja die kalte Schulter zeigen. Also winkte er voll scheinbarem Überdruss ab. »Nee, lass mal.«

Sie sah so traurig aus, dass er seine Worte am liebsten zurückgenommen hätte. Aber das tat Johannes auch niemals. Zum Glück hellte sich ihr Gesicht nun von selbst wieder auf.

»Soll ich dir unsere Ferkel zeigen? Dank deiner Ratschläge haben sie sich richtig gut entwickelt.«

Wirklich?, hätte er fast voller Begeisterung gerufen. Er freute sich ungemein, dass er hatte helfen können, und es hätte ihn sehr interessiert, wie sie sich machten. Doch er zwang seine Mundwinkel wieder nach unten und tat gelangweilt. »Ach du, ich sehe ja jeden Tag Schweine.« Er zuckte mit der linken Schulter. »Das ist eigentlich nichts Besonderes für mich.«

»Ach so.« Alma wirkte ganz niedergeschlagen und senkte den Blick. »Stimmt, das hätte ich mir auch denken können.«

Bruno brummte etwas und war unschlüssig, ob er jetzt gehen sollte. Irgendwie klappte das mit dem Frostigsein nicht so gut, wie er es sich vorgestellt hatte. Was machte Johannes nur anders?

»Es war ganz lustig am Freitag, oder?«, fragte Alma nun schüchtern und riss ihn damit aus den Gedanken, sodass er sich nicht unter Kontrolle hatte.

»Ja, sehr«, plapperte er drauflos. »Was an dem Abend alles passiert ist … Ich habe mich lange nicht so amüsiert! Wie Frieda Hildegard zur Schnecke gemacht hat …«

Alma lachte. »Und hast du gesehen, wie Julius geguckt hat, als ich ihm das mit der Hose erklärt habe?«

»Aber dass die aus der Stadt unsere Bräuche nicht so gut kennen, hat uns später immerhin noch gerettet«, sagte Bruno grinsend.

»Oh, ja, ich wäre fast gestorben, als dieser biestige Bruder von ihm plötzlich auftauchte. Aber dennoch war es ein wirklich schöner Abend.« Sie sah ihm lächelnd in die Augen, und Bruno fiel siedend heiß ein, dass er doch abweisend sein sollte. Rasch wischte er das Lächeln aus seinem Gesicht und zuckte mit den Schultern. »Aber eigentlich auch nichts Besonderes. Nun gut, ich muss dann mal wieder. Wir sehen uns auf der Hochzeit?«

Alma nickte. Er tippte sich an die Kappe und ging den gepflasterten Weg hinunter. Doch dann hörte er, dass Alma seinen Namen rief. Er drehte sich fragend zu ihr um.

»Reservierst du mir einen Tanz?«

Er nickte knapp und ging dann weiter. Na, das lief doch ganz hervorragend.

* * *

»Glaub mir, ich habe bei Dorothea ein gutes Gefühl«, sagte Marleene zu Julius, während er schon wieder am Heizkessel des Gewächshauses herumschraubte.

»Warum in aller Welt sollte sie uns helfen?«

»So ungewöhnlich das auch klingen mag, aber wir haben ähnliche Interessen, und ich glaube, wir verstehen einander. Damals, nach meiner Enttarnung, hat sie sich auch stark für mich eingesetzt.«

Julius drückte einen Knopf, lauschte auf den Kessel und schlug schließlich mit dem Schraubenschlüssel dagegen, als dieser nicht zu brummen begann. »Und dann willst du einfach ins Dobbenviertel spazieren, an die piekfeine Villa klopfen und sagen: ›He, Dorothea, auf dem Gelände der Hofgärtnerei wächst noch ein Flieder, der uns gehört. Kannst du bitte kurz außer Acht lassen, dass du eine feine Dame bist, und ihn für uns klauen, damit wir die neue Hofgärtnerei werden und nicht mehr der, bei dem du in Lohn und Brot stehst?‹ Klingt nach einem herausragenden Plan!«

Marleene lachte, wurde dann aber wieder ernst. »Also dass Dorothea nicht wegen des Geldes in der Hofgärtnerei arbeitet, ist wohl offensichtlich. Und natürlich werde ich nicht gleich mit der Tür ins Haus fallen.«

»Und unter welchem Vorwand willst du sie dann aufsuchen?« Julius ächzte leise, während er eine neue Schraube festzog. »Wir haben doch nichts …«

Schmunzelnd schüttelte Marleene den Kopf. Sollte er wirklich nicht darauf kommen, welch hervorragenden Vorwand sie hatten?

»Wir haben uns«, hauchte sie in sein Ohr, und Julius hielt inne. »Du willst eine Adelige auf eine Landhochzeit einladen?«

»Der Großherzog kommt schließlich auch …«

Marleene konnte förmlich sehen, wie es hinter Julius' Stirn arbeitete. Wieder und wieder hatten sie überlegt, wie sie doch noch an den Flieder kommen könnten. Wenn Julius die Gewächshäuser nicht zum Laufen brachte, wäre er alles, was ihnen bliebe, und sie hatten nur noch wenige Wochen.

Sie hatten auch überlegt, ob Bruno nicht vielleicht den Flieder holen könnte, waren aber zu dem Entschluss gekommen, dass dies zu riskant wäre. Herzensgut, wie er war, verplapperte er sich einfach zu oft und zog gern die falschen Schlüsse. Zudem konnte man den Hof und die Lindenallee vom Kontor und vom Salon aus einsehen. Wie sollte er da einen ganzen Fliederbusch vorbeischmuggeln? Dorothea hingegen wurde stets mit der Kutsche gebracht und auch wieder abgeholt. Sie könnte sie unter einem Vorwand bis ans Ende des Hauptweges fahren lassen, mit Brunos Hilfe den Flieder aus dem Wäldchen holen und in die Kutsche verfrachten. Von der Fliedervilla aus würde man nichts Ungewöhnliches sehen.

In Marleenes Augen war der Plan perfekt.

»Na schön«, lenkte jetzt auch Julius ein. »Ich wasche mich, und dann fahren wir los.«

»Wie? Heute noch?«

»Aber gewiss doch. Die Hochzeit ist in einer Woche, Marleene, das wird Dorothea vielleicht bereits als Affront werten. Eine derart kurzfristige Einladung gehört sich einfach nicht, es ist zu offensichtlich, dass man nicht von Anfang an eingeplant war. Von daher sollten wir keinen Tag länger warten.«

Wenig später standen sie im Dobbenviertel vor der gelb-weißen Stadtvilla mit dem dunklen Dach. Sie wies in der Mitte einen rundlichen Erkerbau auf, der vor einem Spitzdach das Fundament für einen Balkon bildete.

Ein pausbäckiges Dienstmädchen mit akkuratem Spitzenhäubchen führte sie in einen Salon, in dem sich Marleene sofort wohlfühlte, da überall Gewächse standen.

»Marleene, Julius, das ist ja eine Überraschung!«, sagte Dorothea, die mit einer Wolldecke in einem Sessel gesessen hatte und nun ein Buch weglegte.

Sie erhob sich, und Marleene glaubte ihren Augen nicht zu trauen. Sie konnte nicht anders, als diesen kugelrunden Bauch anzustarren. Wie mochte das passiert sein? Sie wurde rot, denn natürlich wusste sie, wie, aber sie hätte nie damit gerechnet, dass eine gebildete Frau wie Dorothea sich auf eine Liebschaft einließ.

»D-Dorothea«, stotterte sie schließlich, um sie nicht weiter mit offenem Mund anzustarren. »I-ich hatte ja keine Ahnung. Wann ist es denn so weit?«

»Und herzlichen Glückwunsch erst mal«, ergänzte Julius, und Marleene dankte ihm im Stillen. Wie hatte sie das vergessen können?

»Danke!« Dorothea lächelte fröhlich, was wohl ein gutes Zeichen war. Eine todunglückliche Dorothea hätten sie schlecht um Hilfe bitten können. »Aber bitte, setzt euch doch. Was kann ich für euch tun?« Neugier flackerte in ihrem Blick, auch das wertete Marleene als gutes Zeichen. Dennoch musste sie sich vorsichtig an das eigentliche Thema herantasten.

»Du könntest uns zum Beispiel als Gast beehren, auf unserer Hochzeit«, sagte Marleene.

»Bruno, Greta, Johannes und Alois kommen auch«, ergänzte Julius. »Und wir dachten, es wäre schön, die alte Truppe wieder beisammenzuhaben. Wobei es natürlich eine Landhochzeit wird.« Er sah sich ehrfürchtig im Raum um, und der samtene Teppich raschelte leise unter seinen nervösen Gewichtsverlagerungen. »Wir, äh …«

»Wir leben ja etwas anders. Aber es wird gewiss dennoch ein fröhliches Beisammensein. Und der Großherzog kommt auch.« Marleene schwankte. Sollte sie den Vater des Kindes ebenfalls einladen? Was, wenn er nicht zu dem Kind stehen würde? Doch würde Dorothea dann so gesichert wirken? »Du kannst natürlich auch … eine Begleitung mitbringen. Aber wenn nicht, ist das ebenso in Ordnung. Es sind genügend Menschen da, die du kennst. Wir haben auch sehr nette Nachbarn …«

»Das klingt alles sehr vergnüglich«, sagte sie gediegen. »Ich würde mich freuen, die anderen einmal wiederzusehen. Wann ist denn der Termin?«

Keiner von ihnen traute sich, das Wort zu ergreifen.

»Bereits nächsten Samstag«, sagte Julius dann aber schließlich.

Dorothea wurde blass. »Oh.«

»Wir hatten einige organisatorische Schwierigkeiten«, sagte Marleene rasch, um die Demütigung zu mildern. »Und wir wollten unbedingt vor der Frühjahrssaison heiraten. Und dann war kein anderer Termin mehr frei, daher ist es nun … recht kurzfristig.«

»Nein«, Dorothea sah suchend um sich, »das ist es nicht. Ich, äh … ich bin nächsten Samstag verhindert.«

Jetzt hörte Marleene, wie die Haustür sich öffnete und bald darauf Schritte im Flur erklangen. »Liebchen, ich bin wieder hier«, rief eine tiefe Männerstimme im Flur. »Oh, du hast Besuch?«

Als würde er Marleene und Julius nicht kennen, stolzierte Konstantin an ihnen vorbei. Schon zum zweiten Mal an diesem Tag fehlten Marleene die Worte, und sie konnte nicht anders, als zu starren. Konstantin? Dorothea war wahrhaftig auf Konstantin hereingefallen? Ihre Hand zuckte, denn sie wollte ihr Gesicht darin vergraben und ihre pochenden Schläfen massieren. Sie wagte es nicht, Julius anzusehen.

Konstantin küsste Dorothea, die vermutlich zu schwanger war, um aufzustehen, auf den Scheitel.

»Julius und Marleene wollten uns zu ihrer Hochzeit einladen. Nächsten Samstag.«

Konstantin verschränkte die Arme und zog die Augenbrauen hoch. »Nächsten Samstag? Welch ein Jammer, das wird nicht gehen.«

»Wieso nicht?«, fragte Marleene, da sie wusste, dass Julius nicht in der Lage wäre zu sprechen.

Konstantin setzte sich auf die Armlehne des Sessels und legte einen Arm um Dorothea. »Weil an dem Tag *unsere* Hochzeit stattfindet.«

37. Kapitel

»Ich kann mir gar nicht vorstellen, dass ausgerechnet Dorothea von Wallenhorst sich mit Konstantin verlobt hat«, sagte Frieda im Schein der flackernden Lampe, während sie in ihrer Kammer Marleenes Schleier mit feinen Blüten bestickte. »Und warum so kurzfristig?«

»Nun ja, so kurz vor der Geburt hat man nicht mehr viel Spielraum …« Sie hatte ihr gutes schwarzes Kirchtagskleid auf den Knien liegen und nähte eine Spitzenborte, die Alma ihr geschenkt hatte, an den Saum, damit es festlicher wirkte. Marleene seufzte tief. Seit Tagen plagte sie ihr schlechtes Gewissen, hatte sie es doch damals auf dem Kramermarkt bereits kommen sehen und dennoch Stillschweigen bewahrt. War es ein Fehler gewesen? Aber womöglich änderte er sich ja, und Dorothea hatte so glücklich gewirkt, förmlich von innen heraus geleuchtet hatte sie.

»Und wenn die Sehnsucht groß ist, kann sie gewisse Dinge schon mal überdecken«, sagte sie daher. »Und er kann ja auch sehr charmant sein, wenn er will.«

»Findest du?!«, quiekte Frieda. »Ich fand ihn immer eher eklig. Diese näselnde Stimme, das selbstgefällige Grinsen …« Sie schüttelte sich leicht, und Marleene wurde in der kühlen Kammer ganz heiß.

»Autsch!« Rasch steckte sie ihren Zeigefinger in den Mund, in den sie unbedacht die Nadel gestochen hatte. Es war so beschämend, dass auch sie einst fast auf Konstantin hereingefallen wäre. Mittlerweile verstand sie es auch nicht mehr, aber er hatte eine Art gehabt, sie anzusehen, dass sie sich als die bedeutsamste Person der Welt gefühlt hatte.

»Wie geht es dir denn inzwischen?«, fragte sie nun lieber, nachdem ihre Cousine ein paar Tage Zeit gehabt hatte, sich von dem Schock zu erholen.

Frieda ließ den Schleier sinken, als müsste sie zunächst darüber nachdenken. Wenn Marleene sich nicht täuschte, wurde ihr Gesicht um eine Schattierung dunkler.

»Ganz passabel. Natürlich tut es noch immer fürchterlich weh, aber das Gute ist ja: Wenn einem nicht zum ersten Mal das Herz gebrochen wurde, dann weiß man, dass auch das vorübergehen wird.« Die letzten Worte hatte sie nur noch geflüstert, und Marleene bereute ihre Frage bereits. Auf der anderen Seite wäre es auch gefühllos gewesen, nicht nachzufragen. Doch als sie sah, wie zwei kleine Tränen auf ihrem Schleier landeten, zog sich alles in ihr zusammen. Sachte legte sie eine Hand auf Friedas Oberarm.

»Das wird es, davon bin ich fest überzeugt. Es braucht vermutlich noch etwas Zeit, denn die Gefühle verschwinden ja nicht von heute auf morgen, aber es wird wieder besser werden. Und ich weiß, das ist ein oft daher gesagter Spruch, dennoch lässt sich nicht leugnen, dass es noch andere Männer gibt. Was ist denn zum Beispiel mit … Jost?«

»Ach …«, sagte Frieda viel zu hastig und wischte durch die Luft. Wenn Marleene es richtig sah, färbten sich ihre Wangen noch röter. »Der?! Der sagt doch nie etwas. Außerdem ist es viel zu früh, ich habe ja noch nicht vollkommen mit Manilo abgeschlossen.«

»Stimmt. Deswegen brauchst du jede Menge Ablenkung. Gut, dass morgen das Kranzbinden ist, du kommst doch?«

Frieda sah überrascht auf und wirkte wie eine Maus im Visier eines Habichts. »Morgen ist das? Ach du meine Güte! Das habe ich total verschwitzt. Ich bin untröstlich, aber ich muss morgen Abend im Blumenladen helfen …«

Marleene nickte nachdenklich und musterte Frieda, die sich bereits wieder dem Schleier zugewandt hatte und so eilig stickte, als wäre sie auf der Flucht. Was zum Teufel war hier los? Schließlich vergaß Frieda niemals Termine!

***

»Was machst du denn noch hier?« Frau Maader riss den Vorhang zum Binderaum zur Seite und starrte sie fragend an. Zu Beginn ihrer Lehre wäre Frieda jetzt zusammengezuckt, doch mittlerweile wusste sie, dass die barsche Art ihrer Chefin nicht böse gemeint war, so war sie einfach.

»Ich hab doch gesagt, dass du früher Feierabend machen kannst. Soweit ich weiß, wird bei den Landhochzeiten vor der Feier noch die Braut entführt, ein Kranz um die Tür gehängt und all solche Sperenzchen … War das nicht heute? Das willst du doch gewiss nicht verpassen?!«

Frieda griff unbeirrt nach den nächsten Osterglocken und reihte sie in gleichmäßigen Abständen um die bereits vorhandenen Blüten und Gräser in ihrer Hand.

»Es ist noch eine weitere Bestellung reingekommen, und ich will Sie nicht hängen lassen.«

Frau Maader trat in den kleinen Binderaum, überflog die Zettel mit den Bestellungen und begutachtete die bereits fertig gebundenen Sträuße, Kränze und Gestecke. »Das werde ich ja noch schaffen. Was denkst du denn, wie ich alles hinbekommen habe, bevor du hier in der Lehre warst? Na los!« Frau Maader stupste sie sanft an. »Sonst heißt es am Ende wieder, ich wäre eine grauenvolle Chefin.«

Frieda spürte, dass ihre Wangen rosig wurden, und versuchte, ihr Gesicht, so gut es ging, hinter dem Bouquet zu verstecken. »Das würde ich doch mein Lebtag nicht von Ihnen behaupten!« Sie griff nach weiteren Gräsern und fügte sie dem Strauß hinzu. »Aber wenn es Ihnen nichts ausmacht, würde ich dennoch lieber weiterarbeiten. Morgen ist die Feier, da fehle ich immerhin den ganzen Tag …«

Frau Maader betrachtete sie prüfend. Dann nickte sie. »Es fällt dir schwer, den Vorbereitungen einer fröhlichen Liebeshochzeit beizuwohnen, nach allem, was du durchgemacht hast.« Sie trat neben Frieda und nahm ebenfalls drei Blumen auf, um sie zu einem Strauß zu binden. »Was bin ich doch für ein Döskopp. Es tut mir leid, ich hätte es früher bemerken müssen. Ich dachte nur, da es um Marleene geht …«

Frieda wurde heiß. Sie griff blindlings nach den nächsten Blumen und band weiter ihren Strauß, obwohl es eigentlich die falschen waren. Wieder einmal handelte sie wie diese scheußliche Person, zu der sie jetzt geworden war.

Diese grauenvolle Person, die die Hochzeitsvorbereitungen ihrer liebsten Freundin verpasste.

Da half es auch nichts, dass sie den Abend damit verbringen würde, die Myrtenzweige an Marleenes Sonntagskleid zu nähen.

Ganz allein auf ihrer Kammer.

Hier musste sie ihm nicht unter die Augen treten, in Oldenburg war nichts zu befürchten.

Selbst heute noch wurden ihre Ohren ganz heiß, und sie würde am liebsten im Erdboden versinken, wenn sie daran zurückdachte.

Was war nur in sie gefahren?

Es musste der Teufel höchstpersönlich gewesen sein, denn sonst hätte sie gewiss nie als Frau einen Mann zum Tanzen aufgefordert. Rasch griff sie nach großen Blättern, die den Strauß, der jetzt von Blüten in der falschen Farbe gerahmt wurde, einfassen sollten. Sie konnte jedoch nicht aufhören, musste etwas zu tun haben, um die erniedrigenden Gedanken zu unterbrechen. Schließlich presste sie sogar die Augen fest zusammen, doch wie an jedem einzelnen Tag zuvor spielten auch jetzt ihre Gedanken ohne jegliches Erbarmen erneut das ab, was am Polterabend geschehen war. Wie sie Jost förmlich auf die Tanzfläche gezerrt und ihn von dort nicht mehr hatte entkommen lassen. Wie sie sich die ganze Zeit an den Händen gehalten hatten. Und – was sogar noch schwerer wog – wie sie sich bei der Kutschfahrt ganz dicht neben ihn gesetzt und sich wie eine rollige Katze an ihn geschmiegt hatte.

Er war so warm und beständig gewesen.

Ein Fels in der Brandung in ihrer sich auflösenden Welt, in der nichts war wie zuvor.

Das hatte sie in jener Nacht gedacht. Heute war sie sicher, dass er sich lediglich versteift hatte, weil es ihm unangenehm gewesen war, wie nah sie ihm auf die Pelle gerückt war.

Und morgen bei der Hochzeit würde es sich nicht vermeiden lassen, ihm wieder unter die Augen zu treten. Es führte kein Weg daran vorbei, selbst wenn ihr bei dem Gedanken ganz übel wurde.

38. Kapitel

Nur mit größter Mühe konnte Marleene still sitzen, als der große Tag gekommen war. Sie wollte singen und tanzen, das Fenster aufreißen, die Frühlingsluft in sich aufsaugen und die Freude über ihr großes Glück lauthals in die Stadt hinausschreien. Dennoch musste sie hier ausharren und geduldig abwarten, was Frieda mit ihren Haaren anstellte. Was machte sie da überhaupt so lange? Ihre Haare fielen doch gerade mal auf die Schultern.

»Jetzt halt mal die Füße still, sonst muss ich gleich von vorne anfangen. Und hör endlich auf, wie ein Honigkuchenpferd zu grinsen«, schimpfte Frieda gut gelaunt, und Marleene sog so viel Luft ein, dass ihr Oberkörper sich richtig aufblähte. Aber es half nur minimal gegen das innere Tohuwabohu.

»Fertig!«, rief Frieda nach einer gefühlten Ewigkeit, trat einen Schritt zurück und musterte Marleene. Sowohl ihr Gesichtsausdruck als auch der Stolz, der in ihrer Stimme mitschwang, verrieten, dass sie mit ihrem Werk endlich zufrieden war. Marleene erhob sich vorsichtig, um keinen der Myrtenzweige zu verlieren, auch wenn Frieda sie wirklich fest an das schwarze Kirchenkeid genäht hatte, und trat vor den hohen Spiegel, den Frieda von Frau Maader geliehen und für den großen Tag extra in ihre kleine Kammer geschafft hatte.

Marleene konnte kaum glauben, was sie darin sah. Ihre Augen blitzten freudig, und ihre Wangen waren rosig. Sie konnte noch immer nicht aufhören zu lächeln, dabei sollte sie doch als Braut eine gediegene Freude ausstrahlen! Aber die Zweige gaben dem Kleid etwas überaus Festliches, und auch die Spitzenborte am unteren Rand wertete das einfache Kleid ungemein auf. Zudem hatte Frieda ihre Haare kunstvoll hochgesteckt und einen Kranz aus Feldblumen über den Schleier gelegt.

»Frieda! Diesmal hast du dich wirklich selbst übertroffen«, wisperte Marleene, drehte sich vorsichtig nach links und nach rechts, noch immer ganz fassungslos angesichts ihrer Wandlung.

»Nun ja, mein Arbeitsmaterial war aber auch ganz passabel«, sagte ihre Cousine mit einem Augenzwinkern, während sie, noch im Unterkleid, mit der Bürste durch ihre eigenen dunkelbraunen Haare fuhr.

In der Ferne läuteten die Glocken der Lambertikirche, und Marleenes Handflächen begannen zu kribbeln. In drei Stunden würden die Glocken der Rasteder Kirche ganz allein für sie und Julius läuten. Obwohl es nun schon fast vollkommen gewiss war, konnte sie es noch immer nicht glauben, und sie griff nach der Stuhllehne, um sich daran festzuhalten.

Frieda legte die Bürste beiseite, griff nach dem Teller mit den geschmierten Broten, den Marleene bereits vor dem Frisieren verschmäht hatte, und hielt ihn ihr auffordernd entgegen. Doch sie konnte noch immer nichts essen.

»Wann kommt der Wagen noch mal?«, fragte Frieda nervös und teilte ihre Haare in drei gleichmäßige Strähnen zum Flechten.

War ihre Cousine so aufgeregt wie sie? Hatte sie deswegen vergessen, wann sie abgeholt wurden, obwohl sie es Abertausende von Malen besprochen hatten?

»In einer halben Stunde sollten sie hier sein. Dann laden wir alles auf, und es geht los.«

Alles. Marleene presste die Lippen zusammen. Als wenn es hier einen großen Brautschatz gäbe, den sie verladen müssten. Aber die Tradition verlangte es nun mal, am Morgen der Hochzeit die Braut samt Mitgift abzuholen. Derartige Bräuche berücksichtigten eben eher selten die Menschen, die von der Hand in den Mund lebten.

»Mach dir keine Sorgen«, sagte Frieda einfühlsam, während sie fahrig den Zopf wieder löste, der ihren Ansprüchen offenbar nicht gerecht wurde. »Julius benötigt keinen Haufen Geschirr, bestickte Taschentücher und Laken, um zu wissen, was er an dir hat.«

Marleene nickte, fragte sich aber dennoch, ob es unter den Nachbarn Gerede geben würde, wenn sie sahen, dass sie nur ein zugeschnürtes Bündel mit ins Schwalbennest brachte. Ein jähes Pochen an der Tür unterbrach sie. »Marleene? Seid ihr schon fertig?«

Bevor sie antworten konnte, öffnete sich die Tür mit einem Knarren, und obwohl draußen auf dem Flur jemand »Warte!« rief, spazierte im nächsten Moment ein fein herausgeputzter Bruno herein.

»Ha, wusste ich's doch«, sagte er triumphierend, als er Marleene erblickte. »Julius hat uns zu früh losgeschickt. Läuft nur noch im Schwalbennest auf und ab, der Ärmste … Er meinte, wir sollen euch schon mal holen, er hält es einfach nicht mehr aus.«

Bruno merkte nicht, dass Frieda, die mit ihrer braunen Haarflut, die in sanften Wellen bis auf ihre Taille floss, dastand und ihn wütend anfunkelte. Nun schob vom Korridor her auch Jost den Kopf vorsichtig ins Zimmer, wechselte die Gesichtsfarbe, als er Frieda erblickte, und verschwand mit einer gemurmelten Entschuldigung wieder.

Bruno entdeckte dafür nun den Teller mit den Broten. »Ah, darf ich? Ich sterbe vor Hunger.«

»Hier, nimm.« Marleene drückte ihm die Brote in die Hand und schob ihn wieder auf den Flur. »Ihr könnt euch damit stärken, wir kommen gleich.«

Da sie Frieda, die nun mit hochrotem Kopf dastand, nicht mit den Haaren helfen konnte, machte sie ein letztes Mal ihr Bett und nahm im Stillen Abschied von ihrer kleinen Kammer.

Sobald Frieda ihren Haarkranz fertig hatte, schlüpfte sie in das geliehene dunkelrote Oberkleid mit den zierlichen aufgestickten Blumenranken, das sie noch hübscher machte.

»Heute keine Blumen ins Haar?«

Frieda sah nach oben, als könnte sie dadurch ihre eigene Haarpracht begutachten, schüttelte dann aber den Kopf. »Nein. Lass uns einfach zusehen, dass wir loskommen, wir wollen doch nicht, dass Julius die Nerven verliert.«

»Na gut.« Ein weiteres Mal holte Marleene tief Luft und sah sich beklommen in der Kammer um. Es war so unvorstellbar, dass sie diese heute für immer verlassen und fortan in einem richtigen Bauernhaus leben würde. Bei aller Vorfreude tat ihr dennoch der Abschied weh, und sie lächelte ihrer Cousine bedrückt zu. Sie würde Frieda und ihre langen Gespräche ganz fürchterlich vermissen.

Wie immer schien ihre Cousine sie ohne Worte zu verstehen. »Wir werden uns einfach ganz oft besuchen«, sagte sie zuversichtlich, obwohl ihre Augen ebenso traurig wirkten, und zog sie in eine feste Umarmung. »Auf dich wartet jetzt ein neues Leben, und dafür wünsche ich dir alles Glück der Welt!«

Marleene nickte tapfer, während Frieda sie eindringlich ansah. Dann schnappte sie sich Marleenes Bündel mit den spärlichen Sachen, und beide atmeten zeitgleich ganz tief ein, bevor sie das Herbergszimmer verließen und ein letztes Mal gemeinsam dem Knarren der Holzdielen lauschten.

Draußen sprang Bruno auf, und Jost drückte sich von dem herrlich geschmückten Fuhrwerk ab, gegen dessen Ladefläche er sich gelehnt hatte. Entzückt ging Marleene auf den Brautwagen zu. Alma hatte ihn mit Ketten aus Feld- und Wiesenblumen geschmückt, und selbst die Friesen mit ihrem auf Hochglanz gestriegelten Fell hatten Blumen in der wallenden Mähne. Der Wagen strahlte so eine heitere Fröhlichkeit aus, dass es gar keiner Begleitmusik oder Hochprozentigem mehr bedurfte.

Begeistert blickte Marleene zu Frieda, die ein paar Schritte zurückgeblieben war und schon wieder einen hochroten Kopf hatte. War es ihr noch immer so unangenehm, dass die Jungs sie im Unterkleid und mit gelösten Haaren überrascht hatten?

»Es sieht traumhaft aus«, sagte sie nun aber leise und übergab Bruno Marleenes Sachen. Er öffnete eine Truhe, und Marleene beobachtete, wie er sie sicher in der leeren kunstvoll geschnitzten Holztruhe verstaute. Erst jetzt bemerkte sie, dass noch drei weitere Truhen anstatt der Sitzbänke auf den Wagen geladen worden waren, und runzelte darüber ihre Stirn.

»Alma braucht die Bänke als zusätzliche Sitzgelegenheiten in der Diele. Die Leute sind neugierig, und das halbe Dorf hat sich zu eurer Hochzeit angemeldet«, erklärte Jost mit einem Zucken um die Mundwinkel.

»Na dann … Ich will gewiss nicht in Almas Pläne hineinpfuschen.« Marleene schmunzelte und hätte Alma umarmen können. Es war ein ungemein vorausschauender Schachzug ihrer künftigen Nachbarin. Sie hatte einfach die Truhen von ihrem Hof auf den Brautwagen geladen, sodass niemand auf den ersten Blick sehen würde, wie wenig Marleene wirklich besaß. Es war schlimm genug, dass Julius jemanden aus der Unterschicht heiratete. Dass sie nun wirklich der untersten Unterschicht mit nur den allernötigsten Habseligkeiten angehörte, musste nicht gleich die gesamte neue Nachbarschaft erfahren.

»Wollen wir dann anstoßen?«, fragte Bruno enthusiastisch, wie es der Brauch verlangte, und zog eine Flasche Branntwein hervor. Frieda lehnte rigoros ab, und auch Marleene entschied, dass sie diese Runde auslassen würde. Der Tag war noch lang.

* * *

Dorothea trat vor dem vergoldeten Spiegel einen Schritt zurück und begutachtete das Werk ihrer Kammerzofe. Die Haare hatte sie hochgesteckt und einen weißen Spitzenschleier darin integriert, der perfekt zu ihrem voluminösen weißen Kleid passte, das sie gemäß der neuesten Mode trug. Weiße Seide und Spitze, ganz so wie das Kleid der britischen Königin Victoria, als sie Prinz Albert von Sachsen-Gotha geheiratet hatte, oder wie Sisi, als sie Kaiser Franz Josephs Frau geworden war. Ihr Vater hatte wegen des ambitionierten Zeitplans gleich ein ganzes Heer an Schneiderinnen daran arbeiten lassen. Der Rock türmte sich über einer ausladenden Turnüre und floss bis auf den Boden, wo er an einzelnen Stellen gerafft und mit Seidenblumen verziert wurde, die sich auch auf ihrem Dekolleté und ihrem Kopf wiederfanden. Eigentlich war sie immer der Meinung gewesen, dass ihr Weiß nichts besonders gut zu Gesicht stand und ihre Rundungen gar noch betonte, doch heute war sie zufrieden, denn sie sah so aus, wie sie sich fühlte. Strahlend. Seit Konstantin ein Einsehen gehabt hatte und sie heiraten wollte, auch wenn er keinen Pfennig Geld sehen würde, schwebte sie wie auf Wolken. Natürlich hatte sie das mit dem Geld nur gesagt, um ihn zu prüfen – und er hatte bestanden.

Es ging ihm nicht ums Geld.

Sondern wahrhaftig um ihre Person.

Sie hätte die ganze Welt umarmen mögen, dass nun doch noch alles gut werden würde. Ihr Verlobter hatte sich ausreichend die Hörner abgestoßen und war bereit, ein ruhigeres Eheleben an ihrer Seite zu führen.

In der Ferne läuteten bereits die Glocken der Lambertikirche, als die Tür sich öffnete und zu ihrem Erstaunen ihr Vater eintrat. Überrascht sah sie ihn an, und er lächelte ihrem Spiegelbild voller Wärme entgegen. »Du bist bildschön, meine Teuerste.«

»Danke. Auch dafür, dass du dich so sehr dafür eingesetzt hast, uns diesen Tag so rasch zu ermöglichen.« Ihr war bewusst, dass ihrem

Vater ebenso daran gelegen war, den gesellschaftlichen Skandal so klein wie möglich zu halten, und eine späte Hochzeit war allemal besser als gar keine. Dennoch hätte er sich nicht dermaßen in Unkosten stürzen müssen. Er hatte sogar dem Schützenverein, der ursprünglich den Ballsaal seines größten und edelsten Hotels, des Rosenstock, gemietet hatte, in letzter Sekunde abgesagt, damit sie dort die Hochzeit zelebrieren konnten. Doch jetzt winkte er nur gutmütig ab.

»Hauptsache, es findet doch noch alles ein gutes Ende. Du bist dir sicher, dass der Hallodri sich ändern wird?«

Dorothea nickte, konnte aber die Beklommenheit, die ihrem Magen entsprang, nicht gänzlich ignorieren, obwohl sie versuchte, sie wegzulächeln. Ihr Vater war hinter sie getreten und legte ihr nun ein kostbares Collier aus reinen Diamanten um den Hals. Sie spürte das kühle Metall auf ihrer Haut und schnappte nach Luft, denn es musste ein Vermögen gekostet haben.

»Mein kleines Hochzeitsgeschenk für dich.«

»Danke«, hauchte sie ergriffen und ließ die Fingerspitzen über die harten Kanten der Steine gleiten.

»Wollen wir uns aufmachen? Ich habe zur Feier des Tages ein Automobil gemietet, damit du dich nicht in die enge Kutsche zwängen musst.« Abermals nickte Dorothea, sie war zu gerührt, um zu sprechen. Nervös warf sie einen letzten Blick in den Spiegel und konnte zufrieden sein, beschloss sie. Ganz offensichtlich glühte sie innerlich vor Vorfreude, und sie sah wahrlich wie eine Prinzessin aus. Sie benötigte die Hilfe von mehreren Mädchen, um mit der Schleppe des Kleides die Treppe hinunterzukommen. Doch als sie nach draußen trat, ging in Konstantins Gesicht bei ihrem Anblick die Sonne auf, und sie schmolz vor Glückseligkeit dahin. Er half ihr in das Automobil und flüsterte während der aufregenden Fahrt süße Komplimente in ihr Ohr.

Als Dorothea wenig später vor der Kirche aus roten Backsteinen, die ihre grünen Turmspitzen in den Himmel reckte, mit Konstantins Hilfe ausstieg und an seiner Seite auf die kunstvoll beschlagene Bogentür zuschritt, war sie sich sicher: Dies war der Beginn eines gar märchenhaften Lebens.

***

Als Marleene am Schwalbennest ankam, fühlte sie sich, als würde sie auf Wolken gehen, nachdem sie vom Wagen geklettert war. Julius kam sofort aus dem Haus gestürmt und blieb wie angewurzelt stehen, als er sie sah. Bedächtig ging Marleene auf ihn zu; ihr Schleier wehte sachte im Frühlingswind, und der Duft der Feldblumen und der getrockneten Myrte, die ihr Kleid zierte, stieg ihr in die Nase. Auf dem Hof herrschte bereits emsiges Treiben, Nachbarinnen brachten Schüsseln mit Essen, und die Klopfgeräusche im Haus deuteten darauf hin, dass der Tanzboden noch verlegt wurde. Doch Marleene, gefangen von Julius' Blick, schuf ihre eigene Welt, in der es nur sie beide und die Sorglosigkeit gab.

Heute wollten sie alles vergessen.

Es gab keine näher rückende Gartenbau-Ausstellung und auch keine viel zu langsam wachsenden Pflanzen. Keine Geldprobleme, keinen Flieder, der herzerweichend perfekt und doch unerreichbar war.

Heute gab es nur sie beide.

Und das sollte gefeiert werden.

Julius löste sich aus seiner Starre und ging auf sie zu. Seine störrischen Haare lugten ein wenig unter dem Zylinder hervor, der ihn richtig stattlich erscheinen ließ. Auch sonst sah er in seinem dunklen Anzug mit dem Einstecktuch umwerfend aus. Und solch ein großartiger Mann wollte sich tatsächlich für immer an sie binden?

Er griff nach ihren Händen und drückte sie sanft. »Du siehst bezaubernd aus!«, sagte er mit glänzenden Augen.

Sie hatten kaum gemerkt, dass inzwischen alle Truhen abgeladen worden waren, und Marleene schreckte zusammen, als Alma neben ihr in die Hände klatschte.

»Ja, wahrlich liebreizend, Marleene, da kann ich nur zustimmen. Die reinste Wildblumenprinzessin. Aber wenn ich die Turteltäubchen jetzt unterbrechen dürfte? Wir haben eine Hochzeit zu feiern! Ihr könnt euch noch das ganze restliche Leben lang sagen, wie großartig ihr euch findet, doch jetzt müssen wir erst einmal Gottes Segen einholen.«

»Lass mich raten, sonst bringt es Unglück?«, neckte Julius Alma, die nebenbei schon wieder Anweisungen für die Hochzeitsfeier gab.

»Die Tische ganz nach hinten in die Diele! Darauf bauen wir das Essen auf. Teller einfach am rechten Ende stapeln.«

Alma drehte sich wieder zu ihnen um und funkelte Julius gespielt böse an. »Nein, sonst kommt ihr schlicht und einfach zu spät. Der Wagen wird unterwegs noch unzählige Male angehalten werden, und ihr müsst euch freikaufen. Das bringt uns auch schon zu meinem höchstpersönlichen Hochzeitsgeschenk.« Sie überreichte Julius einen ledernen Beutel, den sie um die Hüfte geschnallt hatte. »Damit könnt ihr die Schatt, also den Wegzoll, bezahlen. Ein paar Pfennige sollten genügen.«

Julius nahm ihn amüsiert, aber kopfschüttelnd entgegen. »Diese ganzen Bräuche bringen mich noch um den Verstand!«

Hermann, der vom Nachbarhof herübergekommen war, klopfte ihm väterlich auf den Rücken. »Warte mal ab, bis du ein paar Jährchen verheiratet bist. Dann wirst du schon sehen, wer einen wirklich um den Verstand bringt.«

Marleene wollte sich bereits empören, fing aber Julius' verschwörerischen Blick auf, der eins ganz klar und deutlich sagte: *Bei uns wird das nicht so!*

Er half ihr in die Kutsche, deren Sitze Alma mit rotem Samt bespannt hatte und deren Außenwände ebenso mit Blumengirlanden geschmückt worden waren wie der Brautwagen und wie Marleenes Haar. Offenbar hatten Alma und Frieda sich bestens abgesprochen.

Die Hufe der Rappen schlugen im Takt mit Marleenes Herz, als sie vom Hof trabten. Doch das war noch nichts gegen das Gefühl, das sie in der Kirche erfasste, als sie mit dem von Frieda gebundenen Wildblumenbrautstrauß in der Hand den Mittelweg entlangschritt. Der Gesang der Orgel erfasste sie und trug das Glück durch ihren Körper. Da waren so viele strahlende Gesichter auf den Bänken, nachdem die Kutsche extra einen weitläufigen Umweg gefahren war, damit die Nachbarn aufholen konnten. Marleene sah Julius' Tante samt den zahlreichen Cousinen, Bruno, Greta und Johannes, und auch der alte Alois lächelte ihr zu. Es bedeutete ihr unendlich viel, dass die Mitarbeiter der Hofgärtnerei sich für ihre Hochzeit und nicht für die ihres Chefs entschieden hatten.

Allein der Gedanke, dass ihre Mutter nicht dabei sein konnte, bedrückte sie, doch ein Transport bei diesen Temperaturen war noch undenkbar gewesen. Dafür begrüßte sie jetzt Friedas herzensgutes Gesicht auf ihrer Seite vor dem Altar, die ihr unter dem Haarkranz aufgeregt zulächelte. Auf der anderen Seite strahlte Julius' Onkel sie an. Die Worte des Pastors und die Lieder, die sie so sorgsam ausgesucht hatten, nahm Marleene nur verschwommen wahr. Sie wusste, dass sie hier vor dem Altar stand, und doch wirkte alles wie in einem Traum. Und auf einmal war da der Moment, in dem alles leise war und auf sie zu warten schien.

Julius neigte leicht fragend den Kopf, und Marleene räusperte sich und sagte dann aus tiefster Überzeugung: »Ja, ich will!«

Und dann war es so weit.

Der Pastor erklärte sie zu Mann und Frau, und sie spürte viel zu kurz Julius' Lippen auf ihren. Die Gäste klatschten begeistert, und Julius griff nach ihrer Hand, während die zu Herzen gehende Orgelmusik wieder einsetzte. Jörn-Fied im feinen Anzug und Lieschen im Spitzenkleid mit einem ähnlichen Blumenkranz im Haar wie Marleene griffen auf Almas Zeichen hin immer wieder in ein Weidenkörbchen und streuten einen Blumenteppich für Julius' und Marleenes Auszug als Ehepaar aus der Kirche. Alma hatte darauf bestanden, denn der Blütenduft sollte angeblich die Fruchtbarkeitsgötter auf sie aufmerksam machen und dadurch für reichen Kindersegen sorgen. Da konnte Marleene nur zustimmen, denn sie wünschte sich eine ganze Horde von Kindern mit Julius. Vorsichtig blinzelte sie ihn beim Gang über den Blütenteppich von der Seite her an und sah, dass er glücklich war.

Draußen standen zahlreiche Menschen mit frühlingsgrünen Birkenzweigen in der Hand Spalier und bildeten so einen kleinen Weg zu ihrer Hochzeitskutsche, die sie in ihr gemeinsames Zuhause bringen würde. Sobald sie losfuhren, jubelte und klatschte ein jeder, als wären sie ein Königspaar, klapperte mit Töpfen, so manch einer schoss sogar mit der Schrotflinte in die Luft, und als ihr Ehemann den Arm um sie legte, hatte Marleene das Gefühl, sie könne nie wieder traurig sein, wenn sie nur diesen Moment für immer in ihrem Herzen bewahrte.

39. Kapitel

Als Frieda nach der Kirche auf das Schwalbennest zuging, dessen Doppeltür mit dem grünen Kranz geschmückt war, schluckte sie mehrmals, denn ihr Mund war wie ausgetrocknet. Es drangen bereits Musik und Gelächter nach draußen, der Branntwein war sicher schon reichlich geflossen. Bis eben hatte sie Jost gut entkommen können, indem sie sich freiwillig zum alleinigen Aufräumen der Kirche gemeldet hatte, und danach war sie ganz gemächlich zum Schwalbennest gelaufen.

Aber jetzt gab es keine Ausreden mehr.

Sie prüfte den korrekten Sitz ihres Haarkranzes und verfluchte sich, dass sie nicht eine offene Frisur gewählt hatte, sodass sie sich zumindest hinter ins Gesicht fallenden Haaren verstecken könnte. Sie strich ihr Kleid glatt und wischte bei der Gelegenheit gleich ihre Handflächen trocken. Erst dann öffnete sie die grüne Tür und wurde umgehend eingehüllt in eine warme Wolke aus Fröhlichkeit, Bier und Gelächter. Die große Diele war mit zahlreichen Tischen und Bänken bestückt worden, wo die Gäste Unmengen an Rosinenstuten und Butterkuchen, die sich auf den Tischen stapelten, verspeisten. Auf den hölzernen Tischen standen Weckgläser, um die Alma eine Schleife aus Spitze gebunden und die sie mit Wiesenblumen bestückt hatte. Es war einfach, aber dennoch herzallerliebst und ergänzte sich herrlich mit den Blumengirlanden an den Wänden und Deckenbalken.

Zaghaft ging sie auf Julius und Marleene zu, die an einem mittigen Tisch am hinteren Ende der Diele auf thronähnlichen Stühlen saßen, die ebenso feierlich geschmückt waren. Beide strahlten über das ganze Gesicht und warfen sich immer wieder noch verliebtere Blicke zu, als sie es sonst ohnehin schon taten. Es musste herrlich sein, jemanden zu haben, der einen auf diese Weise ansah.

Unauffällig spähte sie in die Runde. Vielleicht war Jost ja schon gar nicht mehr da, sondern unter einem Vorwand nach Hause gegangen, weil er ebenso keiner Feierlichkeit beiwohnen wollte, auf der sie zugegen war? Immerhin hatte er sie den gesamten Tag schon ignoriert, und das war ja recht eindeutig.

Doch ihre stille Hoffnung wurde nicht erfüllt.

Sie entdeckte ihn sofort, und für einen Herzschlag trafen sich ihre Blicke – bevor er sich eilig abwandte und nach seinem Bier griff.

Frieda biss die Zähne zusammen. Sie hatte also mit ihrer Vermutung richtiggelegen. Natürlich war es ihm überaus unangenehm, dass sie sich dermaßen angebiedert hatte. Sie hatte ohnehin das Gefühl gehabt, dass er Marleene recht zugetan war, denn er suchte häufig ihre Nähe. Heute würde sie keinen einzigen Schluck von dem Branntwein nehmen. Selbst vom Bier würde sie sich fernhalten. Niemals wieder würde sie dermaßen viel trinken.

Doch erst einmal musste sie sich zusammenreißen und irgendwie diesen Abend überstehen. Zum Glück saß sie als Trauzeugin ohnehin bei Julius und Marleene, dann war es einfacher, Jost aus dem Weg zu gehen.

»Frieda, da bist du ja endlich«, rief Marleene, als sie sie entdeckte, und sprang auf. »Ich habe dich mit an den Tisch von Bruno und Alma gesetzt, damit es für dich nicht langweilig wird. Julius und ich sind ja ständig eingespannt und müssen tanzen und Glückwünsche entgegennehmen …«

Es war durchdacht und gut gemeint, dennoch wäre Frieda beinahe ein recht undamenhafter Fluch entwichen.

»Aber das macht mir doch nichts …«, wandte sie ein, lachte nervös und bemühte sich, so zu tun, als führte sie eine vollkommen gelassene, heitere Unterhaltung, falls Jost sie verstohlen beobachten sollte. Und das Prickeln in ihrem Rücken sagte ihr, dass er das tat. War hier nicht noch irgendwo ein Stuhl? Doch die Diele war zum Bersten voll, und gerade das Brautpaar war umringt von Leuten. Direkt neben Julius saßen sein Onkel und seine Tante, und es war schlichtweg kein Fingerbreit mehr Platz.

»Du hast bestimmt Hunger, setz dich doch erst einmal und iss. Die Nachbarn haben allerhand aufgetischt.« Marleene deutete auf den Platz, den Frieda längst entdeckt hatte, doch sie wagte nicht einmal, in die Richtung zu schielen.

Ihr Kopf arbeitete auf Hochtouren, was sollte sie tun? Sollte sie womöglich eine Krankheit vortäuschen? Doch dann sah sie wieder die überglückliche Marleene, in deren leuchtende Augen sich nun etwas Sorge mischte, und sie wollte diesen besonderen Tag auch nicht verpassen.

»Stimmt etwas nicht?«, erkundigte sich Marleene und legte eine Hand an ihren Oberarm.

»Nein, es ist nur … Ich denke, ich schaue mir zunächst euren Geschenketisch an. Ich kann es kaum abwarten zu sehen, was ihr alles bekommen habt.«

Marleene nickte eifrig. »Komm, dann zeige ich dir alles.« Gemeinsam gingen sie zum Gabentisch. »Aber das Geschenk der Nachbarn ist ja vor allem, dass sie uns hier mit Essen und Musik und der Tanzfläche unterstützen, daher gibt es nur Kleinigkeiten.«

Doch Frieda hatte bereits die Hände vors Gesicht geschlagen. »Das bezeichnest du als Kleinigkeiten?«, fragte sie verblüfft und merkte erst jetzt, dass Marleene stehen geblieben war und das Fahrrad anstarrte, das mit einer stattlichen roten Schleife am Tisch lehnte, als hätte es ihr zugezwinkert. Langsam ging sie darauf zu und betrachtete es von allen Seiten. Das schwarze Fahrgestell hatte Ledereinfassungen am Lenker, die ebenso hellbraun waren wie der gefederte Sattel. Vorne ragte eine riesige Lampe in die Luft, hinter dem Sattel gab es einen großen Gepäckträger aus kräftigen Eisenstangen, und ein orangefarbenes Bändernetz, das über den oberen Teil des Rades gespannt war, sollte wohl verhindern, dass sich die Röcke in den Speichen verhedderten.

»Heiliger Himmel! Wer hat denn so viel Geld, uns das zu schenken? Es muss gewiss ein Vermögen gekostet haben?!«

»Das ist doch fabelhaft!« Frieda umfasste den Lenker und schob das Rad ein wenig vor und zurück. »Damit seid ihr ruckzuck im Ort und sogar recht schnell in Oldenburg, es wird euer Leben enorm erleichtern. Vielleicht gibt es eine Karte des großzügigen Schenkers?«

Die beiden suchten alles ab, aber sie konnten nicht herausfinden, wer sie so üppig bedacht hatte.

Während Marleene weiterhin das Fahrrad inspizierte, begutachtete Frieda die Gäste auf der Diele, stets darauf bedacht, die Ecke links neben der Tür auszulassen. Die meisten waren bester Laune, hatten sie doch schon den gesamten Nachmittag dem Branntwein gefrönt. Doch sie konnte niemanden entdecken, dem sie zugetraut hätte, ein solches Geschenk zu machen. Aus den Augenwinkeln sah sie dafür die hochgewachsene Gestalt von Jost direkt auf sich zukommen. Sie musste hier weg. Auf der Stelle.

* * *

»Was ist eigentlich mit Frieda los?«, fragte Alma und deutete mit dem Kinn zum anderen Ende der Diele, wo diese an einen Tisch gelehnt stand und Kartoffelsalat aß. Sie hatte nur zu Beginn einmal kurz in ihre Richtung gewunken und war den ganzen Abend noch nicht an ihren Platz gekommen. Jetzt stellte sie den leer gegessenen Teller beiseite und wandte sich an eine von Julius' zahlreichen Cousinen, um sich mit ihr zu unterhalten.

Alma stupste Jost an, der mit zwei Händen seinen Bierkrug umklammerte und auf die kleinen Bläschen an der Oberfläche starrte.

»Fordere sie doch zum Tanzen auf.«

»Keine Lust«, murmelte Jost, ohne vom Krug aufzusehen.

»Aber ihr habt doch auf dem Polterabend so wunderbar zusammen getanzt. Es sah danach aus, als wenn ihr euch prächtig vergnügen würdet.«

Jost zuckte mit den Schultern.

»Na los, trau dich schon! Sie freut sich gewiss.« Das vermutete Alma, denn sie wäre ganz verzückt, wenn Bruno sie endlich zum Tanz auffordern würde. Sie war ganz beglückt gewesen, dass er die Kette ihrer Mutter gefunden hatte. Nicht nur, weil sie ihr lieb und teuer war, sondern auch, weil das bedeutete, dass er danach gesucht hatte, und das hätte er gewiss nicht getan, wenn sie ihm gleichgültig wäre. Doch dann hatte er sich so sonderbar verhalten, dass sie keinen blassen Schimmer gehabt hatte, wie sie damit umgehen sollte. Gott sei Dank hatte sich das merkwürdige Verhalten nach einigen Gläsern Heet und Söet und Branntwein gelegt, und auch dieser fürchterliche Schnurrbart, den er letztes Mal in Ansätzen gehabt hatte, war wieder weg. Jetzt war er wieder der gut gelaunte, herzliche Bruno, als den sie ihn kennengelernt hat. Nur Greta, die zu ihrem Leidwesen neben ihm saß, war wie immer abwechselnd gehässig oder emotionslos, aber das war bei ihr ja offenbar der Normalzustand.

Erneut puffte Alma ihren Bruder gegen den Arm. »Nun hab dich doch nicht so!«

Ruckartig drehte Jost sich zu ihr um. »Ich habe Nein gesagt«, fauchte er sie so heftig an, dass sie zusammenzuckte. Was war denn nur in ihn gefahren? Jost ließ sich doch sonst nicht aus der Ruhe bringen. Aber womöglich plagte ihn sein steifes Bein, und er wollte deswegen nicht tanzen. Schnell bemühte Alma sich, das Gespräch von ihm wegzulenken, und wandte sich an Johannes, der offenbar nicht nur Brunos Kollege, sondern auch sein bester Freund war. »Was ist mit dir, fordere du sie doch auf! Du sitzt auch schon den gesamten Abend nur herum und sagst kaum ein Wort.«

Johannes verzog das Gesicht.

»Frieda ist nicht die Richtige für ihn«, warf Bruno mit einem leichten Grinsen ein. »Sie ist zu sanft und herzlich. Ihm gefallen die Blonden, Biestigen besser.«

»Ha, ha, ha«, sagte Johannes wenig beeindruckt. »Nur weil ich Rosalie unter meine Fittiche nehme, heißt das noch lange nicht, dass sie mir gefällt.«

»Und warum arbeitest du dann so oft mit ihr zusammen? Warum kabbelt ihr euch ständig wie Katz und Laus?«

Johannes lehnte sich zurück und nahm einen ausgiebigen Schluck Bier. »Dass wir Rosalie bei uns haben, ist für mich ein Geschenk Gottes. Sie gehört zu den Bessergestellten, verkehrt sogar mit der Oberschicht. Es bietet mir die Gelegenheit, denen da oben zu zeigen, was wir alles ertragen müssen. Und deswegen lass ich sie so viel wie möglich am eigenen Leib erfahren. Dass sie darauf reagiert wie eine Kratzbürste … kann ich nicht ändern.«

Das hatte Greta aufhorchen lassen. »Ehrlich? Du interessierst dich jetzt schon für die Tochter des Hauses? Die Hofgärtnerei verkommt wirklich immer mehr, seit ich nicht mehr da bin.«

Johannes grummelte leise. »Hast du überhaupt zugehört, was ich soeben gesagt habe?«

Alma seufzte und wandte sich an Bruno. »Und was ist mit dir? Möchtest du wenigstens die arme betrübte Frieda zum Tanz auffordern, um sie wieder heiter zu stimmen?« Zu ihrem Unwillen war ihr Lispeln bei der Frage deutlich zu hören, da noch immer alles in ihr in Aufruhr geriet, wenn sie das Wort an Bruno richtete.

Aber Bruno schüttelte den Kopf. »Tut mir leid.«

Alma ließ die Schultern sinken. Bisher war es ein fröhlicher Tag gewesen, aber jetzt hatte sie das Gespräch in düstere Gefilde manövriert und schaffte es zudem nicht, Frieda irgendwie aufzumuntern. Doch nun erhob Bruno sich und streckte ihr die Hand entgegen.

»Ich möchte nämlich viel lieber mit dir tanzen.«

Er hatte es nicht vergessen! Glückselig erhob sie sich und griff nur zu gerne nach seiner großen warmen Hand. Gemeinsam gingen sie zum improvisierten Tanzboden und kehrten erst nach fünf Liedern außer Atem an ihren Tisch zurück, um ihre trockenen Kehlen zu befeuchten.

»Tut mir leid, dass ich dir auf den Fuß getreten bin, aber ich musste ja dieser Frau ausweichen, sonst hätte sie uns beide zu Boden geworfen«, sagte Bruno lachend, und Alma versicherte ihm, dass es nicht schlimm gewesen war.

»Bruno war schon immer ein regelrechtes Trampeltier«, tönte Greta.

Johannes warf ihr einen abschätzigen Blick zu. »Hast du denn nicht gehört? Er hat damit die beiden vor dem Fallen bewahrt. Es ist doch nicht auszudenken, was sonst passiert wäre! Womöglich hätten sie andere Tanzpaare mit sich gerissen, hätten einen Dominoeffekt ausgelöst, und über kurz oder lang hätten alle auf dem Boden gelegen …«

Alma nickte eifrig. So langsam gefiel ihr dieser Johannes. Auf jeden Fall wusste er sich mit Worten zur Wehr zu setzen.

»Im Grunde genommen ist Bruno also ein richtiger Held«, setzte sie obendrauf, da sie es einfach nicht ertrug, wie schlecht Greta ihn immer machte, und sie wollte, dass er sich wieder gut fühlte. Am liebsten hätte sie vor den Augen aller einen Kuss auf seine Wange gedrückt.

Greta blieb unbeeindruckt und schnaubte. »Oh ja, ich erinnere mich noch an manch andere heldenhafte Tat, die er in der Hofgärtnerei vollbracht hat…«

Alle am Tisch sahen Greta an.

Was das wohl sein mochte?

»Wag es nicht!«, zischte Bruno so wütend, wie Alma ihn gar nicht kannte.

Johannes winkte derweil ab. »Das ist doch alles Schnee von gestern.«

Ach du Donnerschreck, was in aller Welt mochte Bruno in der Gärtnerei verbrochen haben, dass alle sofort wussten, wovon Greta sprach? So wie sie tat, klang es geradezu danach, als hätte er mindestens jemanden getötet.

»Was war das denn?«, fragte sie zaghaft. Sie konnte nicht anders, sie musste nachhaken, auch wenn Bruno das Thema meiden wollte.

»Das ist ganz egal!«, rief er, doch Alma lächelte.

»Nein, sag ruhig. So schlimm wird es kaum gewesen sein…« Auffordeungsvoll blickte sie zu Greta, die nicht länger widerstehen konnte.

»Ach«, sagte sie und lehnte sich genüsslich auf ihrem Binsenstuhl zurück. »Ich erinnere mich da zum Beispiel an das eine Mal, wo…«

»Greta!«, grollte Bruno drohend.

Doch sie ließ sich nicht unterbrechen.

»… das eine Mal, wo Bruno dafür gesorgt hat, dass alle Pflanzen in der Hofgärtnerei vertrocknet sind.«

Alma riss die Augen auf. »Alle?«, fragte sie ungläubig, und die Art, wie Bruno sich kummervoll wegduckte, offenbarte ihr bereits die Antwort.

»Gar nicht wahr! Die auf dem Freilandquartier, die haben überlebt«, warf Johannes ein.

Doch Greta war offenbar noch nicht fertig. Konnte es denn wahrlich noch schlimmer kommen? »Und was ja auch einfach nur selten dämlich war, das war, als Bruno in das Wasserbecken gepinkelt hat.

Ins Gießwasser! So hat er dafür gesorgt, dass wir letztlich alle mit seinem Urin in Berührung gekommen sind, sobald wir die gewässerten Pflanzen angefasst haben. Das fand ich persönlich ja fast noch schlimmer, weil es so widerwärtig war.«

Alma starrte sie an.

War das ihr Ernst?

Das sollte das ach so schlimme Verbrechen von Bruno gewesen sein? Nun ja, die Sache mit den vertrockneten Pflanzen war durchaus heikel, aber sie war überzeugt, dass es dafür Gründe gab. Gute Gründe. Die Sache mit dem Pinkeln jedoch… Alma fing an zu lachen. Erst langsam, dann immer heftiger, bis schließlich ihr gesamter Körper vor Lachen durchgeschüttelt wurde. Sie wandte sich japsend an ihren Bruder und deutete in Gretas Richtung.

»Das… das Mädchen aus der Stadt…«, keuchte sie unter Lachtränen, »das Mädchen aus der Stadt denkt doch tatsächlich, es wäre schlimm, wenn man mit ein klein wenig Pipi, vermischt mit jeder Menge Wasser, in Berührung kommt.«

Auch Jost begann nun zu grinsen. Alma hielt sich derweil den Bauch vor Lachen, und schließlich stimmten er und auch die anderen am Tisch ein. Sie lachten und lachten, als hätten sie noch nie etwas Lustigeres gehört, und ein wenig war es auch so.

Alma tat so, als würde sie etwas Ekelerregendes berühren, und zog rasch wieder die Hand zurück. »Oh nein! Ein bisschen hochverdünntes Pipi…«

Sie brachen erneut in Gelächter aus. Schniefend wischte sie sich die Tränen aus dem Gesicht, bevor sie sich schließlich schwer atmend an Greta wandte.

»Sag mal… du hast noch nie einen Schweinestall ausgemistet, oder?«

»Oder bist auf dem Feld die Gülle ausgefahren?«, fragte nun sogar Jost, und Alma dankte ihm innerlich für seinen Beistand.

»Oder hast bei der Geburt eines Kälbchens geholfen?«, fragte Alma und sah, wie Greta unruhig auf ihrem Stuhl hin und her rutschte.

»Also, in der Hofgärtnerei haben wir eigentlich auch mit Jauche gedüngt …«

»Na also!« Alma warf die Hände in die Luft. »Was regst du dich dann darüber auf? Da ist doch nichts dabei …«

Noch bevor sie den Satz beendete, erhob Bruno sich und bot ihr abermals seine Hand dar.

»Wollen wir tanzen?«, fragte er mit leuchtenden Augen.

* * *

Der Morgen graute bereits hinter den Baumwipfeln, als Marleene und Julius sich in ihr Schlafgemach zurückziehen konnten. Endlich war es ruhig, ja so leise gar, dass die Stille in den Ohren fast dumpf wirkte nach all dem Trubel.

»Was für ein Tag!«, sagte Julius, griff nach ihren Händen, und Marleenes Herzschlag beschleunigte sich, da sie fest davon ausging, dass er sie jetzt küssen würde. So richtig. Als Mann und Frau. Und darauf würde unweigerlich das folgen, worüber so viel gemunkelt wurde, aber kaum jemand offen sprach. Aber da sie sich im vergangenen Jahr immer nähergekommen waren und sich so manches Mal nur schwerlich hatten losreißen können, konnte sie es kaum abwarten.

Doch er senkte den Blick.

»Es tut mir leid«, murmelte er.

Marleene schnappte bestürzt nach Luft. »Was tut dir leid?« Wollte er sie etwa nicht?

»Dass du dich mit so einer einfachen Hochzeit zufriedengeben musstest. Dir gebührt so viel mehr. Normalerweise hätte ich einen edlen Hotelsaal anmieten müssen, es hätte ein mehrgängiges Menü gegeben, ich hätte dir ein neues Hochzeitskleid aus weißem Damast gekauft, und du würdest eine Krone mit Diamanten tragen.« Er schluckte. »Keine einfachen Feldblumen mit einem hergerichteten Sonntagskleid.«

»Aber … aber hat es dir denn nicht gefallen?«

»Was? Doch! Das Fest war großartig! Ich glaube, ich habe mich noch nie so gut amüsiert. Wir haben so viel gelacht und getrunken und getanzt und gegessen … Dennoch hätte ich dir gerne so viel mehr geboten. Auf Konstantins Hochzeit hat gewiss ein ganz anderer Standard geherrscht.«

»Aber, Julius!« Er wirkte so geplagt, dass Marleene die Arme um ihn schlingen musste. »Ich trage tausendmal lieber Blumen im Haar als irgendwelche Diamanten. Passt es zu uns nicht ohnehin viel besser? Auch ich hatte einen wundervollen Abend und, wenn ich es richtig gesehen habe, unsere Gäste ebenso, denn die Tanzfläche war nie leer, und zum Schluss mussten Alma und Jost die letzten förmlich mit der Heugabel hinausscheuchen. Ich kann also guten Gewissens sagen, dass es der bisher schönste Tag in meinem Leben war.« Sie rückte von ihm ab und sah ihn fest an. »Aber selbst wenn nicht … Wenn es in Strömen geregnet hätte, ich eine Krone aus Schimmelpilzen hätte tragen müssen und kein einziger Gast unser Glück mit uns hätte feiern wollen, wäre mir das gleich gewesen, denn das Wichtigste ist, dass wir nun offiziell zusammengehören. Für immer.«

Ihre Finger verschränkten sich, und jetzt fühlte sie Julius' Lippen auf den ihren, und sie versanken in einem innigen Kuss. Seine Finger lösten sich schließlich aus ihren, wanderten über ihren Rücken, und ihre suchten sich einen Weg unter sein Hemd. Marleene genoss die Wärme unter ihren Fingerspitzen, während sie über seine Muskeln strich. Sie zog ihm die Jacke von den Schultern, und für eine hastige Minute lösten sie sich voneinander, sodass Julius ihr aus dem Kleid helfen konnte.

Damit sie nicht fror, wollte er schwungvoll die Bettdecke zurückziehen – und stolperte einige Schritte nach hinten, als diese überraschenderweise nicht nachgab.

»Was zum …«, beschwerte er sich und beugte sich verdattert über das Bett, um es genauer zu inspizieren, während Marleene schallend loslachte.

»Verflixt noch mal, warum hängt die Bettdecke mit dem Bettlaken fest?!«

»Nun ja, es gibt da noch ein paar Hochzeitsbräuche, die du wohl nicht kennst. Aber immerhin wissen wir jetzt, wo unsere Blumenkinder so lange abgeblieben sind.«

»Welch ausgekochte Schlitzohren, das gibt es doch wohl nicht!«, beschwerte er sich weiter, doch auch ihm war die Belustigung anzusehen.

»Bei den beiden müssen wir noch froh sein, dass sie uns keine Spinnen und Käfer ins Bett gesetzt haben. Hol am besten einfach eine Schere.«

Es dauerte eine gute halbe Stunde, bis sie alle Nähte gelöst hatten und Julius endlich zu ihr unter die Daunendecke schlüpfen konnte.

»Gibt es sonst noch irgendetwas, mit dem ich rechnen müsste?«, fragte er, und Marleene lächelte.

»Nein, ab jetzt sollten wir endlich vollkommen ungestört sein.«

40. Kapitel

Am Montagmorgen hastete Rosalie im Nieselregen drei Stufen der Fliedervilla hinunter. Da Konstantin auf Hochzeitsreise war, war niemand da gewesen, der sie beim Frühstück zur Eile getrieben hatte, und sie hatte sich prompt verspätet. Dennoch hätte die morgendliche Besprechung noch im Gange sein müssen, doch auf dem Hof herrschte gähnende Leere.

Zögerlich sah sie sich um. Wo waren nur alle?

»Na, hast du es doch noch mal mit Schönheitsschlaf versucht? Ich sagte ja schon, das bringt bei dir auch nichts mehr, Knöterich«, tönte es nun hinter ihr aus der Remise.

Rosalie fuhr herum und sah Johannes auf einer Kiste vor den Gartengeräten sitzen. Er hatte sich lässig mit beiden Ellenbogen gegen das Fuhrwerk gelehnt und knabberte an einem langen Grashalm.

»Knöterich?«, fragte sie, als sie auf ihn zuging. »Was soll das denn bedeuten?«

»Ach ja. Das habe ich mir am Wochenende überlegt. *Rosalie* ist ein viel zu hübscher Name für dich. Es ist eine Beleidigung für die Rosen, dass jemand wie du ihren Namen trägt. Du bist ja eher ein schlichter und einfacher Knöterich, deswegen habe ich beschlossen, dich fortan so zu nennen. Das passt besser.«

Rosalie hob die Augenbrauen. »Soso, hast du also wieder das ganze Wochenende nur an mich gedacht?« Sie trat näher, nachdem sie sich unauffällig vergewissert hatte, dass keine Spinnen angriffsbereit auf den Balken unterm Ziegeldach hockten. »Du hast wirklich ein bedauernswertes Leben. Ich würde ja nachfragen, woran es liegt, aber«, sie kehrte die Handflächen nach außen, »das ist bei einer so jämmerlichen Gestalt wie dir nur offensichtlich. Also sag mir lieber, was mich wirklich interessiert: Wo zum Teufel stecken alle?«

Johannes spuckte seinen Grashalm zu Boden, und Rosalie fragte sich, wann er eigentlich zuletzt Kautabak gepriemt hatte. Damit hatte er sie schon lange nicht mehr geärgert.

»Solltest du das nicht am besten wissen? Dein werter Bruder ist natürlich auf Hochzeitsreise, Oskar kauft Pflanzen ein, Alois liefert Pflanzen aus, und Hugo ist mal wieder krank. Der Neue für die Orangerie ist natürlich in der Orangerie, und Motte und Schmetterling haben wir zusammen mit dem Lehrling ins Gewächshaus zum Unkrautzupfen geschickt.«

Rosalie schmunzelte im Stillen, dass ihre Namen für die ungleichen Schwestern mittlerweile ganz selbstverständlich verwendet wurden, doch sie zeigte ihm ihre Erheiterung nicht. Stattdessen rümpfte sie die Nase. »Und was machen wir?«

Johannes breitete die Arme aus. »Also, ich weiß nicht, wie es um dich bestellt ist, aber Bruno und ich hatten eine unglaubliche Hög, deswegen müssen wir uns jetzt erst einmal erholen!«

»Eine *was* hattet ihr?«

»Eine Hög. So nennt man eine Hochzeit auf Plattdeutsch.«

Jetzt tauchte auch Brunos Rotschopf auf der Ladefläche des Wagens auf, wo er sich offenbar zurückgelehnt hatte. »Mir geht es gar nicht gut«, jammerte er und verschwand wieder hinter der hölzernen Planke des Fuhrwerks.

»Aber … aber wir können uns doch hier nicht einfach ausruhen.«

»Können wir nicht? Dann habt ihr wohl nicht ordentlich gefeiert. Wir haben uns zweifelsohne eine Pause verdient! Wie war es denn, hast du mich vermisst?«

Rosalie lachte auf, als wäre das gänzlich absurd. Was es ja auch war. Sie war sich bis zum Schluss nicht sicher gewesen, zu welcher von beiden Hochzeiten Johannes gehen würde, denn er war wie Bruno auf beide Feiern geladen gewesen. Bruno hatte nicht überlegen müssen und gleich angekündigt, dass er wie geplant Julius' und Marleenes Landhochzeit mitfeiern würde, doch Johannes hatte sich nicht festlegen wollen.

Für einen kurzen Moment war Rosalie daher möglicherweise tatsächlich ein klein wenig enttäuscht gewesen, als sie den atemberaubend geschmückten Saal des Hotels Rosenstock betreten und ihn nirgendwo entdeckt hatte. Aber nur weil der Abend dann zumindest nicht so gähnend langweilig geworden wäre. In Johannes' Gegenwart konnte sie sich zumindest dessen stets sicher sein.

Auf der anderen Seite war ihr so eine unglaubliche Schmach erspart geblieben, denn er hätte sich gewiss die ganze Zeit darüber lustig gemacht, dass sie ohne Begleitung auf der Hochzeit gewesen war. Die Blicke ihrer Freundinnen, die alle Hebel in Bewegung gesetzt hatten, um trotz der kurzfristigen Ankündigung zu Konstantins Hochzeit zu kommen, hatten ihr genügt. Sie aber hatte ja bereits Schwierigkeiten, eine Begleitung zum Frühlingsball im kommenden Monat zu finden, wie hätte sie dann binnen einer Woche jemanden für die Hochzeit herbeizaubern sollen?

Und wer auch immer die Sitzordnung gemacht hatte, hatte es doch tatsächlich gewagt, sie an den Katzentisch zu verfrachten, zusammen mit dem Apotheker Doktor Winkelmann, irgendeinem hässlichen Kunden mit Knautschgesicht aus Holland und ihrer Tante. Sie vier waren die Einzigen, die ohne Begleitung auf der Hochzeit erschienen waren. So gesehen war es eine glückliche Fügung, dass Johannes sich für die andere Feier entschieden hatte.

»Ich bitte dich!«, sagte sie und warf ihre Haare zurück. »Ohne die Sonntage, an denen ich mich von einem Nervtöter wie dir erholen kann, wäre ich bereits dem Irrsinn verfallen. Ich bin dir sehr verbunden, dass du nicht aufgetaucht bist – auch wenn du eine famose Feier verpasst hast.«

»Ach ja? So großartig kann es ja nicht gewesen sein, wenn du keinerlei Erholung benötigst.«

Rosalie wägte in aller Ruhe ihre Optionen ab. Letztendlich war es wahrhaftig ein recht anstrengendes Wochenende gewesen, und der feine Regen, den ihr wollenes Tuch nur eine Weile abhalten konnte, war arg ungemütlich.

»Na ja, offen gestanden könnte ich durchaus eine Pause vertragen.« Sie kletterte kurzerhand zu Bruno auf den Wagen und lehnte sich ebenfalls an die Planken.

Bruno hatte seine Kappe neben sich gelegt und schirmte mit dem Unterarm, den er über seine Augen gelegt hatte, jegliches Licht ab, so als wäre selbst das Grau des regenverhangenen Himmels noch zu viel für ihn.

»Mein Kopf!«, jammerte er voller Elend. »Und erst meine Beine … Ich habe wirklich zu viel getanzt.«

Offensichtlich hatte sich also irgendeine Landpomeranze für Bruno erwärmen können. Rosalie freute sich für ihn – doch das hielt nicht lange vor.

»Hast du auch so viel das Tanzbein geschwungen?«, fragte er sie und ahnte nicht, wie sehr er sie damit in die Bredouille brachte.

Viel?

Was bedeutete schon *viel*?

Das war ein recht dehnbarer Begriff, entschied Rosalie. Drei Tänze waren mehr als gar keiner. Verglichen mit gar keinem Tanz war das viel. Und mit dem Pflichttanz mit Konstantin und den grauenvollen Höflichkeitstänzen ihrer zwei ältlichen Tischbegleiter war sie auf genau diese Zahl gekommen.

»Ja«, versicherte sie Bruno daher. »Das macht mir jedoch nichts aus, ich bin schließlich eine sehr gefragte Tanzpartnerin und es daher gewohnt, viel zu tanzen, und habe deswegen heute keinerlei Beschwerden.« Sie warf Johannes einen neugierigen Blick zu. »Was ist mit dir? Hast du auch zu viel getanzt.«

Er zuckte die Schultern. »Geht so«, brummte er, und Bruno lachte auf.

»Ich habe mich vor allem an das Essen gehalten«, gab er dann zu. »Das war wirklich gut. Die Nachbarn haben von allem etwas mitgebracht, und so gab es über Wurst, Kartoffelsalat, Sauerkraut, Bratkartoffeln bis hin zu Kuchen und Pudding wirklich alles.«

Rosalie dachte an die spärlichen Kanapees und Delikatessen, die im Hotel Rosenstock gereicht worden waren und die kaum satt gemacht hatten. Damit konnte sie gewiss nicht punkten. Aber eine Sache gab es da …

»Dafür war der Großherzog bei uns höchstpersönlich zu Gast«, sagte sie triumphierend. Konstantin hatte ihn nämlich eingeladen und keine Ausrede gelten lassen.

»Bei uns auch!«, rief Bruno nun aber ganz aufgeregt, und Rosalie sah zweifelnd zu Johannes. Das musste ein Irrtum sein!

Doch dieser nickte bestätigend. »Er kam recht spät, aber ich habe ihn am Büfett getroffen, er wirkte vollkommen ausgehungert.«

»Mit wem warst du denn eigentlich auf der Hochzeit?«, fragte Bruno nun, und Rosalie hätte ihm dafür am liebsten einen Schlag in den Nacken verpasst. Sie war so froh gewesen, das Thema bisher umschiffen zu können.

»Ach«, sie betrachtete ihre Fingernägel, die momentan noch so schön sauber waren. »Ich hatte mich entschlossen, ohne Begleitung hinzugehen. Ich musste mich ja auch um meine Tante kümmern, die allein auf der Hochzeit war.«

»Frau Maader?«, hakte Bruno irritiert nach.

Rosalie unterdrückte das Fluchen, das sie sich angewöhnt hatte.

Sie hatte nicht bedacht, dass man hier wegen des Blumengeschäfts ja auch ihre Tante kannte. Ansonsten blieb diese den meisten gesellschaftlichen Anlässen fern, sodass Mathilde und die anderen sie kaum je gesehen hatten. Johannes lachte natürlich prompt.

»Stimmt, die wirkt ganz so, als würde sie überhaupt nicht alleine zurechtkommen. Gut, dass du dich aufgeopfert hast.«

»Julius und Marleene haben richtig glücklich ausgesehen«, sagte Bruno nun versonnen.

Rosalie dachte an Dorothea und Konstantin. Dorothea hatte ein modernes weißes Brautkleid ausgesucht, wie man sie nun in der Oberschicht trug. Bei ihrer kräftigen Figur mit dem exorbitanten Babybauch war es jedoch nicht die beste Wahl gewesen. Aber immerhin hatte Dorothea zu diesem Zeitpunkt wahrhaftig glücklich gewirkt, sie hatte so sehr gestrahlt, dass Rosalie überlegt hatte, ob es vielleicht tatsächlich die richtige Entscheidung gewesen war, dass ihr Bruder sie nun heiratete.

Nur fünf Stunden später hatte das bereits anders ausgesehen.

Als sich der Abend dem Ende entgegengeneigt hatte, hatte Konstantin mit dem hässlichen Unkrautmädchen mitten auf der Tanzfläche von einem Fuß auf den anderen getanzt und ihr immer wieder Dinge ins Ohr geflüstert, die ihr eine sichtbare Röte ins Gesicht getrieben hatten. Die wenigen verbliebenen Gäste hatten beschämt in eine andere Richtung geblickt, kaum einer hatte das Unheil mitverfolgen wollen.

Beim Anblick von Dorotheas todtraurigem Gesicht war Rosalie das Herz schwer geworden. Sie hatte sich keine Mühe mehr gegeben, ihre Gewittermiene zu verbergen, während sie ihre Hände geknetet und überlegt hatte, was zu tun wäre. Am liebsten hätte sie ihren Bruder am Ohrläppchen von der Tanzfläche geschleift. Doch das hätte Aufsehen erregt und die Sache nur noch verschlimmert. Ihre Tante war bereits gegangen, und ihre beiden Tischherren hatten sich prächtig amüsiert und nichts Verwerfliches daran finden können.

»So ist das nun mal, Liebchen, ein Mann hat so seine Triebe …«, hatte der Holländer gesagt und danach hustend gelacht.

In den Tanzpausen hatte Rosalie einige Male versucht, mit Konstantin zu reden, doch aus ihm hatte nur noch der Branntwein gesprochen, sodass er zusammenhanglose Worte gelallt hatte. Für eine Weile hatte sie das Geschehen weiterhin hilflos beobachtet, sie von der einen Seite des Saals, Dorothea von der gegenüberliegenden Seite.

Als der bezechte Konstantin vor aller Augen schließlich auch noch seinen Zeigefinger vom Hals der Motte in ihr Dekolleté hatte wandern lassen, war ihr der Kragen geplatzt. Sie hatte sich den Schmetterling geschnappt und in den schummerigen Korridor gezerrt, der den Ballsaal mit der Küche und einigen anderen Räumen verband.

»Weißt du, was Motten tun, wenn sie Fledermäuse hören?«, hatte sie in ihrer bedrohlichsten Stimme gezischt, und der Schmetterling hatte ängstlich den Kopf geschüttelt.

»Sie bewegen sich nicht mehr und stellen sich tot, in der Hoffnung, dass die Fledermaus sie nicht hört und die Gefahr vorüberzieht.«

»V-verstehe?«

»Die anwesende Motte hier im Ballsaal tanzt …«

»Hmmm.«

Herrgott, wie deutlich musste sie noch werden?, hatte sie sich resigniert gefragt. »Sieh zu, dass die Motte hier fortkommt, sonst wird die Fledermaus schon sehr bald zuschlagen, und das … wirst du bereuen!«

Es hatte funktioniert. Gewiss.

Der Schmetterling war davongeeilt und hatte wenig später mit seiner Schwester nicht nur den Ballsaal, sondern auch das Hotel verlassen.

Dennoch hatte sich Rosalie nicht richtig freuen können, denn ihr war klar, dass es nur eine Frage der Zeit war, bis es erneut geschehen würde. Und dann wäre sie nicht zur Stelle, um Schlimmeres zu verhindern …

»He, Knöterich, Bruno hat dich etwas gefragt«, rief Johannes und holte sie damit aus ihrer Gedankenwelt zurück.

Sie sah zu Bruno, der sich aufgerichtet hatte. »Also sind Konstantin und Dorothea auch glücklich?«

Rosalie nickte langsam. »Im Rahmen ihrer Möglichkeiten schon.«

41. Kapitel

Marleene begutachtete mit Julius und Alma abermals die zahlreichen Geschenke, nachdem die Diele wieder glänzte und auch die letzten Nachbarsfrauen verschwunden waren, denn bisher hatte stets die Zeit gefehlt, alles in Ruhe anzusehen. Gemeinsam hatten sie das Haus wieder auf Vordermann gebracht und die letzten Reste des Hochzeitsmahls verzehrt, was Asta so müde gemacht hatte, dass sie bereits eng zusammengerollt in einer Ecke schlief. Nun war, abgesehen vom Gabentisch und dem Kranz, der die Grootdör schmückte, nichts mehr von der Hochzeit zu sehen.

»Und was gefällt euch am besten?«, erkundigte Alma sich leicht lispelnd mit Blick auf die Geschenke.

»Meine hochverehrte Ehefrau«, sagte Julius und hauchte Marleene einen Kuss auf die Wange, »lässt vermutlich nichts auf das Fahrrad kommen.«

Marleene schüttelte den Kopf. Das Fahrrad war wirklich grandios, aber es gab etwas, was sie bei aller Großartigkeit noch tausendmal mehr freute, denn die letzten Wochen waren eine einzige Pein gewesen.

»Nein, mich freut am allermeisten, dass ich ab jetzt nicht mehr im Hotel Holthusen arbeiten werde – das Geschenk, das wir uns quasi selbst gemacht haben.«

»Stimmt, das ist das Beste, endlich habe ich dich immer hier! Aber was die Geschenke unserer Gäste betrifft, ist mein persönlicher Favorit das hier.« Er hielt Alma eine vergilbte Papierrolle mit einer Schleife aus Paketband entgegen, und sie nahm sie ihm neugierig aus der Hand und überflog die Zeilen.

»Ihr dürft im Moor Weißtorf stechen?«, fragte sie mit wenig Begeisterung in der Stimme. »Herrlich, diese Romantik … Das ist doch genau das, wovon frisch Vermählte träumen!« Sie legte den Kopf an die gefalteten Hände, und Marleene und Julius lachten leise. »Aber nun mal ehrlich. Wozu die Mühe? Ihr kommt doch gewiss auch einfacher an Brennmaterial. Ihr könnt sonst in unserem Busch …«

»Wir wollen damit nicht heizen«, fiel Julius ihr ins Wort und senkte geheimnisvoll die Stimme. »Es ist gewissermaßen unsere Rettung für die sandigen Felder, wo die Lupinen nicht angewachsen sind. Auch Torf kann den Boden humushaltiger machen, und so müssen wir nicht abermals Lupinen aussäen und umgraben. Wir fahren dann einfach eine Torfschicht auf.«

Alma runzelte die Stirn. »Das klingt gut. Warum habt ihr das denn nicht gleich gemacht?«

»Nun ja, leider darf nicht jeder einfach so ins Moor fahren und dort nach Gutdünken Torf für sich stechen. Es ist ein absolutes Privileg und sehr stark reglementiert, jeder bekommt bestimmte Tage zugewiesen. Mein Onkel besitzt eine kleine Parzelle, und sein ganz besonderes Geschenk als mein Trauzeuge ist, dass er uns erlaubt, dort den Torf zu holen.«

Alma sah noch immer zweifelnd aus.

»Das Geschenk mag etwas unscheinbar daherkommen«, erklärte Marleene daher, »dennoch ist es das Kostbarste von allen, denn es bringt uns zeitlich unglaublich voran.«

»Aber …« Alma riss die Augen auf und wirkte völlig außer sich. »I-ihr könnt nicht ins Moor! Was ist, wenn an dem Tag die Erdgeister aus ihren Schlupfwinkeln kriechen?«

»Alma«, Marleene lächelte sanft. An ihren Aberglauben hatte sie sich mittlerweile gewöhnt, aber jetzt auch noch Gespenster? »Es gibt keine Geister. Das musst du doch wissen …« Sie öffnete die leise quietschende Ofentür und warf ein paar Briketts in die ersterbende Glut.

»Doch«, Alma wirbelte herum und verengte die Augen. »Nur weil man sie nicht sieht, bedeutet das nicht, dass es sie nicht gibt.« Jetzt senkte sie die Stimme und sah eindringlich von einem zum anderen. »Man kann sie spüren«, wisperte sie.

Marleene musste sich zusammenreißen, um ihre Belustigung nicht durchklingen zu lassen. »Und wie das?«

Alma zuckte mit den Achseln. »Man weiß es einfach, wenn sie da sind. Auf offener Straße natürlich nicht. Man spürt sie nur auf den stillen Feldwegen, den schmalen Trampelpfaden durch den Busch oder in abgeschiedenen Hecken – und eben im Moor. Es ist voll von ihnen!« Langsam ging sie durch den Raum und hob beschwörend die Hände. »Dann hört man sie leise wispern und kichern, mal wirr und manchmal auch schaurig. Ich habe alles darüber gelesen. Sie kommen aus den Schatten der Sträucher, aus dem Nebel der Felder und aus dem sumpfigen Moos des Moores … Das wussten schon unsere Ureltern.«

Marleene legte einen Arm um Alma. »Das sind doch alles Ammenmärchen. Glaubst du die etwa?«

Alma hob zur Antwort einen Zeigefinger und begann, ein Gedicht zu rezitieren.

O schaurig ists, übers Moor zu gehn,
Wenn es wimmelt vom Heiderauche,
Sich wie Phantome die Dünste drehn
Und die Ranke häkelt am Strauche,
Unter jedem Tritte ein Quellchen springt,
Wenn aus der Spalte es zischt und singt! –
O schaurig ists, übers Moor zu gehn,
Wenn das Röhricht knistert im Hauche!

Marleene lachte. »Hast du dir das soeben ausgedacht?«

»Ich nicht. Das ist von Annette von Droste-Hülshoff. Und sie hat recht, lasst es also bitte bleiben.«

»Aber wir müssen …«

Alma seufzte. »Dann fahrt aber unbedingt an einem sehr sonnigen Tag. Und ihr braucht einen schmalen Wagen, unserer ist viel zu breit für die kleinen Wege. Und seid vor Anbruch der Dunkelheit zurück.«

»Und wenn nicht? Was sollte dann passieren? Kommen die Moorleichen aus den Sümpfen und greifen nach uns?«, fragte Marleene scherzhaft, doch Alma blieb ernst.

»Nicht die Leichen – die sind ja bereits tot.« Sie senkte die Stimme und sah sich um. »Erst kommen wie gesagt die Nebelgeister und umhüllen die Welt, greifen nach euch mit ihren Nebelhänden, die sich aus der undurchdringlichen Luft herausschälen. Und wenn es erst dunkel ist … tauchen sie auf.« Mit beschwörenden Augen sah sie die beiden an, und Marleene wurde etwas mulmig zumute.

»Die Irrlichter.«

Julius hatte die Augenbrauen leicht zusammengezogen. »Irrlichter?«

»Ja, du kannst sie auch Irrwisch, Spuklicht oder gar gläunige Hex nennen. Ganz gleich, wie du sie bezeichnest, alle haben sie eins gemein.«

Julius und Marleene blickten sie erwartungsvoll an. »Und zwar?«

»Es sind kleine und große, meist flackernde, mitunter aber auch stillstehende oder über sumpfige Moorteile hinweggleitende Flämmchen.« Alma hatte bereits leise gesprochen, doch nun flüsterte sie nur mehr und übertönte dabei nur leicht Astas leises Schnarchen. »Und sie wurden durch keine Menschenhand entzündet …« Ganz langsam ging sie in der Diele auf und ab. »Man sagt, es seien die Seelen von Mördern, Betrügern«, hauchte sie. »Oder auch von ungetauften Kindern und ruhelos tanzende Seelen sündiger Nonnen. Sie alle hüpfen als Wiedergänger im Irrlicht …«

Marleene schluckte, so langsam wurde ihr bei all den Geschichten doch etwas unwohl. Aber eigentlich konnte an ihnen kein Funken Wahrheit sein.

»Und eine verlorene Seele soll gar nicht weit von hier im Hahner Busch umherspuken …«

Marleene griff nach Julius' Hand, denn der kleine Ort Hahn war nur wenige Kilometer von Rastede entfernt. »Was hat sich dort denn zugetragen?«

»Als das Gesinde des großen Gutshofs einst beim Heuen war, hat sich eine der Mägde in den benachbarten Busch davongestohlen und dort ein Kind geboren. Um der Schande zu entgehen und nicht vom Hof gejagt zu werden, hat sie es in der Erde verscharrt. Und dort, wo das Kind begraben liegt«, flüsterte Alma unheilvoll, »zeigte sich immer wieder nachts ein Flämmchen. Diese Irrlichter sind voller Unheil … Ihr denkt, sie führen euch nach Hause, dabei locken sie euch stets nur weiter und weiter ins Moor hinein. Bis in den Sumpf! Ihr versucht zu entkommen, doch mit jeder Bewegung sackt ihr tiefer ein. Und dann kommt die wirkliche Gefahr …«

»Du meinst, man versinkt?«

»Nein, es ist noch schlimmer! Der Moorkerl oder das Moorweiblein. Sie wollen eure Seelen stehlen, und wenn ihr nicht aufpasst …«, sie ließ die Fingerspitzen gedankenverloren über die Öllampe gleiten, »… werdet ihr selbst zum Irrlicht.«

Absolute Stille legte sich über das Schwalbennest, sodass das darauf folgende kräftige Pochen an der Tür Marleene zusammenfahren ließ und Asta aus dem Schlaf riss. Hektisch bellte sie und sah dabei wie hypnotisiert zur Tür. Mit einem Lachen schüttelte Marleene die Anspannung ab und ging zur Grootdör.

»Mal sehen, vielleicht ist das ja schon das Moorweiblein …«, rief sie augenzwinkernd über ihre Schulter, und Alma streckte ihr die Zunge heraus.

Sie öffnete die Tür und stand vor einem Jungen von fünfzehn oder sechzehn Jahren in zerlumpten Kleidern.

»Moin!«, sagte er mit fester Stimme, nahm eine löchrige Kappe ab und lächelte sie aus einem Mund mit breiten Lippen an. Seine Haut passte nicht zu den zerschlissenen Kleidern, denn die war so sauber, als wäre er frisch gebadet. Einziger Makel war eine lange Narbe, die sich kurz unter seinem Auge fast bis zum Haaransatz zog.

»Ich wollte nachfragen, ob Sie mich als Lehrling in Ihrer Gärtnerei einstellen würden. Mein Name ist …«

»Franz, was machst du denn hier?«, fragte Julius, der jetzt hinter Marleene getreten war. Marleene wäre fast der Mund aufgeklappt. *Das* hier war Franz? Der ehemalige Lehrling der Hofgärtnerei, ihr Vorgänger? Sie hatte sich ihn immer als schmächtigen Dümmling vorgestellt, aber dies hier war ein höflicher junger Knabe.

»Julius, äh … Herr Goldbach sollte ich jetzt wohl sagen …«, nervös trat er von einem Bein aufs andere, und das machte ihn für Marleene nur noch sympathischer. »Ich habe gehört, dass Sie jetzt bei uns im Ort eine eigene Gärtnerei haben, daher wollte ich mein Glück noch einmal versuchen. Ich weiß, Ihr Vater dachte, ich hätte die Pflanzen geklaut, aber ich schwöre bei Gott, ich war es nicht! Und ich brauche unbedingt eine Lehrstelle, deswegen bin ich hier …«

»Du kannst mich ruhig weiterhin Julius nennen. Aber ich fürchte, wir können dir nicht weiterhelfen, so gerne ich es auch täte. Unsere Gärtnerei ist ja noch im Aufbau, und daher können wir uns leider keinen Lehrling leisten.«

Außerdem würden sie einen weiblichen Lehrling einstellen, ergänzte Marleene in Gedanken. Das hatte sie mit Julius so besprochen, und er hatte ihr zugesichert, sie im Kampf um bessere Bedingungen für Frauen zu unterstützen. So nett, wie Franz auch wirkte, sie würden ihn nicht einmal einstellen, wenn sie es sich leisten könnten.

»Aber … aber brauchen Sie … du … ihr, braucht ihr nicht gerade jetzt jede Menge helfender Hände?« Voller Hoffnung knetete er seine Kappe.

»Schon, aber wie gesagt … Wir haben nicht das Geld, um dich zu bezahlen.«

Nachdenklich legte der Junge den Kopf zur Seite. »Aber andernfalls würdet ihr mich einstellen?«

»Es wäre gewiss praktisch, einen Lehrling mit gewissen Erfahrungen zu haben …«, sagte Julius nun, und Marleene hätte ihm am liebsten kräftig auf den Fuß getreten. Er sollte dem Jungen doch keine falschen Hoffnungen machen!

»Dann … dann verzichte ich vorerst auf meinen Lohn! Mir ist es vor allem wichtig, eine Ausbildung zu bekommen. Zahlen könnt ihr mich, sobald die Gärtnerei Gewinn abwirft.«

Julius zögerte, und Marleene versuchte, ihm mit ihren Blicken zu signalisieren, dass sie das in Ruhe besprechen sollten. So herzerwärmend der Auftritt des Jungen hier auch war, wollte sie keinesfalls ihre wirklich wichtigen Ziele aus den Augen verlieren. Er war gewitzt, er war männlich, gewiss würde er etwas anderes finden. Frauen hingegen hatten in dieser Welt kaum eine Chance, wenn sie einen Beruf ihrer Wahl erlernen wollten.

»Bitte«, flehte der Junge nun aber. »Ich bin seit fast zwei Jahren arbeitslos. Keiner will mich, weil sich herumgesprochen hat, dass ich ein Dieb wäre – was aber einfach nicht stimmt. Gott habe deinen Vater selig, aber er hat mir unrecht getan. Du kannst es jetzt wiedergutmachen. Ich will doch nur etwas Ordentliches lernen.«

Julius stieß den Atem aus. Marleene versuchte, ihm abermals zu erkennen zu geben, dass sie mit ihm unter vier Augen sprechen musste, und räusperte sich vernehmlich. Doch anstatt sich bei ihr rückzuversichern, fing er an zu nicken.

»Na gut«, sagte er schließlich. »Ich denke, das sind wir dir schuldig. Und wir können wahrhaftig Hilfe gebrauchen … Du bist eingestellt.«

Der Junge jubelte, und Marleene starrte Julius an. Sie konnte nicht fassen, was er soeben getan hatte.

***

Während Rosalie nach der Mittagspause zurück zu ihren Schneidetischen ging, sah sie aus den Augenwinkeln, wie Johannes sorgfältig seinen Bart glatt strich. Eine Gelegenheit, die sie sich keinesfalls entgehen lassen konnte. Sie hob gekonnt die linke Augenbraue und warf ihm einen herablassenden Seitenblick zu.

»Was willst du?«, fuhr er sie an, und Rosalie nahm mit Genugtuung zur Kenntnis, dass er ertappt wirkte. »So ein Bart braucht nun mal viel Pflege!«

»Ach ja? Sag Bescheid, wenn du überfordert bist, dann schicke ich dir bei Bedarf meine Kammerzofe vorbei.«

»Stimmt, du benötigst sie nun ja nicht mehr, bei dir ist schließlich ohnehin nichts mehr zu retten«, schoss er sofort zurück. »Aber dennoch: Nein danke. Ich halte nichts davon, andere Menschen auszubeuten.«

»Ausbeuten?« Rosalie blieb stehen und sah ihn entrüstet an. »Wieso bitte schön ausbeuten? Meike hat es sehr gut bei uns.« Sie zählte ihre Argumente einzeln an den Fingern ab: »Sie hat eine gemütliche Kammer neben der Küche, ein geregeltes Einkommen, zu Weihnachten erhält sie zudem stets Stoff für ihre Kleider, sie hat einige freie Tage und …«

»… und sie hat keinerlei geregelte Arbeitszeiten, ansonsten nur einen freien Tag im Quartal und bekommt weniger Würde entgegengebracht als Alexanders Jagdhund. Wo ist der überhaupt abgeblieben?«

Rosalie ging nicht auf seine Frage ein, seine Vorwürfe erzürnten sie viel zu sehr. »So ein Unsinn! Meike ist uns sehr wichtig, und das weiß sie auch. Sie hat sich außerdem noch nie beschwert.« Grimmig stiefelte Rosalie weiter und merkte, dass Bruno sie und Johannes mit offenem Mund anstarrte.

»Als wenn die sich beschweren würde«, rief Johannes ihr hinterher. »Die hat mehr Schiss als eine Maus in den Fängen der Hofkatze!«

»Bockmist!« Rosalie ballte die Hände zu Fäusten. Was er da behauptete, war vollkommen abwegig. Ein Mädchen vom Lande wie Meike konnte sich doch freuen, wenn sie in solch einer hübschen Villa wohnen durfte und Arbeit hatte. Und war sie nicht immer gut zu ihr gewesen? Ganz, ganz leise wispernde Zweifel tauchten in einem verborgenen Winkel ihres Gehirns auf, wurden aber von Johannes übertönt, der sie jetzt eingeholt hatte.

»Doch, natürlich ist das so! Sie würde sich nicht einmal beschweren, wenn ihr das Wasser bis zum Hals stünde.« Zeitgleich griffen sie jeweils nach einer Pflanze und umschlossen alle Triebe oberhalb des Stämmchens mit der Hand, um mit der Gartenschere die herausschauenden Zweige abzuschneiden. »Und wenn sie euch so überaus wichtig ist, ihr also quasi Busenfreundinnen seid … dann verrate mir doch ihren Nachnamen.« Er ließ seine Schere zuschnappen.

»Strodhoff«, sagte Rosalie triumphierend und ließ ihrerseits die Schere zuschnappen. Er ahnte vermutlich nicht, wie einfach er es ihr gemacht hatte, aber der Nachname stand stets groß auf Meikes Lohntüte und natürlich auch auf ihren Briefen.

»Wo ist sie geboren?« Johannes griff nach der nächsten Pflanze.

»Wo sie herkommt, möchtest du wissen?«, wiederholte sie, um Zeit zu gewinnen, und strich sich mit dem Oberarm eine Strähne aus dem Gesicht, um sich nicht abermals mit Dreck einzureiben. Woher kam sie noch? Meike hatte den Ort einige Male erwähnt, wusste Rosalie. Und es war zu weit, um hinzulaufen. Sie nahm immer den Zug, fuhr aber nicht bis nach Bremen oder gar Wilhelmshaven. »Äh … also … ich meine, aus der Nähe von Kirchhatten.«

»Was machen ihre Eltern? Leben sie noch?«

Auch Bruno schaltete sich nun ein. »Wie viele Geschwister hat sie?«

»Und warum ist sie von zu Hause weggegangen?«, vollendete Johannes die Inquisition.

»Also … ich … äh …« Rosalie geriet ins Schwitzen. Sie durchforstete jeden Winkel ihres Gedächtnisses. Sollten sie in all den Jahren wirklich nie darüber geredet haben? Oder hatte sie es wieder vergessen?

Meike hingegen wusste mehr als ihre Freundinnen, nahezu alles über sie. Sogar die Sache mit Manilo hatte sie unweigerlich mitbekommen.

Johannes warf ihr einen siegessicheren Blick zu und stellte seine Pflanze zurück in die Kiste. »Das dachte ich mir.« Er klopfte sich die Hände an der Hose ab. »So, ich habe noch woanders zu tun«, verkündete er und ging davon.

Zurück blieben nur Bruno und sie. Rosalie hing eine Weile ihren Gedanken nach. »Glaubst du, er hat recht?«, fragte sie schließlich, da sie die Sache nicht losließ.

Bruno sah von seiner Pflanzenkiste auf. »Womit?«

»Damit, dass wir Meike ausbeuten?«

»Ich bin mir nicht sicher«, er wog den Kopf von einer Seite zur anderen. »Aber meiner Meinung nach hat jeder so seine Sache, mit der er sich gut auskennt. Und Johannes kennt sich mit den Rechten der Arbeiter verdammig gut aus. Jetzt, wo du eine von uns bist, verstehst du es bestimmt ebenfalls besser. Wäre es nicht schön, wenn wir ein wenig früher Feierabend machen könnten? Und wenn es einige Tage im Jahr gäbe, wo wir nicht arbeiten müssten, die wir uns aber frei aussuchen könnten?«

Rosalie ließ sich das durch den Kopf gehen. »Ja, das wäre herrlich.« Wenn sie all das hätte und dann vielleicht zwei Tage anstatt nur einen Tag in der Woche freibekäme, dann wäre ihr Leben so viel erträglicher. Und ja, jetzt, wo sie darüber nachdachte: Warum sollte es Meike anders gehen? Sie hatte ja nicht einmal die Sonntage richtig frei. Vielleicht konnte sie etwas für sie tun. Sobald Konstantin und Dorothea von ihrer Hochzeitsreise zurückgekehrt waren und Dorothea bei ihnen einzog, hätten sie ohnehin viel mehr Personal.

Bruno räusperte sich, und Rosalie stellte mit Belustigung fest, dass sein Kopf hochrot war und er von einem Bein auf das andere trat.

»Du hast ja auch einen Bereich, mit dem du dich verdammt gut auskennst.«

»Ja?«, fragte Rosalie verwundert und griff routiniert nach der nächsten Pflanze.

»Natürlich. Du kennst dich mit Frauen aus und weißt, wie sie gerne umworben werden. Dass ich diesem … diesem Mädchen die kalte Schulter gezeigt habe, hat wahre Wunder gewirkt! Wir haben auf Marleenes und Julius' Hochzeit fast den gesamten Abend getanzt.«

»Du und Greta?«, hakte Rosalie kurzerhand nach, da sie keinen Grund sah, weiterhin um den heißen Brei herumzureden.

»Nein, nicht Greta. Es ist … eine andere. Greta hat mir klar zu verstehen gegeben, dass sie mich nicht mag. Nicht auf diese Weise. Und manchmal denke ich, auf keine Weise. Aber jetzt gibt es da eine junge Frau, bei der alles ganz anders ist.«

Aus Bruno sprühte so viel wahre Freude, dass Rosalie sich mit ihm freute. Doch dann senkte er bekümmert den Blick. »Aber nun … nun weiß ich nicht recht, wie es weitergehen soll. Ich meine, ich kann ihr doch gewiss nicht immer nur mit kühler Ablehnung begegnen? Wir müssen irgendwie vorankommen.«

»Gewiss, jetzt musst du ihr zeigen, dass du sie magst.«

»Und wie mache ich das?« Bruno sah richtig verzweifelt aus, doch er hing wissbegierig an ihren Lippen. Es war ein ganz klein wenig wie früher, wenn ihre Freundinnen darauf gewartet hatten, dass sie weitersprach. Allein schon deswegen wollte sie ihm helfen. Sie hielt mit dem Schneiden inne, um besser nachdenken zu können. Das war wahrlich keine leichte Frage. Normalerweise würde man sich auf einem Ball kennenlernen und das Objekt der Begierde immer öfter zum Tanzen auffordern oder ins Theater ausführen. Vielleicht in den Häusern einen ersten Höflichkeitsbesuch abstatten, wenn dies erwünscht war. Aber was tat man in der Arbeiterschicht? »Bälle oder Tanzveranstaltungen gibt es keine mehr?«, erkundigte sie sich vorsichtshalber.

»Nein, jetzt nach der Hochzeit steht erst mal nichts mehr an. Natürlich gibt es Tanzlokale, aber ich glaube nicht, dass sie dort hingeht. Wie teilen sich deine … Anwärter denn mit?«

»Nun ja, einige schicken Blumen. Manche schreiben auch Gedichte. Aber das ist gewiss alles nichts für dich, Bruno.«

»Doch!«, protestierte Bruno bestimmt. »Ich bin zu allem bereit. Sag mir einfach, was ich machen muss.«

***

Samstagmorgen, eine Woche nach der Hochzeit, öffnete Frieda die Augen, lauschte dem leisen Rascheln ihrer Strohdecke und dem entfernten Hufgeklapper auf der Straße und war verwundert. Irgendetwas hatte sich verändert. Sie horchte ganz tief in sich hinein, und doch dauerte es einen Moment, bis sie erkannte, was es war.

Der alles betäubende Schmerz war ausgeblieben.

Ja, ein gewisses Nagen war noch da, aber kein tonnenschweres Herzensleid, das ihr auf den Magen drückte und sie kaum zu Atem kommen ließ.

Offenbar hatte Manilos Verlobung es ihr erlaubt, endgültig Abschied zu nehmen, und die hochnotpeinliche Blamage mit Jost hatte sie so sehr vom Herzweh abgelenkt, dass sie das gemächliche Ausbleiben zunächst kaum bemerkt hatte. Nun würde sie ihm noch einige Wochen aus dem Weg gehen, und dann würde auch der Polterabend in Vergessenheit geraten.

Langsam fühlte sie sich wieder wie sie selbst – aber das stimmte nicht ganz, denn sie war nun eine stärkere Frieda. Beschwingt schlug sie die Bettdecke zurück und sah unweigerlich auf Marleenes leeres Bett. Sie hatte gedacht, dass sie ihre Cousine fürchterlich vermissen würde, doch es war nicht so schlimm gekommen wie befürchtet. Gewiss fehlten ihr die gemeinsamen Gespräche, aber sie hatte auch die Vorzüge eines Einzelzimmers in der vergangenen Woche erfahren. Wenn Marleene verschnupft war, schnarchte sie nämlich leise und machte es ihr schwer, in den Schlaf zu finden. Und wenn Frieda jetzt danach war, bis tief in die Nacht zu lesen, musste sie nicht mehr aus Rücksicht darauf verzichten.

Marleene war zuerst zögerlich gewesen, da sie Frieda nicht alleine hatte in der Herberge zurücklassen wollen, zumal die Miete für eine Einzelperson recht hoch war. Doch dann hatte Frieda sie freudig daran erinnert, dass sie zum Ende des Monats ihre Lehre beendet hätte und sie dann im Blumengeschäft mehr Lohn erhalten würde, sodass sie alleine für die Miete aufkommen könnte.

Vielleicht hatte das alles auch etwas Gutes, überlegte Frieda, während sie in aller Ruhe ihre Bluse zuknöpfte. Es tat wohl, auf eigenen Beinen zu stehen und nicht wie viele andere Frauen auf das Wohlwollen der Männer angewiesen zu sein, die ja sogar entscheiden konnten, ob ihre Frauen arbeiten durften oder nicht. Und Frieda gefiel ihre Tätigkeit im Blumenladen, sie liebte sie sogar und würde sich das von keinem Mann nehmen lassen.

Erstmalig nahm sie seit vielen Wochen wieder den kleinen Umweg in Kauf, begutachtete die Auslage des konkurrierenden Blumenhauses Husmann und war wie immer beeindruckt von der hübschen Gestaltung. Doch dank Friedas Einfluss konnte nun auch die Bindewerkstatt Maader mithalten. An nur einem Vormittag hatte sie bei Husmanns einiges über das moderne Blumenbinden und die Gestaltung der Auslage gelernt und ihre Chefin anschließend dazu bewogen, neue Wege zu beschreiten.

Durch die Fensterscheibe sah sie Almuth, die ihr fröhlich zuwinkte. Frieda erwiderte den Gruß und ging dann frohen Mutes weiter zum Geschäft von Frau Maader. Was hatte sie vor zwei Jahren noch für Qualen erlitten, hatte geglaubt, dass sie die Lehre niemals überstehen würde, und nun hatte Frau Maader sogar eine weite Reise mit ihr unternommen und war mitunter zu einer wertvollen Gesprächspartnerin geworden, die auch in schweren Zeiten für sie da war. Vor zwei Jahren hätte sie kaum geglaubt, dass ihr Leben eine solche Wendung nehmen würde. Mittlerweile freute sie sich auf die kommenden Jahre an der Seite von Frau Maader.

»Guten Morgen«, rief Frieda in den Raum, den sie mit dem Klingeln der Glocke über der Tür betreten hatte. Tief sog sie den Blumenduft, der sie umgehend einhüllte, in sich auf und genoss die Heiterkeit, die das Spiel der Farben, das ihr aus allen Winkeln entgegenschlug, versprühte. Zu ihrer Verwunderung erwiderten gleich zwei Stimmen den Gruß. Neben Frau Maader stand ein junges aschblondes Mädchen von vielleicht fünfzehn Jahren, das sie aus einem blassen Gesicht mit leichten Ringen unter den Augen zögerlich anlächelte.

Lächelnd ging Frieda auf sie zu. »Oh, wen haben wir denn hier?«

»Das ist Adelheid«, sagte Frau Maader. »Sie ist mein neuer Lehrling. Bitte weise sie in alles ein und zeige ihr, welche Arbeiten du den Tag über verrichtest.«

»Ein Lehrling, wie herzallerliebst!«, zwitscherte Frieda, während sie ihr Umhängetuch an den Haken an der Tür hängte. »Ich zeige dir sehr gerne alles.«

Sie winkte das Mädchen mit den zu Schnecken aufgedrehten Zöpfen herbei, und es bereitete ihr die allergrößte Freude, ihm die anfallenden Arbeiten sorgfältig und verständlich zu erklären. Gemeinsam bereiteten sie die farbenfrohen Blumen vor, versorgten sie mit Wasser, das nicht zu warm und nicht zu kalt sein durfte, suchten die welken heraus und ordneten danach die Bestellungen nach Dringlichkeit.

Das Mädchen hörte wissbegierig zu, und nachdem Frieda es dazu ermuntert hatte, scheute es sich nicht, Fragen zu stellen, die Frieda ihrerseits mit Vergnügen beantwortete. Sie wollte dem jungen Mädchen genau den ersten Tag bereiten, den sie selbst sich damals gewünscht hätte. An ihrem ersten Tag hatte Frau Maader fast nur auf ihrem Hocker gesessen und sich alle Informationen aus der Nase ziehen lassen, wofür Frieda jedoch viel zu zaghaft gewesen war.

So sollte es dem neuen Lehrling nicht ergehen.

Als Adelheid am späten Nachmittag gähnte und die Ringe unter ihren Augen dunkler geworden waren, wandte Frieda sich an Frau Maader, da ihr Fingerspitzengefühl ihr verriet, dass sie Erfolg haben könnte. »Ich denke, das war recht viel für einen ersten Tag, und Adelheid hat sich wacker geschlagen. Was denken Sie, Frau Maader? Können wir unseren Lehrling für heute nach Hause schicken? Das soll ganz gewiss nicht zur Gewohnheit werden, aber da es der erste Tag ist …«

Frau Maader ließ den Blick durch den Laden schweifen, und ihr schien zu gefallen, was sie sah. »Ich denke, das wäre eine gute Idee.«

Sie sahen beide zu, wie Adelheid mit stockenden Bewegungen ihr Tuch vom Haken nahm, noch einmal scheu winkte und dann frohen Mutes das Geschäft verließ. Müde ließ Frieda sich auf einen Stuhl sinken, nachdem sie nahezu den ganzen Tag über auf den Beinen gewesen war.

»Welch ein liebenswürdiges Mädchen! Ich wusste gar nicht, dass Sie bereits heute jemand Neues einstellen«, sagte sie zu ihrer Chefin.

Frau Maader strich ihre Kittelschürze glatt. »Nun ja, da das Ende deiner Lehrzeit fast erreicht ist, musste ich schließlich für Ersatz sorgen.«

Frieda sprang wieder auf, da sie gesehen hatte, dass auf dem Tisch noch einige Blumenstängel liegen geblieben waren, und fegte sie mit dem Handbesen vom Tisch. »Gewiss. Ich wusste nur nicht, dass es bereits heute ist.«

Frau Maader räusperte sich. »Da wir gerade von der Beendigung deiner Lehrzeit sprechen ...« Sie glitt von ihrem Hocker und trat an die Tür zur Bindestube. »Da gibt es noch etwas, das ich mit dir besprechen wollte.«

»Ja? Was denn?« Eigentlich hatten sie vor Wochen bereits alles geklärt. Frieda wäre dann ausgelernte Blumenbinderin und würde weiterhin mit Frau Maader hier im Laden arbeiten. Allerdings würde ihre Chefin sich hin und wieder freinehmen, und Frieda würde den Laden in diesen Zeiten ganz alleine leiten. Darauf freute sie sich insgeheim am allermeisten.

Frau Maader räusperte sich erneut. »Nun, also ... Ich ... ich bin noch einmal die Bücher durchgegangen. Buchführung ist ein wichtiges Thema, wenn man seinen eigenen Laden führt, das müsstest du dir unbedingt auch noch aneignen. Und na ja«, sie kratzte sich am Nacken und blickte von der linken Zimmerecke zur rechten, »wie soll ich sagen ... «

Frieda ließ den Handfeger sinken und musterte Frau Maader ganz genau. Etwas in ihrer Stimme hatte sie alarmiert.

Etwas, das sehr ungut klang.

»Na ja, also, es ist so ...« Frau Maader holte tief Luft und stieß zusammen mit dem Atem die folgenden Worte aus, als wollte sie sie schnellstmöglich loswerden: »Ich kann mir keine zwei Kräfte auf einmal in diesem kleinen Blumenladen leisten.«

Frieda starrte ihre Chefin an, während ihr Kopf kläglich versuchte, die Auswirkungen der Worte auf ihr Leben zu erfassen – beziehungsweise die Bedeutung zu verdrängen, denn die logische Konsequenz war schlichtweg zu hart.

Es konnte nicht sein. Nicht auch noch das.

»Nein!«, flüsterte sie leise und spürte Übelkeit in sich aufsteigen. Es war alles zu viel. Tausende von Gedanken fanden keinen Platz, verhakten sich wie der Flechtkranz um ihren Kopf.

Frau Maader schob die Hände in ihre Schürzentasche und senkte den Blick. An der Bewegung ihres faltigen Halses erkannt Frieda, dass sie schluckte.

»Ich bin wirklich untröstlich, ich habe sehr gerne hier mit dir die letzten drei Jahre gearbeitet, aber … Ich muss das tun, was für mein Geschäft am besten ist.« Sie zog die Hände aus der Schürze und verschränkte sie.

Tränen sammelten sich heiß in Friedas Augen. Das durfte alles nicht wahr sein! Gerade hatte sie sich wieder ein winziges bisschen besser gefühlt, hatte geglaubt, ihr Leben im Griff zu haben, und nun passierte so etwas?

»Und dann …«, stammelte sie mit brennender Kehle, »dann werfen Sie mich einfach so hinaus? Nach allem, was wir zusammen erlebt haben?«

Frau Maader knetete abwechselnd die Finger ihrer linken und dann die ihrer rechten Hand und mied noch immer ihren Blick. »Streng genommen werfe ich dich nicht hinaus. Dein Vertrag endet, und wir haben noch keinen neuen aufgesetzt. Wie gesagt würde ich dich sehr gerne hierbehalten, aber ich kann ja schlecht mein Geschäft ruinieren, nur weil du gewisse Beschwerlichkeiten überwinden musstest. Das habe ich nicht einmal getan, als ich selbst durch die schwierigste Zeit meines Lebens gegangen bin.«

»Verstehe.« Frieda hielt sich an dem kantigen Bindetisch fest, in dem ihr jede noch so kleine Kerbe vertraut war, und biss die Zähne zusammen. Vielleicht würde ja das helfen, nicht jeden Moment zusammenzubrechen.

42. Kapitel

Marleene zog ihr Tuch enger um sich, während sie mit Julius über den Feldweg zu Hildegards Gärtnerei stapfte, denn der Aprilmorgen war diesig und kalt. Der Nebel hing in dicken Wolken über den Weiden, und das taubenetzte Gras auf dem Mittelstreifen des Feldwegs färbte die Spitzen ihrer Holsken dunkel. Normalerweise wäre sie näher an Julius herangerückt, hätte sich untergehakt und seine Wärme aufgesogen, doch ihr Stolz verbot es ihr. Er hatte in den vergangenen Tagen auf dem Hof der Thormälens ausgeholfen als Gegenleistung für den Pflug, den sie einige Tage hatten leihen dürfen, und so waren sie noch nicht dazu gekommen, sich auszusprechen.

Zwei Tage nach der Hochzeit hatte Hildegard sie aufgesucht und abermals um Verzeihung gebeten. Sie hatte ihnen glaubhaft versichert, dass nur die blanke Not sie zu ihrem Handeln getrieben hatte. Drei Kinder waren bereits verstorben, und wenn das Essen weiterhin so unregelmäßig auf den Tisch kam und es so eisig blieb, wäre es gut möglich, dass weitere folgten. Den Gedanken konnte eine Mutter nur schwer ertragen. Letztendlich war Hildegard genauso ein Opfer der gesellschaftlichen Ungleichverteilung wie Marleene. Und sie hatte Marleene daran erinnert, dass sie nur dann, wenn sie sich als neue Gärtnereien zusammentaten, vielleicht eine Chance hätten, sich gegen Konstantin zu behaupten. Da sie letztendlich jede nur mögliche Hilfe gebrauchen konnten, um die Gärtnerei vor der großen Gartenbau-Ausstellung fertig zu kriegen, hatten sie sich dazu durchgerungen, einen Waffenstillstand mit Hildegard zu schließen. Letztendlich hatte sie auch Marleene gegenüber Güte gezeigt, als sie ihr nicht nachgetragen hatte, dass sie den Arbeitern etwas vorgemacht hatte. Deswegen sah Marleene sich nicht im Recht, ihr diese Güte nun zu verweigern.

Als sie das Haus von Hildegard und ihrem Mann erreichten, pochte Julius mit der Faust gegen die schwere Doppeltür. Marleene meinte selbst in dem Pochen seinen Ärger herauszuhören und starrte auf die abblätternde Farbe der Tür. Es dauerte eine Weile, bis geöffnet wurde und eine verschlafene Hildegard mit zerzausten Haaren erschien. Sie sah sie verwundert an.

»Guten Morgen«, sagte Julius, und die Art, wie er lächelte, ließ etwas in Marleene wieder weich werden. Doch dann erinnerte sie sich an seinen Verrat.

»Wir wollten nur rasch wie verabredet den Wagen holen«, erklärte Julius ihren frühen Besuch.

Hildegard riss die Augen auf und schnappte nach Luft. »Das war heute? Ach du liebe Güte!« Sie schlug die Hand vor den Mund und sah sie entsetzt an. »Da müssen wir etwas gehörig durcheinander bekommen haben. Mein Mann ist heute mit dem Wagen zum Markt gefahren. Er will versuchen, dort ein paar Pflanzen zu verkaufen.«

Marleene sah zaghaft zu Julius, der im selben Augenblick zu ihr schaute. Trotz ihres Streits hatten sie noch diese Verbindung. Sein Blick zeigte die eigentümliche Mischung aus Sorge und Wut, die auch sie verspürte. Sie hatten kein Recht, so zu fühlen, denn es war gewiss keine böse Absicht gewesen. Es war überaus freundlich gewesen, dass Hildegard ihnen an einem Werktag den schmalen Pferdewagen für die Fahrt ins Moor hatte leihen wollen.

Doch was sollten sie jetzt nur machen?

Allein am heutigen Montag hatten sie die Erlaubnis, ins Moor zu fahren und den Weißtorf zu stechen. Ohne ihn würden drei ganze Felder viel zu lange brachliegen.

»Ach du Schande, ich bin wirklich untröstlich.« Hildegard wirkte wie am Boden zerstört. »Was machen wir denn nur? Vielleicht kann einer meiner Jungs rasch in den Ort laufen und den Wagen zurückholen? Womöglich verkauft Hartmut ja alles, dann benötigt er ihn nicht mehr. Aber wenn nicht…« Sie kräuselte die Stirn, schien jedoch keine brauchbare Idee zu haben.

Marleene winkte ab, da sie so ohnehin nicht weiterkamen. »Mach dir keine Sorgen, wir werden eine andere Lösung finden«, sagte sie mit einem kurzen Lächeln, um Hildegard nicht zu zeigen, wie sehr sie diese Neuigkeit niedergeschmettert hatte. Es würde ohnehin zu viel Zeit in Anspruch nehmen, wenn sie jemanden in den Ort schickten und warteten. Wenn sie nur gewusst hätten, dass der Wagen doch nicht zur Verfügung stand, hätten sie das schmale Fuhrwerk von Julius' Onkel aus Mansholt holen können. Doch dazu würde heute die Zeit nicht mehr reichen. Sie verabschiedeten sich, und sobald sie außer Hörweite waren, trat Julius einige Grasbüschel aus der Erde und fluchte. Marleene konnte es ihm nicht verdenken, ihr war ja selbst danach zumute.

Marleene unterbrach ihre schweigende Bestrafung, denn die Gärtnerei war nun erst mal wichtiger. »Dann müssen wir die Thormälens doch um das große Fuhrwerk bitten. Hoffentlich ist Almas Stiefmutter nicht da, sonst stänkert sie deswegen wieder rum.«

Julius grummelte unwirsch, pflichtete ihr aber bei. »Ja, das ist wohl die beste Lösung. Alle anderen wohnen zu weit entfernt.«

Sie trafen Hermann auf dem Hof an, doch zu ihrer Verwunderung verzog er das Gesicht, als sie um Erlaubnis baten.

»Also, es muss auch nicht sein«, ruderte Marleene rasch zurück. »Wir wollen eure Hilfe nicht überstrapazieren.«

»Nee«, Hermann lachte auf, »dat is nich dat Probleem. Es ist Jost.

Er ist heute mit Adler und Habicht unterwegs. Jörn-Fied und Lieschen haben einen Schulausflug. Es geht zum Mühlenteich, und er hat sich als Fahrer für die Kinder zur Verfügung gestellt. Wenn wir es früher gewusst hätten …«

In dem Moment öffnete sich die Haustür, und Alma rannte strahlend auf sie zu. »Habt ihr es euch anders überlegt, lasst ihr die Moorsache doch lieber sein und bleibt den Irrlichtern und Geistern fern?« Sie deutete auf die Nebelschwaden, die noch immer über den Feldern hingen. »Denn an einem solchen Tag lauern sie ganz gewiss unter den Büschen und Hecken.«

Alma wirkte so ernst, dass Marleene trotz ihrer schwierigen Lage schmunzeln musste. Wie konnte solch eine gewitzte Person wie Alma an all die Ammenmärchen glauben? Nachdem sie ihr die Situation erklärt hatte, ergriff Hermann wieder das Wort.

»Ihr könntet natürlich Romy nehmen …«

Marleene wollte schon voller Erleichterung ihre Zustimmung bekunden, sie hatte das ältere Pferd bisher nur einige Male im Stall und auf der Weide gesehen, doch Alma rümpfte die Nase.

»Romy? Auf keinen Fall, die ist so störrisch und bockig. Außerdem ist sie sattelscheu und lässt sich nicht mal reiten!«

»Reiten müssen die beiden sie ja auch nicht. Nur fahren.« Hermann schob seine Pfeife in den anderen Mundwinkel. »Tut mir leid, aber eine bessere Lösung als Romy mit dem alten Wagen weiß ich im Moment auch nicht.«

»Na dann …«, sagte Julius, und Hermann machte sich auf den Weg in den Stall.

Alma seufzte. »Wartet kurz«, rief sie dann und rannte ebenfalls zum Stall. »Fahrt nicht los, bis ich wieder zurück bin.«

Sie kehrte außer Atem zurück, als Julius und Marleene schon auf dem Kutschbock saßen, und reichte ihnen zwei staubige Riesen-Holsken mit Lederriemen. Marleene nahm sie skeptisch entgegen.

»Was ist das denn?«, fragte sie, pustete den Staub herunter und nieste prompt.

»Moorschuhe für Pferde. Sobald der Boden weicher wird, schnallt ihr sie Romy unter. Sie verteilen das Gewicht besser, so versinkt sie nicht so leicht. Vermutlich wird sie es nicht mögen, dann müsst ihr gegen ihre Schulter drücken, damit sie die Hufe leichter hebt.«

»Na gut. Danke!« Marleene legte die Moorschuhe auf die Ladefläche.

»Und ihr müsst immer auf die Wagenräder achtgeben! Auf dem Weg muss ausreichend Platz sein, denn sobald die Räder einmal in eine feuchte Stelle geraten, kann der gesamte Wagen einsinken …«

»Mach dir keine Sorgen, wir schaffen das schon«, versicherte Marleene, doch Alma sah weiterhin zweifelnd zu ihnen hoch.

»Oweiowei, ich habe ein wirklich ungutes Gefühl mit dem breiten Wagen und dem alten Ackergaul.«

Julius grinste schief. »Wieso? Gibt es da ebenfalls eine Bauernregel? ›Fährst du mit einem zu breiten Wagen ins Moor hinein – lass es lieber sein‹?«

Alma verengte die Augen und hob scherzhaft drohend die Faust. Julius nahm indes lachend die Zügel auf.

»Aber ernsthaft, ihr solltet das Moor nicht unterschätzen!«

»Das tun wir nicht. Versprochen!«, rief Marleene, winkte zum Abschied, und kurz darauf trabte Romy vom Hof.

Doch sobald sie unter sich waren, verschwand Marleenes Frohmut aus ihrem Gesicht, und die gereizte Stille zwischen ihnen kehrte zurück.

Schließlich bog Julius in einen Feldweg ab, der links und rechts mit Büschen umgeben und von einer Grasnarbe unterteilt war. Wenn die Wege so blieben, hätten sie kein Problem mit dem breiten Fuhrwerk. Doch nach und nach änderte sich die Landschaft. Die Bäume wurden weniger, wurden ersetzt von Gras und Heide, bis nur noch vereinzelte helle Krüppelbirken die trügerischen Moorweiten unterbrachen. Immer wieder sah Marleene das Wasser zwischen den Gräsern hervortreten, manchmal auch Wasserlöcher oder Tümpel.

»Hier müsste ich nun abbiegen, wenn die Beschreibung richtig ist«, sagte Julius mit Blick auf die abgenutzte Karte, die sein Onkel ihm mitgegeben hatte. Marleene schluckte, denn hier wurde der Weg schon sehr viel schmaler, und sie beschlossen, Romy jetzt vorsichtshalber die Moorschuhe über die Hufe zu schnüren. Julius gelang es, das Pferd mit dem Wagen langsam und vorsichtig um die Kurve zu manövrieren, und voller Sorge sah Marleene, wie Alma es ihr geraten hatte, auf die Wagenräder, die jetzt am äußersten Rande des Weges über das Gras holperten. Drei Fingerbreit daneben sah sie bereits das Wasser durch die Gräser schimmern.

Eine Viertelstunde später brachte Julius den Wagen zum Stehen, als ein noch schmalerer Pfad von ihrem Weg abging. Er war kaum erkennbar, und Julius sah besorgt aus.

»Eigentlich müsste ich hier hineinfahren.«

Sie sprangen vom Wagen und liefen ein Stück den Weg entlang.

»Das ist unmöglich«, entschied Marleene.

»Dann bleibt uns nichts anderes übrig, als die Strecke zu Fuß hin und her zu laufen, um den Wagen zu beladen.« Er deutete auf eine Fläche geradeaus. »Da vorne ist die Parzelle, wo wir den Weißtorf stechen dürfen.«

»Blixem!«, schimpfte Marleene. Auf diese Weise würden sie für das ganze Unterfangen noch länger benötigen als ohnehin schon. Doch es nützte nichts. Wenn sie den Torf wollten, mussten sie den Fußmarsch in Kauf nehmen.

Julius reichte ihr wortlos den Spaten und eine Schaufel vom Wagen, dann gingen sie gemeinsam zu ihrer Parzelle, beide darauf bedacht, dass ihre Schultern sich nicht berührten. Verbissen machten sie sich an die Arbeit.

»So schaffen wir das nie«, sagte Julius nach einer Weile und wischte sich den Schweiß von der Stirn. »Wenn wir vor Einbruch der Dunkelheit fertig sein wollen, müssen wir uns noch mehr beeilen.«

»Was, soll ich etwa rennen?«

Er sah zerknirscht aus. »Ich fürchte, ja. Sonst können wir es gleich lassen.«

Fortan rannte Marleene also über den grasbewachsenen Weg, während er ebenso schnell die obere Torfschicht löste. Sie biss die Zähne zusammen, als sie Seitenstechen bekam, machte aber weiter.

Um die Mittagszeit aßen sie schweigend die Stullen, die sie in aller Frühe geschmiert hatten, danach ging es unermüdlich weiter. Marleene lechzte nach Wasser, von dem sie viel zu wenig mitgenommen hatten. Dennoch kreisten ihre Gedanken dabei unaufhörlich um ihren Streit. Sie hasste diese angespannte Stimmung, die zwischen ihnen herrschte. Julius wirkte so vergrämt, dass sie ihn kaum noch wiedererkannte. Am liebsten hätte sie ihn einfach nur in den Arm genommen und die Zwistigkeiten beendet; auf der anderen Seite wollte sie nicht klein beigeben, denn ein weiblicher Lehrling wäre ihr wirklich wichtig gewesen.

Julius hatte schließlich den gesamten Torf gelockert und lief mit Marleene die Strecke von der Parzelle bis zu ihrem Wagen, sodass sie nun doppelt so schnell vorankamen.

Erst als es dämmerte, erhob Julius schließlich das Wort.

»Soll das jetzt eigentlich immer so weitergehen?«, brauste er auf, während er voller Wucht den Spaten in die Torfschicht stach. »Du sprichst tagelang nur das Nötigste mit mir, weil ich eine Entscheidung, eine einzige Entscheidung alleine gefällt habe?«

Marleene blieb empört stehen. Hatte sie gerade richtig gehört? Er verriet ihre Pläne, und jetzt beschwerte er sich bei ihr?

»Es geht doch nicht um irgendeine Entscheidung!«, polterte sie los. »Wenn du alleine entschieden hättest, welches Glas wir für die

Gewächshäuser nehmen …«, sie kehrte ihre freie Hand nach außen, »meinetwegen. Aber hier geht es um unseren ersten Arbeiter – um unseren Lehrling!«

»Entschuldige mal, aber wenn ich mich richtig erinnere, warst du zugegen, als ich Franz die Zusage gegeben habe!«

»Und was hätte ich tun sollen?«, fragte Marleene mit brennender Kehle, denn eigentlich wollte sie nicht streiten. »Deine Zusage wieder zurücknehmen, nachdem ihm die Freude schon im Gesicht gestanden hat und ihr es mit Handschlag besiegelt hattet?!« Das war doch nun wirklich die Höhe!

»Ja!«, rief Julius erbost. »Das wäre mir lieber gewesen, als dass du tagelang nicht mit mir sprichst!«

Sie starrten einander an, und der Himmel schien sich noch ein bisschen mehr zu verdunkeln. Marleene konnte es kaum ertragen, ihn so wütend zu sehen, es brach ihr das Herz.

»Wir sollten uns auf den Rückweg machen. Nicht dass wir noch in die Dunkelheit geraten«, sagte sie schließlich mit Blick auf den wolkenverhangenen Himmel, der heute kaum richtig aufgeklart war. Julius sah von dem lediglich zu drei Vierteln beladenen Wagen zu ihrer Torfparzelle, nickte dann aber schließlich. »Du hast recht.«

Erst als sie losfuhren, bemerkte Marleene den unheilvollen Nebel, der nun zwischen den Zweigen hing. Sie musste unwillkürlich an das Gedicht denken, das Alma aufgesagt hatte. *O schaurig ists, übers Moor zu gehn …*

Sie zog ihr Tuch enger um sich. Am liebsten wäre sie ein Stück an Julius herangerutscht, aber ihr Stolz verbot es ihr, und so blickte sie stur zu den Nebelschwaden, die sich wie von Geisterhand in der Luft hielten, und ließ sich vom Wagen, der über den grasbewachsenen Weg holperte, durchschütteln.

Aus den Augenwinkeln schielte sie zu Julius – und sah schnell wieder weg, da er seinerseits zu ihr geschaut hatte.

»Du…«, setzte er an, als der Wagen ruckartig zum Stehen kam und ein Stück nach unten ruckte. Marleene schnappte nach Luft und hielt sich an der Planke neben ihr fest. Das Pferd wieherte, versuchte zu ziehen, kam aber nicht voran. Ein Blick zur Seite verriet Marleene, was geschehen war. »Oh, nein, das rechte Vorderrad ist vom Weg abgekommen«, sagte sie alarmiert. Sie hörte nicht mehr, was Julius antwortete, denn plötzlich spürte sie einen kühlen Luftzug, hörte ein Ächzen und Krachen. Sie schlug auf dem Gras auf, das den Aufprall ein wenig abfederte, doch mit ihr war auch ein Großteil des Torfs vom Wagen gerutscht. Schiet! Sie wollte dort hinstürzen, um die braune Erde zurück auf die Ladefläche zu schieben, doch als sie aufzustehen versuchte, durchzog solch ein stechender Blitz ihren Knöchel, dass sie laut aufschrie.

»Marleene?!« Julius' erschrockene Stimme ertönte hinter dem Wagen, der neben ihr umgekippt lag und ihren Knöchel unter sich begraben hatte.

»Ich bin hier«, stöhnte sie voller Elend, und einen Augenblick später spürte sie Julius' Wärme an ihrem Rücken.

»Geht es dir gut?«

»Ja, es ist nur mein Fußgelenk, es schmerzt fürchterlich.«

Mit Julius' Hilfe gelang es ihr, den Fuß unter dem schweren Gefährt herauszuziehen. Zu ihrem Entsetzen sah sie, dass der Torf sich über die Moorfläche verteilt hatte.

Die Arbeit des gesamten Tages war dahin.

Julius half ihr aufzustehen, doch sobald sie den Knöchel belastete, schien der Blitz erneut in ihren Fuß zu fahren, und sie schrie vor Pein auf und sackte zurück auf den Boden.

»Es geht nicht«, flüsterte sie.

Julius fuhr sich durch die Haare und sah vom verunglückten Wagen zum Weg und wieder zur anderen Seite, wo Romy mit der gebrochenen Deichsel auf sie wartete.

»Geh am besten los und hol Hilfe«, sagte Marleene, da ihr dies die einzig richtige Lösung zu sein schien. Julius sah sie erschrocken an.

»Ich kann dich doch unmöglich hier alleine im Moor zurücklassen!?«

Marleene versuchte zu lächeln, doch es gelang ihr nur leidlich. »Ich habe Romy hier bei mir. Oder willst du versuchen, mit ihr in den Ort zu reiten?«

Julius sah sie bekümmert an. »Ich fürchte, ich bin nicht gut genug als Reiter, um ohne Zaumzeug und Sattel das Pferd zu lenken. Und hat Alma nicht gesagt, Romy tauge nur zum Ziehen des Wagens? Nicht dass sie mitten im Moor anfängt zu scheuen.«

»Dann geh, beeil dich! Je schneller du dich auf den Weg machst, desto eher bist du zurück.«

Julius strich ihr liebevoll über den Rücken. »Bist du sicher? Ich will dich hier eigentlich nicht in der Dunkelheit zurücklassen.«

»Welch andere Wahl bleibt uns denn? Hier wird uns keiner helfen können, immerhin sind wir den gesamten Tag über keiner Menschenseele begegnet.«

Auf Julius' Stirn zeigten sich tiefe Falten, und er blickte erneut von ihr zum Weg und wieder zurück. Sie konnte spüren, wie er innerlich mit sich rang. Doch schließlich zog er seine Jacke aus, legte sie über sie und gab ihr einen Kuss auf den Scheitel. »Ich bin so schnell wie möglich zurück.« Er rannte los und blickte nach wenigen Metern noch einmal sorgenvoll zurück. Sie hob die Hand und versuchte, vor Qual nicht das Gesicht zu verzerren. Dann war er fort. Marleene atmete tief ein und lauschte dem gemütlichen Grasen des Pferdes, das Julius von der Deichsel befreit hatte. Sie wünschte, sie hätte ebenfalls noch etwas zu essen. Oder wenigstens zu trinken. Ihr Mund fühlte sich an wie ausgedörrt, und in ihrem Knöchel hämmerte der Schmerz. Sie ließ den Blick über das Moos und die vereinzelten Birken der Moorlandschaft schweifen, um sich abzulenken. In der Ferne zogen sich weite Heideflächen bis zum Horizont.

Heide, überlegte sie und rief sich die feingliedrige Zeichnung auf dem vergilbten Papier der Pflanzenenzyklopädie ihres Vaters ins Gedächtnis. *Erica tetralix* – Glocken-Heide. Sie hatte durch ihren schnellen Wuchs vermutlich rasch sämtliche trockenen Flächen bevölkert. Schneller Wuchs. Marleene hielt die Luft an. Könnte das die Lösung sein? Wenn sie sich doch nicht sofort auf Flieder und Rhododendren spezialisierten, sondern auch die schnell wachsende Heide in Kultur nahmen, hätten sie bereits etwas, das sie in zwei oder drei Jahren verkaufen könnten.

Am liebsten hätte sie Julius sofort von ihrer Idee erzählt, doch ganz gleich, wie oft sie den Blick über den Punkt in der Ferne schweifen ließ, an dem er verschwunden war, er tauchte nicht auf. Mittlerweile konnte sie ohnehin immer weniger erkennen. Der Himmel zeigte keinerlei Sterne, da die Wolken viel zu dicht und viel zu tief über ihnen hingen.

Marleene atmete durch und versuchte, ihrem knurrenden Magen keine Beachtung zu schenken. Da sie nicht davon ausgegangen waren, dass sie auch den Abend im Moor verbringen würden, hatten sie nicht viel Proviant mitgenommen. Der einsame Schrei eines Birkhahns jagte ihr einen Schauer über den Rücken. Ihr Herz pochte, und sie musste über ihre Schreckhaftigkeit schmunzeln. Dennoch sah sie sich vorsichtshalber in alle Richtungen um und beobachtete, wie der stumm wabernde Nebel gespenstisch über dem Ödland in der Luft hing.

Ganz leise begann sie zu singen. *Ade zur guten Nacht…* Hatte das Schlaflied ihres Vaters ihr sonst immer Frieden schenken können, verfehlte es diesmal seine Wirkung. Ihre Stimme verlor sich kläglich in der Weite, wurde vom Nebel gedämpft und machte durch ihre Heimeligkeit den Kontrast zur schaurigen Umgebung nur noch deutlicher, sodass sie schon bald wieder verstummte. Romy hörte schließlich auf zu grasen, stellte den linken Vorderhuf hoch und blinzelte nur noch hin und wieder aus halb geschlossenen Lidern. Schließlich sank auch Marleene eingekuschelt in Julius' Jacke vor Erschöpfung in einen unruhigen Schlaf.

Als sie hochschreckte, wusste sie nicht, wo sie war.

Doch ihr pochender Knöchel rief ihr rasch alles wieder in Erinnerung. Sie zitterte vor Kälte. Wo blieb Julius nur? Er war doch nicht etwa vom Weg abgekommen? Der bleiche Mond stand inzwischen hoch am Himmel, wurde jedoch immer wieder von dicken Wolken verdeckt, die viel zu rasch weit über ihr dahinzogen. Sie raubten das spärliche Licht, das er spendete, sodass alles in Dunkelheit getaucht wurde. Aber immerhin sah sie dann nicht die dunklen Äste der Krüppelbirken, die aus den Nebelschwaden ragten und urplötzlich wie gierige Finger wirkten.

»Es sind nur Äste!«, flüsterte sie immer wieder vor sich hin. Alles andere waren Trugbilder.

O schaurig ists, übers Moor zu gehn, wenn es wimmelt vom Heiderauche, sich wie Phantome die Dünste drehn, wisperte Almas gesenkte Stimme in ihrem Kopf, und Marleene verscheuchte sie geschwind. Sie würde ihr fortan verbieten, solche Geschichten zu erzählen!

Plötzlich raschelte etwas zu ihrer Linken. Keuchend fuhr Marleene herum und strengte ihre Augen an.

Doch da war nichts.

Sie konnte in der undurchdringlichen Dunkelheit nichts erkennen.

Ein Tier, es war gewiss nur ein Tier, sagte sie ihrem rasenden Herzen. Eine niedliche kleine Maus. Ganz sicher nicht dieser Moorkerl! Den gab es doch gar nicht. Ein neuerliches Knistern ertönte, und Marleenes Atem ging noch schneller.

Doch es war nur das Pferd, das nun einen anderen Huf entlastete.

Sie musste sich zusammennehmen.

Es gab keine Moorhexen oder Geister. Und sie liebte doch Bäume! Warum ängstigte sie sich nun vor den kargen Ästen der Birke? Das waren gewiss keine Krallen! Fieberte sie etwa? Aber dann wäre ihr nicht so bitterkalt. Sie lehnte sich mit dem Rücken an den umgekippten Wagen, doch er spendete keinerlei Wärme. Sie musste irgendwie in das Innere des Wagens gelangen, dann hätte sie immerhin von zwei Seiten eine schützende Wand. Warum hatten sie zuvor nicht daran gedacht? Zentimeter für Zentimeter robbte sie um den Wagen herum und biss jedes Mal die Zähne zusammen, wenn sie den Knöchel vorsichtig nachzog.

Als sie das Innere des Wagens erreicht hatte, atmete sie auf, denn es wurde sogleich etwas wärmer. Doch dann zerriss der einsame Schrei einer Sumpfohreule die Stille, und Marleene fuhr abermals zusammen. Als ihr Herzschlag sich wieder ein wenig beruhigt hatte, schimpfte sie sich selbst eine Närrin. Mit zusammengekniffenen Augen versuchte sie, sich umzusehen, doch mittlerweile schienen die Wolken bis zum Boden herabgesunken zu sein. Sie konnte kaum mehr Romy erkennen, alles wurde in einen feuchtkalten Schleier gehüllt.

Dann fühlt sie noch etwas anderes.

Etwas, das sie nicht fühlen sollte.

Unter ihrem Hintern wurde es langsam richtig kalt. Nasskalt. Mit einem Anflug von Panik erinnerte sie sich, warum sie zuvor nicht einmal auf die Idee gekommen war, sich in den Schutz des Wagens zurückzuziehen. Er lag jenseits des Weges.

Sie war in den Sumpf gekrochen.

Wie hatte sie nur dermaßen töricht sein können? Angstverzerrt tastete sie um sich. Sie musste zurück auf den Weg! Doch was sie auch zu fassen bekam – es war nass. Nichts als feuchtes Gras schien sie zu umgeben. Und was noch schlimmer war: Mit jeder Bewegung sackte sie ein kleines bisschen tiefer.

Julius? Wo blieb Julius nur? Wie viel Zeit war vergangen, seit er sie allein gelassen hatte? Drei Stunden? Oder doch nur ein paar Minuten? Sie schrie panisch seinen Namen in die Nacht hinaus.

Doch nur die Stille antwortete ihr.

***

Alma strich liebevoll über den kunstvoll verzierten Vieltürenschrank, fuhr mit den Fingern über den eingeschnitzten Namen ihrer Großmutter, öffnete Schranktür um Schranktür und spähte hinein, obwohl sie den Inhalt auswendig kannte. Jedes einzelne Fach war bis zum Bersten voll. In seinem Inneren befanden sich Tischdecken, Taschentücher, Geschirrtücher, Hemden und Unterkleider, Gardinen, Bettlaken und Bezüge. Allesamt liebevoll bestickt, warteten sie darauf, eines Tages in ihrem eigenen Haushalt zum Einsatz zu kommen.

Ein leises Flüstern, gefolgt von einem unterdrückten Kichern ließ Alma herumfahren.

»Ihr könnt herauskommen, ich habe euch gehört!«

Jörn-Fied und Lieschen krochen unter dem schmalen Tisch in der Diele hervor und lachten. »Na, begutachtest du mal wieder deinen Schatz?«, fragte ihr kleiner Bruder.

»Ganz gleich, wie oft du noch hineinguckst, du wirst keinen Platz mehr für weitere Sachen finden«, erklärte Lisa ihr naseweis.

»Macht euch ruhig lustig. Wie seid ihr überhaupt hergekommen, ich habe keine Pferde gehört. Wo ist Jost?«

»Der fährt noch die anderen Kinder nach Hause, bevor es dunkel wird. Er hat uns an der Auffahrt rausgelassen«, erklärte Jörn-Fied, während Lieschen an ihr vorbeigeschlichen war und nach einem blütenweißen Spitzentaschentuch angeln wollte.

»Finger weg! Du könntest ruhig schon mal an deiner eigenen Aussteuer arbeiten, Lieschen! Ich habe in deinem Alter längst die ersten Taschentücher bestickt.«

Das war nicht gelogen. Seit sie ein kleines Mädchen war, arbeitete sie daran, damals noch vor dem Kaminfeuer an der Seite ihrer Mutter. Von daher war es wohl nicht weiter verwunderlich, dass sie mittlerweile gar keinen Platz mehr für neuerliche Stücke hatte. Nur der passende Bauer, der ihr Herz höherschlagen ließ, der hatte bisher noch gefehlt. Bisher.

»Ach nö, ich will gar nicht heiraten. Aber wie es aussieht, solltest du das so langsam endlich tun! Worauf wartest du denn noch?«

»Lieschen, sei nicht so frech.« Sie öffnete die Hintertür weit und machte eine ausladende Bewegung. »Raus mit euch! Mir scheint, ihr müsst dringend an die frische Luft. Geht ein paar Spinnen sammeln oder so, das macht ihr doch so gerne.«

Als die beiden kichernd nach draußen gestürmt waren, machte Alma sich systematisch daran, die Schübe und Türen wieder zu schließen. Am allerliebsten malte sie sich aus, wie sie all diese wunderhübschen Dinge eines Tages in ihrem neuen Zuhause auspacken und in die dafür vorgesehenen Schränke des Bauernhauses stapeln würde. Und immer öfter hatte der Hausherr in ihrer Vorstellung herrlich rote Haare und ein freudestrahlendes Lächeln, das sein gesamtes Gesicht zum Leuchten brachte.

Aber ganz so einfach, wie Lieschen es angedeutet hatte, war das alles nicht. Wenn Alma an die Hochzeit von Julius und Marleene zurückdachte, glühte sie förmlich vor Wonne, da es solch ein wundervoller Abend gewesen war. Sie hatte das Gefühl, dass sie und Bruno noch ein weiteres Stück zusammengewachsen waren – auch wenn Greta ganz klar das Gegenteil im Sinn gehabt hatte mit ihren kleinen Sticheleien und den Geschichten über sein vermeintliches Vergehen. Aber Alma fand es nicht schlimm, dass Bruno sich immer mal wieder einen Scherz erlaubte und er mitunter einen recht einzigartigen Humor bewies. Wenn man auf einem Bauernhof aufwuchs, war man für gewöhnlich hart im Nehmen. Und Bruno hatte durch seine herzliche Art so viele

Vorzüge, dass sie sich kein bisschen daran störte. Einzig und allein bereitete ihr Sorge, wie alles weitergehen sollte, denn nun standen keine Feierlichkeiten mehr an. Sie musste versuchen, das Band während der gemeinsamen Arbeit weiterzuknüpfen, denn sicherlich würde er Julius und Marleene weiterhin beim Aufbau der Gärtnerei helfen.

Als auf dem Hof Hufgeklapper ertönte, eilte sie zum Fenster, denn es konnte ja Bruno sein, der sie unter einem Vorwand besuchte, so wie sie es sich in ihren Träumen gern ausmalte. Doch zu ihrer Überraschung war es Jost, der in Windeseile die Friesen ausspannte.

»Alma«, rief er so laut, dass das Scheunentor wackelte, und sie öffnete neugierig die Tür.

»Ja? Was ist geschehen?«

Jost bedeutete ihr, zu ihm zu kommen. »Das erzähle ich dir unterwegs, wir müssen sofort los. Hol deinen Umhang, es wird kalt.«

Alma eilte in den Wirtschaftsraum, griff sich die Jacke ihres Vaters, die mit Schafsfell gefüttert war, und rannte nach draußen.

Wenig später trabte sie an Josts Seite die Auffahrt hinunter.

»Wo reiten wir hin? Wieso nehmen wir nicht die Kutsche?«

»Ich habe es gerade erst vom Nachbarn gehört. Marleene. Sie hatte einen Unfall.«

Alma biss auf ihre Unterlippe. Die ganze Zeit über hatte sie dieses ungute Gefühl verfolgt. Sie hatte gewusst, dass der große Wagen zu breit für das Moor war, doch wie so oft wollte keiner auf sie hören, und jetzt war es geschehen. Die arme Marleene.

»Woher weißt du das?«

Jost erklärte ihr, dass er gerade beim Nachbarn die Kinder abgesetzt hatte, und der hatte ihm erzählt, dass Julius, der im Ort aufgrund seiner Herkunft sehr bekannt war, verzweifelt um Hilfe gebeten hatte. Anscheinend war der Wagen tatsächlich verunglückt. Das hatte er von Bauer Hinrichs und der wiederum von Bauer Jensen, denn das war der Bruder von Gertrude Hamje, die gleich am Ortsrand wohnte.

Der Klatsch hatte sich also wie so oft in Windeseile verbreitet, aber in diesem Fall war es gut, denn so konnten sie Julius und Marleene zu Hilfe eilen. Alma und Jost trieben die Pferde in den Galopp, als der Weg es zuließ, umgingen über schmale Wege die Ortschaft und waren bald an der Abzweigung zum Moor angelangt. Es hatten bereits vereinzelt Menschen mit Laternen und einem Wagen Position bezogen. Sie versicherten ihnen, dass sie hier richtig seien und ein kleiner Hilfstrupp sich soeben auf den Weg gemacht habe. Hoch zu Pferd hatten sie Julius und die anderen Helfer schnell erreicht. Julius wirkte erleichtert, zwei vertraute Gesichter zu sehen, wenn auch die Sorge sein Gemüt nicht verließ. In kurzen Sätzen erklärte er ihnen, was passiert war.

»Spring auf«, sagte Jost und deutete auf den noch freien Bereich hinter seinem Sattel. »Je schneller wir bei Marleene sind, desto besser, oder?«, fügte er hinzu, als Julius zauderte. Grummelnd ließ der sich dann von einem der Männer auf das Pferd helfen, und sie ritten in die Nacht.

43. Kapitel

Marleene versuchte, sich zu bewegen, und merkte, dass sie kaum noch die Kraft dazu hatte. Noch immer lag sie bis zum Bauch in einer eisigen Flüssigkeit. Sie hatte gestrampelt und gekämpft, aber jetzt konnte sie nicht mehr. Reglos lag sie da und rief aber und abermals Julius' Namen in die Einsamkeit der Nacht hinaus. Doch auch ihre Stimme verließ die Kraft. Wo blieb er nur? Hatte er sich verlaufen?

Schließlich versank auch ihre Brust im erdigen Schlamm, und sie gab auf. Sie konnte einzig und allein daran denken, wie es wäre, wenn schließlich auch ihr Kopf im Moor versinken würde. Wenn ihr nichts übrig bliebe, als den Schlamm zu atmen. Wie er eiskalt ihre Lunge füllen würde, sie um Luft ringen und er ihr den Atem und schließlich das Leben rauben würde.

Das Leben, das gerade so verheißungsvoll vor ihr gelegen hatte.

An Julius' Seite.

Mit einer eigenen Gärtnerei.

Die womöglich sogar Hofgärtnerei werden würde.

Warum war sie jemals zornig auf Julius gewesen? Wegen einer solchen Lappalie? Jeder einzelne Tag ihres Lebens war kostbar, und sie hatten ihren letzten Tag zum größten Teil im Streit verbracht. Sollte sie ihn je wiedersehen, würde sie ihm *alles* verzeihen.

Marleene schluchzte auf. Der Wind strich eisig über ihr Gesicht, wo die Tränen entlanggelaufen waren. Es hätte alles so schön werden können. Und nun war es vorbei. Wegen einer törichten Entscheidung.

Und dann sah sie das Licht.

Marleene schöpfte Hoffnung. Sie kamen, um sie zu retten. Es war noch nicht zu spät!

»Hier, ich bin hier«, rief sie und dankte dem Herrgott im Himmel, an den sie eigentlich nicht mehr glaubte.

Doch dann verschwand das Licht urplötzlich und machte noch deutlicher, wie grausig düster es zuvor gewesen war. Als jäh ein gänzlich neues Licht weit links von ihr aufglomm, verstand Marleene.

Die Irrlichter.

Das Blut stockte in ihren Adern. Sie waren gekommen, um ihre Seele zu holen.

Das sind doch Hirngespinste, flüsterte eine zaghafte sachliche Stimme in ihrem Kopf, die aber von ihrem rasenden Herzen übertönt wurde. Es geschah wahrhaftig!

»Nein, bitte nicht«, flehte sie mit tränenerstickter Stimme. Panisch schlug sie um sich – es musste doch irgendwo Halt geben! – und sackte noch ein Stück tiefer. Es gab kein Erbarmen. Das Licht wurde größer, es kam direkt auf sie zu.

Sie spürte viel mehr, dass er da war, als dass sie es sah. Ganz nah. Er war so dunkel, dass er in der Finsternis kaum zu erkennen war. Der Moorkerl, das musste er sein. Alma hatte letzten Endes doch recht gehabt.

»Bitte, bitte, habt Gnade!«, bettelte sie mit brennender Kehle. »Ich habe nichts getan.«

Aber er hatte keine Barmherzigkeit in seinem Herzen. Er starrte sie an. Und Marleene wurde klar, was geschehen würde, und sie stieß einen markerschütternden Schrei aus. Er war gekommen, um sie zu holen.

* * *

»Ich hasse ihn! Ich hasse Konstantin Goldbach!« Dorotheas kreischende Stimme erfüllte die gesamte Fliedervilla, die sie nun nach der Hochzeitsreise bezogen hatte. Sie war so dröhnend, dass Rosalie vorsichtshalber aus dem Fenster spähte, um nachzusehen, ob jemand auf das Haus schaute, weil es hier so laut war. Doch es war keiner der Arbeiter in Sichtweite. Nur Konstantin, der sich das alles offenbar auch nicht mehr anhören konnte, schritt gerade den Hauptweg entlang und ließ die Fliedervilla hinter sich.

Dorothea wohnte zwar erst seit drei Tagen hier, dennoch war die Villa kaum wiederzuerkennen, denn sie hatte ihren halben Hausstand mitgebracht. Nicht nur edle Möbelstücke und Pflanzen, die nun jeden freien Winkel bevölkerten, sondern auch Personal. Jetzt hatten sie neben Meike auch eine Köchin samt Küchenmädchen, Dorotheas Kammerzofe und einen Butler sowie ein weiteres Stubenmädchen.

»Hat dir schon mal jemand gesagt, wie verabscheuungswürdig dein Bruder ist? Er ist die Erstgeburt eines Rindviehs, der reinste Erzdämon!«

»Nun ja …« Meikes vehementes Kopfschütteln hielt Rosalie davon ab, Dorothea mitzuteilen, dass ihr das tatsächlich schon das eine oder andere Mal von manchen Damen zu Ohren gekommen war. Aber Meike hatte recht, es war vermutlich tatsächlich nicht das, was eine Frau in den Wehen hören wollte. Sie kehrte an Dorotheas Seite zurück, nahm ihre Hand und drückte sie. »Du schaffst das! Es kann jetzt nicht mehr allzu lange dauern«, sagte sie, während Meike auf der anderen Seite des Bettes den Waschlappen ins kalte Wasser tauchte und auf Dorotheas Stirn legte. Sie schob ihn umgehend weg.

»Lass das!«, herrschte sie Meike an und wandte sich dann an Rosalie. »Die Hebamme hat gesagt, dass das noch den ganzen Tag so sein kann. Oh Gott … es geht schon wieder los …« Neuerlich drückte Dorothea schmerzerfüllt den Rücken durch und verfluchte Konstantin lauthals.

»Du musst an etwas Schönes denken. Wie war es denn in Wien? Ist die Stadt eine Reise wert?«

Jetzt huschte ein Lächeln über Dorotheas Gesicht, die sich erschöpft in die Kissen zurücklehnte. »Ja, wir haben uns ganz vortrefflich vergnügt. Konstantin hat mir jeden Wunsch von den Augen abgelesen.« Ihr Ausdruck verdüsterte sich wieder. »Trotzdem werde ich ihm nie verzeihen, dass er mir das hier angetan hat.« Sie bäumte sich vor Schmerz auf. »Wo bleibt die vermaledeite Hebamme?«

Rosalie richtete sich auf und strich die Falten aus ihrem einfachen Kleid. Sie ertrug es nicht länger, Dorothea so zu sehen. Wenn das so weiterging, würde sie niemals eigene Kinder bekommen wollen. »Ich … ich werde nachsehen. Und dann – fürchte ich – muss ich auch langsam an die Arbeit.« Konstantin hatte sie für den Tag zwar freigestellt, aber sie zupfte lieber Unkraut, als Dorothea in diesen marternden Stunden leiden zu sehen. Es gab ohnehin nichts, was sie für sie tun könnte.

»Wieso?«, presste ihre Schwägerin zwischen zusammengebissenen Zähnen hervor. »Konstantin hat gesagt, du hasst die Arbeit in der Gärtnerei … Das kann jetzt ein Ende haben. Zum Teufel noch mal, erinnert mich daran, dass ich nie wieder schwanger werden will! Ich verabscheue Konstantin, ich hasse Männer!«

Es kostete sie alles, aber Rosalie wartete geduldig, bis Dorothea die neue Wehe überstanden hatte. Mit verschwitztem Gesicht sah sie Rosalie an und ließ sogar zu, dass Meike sie abtupfte.

»Wie meintest du das gerade?«, hakte Rosalie zaghaft nach.

»Na, das ist doch offensichtlich«, Dorothea hechelte ihre Worte eher, als dass sie sprach. »Jetzt, wo ich da bin, brauchst du nicht mehr zu arbeiten. Wir haben mehr als genug Geld. Bleib besser hier und steh mir bei!«

***

Mit großen Schritten entfernte Konstantin sich von der Fliedervilla. Keine Sekunde länger hatte er es dort ausgehalten. Sie schien nur noch von einem gigantischen Erdenleid erfüllt zu sein, während er viel lieber seine aufgeregte Vorfreude genießen wollte.

Schon bald würde er seinen Stammhalter in den Händen halten, der eines Tages die Hofgärtnerei übernehmen würde.

Ob er bereits eine Thuja aussuchen sollte, die er vom Freiland in den Garten verpflanzte? Immerhin war es Brauch, bei der Geburt eines Sohnes einen Lebensbaum zu pflanzen. Er wählte das schönste Gewächs und stach es mit Feuereifer aus der Erde. Auch wenn er zu Beginn von der Schwangerschaft nicht eben begeistert gewesen war, hatte er sich mittlerweile in den buntesten Farben ausgemalt, was er mit seinem Sohnemann alles unternehmen würde, was er ihm zeigen könnte, und die Vorstellung machte ihn glücklich. Vielleicht sollte er sich bei Gelegenheit nach einem größeren Anwesen umsehen? Die Mittel dazu hatten sie nun immerhin, denn Dorothea hatte nur vorgegeben, dass sie kein Geld bekommen würde, wenn sie ihn heiratete.

Ganz wie er vermutet hatte.

In jedem Fall wäre ein größeres Anwesen standesgemäßer.

Er holte zur Feier des Tages seinen Flachmann mit dem extravaganten Bezug aus Rodeoleder hervor und nahm einen kräftigen Schluck. Sogleich wurde er innerlich wieder ruhiger.

Die Gewächshäuser kamen in Sichtweite, und Konstantin spähte vorsichtig in Nummer drei. Die beiden Unkrautmädchen waren in ein Gespräch vertieft und rührten dabei keinen einzigen Finger.

»An die Arbeit, wenn der Chef kommt! Hat euch das denn noch keiner beigebracht? *Foffteihn*, oder was flüstert ihr dann immer?«, rief Konstantin ihnen zu und lachte, als sie zusammenzuckten und daraufhin eifrig das unerwünschte Kraut aus der Erde rupften. Mit den Händen in den Taschen schlenderte er zu ihnen und begutachtete, was sie alles geschafft hatten. Auf den ersten Blick war zu sehen, dass einiges an Unkraut bei den Pflanzen, die sie bereits passiert hatten, stehen geblieben war, aber er hatte sich vorgenommen, nicht so ein anstrengender Chef wie sein Vater zu werden.

»Keine Sorge«, sagte er daher nun recht gelassen. »Ich wollte nur sagen, dass ich wieder da bin, und nachschauen, ob alles in Ordnung ist.«

Dabei schenkte er der hässlichen Schwester ein extralanges und besonders charmantes Lächeln. Wie immer verfehlte es seine Wirkung nicht, und er genoss es, dass sich ihre Gesichtshaut bis in die Ohrspitzen rot färbte. Eines Tages würde er mit ihr das beenden, was er vor seiner Reise begonnen hatte. Vielleicht ergab sich sogar die Gelegenheit für regelmäßige Stelldicheins, dann müsste er nicht ständig auf die Jagd gehen, was vermutlich mit Frau und Stammhalter ohnehin nicht mehr so einfach sein würde. Auch wenn er mittlerweile seine Jagdmethoden so weit verfeinert hatte, dass er nur noch die Hälfte der Zeit fürs Werben benötigte. Nach einer Reihe von Abfuhren hatte er sich nämlich auf unansehnlichere Frauen spezialisiert. Manchmal brachte das sogar Erfolg bei deren hübschen Freundinnen, etwa wenn diese es nicht ertrugen, dass er den weniger gut aussehenden Damen mehr Aufmerksamkeit schenkte als ihnen. Aber selbst wenn nicht, wusste er seine neuerlichen Jagdgründe zu schätzen, denn reizlose Frauen waren so viel leichter im Umgang. Sie taten aus purer Dankbarkeit nahezu alles, was er verlangte. Und bisher war es ihm stets gelungen, etwas Reizvolles an jeder Frau zu finden. Die Motte mochte zwar das Gesicht eines Boxers haben, doch ihre Brüste waren wahrlich graziös.

»Wie war es denn auf der Hochzeitsreise?«, unterbrach der Schmetterling jetzt seine liederlichen Gedanken und betonte dabei das Wort *Hochzeit* ganz besonders.

»Sehr erquicklich«, antwortete er, ohne dabei die Motte aus den Augen zu lassen. Wenn sie wüsste, was er alles mit ihr anstellen könnte.

Dinge, die er vor Dorothea nicht einmal auszusprechen wagte. Aber die ließ ihn ja ohnehin nicht mehr gewähren, dabei hatte er sich so bemüht auf ihrer Reise, doch es war meist vergebens gewesen. Sie hatte stets nur gejammert, dass alles und jedes anstrengend war und sie sich kaum noch bewegen könne. Daher musste er nun für Ersatz sorgen. Am liebsten wären ihm beide Schwestern zugleich, das war schon immer ein Wunschtraum von ihm gewesen. Er müsste nur etwas gegen diese leidigen Schwangerschaften tun, es wurden langsam zu viele.

»Und wie geht es deiner Ehefrau? Müsste nicht bald dein Kind kommen?«, erkundigte sich die hübsche Schwester nun abermals mit einer unmissverständlichen Betonung.

Konstantin deutete auf ein Büschel Franzosenkraut.

»Du hast dort etwas übersehen. Arbeite bitte ordentlicher!«, sagte er barsch. »Und heute Nacht ist Schädlingsbekämpfung angesagt. Ihr wartet bis zur Dunkelheit und sammelt dann im Schein der Laterne sämtliche Schnecken und Dickmaulrüssler-Käfer von den Pflanzen und unter den Brettern weg, die wir extra dazu auslegen.«

Die Motte wirkte geknickt. »Aber die armen Käfer«, sagte sie, während ihre Schwester angewidert ihr hübsches Gesicht verzog.

»Pfui Teufel, das ist ja widerlich!«

»Stell dich nicht so an, da muss jeder durch. So ist das nun mal, Lehrjahre sind keine Herrenjahre!«

Motte sah ihn verdutzt an. »Aber …«

»Wir sind doch gar keine Lehrlinge«, erklärte ihre Schwester spitz.

»Ach ja.« Es ärgerte ihn, dass er das vergessen hatte. Aber er würde natürlich eher den Teufel höchstpersönlich einstellen, als Frauen in die Lehre zu nehmen. Warum mussten sie ihn bei seinem Fehler ertappen? »Wie auch immer«, fuhr er sie an. »Das macht ihr jetzt dreimal pro Woche, und wenn ich auch nur einen einzigen schwarzen Käfer oder eine Schnecke in der Hofgärtnerei entdecke, dann setzt es was!«

Eingeschüchtert nickten die Mädchen und zupften nun noch eiliger das Unkraut aus dem Boden. Bei Gelegenheit würde er der Motte erklären, dass er niemals handgreiflich werden würde. Zumindest nicht so. Aber solange sie unter Dauerbewachung stand, würde er sich eine andere Ablenkung suchen müssen.

Mürrisch verließ er das Gewächshaus und setzte seinen Weg fort.

Er entdeckte Oskar bei den Frühbeeten. Dieser grinste verschmitzt, als er Konstantin sah.

»Na, Chef, wie ist das Eheleben?«

»Bestens.« Konstantin sah betont zu den Pflanzen. »Wie geht es unseren künftigen Gewinnern der Gartenschau?« Er runzelte die Stirn. Was er sah, gefiel ihm nicht. Die Rosen, mit denen er auftrumpfen wollte, waren allemal nett anzusehen. Aber das war nicht genug, um zu siegen.

»Warum haben sie so wenig Knospen und Triebe? Ich habe dir doch gesagt, du sollst ein Auge darauf haben«, fuhr er Oskar an, der empört die Arme vor der Brust verschränkte.

»Das habe ich.«

»Danach sehen sie aber nicht aus. Was soll das denn? Immerhin bist du hier Obergärtner.«

Oskar löste seine Arme, fuhr sich durch das Gesicht, und Konstantin hörte, wie er langsam einatmete. »Es reicht nun mal nicht, wenn man mit der Pflege ein paar Monate vor dem Wettbewerb beginnt. Wenn wir wollen, dass die Rosen kompakt wachsen und viele Knospen sowie Triebe haben, hätten wir schon viel früher beginnen müssen. Jedes Jahr muss man dazu die Knospen abknipsen und die Zweige zurückschneiden, man muss stets ein Auge auf sie haben, so wie …«

Er unterbrach sich, und Konstantin vervollständigte zähneknirschend den Satz in seinem Kopf. *So wie Julius.*

Sein Bruder mochte mit seinen Rhododendren nur einige wenige

Wettbewerbspflanzen haben, doch umsorgte er diese bereits seit Jahren. Ganz gewiss waren sie prächtig gewachsen und würden seinen Pflanzen die Schau stehlen. Und dann würde Julius' und Marleenes Gärtnerei die Prämierung als Hofgärtnerei abstauben. Allein bei dem Gedanken begann das Blut in Konstantins Adern zu brodeln.

Das konnte er nicht zulassen.

Unter gar keinen Umständen.

Hofgärtner zu sein, war das Letzte, was ihm an Prestige noch blieb. Das würde er nicht aufgeben. Auf der anderen Seite besagten die Richtlinien ganz klar, dass man nur als Gärtnerei an der Gartenschau teilnehmen konnte. Und es war utopisch, dass es den beiden ganz allein gelingen würde, nicht nur das Land in so kurzer Zeit urbar zu machen, sondern auch Gewächshäuser zu bauen, Mistbeetkästen aufzustellen und das alles auch noch mit Pflanzen zu füllen, denn ohne Pflanzen keine Gärtnerei. Nein, von den beiden hatte er nichts zu befürchten.

Außerdem hatte er noch ein Ass im Ärmel. »Machen sich denn wenigstens die Mahonien gut?«

»Jo, die können sich sehen lassen.«

Konstantin atmete auf. Die Mahonien hatte sein Vater vor einigen Jahren exklusiv von Eik de Vos erstanden, was bedeutete, dass nur die Hofgärtnerei Goldbach sie kultivieren und vertreiben durfte. Sie hatten damals lange darüber diskutiert, ob es eine lohnenswerte Investition wäre, da es nicht eben günstig gewesen war. Mittlerweile war er jedoch heilfroh, dass er wenigstens sie hatte, denn damit konnten sie in der Kategorie »Produktneuheiten« antreten. Die ginstergelben Blütenglöckchen dufteten nach Honig, wurden von dunkelgrün glänzenden Blättern betont und gaben den Pflanzen etwas Besonderes, daher hätten sie in der Kategorie gute Erfolgsaussichten; gegen die anderen Frühjahrsblumen würde er mit ihnen aber wohl nicht ankommen.

Er hatte keine Gelegenheit, länger darüber nachzudenken, denn nun nickte Oskar brummend zur Fliedervilla, wo das Stubenmädchen vor die Tür getreten war.

»Herr Goldbach!«, rief sie mit einer ganz ungewohnten Freude und Aufregung in der Stimme und eilte auf den Hauptweg zu. »Herr Goldbach!«

Das konnte nur eines bedeuten. Sein Stammhalter, er war da!

Er rannte dem Mädchen entgegen. »Gibt es Neuigkeiten?«

Meike nickte mit geröteten Wangen.

»Ich darf gratulieren, Sie sind soeben Vater geworden!«

»Wirklich?« Ein Gefühl des Übermuts überkam ihn, sodass er am liebsten die ganze Welt umarmt hätte. Stattdessen umfasste er Meikes schmale Hüften und wirbelte sie durch die Luft.

»Wo ist er? Ich werde ihn zu Ehren meines Vaters ›Alexander‹ nennen. Kann ich ihn sehen?«, fragte er, als sie leicht schwankend zum Stehen kam.

»Nun ja«, sie sah auf die Spuren im Sand, die sie hinterlassen hatten, das alarmierte ihn.

»Was ist, stimmt etwas nicht?«

»Doch, doch. Die Kleine ist gesund und munter wie die Mutter.«

Konstantin stockte. Hatte er gerade richtig gehört? *Die* Kleine?

Er hatte es gefühlt, er war sich so sicher gewesen, einen Sohn zu bekommen, dass er für keine Sekunde eine Tochter auch nur in Erwägung gezogen hatte. Nun geriet seine Welt aus den Fugen.

»Es ist ein Mädchen?«, fragte er kraftlos und schaffte es nicht, die kolossale Enttäuschung zu verbergen.

Meike lächelte aufmunternd, als wollte sie sagen, dass das ja nicht so schlimm sei. »Ja, es ist ein liebreizendes Mädchen.«

Ohne ein weiteres Wort wandte Konstantin sich ab und trat voller Wucht gegen die *Thuja occidentalis*. Den elendigen Lebensbaum würde er jetzt wohl nicht mehr pflanzen müssen.

44. Kapitel

Da war ein leises Flüstern. Ein Kichern. Unter ihr war es hart, aber nicht so hart wie auf Holzdielen. Verschlafen schlug Marleene die Lider auf, spürte den Sand, der ihre Wimpern verklebte. Neben ihr war eine Wand aus Lehm, und über ihrem Kopf sah sie direkt auf die dünnen Halme eines Binsendachs, die von mehreren rohen Holzbalken gehalten wurden.

Abermals kicherte es neben ihr, und ganz gemächlich und leicht verschwommen kehrte die Erinnerung zurück. Der Torf, der umgestürzte Wagen, das Moor. Ruckartig richtete sie sich auf und sah in Richtung des Kicherns. Fünf Kinder, drei Mädchen, zwei Jungen, in abgetragenen Kleidern starrten sie an, flüsterten miteinander und gackerten immer wieder. Alle hatten die gleichen dunkelblonden Haare und hellblauen Augen, mit denen sie jede ihrer Regungen verfolgten.

»Wo bin ich?«, fragte Marleene mit brüchiger Stimme.

»Mama, sie ist wach«, rief nun das älteste Mädchen, hinter dem sich das jüngste Mädchen so ängstlich versteckte, als wäre Marleene ein Ungeheuer.

Aus dem Nebenraum erschien nun eine drahtige Frau mit gutmütigem Gesicht und zerschlissener Schürze um das fadenscheinige Kleid. »Das ist gut, ich war schon so langsam in Sorge.« Sie setzte sich mit einem warmen Lächeln an das Fußende des Bettes. »Ich bin Martha. Mein Mann hat dich gestern Abend im Moor gefunden und herausgezogen, ihr hattet einen Unfall mit dem Wagen, nicht wahr?«

Marleene nickte zaghaft. Sie konnte all dies noch immer nicht richtig einordnen.

»Ich fürchte, er hat dir einen ziemlichen Schrecken eingejagt. Er arbeitet wie alle Männer hier als Moorbrenner und ist den ganzen Tag von den Flammen umgeben. Wenn er nach Hause kommt, ist alles an ihm schwarz. Seine Hände, das Gesicht, die Kleider, alles ist verrußt«, sie lachte kurz auf, »ja, sogar sein Bart ist versengt. Kein Wunder, dass du geschrien hast wie am Spieß, als du ihn zu Gesicht bekommen hast.«

Marleene hätte am liebsten die Decke über ihr Gesicht gezogen. Natürlich war es in der vergangenen Nacht kein Moorkerl gewesen, der ihre Seele hatte rauben wollen. Wie hatte sie nur so etwas Törichtes denken können?

»Das tut mir leid …«

Martha wischte mit einer Handbewegung ihre Sorgen fort. »Gräm dich nicht, so manch einer ist schon vor ihm geflohen, selbst gestandene Männer am helllichten Tag.«

»Wo ist er jetzt? Ich würde mich gerne bedanken.«

»Er ist bereits wieder im Moor«, sagte Martha entschuldigend. »Wir müssen jede freie Minute für die Arbeit nutzen. Aber du musst vollkommen ausgehungert sein. Ich gebe dir etwas Buchweizengrütze.«

Unter den Blicken der Kinder humpelte Marleene hinter der Frau her in den Nebenraum und bemerkte, dass sie ihr ein paar einfache Kleider angezogen hatten. Überrascht sah sie sich im Hauptraum der Hütte um. Unter einem zugigen Fenster ohne Gardinen standen ein roher Holztisch und daneben einige einfache Stühle. Es gab keine Kommode, keinerlei Zierrat, sondern nur die allernotwendigsten Dinge, die man zum Leben benötigte. Auf einem alten Herd stand ein riesiger verbeulter Topf, und durch die Lehmwand hörte Marleene das leise Grunzen eines Schweines.

Jetzt erinnerte sie sich an eine Erzählung ihrer Mutter über Menschen, die in den Moordörfern als Ärmste unter den Armen lebten.

Selbst wenn ihr Hunger sie quälte, konnte sie diesen Menschen unmöglich etwas von ihrem spärlichen Essen wegessen. Die Kinder waren fast nur Haut und Knochen.

»Mir genügt etwas Wasser, danke.«

Martha schickte einen der Jungen, Wasser aus der Zisterne zu schöpfen, und bald darauf hatte Marleene eine trübe Flüssigkeit vor sich stehen.

»Seit wann lebt ihr hier?«, erkundigte sie sich.

Martha lächelte ihr vom Herd aus zu. »Oh, wir sind bereits die dritte Generation. Meine Urgroßeltern dachten, es wäre eine großartige Möglichkeit, als der König Parzellen an Siedlungswillige vergab, um das Moor und die Heide urbar zu machen.«

Marleene sah sich abermals in dem kargen Raum um und überlegte, wie sie ihre Frage formulieren sollte, doch Martha schien sie ihr bereits vom Gesicht abzulesen. »Leider durfte nahezu jeder Siedler werden, egal, wie viel er im Oberstübchen hatte.« Sie deutete auf ihre Stirn. »Zudem hat keiner mit der Entwässerung geholfen, und die Kolonate, die vergeben wurden, waren viel zu klein, denn das Land hier wirft ja nur wenig ab. Deswegen können wir kaum die Pacht bezahlen, und letztendlich leben hier alle von der Hand in den Mund.«

Martha lachte über Marleenes bestürzten Gesichtsausdruck. »Sorge dich nicht, uns geht es dennoch gut. Wir haben uns daran gewöhnt. Bist du sicher, dass du nichts essen möchtest?«

»Ja danke. Ich denke, ich muss erst noch den Schock von letzter Nacht verdauen«, sagte sie mit einem leichten Lachen. »Aber eine Sache verstehe ich nicht. Warum brennt ihr das Moor ab?«

»Dann können wir im kommenden Jahr darauf Buchweizen anbauen. Wir machen fast alles hier aus Buchweizen.«

»Verstehe, die Asche muss eine Art Dünger für die Pflanzen sein«, überlegte sie laut, und Martha nickte.

»Mag sein, zumindest wurde vor Jahren durch Zufall festgestellt, dass dort, wo das Moor gebrannt hat, die Pflanzen besonders gut wachsen. Dennoch gibt es häufig Missernten, da Buchweizen so frostempfindlich ist.«

»Dann solltet ihr es vielleicht mit Roggen oder Hafer versuchen.«

Martha sah von ihrem Topf auf. »Du kennst dich ja gut aus. Bist du Bäuerin?«

»Nein. Ich bin Gärtnerin.« Sie hatte diese Worte nun zum ersten Mal laut ausgesprochen, und es fühlte sich gut an. Doch nun sollte sie sich dringend auf den Weg machen, überlegte sie und erhob sich. »Es tut mir leid, aber ich muss gehen. Mein … *Mann* wird außer sich sein vor Sorge.« Auch diese Worte hatte sie zum ersten Mal ausgesprochen und freute sich nur noch mehr.

»Marleene!«, tönte es nun von draußen in mehreren Stimmen, und Marthas Kinder stürmten an ihr vorbei durch die schmale Tür. Besucher waren hier offenbar eine Attraktion. Auch sie humpelte nach draußen und entdeckte Julius, Alma und Jost auf den Friesen in Begleitung mehrerer ihr unbekannter Männer zwischen den Lehmhäusern mit den tiefen Dächern.

»Da ist sie!«, rief Alma, und Julius sprang bereits vom Pferd. Erst als er die Arme ganz fest um sie legte, spürte Marleene, dass nun wirklich alles wieder gut war. Er erklärte, dass auch sie bei ihrer ewig langen Suche schließlich in den frühen Morgenstunden auf die Moorbrenner gestoßen waren. Sie hatten erzählt, dass einer von ihnen eine junge Frau aus dem Moor gezogen und in seine Hütte gebracht hatte.

»Wir sind so schnell gekommen, wie wir konnten.«

Marleene kehrte noch einmal in das kleine Moorhaus zurück, dessen Schornstein mit Efeu bewachsen war und dessen Fensterrahmen hellblau gestrichen waren. Sie bedankte sich bei Martha und gab ihr alle Münzen, die Julius in seiner Tasche gehabt hatte. Alma versprach außerdem, für das gesamte Dorf Kuchen zu backen, und in Begleitung der tanzenden und springenden Kinder verließen sie die Ansiedlung aus einer längst vergessenen Zeit.

Während des gesamten Rückwegs sprachen sie darüber, was geschehen war. Sie lachten, als Marleene endlich gestand, dass sie geglaubt hatte, der Moorkerl wolle sie holen, während die Pferde durch das kleine Waldstück zum Schwalbennest trabten. Doch ihr Lachen erstarb, als die Tür des Schwalbennests aufschwang und eine Person mit Flechtkranz und rotem Rock nach draußen trat.

Marleene glitt umgehend vom Pferd und humpelte auf sie zu. »Frieda, was machst du denn hier?«

***

Rosalie hatte sich gefreut, als hätte man ihr zwanzig kostenfreie Kleider zugesprochen, nachdem Dorothea ihr gesagt hatte, dass sie nicht mehr arbeiten müsse. Dafür hatte sie sich sogar gerne für die nächsten peinvollen Stunden um ihre Schwägerin gekümmert, bis ein kleines runzliges Baby endlich in ihren Armen gelegen hatte.

Am nächsten Tag hatte sie ein ausgiebiges Schaumbad in ihrem liebsten Rosenöl genommen und sich anschließend mit der dazu passenden sündhaft teuren Rosenlotion eingecremt. Nur ganz kurz hatte sie an Johannes denken müssen, der sie nun ja immer Knöterich anstelle von Rosalie nennen wollte. Jetzt würde er sie gar nicht mehr ansprechen können, dachte sie triumphierend. Sie hatte sich in die Bibliothek zurückgezogen, fest entschlossen, die nächsten Stunden im gemütlichen Ohrensessel zu entspannen.

Doch schon bald warf sie die *Gartenlaube* voll Überdruss auf den Tisch. Früher hatte sie die Lektüre der darin enthaltenen Fortsetzungsromane genossen, doch nun erkannte sie, dass letztendlich auch darin nur eine Botschaft vermittelt wurde: *Solange du eine brave und tugendhafte Frau bist, wird dir das höchste Glück zuteilwerden.*

Und dieses »höchste Glück« konnte natürlich stets nur sein, eine gute Partie zu machen.

Schnaubend griff sie stattdessen nach einem Modemagazin – nur dass sie das recht schnell langweilte. Ein einziges neues Kleid würde sie sich von ihrem Lohn für den Frühjahrsball zulegen, für mehr reichte ihr Geld nicht. Dorothea würde ihr gewiss etwas geben, aber sie scheute sich davor, ihre Schwägerin darum zu bitten. Letztendlich war ein neues Kleid ohnehin genug. Wozu also noch weitere gezeichnete Kleider begutachten?

Sie legte das Magazin zurück, stand auf und ging in den Wintergarten, doch er kam ihr so verlassen wie am Altjahresabend vor, so leer, wie sich ihr Inneres anfühlte. Also suchte sie den Salon auf, wo Dorothea mit der kleinen Helene im Arm eingeschlafen war, und da sie die beiden nicht stören wollte, ging sie in ihr Zimmer, wo ihr Blick auf ihre alte Puppe mit den Kugelgelenken und den Schlafaugen fiel, die hübsch drapiert im Regal saß. Was hatte sie diese Puppe geliebt. Sie hatte einen ganzen Koffer voll eigener Kleider – natürlich entsprechend der Mode der jeweiligen Saison – für sie gehabt und sie Tag für Tag herausgeputzt. Aber war nicht allein dieses harmlose Spiel bereits ein Schritt in die falsche Richtung? Wurden Mädchen nicht durch solche Dinge förmlich dazu gedrängt, an Luxus und reinen Äußerlichkeiten Gefallen zu finden?

Trübsinnig kehrte sie in die Bibliothek zurück, griff nach einem Buch von Dorothea, das auf dem Lesetisch lag, und ließ sich in den samtigen Sessel sinken. Dorothea hatte Karl May in den höchsten Tönen gelobt, und der Roman war wahrlich gut geschrieben, dennoch vermochte sie nicht so recht darin zu versinken.

Schließlich fiel ihr Blick auf das Buch mit der goldenen Prägung, das Johannes ihr in die Hand gedrückt hatte. *Erfurter Programm* stand dort von floralen Schnörkeln umgeben. Das Parteiprogramm der Sozialdemokraten, erläutert von einem gewissen Karl Kautsky.

Sie nahm es an sich und begann, darin zu blättern. Wenn sie die Inhalte kannte, konnte sie Johannes gewiss besser Paroli bieten. Ja, vielleicht fand sie sogar einige fragwürdige Punkte, die sie ihm vorhalten konnte, überlegte sie, erfüllt von hämischer Vorfreude.

Die folgenden Stunden versank Rosalie in völlig neuen Sphären. Einer ungekannten Welt, die sie stärker fesselte, als noch der beste Roman es je gekonnt hätte. Anfangs tat sie sich schwer, denn das Parteiprogramm enthielt Worte wie »Monopolisierung« und »expropriieren«. Trotz ihrer Bildung war dies keine Sprache, die sie aus ihren Illustrierten gewohnt war. Doch in dem Büchlein war alles sehr gut erklärt. Der Autor nahm sie an die Hand und führte sie Stück für Stück durch die Inhalte. Zunächst überflog sie die Zeilen, denn es ging um Fabrikarbeiter, Kapital und die Entwicklung der Gesellschaft. Doch dann weckte etwas ihr Interesse besonders stark.

Es ging um Frauen.

Frauen, die so wenig verdienten, dass sie zur Prostitution gezwungen wurden. Es hieß, dass der Einsatz von Frauen und Kindern an den Maschinen in den Fabriken dazu genutzt wurde, um Löhne zu senken. Und der Kapitalismus entriss angeblich den Frauen die Säuglinge, damit sie rasch wieder arbeiten konnten. Wie es wohl wäre, wenn Dorothea ihre kleine Tochter bereits jetzt fortgeben müsste, um Geld zu verdienen?

Gebannt las Rosalie weiter, und als sie zu dem Teil kam, in dem stand, wie sich die Sozialdemokraten eine optimale Zukunft vorstellten, klappte ihr fassungslos der Mund auf.

Aber dieser Übergang wird für die Frau nicht mehr den Übergang von der Haussklaverei in die Lohnsklaverei bedeuten; er wird sie nicht mehr aus den schützenden Schranken der Familie in die schutz- und wehrlosesten Schichten des Proletariats hinauswerfen. Durch ihre Arbeit im genossenschaftlichen Großbetrieb wird die Frau dem Manne wirtschaftlich gleichge-

stellt werden und den gleichen Anteil an der Genossenschaft erlangen wie er; sie wird seine freie Genossin sein, befreit (emanzipiert) nicht bloß von der Knechtschaft des Hauses, sondern auch von der des Kapitals. Frei über sich verfügend, gleich dem Manne.

Frauen mit dem Mann gleichgestellt? *Das* war ein Ziel der Sozialdemokraten? Das war doch genau das, was sie ebenfalls wollte! Sollten diese Sozis, die schon ihr Vater verteufelt hatte und die angeblich alles kaputt machten, am Ende recht haben?

Ein leises Klopfen ertönte, und nachdem Rosalie sie hereingerufen hatte, kündigte Meike an, dass ihr Besuch eingetroffen sei. War es schon so spät? Unwillig ließ Rosalie das Buch sinken und folgte Meike ins Foyer. Da es ein sonniger Frühlingstag war, hatte Meike für sie den Kaffeetisch im Wintergarten eingedeckt. Offenbar hatte das neue Dienstmädchen zeitgleich die Kaffeetafel im Salon vorbereitet, doch Rosalie beschloss, Meike treu zu bleiben, und bedeutete ihren Freundinnen, ihr in den Wintergarten zu folgen.

Sie hatte sich unglaublich auf derartige nachmittägliche Besuche gefreut und den ersten noch am Vortag einberufen, doch nun hörte sie lediglich mit halbem Ohr zu, wer sich welchen gesellschaftlichen Fauxpas erlaubt und wie sich die Kleiderfrage für den Frühlingsball weiterentwickelt hatte. Hatten sie dies nicht bereits unzählige Male besprochen? Gab es wahrlich nichts Wichtigeres?

Mathilde würde ihren Gatten dazu nötigen, ein weiteres überteuertes und extravagantes Kleid zu zahlen, Henrietta ließ ein schlichtes, aber elegantes anfertigen, und Julia war damit geschlagen, das aus der Vorsaison zu tragen, da ihr Vater zwar Geld hatte, es aber lieber beisammenhielt, als es für »unnötigen Firlefanz« auszugeben. Früher hätte Rosalie ihre Freundin deswegen bemitleidet, doch seit sie selbst für ihr Geld arbeitete, musste sie sich eingestehen, dass sie die Sicht des Vaters verstand.

»Was haltet ihr eigentlich von den Sozialdemokraten?«, fragte sie in das Plappern ihrer Freundinnen hinein, die so aufgeregt sprachen, als wären ihre Themen wirklich von Bedeutung.

Julia sah sie verschreckt an. »Ich verstehe nichts von Politik, ich bin ja nur eine Frau ...«

»Diese rote Umsturzpartei? Die sind eine Gefahr für die Gesellschaft«, schaltete Henrietta sich nun ein, und Rosalie ahnte, dass sie das nachplapperte, was ihr Vater stets wetterte, denn haargenau so hatte auch Alexander gesprochen.

»Hast du dich denn einmal damit beschäftigt, wofür sie sich einsetzen? Vielleicht könnten sie uns ja auch helfen.«

»*Uns*? Wen meinst du damit?«

»Na, uns Frauen. Wusstet ihr, dass sie sich beispielsweise für die gleichberechtigte Bezahlung der Frauen einsetzen?«

»Frauen sollten gar nicht arbeiten. Wer soll sich denn sonst um die Familie kümmern? Die Sozis werden das Familienleben noch zerstören. Wenn du mich fragst, sollte diese Partei verboten werden.« Mathilde verschränkte die Arme. »Kann es dir nicht außerdem ganz gleich sein? Du arbeitest doch jetzt nicht mehr. Freust du dich nicht? Jetzt können wir uns endlich wieder unter der Woche treffen.«

Rosalie hätte am liebsten die Augen verdreht. Mathilde tat so, als hätte sie ständig versucht, sie zu treffen, und allein ihre Arbeit hätte sie davon abgehalten. Dabei hatte sie an vielen Sonntagen um ein Treffen gebeten, welches oft unter recht dünnen Entschuldigungen nicht zustande gekommen war. Durch die gläsernen Wände des Wintergartens schweifte ihr Blick nach draußen über die Endlosbeete, wo in der Ferne Bruno und Johannes mit dem Lehrling auf dem Feld standen. Bruno hielt sich den Bauch, und sein Oberkörper bewegte sich nach hinten – vermutlich hatte Johannes ihn zum Lachen gebracht. Ein feiner Stich durchfuhr sie. Normalerweise wäre sie jetzt ebenso da draußen, würde die Pflanzen beschneiden und genau sehen, was sie bereits geschafft hatten und was sie noch vor sich hatten. Johannes hätte sich ganz gewiss eine neue Fiesheit überlegt, der sie Kontra bieten müsste, und vielleicht würde Bruno sie wieder um Rat bitten.

All das würde nun nie wieder geschehen.

Fortan würde ihr Leben abermals aus schönen Kleidern und Frisuren bestehen, Flanieren in der Stadt und Kaffeekränzchen. War das nicht Verschwendung? Etwas in der Gesellschaft bewirken zu wollen, hatte sie längst aufgegeben, doch könnte sie nicht wenigstens im Unternehmen eine Hilfe sein?

»Rosalie?«, fragte Julia zaghaft, und sie wurde gewahr, dass die Blicke ihrer Freundinnen auf ihr ruhten. Was war noch gleich die Frage gewesen?

»Doch«, versicherte sie ihnen rasch. »Ich freue mich ungemein, dass wir uns nun wieder häufiger sehen.«

»Na also!«, sagte Mathilde zufrieden. »Nun, da die Kleiderfrage für den Frühlingsball geklärt ist, kommen wir zum viel wichtigeren Punkt. Wer wird euch dorthin begleiten? Für mich als Ehefrau stellt sich diese Frage natürlich nicht mehr, deswegen nehme ich umso mehr Anteil an eurem Gesellschaftsleben.« Mathilde lächelte wie eine Katze, die eine Maus gefangen hatte. »Nun?« Sie blickte auffordernd in die Runde.

Julia erzählte aufgeregt von dem Junker, mit dem sie sich auf der Boßeltour verabredet hatte, und verschwieg dabei geflissentlich, dass sie ihn gefragt hatte und nicht umgekehrt. Auch Henrietta hatte inzwischen einen Begleiter ergattern können, sodass nun erneut aller Augen auf Rosalie lagen.

Sie lächelte geheimnisvoll, während sie blitzschnell überlegte. Über der Hochzeit ihres Bruders, Dorotheas Einzug, der Geburt ihrer Nichte und ihrer zurückgewonnenen Freiheit war doch tatsächlich der Frühlingsball in ein hinteres Stübchen ihres Kopfes gewandert. Wenn sie nicht hingehen würde, musste sie das ihren Freundinnen heute mitteilen. Doch mit welcher Ausrede sollte sie dies begründen?

Andererseits wäre es nahezu unmöglich, innerhalb der zwei verbleibenden Wochen einen Begleiter zu finden. Zugleich konnte sie ihre große Chance, wieder in die Gesellschaft aufgenommen zu werden, nicht verspielen. Sie musste es zumindest versuchen.

»Wird deine geheimnisvolle Bekanntschaft dich begleiten?«, fragte Henrietta.

Rosalie schlug die Beine übereinander. »Lasst euch einfach überraschen.«

So schnell wollte Mathilde sich jedoch nicht geschlagen geben. »Ach, komm schon, was sollen denn die Gäste auf dem Ball denken, wenn nicht einmal deine Freundinnen deine Begleitung kennen?«

»Dass es noch eine recht frische Bekanntschaft ist?«, schlug Rosalie vor. Sie freute sich, als sie für eine halbe Sekunde den Ärger in Mathildes Augen sah.

»Verrate uns doch wenigstens den Anfangsbuchstaben seines Namens.« Julia lächelte sie an und wollte mit ihrem Vorschlag gewiss die Wogen glätten, ahnte jedoch nicht, in welche Bedrängnis sie Rosalie damit brachte. Es war fast unmöglich, so eine kleine Bitte abzuschlagen, würde ihre Suche nach einem Begleiter jedoch ungemein erschweren.

»Nein, nein, nein, Geheimnis ist Geheimnis«, versuchte sie, das Thema zu beenden. »Möchte noch jemand Tee?« Sie sah, dass Dorotheas Mädchen sofort herbeieilte, dicht gefolgt von Meike, die versuchte, es zu überholen.

»Ach, nun sag schon, Rosalie. Eine Kleinigkeit musst du uns schon preisgeben.« Mathilde beugte sich vor. »Am Ende denken wir noch, dass es deine mysteriöse Bekanntschaft gar nicht gibt.«

Rosalie lachte auf, als wäre diese Unterstellung das Absurdeste, was sie je gehört hatte. Welchen Buchstaben sollte sie wählen? Das

F wie Friedrich? Viele hießen so, aber ihr fiel auf Anhieb keiner ein, der nicht verheiratet war. N wie Norbert? Sie kannte keinen Norbert. Sie musste jetzt eine Antwort geben, sie konnte schließlich nicht ewig amüsiert lachen.

»Na schön«, sagte sie. »Wenn ihr es unbedingt wissen müsst, es ist D.«

»D? Ich kenne keine Namen mit D«, sagte Henrietta, und Rosalie fiel siedend heiß auf, dass sie ebenfalls keinen kannte. Sie hatte das D gewählt, da sie einst gelesen hatte, dass es der häufigste Anfangsbuchstabe in der deutschen Sprache sei. Zu spät wurde ihr Denkfehler ihr bewusst. Die vielen D kamen sicherlich über die drei Artikel.

»Lasst euch einfach überraschen«, sagte sie mit aller Selbstsicherheit, die sie in sich finden konnte. Am liebsten hätte sie ihre Freundinnen hinauskomplimentiert, um in Ruhe überlegen zu können, doch ohne Arbeit und Termine fehlte ihr ein Vorwand.

Wie sollte sie an einen Mann kommen, dessen Name mit einem D begann und der sie zum Ball begleiten würde?, überlegte sie fieberhaft, während ihre Freundinnen über eine Vorstellung im Interimstheater sprachen.

Es müsste eine Möglichkeit geben, Männer zu mieten. Ja, vielleicht wäre das eine Idee. Sie könnte jemandem Geld bieten, damit er sich als »D« ausgab. Aber wer würde das tun? Der Butler war zu alt. Es konnte auch keiner aus ihrer Schicht sein, da man sich untereinander zu gut kannte. Vielleicht konnte sie vor der Arbeiterherberge die jüngeren dunkelhaarigen Männer abpassen? Den angeblichen Bart hätte er ja immer noch abrasieren können. Doch würden die Fabrikarbeiter sie nicht durch ihr raues Gebaren und die einfache Sprache verraten? Sie brauchte jemanden, der sich dennoch gewählt ausdrücken konnte. Außerdem musste er klug sein und schnell lernen, damit sie ihn geschwind in die Etikette einführen konnte.

Ihr Blick wanderte abermals nach draußen, und urplötzlich verstand sie, wen sie brauchte. Jemanden wie Johannes.

Und dann stellte sich selbstredend die Frage, warum sie Johannes nicht einfach bat.

Weil Johannes nicht einmal für alles Geld der Welt an einem Ball der Kapitalisten und Großgrundbesitzer, der Bourgeoisie, teilnehmen würde, beantwortete sie sich die Frage selbst.

Nie und nimmer würde er eine Dame des Großbürgertums auf einen Ball begleiten.

Es sei denn natürlich, die Großbürgerliche hieß Rosalie Goldbach und war so etwas wie die raffinierteste Ränkeschmiedin der Stadt.

Mit ihrem Zeigefinger massierte sie ihr Kinn und ließ den kirschgroßen Johannes in der Ferne dabei nicht aus den Augen.

»Was grinst du denn so, Rosalie?«, fragte Henrietta. »Du hast das Stück doch noch nicht einmal gesehen.«

»Nein«, sagte Rosalie nachdenklich. »Ich habe nur gerade überlegt, dass es vielleicht wieder an der Zeit ist, selbst ein wenig Theater zu spielen.«

45. Kapitel

Marleene verpflanzte mit Franz die vorproduzierten Stecklinge aus dem Vorjahr ins Freiland und seufzte, da die Erde sie an den verlorenen Torf erinnerte. Da sie auf den verbliebenen Feldern nun doch Lupinen aussäten, um die Nährstoffe zu binden, mussten sie weitere Monate warten, bis sie das Land nutzen konnten, dabei war Zeit ihr kostbarstes Gut, wo sie doch nur drei Jahre hatten, um sich als Gärtnerei zu bewähren.

Das dumpfe Klackern von Hufen auf Sand ließ sie aufhorchen. Eine Kutsche? Sollte es etwa abermals der Großherzog sein? Marleene erhob sich und ging auf das Gefährt zu, da Julius am hinteren Rand des Geländes erneut mit dem Heizsystem der Gewächshäuser kämpfte. Ihr Knöchel schmerzte noch immer.

Aus der Kutsche stieg ein Mann mit weißgrauen Haaren und lächelte ihr warmherzig zu. »Marleene! Schön habt ihr es hier. Ich erinnere mich noch an früher, als ich mit meinem Medizin-Wagen über das Land gefahren bin. In Rastede war ich immer besonders gerne.«

»Doktor Winkelmann, was machen Sie denn hier?«, fragte sie verwundert, doch als sie sah, wer hinter dem Apotheker aus der Kutsche stieg, verschwand ihr Lächeln umgehend.

Der Holländer schob sich durch die schmale Kutschentür und sah sich um. Sofort stiegen Bilder in Marleenes Kopf auf, wie sein Gesicht viel zu nah an ihrem war, als er sie gegen die Wand im Hotel gedrängt und an ihren Haaren gezerrt hatte. Unverzüglich hatte sie seinen zwiebeligen Geruch in der Nase, und ihr wurde übel. Was hatte er hier zu suchen? Am liebsten hätte sie ihn das gefragt … nein, am liebsten hätte sie ihn des Grundstücks verwiesen, doch Doktor Winkelmann legte nun eine Hand auf seine Schulter.

»Du kennst bereits Eik de Vos, nicht wahr? Er wollte unbedingt mitkommen, als er gehört hat, dass ich aufs Land fahre. Er überlegt nämlich, ob er hier ebenfalls eine Gärtnerei eröffnen sollte.«

Marleene blinzelte, um sicherzugehen, dass ihr Kopf nicht soeben ihren schlimmsten Albtraum inszenierte. Eik de Vos in ihrer Nachbarschaft? Das wäre furchtbar. Nicht nur, weil er die reinste Erstgeburt eines Rindviehs war, sondern auch, weil er wohlhabend und mit den neuesten Gärtnertechniken vertraut war und darüber hinaus naturgemäß beste Beziehungen zur Gärtnermetropole Holland hatte.

»Eine Gärtnerei hier bei uns? Wie kommst du denn auf die Idee?«, erklang nun Julius' Stimme hinter ihr, und Marleene entspannte sich, sobald sie ihn an ihrer Seite spürte.

»Ich saß auf der Hochzeit deines Bruders neben Doktor Winkelmann, und wir haben uns prächtig verstanden. Er hat angeboten, meinen Sohn in die Lehre zu nehmen. Bei uns hat er leider keine Lehrstelle gefunden. Und dann habe ich mich erinnert, dass ihr erzählt habt, es gebe hier immer mehr Gärtnereien. Daher dachte ich mir, ich begleite meinen Jungen einfach. In Holland bin ich ein Fisch unter vielen, aber hier? Hier wäre ich allen ein gutes Stück voraus.«

Er sah sie begeistert an und schien zu erwarten, dass Marleene und Julius sich mit ihm freuten, durch ihn einen übermächtigen Konkurrenten zu bekommen.

»Und was führt Sie zu uns?«, erkundigte Marleene sich bei Doktor Winkelmann. Sie wollte die beiden so schnell wie möglich loswerden.

»Ich habe gehört, dass Frieda hier jetzt ebenfalls wohnt? Frieda Hildebrandt?«

»Das ist richtig«, sagte Marleene zögerlich und fragte sich, was er von ihrer Cousine wollte. Seit Frieda am Anfang der Woche vollkommen aufgelöst hergekommen war, wohnte sie bei ihnen im Schwalbennest. Platz hatten sie mehr als genug, da sie einen Teil der ehemaligen Viehställe zu Zimmern umgebaut hatten. Marleene versicherte ihr immer wieder, dass sie keine Umstände bereite und sie sich über ihre Anwesenheit freuten, doch Friedas Unterlippe begann noch immer zu zittern, wenn sie an den Verlust ihrer Anstellung dachte.

»Ich würde gerne kurz mit ihr sprechen.«

»Sie ist leider nicht da. Können wir vielleicht etwas ausrichten?« Frieda war wie jeden Tag in die umliegenden Ortschaften geradelt, um überall nach Arbeit zu fragen.

Herr Winkelmann legte den Kopf schief und schien seine Optionen abzuwägen. »Ich hatte ihr Anfang des Jahres ein Mittel verkauft. Gegen Reiseübelkeit.«

Marleene nickte. »Ja, das brauchte sie für ihre Italienreise.«

»Sie hat es bereits genommen? Verstehe, verstehe, verstehe.« Er fixierte einen Punkt in der Ferne und riss den Blick abrupt wieder davon los. »Sehr gut. Dann hat sich mein Anliegen im Grunde genommen erledigt. Geht es euch ansonsten gut? Euch … und Frieda?«

Marleene und Julius tauschten einen kurzen Blick. Was war denn nur mit Doktor Winkelmann los?

»Wieso? Stimmte etwa mit dem Medikament etwas nicht?«, fragte Julius misstrauisch.

»Doch, doch, doch! Was sollte denn nicht stimmen? Damit war alles bestens.«

Marleene verschränkte die Arme. »Und deswegen kommen Sie extra hier herausgefahren?«

»Deswegen? Nein, ich bin doch nicht nur deswegen gekommen. Wie gesagt, mein lieber Freund hier wollte die Gegend besichtigen, und ich …«, er warf einen Blick über die gepflügten Felder und Gewächshäuser, »ich wollte außerdem fragen, ob ihr auch Heilkräuter auf Bestellung anbaut?«

Marleene konnte nur schwer einschätzen, ob er die Wahrheit sagte. Im Grunde war es nicht ungewöhnlich, dass ein Apotheker nach Kräutern fragte. Doch warum hatte er dieses Anliegen nicht gleich vorgebracht? Sie war sich nicht sicher, was sie von alldem halten sollte; sie war sich nur sicher, dass, wenn er jetzt auch noch mit de Vos einen auf gut Freund machte, sie nichts mehr mit ihm zu tun haben wollte.

Nachdem die beiden Besucher verschwunden waren, wandte sich Marleene im Angesicht der neuen Konkurrenz an Julius. »Uns läuft die Zeit davon. Du gehst jetzt bitte auf der Stelle zu den Thormälens rüber und bittest Jost um Hilfe.«

»A-aber ...«

»Kein Aber! Ich habe mir das lange genug mit angesehen, und ich denke, wir müssen uns eingestehen, dass wir nun mal Gärtner sind und keine Mechaniker. Ich habe keine Ahnung, wie man dieses Ungetüm von Heizkessel zum Laufen bekommt, und du versuchst es jetzt auch schon eine ganze Weile erfolglos ... Also denke ich, ist es an der Zeit, den Stolz herunterzuschlucken und um Hilfe zu bitten. Ich weiß ohnehin nicht, was du gegen ihn hast, ohne Jost hätten wir noch nicht mal einen Küchentisch!«

»Das würde ich jetzt nicht sagen ...«

»Na schön: Ohne Jost hätten wir keinen wackelfreien Holztisch mit wunderhübsch abgeschliffener Arbeitsplatte.« Sie zwinkerte Julius zu, wurde dann aber ernst. »Na komm, wenn jetzt sogar schon die Holländer hierherziehen wollen, müssen wir dringend die Auszeichnung als Hofgärtnerei bekommen, sonst sind wir ohne jede Aussicht auf Erfolg.«

Julius nickte beklommen. »Und dafür benötigen wir funktionierende Gewächshäuser«, er seufzte aus tiefster Seele. »Du hast mal wieder recht, meine hochverehrte Ehefrau. Ich werde noch heute rübergehen. Mal sehen, ob er das Problem durchschaut, ich habe eigentlich alles versucht … Aber wenn wir die Gewächshäuser haben, können wir immerhin nicht disqualifiziert werden, da wir das Gärtnern angeblich nur als Liebhaberei betreiben.«

Marleene stimmte zu, dies wäre ein weiterer großer Schritt nach vorne. »Und heute Abend werden wir einen Schlachtplan entwickeln, wie wir die Zeit aufgrund des verlorenen Torfs wieder aufholen könnten«, setzte sie noch einen obendrauf.

Statt einer Antwort küsste Julius sie urplötzlich. Verdattert blickte sie ihn an.

»Ich liebe es einfach, wenn du so voll entschlossenem Enthusiasmus bist!«

»Aber das müssen wir doch auch sein«, antwortete Marleene lachend. »Wir haben so viele Hürden genommen, haben nun das Land, die Entwässerung, erste Pflanzen und eine echte Chance, Hofgärtnerei zu werden, wenn die Gewächshäuser laufen und wir die Rhododendren herüberholen. Wir sind also nur einen Fingerbreit vom großen Ziel entfernt. Alle Zeichen standen gegen uns, aber so langsam zeichnet sich ab, dass wir es doch schaffen können. Das werde ich mir auf den letzten Metern von nichts und niemandem nehmen lassen!«

* * *

Nach dem Kirchgang hatte Bruno ein weißes Blatt Papier auf den wackeligen Tisch in seiner Kammer neben die Gedichtbände gelegt, ein Tintenfässchen und einen Federhalter geholt und sich voller Muße zurechtgesetzt. So saß er jetzt seit zwei Stunden, doch das Papier war noch immer leer.

Abermals nahm er eins der ledergebundenen Bände zur Hand, die er in der Bücherhalle besorgt hatte. Zunächst hatte er gar nicht hineingehen wollen in seiner abgetragenen Kleidung, denn das sonnengelbe Gebäude wirkte mit seinen vier Stockwerken, den kunstvoll geschwungenen Giebeln und den braun eingefassten Fenstern recht herrschaftlich und einschüchternd. Aber er hatte sich zuvor umgehört und erfahren, dass es erlaubt war. Im Gegensatz zu anderen Hofbibliotheken war die in Oldenburg für alle Bürger frei zugänglich. Zudem war er in dieser Kleidung ja sogar schon im Schloss gewesen und hatte mit dem Berater des Großherzogs gesprochen. Für die Öffentliche Bibliothek zu Oldenburg sollte sie daher ebenso ausreichen.

Er erinnerte sich, wie sehr seine Hände geschwitzt hatten, als er durch die massive braun umrandete Holztür mit dem auffallenden Oberbau getreten war. Im Inneren des Gebäudes umfing ihn ein Geruch von Bienenwachs und Terpentin, Papier und Staub, der ihm zeigte, dass dies eine gänzlich andere Welt als die der Pflanzen war. Mehr noch taten dies aber die baumhohen Regale, die über und über mit Büchern gefüllt waren. Er musste den Kopf in den Nacken legen, um das gesamte Ausmaß zu erfassen. Wie sollte er hier jemals ein Werk finden, das ihm zeigte, wie er selbst ein Gedicht schreiben könnte?

»Moment mal, Sie können hier nicht einfach so hereinspazieren!«, sagte eine weibliche Stimme so kühl, dass er umgehend stehen blieb. Er war dermaßen von den Bücherregalen fasziniert gewesen, dass er den hölzernen Empfangstresen zu seiner Linken übersehen hatte. Eine Frau mit dunklen Haaren, die kunstvoll zusammengesteckt waren, blickte ihn aus dunkelgrauen Augen durch eine Nickelbrille an. *Fräulein Schwarting* stand auf dem messingfarbenen Schild auf dem auf Hochglanz polierten Tresen zu lesen. Sie hatte sich erhoben; in den knöchrigen Händen hielt sie ein grünes Büchlein.

Bruno nahm seine Kappe ab und hielt sich an ihr fest.

»I-ich dachte, die Bibliothek wäre für alle?«, fragte er unsicher und ärgerte sich, dass er den Satz im plattdeutschen Singsang betont hatte.

Sie inspizierte ihn von Kopf bis Fuß, und ein Zucken ihrer Nase zeigte ihm, dass sie kurz davor war, diese zu rümpfen.

»Das ist richtig. Aber Sie müssen bei mir anmelden, welches Buch Sie wollen. Oder denken Sie, Sie finden es von selbst?« Sie wies mit dem Kopf auf die Massen von Büchern in den Regalen.

»I-ich wollte mich zunächst einfach nur … umsehen.«

»Was suchen Sie denn?«

Bruno verlagerte unruhig sein Gewicht auf das andere Bein. Er wollte dieser Person nicht sagen, dass er Gedichte lesen wollte. Sie würde sich nur über ihn lustig machen.

»Bücher«, sagte er vage und mit wenig Überzeugung in der Stimme.

Sie schnaubte. »Irgendeins?« Jetzt knallte sie das türkisgrüne Buch in ihrer Hand auf die Ablage des Tresens. »Dann können Sie ja das hier nehmen und bringen mir nicht alles durcheinander.«

Hexenprozesse und Geistesstörung las Bruno und wurde noch nervöser. »Nein, nicht irgendeins. Es ist schon etwas Bestimmtes.«

»Na also! Dann sagen Sie mir doch bitte endlich, was es ist, damit ich Sie in die richtige Abteilung führen kann.«

Ach du grüne Scheune! Warum ließ diese Person ihn nicht einfach gewähren? »Ich würde mich gerne zunächst alleine umsehen.«

Ein zynisches Grinsen umspielte ihre Mundwinkel. »Habe ich es mir gedacht! Wieder einer, der nur kommt, um etwas Obszönes zu lesen und nach prekären Bildern zu suchen! Viel Erfolg, wir haben über zweiunddreißigtausend Bücher hier im Bestand.«

Bruno wusste weder, was prekär war, noch, was obszön bedeutete, und hatte somit keinen blassen Schimmer, wovon sie sprach. »Was meinen Sie denn damit?«

»Na, Sie wissen schon …« Sie gestikulierte mit einem Anflug von Unsicherheit in der Luft herum.

Er schüttelte den Kopf und sah sie aus großen Augen an.

»Diese *gewissen* Bücher …«

Er zuckte linkisch mit den Schultern.

»Na die, wo genauestens beschrieben wird, wie zwei Menschen ein Stelldichein haben. Manchmal gibt es höchst aufschlussreiche Bilder dazu«, platzte es nun aus ihr heraus, und sie verschränkte die Arme vor der Brust.

Bruno wurde heiß. So etwas gab es hier? Er hatte keine Ahnung gehabt. Und, großer Gott, nun dachte sie, er wolle so etwas lesen? Das war schlichtweg beschämend, und es ärgerte ihn, dass sie so von ihm dachte. Nur weil seine Familie nicht zu den Gebildeten gehörte, nahm sie das Schlimmste von ihm an.

»Im Himmel, ich wollte einfach nur ein paar Gedichte lesen!«, schleuderte er ihr zornig die Wahrheit entgegen, und wenn er schon dabei war, konnte er ihr auch alles sagen. »Für eine Frau, eine sehr liebe Person. Ich will ihr zeigen, dass ich sie mag, und mir wurde gesagt, das kann ich mit einem Gedicht machen. Nur bin ich so strohdumm, dass ich nicht weiß, wie man so etwas schreibt. Deswegen wollte ich nachschauen, wie die Könner das machen. Und jetzt verurteilen Sie mich ruhig, ich weiß ja, dass Sie das gemeine Volk in Ihren heiligen Hallen hier gar nicht haben wollen und wir bloß geduldet werden. Dennoch werde ich es versuchen. Können Sie mir also bitte einfach sagen, wo ich die vermaledeiten Gedichtbände finde?«

Ihr Mund klappte auf. Mit einem Mal bekam ihre Miene etwas fast Zärtliches. »Sie wollen ein Gedicht für eine Frau schreiben und sind deswegen zum ersten Mal in eine Bibliothek gekommen?«, versicherte sie sich mit einer Stimme, die plötzlich sehr viel höher war, und Bruno nickte voller Unbehagen.

Sie sah ihn voller Entzücken an und hob dann ihre rechte Hand in die Luft, als wollte sie nach etwas greifen, und sagte ein Gedicht auf.

Unter der Linden
An der Heide,
Dort, wo das Bett war sein und mein
Da möget ihr finden
Lieblich beide
Gebrochen: Gras und Blümelein.
Vor dem Wald mit süßem Schall
Tandaradei!
Sang im Thal die Nachtigall.

Bruno starrte sie an. »Tandaradei?«, hakte er nach.

Sie nickte beglückt. »Tandaradei. Walther von der Vogelweide ist der Meister, wenn es um die Minne geht.«

Schiet! Er verstand kein einziges Wort, so etwas würde er nie und nimmer zustande bringen. Es fühlte sich zudem auch nicht richtig an, sondern irgendwie unecht. Er konnte sich nicht vorstellen, Alma mit so etwas zu beeindrucken. Aber was wusste er schon von Frauen? Er war Mitte zwanzig und hatte bisher noch keine einzige geküsst. Und Greta legte er seit Jahren die Sterne zu Füßen, und sie hatte noch immer kein Interesse an ihm.

Aber mit Alma war das anders.

Sie stieß ihn nicht immer wieder fort und wirkte nicht im Geringsten genervt von ihm. Vielleicht sollte er nicht so schnell aufgeben.

»Haben Sie auch etwas anderes? Etwas … Bodenständigeres, Modernes?«

Sie verließ ihren Platz und eilte auf die endlosen Bücherregale zu. »Kommen Sie mit«, bedeutete sie ihm, und Bruno lief hinterher. »Wir haben Liebeslyrik im Stil der Romantik, Weimarer Klassik, die Lyrik des Biedermeiers, Naturlyrik, politische Lyrik ist momentan sehr gefragt, bis vor Kurzem hatten wir ja eher eine Hinwendung zum Kleinräumigen und Privaten, wie wir sie bei Annette von Droste-Hülshoff sehen.« Sie deutete auf die jeweiligen Regale, während sie rasend schnell durch die Reihen lief. Bruno brummte bereits der Schädel.

Es war eine dumme Idee gewesen herzukommen.

Wem versuchte er, etwas vorzumachen? Er war ein Bauerssohn und kein Büchermensch, daran würde auch ein Bibliotheksbesuch nichts ändern. Doch dann ließ ihn etwas in ihren Ausführungen, die weiter auf ihn eingeprasselt waren, aufhorchen. Er blieb stehen, und sie kehrte zu ihm zurück.

»Was haben Sie da gerade gesagt?«

»Dass das Ziel des politischen Realismus eine durch Kunst veredelte Darstellung der Wirklichkeit ist?«

Bruno schüttelte vehement den Kopf. »Davor.«

Sie überlegte eine Sekunde. »Volksballaden und Bauerndichtung?«

»Ganz genau! So etwas brauche ich. Geben Sie mir alles, was Sie haben.«

Zweifel huschten über ihr Gesicht, und als Bruno das entsprechende Regal sah, verstand er den Grund. Es war von oben bis unten voller Bücher. Kurzerhand bat er sie, fünf Bände für ihn herauszusuchen. Mit einem geheimnisvollen Lächeln legte sie auch noch ein sechstes Buch obenauf, als er an die Ausleihtheke trat. »Wenn ich mir noch eine kleine persönliche Empfehlung erlauben darf?«

Bruno versuchte, den Titel zu lesen, aber er stand auf dem Buchrücken. »Was ist es denn?«

»Hans Christian Andersen. Ein dänischer Dichter und Schriftsteller. Eine Freundin meiner Mutter, Lina von Eisendecher, hat ihn sogar einige Male zu uns nach Oldenburg eingeladen. Es war eine große Ehre, dass er gekommen ist, denn wenn Sie mich fragen, ist er einer der bedeutendsten Künstler unseres Jahrhunderts. Seine Geschichten über die kleine Meerjungfrau und die Schneekönigin sind so mitreißend, dass man sie sich gewiss im nächsten Jahrhundert noch erzählen wird.«

Jetzt am Tisch in seiner Kammer kratzte Bruno sich am Hinterkopf. Der Bibliothekarin gegenüber hatte er aus Höflichkeit etwas Zustimmendes gemurmelt. Aber Johannes hatte ihm erzählt, er erwarte, dass im neuen Jahrhundert jeder bei sich zu Hause elektrisches Licht habe und die neuartigen Automobile irgendwann sämtliche Fuhrwerke und Kutschen ersetzen würden. Das alles klang nach einer unglaublich modernen und hoch technisierten Welt, und er konnte sich kaum vorstellen, dass sich dann noch jemand für verstaubte Meerjungfraugeschichten oder Eisköniginnen begeistern würde.

Aber in einer Sache musste er der Bibliothekarin recht geben. Dieser H. C. Andersen war wirklich gut. Er nahm den Gedichtband in die Hände und blätterte darin, seine Zeilen gefielen ihm bisher am besten. Doch wie schaffte man so etwas? Bruno wusste nicht, wie er anfangen sollte, noch wie er sich so poetisch ausdrücken könnte.

Er starrte auf das leere Papier und ertrug es nicht länger. Kurzerhand tauchte er den Füllfederhalter in die Tinte und schrieb Buchstabe um Buchstabe ein Gedicht von diesem Hans Christian Andersen ab.

Er wollte es nicht als sein eigenes ausgeben. Er wollte bloß wissen, wie es sich anfühlte, nicht länger vor dem weißen Papier zu sitzen.

Nur wenn ihm selbst wirklich rein gar nichts einfallen sollte, würde er Alma dieses Gedicht geben und ihr sagen, dass er es für sie von diesem berühmten Autor zu Papier gebracht hatte.

Aber ein paar Tage Zeit wollte er sich noch geben.

Erneut las er das Gedicht. Es spiegelte nicht das wider, was er für Alma empfand. Aber das konnte er einfach nicht richtig ausdrücken. Almas Augen glichen eher der Nordsee, wenn sie sich nach einem heftigen Sturm wieder beruhigt hatte. Und wenn sie lächelte, glänzten sie wie die Sonne auf dem Wasser. Und ihre Haare wiegten sich wie die Halme der Sommergerste im Wind, während ihre Lippen so rot waren wie Süßkirschen.

Und sie duftete nach Sommerwind.

Aber das klang alles lächerlich.

Wer wusste schon, wie der Wind roch?

Frustriert legte er den Stift nieder und ärgerte sich über den Tintenfleck, den er dabei gemacht hatte und der nun stetig größer wurde. Er würde es erneut schreiben müssen.

46. Kapitel

Frieda schob die Mullgardine vorsichtig zur Seite und spähte mit angehaltenem Atem aus dem Fenster der Kammer im Schwalbennest, die sie nun seit einer Woche bewohnte. Julius und Marleene hatten sie ganz selbstverständlich bei sich zu Hause aufgenommen. Zunächst war sie sehr verwundert gewesen, als sie in Rastede angekommen war und das Bauernhaus verlassen vorgefunden hatte. Stunde um Stunde hatte sie gewartet und sich noch mehr in ihre Einsamkeit hineingesteigert. Als sie dann gehört hatte, was Marleene zugestoßen war, war der Schock hinzugekommen. Um Haaresbreite hätte sie ihre herzallerliebste Cousine und beste Freundin verloren!

Alma hatte ihnen allen erst einmal einen Heet und Söet zubereitet, damit sie wieder zu Kräften kamen. Nur Jost hatte sich natürlich vorzeitig verabschiedet. Fast fluchtartig. Direkt nachdem Julius ihr gesagt hatte, dass sie selbstverständlich bei ihnen wohnen würde, wenn sie die Kammer in der Arbeiterherberge ohne ihren Lohn nicht mehr zahlen könnte …

Dass ausgerechnet der Mensch, den sie meiden wollte, nun ihr Nachbar war, bereitete ihr größtes Unbehagen, ansonsten hatten sie sich schon nach kurzer Zeit bestens arrangiert. Natürlich hatte sie aus allerlei Wald- und Wiesenblumen kleine Sträuße gebunden und im gesamten Haus aufgestellt, sodass alle stets an Julius' und Marleenes schönsten Tag erinnert wurden. Ansonsten hatten ihre Tätigkeiten hier nicht mehr viel mit ihrem erlernten Beruf zu tun, sie kümmerte sich vornehmlich um den Haushalt. Marleene betonte immer wieder, wie sehr ihr das half, denn so konnte sie den ganzen Tag mit Julius draußen verbringen, da sie seit der Hochzeit gar nicht mehr im Hotel arbeitete. Stattdessen lüftete sie nun die Frühbeete und pflanzte die Stecklinge aus dem Vorjahr in Tontöpfe, die Franz Reihe um Reihe im Gewächshaus aufstellte. Frieda hingegen machte es Spaß, für alle zu kochen, denn sie waren nicht nur voll des Lobes, sondern fielen zudem stets wie ausgehungerte Raubtiere über das Essen her. Selbst das Putzen bereitete ihr Freude, denn anders als in der Arbeiterherberge blieb es im Schwalbennest einige Tage sauber und war somit eine lohnenswerte Arbeit. In der restlichen Zeit flocht sie Weidenkörbe, die Julius und Marleene in großen Mengen für die Gärtnerei benötigten.

Sie dankte dem Herrgott im Himmel dafür, dass sie dies bereits als Kind bei ihrer Großmutter gelernt hatte, denn es bot ihr die beste Ausrede, nicht draußen zu helfen. In den letzten Tagen schien Jost ständig in der Gärtnerei zu sein, um die Lösung für das Problem mit den Heizkesseln zu finden. Deswegen wollte sie sich jetzt auch am Fenster vergewissern, dass er nicht gerade am Gewächshaus hinter dem Hof arbeitete, da sie nach Rastede fahren wollte und dazu das Fahrrad benötigte, das stets an der Hauswand lehnte. Hoffentlich hatten Jörn-Fied und Lieschen sich nicht wieder einen Spaß erlaubt und eine riesige Spinne auf dem Sattel platziert.

Jetzt tauchte Josts dunkler Lockenkopf auf, und Frieda duckte sich rasch weg.

»Julius, ich glaube, ich habs«, rief er so laut, dass sie es bis ins Haus hören konnte. »Die Kessel müssen tiefer stehen!«

Hatte der denn nichts Besseres zu tun? Sollte er um diese Zeit nicht Erbsen und Kartoffeln anpflanzen oder Flachs aussäen? Aber wahrscheinlich hatte er das mithilfe seiner selbst entwickelten Maschinen längst erledigt. Solche kniffligen Dinge wie unlösbare Reparaturen schienen bei ihm auf höchstes Interesse zu stoßen, er blieb meist bis zur Uhlenstunde.

Was sollte sie nur tun? Ihn kurz grüßen, sich dann das Fahrrad schnappen und an ihm vorbeifahren? Immerhin schien er gerade mit Julius ins Gespräch vertieft. Doch allein schon die Aussicht darauf, ihm zu begegnen, und wenn es auch noch so kurz war, bereitete ihr so viel Unbehagen, dass sie sich nicht traute.

Ein neuerlicher Blick aus dem Fenster verriet ihr, dass Jost jetzt wieder am Heizkessel schraubte. Doch wenn sie sich nicht beizeiten auf den Weg machte, würde der Wochenmarkt bereits beendet sein. Sie ging gerne kurz vor dem Abbau hin, denn zu dieser Zeit ließ es sich am besten handeln, da die Händler fürchteten, auf ihrem Gemüse sitzen zu bleiben.

Ihr Blick fiel auf die Hintertür, und in ihrem Kopf formte sich ein Plan. Sie würde das Haus durch ebendiese Tür verlassen und dann nicht wie jeder normale Mensch über den Hof und die Auffahrt, sondern über die Kuhweiden bis zu dem Weg laufen, der nach Rastede führte. Es war ein Umweg, das Gras auf den Weiden war unwegsam, und sie müsste über einige Wälle klettern. Deswegen müsste sie auf das heiß geliebte Fahrrad verzichten und würde achtgeben müssen, dass keine Bullen auf der Wiese standen. Aber ihr war alles recht, wenn sie ihn dadurch mied.

Sie sprang auf, griff nach ihrem wollenen Umschlagtuch und dem Korb für die Einkäufe, öffnete die kleine Hintertür und spähte vorsichtig erst nach links und dann nach rechts. Die Luft war rein. Eilig rannte sie über die Weide, verfluchte dabei ihren roten Rock, der sich nur allzu gut vom saftigen Frühlingsgrün der Grashalme abzeichnete. Aber wenn sie den ersten Wall mit den Bäumen erreicht hatte, wäre sie in Sicherheit. Dahinter würde man sie vom Hof aus nicht mehr sehen. Vorsichtig spähte sie zurück, als ein jäher Schmerz in ihr Bein fuhr und sie zu Boden riss.

Überrascht blieb sie zunächst liegen und rang nach Luft. Was war nur passiert? Vorsichtig bewegte sie die Zehen und stand erst dann auf, wurde aber von ihren ziependen Haaren zurückgehalten.

»Was zum Teufel ist das?«, fluchte sie ungehalten.

»Stacheldraht«, sagte eine sachliche Stimme hinter ihr. Sie hob den Kopf halb und sah Jost auf sich zukommen, für den sie das alles überhaupt erst auf sich genommen hatte. Ausgerechnet.

»Offenbar will Bauer Hamje demnächst einen Zaun damit ziehen und hat alles bereitgelegt. Aber was machst du denn überhaupt hier?«, fragte er mit gerunzelter Stirn.

»Ich … äh … wollte noch ein paar Blumen pflücken.«

»Dafür hattest du's aber sehr eilig. Und steht im Schwalbennest nicht schon jeder Winkel voll mit Feldblumen?«

Das hatte er bemerkt? Dieser Mensch steckte wirklich voller Überraschungen und brachte sie mit seinem eindringlichen Blick vollkommen aus dem Konzept. »Ach … du weißt ja … ein wenig mehr geht immer.« Frieda versuchte abermals, sich aufzurichten, jaulte aber qualvoll auf, als sich etwas in ihr Bein bohrte.

»Vorsicht, Vorsicht, wir müssen hier ganz behutsam vorgehen«, ordnete Jost an. Er wirkte kein bisschen befangen oder seltsam und studierte ganz genau das Problem, was er vor sich hatte. »Ich werde zuerst deine Haare befreien«, entschied er, ging auf die Knie, und Frieda beobachtete mit angehaltenem Atem, wie er sich über sie beugte und hoch konzentriert ihr Haar begutachtete. Dann spürte sie, wie er vorsichtig an einigen Strähnen zog. Sie musste dringend über etwas Unverfängliches reden.

»Was ist denn Stacheldraht überhaupt? Willst du mir etwa sagen, dass es jetzt schon Draht gibt, der Dornen wie Rosen hat?«

Jost lächelte und zog weiterhin ihre Haare aus dem Draht. »So in etwa. Du kannst ihn dir gleich ansehen, wenn ich dich davon befreit habe. Der Draht wurde vor einigen Jahren in Amerika entwickelt und wird nun immer häufiger auch hier genutzt, um das Vieh einzuzäunen. Dann muss man keine Wälle oder Zäune bauen. Allerdings sieht man ihn nicht so gut.«

Frieda konnte sich nun aufrichten und sah die kleinen eisernen Spitzen zu allen Seiten des Drahts. Ihr Rock hatte sich darin verfangen und beim Sturz auch ihre Haare; wenn sie eine falsche Bewegung machte, würden die Spitzen sich erneut in ihr Fleisch bohren.

»So, fertig. Jetzt müsstest du aufstehen können.« Er reichte ihr seine kräftige Hand, zog sie mit Leichtigkeit hoch, und auf einmal stand sie ihm dermaßen dicht gegenüber, dass sie die Seife riechen konnte, mit der er sich am Morgen gewaschen hatte. Er blickte auf sie hinab, und für einen Moment sahen sie sich einfach nur an. Ein merkwürdiges Gefühl erfasste sie, fast so, als hätte es diese Situation schon einmal gegeben. Der Polterabend. Sie standen so dicht beieinander wie am Polterabend. Sogleich fühlte sie sich wieder fürchterlich. Sie war diesem Mann zu nahegekommen. Ohne dass er es wollte.

Er wollte etwas sagen, doch sie wandte sich eilig ab. »Also, ich … Dann werde ich mal.«

»Wolltest du nicht Blumen pflücken?«

Ach, das hatte sie ihm ja erzählt. »Ich … ich habe es mir anders überlegt. Ich fahre doch erst mal zum Markt.« Sie griff nach ihrem Korb und eilte davon.

* * *

»Bruno?« Greta klopfte vorsichtshalber an, obwohl sie wusste, dass er bei der Arbeit war. Im Zimmer blieb es still, und so ging sie hinein, um seine frisch gewaschene Wäsche auf den Stuhl zu legen. Sie half so viel wie möglich im Haushalt und auf dem Bauernhof. Es war das Mindeste, was sie tun konnte, seit Bruno sie gerettet hatte.

Buchstäblich von der Straße aufgelesen hatte er sie in ihrer größten Not und ihr seither in seinem Elternhaus ein Zuhause gegeben, ohne jegliche Gegenleistung dafür zu verlangen. Er kümmerte sich aufopferungsvoll um den kleinen Elias, hatte sogar die Familienwiege für ihn vom Speicher geholt. Und doch konnte sie sich nicht für ihn erwärmen.

Obwohl sie wusste, dass es das Richtige wäre.

Obwohl Konstantin nun verheiratet und dadurch noch unerreichbarer war als zuvor.

Ihr Blick fiel auf ein Stück Papier auf Brunos kleinem Tisch vor dem Fenster, das mit seiner krakeligen Schrift beschrieben war. Neugierig beugte sie sich darüber.

Märzveilchen

Der Himmel wölbt sich rein und blau,
Der Reif stellt Blumen aus zur Schau.
Am Fenster prangt ein flimmernder Flor,
Ein Jüngling steht, ihn betrachtend, davor,
Und hinter den Blumen blühet noch gar
Ein blaues, ein lächelndes Augenpaar,
Märzveilchen, wie jener noch keine gesehn.
Der Reif wird, angehaucht, zergehn.
Eisblumen fangen zu schmelzen an,
Und Gott sei gnädig dem jungen Mann.

Ach du meine Güte, dachte Greta und hätte am liebsten die Hände vors Gesicht geschlagen. Hatte er das für sie geschrieben? Versuchte Bruno sich jetzt gar an Gedichten? Sie verzog das Gesicht und atmete resigniert aus.

Das war ein wahrlich kläglicher Versuch.

Wie sollte denn der Reif Blumen zur Schau stellen? Und was hatten die Eisblumen mit dem jungen Mann zu tun? Rasch wandte sie sich ab. Herrjemine, wie sollte sie nur reagieren, wenn er ihr dieses blamable Gedicht überreichte? Direkt darunter prangte zudem ein riesiger Tintenfleck.

Es würde nicht einfach werden, Freude vorzutäuschen. Oder sollte sie ihm ehrlich sagen, dass er ein grauenhafter Poet war? Hatte er nicht das Recht, es zu erfahren? Ach, hätte er es doch nicht geschrieben, das war einfach so … beschämend. Warum nur musste sie sich immer wieder für ihn schämen?

***

Meike sah Rosalie verwundert an, als sie am Morgen nach ihrem schlichten Arbeitskleid verlangte, verkniff sich aber jegliche Bemerkung. Rosalie lächelte in sich hinein. Sie hatte alles genau abgewogen, und für den ersten Teil ihres Plans war es unumgänglich, dass sie wieder arbeitete. Und das schon heute, denn der Ball war bereits am Wochenende. Daher würde sie Konstantin durch ihre Arbeitskleidung signalisieren, dass sie es ernst meinte und sofort beginnen könnte.

Als sie ihn im Salon beim Frühstück mit ihrer Entscheidung konfrontierte, wirkte er ebenso überrascht wie Meike und sah verwundert zu Dorothea, die mit halb geschlossenen Augen am Frühstückstisch saß. Die kleine Helene hielt sie des Nachts auf Trab, da sie die Brust der Amme verweigert hatte und Dorothea sie nun höchstpersönlich stillte.

»Du willst wahrhaftig wieder arbeiten?«, hakte Konstantin ein weiteres Mal nach.

»Allerdings.« Sie streckte den Rücken durch und setzte sich bewusst nicht zu den beiden an den Tisch, um auf ihren Bruder herabsehen zu können. »Jedoch habe ich einige Bedingungen. Ich werde nur acht Stunden am Tag arbeiten und die Samstage auslassen.«

Konstantin lachte auf. Er legte das Buttermesser beiseite und verschränkte die Arme. »Verrätst du mir auch, wieso ich dich unter diesen Bedingungen einstellen sollte? Dann kann ich doch besser ein weiteres Mädchen vom Land einstellen. Die arbeiten, ohne zu murren, von Sonnenauf- bis Sonnenuntergang und verlangen keinen weiteren freien Tag in der Woche!«

»Weil ich bereits eingearbeitet bin, deine Schwester bin und du ebenfalls nicht jeden Samstag und auch keine zehn Stunden am Tag arbeitest?«, schlug Rosalie vor, denn mit seinem Einwand hatte sie gerechnet. Aber sie hatte sich alles akribisch überlegt. Nach all den untätigen Tagen zu Hause freute sie sich regelrecht auf die Arbeit. Allerdings freute sie sich nicht auf die langen Arbeitsstunden und den viel zu kurzen Erholungstag, an dem sie auch noch in die Kirche musste. Daher verlangte sie das, was die Sozialisten auch wollten. Das könnte ihr obendrein beim zweiten Teil ihres Plans zugutekommen.

»Ich bin aber immerhin der Chef, es können für dich nicht die gleichen Regeln wie für mich gelten. Außerdem wurden für heute Nachmittag bereits ein paar Mädchen angekündigt, die hier arbeiten wollen. Wenn ich die Wahl habe, stelle ich lieber die ein, tut mir leid.«

Ein dumpfer Schlag auf den Tisch gefolgt von klapperndem Geschirr ließ Rosalie und auch Konstantin zusammenzucken.

»Wenn Rosalie wieder arbeiten will, dann stellen wir sie ein, und damit ist die Diskussion beendet«, ordnete Dorothea an, die plötzlich hellwach wirkte.

»Aber Feinsliebchen«, Konstantin legte eine Hand auf ihren Arm und tätschelte sie. »Bei allem Respekt, doch um die Belange der Hofgärtnerei kümmere immer noch ich mich.«

Dorothea zog die Augenbrauen in die Höhe. »Ach ja? Soweit ich weiß, wurden die letzten Löhne aus meinem Vermögen gezahlt. Ich denke daher, dass ich das eine oder andere Wörtchen mitzureden habe.« An Rosalie gewandt, fügte sie hinzu: »Lass dich also von uns nicht abhalten. Raus an die Arbeit mit dir, es gibt viel zu tun.«

Rosalie zwinkerte ihr zu und eilte nach draußen. Phase eins war nicht ganz so einfach verlaufen wie geplant, aber dank Dorotheas überraschender Hilfe war es vollbracht. Phase zwei würde ihr bedeutend mehr abverlangen, dennoch fühlte sie sich aufgrund ihres Triumphs leicht wie Seide, als sie die Stufen hinuntersprang. Zwischen den Topfpflanzen hinter der Villa entdeckte sie die Motte und den Schmetterling, die eifrig das frisch gezupfte Unkraut in ihre Weidenkörbe warfen.

»Wo sind Bruno und Johannes?«, erkundigte sie sich.

Der Schmetterling richtete sich schwerfällig auf und ächzte, als sie den Rücken in eine aufrechte Position brachte. »Die sind heute in der Orangerie.«

Leichtfüßig tänzelte Rosalie auf das imposante Glasgebäude mit den verschnörkelten Metallstreben zu und winkte sogar kurz dem Lehrling zu, der in der Ferne mit Oskar Flieder veredelte. Dann öffnete sie enthusiastisch die Tür.

»Überraschung!«, flötete sie in das bunte Blumenmeer und ließ sich vom Duft umhüllen.

Brunos Rotschopf tauchte als Erster zwischen einer Reihe Lavendel auf. »Rosalie?! Was machst du denn hier?« Er wirkte ehrlich erfreut, und es fehlte nur noch, dass er sie in eine Umarmung schloss, während Johannes, der vom anderen Ende an sie herantrat, sie misstrauisch musterte.

Sie machte die Tür hinter sich zu und lächelte stolz. »Ich arbeite jetzt wieder hier.« Mit den Fingerspitzen glitt sie über die Spitzen der Gladiolen und roch dann am Lavendel, vollführte eine Drehung, nahm anschließend Johannes die Sprühflasche aus der Hand und begann, die Heizrohre damit einzusprühen, um die Luftfeuchtigkeit zu erhöhen.

»Ach ja, ganz nebenbei habe ich für mich ausgehandelt, dass ich nur noch acht Stunden am Tag arbeite«, rief sie über ihre Schulter. »Und die Samstage habe ich gänzlich frei.« Sie nahm sich einen Moment, um Johannes ihr Siegerlächeln zuzuwerfen, bevor sie geschäftig weitermachte. »Ist das nicht das, was ihr Sozis auch wollt?«, fragte sie scheinbar unschuldig. »Weißt du, manchmal muss man einfach machen und nicht immer nur reden, reden und reden …« Sie täuschte ein Gähnen vor und klopfte mehrmals mit der Hand leicht auf ihren Mund.

»Du hast leicht *reden.*« Johannes ging entschlossen auf sie zu und riss ihr die Sprühflasche aus den Händen. »Ist dir mal in den Sinn gekommen, dass man, wenn man rein zufällig die Schwester vom Chef und eine Kapitalistentochter ist, ganz einfach bessere Verhandlungsmöglichkeiten hat als die restliche arbeitende Bevölkerung, die nicht in einer Villa mit Stubenmädchen aufgewachsen ist?« Zornig baute er sich vor ihr auf. »Es heißt nicht umsonst *privilegiert*! Dir ist doch nicht einmal bewusst, wie viele Vorteile du genießt. Du wurdest mit dem goldenen Löffel im Mund geboren, und dein Leben bestand bisher einzig und allein aus Zuckerschlecken.«

»Ach ja?« Finster funkelte sie ihn an.

Das lief ja noch besser als gedacht. In genau solch einer Gemütsverfassung brauchte sie Johannes. Eigentlich hatte sie noch etwas warten wollen, sich erst einmal wieder einfinden und alle Gegebenheiten genauestens ausloten wollen. Doch man musste das Eisen schmieden, solange es heiß war. Daher holte sie nun bereits zum entscheidenden Schlag aus. Rosalie stemmte die Hände in die Hüften und tat so, also brodelte sie vor Wut.

»Du hast doch keine Ahnung! Du würdest keinen einzigen Tag in meiner Welt überstehen.«

Johannes schnaubte. »Was soll denn daran schwer sein? Die gut gefüllten Daunendecken? Dass das Zimmer bereits warm ist, wenn du aufstehst? Das fette Essen? Natürlich würde ich das aushalten.«

»Tatsächlich?« Mit aller Macht musste Rosalie ihr Triumphgefühl unterdrücken. Sie hatte ihn genau dort, wo sie ihn brauchte. »Dann beweise es.« Herausfordernd sah sie ihn an, und er lachte auf.

»Gerne! Was soll ich machen? Eine Woche lang von goldenen Tellern essen? Oder willst du Meike zu mir nach Hause schicken, wo sie mich frisiert und mir jeden Wunsch von den Lippen abliest? Oh, ja, das wird wirklich mühselig, wie soll ich das nur schaffen?« Er fuhr sich mit weit gespreizten Fingern übertrieben durch Gesicht und Haare, als wäre er von der Bürde der Welt geplagt, und sah zu Bruno, der breit grinste.

»Sehr lustig«, sagte Rosalie geduldig. »Aber wie du bereits angedeutet hast, wäre das viel zu einfach. Die Annehmlichkeiten unseres Lebens hält gewiss jeder aus. Ich hätte da an etwas ganz anderes gedacht.«

»Und zwar?«

»Begleite mich zum Frühjahrsball des Großherzogs. Du schaffst es doch keine Minute, ohne dass jemand merkt, woher du kommst.«

47. Kapitel

Voller Stolz traten Julius und Marleene in das Gewächshaus. Es war vollbracht. Endlich hatte Julius die Rhododendren vom Tafelgut seines Onkels in die Gärtnerei holen können, und nun standen sie perfekt aufgereiht in den mittlerweile beheizten Gewächshäusern. Jost hatte herausgefunden, dass die Heizkessel tiefer stehen mussten, damit der Heizkreislauf funktionierte – eine Sache, auf die Julius nie und nimmer von alleine gekommen wäre. Mittlerweile ärgerte er sich, dass er seinen Nachbarn nicht eher um Hilfe gebeten hatte. Aber alles in allem sahen die gefüllten Gewächshäuser wahrlich prächtig aus. Auf dem Freiland lugten nun zarte Pflanzen aus der Erde, und zum ersten Mal fühlte es sich an, als wenn sie wahrhaftig eine eigene Gärtnerei hatten und nicht nur Brachland mit vereinzelten Glashäusern.

»Diese Pause haben wir uns aber redlich verdient«, sagte Julius und legte den Arm um Marleene, bevor sie sich mit Alma, Franz und Frieda auf den Weg machten, um den Festumzug in Rastede anzusehen. »Du bleibst schön hier«, befahl er Asta, denn wenn der Großherzog seinen Sommersitz bezog, herrschte im gesamten Dorf laute Festtagsstimmung. Fast das ganze Jahr über waren die grünen Fensterläden des Empireschlosses zu, und wenn sie dann für acht Wochen geöffnet wurden, kamen die Leute von nah und fern.

Die Hufe edler Pferde, die vor die Hofequipagen gespannt waren, klapperten in diesen Zeiten durch die verträumte Straße mit den uralten Linden, die durch den Ort führte. Daran konnte sich Marleene noch aus ihrer Kindheit erinnern. Und weil der Diener, der die vierspännige Kutsche mit den Oldenburger Pferden lenkte, solch eine reich bestickte und bunte Livree trug, hatte sie damals geglaubt, *er* wäre der Großherzog und nicht etwa der Mann im dunklen Anzug, der hinten im Wagen saß.

Heute stellten sie sich mit einer ganzen Reihe anderer Menschen, die für dieses Ereignis in den kleinen Ort kamen, in der Nähe des Schlosses auf.

»Seht nur, das Tor wird gerade geöffnet«, rief Alma leicht hüpfend, und alle beobachteten, wie die beiden Torjungen in ihren langen weißen Hosen mit dem blauen Flanellrock und der dazu passenden Franzosenkappe die eisernen Torflügel gleichzeitig nach hinten schoben.

Zwei Vorreiter auf schwarzen Oldenburgern trabten voraus. Sie trugen schwarze Jacken, weiße Lederhosen und schwarze Stiefel mit goldenen Manschetten, und selbst die Satteldecken hatten einen breiten goldenen Saum. Hinter ihnen folgte das Vierergespann. Der Großherzog saß heute tatsächlich auf dem Kutschbock, sein Kammerdiener neben ihm, und lenkte das Gespann höchstpersönlich. In der Kutsche saßen noch weitere Personen, vermutlich Gäste, die für den Ball angereist waren, und Hofherren. Hinten auf dem Fußbrett standen Diener in schwarz-goldenen Livreen, und zwei Reiter bildeten die Nachhut.

Als der Großherzog sie am Straßenrand entdeckte, hob er die Hand zum Gruß. Alma schlug die Hände vor den Mund.

»Habt ihr das gesehen?«, rief sie aufgeregt und legte je einen Arm um Julius und Marleene. »Er hat uns doch tatsächlich gegrüßt! Ich kann gar nicht glauben, dass ihr den Großherzog persönlich kennt und dass ihr sogar auf den Frühjahrsball geladen seid … Ihr müsst ja so aufgeregt sein. Was ziehst du denn überhaupt an, Marleene?«

Genau diese Frage hatte Marleene schon seit Tagen Kopfzerbrechen bereitet. Sie hatte einfach nichts und scheute zudem davor zurück, Geld in ein Kleid zu investieren, wenn sie es so händeringend für die Gärtnerei benötigten.

»Ich dachte an mein Hochzeitskleid …«

»Das schwarze Kleid? Das kannst du niemals zu einem Ball anziehen.«

Marleene presste die Lippen zusammen. »Aber ich habe kein anderes.«

»Was ist denn mit diesem Theaterkleid, das wir getauscht haben?«

»Das haben wir ja getauscht, damit es mich nicht mehr an einen fürchterlichen Tag erinnert … Und es gehört ja nun dir.«

Frieda legte ihr eine Hand auf den Rücken. »Alma leiht es dir gewiss«, sagte sie, und Alma nickte eifrig. »Vielleicht ist es ja an der Zeit, das Kleid mit neuen Erinnerungen zu verbinden?«

Marleene wog Friedas Worte ab. Es wäre tatsächlich schön, wenn sie den Abend ihrer Enttarnung hinter sich lassen könnte und das Kleid zu einem sinnvollen Einsatz käme. Der seidige Stoff in Altrosa mit dem dezenten Spitzenbesatz war immerhin wunderschön.

»Aber was, wenn Rosalie mich in dem Kleid sieht?«, äußerte sie ihre letzten Bedenken.

Julius trat an ihre Seite und beugte sich an ihr Ohr. »Darum musst du dir keine Sorgen machen. Rosalie ist seit der Lösung der Verlobung von sämtlichen sozialen Anlässen ausgeschlossen.«

***

»Nein, nein, nein, nein«, sagte Rosalie streng zu Johannes. »Das sieht nicht elegant genug aus. Und wie oft muss ich noch wiederholen, dass du dich am Ende nach rechts drehen musst? Nicht nach links.«

Er war wirklich das reinste Trampeltier. Wenn sie gewusst hätte, dass er ein dermaßen bescheidener Tänzer war, hätte sie ihn niemals gebeten, sie auf den Ball zu begleiten, dachte Rosalie unwirsch und wusste sogleich, dass sie sich selbst belog. Sie konnte dem Herrn im Himmel dafür danken, dass Johannes ihr Spiel nicht durchschaut und sich in blinder Wut auf die Wette eingelassen hatte.

Doch jetzt verhärtete sich seine Miene. »Die Abmachung war, dass ich dich auf einen Ball begleite, um dir zu zeigen, dass auch ich in eurer Schnöselwelt überleben kann. Wenn ich gewusst hätte, dass du mich dazu wie ein Zirkuspferd dressieren willst, hätte ich nicht eingewilligt.«

Rosalie unterdrückte ein Seufzen. Seit fünf Tagen übten sie jeden Abend das Tanzen in einem nahezu leer stehenden Gewächshaus, das sich am Ende des Gärtnereigeländes befand, und er war von der Perfektion, die sie sich wünschte, noch weit entfernt. Aber sie spürte, dass sie behutsam vorgehen musste, sonst machte er womöglich einen Rückzieher.

»Na schön, üben wir erst einmal etwas anderes. Wir werden ja nicht nur tanzen – wenn das mit dir nicht besser wird, sollten wir uns gar so wenig wie möglich auf die Tanzfläche wagen. Wenn ich am Rasteder Schloss ankomme, gebietet es die Höflichkeit, dass du mich an der Kutsche in Empfang nimmst.« Sie sah sich um, ging auf einen großen leeren Tontopf zu und drehte ihn herum. Dann stellte sie sich darauf. »Nehmen wir an, ich steige nun aus der Kutsche. Was machst du?«

Vermutlich erkannte er die Antwort an ihrem auffordernden Blick. »Ich helfe dir natürlich hinaus.«

Sie hielt ihm mit weit ausgestrecktem Arm ihre nach unten abgewinkelte Hand entgegen und hob die Augenbrauen in den Himmel. Er griff nach ihrer Hand, schaffte es jedoch nicht, auf ein genervtes Augenrollen zu verzichten, und sie kletterte mit seiner Hilfe vom Topf herunter.

»Jetzt kommt die Begrüßung.«

»Guten Abend, meine Dame. Sie sind die reinste Augenweide«, sagte er formvollendet, und Rosalie hätte sich gefreut – wenn er danach ihren Handrücken nicht mit einem fetten Schmatzer bedacht hätte.

»Johannes«, empörte sie sich, da die Etikette das Gegenteil verlangte, und wischte angeekelt den Speichel an ihrem Rock ab.

»Was denn? Nicht deutlich genug? Soll ich es so machen?« Er griff abermals nach ihrer Hand und ließ nun klitzekleine gehauchte Küsse über ihr Handgelenk den Ärmel hinaufwandern. Rosalie riss sich zornig von ihm los. Wenn er das am Ballabend machen würde, wäre sie das Gespött der Woche. Ach was, des Jahres! Dann wäre es besser, gar nicht erst hinzugehen.

»Sehr lustig«, fauchte sie Johannes an, der sich vor Lachen den Bauch hielt. Als er ihre Miene bemerkte, riss er sich allerdings zusammen.

»Was kommt als Nächstes?«

»Du bietest mir deinen Arm an, um mich in das Schloss zu geleiten. Das wird über den gesamten Abend deine Aufgabe sein. Ich darf mich nicht alleine durch den Ballsaal bewegen. Wenn mich keine meiner Freundinnen begleiten, wirst du das tun. Generell musst du mir deine volle Aufmerksamkeit widmen, ohne Unterlass. Du musst als mein Tischherr dafür sorgen, dass ich jederzeit ausreichend zu trinken und zu essen habe.«

»Ist das dein Ernst?« Johannes schlug sich eine Hand vors Gesicht und blinzelte sie durch die Finger vorsichtig an. Rosalie lächelte diabolisch. »Oh, ich fange gerade erst an. Gibst du schon auf?«

»Nein«, brummte er und lehnte sich locker gegen einen Pflanztisch. »Mach weiter. Was muss ich sonst noch tun? Vielleicht auf die Knie fallen und dir die Füße küssen?«

»Nicht ganz. Aber wenn ich mich setzen will, rückst du mir selbstverständlich den Stuhl zurecht. Komm, das üben wir mit der Holzkiste da drüben. Vielleicht kann ich mir noch einige Ballentücher umhängen, damit der Rock so bauschig wie ein Ballkleid wird.« Ihr Blick glitt abermals durch das Glashaus. Die grob gewebten Tücher, die gewöhnlich für den Transport um die Erdballen der Pflanzen geknotet wurden, lagen an allen erdenklichen Orten herum, da sie häufig gebraucht wurden.

»Ach komm, Rosalie, ich würde dich zwar nur zu gerne in Ballentücher geschmückt sehen, aber ich denke, dass ich das Stuhlrücken schon hinbekommen werde. Außerdem lässt sich eine Kiste ohne Lehne schwerlich zurechtrücken.«

Rosalie sog die Luft ein. Am liebsten würde sie alles üben, was sich auch nur ansatzweise nachstellen ließ, aber ihnen lief schlichtweg die Zeit davon. Der Ball war bereits am übernächsten Tag. Sie hatte unterschätzt, wie viele Gepflogenheiten man offenbar ganz nebenbei erlernte, wenn man in dem entsprechenden Umfeld aufwuchs. Es gab so ungemein vieles, was selbstverständlich für sie war, Johannes jedoch einfach nicht wusste. Bei der Sache mit dem Handkuss hatte er sich einen Spaß erlaubt, doch da war ja noch viel mehr.

So viel wie nur möglich musste sie ihm heute einbläuen.

»Sollte ich jegliche Anzeichen von Langeweile zeigen, musst du dich bemühen, mich zu unterhalten«, fuhr sie daher fort.

»Mach ich das nicht ohnehin immer?«, entgegnete er grinsend.

Rosalie ging nicht darauf ein. »Im Saal wird nicht geraucht, dafür gibt es ein gesondertes Zimmer, und du …« Sie stutzte. Wann hatte sie Johannes das letzte Mal Tabak spucken sehen? Zu Beginn hatte er es ständig getan, doch in letzter Zeit hatte sie es nicht mehr bemerkt. Dennoch schadete eine Warnung nicht. Er war schließlich ein Arbeiter. »Tu mir bitte den Gefallen und rotze deinen ekeligen Priem nicht auf das Parkett.«

Johannes schnaubte. »Du traust mir wahrhaftig zu, dass ich im Schloss von Rastede auf den Boden spucken würde?«

Rosalie zuckte mit den Schultern. »Bei dir weiß man ja nie.« Dann dozierte sie weiter. »Wie gesagt liegt deine gesamte Aufmerksamkeit allein auf mir. Dazu gehört auch, dass du darauf achtest, dass meine Frisur und meine Garderobe keinerlei Anlass zur Beanstandung geben.«

»Das heißt, ich darf regelmäßig ungestraft auf deinen Allerwertesten und dein Dekolleté gucken?«, erkundigte er sich mit gespielter Ernsthaftigkeit und legte leicht den Kopf schief. Rosalie mahnte sich abermals zur Ruhe. Sie brauchte ihn! Allerdings schien das alles für ihn nur ein Spiel zu sein. Sollte sie eine falsche Entscheidung getroffen haben?

»Und wenn dem so ist«, sprach Johannes jetzt mit frischem Enthusiasmus weiter, »sag ich dann einfach bei Tisch: ›He, Knöterich, ich kann dein Korsett herausblitzen sehen?‹«

»Nein, selbstverständlich nicht. Da ich nicht verheiratet bin, würdest du dich an eine verheiratete Frau wenden, mit der Bitte, dass sie mir diese Information weitergibt. Aber natürlich sagst du es nicht so freiheraus. Dafür haben wir eine Art Geheimsprache. Wenn mein Unterrock unter dem Kleid hervorlugt, sagst du: ›Es schneit im Süden.‹ Und bei meinem Korsett …« Sie hielt inne. »Weißt du, was? Vergiss das. Ich werde selbst auf meine Garderobe achten, ich kann dir unmöglich die ganzen Codes beibringen in der kurzen Zeit. Es gibt noch genügend andere Dinge, die du dir merken musst.«

»Noch mehr?«

»Ich sage ja, es ist nicht einfach.«

»Na schön. Lass hören, Knöterich.«

»Also erst einmal wirst du mich den gesamten Abend mit *Fräulein Goldbach* ansprechen, Herr Kessler. Und wir werden uns wieder siezen.«

»In Ordnung, Fräulein Goldbach. Was sonst?«

»Ach, nur ein paar Kleinigkeiten.«

Abwartend sah er sie an.

»Wenn mir etwas herunterfällt, ist es für dich eine Ehre, es aufzuheben. Als Herr öffnest du zudem den Damen stets die Tür. Steht eine Dame vom Tisch auf oder kehrt zum Tisch zurück, stehen die Herren aus Höflichkeit und Ehrerbietung ebenfalls auf.«

Johannes schnaubte. »Ich soll deine Sachen aufheben? Bin ich dein Begleiter oder dein Diener?«

»Du hilfst mir in den Mantel«, sprach Rosalie einfach weiter, »und nimmst den Hut ab, wenn du ein Gebäude betrittst oder in der Öffentlichkeit eine Dame begrüßt. Es ist sehr unhöflich, nur kurz die Hutkrempe zu berühren. Und – das wird dir gewiss schwerfallen, aber für den Abend kann es uns nur helfen – du sprichst nicht über Politik! Sobald eine Dame anwesend ist, wechselst du das Thema.«

Johannes starrte sie an. »Ich verstehe langsam, diese Welt ist ja wirklich wie gemacht für dich! Aber warum dürfen wir nicht über Politik sprechen? Wir haben doch die letzten Monate fast nur über Politik geredet …«

»Dann kriegst du jetzt vielleicht den Hauch eines Eindrucks davon, welch unflätiger Kretin du für mich bist«, zirpte Rosalie und plinkerte mit den Wimpern.

Er nickte langsam und sah sie dann scharf an. »Und doch soll ich dich zum Ball geleiten. Man könnte fast meinen, du hättest niemand anderen.«

Rosalie wurde heiß, und sie lachte die aufsteigende Hitze rasch weg. »Ich bitte dich!«, sagte sie abwinkend und hoffte, er möge das leichte Zittern in ihren Händen nicht bemerken. »Ich habe meine Verabredung sogar wieder gelöst, nachdem wir unsere Wette eingegangen sind. Also streng dich gefälligst an. Wir sind noch immer nicht fertig, und wenn du so weitermachst, werde ich haushoch gewinnen.«

»Noch nicht fertig? Das kann doch fast nicht sein. Aber Moment mal, bevor ich hier zum feinen Piefke werde … Was kriege ich eigentlich, wenn *ich* gewinne?«

Rosalie überlegte kurz. Es waren so viele Regeln … Eine davon würde er gewiss brechen. Daher konnte sie ihm im Grunde alles anbieten, denn umso mehr würde er sich anstrengen. Es musste also etwas sein, was ihm Genugtuung verschaffte.

»Wenn du gewinnst, kannst du einen Tag lang über mich verfügen.«

Das Lächeln, das nun auf seinem Gesicht erschien, zeigte, dass sie richtig kalkuliert hatte.

»Na schön«, sagte er. »*Denn man to.* Lass hören, was muss ich sonst noch wissen?«

Rosalie zog einen kleinen Fächer aus der Rocktasche, den sie wohlweislich mitgenommen hatte.

»Muss ich dir damit den gesamten Abend Luft zufächeln? Auf Knien natürlich?«

»Uns Frauen steht es ja leider nicht zu, offen zu kommunizieren. Daher nutzen wir dies als Hilfsmittel.« Sie öffnete den Fächer mit einer einzigen ruckartigen Handbewegung und fächerte durch die moosige Gewächshausluft.

»Wie soll das denn gehen? Habt ihr davon zwanzig Stück mit verschiedenen Beschriftungen in eurem Retikül?«

»Nein«, sagte Rosalie und lächelte geheimnisvoll. Es tat so gut, dass erstmalig sie Johannes die Welt erklären konnte. »Es kommt auf die Haltung an. Wenn man sich langsam damit zufächelt, bedeutet es, dass man verheiratet ist.« Sie machte es vor und fächelte danach schneller. »Dies bedeutet, dass man verlobt ist. Hält die Dame den Fächer in der rechten Hand, bedeutet das, dass du zu aufdringlich bist. Wenn sie ihn mit der linken Hand herumwirbelt, sollst du sie in Ruhe lassen. Und wenn sie ihn heftig schließt«, Rosalie ließ den Fächer geräuschvoll zuschnappen, »heißt das, dass sie verärgert ist. Vermutlich werde ich das den gesamten Abend über machen müssen mit dir an meiner Seite.«

Johannes ging nicht darauf ein. »Und kann man damit auch etwas Positives sagen?«

»Natürlich. Ich kann sogar signalisieren, wenn ich jemanden sprechen will oder das Gefühl habe, beobachtet zu werden. Und wenn ich den Griff so halte«, sie berührte damit ihre Lippen, »heißt das«, sie machte eine Kunstpause, »dass ich geküsst werden möchte.«

Johannes riss die Augen auf. Sie hatte seine volle Aufmerksamkeit, und er zuckte kaum merklich, als sie den Fächer urplötzlich wieder öffnete, den Kopf leicht in den Nacken legte, und sich scheinbar gelangweilt zufächelte.

»Aber positive Botschaften werden wir für dich wohl kaum brauchen. Vor allem ist wichtig, dass eine Frau signalisiert, nicht tanzen zu wollen, wenn sie den Fächer auf dem Schoß liegen hat. Kannst du dir das alles merken?«

»Aber gewiss doch.«

Er lächelte zuversichtlich, und Rosalie erwiderte es. Zum Glück war er so gescheit und hatte solch eine rasche Auffassungsgabe.

Irgendwie würden sie es schaffen!

»Wenn dein Unterrock hervorschaut«, fasste er zusammen, »schnappe ich mir deinen Fächer und schlage damit der nächsten verheirateten Frau auf den Kopf, weil sie nicht tanzen will. Dann öffne ich ihn weit und fächle so lange, bis alle Damen den Tisch verlassen haben, was die Männer zwingen wird, ihnen zu folgen, und ich kann endlich über Politik reden. Ist doch ein guter Plan.«

Rosalie vergrub das Gesicht in den Händen. Was hatte sie nur getan?

***

Dorothea schob den Kinderwagen mit den hohen Reifen langsam über den sandigen Hauptweg der Hofgärtnerei und sah sehnsüchtig nach links und nach rechts. Sie liebte die kleine Leni über alles, aber sie hatte seit Tagen das Haus nicht verlassen und brauchte dringend etwas Abwechslung von den durchwachten Nächten und dem hungrigen Geschrei. Konstantin hatte gar schon ein anderes Zimmer bezogen, um mehr Ruhe zu haben. So hatte sie sich das Eheleben nicht vorgestellt. Ob sie es womöglich doch noch ein wenig länger mit der Amme hätten versuchen sollen? Leni hatte deren Brust strikt abgelehnt, und Dorothea war jedes Mal schwach geworden und hatte sie schließlich selbst gestillt, da sie so herzerweichend geschrien hatte.

Oskar trat aus einem nahen Gewächshaus und schien sich ehrlich zu freuen, sie zu sehen. Rasch warf er einen Blick in den Kinderwagen.

»Es muss schön sein, sich den ganzen Tag um so einen kleinen Wicht kümmern zu dürfen.«

Dorothea rang um Worte. Auf der einen Seite war es tatsächlich herrlich, gleichzeitig war ihr mittlerweile klar geworden, dass sie genau zu dem geworden war, was sie zuvor verabscheut hatte. Eine untätige Hausfrau und Mutter. Es war nichts falsch daran, aber ihr Haushalt wurde von den Bediensteten bestens versorgt, und sobald das Helenchen etwas eigenständiger wäre, würde für sie nichts übrig bleiben.

»Das ist richtig. Trotzdem werde ich bald wieder in die Gärtnerei zurückkehren.«

Überrascht sah er sie an. »Erlaubt Konstantin das denn?«

Dorothea schürzte die Lippen. »Das wird er schon.« Vielleicht sollte sie sich mit Rosalie besprechen, wie sie die Sache anging, die war gut in derlei Dingen. So einfach wie sie würde sie mit ihrem Ansinnen nicht durchkommen. »Wo ist denn meine Schwägerin?«

»Das frage ich mich auch.« Oskar blickte sich suchend um. »Ich habe Rosalie und auch Johannes schon eine ganze Weile nicht mehr gesehen. Höchstwahrscheinlich sind sie ganz am Ende des Geländes beschäftigt. Wir machen diese Woche eine Unkrauttilgungswoche, und das wächst schließlich überall.«

»Ich werde mal nachsehen, danke.« Langsam schritt sie weiter den

Weg entlang und nickte dem neuen Lehrling zu, der mit Alois und Hugo bei den Frühbeeten das Unkraut jätete. Zwischen den Scheinzypressen entdeckte sie die Motte und den Schmetterling, auch wenn die Motte sich, so gut es ging, hinter eine der größeren grauen Pflanzen geschoben hatte. Natürlich ahnte Dorothea, warum, und ihr Magen zog sich zusammen. Leni rekelte sich, und Dorothea schob den Wagen rasch weiter, damit die Bewegungen sie in den Schlaf wiegten.

Letztendlich konnte sie es dem Mädchen ja nicht verdenken, sagte sie sich. Bildung für Mädchen und Frauen war in sämtlichen Schichten Mangelware, wurde schlichtweg als unwichtig erachtet. Den beiden Schwestern war somit niemals eine reelle Schulbildung zuteilgeworden, so hatten sie nie gelernt, die Dinge kritisch zu hinterfragen, und Konstantin hatte bei ihr ein leichtes Spiel gehabt. Trotzdem sollte sie sich etwas einfallen lassen, überlegte Dorothea, während sie sich weiter durch den Sand kämpfte. Es müsste eine Möglichkeit geben, damit nicht noch mehr Frauen seinem Charme erlagen, immerhin war bald der Frühlingsball des Großherzogs, und sie wollte sich eine solche Blamage wie zu ihrer Hochzeit gern ersparen.

»Hallo, Dorothea!« Brunos Rotschopf tauchte vor den Juniperus auf, und sie legte rasch den Zeigefinger an die Lippen. Das viel gerühmte »Schlafen wie ein Wickelkind« war ihrer Meinung nach nämlich eine Farce. Leni schien mitunter vom Ticken der Standuhr aufzuwachen.

Wie ein Storch, der durch Gelee watete, stakste Bruno nun zu ihr herüber, warf einen neugierigen Blick in den Kinderwagen und sah danach verzückt zu ihr. »Sie ist eine kleine Schönheit!«

Dorotheas Herz schwoll vor Stolz, und sie nickte glücklich.

»Wahrhaftig, genau wie unser kleiner Elias, als er neu geboren war.« Er lachte auf. »Aber das ist ja auch kein Wunder.«

Dorothea lächelte. »Ja, für die Nichteltern sehen Säuglinge immer alle gleich aus, ich weiß.« Sie selbst würde ihre Leni aber unter Tausenden von Wickelkindern ohne Umschweife erkennen.

»Das meine ich nicht, die beiden sind ja quasi Geschwister.« Er beugte sich über den Wagen, machte lustige Gurrgeräusche für die Kleine, die nun doch erwacht war, und ließ seinen Zeigefinger tanzen.

Aber Dorothea verstand nicht.

»Was willst du damit sagen, sie sind quasi Geschwister?«

Bruno tauchte kurz wieder auf und runzelte die Stirn. »Stimmt, quasi ist das falsche Wort. Sie sind Halbgeschwister, oder? Konstantin Elias Gerdes und Helene Auguste Goldbach? Verliebt euch bloß nicht ineinander«, warnte er spielerisch und turtelte noch mehr, was Dorothea kaum mehr gewahrte.

Sie schloss die Augen und konzentrierte sich auf das Atmen. Hatte sie ihr Riechsalz dabei? Es fühlte sich an, als wäre ihr Korsett viel zu eng geschnürt, dabei trug sie momentan aufgrund des Stillens keins.

Es war einzig und allein die Wahrheit, die ihr die Luft abschnürte.

»Dorothea?«

Sie schlug die Augen wieder auf. Bruno musterte sie besorgt, und sie sah, dass er ganz blass wurde.

»Schiet!«, murmelte er. »Du hast es nicht gewusst.«

Dorothea presste die Lippen zusammen. Es stimmte. Weibliche Bildung war eine Mangelware, aber nicht nur in der Arbeiterschicht. Letzten Endes war sie doch die dümmste Gans von allen gewesen.

48. Kapitel

»Da vorne ist es«, rief Marleene aufgeregt, als das Bauernhaus der Knöllmanns in Prinzhöfte in Sichtweite kam, wo Marleenes Mutter untergebracht war. Den ganzen Tag schon hatte sie voller Vorfreude Lieder gesungen und konnte kaum eine Sekunde stillhalten, denn die Sonne strahlte vom Himmel, und sie wollten diesen frühlingswarmen Tag nutzen, um ihre Mutter endlich zu sich ins Schwalbennest zu holen.

Die Bäuerin wollte die Angelegenheit offenbar rasch hinter sich bringen, denn Julius sah, wie sie im Haus verschwand, sobald sie ihren Wagen vom Feld her erspäht hatte. Während er das Fuhrwerk so nah wie möglich vor der Grootdör zum Stehen brachte, führte sie Marleenes gebrechliche Mutter bereits heraus. Marleene umarmte sie vorsichtig, und Julius rief: »Dann wollen wir mal sehen, dass wir so schnell wie möglich zurück nach Rastede kommen«, nachdem er sie ebenfalls begrüßt hatte.

»Nach Rastede … nach Hause«, flüsterte Marleenes Mutter, und Julius wurde ganz warm ums Herz, als er sah, dass ihr Tränen der Freude in den Augen standen, während die Bäuerin unwirsch vor sich hin mummelte. Sie half ihnen, die gebrechliche Frau auf die Ladefläche zu heben, wo sie aus Kissen und Decken eine Art Bett gebaut hatten, hielt sich aber nicht mit langen Abschiedsreden auf.

»Denn man to«, sagte Frau Knöllmann schlicht, hob die Hand und verschwand wieder im Bauernhaus.

Unterwegs sprudelten die Worte aus Marleene heraus. Sie erzählte ihrer Mutter in allen Einzelheiten von der Hochzeit, was sie in der Gärtnerei schon alles geschafft hatten und natürlich auch von der überwältigendsten Nachricht schlechthin, dem Frühlingsball.

»Meene kleene Marleene hat nicht nur eine eigene Gärtnerei, sie ist zudem auf den Ball des Großherzogs geladen?«, hörte er sie sagen. »Ich bin unglaublich stolz auf dich. Ihr habt das geschafft, wovon dein Vater stets geträumt hat.«

Julius warf einen Blick über seine Schulter und ärgerte sich nun doch, dass er nicht die kräftigen Friesen der Thormälens genommen hatte. Hildegard hatte darauf bestanden, dass sie ihren Fauxpas mit dem nicht vorhandenen Wagen für die Moorfahrt wiedergutmachten und ihr Fuhrwerk für die Fahrt nach Prinzhöfte nahmen. Julius hatte zugestimmt, da es ihm unangenehm war, immer wieder auf die Gerätschaften der Thormälens zurückgreifen zu müssen, selbst wenn sie stets beteuerten, dass dies nicht der Rede wert sei.

Aber sie trafen sich nun häufiger mit Hildegard und Hartmut, beratschlagten sich gegenseitig, was die Pflanzen betraf, und er wollte sie nicht vor den Kopf stoßen. Julius musste zugeben, dass sie ihre Sache in den vergangenen Jahren gut gemacht hatten, viele der Pflanzenkulturen wirkten gesund und waren von hervorragender Qualität. Kein Wunder, wenn sie die Pflanzen der Hofgärtnerei als Ausgangsmaterial hatten, sagte ein bitterer Teil in ihm. Doch Hildegard hatte beteuert, dass sie stets nur eine Pflanze genommen hatte, und die hatten sie dann vermehrt. Und das alles für die Kinder. Er hatte selbst in den Büchern gesehen, dass Hildegards Lohn überaus knapp bemessen gewesen war, und hatte sich daher gesagt, dass er die Pflanzen als Prämie sehen sollte, um nicht in ewiger Feindschaft mit seinen Nachbarn zu leben.

In Rastede angekommen, hoben sie Marleenes Mutter mit Friedas Hilfe vom Wagen, und während sie es sich im Haus gemütlich machten, fuhr Julius weiter zu den Claußens, um das Fuhrwerk zurückzugeben.

Der Himmel war klar, und die Sonne strahlte herab – doch gerade das bereitete ihm Kopfzerbrechen. Würde es Nachtfrost geben? Alma hatte zwar verkündet: »Nach dem Tiburtiustag alles, alles grünen mag«, aber darauf konnte er sich wohl kaum verlassen. Für die erst kürzlich eingepflanzten Gewächse im Freiland und die zarten Triebe der älteren Pflanzen wäre Nachtfrost jedoch katastrophal, sie würden alles verlieren. Sorgenvoll schweifte sein Blick über das ewig weite Himmelsblau. Sein Vater hatte sich hervorragend aufs Wetter verstanden. Warum hatte er damals nicht besser achtgegeben und sich dieses Fachwissen zu eigen gemacht?

»Vom Lande wehender Wind bringt im Sommer Wärme, im Winter Kälte«, hatte er stets gesagt. Doch was war mit dem Frühling? Wenn sie vor dem Ball noch alles mit Tannenzweigen bedecken mussten, dann sollten sie sich beeilen.

»Was meinst du, wird es Nachtfrost geben?«, erkundigte er sich daher bei Hartmut, während sein Sohn das Pferd abspannte.

Der bärtige Mann blickte in den Himmel und überlegte einen Moment. »Nein«, sagte er dann jedoch entschieden.

Julius sah ihn zweifelnd an. »Was macht dich so sicher? Der Himmel ist tiefblau und zeigt kaum eine Wolke. Würde das nicht für niedrige Temperaturen in der Nacht sprechen?«

Ein Grinsen zeichnete sich auf Hartmuts Gesicht ab. »Dann muss ich dir wohl mein kleines Geheimnis zeigen. Weil der Nachtfrost uns Gärtnern solch außerordentlichen Schaden zufügen kann, habe ich vor einigen Jahren in eine technische Neuerung investiert. Warte kurz, ich hole sie.«

Hartmut verschwand im Haus und kehrte gleich darauf mit einer Art Thermometer auf einem kleinen Sockel zurück. *Nachtfrostwarner und Feuchtigkeitsmesser,* las Julius die Beschriftung am oberen Ende der beiden Thermometerröhren und war beeindruckt.

»So etwas besitzt du? Vater hatte oft damit geliebäugelt, scheute jedoch immer vor den Kosten zurück.«

»Es war beileibe nicht günstig. Doch das Umgehen der halb durchwachten Nächte aus Angst, einen möglichen Nachtfrost zu verpassen, war es mir wert. Immerhin schafft man so tagsüber mehr, und ich denke, es war eine lohnenswerte Investition.«

Julius begutachtete das Gerät neugierig. »Und wie verrät es uns, ob es heute Nacht friert oder nicht?«

Hartmut erklärte, dass eines der Quecksilberröhrchen mit einem Musselinläppchen umhüllt war. Wenn er dies entfernte, fiel das Thermometer umso tiefer, je trockener die Luft war. »Aus der Differenz der beiden Angaben ermittelt man den Feuchtigkeitsgehalt der Luft.« Er drehte ihm die Anzeige entgegen. »Siehst du? Wir haben für heute Nacht nichts zu befürchten.«

»Und darauf kann man sich ganz gewiss verlassen?«, fragte Julius ungläubig.

Hartmut machte eine ausladende Bewegung in Richtung seiner Pflanzenquartiere. »Spricht die Qualität unserer Gewächse nicht für sich?«

»Das stimmt«, sagte Julius lächelnd. Keine einzige Pflanze zeigte Spuren eines Frostschadens. Wie es aussah, würde er endlich eine sorglose Nacht verbringen können – umso besser, da es sein erster Ball an der Seite seiner Ehefrau war.

***

Erleichtert lehnte Konstantin sich an das rote Lederpolster der eleganten Kutsche, die Dorothea neben den zahlreichen anderen Annehmlichkeiten mit in die Ehe gebracht hatte. Endlich Ruhe. Keine vorwurfsvollen Blicke, die jede seiner Handlungen verfolgten, und kein Gezeter mehr. Bruno, dieses Spatzenhirn, hatte Dorothea gegenüber offenbart, dass auch Gretas Kind von ihm war, und sie hatte es ganz und gar nicht gut aufgenommen. Kein einziges gutes Haar hatte sie an ihm gelassen, und in der gesamten Fliedervilla herrschte Gewitterstimmung. Doch nun lag ein herrlicher Ballabend im Schloss von Rastede vor ihm, mit köstlichen Getränken, klangvoller Musik und jeder Menge übermütiger Frauen, denen es vermutlich eine Ehre war, zu solch einem Ereignis geladen worden zu sein.

Gewiss würde er heute Abend auf seine Kosten kommen.

»An Abenden wie den heutigen ist es umso mehr ein Jammer, dass Dorothea keine Amme gefunden hat«, sagte Rosalie nun von der gegenüberliegenden Sitzbank und riss ihn aus seinen Gedanken. »Der Ball wäre gewiss eine schöne Abwechslung für sie gewesen.«

Konstantin brummte etwas Zustimmendes, dachte aber bei sich, dass ihm genauso gut etwas Abwechslung zustand. Und die würde er nicht bekommen, wenn seine Angetraute in seiner Nähe war.

Die ersten Häuser des verträumten Örtchens tauchten in der Ferne auf, und er musste an seinen Bruder denken. Wie konnte man sich nur dazu entscheiden, hier sein Lager aufzuschlagen? Auf der anderen Seite war es nicht so gewesen, als wenn Julius groß eine Wahl gehabt hätte. Und wenn er schon einmal in Rastede war … Das bot ihm die beste Gelegenheit, ein wenig zu spionieren, wie es um Julius' und Marleenes Gärtnerei stand – auch wenn sie nach den wenigen Monaten wahrlich noch nicht sehr weit sein konnten. Doch es schadete nicht sicherzugehen. Er klopfte gegen die Wand der Kutsche und gab Gerolf, Dorotheas Kutscher, neue Anweisungen.

»Aber dann werden wir uns verspäten!«, protestierte Rosalie, und zu seiner Überraschung zeichneten sich rote Flecken an ihrem Hals und ihren Wangen ab.

»Wieso?«, spottete er. »Hast du Angst, dass dein mysteriöser Begleiter das Weite sucht, wenn du nicht mit dem Glockenschlag auf den Schlosshof vorfährst?« Rosalie hatte ein großes Geheimnis daraus gemacht, wer mit ihr auf den Ball gehen würde, und er musste zugeben, dass er neugierig war. Noch mehr interessierte ihn für den Moment allerdings, was sein kleiner Bruder trieb.

»Nein«, beteuerte Rosalie und strich sich vorsichtig eine Locke von der Schulter. »Aber ich habe keine Lust, eine schnöde Gärtnerei zu besichtigen, und will zudem nicht als Letzte eintreffen. Du weißt doch, dass der Ball dazu beitragen soll, meinen guten Ruf wiederherzustellen. Da will ich mir einfach rein gar nichts zuschulden kommen lassen.«

Sie wirkte so nervös, und ihre Augen zeigten gar einen Anflug von Panik, dass er kurz versucht war einzulenken. Allerdings würde ihm das die perfekte Ausrede nehmen. Wenn er Julius und Marleene einen gesonderten Besuch abstattete, würde er zugeben müssen, dass er wissen wollte, wie weit sie waren.

Und das wollte er tunlichst vermeiden.

»Es wird nicht lange dauern«, sagte er also nur und nestelte an seiner Lavallière. Die Frage nach Julius' Rhododendren war in seinen Gedanken immer wieder nach oben gesprudelt, und er wollte sich selbst davon überzeugen, dass er von den beiden nichts zu befürchten hatte. Danach könnte er in aller Ruhe den Ball genießen.

Als die Kutsche wenig später über einen Feldweg holperte und sie in ein Wäldchen abbogen, fiel Konstantin jedoch aus allen Wolken. Das Bauernhaus mit dem dunklen Reetdach war zwar alt, wirkte jedoch intakt, und es war von großen gepflügten Feldern umgeben, aus denen schon die ersten Pflanzen schauten. Sie mussten also bereits im Vorjahr Stecklinge angefertigt haben – welch eine Weitsicht! Die größte Überraschung war jedoch, dass vier Gewächshäuser in Zweierpaaren gegenüber dem Haus standen. Sollten darin etwa schon die Rhododendren gedeihen?

Dann hätten sie ja bereits so gut wie alles beisammen!

Wie, um alles in der Welt, hatten sie das hinbekommen?

Konstantin half seiner Schwester aus der Kutsche, als Julius und Marleene aus dem Bauernhaus traten. Ihm stockte der Atem. Waren sie etwa zu allem Überfluss ebenfalls zum Frühjahrsball geladen? Marleene trug doch tatsächlich dieses rosafarbene Kleid vom Theaterstück und hatte es irgendwie geschafft, ihre halblangen Haare hochzustecken. Wie immer strahlten ihre hellblauen Augen, und sie sah alles in allem atemberaubend schön aus. Ein Stich fuhr durch seinen Körper, als er wieder einmal dachte, dass Julius mit ihr einen guten Fang gemacht hatte.

Wie hatte sie seinen Bruder ihm nur vorziehen können?

Dass Rosalie nun abfällig »Welch liebreizendes Kleid« in Richtung seiner Schwägerin zischte, war Balsam für seine Seele. Offenbar war auch Rosalie verletzt, aber er konnte es nachvollziehen, denn dass Marleene heute ausgerechnet dieses Kleid trug, war ein bisschen so, als würde sie ihr die Zunge herausstrecken.

Marleene zog eine Grimasse. »Wir heißen euch ebenfalls herzlich willkommen, das ist wirklich … eine Überraschung. Wir wünschten nur, ihr hättet euch vorher angemeldet, denn wir haben leider gar keine Zeit, wir sind auf einen Ball geladen.«

Konstantin blickte betont von links nach rechts. »Das macht nichts. Ganz offenbar gibt es ohnehin noch nicht viel, was man sehen könnte.«

»Stimmt«, Julius schob die Hände in die Hosentaschen. »Von unseren frisch eingesäten Pflanzen und den Rhododendren in den Gewächshäusern mit den allerneuesten Heizkesseln sieht man noch nicht viel. Aber dort hinten wachsen die Einjährigen, die wir letztes Frühjahr vorbereitet haben.«

Am liebsten hätte Konstantin geflucht, doch er biss die Zähne zusammen und lächelte. Wieder einmal hatte er seinen kleinen Bruder unterschätzt. Woher hatte er all das Geld? Immerhin waren die beiden nun verheiratet, allein eine Hochzeit kostete Unsummen. Doch vor allem die kleine Randbemerkung hatte ihn neugierig gemacht.

»Neueste Heiztechnik, sagst du? Darf ich mal sehen?«

Während Rosalie jammerte, dass sie dafür beileibe keine Zeit hatten, sah er, wie es in Julius arbeitete. Immerhin kannte er ihn doch noch gut genug, um zu wissen, dass dieser nicht widerstehen konnte, wenn er die Gelegenheit hatte, etwas zu zeigen, worauf er stolz war. Sein Bruder zog schließlich seine Taschenuhr hervor, warf einen Blick darauf und bedeutete ihm dann, rasch mitzukommen.

Als sie das warme Gewächshaus betraten, blieb Konstantin fassungslos stehen. Die Rhododendren sahen ganz vortrefflich aus. Er lief durch den schmalen Weg in der Mitte hinter Julius her, der die ganze Zeit von irgendwelchen technischen Problemen sprach, und murmelte willkürliche Antworten, während er mit fasziniertem Entsetzen die Pflanzen rechts und links von sich begutachtete.

»Und letztendlich war das Problem einfach nur, dass die Kessel nicht tief genug standen«, schloss Julius, als sie im angeschlossenen kleinen Kesselraum angelangt waren.

»Das gibt es ja nicht!«, sagte Konstantin mit Blick auf das eiserne Ungetüm. Doch vor seinem inneren Auge sah er weiterhin nur dieses tiefdunkle satte Grün der Rhododendren. Ihr Bild hatte sich in seine Augen gebrannt. Die Blätter wirkten unglaublich frisch und zeigten keinerlei Flecken oder Bissspuren von Schädlingen. Triebe schossen üppig hervor und waren mit winzigen Knospen übersät. Vereinzelte Gewächse trugen bereits Blüten, die diese Perfektion in Pflanzenform geradezu krönten. In sechs Wochen würde sich ein Blütenmeer über jede einzelne Pflanze ergießen – und damit selbst unterkühlte Norddeutsche in Entzücken versetzen. Gewiss auch die Hamburger Preisrichter.

Er dachte an die glanzlosen Pflanzen in der Hofgärtnerei zurück, von denen vermutlich just in diesem Moment ein gelb gewordenes Blatt herabsegelte, und schluckte.

Bei dieser Konkurrenz blieben sie ohne jede Aussicht auf Erfolg.

So wie hier im Gewächshaus von Julius und Marleene, *so* sahen Siegerpflanzen aus. Am liebsten hätte er Julius den Eisenstab, mit dem er soeben die Kohlen anstocherte, aus der Hand genommen und das gesamte vermaledeite Gewächshaus kaputt geschlagen.

***

Rosalie hielt es nicht mehr aus. Das dauerte viel zu lange! Marleene war längst im Bauernhaus verschwunden. Sie konnte es kaum fassen, dass die beiden ebenfalls zum Ball geladen worden waren. Und noch weniger konnte sie fassen, dass Marleene das Theaterkleid trug. Sie selbst hatte einen ordentlichen Betrag dafür an das Theater entrichten müssen, dass es durch ihr Verschulden abhandengekommen war. Aber sie hatte lieber gezahlt, als Marleene zu bitten, es ihr zurückzugeben. Immerhin hätte sie schlecht zu ihr gehen und sagen können: »He, Marleene, kannst du mir bitte das Kleid zurückgeben, mit dem ich dich vor halb Oldenburg enttarnt habe?« Nein.

Sie schüttelte die Gedanken an jenen verhängnisvollen Abend ab, denn nachdem sie im Nachhinein herausgefunden hatte, dass Marleene gar keine Liebschaft mit ihrem Manilo hatte, warf ihr eine kleine nagende Stimme in ihrem Innern vor, dass sie überreagiert hatte. Und das machte sie wütend. Wütender, als sie ohnehin schon war, denn wenn Johannes zu lange vor dem Schloss auf sie warten müsste, würde er womöglich wieder gehen, und dann wäre all die Mühe vergebens gewesen.

Um ihre Schnürstiefel so wenig wie möglich zu beschmutzen, wackelte sie auf Zehenspitzen auf das Gewächshaus zu und raffte ihr brandneues, selbst erarbeitetes Kleid mit der rechten Hand. Sie öffnete die gläserne Tür, es war keiner zu sehen, aber sie hörte aus dem kleinen Raum am Ende Stimmen.

»Können wir jetzt endlich mal gehen?«, keifte sie. »Es ist schließlich nicht irgendein Ball, sondern der Frühlingsball des Großherzogs.«

Konstantin und Julius tauchten nun im Mittelgang auf. Eine leise Spur von Wehmut überfiel sie, als sie die beiden zusammen sah. Wie hatten sie sich alle nur in so kurzer Zeit dermaßen auseinanderleben können?

»Ist ja gut, Rosalie. Was ist heute eigentlich mit dir los?«, fragte Konstantin konsterniert, während er mit Blick auf die Pflanzen seelenruhig auf sie zuschlenderte. Erst jetzt nahm Rosalie die Gewächse wahr. Sie kannte sich noch nicht allzu gut aus, aber die Pflanzen hier schienen sehr viel vitaler als die in der Hofgärtnerei. Die Blätter glänzten dunkelgrün, und die Knospen waren so reichlich, wie sie es nie zuvor gesehen hatte.

»Du weißt genau, dass heute ein wichtiger Tag für mich ist«, erinnerte Rosalie ihren Bruder, als sie sich zu ihrer Kutsche begaben. Wie oft musste sie das noch wiederholen? Konnte er nicht ein einziges Mal in seinem Leben an andere denken?

Allerdings ahnte er ja nicht, dass ausgerechnet Johannes ihr Begleiter war und ihr Wiedereinstieg in die Gesellschaft der reinste Drahtseilakt werden würde. Daher wollte sie zumindest die einfachen Angelegenheiten wie das pünktliche Erscheinen nicht vermasseln.

»Sollen wir euch mitnehmen?«, erkundigte Konstantin sich jetzt auch noch bei Julius, und Rosalie biss sich auf die Lippe, um nicht lauthals »Nein!« zu schreien. Zu allem Überfluss hatte sie sich nämlich in Julius' Zimmer geschlichen und seinen alten Festtagsanzug geholt, um ihn Johannes zu geben. Er hatte ihr gesagt, dass er noch sämtliche Säume hatte auslassen müssen, damit er passte. Und er hatte ihr gesagt, dass es ihm unangenehm wäre, wenn Julius ihn so sehen würde, aber sie hatte ihm versichert, dass ihr kleiner Bruder nicht anwesend sein würde. Da wäre es ziemlich ungeschickt, wenn sie nicht nur zu spät käme, sondern dann auch noch ausgerechnet mit Julius aus der Kutsche stieg. Vermutlich würde Johannes auf dem Absatz kehrtmachen.

»Das wird nicht nötig sein«, sagte Julius jetzt zum Glück, und in dem Moment trabten von dem seitlichen Zufahrtsweg zwei majestätische schwarze Pferde mit opulentem Fesselbehang und einer mit Blumen geschmückten Kutsche auf den Hof. Auf dem Kutschbock saß ein breitschultriger Mann mit tief ins Gesicht reichenden Koteletten und Zylinder, daneben eine junge Frau, die gerade einen Wortschwall auf Frieda und Marleene niederließ und erklärte, warum sie sich verspätet hatten.

»Wie ihr seht, werden wir gebracht«, erklärte Julius mit einem unverbindlichen Lächeln, ging zu Marleene hinüber und bot ihr seinen Arm dar, um sie zur Kutsche zu geleiten. »Wir sehen uns auf dem Ball!«, rief er ihnen zu. Rosalie merkte, dass Konstantin ebenso entgeistert wie sie die Szene beobachtete, und beide warteten ab, bis die elegante Kutsche unter Friedas Winken an ihnen vorbeigetrabt war, bis auch sie einstiegen.

Während der gesamten Kutschfahrt echauffierte Konstantin sich, wie das alles möglich sein könne, doch Rosalie nagte indes nur an ihrer Unterlippe. Würde Johannes noch da sein? Würde Julius bemerken, dass er seinen Anzug trug? Würde Johannes sie blamieren? Niemals hatte er sich in der kurzen Zeit all die Regeln merken können. Vermutlich klopfte er dem Großherzog kameradschaftlich auf die Schulter, wenn er ihn sah, und teilte aus lauter Tollerei seiner Frau mit, dass ihr Unterrock hervorblitzte oder dergleichen.

Seit wann schmiedete sie eigentlich dermaßen törichte Pläne? Sie hätte den Ball ganz einfach absagen sollen. Was sie vorhatte, war wahnwitzig. Sollte sie eine Unpässlichkeit vortäuschen und zurück nach Oldenburg fahren?

Konnte es ihr zuvor nicht schnell genug gehen, kamen sie nun doch viel zu rasch in Rastede an, und das gelbe Schloss zeichnete sich ehrerbietungswürdig mit seinen drei Geschossen und gut dreißig Fenstern im Zwielicht ab. Es war von hohen Bäumen umgeben, und mit seinen grünen Fensterläden und dem Wein, der bis zum obersten

Stockwerk die Fenster umrankte, sowie den Rosenstöcken im Garten wirkte es wie ein Märchenschloss.

Die Kutsche kam knirschend auf der Kiesauffahrt zum Stehen, und Konstantin stieg umgehend aus. Rosalie merkte, wie ihre Hände in den Spitzenhandschuhen schwitzig wurden, stand auf und spähte zaghaft hinaus.

War er noch da?

Ein Räuspern lenkte ihren Blick in die richtige Richtung. Johannes trat mit einem ungewohnt schüchternen Lächeln auf sie zu und nahm seinen Hut ab. Rosalie wusste nicht, ob sie ihren Augen trauen konnte, während sie ihn eingehend musterte. Seine Lederschuhe waren auf Hochglanz poliert. Unter dem dunklen Sakko trug er vorschriftsmäßig die schwarze Weste, den hohen weißen Kragen hatte er umgeschlagen. Dazu hatte er allerdings eine breite dunkelrote Ascotkrawatte umgebunden, von der sie nicht wusste, woher er sie hatte, aber sie musste zugeben, dass es vortrefflich aussah.

Er setzte seinen Hut wieder auf, und Rosalie blieb die Spucke weg. Erst jetzt erkannte sie, dass sein respektables Aussehen nicht nur von der Festtagskleidung herrührte. Er hatte seinen Bart abrasiert. Das Herz klopfte ihr nun bis zum Hals, und erst als Konstantin ihr zuraunte: »Hätte nicht gedacht, dass du schon so tief gesunken bist«, erinnerte sie sich, wer sie war. Am liebsten hätte sie ihren Bruder erinnert, dass er faktisch gesehen eine Arbeiterin geheiratet hatte, aber dann hätte er wohl gekontert, dass allein Dorotheas Vermögen gerade alles am Laufen hielt. Also zischte sie ihm zu, dass es eine Wette war und er gehen solle.

Erst dann hielt sie Johannes ihre Hand entgegen und hoffte, dass er nicht bemerkte, dass sie leicht zitterte, während er ihr aus der Kutsche half. Danach verbeugte er sich formvollendet, deutete den Handkuss an und komplimentierte ihr Äußeres.

»Und wie mache ich mich?«, fragte er neugierig auf dem Weg zum

Schloss, und Rosalie musterte ihn kurz, als müsste sie das noch nachholen.

»Ganz passabel«, sagte sie schnippisch, sein Selbstbewusstsein war schließlich groß genug, da musste sie ihm nicht auch noch auf die Nase binden, dass er umwerfend aussah.

Danach genoss sie es, an Johannes' Seite ins Schloss geführt zu werden, denn bereits jetzt spürte sie die Augenpaare auf sich, hörte das Flüstern und Raunen, welch ein hübsches Paar sie seien und wer dieser stattliche junge Mann wohl sei. Im Ballsaal dauerte es nicht lange, bis Mathilde, Henrietta und Julia auf sie zuflatterten und Rosalie sie einander vorstellte. Endlich verspürte sie nun wieder das, was sie früher so oft wahrgenommen hatte: Neid. Neid, dass sie solch einen charmanten Jüngling an ihrer Seite hatte, während Mathilde trotz ihres reizvollen Aussehens an die Seite des einfältigen Barons von Seggern verdammt war.

»Und das ist also deine mysteriöse Bekanntschaft?«, erkundigte sie sich leise, und Rosalie schoss das Blut in die Wangen. »Ja, wenn ich vorstellen darf? Das ist Johannes Keßler.«

Er deutete auch bei ihr einen perfekten Handkuss an, doch Mathilde wirkte irritiert. »Sagtest du nicht, der Vorname deiner Begleitung fängt mit D an?«

Schiet! Über das Ränkeschmieden und das Beibringen der Benimmregeln war ein entscheidender Teil ihres Plans in Vergessenheit geraten. »J-ja …«, stotterte sie und lachte leicht quiekend, als Johannes erneut den Hut zog und sich verbeugte. »Johannes Donatus Keßler.«

»Ich habe nie gesagt, von welchem seiner Vornamen ich den Anfangsbuchstaben verrate«, ergänzte Rosalie, während sie dem Herrgott dafür dankte, dass Johannes so schnell geschaltet hatte.

»Fürwahr«, sagte Mathilde mit einem gehässigen Lächeln. »Das bringt uns ja zum zweiten Punkt. Die rätselhaften Umstände eures Kennenlernens und die streng geheime Arbeit, der Sie offenbar nachgehen, Herr Keßler. Verraten Sie es uns denn?« Sie schlug zu Rosalies Unmut verführerisch die Augen auf. »Rosalie hat das stets für sich behalten.«

»Tja«, er deutete ein Schulterzucken an und sah ihre Freundin mitleidig an, »so ist das bedauerlicherweise mit den Geheimnissen. Wenn man sie verrät, sind sie nicht mehr geheim. Ich fürchte daher, dass auch ich mich bedeckt halten muss.«

»Oh, ich bitte Sie inständig!« Mathilde hatte ihre Unschuldsmiene aufgesetzt und zog dazu auch noch einen Schmollmund. »Sie wollen doch nicht etwa einer Dame einen Wunsch abschlagen?«

Johannes verlagerte kaum merklich sein Gewicht, und Rosalie ahnte, dass er innerlich mit sich rang, da er nicht sicher war, ob sich das wahrhaftig nicht ziemte oder es nur so dahergesagt war. Am liebsten hätte Rosalie sich ihr Retikül mehrmals gegen die Stirn geschlagen. Warum hatte sie Zeit damit verplempert, Johannes den Fächercode beizubringen, anstatt sich mit ihm eine plausible Geschichte zu seiner Person auszudenken?

Jetzt würde gewiss alles auffliegen.

»Na schön, wenn Sie darauf bestehen«, sagte Johannes nun zu allem Unglück. Er würde doch jetzt nicht etwa die Hofgärtnerei erwähnen? Dachte er womöglich, dass, wenn er vorgab, Obergärtner zu sein, seine Begleitung angemessen wäre? Sie bewegte sich näher an ihn heran und trat im Schutz ihrer ausladenden Röcke gegen sein Bein.

Doch er beachtete sie nicht.

»Ich werde Ihnen verraten, was ich mache.«

Rosalie hielt die Luft an. Johannes lächelte.

»Allerdings kann ich nur sagen, dass es etwas mit Politik zu tun hat. Und deswegen«, er sah entschuldigend in die Runde, »muss ich es dabei belassen, denn wie wir alle wissen, darf ich die Damen nicht mit dem politischen Geschehen langweilen, schon gar nicht zu solch einem festlichen Anlass.«

Die Frauen kicherten, doch die misstrauische Hexe Mathilde schien noch immer nicht befriedigt. »Uns ist außerdem zu Ohren gekommen, dass Sie einen auffälligen Bart tragen sollen!«

Johannes wirkte ernsthaft überrascht. »Tatsächlich?« Er warf Rosalie einen raschen Blick zu, den sie ignorierte, denn sie war zu beschäftigt damit, nicht im Boden zu versinken.

»Rosalie spricht ja bereits seit Wochen von Ihnen, und ich kann es ihr nicht verübeln …«, sie lachte affektiert.

»Aber wegen des fehlenden Vollbarts war ich ebenfalls bereits verwundert«, schaltete Henrietta sich ein, und Julia nickte bekräftigend.

Rosalie hätte Henrietta gerne kräftig auf den Fuß getreten. Wusste sie denn nicht, in welch blamable Situation sie sie damit brachte? Wenn sie tatsächlich eine Liebschaft mit Johannes gehabt hätte, wie sie es angedeutet hatte, hätte er sich jetzt vermutlich gefreut. Jetzt spürte sie abermals Johannes' amüsierten Blick von der Seite und wusste, dass sie sich dies noch wochenlang würde anhören müssen.

»Die Antwort ist ganz einfach. Ich habe ihn zur Feier des Tages abrasiert.«

Mathilde taxierte ihn misstrauisch.

»Wollen Sie meinen Müll durchstöbern? Ich versichere Ihnen, dort finden Sie so viele Barthaare, dass man damit ein Kissen füllen könnte«, sagte er nun vermeintlich galant und ließ erstmalig den gewohnten Johannes durchschimmern. In diesem Moment kamen Julius und Marleene vorbei, und Mathilde begrüßte ihren kleinen Bruder hocherfreut. Rosalie betete abermals, dass nun nicht alles auffliegen würde. Zum ersten Mal in ihrem Leben hätte sie sich am liebsten in ein Mauerblümchen verwandelt, das zwar anwesend war, jedoch nicht weiter wahrgenommen wurde.

»Du kennst gewiss Herrn Keßler?«, fragte Mathilde, nachdem Julius ihren Freundinnen Marleene vorgestellt hatte.

Überrascht musterte er Johannes und sagte mit angedeutetem Zwinkern: »Gewiss, wir sind uns ein- oder zweimal begegnet. Schicker Anzug, Herr Keßler, Sie müssen mir unbedingt die Adresse Ihres Herrenausstatters geben.«

Johannes' Kiefer mahlten, und Mathilde setzte sogleich ihre Ermittlungen fort. »Das mag jetzt wie eine etwas ungewöhnliche Frage erscheinen, aber trägt Herr Keßler sonst einen Vollbart? Wir sprachen gerade davon, doch kann ich es mir bei einem Mann seines Alters kaum vorstellen.«

»Doch, doch, Herr Keßler ist bekannt gewesen für seinen Rauschebart.« Marleene nickte bestätigend, und Mathilde schien endlich ansatzweise besänftigt zu sein, als die Gäste angewiesen wurden, sich an ihre Tische zu begeben.

»Reizende Freundinnen hast du«, raunte Johannes Rosalie ins Ohr, als er sie zu ihrem Tisch geleitete. »Aber höchst interessant zu erfahren, dass du seit Wochen nur von mir sprichst!«, erkundigte er sich scheinheilig.

Rosalie rammte ihm unauffällig den Ellenbogen in die Seite. Für mehr blieb keine Zeit, denn sie waren an ihrem Platz angelangt. Sie teilten den Tisch mit Henrietta und ihrer Begleitung, einem unbekannten Pärchen und einer alleinstehenden Frau. Rosalie bedauerte, dass Henrietta und nicht Julia mit ihnen am Tisch saß, denn Julia strahlte an der Seite ihrer Boßelbekanntschaft über das ganze Gesicht und hatte kaum Augen und Ohren für etwas anderes. Bisher war alles gut gegangen, aber wenn Johannes zu Tisch der kleinste Fehler unterlief, war alles für die Katz.

Doch wider Erwarten lief es brillant. Offenbar hatte er den Gärtner-Johannes in eine Kiste verbannt, denn der Johannes an ihrer Seite verstand es, Konversation zu betreiben, und unterhielt dabei nicht nur Rosalie, sondern brachte den gesamten Tisch zum Lachen. Und selbst beim Eröffnungstanz schlug Johannes sich um einiges besser als zuvor im Gewächshaus. Zu ihrer Überraschung forderte er sogar

Frau Fischer, die alleinstehende Dame, hin und wieder zum Tanzen auf, obwohl sie verpasst hatte, ihm zu sagen, dass dies ebenso zum guten Ton gehörte. Und als er mit Henrietta tanzte, lächelte diese ihn die ganze Zeit über verzückt an.

Versuch es nur, das ist meiner, dachte Rosalie – und erschrak über ihre eigenen Gedanken. Im Stillen schimpfte sie mit sich. Sie hatte sich geschworen, nie und nimmer den Fehler zu wiederholen, den sie mit Manilo gemacht hatte. Und schon gar nicht würde sie sich in eine garstige Person wie Johannes verlieben – selbst dann nicht, wenn er in der richtigen Kleidung zum Dahinschmelzen aussah. Dennoch war sie ihm zuwider und er ihr, und so würde es bleiben.

* * *

»Fräulein Rosalie Goldbach ist in Begleitung von J-O-H-A-N-N-E-S auf dem Frühlingsball?« Marleene hielt Julius ihre Stirn entgegen. »Kannst du bitte fühlen, ob ich Fieber habe? Ich glaube, ich halluziniere.«

Julius lächelte, während er sie durch den gut gefüllten, prachtvollen Saal geleitete. Was war das heute für ein Wechselbad der Gefühle! Tagsüber hatte Marleene sich im Glück gesonnt, weil sie ihre Mutter abgeholt hatten. Danach hatte sie mit Frieda ein köstliches Abendessen gekocht, da es auf dem Ball erst um Mitternacht etwas zu essen geben würde. Im Anschluss hatte sie das Theaterkleid angezogen, und Frieda hatte es wieder geschafft, Marleenes Haare so hochzustecken, dass sie halbwegs annehmbar wirkten. Alle waren hingerissen gewesen, als sie sich vor ihnen gedreht hatte – doch dann hatten sie das Hufgeklapper gehört. Als ausgerechnet Rosalie mit Konstantins Hilfe aus der Kutsche gestiegen war, hatte Marleene sich gewünscht, wieder im Sumpfmoor zu sein und samt Kleid zu versinken.

Doch nun sah es ganz danach aus, als fühlte Rosalie sich selbst nicht wohl in ihrer Haut, nachdem Julius und sie sie an Johannes' Seite entdeckt hatten.

»Offenbar hat sich in der Hofgärtnerei mehr verändert, als wir vermutet haben. Bruno hat ja erzählt, dass Rosalie dort arbeitet, aber hat er nicht immer behauptet, Johannes würde Rosalie quälen?«

»Ja, das klang ganz so. Vielleicht hat Rosalie auf ihren durchtriebenen Wegen die Oberhand gewonnen und quält ihn nun ihrerseits? Oder könntest du dir etwas vorstellen, was furchtbarer für Johannes wäre, als einen Abend zwischen den Reichsten der Reichen zu verbringen?«

Julius schüttelte den Kopf, und Marleene ließ den Blick durch den pompösen Ballsaal schweifen. Die Wände waren lindgrün und wurden im Abstand von jeweils einem halben Meter von abgesetzten weißen Streben unterbrochen, die mit goldenen Verzierungen bis an die weiße Stuckeinfassung an der baumhohen Decke reichten. Marleene legte den Kopf in den Nacken und erkannte, dass die Bordüre von fein herausgearbeiteten Blumen geziert wurde.

»Dann freut er sich gewiss, hier doch noch das eine oder andere bodenständige Gesicht zu sehen«, sagte Julius und deutete auf eine ausgemergelte Frau, die Marleene im ersten Moment gar nicht erkannte. Doch dann sah sie, dass Hildegard in einem blau-weißen Trachtenkleid, eingehakt bei ihrem Mann, sich im Gespräch mit einer älteren Dame mit Hochsteckfrisur befand. Marleene erinnerte sich daran, dass der Großherzog verkündet hatte, er wolle die Baumschulkultur des Landes fördern; von daher war es wohl nicht ganz abwegig, dass Hildegard und Hartmut ebenfalls geladen worden waren, wenn man es genau bedachte. Aber warum hatten die beiden es nicht erwähnt?

Jetzt waren sie aber zunächst an der Reihe, dem Gastgeber ihre Aufwartung zu machen.

Sie begrüßten den Großherzog mitsamt seiner Gattin, und er erkundigte sich sogleich nach ihren Rhododendren.

»Sie stehen seit dieser Woche im Gewächshaus«, berichtete Julius voller Stolz, wurde in seinen Erläuterungen aber vom Zeremonienmeister unterbrochen, der mit seiner Glocke zur Aufstellung zum Eröffnungstanz aufrief.

Als sie sich auf der Tanzfläche gegenüberstanden und Marleene Julius' warmen Händedruck spürte, hätte sie die ganze Welt umarmen können. Vor zwei Jahren war sie niedergeschlagen gewesen, da sie nur in Männerkleidern ihrem ersten und damals aller Wahrscheinlichkeit nach einzigen Ball hatte beiwohnen können, nun durfte sie all dies nachholen. In einem traumhaften Kleid. Mit einem Mann, den sie liebte und der entgegen aller Wahrscheinlichkeit ihr Ehemann geworden war.

Wenn sie daran zurückdachte, dass sie auf dem Alpenrosenball beinahe Konstantin geküsst hätte, dann hätte sie dies am liebsten aus ihrer Erinnerung weggeschrubbt. Wo war der überhaupt? Ihr Blick glitt über die zum Tanz aufgestellten Paare. Am anderen Ende standen Johannes und Rosalie, auch Hildegard samt Gatte hatte Stellung bezogen, doch Konstantin konnte sie nirgendwo entdecken.

Als die ersten Töne erklangen und Julius sie gekonnt über das Parkett führte, erspähte sie ihn. Er stand allein am Rand der Tanzfläche. Das war ungewöhnlich. Männer waren seit dem Krieg in der Unterzahl und normalerweise gefragte Tänzer. Jetzt ging er zu einer hübschen Frau mit einer dünnen Brille hinüber, verbeugte sich vor ihr und schien eine Frage zu stellen. Wie gewohnt kam dabei sein spezielles Lächeln zum Einsatz. Doch anstatt sich zu erheben, verzog die Frau für den Bruchteil einer Sekunde das Gesicht und setzte dann ein höfliches Lächeln auf. Marleene verstand nicht, was sie sagte, aber sie schüttelte dabei den Kopf. Sie hatte abgelehnt und war gewiss nicht die erste Frau, die er um einen Tanz gebeten hatte, sonst stünde er nicht immer noch am Rand. Was war da nur los?

Die Zeit verging wie im Flug, und als um Mitternacht der Speisesaal geöffnet wurde, waren Marleene und Julius dankbar für die Pause. Sie genossen das gedünstete Gemüse, von dem es zahlreiche Sorten gab, die Marleene nie zuvor gegessen hatte. Das Beste war jedoch der Nachtisch. Marleene hatte mit Pudding oder Kaltschale gerechnet – Desserts, die sie aus dem Hotel Holthusen kannte –, doch in dem Schälchen vor ihr war eine Köstlichkeit, die ihr vollkommen fremd war. Die gefrorene Creme schmeckte süß und gleichzeitig sauer nach Zitrone. Am liebsten hätte sie ihrer Mutter, Alma und Frieda etwas davon mitgebracht, aber die Creme schmolz, sobald sie warm wurde.

»Ich hole mir noch etwas von dieser Eiscreme«, flüsterte sie Julius zu fortgeschrittener Stunde ins Ohr. Er unterhielt sich gerade angeregt mit einem Bekannten und zwinkerte ihr daher nur amüsiert zu, da es ihre dritte Schale war.

Wenn sie schon nichts davon mitbringen konnte, wollte sie die Creme zumindest noch einmal in aller Ruhe kosten, damit sie den mondänen Geschmack später genau beschreiben könnte. Eilig stieg sie die Treppe mit dem samtenen Teppich hinauf und betrat den Speisesaal. Es war kein Mensch mehr zu sehen, aber die Köstlichkeiten standen noch immer auf den Tischen. »Welch ein Glück!«, sagte sie zu sich selbst, als sie sah, dass die silbrig glänzende Schüssel noch zur Hälfte mit der hellgelben Creme gefüllt war. Sie gab einen großen Löffel voll in ihr Schälchen, unterschätzte jedoch, dass die Creme trotz der Bettung auf Eiswürfeln sehr viel flüssiger war als zuvor. »Verdammt!«, fluchte Marleene, als ein Teil davon auf dem edlen rubinroten Teppich landete. Eilig bückte sie sich, um den Fleck herauszureiben, sonst hätten die Hausangestellten später, wenn er getrocknet wäre, eine elendige Arbeit vor sich. Sie war so hektisch mit Reiben beschäftigt, dass sie die beiden Gäste erst nicht bemerkte, die sich auf der anderen Seite der Tafel nun ebenfalls noch einmal am Büfett bedienten.

Und an der Stimme erkannte sie, dass es nicht irgendwelche Gäste waren.

»Meinen allerherzlichsten Dank noch einmal für den Hasen, den

Sie uns geschickt haben. Der Braten war gar köstlich«, sagte der Großherzog soeben. Marleene wollte sich wieder aufrichten, doch die vertraute Stimme, die sie nun vernahm, hielt sie davon ab.

»Es freut mich, wenn er Ihnen gemundet hat, Durchlaucht.« An der Art, wie Hildegard sich räusperte, erkannte Marleene, dass sie nervös war. Verunsicherte die Anwesenheit des Großherzogs sie? Marleene war es anfangs ähnlich ergangen, doch mittlerweile wusste sie, dass man sich vor ihm nicht zu fürchten brauchte.

»Es gibt da noch etwas, das ich fragen wollte, Durchlaucht.«

Das Geschirr hörte auf zu klappern. »Womit kann ich dienen?«

Hildegard lachte nervös. »Nun ja, mir ist zu Ohren gekommen, dass die Gärtnerei Langfeld in diesem Jahr bei der Allgemeinen Gartenbau-Ausstellung in Hamburg antreten wird.«

»Das ist richtig.«

»Und wenn sie besser abschneiden als die Hofgärtnerei, dann wird ihnen das Privileg zuteil, den Hof zu beliefern?«

»Korrekt, so lautet die Abmachung.«

»U-und …«, Hildegard räusperte sich abermals, »gilt das rein theoretisch auch für weitere teilnehmende Gärtnereien aus dem Umland?«

Der Großherzog antwortete nicht sofort. Im Raum war es so still, dass Marleene fürchtete, man würde ihren Atem hören.

»Sie meinen, wenn *Sie* mit Ihrer Gärtnerei teilnehmen?«

Am Rascheln in der Stille konnte Marleene nur vermuten, dass Hildegard nickte.

»Aber gewiss doch.« Der Großherzog sagte das, was er sagen musste – und was sie gleichzeitig am meisten fürchtete. »Gleiches Recht für alle!«

Die beiden entfernten sich aus dem Raum, doch Marleene kauerte, unfähig, sich zu bewegen, weiter hinter dem Tisch mit der weißen Damastdecke. Das durfte doch nicht wahr sein!

Jetzt hatten sie einen weiteren Konkurrenten.

Zudem waren die Claußens nicht nur irgendein weiterer Mitbewerber, sondern hatten ihr Sortiment mit den besten Pflanzen der jetzigen Hofgärtnerei aufgebaut. Also mit einer Qualität, die den Großherzog schon einmal überzeugt hatte. Und wie Marleene mit eigenen Augen gesehen hatte, hatten sich die Pflanzen in den vergangenen Jahren in der Gärtnerei Claußen prächtig entwickelt.

Sie musste sofort Julius finden.

Eilig rappelte sie sich auf und stellte die Schüssel mit der Eiscreme unangerührt an die Seite, denn der Appetit war ihr gehörig vergangen. Sie spurtete aus dem Raum, die Treppe hinunter und geriet in Panik, als sie Julius nicht dort entdeckte. Wo war er? So schnell es ging, durchschritt sie in Schlangenlinien den Saal. Sie entdeckte Rosalie und Johannes, die beide gerötete Wangen hatten und wirkten, als verstünden sie sich blendend.

»Habt ihr Julius gesehen?«

Sie verneinten, und Marleene hastete weiter. Gerade wollte sie den Saal verlassen und nachsehen, ob er frische Luft schnappte, als sie Julius' vertraute Gestalt durch die Haupttür hereineilen sah. Er wirkte aufgebracht. Hatte er es etwa auch herausgefunden?

Als er Marleene entdeckte, stürmte er auf sie zu.

Er verlor keine Zeit. »Wir müssen sofort nach Hause.«

»Weil Hildegard und Hartmut uns den Rang streitig machen wollen?«

Verwirrt sah er sie an. »Wovon redest du?«

»Die Claußens, sie wollen nun auch bei der Allgemeinen Gartenbau-Ausstellung in Hamburg antreten, um Hofgärtnerei zu werden.«

»Nein!« Er riss die Augen auf, dann fuhr er sich durch das Haar. »Das erklärt allerdings einiges.«

»Ich dachte, deswegen wolltest du gehen?«

»Nein, ich war gerade draußen, um mit Claas frische Luft zu schnappen.« Eindringlich sah er sie an. »Es friert.«

Die Welt schien mit seinen Worten ebenfalls einzufrieren. »Aber …«, stammelte Marleene. Mehr brachte sie nicht heraus. In ihrem Kopf taten sich Bilder auf von all ihren zarten neuen Sprösslingen, die wagemutig die hellgrünen Köpfe aus der Erde steckten und noch nicht kräftig genug für den schonungslosen Frühjahrsfrost waren. Ohne Schutz würden sie kläglich eingehen. Und Hartmut hatte sie überzeugt, dass es nicht frieren würde, wie Julius begeistert berichtet hatte.

Diesmal nahm Marleene keine Rücksicht mehr auf die Etikette. »Worauf wartest du noch?«, rief sie Julius zu, während sie bereits mit gerafftem Rock, der viel zu viel Bein zeigte, aus dem Ballsaal rannte.

49. Kapitel

»Ich zahle den doppelten Preis, wenn Sie die Pferde so schnell laufen lassen, wie es irgendwie möglich ist«, rief Julius dem Kutscher der Mietdroschke zu, während er und Marleene in die Kabine kletterten. Das Gefährt setzte sich in Bewegung, und Julius zerrte sich rasch das Jackett von den Armen, da Marleene sich nicht einmal die Zeit genommen hatte, ihr wollenes Tuch zu holen.

Warum war er nur so töricht gewesen, Hartmut Glauben zu schenken?, fragte er sich wieder und wieder. Er wusste doch, dass sie nicht einmal vor Diebstahl und Erpressung zurückschreckten. Doch in den vergangenen Wochen hatten sie sich gut verstanden, sie waren hilfsbereit gewesen, und die Werte auf dem Nachtfrostwarner hatte er mit eigenen Augen gesehen. Sollte es etwa eine fehlerhafte Anzeige gewesen sein? Marleenes Neuigkeit ließ jedoch nur eine einzige Schlussfolgerung zu: Sie wollten ihnen schaden, um einen Konkurrenten weniger im Kampf um die Position als Hofgärtnerei zu haben.

»Gibt es noch eine Möglichkeit, die Pflanzen zu retten?«, fragte Marleene mit blankem Entsetzen in den Augen.

»Nur wenn wir noch nicht zu spät sind.«

»Denkst du denn, wir schaffen es, so schnell alles mit Zweigen und Laub abzudecken? Die Felder sind ja ziemlich weitläufig.«

Das stimmte leider, nicht umsonst hatten sie im vergangenen Jahr Tage benötigt, um die Lupinen auszusäen. »Wir werden etwas anderes versuchen.«

Die Droschke erreichte ihre Auffahrt. Julius warf dem Kutscher einige Münzen entgegen und rannte den Weg hinunter.

Marleene stürzte auf das Haus zu. »Ich ziehe mir etwas über und hole Frieda.«

»Bring Zündhölzer mit!«, rief Julius ihr hinterher, während er bereits begann, einen ersten Laubhaufen neben den Pflanzenquartieren aufzuschichten.

Schon wenig später tauchten die beiden in Arbeitskleidern neben ihm auf.

»Was sollen wir machen?«, fragte Frieda voller Anspannung und sah hilflos in alle Richtungen. Marleene reichte Julius die Zündhölzer und obendrein einen Wollpullover.

»Frieda, lauf du zu Alma und Jost rüber. Sag ihnen, dass es ein Notfall ist und wir ihre Hilfe benötigen. Marleene, du schaffst so viel Laub und Reisig, wie du nur finden kannst, an die Beete heran.«

»Ich …«, zauderte Frieda, presste dann aber die Lippen zusammen. »Na gut«, korrigierte sie sich und rannte los. Marleene stob ebenso davon.

Mit zitternden Händen ließ Julius ein Schwefelholz über die braune Fläche der Schachtel ratschen und versuchte verzweifelt, den ersten Laubhaufen in Brand zu setzen. Vergebens. Hölzchen um Hölzchen erlosch unverrichteter Dinge. Er benötigte mehr trockenes Material. Schließlich tauchte Marleene atemlos wieder an seiner Seite auf. Sie hatte eine ganze Schubkarre voll Laub mitgebracht. Er suchte rasch einige trockene Blätter heraus. Marleene sah, was er vorhatte, und schirmte die kleine Flamme des Zündholzes mit ihren zierlichen Händen ab. Endlich fing der erste Blätterhaufen Feuer und schickte eine noch recht klägliche Rauchfahne über die Felder.

Sie würden allerdings noch viel, viel mehr brauchen.

Ein eisiger Schauder durchfuhr seine Glieder. Bisher hatte er nur als Jugendlicher einige Male mitbekommen, wie sein Großvater die

Pflanzenquartiere räucherte. Machte er alles richtig? Würde das Laub ausreichen? Das Feuer fraß sich so rasend schnell hindurch …

Er hörte rasche Schritte auf dem Sandboden, und bald darauf stand Frieda, gefolgt von Jost und Alma, neben ihm. »Da sind wir. Was sollen wir tun, was hast du vor? Soll das Feuer die Pflanzen wärmen?«

»Nicht das Feuer«, sagte Jost, der offenbar blitzschnell die Lage erkannt hatte. »Der Rauch. Er legt sich sozusagen wie eine wärmende Decke über die Pflanzen und schützt sie vor dem Frost.« Er sah sich um. »Aber wir benötigen mehr Brennmaterial. Am besten, wir holen Pferdemist von unserem Haufen. Hilfst du mir?«

Überraschenderweise wandte er sich an Frieda und nicht an Alma. Sie willigte nach kurzem Zögern ein, und die beiden rannten abermals los. Alma, Marleene und er schichteten derweil weitere Laubhaufen auf und entzündeten sie.

Als Frieda und Jost mit einer ganzen Wagenladung voll Mist zurückkehrten, wagte Julius vorsichtig Hoffnung zu schöpfen. Die Beete wurden mittlerweile von einer dünnen Rauchwolke überzogen, und mit dem Mist würde ihnen das Material gewiss nicht ausgehen. Das feuchte Stroh schien optimal für ihr Vorhaben, denn bald darauf zogen immer dickere Schwaden über die Pflanzenquartiere und wirkten fast wie eine zähe Masse.

Schließlich wurde es am Horizont heller. Mit einem leisen Ächzen richtete Julius sich auf. Die aufgehende Sonne färbte den Himmel hellgelb, dann orange und schließlich rot. Der wallende Qualm, der über die Felder waberte, wirkte wie Nebel und beschwor eine gar mystische Stimmung herauf.

Jetzt konnten sie nur noch abwarten. In den nächsten Tagen würde sich zeigen, ob die jungen Triebe überlebt hatten.

»Puh!« Alma stieß ihre Mistforke in die Erde und wischte sich die schweißnassen Haare aus der Stirn. »Eins muss man euch lassen«, sagte sie mit Lachfältchen um die Augen, »mit euch als Nachbarn kommt wirklich niemals Langeweile auf.«

»Was ist denn hier los?«, ertönte Hermann Thormälens Stimme. Julius folgte seinem Blick und sah daraufhin die Szenerie mit den Augen ihres Nachbarn. Marleene, aus deren noch immer hübsch hochgesteckten Haaren sich zahlreiche Strähnen gelöst hatten. Zum Relikt der eleganten Frisur trug sie zudem eine seiner Hosen und einen alten Wollpullover. Daneben Frieda, die er nie zuvor mit offenen Haaren gesehen hatte und die trotz des Rußes auf ihrer Stirn so sanftmütig wie immer wirkte. Unter Almas Strickjacke hing das Nachthemd heraus, Josts Haare standen zu Berge, und er hatte offensichtlich keine Socken an. Selbst Asta, die die gesamte Zeit ungestüm von Feuer zu Feuer getollt war, wirkte etwas verlottert.

Julius zuckte mit den Schultern. »Nur der übliche Irrsinn …«

Sie sahen einander an, und Marleene begann zu lachen. Einer nach dem anderen stimmte ein und lachte übermütig die Erleichterung, dass sie es für heute erst mal geschafft hatten, in die Morgendämmerung hinaus.

50. Kapitel

»Und, wie war die rauschende Ballnacht?«, erkundigte sich Dorothea, kaum dass Rosalie die Tür hinter sich geschlossen hatte. Umgehend spürte sie den Schweiß unter ihrem Kleid prickeln und sah sich rasch im Salon um. Dorothea hielt die kleine Helene im linken Arm und in der rechten Hand ihr Brötchen. Auf ihrem Teller lagen vereinzelte Krumen, und es war kein weiteres Gedeck zu sehen.

»Ist Konstantin bereits fort?«, fragte sie dennoch scheinheilig.

Dorothea winkte ab. »Ja, mal wieder irgendein Gärtnertreffen.«

Rosalies Anspannung löste sich. Gut. Dann hatte sie zumindest von seiner Seite keine aufdringlichen Fragen zu befürchten. Sie war sich selbst ja noch nicht gewiss, wie sie diese ganze Sache mit Johannes einschätzen sollte. Alleine bei dem Gedanken an ihn wurde ihr ganz schwindelig. Eilig setzte sie sich an den Tisch, wischte unauffällig ihre schwitzigen Handflächen ab und herrschte den Butler an.

»Wo bleibt mein Tee, soll ich etwa verdursten?«

Der Butler bat um Verzeihung und füllte umgehend ihre Tasse mit der duftenden Flüssigkeit. Dorothea grinste.

»Hat da jemand dem Rotwein zu sehr zugesprochen? Oder warum hast du einen solchen Durst?«

Rosalie schnitt seelenruhig ihr Brötchen auf. »Morgens bin ich stets durstig. Wie war deine Nacht, hast du etwas schlafen können?« Sie griff nach ihrer heiß geliebten Himbeer-Rosen-Konfitüre, ein Luxus, den sie sich seit Dorotheas Ankunft endlich wieder leisten konnte.

»Reden wir besser nicht davon. Ich verstehe so langsam, warum Schlafentzug früher als Foltermethode eingesetzt wurde … Erzähl mir also lieber von den glamourösen Seiten des Lebens. Was habe ich verpasst?« Erwartungsvoll sah sie Rosalie an. Ihre Wangenknochen traten jetzt immer deutlicher hervor, seit sie stillte und Gewicht verloren hatte, und das stand ihr sehr gut zu Gesicht.

In wenigen Sätzen fasste Rosalie den neuesten Klatsch und Tratsch der Gesellschaft zusammen, heilfroh, dass ihr eigener Skandal durch diverse Fehltritte anderer mehr und mehr verblasste.

»Und … äh«, Dorothea verteilte hoch konzentriert die Butter auf ihrem Brötchen, »wie hat mein werter Gatte sich benommen? Ich muss doch hoffentlich nicht in Sorge sein?«

Rosalie hielt inne und ging in Gedanken alle Situationen durch, in denen sie Konstantin erlebt hatte. Doch die Wahrheit war, dass sie kaum etwas von ihrem Bruder mitbekommen hatte, da sie so auf Johannes konzentriert gewesen war. Johannes. Es war wahrlich verblüffend, zu welch hervorragendem Tänzer er sich so rasch entwickelt hatte. Offenbar war sie eine vortreffliche Lehrerin. Ihre Freundinnen waren ganz blass vor Neid gewesen. Doch was sie am meisten aus dem Konzept gebracht hatte, war ihr Abschied gewesen. Wie er …

»Rosalie?«

Kaum merklich zuckte sie zusammen und spürte Dorotheas Blick über sich wandern. Was wollte sie noch gleich?

»Konstantin hat …« Sie stutzte. Was hatte Konstantin überhaupt den gesamten Abend gemacht? Sie hatte ihn kein einziges Mal auf der Tanzfläche gesehen. Nahm er seine Pflichten als Ehemann so ernst? Dennoch hätte er sich allein aus Höflichkeit um den einen oder anderen Tanz bemühen müssen. »Er hat nichts getan, woran man Anstoß nehmen könnte. Ich glaube, er ist auch sehr früh gegangen?«

Dorothea schüttelte den Kopf. »Nein, er war erst im Morgengrauen wieder hier.«

»Hmm.« Das verwunderte Rosalie. Sie hätte beschwören können, dass sie Konstantin spätestens nach dem Mitternachtsbüfett nicht mehr zu Gesicht bekommen hatte. Und bevor sie gegangen war, hatte sie sich extra noch nach ihm umgesehen, um zu klären, ob sie eine gemeinsame Kutsche nehmen wollten. Doch er war nicht auffindbar gewesen. Deswegen war Johannes mit in die Kutsche gestiegen und …

»Hast du dich denn gut amüsiert, Rosalie?«

»Ja, ganz vortrefflich.« Schnell biss sie in ihre Brötchenhälfte, um keine näheren Ausführungen machen zu müssen. Sie traute ihrer Gesichtsfarbe nicht. Der Abend rief zu viele verwirrende Gedanken in ihr hervor.

»Wie ich gehört habe, warst du mit Johannes dort?« Dorotheas Augenbrauen reichten fast an die Zimmerdecke, und Rosalie hätte am liebsten geflucht. Dieser Holzkopf von einem Bruder hatte diese brisante Neuigkeit natürlich nicht für sich behalten können.

»Ja.« Sie lachte auf und machte eine herabmindernde Handbewegung. »Es war nur wegen einer Wette«, erklärte sie, sobald sie zu Ende gekaut hatte, und spürte zu ihrem Unwillen, dass ihre Wangen so heiß wie unter dem Bühnenlicht beim Theater wurden.

Johannes, der ihr in die Kutsche geholfen und in der Kabine ihre Hand nicht losgelassen hatte. Johannes mit den tiefbraunen Augen, die ganz anders wirkten, wenn der Hohn nicht in ihnen loderte. Sie hatten die gleiche Vehemenz, doch hatten sie in der Kutsche, als es nur sie beide gegeben hatte, etwas anderes in ihr berührt.

Nur deswegen hatte sie fluchtartig die Kutsche verlassen, sobald sie zum Stehen gekommen war.

Nur deswegen hatte sie keinen blassen Schimmer, wie sie ihm am Montag gegenübertreten sollte.

* * *

Bruno sah sich verdutzt um, während er auf das Schwalbennest zuging. Wo waren denn nur alle? Normalerweise werkelte immer einer von den fünfen irgendwo auf dem Feld oder am Haus herum. Er öffnete die Tür eines der Gewächshäuser und stellte zu seiner Freude fest, dass es prall gefüllt mit Rhododendren war, die noch dazu prächtig aussahen. Es hatte sich also viel getan. Er hatte in den vergangenen Wochen nicht kommen können, da seine Hilfe an den Sonntagen auf dem Bauernhof benötigt wurde, und so war ihm jegliche Möglichkeit abhandengekommen, Alma wiederzusehen. Auf den heutigen Tag fieberte er daher bereits seit Wochen hin – auch wenn er mittlerweile beschlossen hatte, die Sache mit dem Gedicht sein zu lassen. Das passte einfach nicht zu ihm, er würde einen anderen Weg finden. Das ging aber nur, wenn er mit ihr sprechen konnte. Wo zum Teufel waren also alle?

»Hallo?«, rief er vorsichtig in ein Gewächshaus nach dem anderen, falls jemand im Heizraum war, und lauschte, wie das Glas seine Stimme verschluckte. Es regte sich nichts. Er ging weiter zum Bauernhaus und pochte gegen die Grootdör.

Ein leises »Herein!« ertönte, und Bruno entdeckte eine weißhaarige Frau mit gutmütigen Augen auf einem Stuhl am Feuer. Das musste Marleenes Mutter sein. Marleene hatte so oft davon gesprochen, dass sie es kaum abwarten konnte, sie endlich zu sich zu holen. So schwach, wie Marleene berichtet hatte, wirkte sie gar nicht, sie lag ja nicht einmal im Bett. Das neue Zuhause schien ihr gutzutun. Bruno stellte sich vor und erfuhr, dass alle anderen noch schliefen, da sie bis in die frühen Morgenstunden wach gewesen waren, um wegen des Nachtfrosts zu räuchern. Bruno ließ die Schultern sinken. Würde er Alma dann überhaupt noch zu Gesicht bekommen? Doch Jammern nützte nichts.

»Gut, dann werde ich einfach mal nachsehen, was zu tun ist.« Bruno nickte der weißhaarigen Frau mit den gutmütigen Augen noch einmal zu und machte sich daran, die Pflanzen in den Frühbeeten zu stutzen. Seine Schere war weit geöffnet, als hinter ihm eine sanfte Stimme ertönte.

»Hallo, Bruno.«

Mit pochendem Herzen fuhr er herum. »Alma?!« Da stand sie. Die Morgensonne leuchtete sie an, ließ ihre schwarzen Haare rötlich glänzen und wärmte Brunos Rücken. Von nächtlichen Strapazen war nichts zu sehen, mit ihrer reinen Haut und den blitzenden Augen wirkte sie wie eine taufrische Rosenknospe. Wenn er die Sache mit dem Gedicht nicht aufgegeben hätte, wäre das womöglich eine gute Formulierung gewesen. Aber sie sah so hinreißend aus, dass er sich ohnehin fragte, ob er sich verrannte. Schon mehrere Frauen hatten ihm zu verstehen gegeben, dass er mit stattlichen Männern nicht mithalten konnte. Vermutlich konnte er nicht einmal mit unstattlichen Männern mithalten. Warum sollte er ausgerechnet bei einer natürlichen Schönheit wie Alma Erfolg haben? Hinzu kam ja auch noch, dass sie die Tochter eines Großbauern war und er ihr rein gar nichts zu bieten hatte.

Doch sie lächelte ihn so freudig an, dass er fast meinte, Funken zu sehen, die aus ihr heraussprühten. Er konnte ihr Lächeln nur erwidern. Und so standen sie da, ohne dass einer von ihnen etwas sagte, einzig und allein verbunden von einem unsichtbaren Band, von dem er nicht wusste, ob er es sich einbildete.

»W-warum bist du schon wach? Ich habe gehört, ihr wart die halbe Nacht auf den Beinen?«, stotterte er verlegen.

»Nur unsere geladenen Ballgäste. Ich habe ja vorher geschlafen, und dann konnte ich irgendwie nicht mehr einschlafen, ich war zu aufgeregt«, sagte sie mit diesem liebreizenden Lispeln in der Stimme, und Bruno nickte verständig. Er war erst ein Mal bei einer Räucheraktion dabei gewesen, da die Hofgärtnerei geschützter lag und sie viele Abdeckungen und Unterstände gegen den Nachtfrost hatten.

Aber das eine Mal, wo er im Frühjahr einem Obstbauern geholfen hatte, war das Räuchern ein Spektakel gewesen.

Der Weidenkorb knarzte leise, als Alma ihn hochhielt. »Ich habe deinen Lieblingskuchen gebacken.«

Brunos Handflächen begannen zu kribbeln. »Marmorkuchen? Wirklich?« Hatte das etwas zu bedeuten? Es war bereits das zweite Mal. »Danke, das ist wirklich lieb von dir!« Oh, nein, was sagte er da? Jetzt klang es so, als ginge er davon aus, dass sie nur für ihn gebacken hatte. Doch Alma wirkte nicht verwundert oder gar verärgert. Sie strahlte ihn noch immer an.

»Ich bringe den Korb nur schnell ins Haus, dann helfe ich dir.«

Bruno schüttelte den Kopf über sich selbst, als er sich dabei ertappte, wie er ihr hinterhersah, und spürte, dass das Grinsen in seinem Gesicht dabei wie festgewachsen war.

Das musste aufhören!

Sie sollte doch nur das Beste von ihm denken, da half es gewiss nicht, wenn er stetig grinste wie ein Eichhörnchen, das eine Haselnuss gefunden hatte.

Als sie zurückkehrte, zeigte er ihr, wie sie auf einfache Weise die Pflanzen aus dem Frühbeet vermehren konnte, indem sie die Spitzen, die er weggestutzt hatte, gleich in Tontöpfe pflanzte. Er hatte befürchtet, dass ihm womöglich nichts einfiele, was er sagen könnte, doch abermals entfaltete sich das Gespräch wie von selbst zwischen ihnen. Alma bedankte sich erneut für den Tipp zur Ferkelfütterung und berichtete, wie prächtig sich das Tier nun entwickelt habe. Das gab Bruno die Gelegenheit zu erzählen, wie hellauf begeistert zu Hause alle gewesen waren, als er von der doppelten Aussaat und der damit verbundenen doppelten Ernte erzählt hatte.

»Und wie geht es Greta?«, fragte Alma dann allerdings, nachdem sich sämtliche Bauernhofthemen erschöpft hatten. Sie warf ihm dabei nur einen raschen Blick zu, aber Bruno freute sich, dass er so die

Gelegenheit hatte, unmissverständlich klarzumachen, wie die Dinge zwischen ihm und Greta standen.

Nur für den unwahrscheinlichen Fall, dass sie ihn wahrhaftig mochte.

»Seit Konstantin, der Vater ihres Kindes, geheiratet hat, ist sie recht verdrießlich gestimmt.«

Ein schelmisches Grinsen umspielte Almas Züge. »Du meinst, noch verdrießlicher als ohnehin schon? Ist das überhaupt möglich?«

Sie lachten beide, doch dann wurde Alma wieder ernst. »Es ist ziemlich nett von dir, dass du sie bei euch aufgenommen hast, obwohl es nicht dein Kind ist.«

»Das hätte doch jeder getan.«

Alma griff langsam nach den nächsten Pflanzenspitzen.

»Wenn es jeder getan hätte, wäre sie wohl kaum hochschwanger auf der Straße gelandet. Es ist also mitnichten selbstverständlich, einer gefallenen Frau ein Zuhause zu geben. Immerhin ...« Sie zögerte.

Neugierig sah Bruno sie an. »Immerhin was?«

»Immerhin könnte ja auch jemand vermuten, ihr wärt verheiratet, oder andere vollkommen falsche Schlüsse ziehen, und dir entgeht dadurch etwas, ohne dass du auch nur mitbekommst, dass du es verpasst ...«

Beide hielten mit ihren Arbeiten inne, und Bruno sah gebannt in ihre Augen. Versuchte sie gerade, ihm etwas zu sagen?

»Das hältst du für möglich?«, hakte er nach.

Alma strich mehrere Haarsträhnen hinter ihr linkes Ohr. »Ist nicht nahezu alles möglich?«

Eigentlich wollte Bruno verneinen. Ihm fielen zahlreiche Dinge ein, die nicht möglich waren. Aber Alma blickte ihn so hoffnungsvoll an, dass er den Eindruck hatte, sie sprächen hier womöglich über mehr als über die allgemeinen Möglichkeiten und Unmöglichkeiten des Lebens.

»Ich kann mir aber ja schlecht ein Schild um den Hals hängen ...«, sagte er schließlich.

»Was würde denn auf diesem Schild stehen?«

»Dort würde stehen, dass Greta mir wichtig ist. Es gab auch Zeiten, wo es mehr als das war, aber sie hat mir unmissverständlich zu verstehen gegeben, dass sie niemals mehr für mich empfinden wird. Und mittlerweile ...« Er unterbrach sich selbst. Konnte er Alma dies wirklich so offen und ehrlich gestehen?

»Ja?« Ihre Stimme war nicht viel mehr als ein Hauch.

»Mittlerweile frage ich mich, ob sie überhaupt die Richtige für mich gewesen wäre, wenn gewisse Dinge mit jemand anderem so viel einfacher sind.«

Er lächelte sie zaghaft unter seiner Kappe hervor an. War er zu weit gegangen? Doch sie lächelte zurück, und Bruno kam nicht umhin, sich zu fragen, ob es tatsächlich so einfach sein konnte.

***

Wenn Alma einen Freudenhüpfer gemacht hätte, wäre sie vermutlich vom Erdboden abgehoben und durch die frische Frühlingsluft gesegelt. Sie fühlte sich so locker und leicht, wie ihr Kuchenteig zu sein pflegte.

Sobald Marleene erwähnt hatte, dass Bruno an diesem Tag zum Helfen kommen würde, war sie voller Aufregung gewesen. Ihr war klar gewesen, dass sie kein Auge mehr zutun konnte. Aber das war gut, denn so hatte sie Zeit gehabt, noch schnell seinen Lieblingskuchen zu backen. Und es war wundervoll, dass sie erstmalig die Gelegenheit hatte, ganz in Ruhe mit Bruno zu reden. Endlich konnte sie sich gewiss sein, dass er nichts für Greta empfand. Zumindest nicht mehr.

»Ihr seid ja bereits fleißig«, rief Marleene nun aber zu ihnen herüber, und Alma sank in sich zusammen. Vorbei war der Zauber der trauten Zweisamkeit.

»Einer muss ja den Laden am Laufen halten, wenn die Herrschaft den halben Tag verschläft«, rief Bruno zurück. Marleene lachte und winkte sie herbei. »Lasst uns erst einmal frühstücken.«

»Wusstest du übrigens, dass Rosalie mit Johannes zum Frühlingsball gegangen ist?«, fragte sie Bruno, sobald sie die Wohnküche betreten hatten.

»Was?«, rief Frieda aus dem hinteren Teil des Raumes, wo sie den großen Esstisch vor dem Fenster deckte, und wirkte dabei amüsiert und verblüfft zugleich. Aber nach allem, was Alma über Rosalie gehört hatte, konnte sie sich ebenfalls kaum vorstellen, dass Johannes mit einer wie ihr auf einen Ball gehen würde. Er war doch derartigen Privilegien der Obrigkeit gegenüber eher skeptisch eingestellt.

»Ja«, sagte Bruno, während er sich die Hände in der Waschschüssel schrubbte. »Die hatten da irgend so eine Wette laufen …«

Alma sorgte dafür, dass sie den Platz an Brunos Seite ergatterte, und sah zu, wie Marleene den Ostfriesentee in die bunt durchmischten Tassen goss, die sie auf dem Polterabend bekommen hatte.

»Wie eine Zwangsgemeinschaft wirkte es aber ganz und gar nicht«, murmelte Marleene indes. »Egal, das soll nicht unsere Sorge sein. Johannes ist alt genug, um auf sich selbst aufzupassen. Bruno«, sie lächelte ihm zu, während sie sich setzte, »schön, dass du uns heute wieder hilfst.«

»Ja danke! Insbesondere wenn wir um die Zeit noch in den Federn liegen«, rief Julius, der jetzt auch in den Raum gekommen war. »Konnte dein großer Bruder dich endlich wieder entbehren?«

Alma hörte nicht, was Bruno antwortete. Sie war zu sehr darauf konzentriert, den Zuckerlöffel mit den Kluntjes nicht fallen zu lassen. Großer Bruder? Ihr Bauch fühlte sich an, als wäre er versteinert.

Bruno hatte einen großen Bruder?

Das war eine Katastrophe.

Sie hatte sich damit abgefunden, womöglich nur auf einem kleinen

Bauernhof zu leben, mochte sogar die Herausforderung, das Beste aus ihm herauszuholen. Nicht zuletzt Julius und Marleene hatten ihr mit ihrer unermüdlichen Arbeit in der Gärtnerei gezeigt, dass es viele Wege gab, sich etwas aufzubauen – wenn man nur genügend Ideen und Durchhaltevermögen hatte. Und sie sprudelte vor Ideen und kannte sich mit der Arbeit auf einem Hof aus. Selbst dieser kleine Tipp mit der Doppelaussaat hatte Brunos Hof doch bereits vorangebracht, während er ihr mit den Ferkeln weitergeholfen hatte. Was würde man noch alles schaffen, wenn man sich mit frischen Ideen ans Werk machte? Sie hatte bisher jedoch vermutet, dass Bruno nur so lange in der Gärtnerei arbeitete, bis sein Vater bereit war, den Hof vollends zu übergeben. Sie hatte nicht damit gerechnet, dass es einen älteren Bruder und somit einen Erben des Hofes gab. Denn das würde Bruno vollkommen mittellos zurücklassen. Letztendlich hatte sie das ja genauso bei Julius und Marleene beobachten können. Wenn der Großherzog ihnen nicht das Land zugestanden hätte, hätten sämtliche Ideen und noch so ein großer Feuereifer nicht geholfen. Das Land war essenziell.

Sie betrachtete Bruno vorsichtig von der Seite.

Er spürte ihren Blick und deutete begeistert mit der Gabel auf den Kuchen. »Er schmeckt mal wieder köstlich, Alma. Könnte ich den ganzen Tag essen.«

Alma nickte beklommen.

»Geht es dir nicht gut?«, fragte Frieda besorgt. »Du hättest dich vielleicht auch etwas ausruhen sollen.«

»Doch, doch, alles bestens«, sagte sie mit brennendem Herzen und versuchte, es durch mehrmaliges Schlucken zu kühlen. Sie würde Bruno trotz allem vom Fleck weg heiraten – wenn er sie nur wollte. Das Problem war nur, dass ihr Vater dies nie und nimmer erlauben würde.

51. Kapitel

Als Rosalie am Sonntagabend im Bett lag, hatte sie einen Plan gefasst. Sie würde Johannes verschwörerisch zulächeln, wenn sie zur morgendlichen Besprechung zusammenfanden. Ihm vielleicht sogar kurz zuzwinkern? Oder war das zu viel? Aber immerhin teilten sie jetzt eine Art Geheimnis. Sie waren gemeinsam auf dem Ball gewesen und hatten sich prächtig amüsiert. Falls sie während der Arbeit nicht unter sich waren, könnten sie sich zweideutige Bemerkungen hin und her schicken, die oberflächlich gesehen hart und gemein waren, die dazugehörigen Blicke würden aber bezeugen, dass in Wahrheit etwas vollkommen anderes gemeint war. Und dann, wenn sie bei der Arbeit für einen Moment unter sich wären, würden sie darüber sprechen können, was geschehen war.

Immerhin waren sie erwachsen.

Verstohlen lächelte sie vor sich hin, denn sie sah es genau vor sich: Johannes würde sie in eines der Gewächshäuser ziehen, ganz nah bei ihr stehen, vielleicht stützte er seine rechte Hand direkt neben ihrem Kopf ab, während er mit ihr sprach. Sie hätte gerötete Wangen, würde immer wieder mit einem verführerischen Augenaufschlag von unten zu ihm hochsehen. Irgendwann würde aus dem Geplänkel mehr werden. Sein Blick würde wohlwollend über ihren Körper wandern, und schließlich würde er in Ermangelung von Worten den Kopf schütteln, weil er es schlichtweg nicht mehr ertragen konnte, wie atemberaubend hübsch sie war. Sie würde deswegen verlegen kichern, schüchtern den Blick abwenden, und er würde mit dem Zeigefinger sanft ihren Kopf heben, damit sie ihm in die hungrigen Augen blickte.

Vielleicht würde er sie dann abermals so ansehen, dass sie spürte, wie das Blut durch ihre Adern rauschte.

Und noch einmal so küssen.

Ja, sie hatten sich in der Kutsche geküsst. Auch wenn sie bisher jeden Gedanken daran unterdrückt hatte. Er war über das lederne Polster an sie herangerückt, für einen Moment hatten seine Lippen einfach nur über den ihren verweilt, sodass sich in ihrem Körper ein Prickeln ausgebreitet hatte. Diesmal hatte sie keine Ausflüchte gesucht wie beim Grafen. Nein, sie hatte sich danach gesehnt, dass er sie an sich zog, und als sie seine samtigen Lippen gespürt hatte, war es wie eine Erlösung gewesen. Sie war in seinem Kuss versunken, hatte sich gewünscht, er würde sie nie wieder loslassen – und das hatte sie in Panik versetzt.

Deswegen hatte sie sich losgerissen und war ohne ein Wort davongestürmt.

Nun hatte sie den gesamten Tag darüber nachgedacht und war zu dem Entschluss gekommen, es sei nicht schlimm, dass er lediglich ein Arbeiter war. Julius hatte eine Arbeiterin geheiratet, Konstantin in gewisser Weise auch, und sie hatte es ja bereits mit einem Herrn aus der Oberschicht versucht und bemerkt, dass sie dies nicht glücklich machen würde.

Und war das nicht das Wichtigste im Leben?

Warum also nicht Johannes? Vor einem halben Jahr wäre ihr dies irrsinnig vorgekommen, doch letztendlich war sie ja auch einmal bereit gewesen, für Manilo alles aufzugeben. Letztendlich passte Johannes jedoch viel besser zu ihr, denn sie waren beide auf ihre Weise Rebellen. Und seine Zärtlichkeit in der Kutsche hatte gezeigt, dass sie ihm offenbar ebenso gefiel.

Mit einem Lächeln schlief sie ein – und wachte acht Stunden später mit einem Gefühl der Panik wieder auf. Warum war es bereits so hell im Raum?

»Meike!«, kreischte sie in den Flur.

Ohne Schürze und mit zerzausten Haaren stürzte das Stubenmädchen in ihr Zimmer. »Ich bitte vielmals um Verzeihung, gnädiges Fräulein, der Wecker hat nicht geklingelt.« Ihre Augen wurden schmal. »Das war das Mädchen der gnädigen Frau, das könnte ich beschwören. Sie fürchtet noch immer, dass eine von uns entlassen wird.«

»Wenn ich nicht in zwei Minuten angezogen bin, hat sie damit nicht unrecht«, herrschte sie Meike an.

Ihr schöner Plan! Jetzt war er zur Hälfte hinüber. Wie wirkte es denn, wenn sie nach allem, was zwischen ihnen geschehen war, viel zu spät zur Arbeit kam?

Eine Viertelstunde später hetzte sie ohne Frühstück den Hauptweg entlang. Offenbar hatte Konstantin es nicht für nötig befunden, sie zu wecken. Er war in einem Kundengespräch mit diesem Holländer mit dem Knautschgesicht und bedachte sie nicht einmal mit einem Gruß.

Zwischen den kleinen Wacholdern sah sie nun Johannes' hochgewachsene Gestalt, und ihr Herz eilte ihr bereits voraus. Er drehte sich jedoch nicht um, als sie das Beet erreichte.

»Hallo«, sagte sie schüchtern. Er wirbelte herum, sie wollte ihr geheimnisvolles Lächeln auf den Weg schicken – doch er funkelte sie zornig an. Sein Bartwuchs zeigte sich bereits als Schatten und ließ ihn so verwegen aussehen wie einen Halunken. »Ach, hat sich das feine Fräulein auch mal aus den Gemächern bemüht?« Mit offenem Mund kaute er seinen Tabak, den er anscheinend wiederentdeckt hatte.

Warum benahm er sich so? Bedeutete ihm ihr gemeinsamer Abend denn nichts?

»Ja … äh … es tut mir leid. Mein Stubenmädchen führt eine Art

Kleinkrieg mit Dorotheas Personal, und heute gehöre ich wohl zum Kollateralschaden.« Sie versuchte es jetzt mit einem verschwörerischen Zwinkern, doch er tat so, als fächelte er sich mit einer behandschuhten Hand Luft zu, wie eine feine Dame es tun würde.

»Hach, ist das Leben anstrengend mit den Hausangestellten. Auf die Domestiken heutzutage ist doch kein Verlass mehr«, sagte er mit hoher Lispelstimme, bevor er wieder ernst, wenn nicht gar zornig wurde. »Tut mir leid, wenn ich als Fußvolk diese Probleme leider nicht teilen kann, jetzt ist aber erst einmal Arbeit angesagt.« Er deutete auf die Wacholderbeete, die so lang waren, dass sie ganz am Ende der Gärtnerei spitz zusammenliefen und dort gar keine einzelnen Pflanzen mehr zu erkennen waren. »Hier kannst du heute die Spitzen abzippeln.«

Rosalie sah die endlosen Beete entlang. »Alle?«

»Nein, nur die ersten drei, und dann kannst du in deine Villa zurückkehren und Tee trinken«, fauchte Johannes, als wäre sie debil. »Natürlich alle!« Er spuckte ihr wie zu alten Zeiten den Kautabak vor die Füße.

Rosalie schluckte. Sie hatte geglaubt, sie hätte ihn gezähmt. Doch das war ihr ganz offensichtlich nicht gelungen. Der fiese Johannes war zurück – aber nicht so wie früher. So, wie er sie heute behandelte, war er boshafter und verletzender als je zuvor.

***

»Dann zeigen Sie mir mal Ihre Problempflanzen. Vielleicht fällt mir ja noch etwas ein.« Herr de Vos gab sich so großtuerisch, dass Konstantin sein Angebot am liebsten abgelehnt hätte. Was sollte er schon ausrichten? Für einen Rückschnitt war es Monate zu spät, und mit seinem Bulldoggengesicht machte er auch nicht eben den Eindruck, als wäre er eine gute Fee, die Wunder vollbringen konnte.

»Das wäre gut, sonst bleiben mir nur die Mahonien, die Sie meinem Vater damals exklusiv verkauft haben. Ich möchte mit ihnen in der Kategorie ›Produktneuheit‹ antreten, sie haben sich bisher auch bestens entwickelt und sehen überaus reizvoll aus.« Das mussten sie auch bei dem Geld, das de Vos ihnen für das Recht abgeknöpft hatte, sie exklusiv vertreiben zu dürfen.

De Vos stutzte. »Mahonien?«

»Ja, erinnern Sie sich nicht? Es ist nur ein paar Jahre her.« Die Mahonien waren vielversprechend, dennoch stand zu viel auf dem Spiel, um nur auf ein Pferd zu setzen. Er musste um alles in der Welt Hoflieferant bleiben und brauchte daher auch für die anderen Kategorien siegreiche Pflanzen, falls Julius und Marleene mehrfach ausgezeichnet wurden.

Konstantin führte de Vos zum Gewächshaus mit den Pflanzen für die Gartenbau-Ausstellung, er war verzweifelt genug. Mit Schwung öffnete er die Tür und deutete mit dem Kinn in Richtung der Rispenhortensien, Frühlingsrosen und dem Flieder, mit denen er gegen Julius und Marleene antreten wollte – doch mittlerweile wusste er, dass er genauso gut zu Hause bleiben konnte.

De Vos ging leicht in die Knie, stützte sich mit den Händen auf die Oberschenkel und inspizierte mit gerümpfter Nase die kümmerlichen Pflanzen. »Das sind Ihre Wettbewerbspflanzen?«, fragte er mit einem Unterton, den er wohl auch angeschlagen hätte, wenn Konstantin ihn zum Komposthaufen geführt hätte.

Konstantin verschränkte die Arme vor der Brust. »Können Sie mir jetzt helfen oder nicht?«

Der Holländer richtete sich ächzend auf. »Ja, das kann ich.«

Konstantin glaubte fast, sich verhört zu haben. »Wirklich?« Sollte dieser Klops allen Ernstes zu seiner Rettung eilen? Oder würde er jetzt vorschlagen, die Gärtnerei Langfeld abzufackeln oder dergleichen? Zuzutrauen wäre es ihm ja.

»Gewiss! Es gibt da ein Mittelchen, mit dem Sie das Beste aus Ihren Pflanzen herausholen können. Wenn ich Ihnen verrate, was es ist, tun Sie mir aber den Gefallen und gehen wegen des Ackerlandes, das ich suche, noch einmal in sich und geben mir umgehend Bescheid, wenn Ihnen noch etwas in den Sinn kommt?«

»Aber natürlich!« Konstantin war an einem Punkt angelangt, wo er vermutlich sogar seine Seele verkauft hätte. Doch in diesem Fall machte de Vos es ihm leicht. Er hatte ihn nach Land gefragt, da er künftig seine eigene Gärtnerei im Kaiserreich aufbauen wollte. Aber Konstantin würde einen Teufel tun und sich die Konkurrenz aus Holland samt ihrer fortschrittlichen Technik ins eigene Land holen. Dennoch konnte er guten Gewissens angeben, noch einmal darüber nachzudenken, schließlich könnte er ja zum selben Ergebnis kommen: Es gab kein freies Land. Dieses verschwitzte Wesen auf zwei Beinen brauchte schließlich nicht zu wissen, dass der Großherzog äußerst interessiert am Aufbau der Baumschulkultur in der Gegend war.

»Also, was ist es?«, fragte Konstantin und kam sich dabei vor wie Asta, wenn sie erwartungsfroh hechelte.

»Kommen Sie mit, ich habe es in meiner Kutsche.«

Bei seinem Gefährt angekommen, überreichte de Vos ihm eine kleine Dose, die mit Kügelchen gefüllt war. »Das ist Chilesalpeter, ein Kurzzeitdünger«, erklärte er. »Der hohe Stickstoffgehalt wird dafür sorgen, dass die Pflanzen in kürzester Zeit in die Höhe schießen. Sie werden prächtiger und glänzender werden als alles andere auf der Gartenschau«, er zögerte, »zumindest besser als alle Pflanzen, die nicht gedüngt wurden.«

Konstantin nahm die Dose entgegen und stocherte mit dem Zeigefinger in den unscheinbaren Kügelchen. »Wirklich? Wie soll das gehen?«

De Vos erklärte den chemischen Prozess genauer. »Stickstoff ist der Motor des Pflanzenwachstums«, fasste er seinen kleinen Vortrag zum Schluss zusammen.

Ein Lächeln zeichnete sich auf Konstantins Gesicht ab. Dies war genau das Wundermittel, das er brauchte. Ganz offensichtlich hatte er sich getäuscht. Der plumpe Kerl war doch so etwas wie eine gute Fee.

52. Kapitel

Gedankenverloren lief Frieda auf dem Weg zum Markt die Rasteder Hauptstraße entlang, denn die Ereignisse des Wochenendes gingen ihr nicht aus dem Kopf. Es war ihr überaus unangenehm gewesen, dass sie Jost um Hilfe hatte bitten müssen. Aber in der ernsten Lage war keine Zeit für Ausflüchte oder Diskussionen gewesen.

Natürlich hatte ausgerechnet er die Tür öffnen müssen, sie in ihrem hochnotpeinlichen Aufzug mit den nachlässig übergestreiften Arbeitskleidern und den offenen Haaren gesehen und hatte nicht schlecht gestaunt. Als er sie und nicht Alma um Hilfe beim Mistaufladen gebeten hatte, hatte sie zu hoffen gewagt, dass er ihr das unziemliche Benehmen endlich verziehen hatte. Da er ihr beim späteren Frühstück allerdings wieder kaum in die Augen hatte sehen können, war ihr diese Hoffnung auch flöten gegangen.

Was dachte sie überhaupt noch darüber nach? Sie hatte den Männern doch abgeschworen, und es konnte ihr vollkommen gleich sein, wie er zu ihr stand – auch wenn sie es nicht gewohnt war, dass jemand sie so gar nicht mochte.

Frieda passierte das alte Rasteder Posthaus, neben dem gerade die Pferde für die Schnellpost nach Jever und Bremen gewechselt wurden. Sie trat an das Fenster des alten Fachwerkhauses und las die Adressen der Briefe, die dort stets ausgestellt wurden, damit die Empfänger sie abholten. Es war mehr eine Gewohnheit als Notwendigkeit, denn kaum einer von ihnen bekam je Post. Doch heute entdeckte sie einen Brief für Hermann Thormälen. Kurz zögerte sie, denn wenn sie ihn mitnahm, lief sie Gefahr, beim Überbringen auf Jost zu treffen. Aber die Thormälens hatten schon so viel für sie getan, da konnte sie sich unmöglich durch ihre persönlichen Befindlichkeiten von dieser kleinen nachbarlichen Gefälligkeit abhalten und den Brief liegen lassen. Der Posthalter, der alte Carl, nickte ihr zu. Da das Posthaus zugleich auch ein Krämerladen war, kannte er Frieda mittlerweile. Ihr Blick glitt sehnsuchtsvoll über die geblümten Metalldosen, die farbenfrohen Bänder und Spangen. Nichts davon konnte sie sich leisten ohne Arbeit. Wenn es doch nur einen Blumenladen in Rastede gegeben hätte, dann hätte sie dort anfragen oder zumindest helfen können, Blumen aus Julius' und Marleenes Gärtnerei dorthin zu verkaufen. Damit hätte sie auch ihren Freunden zu etwas Geld verholfen.

Sie angelte den Brief aus dem Fenster, hielt ihn für Carl hoch und ließ ihn wissen, dass sie ihn zu ihren Nachbarn bringen würde. Mit dem Weidenkörbchen unter dem Arm schlenderte sie die Klinkerstraße entlang in Richtung Wochenmarkt und wurde dabei von einem Fuhrwerk, das von einer schwarz-weißen Kuh gezogen wurde, überholt. Sie passierte die Wirtschaft und das dahinter liegende Putzmachergeschäft. In der Auslage waren die wundervollsten Hüte zu sehen, ungarniert oder garniert mit Reiherfedern, Blumen aus Samt und Spitze. Daneben wurden Pleureusen, Trachtenhauben und Myrtenkränze für Hochzeiten angeboten. In der Vorwoche war der gesamte Laden sogar geschlossen gewesen, da die Hofdamen und Prinzessinnen höchstpersönlich sich zum Hutkauf eingefunden hatten.

Im nächsten Ladengeschäft gab es hingegen nichts zu sehen; es stand bereits eine geraume Weile leer. Es folgte das Raritätengeschäft mit Holzregalen bis zur Decke. Hier konnte man Seifen, Kaffee, Tee, Schokolade, Biskuit und sogar Chemikalien erstehen.

Frieda hielt inne.

Sie lief zum leer stehenden Geschäft zurück und versuchte, durch die verstaubten Fenster so viel wie möglich vom Ladeninneren zu erhaschen. Die Lage zwischen den anderen Geschäften sowie die Nähe zur Kirche und zum Friedhof wären perfekt. Auf der anderen Seite war die Idee absurd. Sie, die unscheinbare Frieda aus Wiesmoor, war mitnichten eine Geschäftsfrau. Sie verwarf den Gedanken und erledigte ihre Besorgungen auf dem Wochenmarkt. Auf dem gesamten Rückweg ließ sie der Gedanke jedoch nicht los. Hatte sie Marleene nicht stets dafür bewundert, wie eifrig und entschlossen sie ihren Weg gegangen war? Sie hatte sich nicht einmal davon abbringen lassen, dass es einer Frau nicht erlaubt war, Gärtnerin zu werden.

War es nicht an der Zeit, dass auch sie für ihre Ziele einstand?

Als sie beim Schwalbennest ankam, sah sie, dass eine Kutsche auf dem Hof stand. Ein gedrungener Herr stieg aus, lächelte, als er sie erblickte, und ging auf sie zu.

»Moin«, grüßte er sie in einer Betonung, die verriet, dass er den norddeutschen Gruß sonst nicht verwendete. »Sind die Goldbachs nicht zu sprechen?«

»Langfeld«, korrigierte Frieda lächelnd. »Ich fürchte, sie kehren erst heute Abend zurück.« Die beiden waren mit Alma bereits am frühen Morgen aufgebrochen, um im Moordorf die versprochenen Kuchen abzuliefern, die Marleene und Alma am Vortag gebacken hatten, sowie ein paar Kleiderspenden, die sie zusammentragen konnten.

Der Mann zog die Stirn in Falten. »Sagen Sie bloß, der junge Goldbach hat für dieses«, er verzog nahezu angewidert das Gesicht, »für Frau Langfeld seinen angesehenen Namen aufgegeben?«

»Sie wollten vermeiden, dass es zu Verwechslungen kommt mit der Hofgärtnerei Goldbach.«

»Wieso?« Er entblößte sein Zahnfleisch beim Grinsen, und etwas daran ließ Frieda erschaudern. »Das könnte ihnen doch nur zugutekommen.« Nun lachte er höhnisch, es klang jedoch eher, als würde er husten.

Frieda lächelte aus Höflichkeit ein wenig. »Wie dem auch sei, ich fürchte, Sie müssen ein andermal wiederkommen, wenn Sie die beiden sprechen wollen.«

»Das ist aber wirklich ärgerlich, ich komme von weit her, wissen Sie?« Er sah sie traurig an. »Könnte ich dann wenigstens eine Tasse Tee bekommen, bevor ich den beschwerlichen Rückweg antrete?«

Friedas Anstand kämpfte gegen ihre Unabhängigkeit. Dieser Kerl gefiel ihr nicht, mehr noch, er rief die pure Abneigung in ihr hervor. Schon als sie seine Hand geschüttelt hatte, hatte sie dem Drang widerstehen müssen, sie danach an ihrem Rock abzuwischen.

Aber konnte sie einen derartig bescheidenen Wunsch wirklich abschlagen?

»Na, kommen Sie schon, tun Sie einem potenziellen Großkunden der Gärtnerei Langfeld einen Gefallen.«

Frieda sah ihn mit neu gewonnenem Interesse an. Wenn er wirklich von Julius und Marleene in Zukunft Pflanzen beziehen wollte, konnte sie unmöglich ablehnen. Nichts benötigten die beiden dringender als Käufer ihrer Pflanzen. Ihr Lächeln wurde strahlender.

»Aber gewiss doch, bitte folgen Sie mir.«

Der Fremde setzte sich an den Tisch der Bauernküche, und während Frieda den Kessel auf den Herd stellte, spürte sie, wie er jede ihrer Bewegungen verfolgte. Dennoch reichte sie ihm ein Stück von Almas fluffigem Marmorkuchen mit einem freundlichen Lächeln. Sie wollte wegen eines unguten Bauchgefühls keine potenziellen Kunden vergraulen.

»Wie war noch gleich Ihr Name?«, erkundigte sie sich, während sie den Tee aufgoss.

»De Vos. Eik de Vos.«

De Vos? Der Name legte sich wie dünner Bindedraht um Friedas Kehle und schnürte sie zu. Der Teepott lief über. Brennender Schmerz fraß sich durch ihre Finger. Mit einem Aufschrei stellte sie den Kessel zurück auf den Herd und steckte sich den pochenden Finger in den Mund. De Vos war an ihre Seite geeilt.

»Lassen Sie mich helfen.« Er zerrte an ihrem Arm, doch sie wich zurück.

»Nein, lassen Sie mich!« Marleene hatte ihr alles über diesen Widerling erzählt, und nun hatte sie ihn ins Haus geholt.

Sein schmieriges Grinsen kehrte zurück. »Aber, aber, meine Schöne.« Er kam noch näher. »Mal immer langsam mit den jungen Pferden.« Er streckte seine Hand nach ihr aus, wollte über ihre Wange streichen.

Frieda hatte das gegenüberliegende Ende der Wohnküche erreicht und erkannte zu spät, dass sie sich selbst jegliche Fluchtwege abgeschnitten hatte, als sie panisch umherblickte. »Wagen Sie es ja nicht, mich anzufassen.« Sie hob drohend die Hände, doch ihre Stimme zitterte.

»Ich sag dir was: Wenn du sichergehen willst, dass ich mit Julius und Marleene ins Geschäft komme, genügt eine kleine Gefälligkeit deinerseits.« Er leckte sich über die Lippen, und Frieda hätte ihm am liebsten ins Gesicht gespuckt.

»Julius und Marleene können auf Kunden wie Sie gut verzichten. Sie werden die neue Hofgärtnerei!«

De Vos lachte hustend. »Ach ja? Da wäre ich nicht so sicher. Die Konkurrenz schläft nicht. Wenn du also kein Risiko eingehen willst …« Er streckte die Hand nach einer kleinen Locke vor ihrem Ohr aus und wickelte sie um seinen Finger.

»Nein, ich will, dass Sie mich in Ruhe lassen.«

»Schade.«

Kurz dachte Frieda wahrhaftig, er würde jetzt gehen. Doch sein diabolisches Grinsen kehrte zurück, und im nächsten Moment warf er sich auf sie, sodass sie so heftig die Wand gepresst wurde, dass ihr die Luft wegblieb. Er rammte sein Knie zwischen ihre Beine, und Frieda schrie auf. Sie holte zum Schlag aus, doch er fixierte ihre rechte Hand mit seiner, grapschte mit der linken nach ihrer Brust und knetete sie grob. Das Widerlichste aber war, dass sie seine gierige Zunge nun an ihrem Hals spürte. Sie kroch ihre Haut entlang und hinterließ eine kalte Spur des Ekels.

Frieda schrie verzweifelt um Hilfe, wand sich unter seinem erbarmungslosen Griff. Würde jemand sie hören? De Vos' Begierde schien sich durch ihre Verzweiflung nur zu steigern. »Ja, wehr dich nur.« Er presste sich gegen sie, und sie spürte, wie sich seine Versteifung durch sämtliche Stofflagen gegen ihren Oberschenkel drückte.

»Na komm, nicht so schüchtern, du willst es doch auch …«, keuchte er unter seinen Übergriffen – und warf urplötzlich die Hände über dem Kopf zusammen. Mit einem Jaulen ließ er von ihr ab, ging zusammengekrümmt drei Schritte nach hinten, schnappte mit schmerzverzerrtem Gesicht nach Luft und blickte aus seiner Kauerhaltung genauso ungläubig auf Marleenes Mutter wie Frieda. Sie musste all ihre Kraft zusammengenommen haben.

Mit erhobenem Schürhaken in der Hand stand sie da. »Hest du de Deern nicht höört?« Die Augen zornig zusammengezogen, schwenkte sie die Eisenstange drohend. »Bliev daar of!«

***

Am letzten Arbeitstag der Woche hatte Bruno den alten Alois beschworen, dass er die bestellten Pflanzen ausliefern dürfe, und der wortkarge, aber gutherzige Mann hatte schließlich eingewilligt. Bruno hatte seine Arbeit daraufhin so rasend schnell erledigt, als wäre er von einer Hornisse gestochen worden, doch in Wirklichkeit benötigte er einfach nur Zeit.

Zeit, um Alma ein Zeichen zu geben.

Wenn er alles richtig verstanden hatte, hatte sie durch ihren Kuchen und die Andeutungen einen Wink in seine Richtung gegeben, und nun war er am Zug. Nachdem er bei der Sache mit dem Gedicht so kläglich gescheitert war, wollte er diesmal Blumen sprechen lassen. Rosalie hatte ihm alles genau erklärt, es war wahrlich nicht einfach. Nahezu jede Blüte drückte etwas anderes aus, und wenn man die Blumen mischte, konnte man sogar ganze Nachrichten übermitteln.

Bruno hatte sich für Pfingstrosen entschieden, denn die standen für Liebe und Glück im Überfluss und auch für Schüchternheit. Damit konnte er Alma sagen, dass sie ganz überwältigende Gefühle in ihm auslöste, und gleichzeitig, dass es ihm schwerfiel, ihr dies zu gestehen. Dazu wollte er Lilien binden lassen, um ihr zu zeigen, dass er hoffte, ihre Liebe würde ewig währen. Und der Jasmin würde ihr deutlich machen, dass sie wunderschön und bezaubernd war.

Zu ärgerlich, dass statt Manilo seit Neuestem ein grimmiger Kriegsversehrter in der Orangerie arbeitete. Er hasste alle Menschen und würde einen Teufel tun und Bruno heimlich die Blüten schneiden. Allerhöchstens würde er sie schneiden, um sie vor seinen Augen zu zertrampeln. Auch in den Blumenladen von Frau Maader mochte er nicht gehen, seit Frieda nicht mehr dort arbeitete. Er öffnete also die gläserne Tür zum Blumenhaus Husmann, durch dessen Scheiben er schon öfter ein freundlich aussehendes Mädchen mit dunklen Haaren erblickt hatte.

Doch leider war von dem zarten Geschöpf heute nichts zu sehen, und ein Mann, der so kräftig wirkte, als könnte er einen Stier mit einem Faustschlag zu Boden zwingen, trat auf ihn zu und erkundigte sich beflissen, womit er behilflich sein könne.

Bruno sah sich im geräumigen Laden um. Es gab zahlreiche Eimer mit vereinzelten Blüten, aber auch fertige Bouquets, Gestecke und sogar Blumentöpfe und Vasen.

»Ich wollte mich erkundigen, wie teuer ein so großer Strauß«, er öffnete die Hände in einer weit ausladenden Geste, »aus Pfingstrosen, Jasmin und Lilien ist?«

Der genannte Preis ließ ihn schlucken. »Verstehe.« Wie es aussah, musste er seinen Plan etwas abwandeln. Der strahlende Bruno, der in seiner Vorstellung mit dem riesigen Strauß auf den Thormälenhof lief, lächelte jetzt nur noch und hatte stattdessen einen kleineren in der Größe eines Fußballs in der Hand. »Und ein kleiner Strauß?«

Die neue Summe überstieg jedoch ebenfalls das, was er aufbringen konnte. Seit Alexander damals herausgefunden hatte, dass er für die vertrockneten Pflanzen vor zwei Jahren verantwortlich gewesen war, hatte er seinen Lohn drastisch gekürzt, und seine spärlichen Ersparnisse hatte Bruno vor Kurzem seiner Familie gegeben, da eines ihrer Bentheimer Landschweine verstorben war und sie ein neues hatten kaufen müssen.

»Wie ist es, wenn ich die Lilien weglasse?«

Der bärige Mann bemühte sich nicht mehr um ein verkaufsförderndes Lächeln und nannte ihm knapp und ohne viel Aufhebens die neue Summe. Sie war noch immer zu hoch. Wie konnte es sein, dass Blumen dermaßen teuer waren?

Bruno deutete auf einen der fertigen Sträuße, womöglich waren die preisgünstiger. »Wie viel kostet so etwas?«

Chrysanthemen, Rosen und Calla. Mit den Chrysanthemen würde er sagen, dass er noch frei war, was etwas forsch wirken konnte, und eigentlich hatten sie das ja bereits geklärt, aber auch mit den Rosen würde er seine Liebe vermitteln. Wofür die Calla standen, war ihm entfallen, aber alle Blumen mit schlechten Botschaften hatte er auswendig gelernt. *Akelei, Astern, Krokusse, Narzissen, gelbe Nelken.* Die musste er meiden, um keine falschen Signale zu senden.

»Die Akeleien sind äußerst preisgünstig«, sagte der Verkäufer nun, und Bruno sah ihn scharf an.

»Sind Sie des Wahnsinns? Damit würde ich sagen, dass ich ein Schwächling bin.«

Der Mann verzog keine Miene. »Tatsächlich?«

Bruno rieb sich die Stirn. Es klappte nicht, wie er es sich vorgestellt hatte. Aber er konnte das Geschäft nun schlecht verlassen, ohne etwas zu kaufen, nachdem er so lange beraten worden war. Dann würde er sich lächerlich machen. Sein Blick glitt von Pflanze zu Pflanze. Es sah alles so unglaublich teuer aus.

»Hat der feine Herr sich denn entschieden?«, fragte der Verkäufer, und nicht einmal Bruno entging der Spott in seiner Stimme.

»Ja.« Zielstrebig ging er auf einige lange grüne Gräser zu. Zumindest die würde er sich doch leisten können? »Ich nehme eine Handvoll hiervon.«

Der Mann schaffte es, seine Herablassung durch eine minimale Neigung des Kopfes zum Ausdruck zu bringen. »Sie wollen einfach nur das Bindegrün?«

Seine Blasiertheit schürte die Wut in Bruno. Er hasste es, dass einige Menschen hier reihenweise Blumen kaufen konnten und gleich mehrere Räume damit schmückten. Dass diese Menschen mit der Kutsche fuhren, während er stets zu Fuß ging. Doch am unerträglichsten war, dass er Alma nicht die Freude machen konnte, die er sich vorgestellt hatte.

»Nein, natürlich wollte ich nicht einfach nur das Bindegrün.« Bruno verschränkte die Arme, ahmte Rosalies überhebliche Haltung nach und rümpfte die Nase, so wie sie es getan hätte. »Ursprünglich wollte ich einige Scilla, Alchemilla und Oenothera, aber die gibt es offenbar in diesem schlecht sortierten Laden nicht. Nächstes Mal gehe ich wieder zu Frau Maader.«

Mit Genugtuung sah er, wie sich die Blasiertheit des Mannes in Fassungslosigkeit wandelte, knallte eine Münze auf den Tisch, nahm ihm die Gräser aus der Hand und verließ hocherhobenen Hauptes den Laden. Erst hinter der nächsten Ecke drückte er sich an eine Wand, um Luft zu schnappen. Hatte er gerade einen guten Teil seines Geldes für schlichte lange Gräser ausgegeben? Sollte er damit jetzt bei Alma auftauchen?

Immerhin würde sie dann gleich wissen, woran sie war.

Hier, Alma, um dir meine immense Liebe zu beweisen, habe ich dir zu Ehren diese Grashalme besorgt.

Er schlug den Kopf mehrmals gegen die Wand. Er war ein Nichtsnutz. Er konnte Alma rein gar nichts bieten. Nicht einmal einen ordentlichen Blumenstrauß.

Immerhin konnte er mit dem Gespann der Hofgärtnerei nach Hause fahren. Da die letzte Lieferung in die Nähe seines heimatlichen Hofes ging, hatten sie ausgemacht, dass er es erst am Folgetag zurückbringen würde. Mit hängenden Schultern und den Gräsern in der Hand trottete er zu Hause auf die Grootdör mit der abblätternden Farbe zu.

»He, was ist denn mit dir?«, fragte seine Schwester, die am Herd stand und gerade eine Kostprobe des duftenden Eintopfs vom großen Holzlöffel nehmen wollte.

Bruno hielt die Gräser hoch. »Das passiert, wenn ich versuche, einen richtigen Blumenstrauß zu kaufen.«

Seine Schwester sah ihn lächelnd an. »Einen Blumenstrauß? Für Greta? Wie lieb von dir!«

»Hast du denn nicht gesehen? Mehr als das Bindegrün konnte ich mir nicht leisten. Und er ist nicht für Greta.«

»Nein?« Seine Schwester musterte ihn neugierig, legte den Löffel beiseite und kam dann zu ihm herüber an den Tisch. »Du hast jemanden kennengelernt?«

Bruno nickte unwirsch. »Irgendwie schon. Aber es ist egal, es wird ohnehin nichts.«

»Vielleicht, aber wenn, dann liegt es gewiss nicht an den Blumen.«

»Wie denn auch? Es gibt ja keine Blumen.«

Seine Schwester schüttelte lächelnd den Kopf. »Bruno, sieh doch nur nach draußen. Dort wachsen überall Blumen. Jedes Mädchen würde sich über solch einen Strauß freuen.«

»Aber reichen denn einfache Wiesenblumen? Das ist doch nichts Besonderes. Und was ist mit der Bedeutung?«

»Welche Bedeutung denn?«

Bruno fasste zusammen, was er von Rosalie gelernt hatte. Seine Schwester lachte abermals. »Glaub mir, Bruno, du solltest dir wirklich keine Ratschläge von einer Tochter des höheren Bürgertums einholen. Sei dir gewiss, jede Frau freut sich über einen Wiesenstrauß. Wichtig sind nicht die Blumen, sondern dass du an sie gedacht hast.«

Bruno nickte zögerlich. Das klang sehr sinnig. Und hatte Marleene nicht selbst an ihrer Hochzeit einen Kranz aus Feldblumen im Haar gehabt?

»Und wenn nicht …«

Bruno sah sie aufmerksam an.

»Dann ist sie es ohnehin nicht wert.« Sie drückte seine Hand.

»Na schön.« Er erhob sich und lächelte seine Schwester an. »Dann würde ich sagen, ich habe noch etwas zu erledigen.«

Er griff nach den Gräsern und pflückte im Licht der Abendsonne zwischen Scheune und Stall und auf dem Grasstreifen neben der Wiese alle kunterbunten Blumen, die er nur finden konnte. Adonisröschen, Fingerkraut, Silberblatt, Beilwicke, Knabenkraut und Kamille. Auf ihn wirkte es recht hübsch, aber was wusste er schon?

Dann spannte er Lotte wieder ein und fuhr nach Rastede. Während der gesamten Fahrt legte er sich zurecht, was er sagen würde. Wenn nun die Blumen nicht mehr für ihn sprachen, musste er es wohl oder übel selbst erledigen. Doch in seinem Kopf klang alles nur leidlich gut.

Er ließ das Fuhrwerk etwas abseits stehen und lief den Rest zu

Fuß weiter. *Hallo, Alma, ich habe hier eine kleine Aufmerksamkeit für dich, weil…*

Ja, weil was? Was sollte er ihr sagen? War es nicht letztendlich völlig absurd? All das wegen eines Marmorkuchens? Bei Greta hatte er ebenso geglaubt, Zeichen der Zuneigung zu erkennen – bis sie ihm klipp und klar gesagt hatte, wie die Dinge standen.

Was, wenn er nun denselben Fehler beging?

Bruno konnte das Haus bereits durch die Baumwipfel schimmern sehen und wusste noch immer nicht, was er sagen sollte. Er sah auf seine Holzschuhe hinunter. Um ihn herum wuchsen Fingerkraut und Kamille. Somit tauchte er hier auf und brachte Alma Blumen, die direkt vor ihrer Haustür wuchsen. Wahrscheinlich würde sie gähnen, ihn mitleidig ansehen und sich mit wenig Überzeugung bedanken.

Mit aller Macht spürte er erneut, dass er schier gar nichts für sie hatte. Heute nicht und in ihrem restlichen Leben ebenso wenig. Wie sagten die Leute noch so schön? »De Hektars passt nicht tosammen.«

Sie war die Tochter eines Großbauern und er nicht einmal der Erbe eines ärmlichen Hofes, sondern der Zweitgeborene. Er sollte schnell zusehen, dass er sich davonmachte, sonst würde er sich ebenso lächerlich machen wie zuvor im Blumenladen. Er warf den Strauß ins Gras, lief zum Wagen und fuhr zurück in seine eigene Welt.

53. Kapitel

Julius sah mit Sorge zu Marleene hinüber, die auf ihrer Unterlippe kaute, den Blick in die Ferne gerichtet. Er tätschelte ihren Arm. »Na komm, ein paar Gärtnereien haben wir doch noch auf unserer Liste. Eine von ihnen wird uns schon erlauben, die Triebe von den Mutterpflanzen für unsere Stecklinge zu schneiden«, versuchte er, sie aufzumuntern. »Eine ganz hervorragende Idee hattest du da im Moor mit der schnell wachsenden Heide!«

Allerdings brauchten sie dafür Ausgangspflanzen, von denen sie die Triebe schneiden konnten, um daraus Stecklinge für die Vermehrung zu fertigen.

Marleene nickte leicht abwesend. »Das ist es gar nicht. Irgendwo werden wir gewiss Glück haben, schließlich zahlen wir auch dafür. Mir geht nur einfach die Sache mit Frieda nicht aus dem Kopf. Dass er sich an mir vergreifen wollte, ist eine Sache, aber jetzt auch noch Frieda?« Sie krallte sich an ihrem Rock fest. »Ich wünschte, so etwas wäre verboten! Dann könnte man zumindest etwas tun.«

»Ja, das wäre gut. Zum Glück sind meistens mehrere Leute in der Gärtnerei. Sollten wir doch noch einmal wegmüssen, könnten Frieda und deine Mutter ja zu Thormälens hinübergehen«, schlug er vor, während er den Wagen auf das Gelände der nächsten Gärtnerei lenkte, um dort nach Mutterpflanzen zu fragen.

Leider waren sie abermals erfolglos, und auch die beiden verbliebenen Gärtner waren nicht gewillt, ihnen Stecklingsmaterial zu verkaufen. Julius atmete tief ein, als er wieder neben Marleene auf dem Fuhrwerk saß. Ungünstigerweise fiel ihm nur noch eine Lösung ein. Eine, gegen die sich alles in ihm sträubte.

Aber sie hatten sonst einfach alles versucht.

»Dann müssen wir wohl Hildegard fragen …«

Marleenes Blick flog umgehend zu ihm. »Was?«, rief sie empört. »Das kommt überhaupt nicht infrage!«

»Ich mache es ja auch nicht gerne.« Julius seufzte, während er das Friesengespann um eine Kurve lenkte. »Aber wir müssen es versuchen. Alle anderen Gärtnereien haben uns bereits abgewiesen.« Man gönnte es ihnen nicht, dass der Großherzog ihnen das Land zugesprochen hatte, und keiner wollte ihnen daher aushelfen.

»Nur über meine Leiche!« Marleenes Hände ballten sich zu Fäusten.

»Ich würde es auch nur zu gerne vermeiden, aber wem würden wir mit unserem Stolz eher schaden? Ihnen oder uns? Wenn wir deine brillante Idee umsetzen wollen, müssen wir die Stecklinge jetzt fertigen, sonst haben wir in drei Jahren nichts zum Verkaufen …«

Marleene blickte ebenso finster, wie sein Vater es oft getan hatte.

»Sie wissen ja nicht, was wir wissen – dass sie nun ebenfalls unsere Konkurrenten sind.« Er blinzelte Marleene schelmisch an. »Betrachte es doch als kleine Spionage. Wenn wir dort sind und Material schneiden dürfen, sehen wir gleich die Pflanzen, gegen die unsere antreten werden, aus nächster Nähe … Außerdem würde mich wirklich interessieren, ob sie Frostschäden haben oder ob Hartmut uns ins offene Messer hat laufen lassen.«

»Na gut.« Langsam lichtete sich Marleenes finstere Miene wieder. »Die Idee gefällt mir. Wir wären quasi Gärtner in geheimer Mission …«

»Genau!« Lachend lenkte Julius das Gespann nach rechts, nachdem sie den Ortskern hinter sich gelassen hatten, anstatt links in den Birkenweg einzubiegen.

Im Wohnhaus öffnete niemand, vermutlich waren alle gerade bei der Arbeit. Aber das konnte ihnen nur recht sein, denn so hatten sie eine gute Ausrede, um sich in Ruhe in der Gärtnerei umzusehen. Während sie durch die Quartiere liefen, beugte Julius sich immer wieder über die jungen Triebe und Blätter und inspizierte sie.

»Nichts!«, raunte ihm dann auch Marleene zu. »Kein Blatt ist vom Frost gekrümmt, nicht einmal dunkle Flecken habe ich entdecken können.«

Bevor Julius antworten konnte, rief jemand ihre Namen. Sie drehten sich um, sahen, dass Hildegard den Kopf aus dem hintersten Gewächshaus streckte, und gingen auf sie zu.

»Ihr seid ja gut durch die Frostnacht gekommen«, sagte Julius zu Hartmut, der ebenfalls hinausgetreten war.

»Jo!« Wenn es ihm unangenehm war, dass Julius ihn darauf ansprach, verbarg er es gut. »Das haben wir unseren Kindern zu verdanken, sie haben spätabends noch alles abgedeckt. Wir waren ja auf dem Frühlingsball.« Jetzt wirkte er doch etwas zerknirscht. »Tut mir leid, dass ich den falschen Ratschlag gegeben habe, manchmal liegt diese neumodische Technik nun doch daneben. Ich hoffe, es ist nichts zu Schaden gekommen?«

»Nein, es sieht noch alles bestens aus«, sagte Marleene, was Hartmut zu verwirren schien.

»Wir hatten ebenfalls noch alles abgedeckt, bevor wir aufgebrochen sind. Gärtnerisches Fingerspitzengefühl.« Eigentlich hatte ihm sein Gefühl tatsächlich zur Vorsicht geraten, aber Julius hatte sich auf den Frostschutzwarner verlassen. Inzwischen hatte Jost ihm erklärt, dass Hartmut die zweite Quecksilberstange vor der Messung hätte befeuchten müssen, damit das Gerät sichere Ergebnisse lieferte. Aber er würde den beiden gewiss nicht die Genugtuung gewähren und erzählen, ich welche Nöte sie sie gebracht hatten.

»Und was können wir heute für euch tun? Braucht ihr den Wagen? Das Pferd? Den Pflug?«

»Nein … äh«, Julius betrachtete seine Lederschuhe, die lange nicht mehr so einwandfrei aussahen wie einst. Er hasste es, die beiden um Hilfe bitten zu müssen, aber ihnen blieb keine Wahl, wenn sie sich als Gärtnerei bewähren wollten. »Ich wollte fragen, ob wir von euren Heidepflanzen etwas Material für Stecklinge schneiden dürften?«

Hildegard und Hartmut sahen sich an.

»Natürlich würden wir auch dafür bezahlen«, ergänzte er rasch.

»Puh …«, sagte Hildegard. »Damit bringt ihr uns in eine richtige Zwickmühle. Wir hätten natürlich genug Material. Aber auf der anderen Seite …« Sie gab zu, dass auch sie nun für den Posten der neuen Hofgärtnerei antraten, und sah sie mit großen Augen an. »Ihr werdet doch verstehen, dass wir euch als unsere direkten Konkurrenten nicht in dem Maße unterstützen können?«

Julius ballte die Hände zu Fäusten. Die Heide wäre erst in drei Jahren verkaufsreif, und sie hatten versprochen, einander zu unterstützen. Dass sie sich nun querstellten, war reine Schikane. Und das, obwohl ihre Gärtnerei aus den Pflanzen der Hofgärtnerei aufgebaut worden war. Er spürte, wie sich seine Fingernägel tief in die Handballen gruben, wollte jedoch nicht zeigen, wie wütend es ihn machte. Zum Glück nahm Marleene ihm die Antwort ab, denn er traute seiner Stimme nicht.

»Natürlich«, sagte sie freundlich, und nur er konnte hören, wie sehr sie sich verstellte. »Wir werden schon etwas anderes finden.«

»Ihr seid uns doch nicht böse?«

Julius zuckte mit den Schultern. Er hasste es, dass Hildegard ihn nun auch noch indirekt zwang, ihm zu verzeihen oder zumindest zu sagen, dass es nicht weiter schlimm war, denn die Höflichkeit ließ nichts anderes zu. »Der Wettbewerb steht ja allen offen. Und wenn der Großherzog euch als Lieferanten wählt, ist es seine Entscheidung. Mögen die hübschesten Pflanzen gewinnen.«

»Mögen die besten Pflanzen gewinnen«, wiederholte Hildegard

mit einem niederträchtigen Lächeln, das Julius' Magen dazu brachte, sich zusammenzuziehen.

***

Für das Wochenende war eine Landpartie geplant, und dank Rosalies reduzierter Arbeitszeit konnte auch sie daran teilnehmen – selbst wenn ihr Bedürfnis nach Frischluft und Natur drastisch gesunken war, seit sie in der Hofgärtnerei arbeitete. Doch sie hatte nicht so lange für ihre Rückkehr in die Gesellschaft gekämpft, um den Ausflug jetzt abzusagen. Immerhin war es der Samstag nach dem Frühlingsball, und nun würde es darum gehen, jede Beobachtung und jeglichen noch so kleinen Fauxpas genauestens zu erörtern. Rosalie konnte sich glücklich schätzen, dass ihr und Johannes kein vehementer Fehler unterlaufen war.

Dennoch bohrte sich die Erinnerung an den eigentlich so schönen Abend nun wie eine Haarnadel in ihre Gedanken, denn Johannes ging ihr seit seinem Wutausbruch aus dem Weg. Er sprach kaum mit ihr, und sie hatte das Gefühl, dass er absichtlich die meiste Zeit bei der Motte und dem Schmetterling arbeitete.

Doch mit dem Ausstieg aus der Droschke wischte sie den Gedanken fort. Was kümmerte sie Johannes? Der war ohnehin nur ein Hirngespinst gewesen. Sie würde sich einen Mann angeln, der ihr ebenbürtig war. Hocherhobenen Hauptes schritt sie auf den Prachtbau des Centralbahnhofs zu, vor dem ihre Freundinnen bereits warteten und sie sogleich euphorisch begrüßten.

»Wo ist denn Johannes?«, fragte Julia, deren Gesicht rote Apfelbäckchen zeigte. Vielleicht weil ihre Ballbegleitung von der Boßeltour in Bloh dazustoßen sollte?

»Der war leider verhindert. Wie ihr wisst, ist er viel beschäftigt …«

Henrietta wirkte ernstlich betrübt. Hatte sie etwa ebenfalls Gefallen an ihm gefunden? Wieso ebenfalls, schoss es Rosalie durch den Kopf. Sie hatte gewiss keinen Gefallen an Johannes gefunden. Er war nicht nur engstirnig, sondern zudem herablassend, und der gemeinsame Abend war einzig und allein ein zweckmäßiges Arrangement gewesen.

»Wie schade«, sagte Mathilde. »Erfahren wir heute denn endlich, womit er dermaßen okkupiert ist, dass er nicht einmal an einer famosen Landpartie teilnehmen kann?«

»Wir sollten uns besser zum Bahnsteig begeben, nicht dass wir den Zug verpassen, später wird es noch voller.«

Das Waldhaus Bloh war der Treffpunkt der Oldenburger Gesellschaft. Es erfreute sich solch großer Beliebtheit, dass am Wochenende gar Sonderzüge eingesetzt wurden und eigens eine Fußgängerbrücke über die Gleise errichtet worden war, um Unfälle zu vermeiden.

»Rosalie, du bist ja richtig braun gebrannt im Gesicht und hast zahlreiche Sommersprossen«, sagte Mathilde mit leicht nach hinten gezogener Oberlippe, als sie im Abteil Platz gefunden hatten und der Zug durch die Wiesen mit gelben und weißen Punkten und die noch dunkelbraunen Felder ratterte. »Kannst du bei der Arbeit denn keinen Hut tragen?«

Was sollte sie Mathilde sagen? Würde sie verstehen, dass die Arbeit manchmal so schweißtreibend war, dass jegliche Kopfbedeckung zu viel wäre? So viel Blöße konnte sie sich nicht geben, also hob sie das Kinn. »Du bist aber schlecht informiert. Hast du denn noch nicht gelesen, dass die vornehme Blässe aus der Mode gekommen ist?«

Mathilde schnaubte abfällig. »Wer sagt das? Davon hätte ich ja wohl längst gehört. In der neuesten Ausgabe der *Gartenlaube* habe ich nichts dergleichen gelesen.«

»Wer konsultiert in Modefragen denn schon die *Gartenlaube*«, mit der rechten Hand wischte Rosalie durch die Luft. »Ich habe dank Dorothea Goldbach, geborene von Wallenhorst, exquisite Magazine aus

Frankreich zur Verfügung.« Das war gelogen, Dorothea hatte andere Interessen als die Mode, aber das wusste gewiss keine ihre Freundinnen. Und mit ihrer adeligen Abstammung wäre ihr ein erlesener Geschmack durchaus zuzutrauen.

»Apropos Dorothea«, schaltete sich nun zum Glück Henrietta ein. »Deine Schwägerin scheint Konstantin ja sehr gut im Griff zu haben.«

»Was bringt dich zu der Annahme?«

»Ich habe zufällig ein Gespräch unter zwei Frauen mitbekommen. Anscheinend hat Dorothea bei entscheidenden Damen der Gesellschaft den Hinweis platziert, dass man sich besser von Konstantin fernhalten solle, sofern man nicht auf einen Mann zweifelhaften Rufes hereinfallen möchte.«

Rosalie schnappte nach Luft. »Das hat sie wahrhaftig getan?«, rief sie und sah ihre Freundinnen ungläubig an. Julia nickte bestätigend, und Mathilde wich ihrem Blick mit geröteten Wangen aus, was Rosalies Vermutung bekräftigte, dass auch sie Konstantins Charme erlegen war. Möglicherweise war sie selbst daran nicht unschuldig, da sie ja ein gutes Wort für ihren Bruder eingelegt hatte. Dorothea schadete allerdings ihrem eigenen Ruf, wenn sie derartige Gerüchte – oder auch Wahrheiten – verbreitete. Aber es schien gewirkt zu haben. Jetzt begriff Rosalie endlich, warum die Frauen auf dem Ball ihrem Bruder ausgewichen waren, als hätte er die Pest oder die Lustseuche.

Mit einem durchdringenden Pfeifen kam der Zug eine halbe Stunde später zum Stehen. Die Damen ließen sich von den Männern, die sie dort erwarteten, aus dem Waggon helfen und flanierten durch den Bloher Forst, um sich danach im Waldhaus bei einem Kännchen Kaffee und Rhabarber-Baiser-Kuchen zu stärken.

Rosalie sog die duftende Waldluft ein, lauschte dem Vogelgezwitscher und genoss den Müßiggang, den sie seit ihrer Arbeit umso mehr zu schätzen wusste. Es war herrlich, einfach nur mit geradem Rücken dazusitzen, ohne etwas tun zu müssen. Absurderweise verspürte sie jedoch bei jeder Quecke, die sie auf dem Waldboden erblickte, den Drang, diese herauszuziehen, da sie die gesamte Woche über Unkraut getilgt hatte. Sie musste sich daran erinnern, dass sie heute einfach nur die Sonne und die frühlingshafte Brise genießen durfte.

»Es ist wirklich ein Jammer, dass Johannes unabkömmlich war«, sagte Mathilde jedoch abermals und holte sie damit aus ihren Gedanken zurück.

Wieso kam sie denn schon wieder darauf zurück? Hatten sie dieses Thema nicht bereits zur Genüge erörtert?

»Ja, das ist es.«

»Du wolltest uns noch erzählen, was er macht«, erinnerte Julia sie.

»Ach …« Rosalie streckte träge die Füße von sich. »Ich will euch damit wirklich nicht ennuyieren. Es ist recht kompliziert.«

»Ach ja?«, fragte Mathilde wachsam, doch Rosalie tat es mit einem knappen Nicken ab.

»Was soll denn an einer Stelle als Arbeiter in der Hofgärtnerei kompliziert sein?«, legte Mathilde jedoch nach. Ihre Stimme war eiskalt und ließ Rosalie zusammenfahren, als wäre eine Stecknadel beim Kleideranpassen in ihren Leib gerammt worden.

»Woher …?«, stammelte sie hilflos, und Mathilde verschränkte die Arme.

»Ich habe es von einer Dame auf dem Ball erfahren. Anscheinend hat sie früher einmal bei euch gearbeitet.«

Marleene. Das konnte nur Marleene gewesen sein. Hatte dieses Biest also doch noch einen Weg gefunden, es ihr heimzuzahlen, dass sie ihr wegen des Flieders nicht hatte helfen wollen. Rosalie biss die Zähne zusammen und spürte, wie alles in ihr zu zittern begann. Zum Glück hatte sie dank Johannes jedoch monatelange Übung darin, sich ihren Zorn nicht anmerken zu lassen.

»Na und?«, fragte sie mit perfekt gespielter Gelassenheit.

Ihre Freundinnen sahen sie verdutzt an.

»Rosalie …«, begann Mathilde. »Ich hätte nicht gedacht, dass du nun schon dermaßen tief gesunken bist, dass du dich auf einfache Arbeiter einlässt. Erst die Lösung der Verlobung und nun so etwas?! Man könnte fast meinen, dir sei die Sonne zu Kopf gestiegen. Das ist nun wirklich unter unserer Würde. Wir geben uns doch nicht mit …«, sie suchte nach einem Wort, das herablassend genug war, »… nicht mit so einem Gesindel ab!«

»Genau, was ist denn bloß in dich gefahren? Ein Arbeiter, also wirklich … selbst für deine Verhältnisse …«

Es war zu viel.

Rosalie gelang es nicht länger, die Contenance zu wahren. Ob sie es wollte oder nicht, ihre Kollegen waren ihr ans Herz gewachsen. Sie achteten sie als Person und hatten ihr geholfen, als sie am Boden gelegen hatte, was sie von ihren sogenannten Freundinnen nicht gerade behaupten konnte.

Und was die feinen Fräuleins hier sagten, war alles überaus verlogen. Das musste sie einfach klarstellen!

»Und ich verstehe nicht, was in euch gefahren ist!« Rosalie blickte von Mathilde zu Henrietta. »Wart ihr nicht begeistert von Johannes, als ihr geglaubt habt, er wäre ein Bürgerlicher? Ich habe genau gesehen, wie du ihn angeschmachtet hast, Henrietta. Und ist es so schlimm, dass er arbeitet? Arbeiten Julius und Konstantin nicht ebenso in einer Gärtnerei?«

»Das ist doch etwas ganz anderes«, sagte Mathilde mit angewidert verzogenem Gesicht. »Die beiden sind die Besitzer, sie leiten das Unternehmen. Johannes ist einfach nur ein Arbeiter.«

»Aber hast du nicht gehört, wie er reden kann?« Rosalie erhob sich. »Du solltest ihn mal hören, wenn er in Schwung gekommen ist. Er kennt sich mit Sachverhalten aus, die auch uns Frauen interessieren sollten. Er mag nur einer einfachen Arbeit nachgehen, aber er ist dennoch intelligent, und ich …« Sie hielt abrupt inne.

»Was?«, fragte Mathilde mit herausfordernder Miene.

»Ich habe mich bislang mit keinem Mann dermaßen gut unterhalten und amüsiert wie mit ihm, und ich denke, jede Frau könnte sich glücklich schätzen, ihn an ihrer Seite zu haben.«

Henrietta lachte belustigt auf, Julia wirkte frappiert. Die Männer betrachteten schweigend das Tischtuch.

»Dann geh doch!« Mit Mathildes Worten sprühten einige Speicheltröpfchen aus ihrem Mund.

Rosalie sah sie vernichtend an. »Das werde ich auch. Denn wenn das eure Meinung ist, versteht ihr einfach nicht, was wirklich von Bedeutung ist, und ich habe kein Interesse daran, mich mit solch kleingeistigen Menschen weiter zu umgeben.«

***

Auf dem Rückweg von der Kirche blieb Alma stehen. Es genügte, wenn einer aus dem Haushalt den Kirchgang antrat, und heute hatte sie dies übernommen. Aber was war das? Sie bückte sich und hob einen Feldblumenstrauß auf, der von einer Kordel eingefasst war. Einst war er gewiss wunderhübsch gewesen, doch nun hingen die Blüten welk herunter. Ihr Herzschlag beschleunigte sich. Umgehend wünschte sie sich, dass dieser Strauß von Bruno stammte. Sie wäre schlicht dahingeschmolzen vor Freude, wenn er sie mit einem solchen Strauß beglückt hätte. Doch wieso sollte er dann hier im Gras liegen?

Und wäre es überhaupt ein gutes Zeichen, wenn es wahrhaftig Brunos Strauß wäre? Denn das zeigte ja nur, dass er sich dagegen entschieden hatte, ihn ihr zu überreichen. Aber zu wem sollte der Strauß sonst gehören? Hatte Frieda einen heimlichen Verehrer? Oder hatte Julius ihn für Marleene gepflückt? Aber warum hätte er ihn wegwerfen sollen? Zudem lag er sehr viel näher an ihrem Haus, und die meisten Besucher des Schwalbennests kamen aus der anderen Richtung.

Von wem der Strauß auch war, die Heftigkeit, mit der ihr Herz ob der bloßen Annahme schlug, dass er von Bruno sein könnte, zeigte ihr, dass sie dringend mit ihrem Vater reden musste. Seit Tagen dachte sie bereits darüber nach, hatte es jedoch nicht über sich gebracht. Deswegen würde sie es jetzt auf der Stelle tun, bevor der Mut sie wieder verließ.

Mit eiligen Schritten ging sie in die Scheune, wo er sonntags stets ihre Gerätschaften pflegte. Er begrüßte sie erfreut, während er die Kette eines Dreschflegels reparierte. Alma kletterte auf eine hölzerne Futterkiste, ließ die Füße baumeln und beobachtete eine Weile, wie das Licht sich durch die dünnen Ritzen der bretternen Wand stahl.

»Wolltest du etwas Bestimmtes, mien Deern, oder mir nur Gesellschaft leisten?«

»Ach…« Es wäre ein Leichtes, Ersteres zu verneinen und einfach eine Weile hier sitzen zu bleiben, denn was sie fragen wollte, würde ihn fürchterlich unglücklich machen. Doch wenn sie mit Bruno zusammen sein wollte, musste sie dies klären. Ihr war bewusst, dass es nicht leicht werden würde, aber ihre Gefühle für Bruno waren von solch einer Intensität, dass sie bereit war, in weitaus ärmeren Verhältnissen zu leben.

»Ich wollte dich etwas fragen.« Sie knetete ihre Finger.

Hermann lächelte ihr kurz zu, bevor er weitermachte. »Denn man to.«

»Du weißt ja, dass man sagt: ›De Hektars passt nicht tosammen‹, wenn die Tochter eines Großbauern sich in einen Zweitgeborenen verguckt hat…«

Er nickte. »Genau. Das ist in der Regel keine gute Idee.«

Alma drückte ihre Finger so stark zusammen, dass es schmerzte, und wagte nicht, ihm in die Augen zu sehen. Aber es musste raus. Ganz langsam sah sie ihren Vater von der Seite her an. Er hielt in der Bewegung inne und musterte sie besorgt.

»Bloß was ist, wenn die Hektare zwar nicht zusammenpassen, die Herzen dafür aber umso mehr?«

54. Kapitel

»Nicht so schnell, Leute, lasst euch ruhig Zeit mit den Stecklingen«, mahnte Julius, und Frieda sah, wie er einen besorgten Blick auf den kleinen Haufen aus Heidetrieben in der Mitte des Pflanztisches warf, den sie in einem noch leer stehenden Gewächshaus aufgebaut hatten.

Es hatte etwas Absurdes. Normalerweise wurde man vom Chef stets zur Eile getrieben, und hier lag nur Asta schlafend in der Ecke, während alle anderen selbst am geheiligten Sonntag voller Tatendrang am Tisch saßen, um Stecklinge zu schneiden.

Aber es gab einfach kein Ausgangsmaterial, das sie noch verarbeiten konnten.

Selbst Franz war gekommen, da er vorgeschlagen hatte, in diesem Frühjahr auch an den Sonntagen zu arbeiten und dafür im Winter etwas weniger, damit sie vorankamen. Bruno hatte Greta mitgebracht, Alma und Jost waren ohnehin ihre sonntäglichen Dauergäste – auch wenn Frieda auf Letzteren am liebsten verzichtet hätte. Sie hätte sich ja gerne damit getröstet, dass sie ihm bald sehr gut aus dem Weg gehen konnte, da sie sich ihren Traum von einem eigenen Blumenladen erfüllte, aber das Unterfangen stellte sich als noch schwieriger heraus als erwartet. Zunächst wirkten die Ladenbesitzer zumeist über die Anfrage erfreut, doch sobald sich herausstellte, dass sie alleinstehend war, blockten alle ab. Nicht einmal die Hausbesitzer in den entfernteren Nebenstraßen konnte sie überzeugen, und einige hatten ihr sogar auf den Kopf zugesagt, sie bezweifelten, dass eine Frau ausreichend Geschäftssinn habe, um einen Laden zu führen.

»Je schneller wir fertig sind, desto früher können wir Kuchen essen«, rief Alma in die Runde, wohl um die Stimmung zu heben, und die meisten lächelten ihr kurz zu, während sie weiterhin im Schneckentempo die Stecklinge schnitten, die Franz danach ganz gemächlich in die mit Erde befüllten Kisten steckte.

»Welchen Kuchen hast du denn heute gebacken?«, erkundigte Bruno sich aufgeregt bei Alma.

»Tut mir leid, diesmal gibt es nicht deinen Lieblingskuchen, heute habe ich Käsekuchen gebacken.«

»Egal«, Bruno strahlte sie an. »Von dir sind alle Kuchen meine Lieblingskuchen.« Frieda ging das Herz auf, als sie sah, wie die beiden sich anlächelten, doch ein peinvoller Schrei unterbrach die harmonische Stimmung. Greta hatte ihr Messer weggeworfen und hielt sich die Hand, da ihr Finger blutete. Bruno reichte ihr eilfertig ein Taschentuch.

»Willst du lieber etwas anderes machen, Greta?«, erkundigte sich Marleene. »Wobei ich fürchte … wir haben nicht einmal mehr Unkraut. Den Hof hat Alma vorhin schon gefegt … Eigentlich musst du auch gar nichts machen. Ruh dich doch etwas aus. Oder willst du zu deinem lütjen Hölmel zurückkehren? Der Kleine wartet doch sicherlich schon.«

»Nein … danke, es geht schon.« Sie nahm ihr Messer wieder auf und machte eifrig weiter.

»Woher kommt denn eigentlich die Heide, die wir hier haben?«, erkundigte Franz sich.

»Das ist die Glocken-Heide aus unserem Garten«, rief Alma, und Frieda bemerkte, dass Greta sie daraufhin ansah, als wollte sie sie mit ihren Blicken töten. »Schade, dass das, was wir in unserem Bauerngarten haben, bei Weitem nicht ausreicht.«

Julius legte resigniert sein Messer beiseite. »Es ist ein guter Anfang, aber für den Verkauf brauchen wir Hunderte Pflanzen … Ich hätte einfach nicht damit gerechnet, dass die anderen Gärtnereien sich derart querstellen.«

Frieda zerbrach sich den Kopf, wie man diese verfahrene Situation verbessern könnte. Jetzt waren Julius und Marleene so nah daran, ihr Ziel zu erreichen, und nun sollte es an Verkaufspflanzen für die kommenden Jahre scheitern?

»Kann man denn nicht mit denen reden?«, fragte Frieda.

»Das haben wir ja versucht …«

»Ich meine, nicht direkt beim Einkauf. Man müsste vorher ein gutes Verhältnis haben, sodass sie einem keinen Wunsch abschlagen können. So wie bei uns. Wir helfen uns ja auch gegenseitig.« Frieda blickte in die Runde.

»Hmmm.« Julius stand langsam auf. »Vielleicht hatten diese Gärtnerstammtische, auf denen mein Vater stets war, doch noch eine andere Funktion, als einen Grund zum Biertrinken zu haben.«

Die Runde lachte, doch dann wurde Julius wieder ernst. »Allerdings dauert es, bis man ein gewisses Vertrauensverhältnis aufgebaut hat. Es könnte für die Stecklinge zu spät sein.«

»Also für die Zwischenzeit …«, Franz schlenderte von seinem Stecktisch an den Schneidetisch hinüber. »Wir leben doch in einem Bauerndorf …«

»Tatsächlich?«, fragte Greta garstig, ohne mit dem Schneiden aufzuhören. »Ist mir ja noch gar nicht aufgefallen. Aber dann weiß ich nun ja endlich, warum immer dieser unterschwellige Geruch nach Kuhdung in der Luft hängt.«

Franz lachte gutmütig und hakte seine Daumen in die Hosenträger ein. »Darauf wollte ich nicht hinaus. Das Vorhandensein vieler Bauern birgt noch andere Vorteile als eine gesunde Landluft.«

»Man kann nicht so schnell einen Hof von Pflanzen auf Schweinehaltung umstellen«, warf Bruno ein, und Franz schmunzelte erneut.

»Nein, das meinte ich auch nicht. Ich wollte damit sagen, dass der Bauerngarten der Thormälens nicht der einzige in der Gegend ist …«

Greta schnaubte. »Und dann? Sollen wir etwa bei allen an die Tür klopfen und um Pflanzen betteln?«

»Warum nicht?«, fragte Franz mit einem Anklang von kindlichem Enthusiasmus.

Würden sich die Leute darauf einlassen?, überlegte Frieda. An sich wäre es kein immenser Verlust. Viele hatten große Heidepflanzen im Garten, und für die Stecklinge benötigte man nur die Spitzen. Ein Rückschnitt würde ihnen sogar guttun, und im kommenden Jahr würden sie gewiss besser austreiben. Auf der anderen Seite waren die Ammerländer ein recht starrsinniges Volk. Es war ungewöhnlich, jemanden in seinen Garten zu lassen. Wozu sollten sie eine solche Störung hinnehmen?

»Nee, nee, nee«, schaltete sich plötzlich Jost ein. Offenbar war auch er der Ansicht, dass Betteln sie nicht weit bringen würde. »Das müsste man anders angehen«, sagte er dann aber.

»Und wie?«, fragte Marleene mit nur wenig Hoffnung in der Stimme.

»Man muss den Leuten etwas bieten, das sie nicht ausschlagen können. Erst dann lassen sie sich darauf ein.«

Marleene sah sich kläglich im fast leeren Gewächshaus um. »Was haben wir denn schon zu bieten?«

Jost begutachtete die verbliebenen Heidetriebe in der Mitte des Tisches. »Wie viele Stecklinge können aus einer Heidepflanze entstehen?«

»Vielleicht zwanzig bis dreißig, wenn sie groß ist.«

»Dann bietet ihr für jede Pflanze, die ihr beschneiden dürft, drei neue Pflanzen, die aus diesem Material entstanden sind.«

Während alle Jost noch nachdenklich ansahen, sprang Alma bereits auf.

»Großartig! So machen wir es. Dann wird kaum einer ablehnen! Am besten gehen wir gleich los, lasst uns keine Zeit mehr verlieren. Ich denke, wir sollten Pärchen bilden, dann schaffen wir mehr und können den Ort systematisch unter uns aufteilen.«

»Was, jetzt gleich?«, fragte Greta entgeistert.

Alma fing bereits an, den Arbeitsplatz zu säubern. »Aber gewiss doch! Es sei denn natürlich, du ziehst es vor, im Schneckentempo weitere Stecklinge zu machen und rumzujammern, wie schrecklich alles ist.«

Marleene sah endlich wieder glücklich aus. »Einen Versuch ist es sicherlich wert. Wer geht mit wem?«

Bruno erhob sich und warf Alma einen schüchternen Blick zu. »Wollen wir … äh … ein Pärchen bilden?«

»Gerne!« Schüchtern sahen sie sich an, und Frieda hätte beinahe einen Seufzer des Entzückens ausgestoßen, doch dann trat Greta an Brunos Seite. »Ich komme auch mit.«

Am liebsten hätte Frieda sie geschüttelt. Warum konnte sie die beiden nicht gewähren lassen? Sie wollte Bruno doch nicht, warum musste sie die zarten Bande zerstören, die sich zwischen ihnen entwickelten?

»Greta, du kannst doch mit mir gehen«, rief sie zu ihr hinüber, doch die verschränkte missmutig die Arme vor der Brust.

»Lass mal. Bruno und ich sind ja schon so etwas wie ein Dauerpärchen. Und du willst doch gewiss mit Jost gehen.«

Spätestens jetzt hätte Frieda Marleenes einstiger Kollegin die Augen auskratzen und sie zudem noch in den Boden stampfen können. Wie kam Greta zu der Annahme? Und wie sollte sie aus der Situation jetzt wieder herauskommen? Sie wagte es kaum, auch nur ansatzweise den Blick zu heben.

»Ich gehe mit Franz«, rief sie rasch, und der junge Bursche tippte sich kurz an die Kappe. »Wir hatten bisher kaum Gelegenheit, uns kennenzulernen«, fügte sie vorsichtshalber als Erklärung hinzu.

Jetzt trat Jost mit seinem leichten Hinken auf Greta zu. »Wie es aussieht, musst du denn wohl mit mir vorliebnehmen. Ich möchte ungern das frisch vermählte Paar entzweien«, sagte er in Richtung von Julius und Marleene, »und Bruno und Alma hatten sich ja bereits zusammengefunden.«

Greta stand unschlüssig im Raum, und Frieda ahnte, dass es hinter ihrer Stirn arbeitete.

»Oder findest du mich auch so schlimm?«, fragte Jost und sah Greta interessiert an. Herrjemine, dachte er etwa, Frieda würde *ihn* schlimm finden? Sie wollte doch nur nicht in seiner Gruppe sein, weil er *sie* nicht mochte. So oder so zwangen seine Worte Greta zur Handlung. Sie setzte ein wenig überzeugendes Lächeln auf und trat auf Jost zu.

»Es wird schon gehen.«

***

Als Konstantin am Montag seine übliche Runde durch die Hofgärtnerei machte, war er bester Laune. In einer Gastwirtschaft in Rastede, in die er sich vom Frühlingsball davongestohlen hatte, hatte er einen Dragoner des Oldenburgischen Infanterie-Regiments Nr. 91 kennengelernt, der an diesem Abend seit langer Zeit freigehabt hatte. Konstantin hatte sich gewundert, dass er nicht auf dem Ball war, doch er hatte ihm eröffnet, dass er von dem Amüsement der feinen Gesellschaft nicht viel halte. Stattdessen hatte er ihn auf einen *Danz op de Deel* in einer riesigen Scheune mitgenommen.

Für Konstantin hatte sich eine gänzlich neue Welt aufgetan, die zudem genau das war, was er benötigte. Offenbar hatte er es mit seinen Eskapaden in der feinen Oldenburger Gesellschaft zu weit getrieben, anders konnte er sich das durchgängig abweisende Verhalten der Damen nicht erklären. Doch mit den Landmädchen eröffneten sich ihm völlig neue Jagdgründe. Die meisten waren bereits von seiner feinen Kleidung beeindruckt, sodass er nicht mehr viel Überzeugungsarbeit leisten musste. Den gesamten Samstagabend hatte er zwischen den süßesten Mädchen geschwelgt, die auch lange nicht so zurückhaltend und bieder wie die Damen der Oberschicht gewesen waren.

Als sich ihm in Gewächshaus Nummer vier nun ein weiblicher Hintern entgegenstreckte – und der Schmetterling weit und breit nicht zu sehen war –, konnte er dennoch nicht widerstehen. Er kniff hinein und genoss, wie das pralle Fleisch unter seinen Fingern nachgab und das unumgängliche Kreischen sich sogleich in ein Kichern wandelte, sobald die Motte ihn erkannte.

Er lächelte sie an und zog sie an sich, nachdem sie sich beruhigt hatte.

»Ich habe dich vermisst«, flüsterte er in ihr Ohr, und sie lächelte unsicher zurück.

Rasch sah er sich um, um sich zu versichern, dass die nervige Schwester wirklich nicht im Gewächshaus war, doch dann entdeckte er etwas, das er nicht zuordnen konnte. Am hinteren Ende standen gut zehn Metalleimer, abgedeckt mit einem langen Brett.

»Was ist denn das?«, murmelte er mehr zu sich selbst als zur Motte und ging darauf zu. Etwa ein weiteres von Julius' Geheimprojekten? Eimer voller exotischer Pflanzensamen vielleicht? Die sollte er sich unbedingt genauer ansehen, womöglich konnte er den Inhalt ja für seine Zwecke gebrauchen. Doch zu seiner Überraschung umrundete das unansehnliche Mädchen ihn nun und verstellte ihm den Weg.

»Das ist rein gar nichts. Nur leere Eimer. Ottilie und ich müssen sie zurück in den Geräteschuppen bringen.«

So hieß der Anstandswauwau also. Er war dennoch nicht überzeugt. Wer sollte leere Eimer mit einem Brett abdecken? Sollte das etwa eine Art Bank zum Ausruhen sein, wo die beiden unerlaubt

Pause machten? Prüfend sah er dem Mädchen in die Augen und erkannte pure Angst. Das machte ihn stutzig.

»Ich würde es mir trotzdem gerne ansehen.«

Ihr Blick änderte sich. »Ach ja?« Herausfordernd ging sie auf ihn zu, bis ihre Brust seinen Oberkörper berührte. »Wollen wir die Zeit nicht besser anders nutzen?«

Das wollte er nur zu gerne, aber dass sie plötzlich so offensiv wurde, machte ihn nur noch neugieriger. Was zum Teufel war in den Eimern, dass er es partout nicht sehen sollte?

»Das werden wir noch«, sagte er und schob sich entschlossen an ihr vorbei, ging auf die Eimer zu und hob das Brett an. Zuerst sah er einfach nur schwarz. Buchstäblich. Der Eimerinhalt war schwarz. Erst als er sich hinunterbeugte und die wuselnden Bewegungen gewahrte, erkannte er, was er vor sich hatte. »Igitt!«, rief er aus und schnellte zurück. Die Eimer daneben waren genauso schwarz, andere vornehmlich braun. Aber alle hatten eins gemein: Jeder einzelne Eimer barg einen ganzen Haufen von stumpf glänzenden Käfern mit vereinzelten helleren Flecken oder Nacktschnecken mit ihrer glitschigen Lamellenhaut, die übereinanderkrabbelten.

Angewidert legte er das Brett zurück, damit keiner entkam, und fuhr sich anschließend durch das Gesicht. »Ihr habt die Schädlinge nicht getötet?«

Zerknirscht schlug die Motte die Augen nieder. »Ich konnte es einfach nicht.« Sie wirkte plötzlich so zerbrechlich und niedergeschlagen, dass sie seine Zärtlichkeit weckte. Dieses Mädchen war so fürsorglich, dass es wahrhaftig keiner Fliege etwas zuleide tun konnte. Und eben auch keinem Dickmaulrüssler. Identifizierte sie sich am Ende gar mit den selten hässlichen Käfern?

Ängstlich sah sie ihn an. »Wirst du jetzt …? Ich meine …«

Konstantin erinnerte sich, dass er ihr damals aus einer Laune heraus Schläge angedroht hatte. Mit einem Satz war er bei ihr, und es erschreckte ihn, dass sie zurückwich. Traute sie ihm das wahrhaftig zu?

»Aber, aber«, sagte er beschwichtigend. »Du musst vor mir keine Angst haben, ich würde dir niemals etwas antun.« Sanft strich er über ihre Wange. Die Haut war so samtig weich, dass es ihn fast vergessen ließ, dass ihre Augenbrauen in der Mitte zusammenwuchsen und ihre Züge alles andere als ebenmäßig waren. »Dazu bist du mir viel zu wichtig.«

»W-wirklich?«

»Aber gewiss. Ich denke immerzu an dich. Hat dir eigentlich schon einmal jemand gesagt, wie hübsch du bist?«

Sie lachte ungläubig und betrachtete ihre Hände.

»Du glaubst mir nicht? Aber das bist du.« Er berührte den daumengroßen Leberfleck auf ihrer Wange. »Ich liebe dieses Muttermal, es gibt dir etwas Einzigartiges. Und deine Nase …«, er fuhr sachte mit dem Zeigefinger über den kleinen Hügel in der Mitte, »ist perfekt. Sie ist nicht zu klein und nicht zu groß.«

»Aber … Sie nennen mich Motte.« In ihren Pupillen lag die Traurigkeit von wohl hundert Jahren, und sie senkte die Lider rasch wieder. Doch Konstantin hatte das unendliche Herzensleid gesehen, das sie in sich trug.

»Schschch«, beruhigte er sie und hob ihr Gesicht wieder an. »Ist dir denn noch nie aufgefallen, wie schön Motten aus der Nähe betrachtet sind? Du bist der Schmetterling der Nacht – mein Mondvogel, mein bezaubernder Nachtfalter.«

Unsicher kicherte sie.

»Sieh dir nur diese verführerischen Lippen an.« Sie schauderte, als er sanft darüberstrich. »Diese breiten Lippen spuken Tag und Nacht durch meine Gedanken, und weißt du, was ich dann damit machen möchte?«

Sie strich eine fettige Strähne hinter ihr Ohr und sah ihn mit großen Augen an. Er zog sie näher an sich heran und drang mit seiner Zunge in ihren Mund. Es dauerte einen Moment, doch dann ließ sie sich auf den Kuss ein. Konstantin spürte, wie sich das Blut in der Mitte seines Körpers sammelte, und überlegte bereits, wo und wie er das Ganze fortführen könnte, als ein Räuspern sie unterbrach. Mist! Er hätte sie zuerst an ein ungestörtes Plätzchen führen sollen. Das nächste Mal würde er das tun, immerhin brauchte er auch etwas Vergnügen unter der Woche, und Dorothea war ja nur noch auf das Kind fixiert.

Unverbindlich lächelte er dem Schmetterling zu und machte sich ungerührt davon. Im Gewächshaus mit den Wettbewerbspflanzen hob sich seine Laune weiter. Sie sahen bereits nach der einen Woche sehr viel satter aus.

Als er am Mittagstisch davon berichtete, kräuselte Dorothea jedoch ihre Stirn. Er ließ sich davon nicht irritieren – sie hatte ständig irgendetwas zu meckern, wie es Ehefrauen nun mal eigen war.

»Ich sag es euch, wenn ich jetzt noch mal die gleiche Dosis gebe, ist uns der Sieg gewiss. Dann geht Vaters Titel als Hofgärtner auf mich über.«

»Sehr schön«, sagte Rosalie, die abwesend in ihrem Essen herumstocherte.

»Du willst ihnen noch mehr Kunstdünger geben?«, fragte Dorothea. »Willst du nicht zunächst abwarten? Dünger kann auch Schaden anrichten, wenn man ihn falsch einsetzt. Wir haben uns mit diesem Thema in der Gärtnerinnenschule detailliert auseinandergesetzt, und ich bin durchaus darin bewandert.«

Konstantin hasste es, wenn sie seine Fähigkeiten anzweifelte. Immerhin hatte er die Königliche Gärtnerlehranstalt bei Berlin besucht und sie nur eine schnöde Gärtnerinnenschule. Um einen Streit zu vermeiden, legte er jedoch lediglich seine Hand auf ihre.

»Liebchen, ich weiß schon, was ich tue.«

Sie neigte den Kopf. »Na schön. Wo wir gerade beim Thema sind … Es gibt da noch etwas, das ich mit dir besprechen wollte.«

»Gewiss, was hast du auf dem Herzen? Möchtest du ein neues Kleid, die jetzigen schlackern ja an dir herunter.«

Dorothea wirkte verärgert. Warum war ihm das auch herausgerutscht? Er wusste doch, dass Frauen nicht gerne auf Mängel angesprochen wurden, bei der Motte hatte er das tunlichst vermieden. Ach, wenn er erst endlich bei ihr am Ziel wäre, dann …

Dorothea riss ihn aus seinen Gedanken. »Ich habe mich gefragt, ob ich so langsam in die Hofgärtnerei zurückkehren sollte.«

»Zurückkehren? Wie meinst du das? Wir sind doch in der Hofgärtnerei.«

»Du vielleicht. Ich lebe lediglich auf dem Gelände der Hofgärtnerei. Ich denke, es ist an der Zeit, dass ich auch wieder dort arbeite.«

Konstantins Kopf schnellte hoch. Dorothea in der Hofgärtnerei? Das käme einer Katastrophe gleich. Wie sollte er denn dann vergnügliche Stunden mit der Motte erleben? Er legte Messer und Gabel beiseite und blickte seine Frau streng an. »Du wirst natürlich nicht wieder arbeiten, Dorothea. Du bist verheiratet, und es ziemt sich nicht. Was sollen denn die Leute denken? Dass wir das Geld nötig haben?«

»Nun ja …«, setzte sie an, doch er schlug mit der flachen Hand auf den Tisch.

»Es kommt nicht infrage. Du bist meine Frau, und ich untersage es.«

Gut, dass er das Recht dazu hatte. So musste er gar nicht erst weiter diskutieren.

* * *

Rosalie saß nachdenklich auf dem Rand eines weit geöffneten Frühbeets und vereinzelte die zarten Pflanzen. Wie würde sie sich fühlen, wenn ihr Ehemann es ihr untersagte zu arbeiten? Das leise Surren einer Biene ließ sie in der Bewegung innehalten. Als sie gefährlich nahe kam, sprang sie schreiend auf und rannte ein paar Schritte weg, um das Tier abzuschütteln.

Eine Vorlage, die Johannes sich offenbar trotz seines Grolls nicht entgehen lassen konnte. Er lachte schäbig.

»Lach nur! Mich hat letztes Jahr eine in den Kopf gestochen... Das hat gar fürchterlich gebrannt, und das möchte ich nicht noch mal erleben.«

Johannes nickte verständnisvoll. »Ja, muss hart sein, wenn man es ansonsten nicht gewohnt ist, etwas im Kopf zu haben.«

»Vielleicht ist mein schlaues Köpfchen ja auch einfach nur so voll, dass für garstige Bienen kein Platz mehr ist«, entgegnete sie mit Gewittermiene, und Johannes schnaubte.

»Wenn der Kopf so schlau wäre, würde er wissen, dass es mitnichten garstige, sondern nützliche Tiere sind!«

»Ach ja?« Rosalie setzte sich wieder auf den hölzernen Rand des Mistbeetkastens, nachdem das Insekt seine Niederlage erkannt hatte. »Dann kann ich mich ja zurücklehnen, während sie mit Miniaturspaten und -harken meine Arbeit machen.«

»Ich habe gesagt *nützlich*, und nicht, dass es kleine Zauberelfen sind, die alles für dich machen«, schimpfte er und gestikulierte heftig. »Auch wenn das in deiner Märchenwelt, die du dir Tag für Tag zurechtträumst und in der wir alle Königin Rosalie huldigen, so sein mag. Aber, kleine Erinnerung: Wir sind hier im wahren Leben. Dieser Albtraum, wo die große Rosalie in Wirklichkeit nur eine unbedeutende Arbeiterin ist...«

Rosalie schloss für einen Moment die Augen und konzentrierte sich auf ihre Atmung. Immerhin sprach er wieder mit ihr, doch seine Bemerkungen waren wirklich noch verletzender als zuvor, und sie konnte sich nicht erklären, warum.

»Warum hasst du mich eigentlich dermaßen?«, fragte sie tonlos.

»Ich hasse nicht dich, ich hasse das, was du verkörperst. Der Ball hat mir dafür noch einmal die Augen geöffnet. Du kommst aus einer gänzlich anderen Welt, und bei dir ist alles anders …«

»Du sagst es, für mich ist auch nicht alles leicht.« Rosalie dachte an das vergangene Wochenende zurück, was ihre Freundinnen ihr vorgeworfen hatten, und an die vielen einsamen Abende in der Fliedervilla nach ihrer Ächtung, nur weil sie aufgrund fehlender Liebe ihre Verlobung gelöst hatte.

»Was musstest du denn bitte sehr erleiden? Du hast deine vornehme Blässe verloren, hast dich ein bisschen dreckig gemacht, und – oje – dein Fingernagel ist abgebrochen. Weißt du, wie es uns da draußen geht?« Er deutete in die unbestimmte Ferne. »Der kleine Heini muss arbeiten gehen, seit er sieben ist. Oft kann er nicht zur Schule. Warum? Weil auch er mithelfen muss, damit etwas Essbares auf den Tisch kommt. Manchmal gibt es tagelang nur Wassersuppe. Hast du überhaupt eine Ahnung, was das ist? Musstest du jemals hungrig ins Bett gehen?«

So langsam platzte Rosalie der Kragen. »Ja, das ist wirklich alles sehr traurig, aber was kann ich denn dafür? Ich habe diese Regeln nicht geschaffen. Und ich sage dir noch etwas. Dem kleinen Heini mag es jetzt sehr schlecht gehen, aber immerhin kann er später selbst entscheiden, was er machen möchte. Und warum? Weil er ein Mann ist. Ich hingegen musste stets das tun, was mein Vater verlangte, nur um irgendwann an einen Ehemann weitergereicht zu werden, und dann darf der über sämtliche Belange bestimmen.« Wutentbrannt erhob sie sich. »Meinst du etwa, das ist schön?«

Johannes sprang ebenfalls auf. »Natürlich nicht, aber es gibt doch einen Unterschied, ob ich ums Überleben kämpfe oder nur gegen Unterdrückung. Und wenn ihr da oben nur ein klein wenig Verzicht üben würdet, müssten andere nicht verhungern.«

»Aber was ist das denn für ein Leben, wenn man nichts selbst entscheiden darf? Auf so ein Leben kann ich gut verzichten. Und ich weiß auch nicht, warum du mich immer mit der Bourgeoisie in einen Topf wirfst. Stehe ich hier nicht mit dir auf dem Feld? Und haben nicht meine beiden Brüder eine Arbeiterin geheiratet?«

»Dorothea würde ich kaum als typische Arbeiterin bezeichnen. Julius, ja, der hat sich für Marleene eingesetzt und dann sogar selbstlos alles für sie aufgegeben. Aber mit dem kannst du dich wohl kaum vergleichen.«

»Ach nein?«

Sie standen nur noch wenige Zentimeter voneinander entfernt, und die Luft zwischen ihnen war so aufgeladen, dass sie zu knistern schien. Johannes atmete so heftig, dass sein Brustkorb sich hob und senkte. Beide starrten einander in die Augen. Keiner wagte es, den Blick als Erstes abzuwenden, als wäre dies ein Eingeständnis der Niederlage, die ihr Wortgefecht nicht zu bringen vermocht hatte.

»Nein«, zischte Johannes. »Du würdest nie etwas von deinen Privilegien aufgeben und für andere einstehen. Du denkst doch immer nur an dich!«

55. Kapitel

Inbrünstig schrubbte Greta auf Brunos elterlichem Bauernhof nach dem Mittagessen die gusseiserne Pfanne, in der die Bohnen angebrannt waren, weil sie wie immer Fett sparen mussten. Das Wochenende saß ihr noch in den Knochen. Wie die beiden sich angesehen hatten! Es war kaum auszuhalten. Jetzt hatte sie verstanden, warum sie tagelang vergebens auf dieses verfluchte Gedicht gewartet hatte, das sie im Nachhinein für gar nicht so übel befunden hatte. Es hatte eine naive Schönheit. Und neulich hatte sie durch das Fenster gesehen, wie Bruno Blumen gepflückt hatte – auch die hatten niemals ihren Nachttisch geziert.

Trübsinn tat sich mit Zorn und Bitterkeit zusammen und verklumpte ihren Hals.

Sie war dabei, ihn zu verlieren.

»Greta, du hest ja ’n Gesicht as ’n utmulken Schaapjidder«, sagte Brunos Mutter und legte ihr kurz eine Hand auf den Rücken. Greta zog die Stirn in Falten. Hatte Brunos Mutter ihr soeben offenbart, dass sie wie ein ausgemolkenes Schafseuter aussah?

»Geiht die dat nich good?«

Als Greta in das faltige Gesicht der gutmütigen Frau sah, zog sich alles in ihr zusammen. Auch das würde sie schon bald nicht mehr haben. Sie hatte Bruno zu oft von sich gestoßen und damit direkt in die nur allzu weit geöffneten Arme einer anderen. Was fand Alma überhaupt an ihrem Bruno? Zu ihrem Unwillen musste Greta sich eingestehen, dass Alma hübsch wie eine Lilie war, und bei ihrer Herkunft und der dementsprechend hohen Mitgift sollte sie gewiss keine Schwierigkeiten haben, einen Jungbauern für sich zu begeistern. Dennoch sah Alma etwas in Bruno, was ihr offenbar entgangen war, und so hatte nun auch sie begonnen, Bruno durch andere Augen zu betrachten.

Und was sie sah, gefiel ihr.

Es mochte nicht auf den ersten Blick zu erkennen sein, aber er hatte seine Vorzüge. Der muskulöse Oberkörper, seine Herzlichkeit, seine Fürsorge, sein Humor … Und seine Treuherzigkeit. Er war ihr Fels in der Brandung gewesen, einer, der immer für sie da gewesen war, und jetzt, wo dieser sicher geglaubte Fels ein Stück von ihr weggerückt war, fühlte es sich kalt und leer an.

Sie hielt mit dem Schrubben inne. »Ich habe das Gefühl, einen immensen Fehler begangen zu haben«, flüsterte sie und spürte, wie ihre Augen sich mit brennenden Tränen füllten.

»Jo? Dat kann ich mir bei dir kaum vorstellen. Du bist doch so ’ne liebe Deern!«

Greta lächelte und spürte gleichzeitig, wie die Tränen über ihre Wangen strömten. Wie hatte sie nur so blind sein können? Bruno tat alles für sie. Dennoch hatte sie weiterhin auf Konstantin gewartet, obwohl der doch längst verheiratet und mit seinem Kind glücklich und zufrieden in der edlen Fliedervilla saß.

Die Fliedervilla, die er ihr einst versprochen hatte.

Und Bruno, der würde nun gewiss auch bald heiraten. Nur sie würde einsam und allein zurückbleiben.

Sie sah Bruno vor sich, wie er ihr voller Stolz die Familienwiege gezeigt hatte, nachdem er sie eigens aufpoliert hatte. Bruno, der Elias sanft auf die Stirn küsste und ein schief klingendes Schlaflied säuselte. Mittlerweile kam er ihr noch nicht einmal mehr hässlich vor, seine Züge waren ihr zu vertraut geworden. Und wenn er lächelte, erstrahlte stets sein gesamtes Gesicht, und man spürte, dass die Freude direkt aus dem Herzen kam. Zudem gab es so viele Kleinigkeiten, an denen er sich erfreuen konnte, etwa wenn die Schweine so eigentümlich in der Luft herumschnupperten oder wenn er wieder einmal ein Sprichwort verdreht hatte. Seine Welt schien sehr viel heller zu sein als ihre, die so oft in Dunkelheit verschwand.

Und sie brauchte sein Licht.

Warum war ihr nicht bewusst gewesen, wie wunderbar sie sich ergänzten? Sie ahnte, warum. Sie war sich seiner zu sicher gewesen, hatte gedacht, er würde sie ewig lieben und aus der Ferne anhimmeln. Doch jetzt war ihr klar, dass er nicht ganz so selbstlos fast jeden Sonntag bei Julius und Marleene ausgeholfen hatte wie vermutet. Es war nicht allein die alte Schuld, die er begleichen wollte.

Es war Alma.

Greta war sich inzwischen ganz gewiss, dass er sie so oft wie möglich sehen wollte.

»Vielleicht gifft et ja wat, wat du noch tun kannst? So, dat allet weder good wert?«

Greta wischte die Tränen fort. Hatte Brunos Mutter recht? War es vielleicht noch nicht zu spät? Immerhin hatte sie selbst auch einige Vorteile: Sie lebte bereits bei ihm, seine Mutter mochte sie, er liebte ihr Kind – und hatte sie zumindest früher mal geliebt. Er musste also irgendetwas in ihr sehen, das ihm gefallen hatte. Vielleicht konnte sie ihn daran erinnern?

Sie nickte Brunos Mutter tapfer zu. »Ich werde es versuchen.« Gleich am Abend würde sie mit Bruno sprechen, sie würde um ihn kämpfen.

* * *

Marleene und Julius hatten mithilfe der anderen am Wochenende so viel Stecklingsmaterial zusammenbekommen, dass sie am Dienstagabend spät dran waren. Aber länger würde das Material trotz des Erdkellers nicht durchhalten, deswegen hatten sie nicht früher aufhören können. Doch wenn sie sich nicht verspäten wollten, mussten sie sich jetzt auf den Weg machen. Sie hatten beschlossen, dass es gewiss nicht schaden konnte, wenn sie die Kontakte zu ihren Gärtnerkollegen etwas besser pflegten.

»Hebbt ihr ok ’nen Hemd unnerantrecken?«, fragte ihre Mutter, die inzwischen viel kräftiger war als noch in Prinzhöfte und sogar das tägliche Kochen übernommen hatte. Sie war stets besorgt, dass sich jemand erkälten könnte, und gerade das neumodische Fahrrad war ihr nicht geheuer, da man damit so schnell fahren konnte.

»Ja, Mama«, rief Marleene amüsiert, da sie die Frage nach dem Hemd fast täglich beantworten musste. Doch gerade als sie sich auf das Fahrrad schwingen wollten, Julius vorne, sie hinten, schlug Asta Alarm. Sie ließ sich gar nicht mehr beruhigen, sondern bellte und bellte.

Julius klopfte ihr beruhigend auf die Seite. »Ruhig, Mädchen, ruhig. Was ist denn nur?« Aufgeregt lief sie hin und her, die Augen stur in die Ferne gerichtet.

»Was hat sie bloß?« Marleene schirmte ihre Augen ab und blickte angestrengt in die Ferne, wo die Freilandquartiere von den baumbewachsenen Wällen begrenzt wurden. »Seltsam«, murmelte sie und ging einige Schritte nach vorne. Regte sich dort etwas? Sie meinte, eine Bewegung auszumachen, und strengte ihre Augen an. »Ich glaube …«, sie ging noch näher an das offene Feld heran. Es war gut getarnt, aber endlich erkannte sie, was es war. »Ich glaube, da ist ein Reh.« Das war ungewöhnlich, denn dadurch, dass im vorherigen Jahrhundert jeder ohne Einschränkungen auf die Jagd hatte gehen dürfen, war von den Wildbeständen leider nicht mehr allzu viel übrig, und bisher hatte Marleene keine Rehe in der Gegend gesehen.

»Ein Reh?« Julius zog die Augenbrauen zusammen, trat an ihre Seite und machte dann noch einige Schritte auf das Feld zu. »Warum bewegt es sich nicht von der Stelle?«

Sie gingen weiter auf das Tier zu, und schließlich erkannte Marleene das Problem. Sie zupfte an Julius' Ärmel und deutete an den Rand des Feldes. Dort stand jemand in grüner Jägerkluft, das Gewehr griffbereit.

Julius sah vom Jäger zurück zum Reh, das innehielt. Sie waren inzwischen so nah herangekommen, dass sie es besser erkennen konnten. Jetzt stieß es eine Art Bellen aus und blickte um sich.

»Das gibt es doch nicht«, wisperte er ungläubig, als er den hellen Flecken auf der Brust des Tieres sah. »Das ist Trientje!«

Marleene blinzelte. In diesem Moment legte der Jäger das Gewehr an.

»Nein!«, riefen sie wie aus einem Munde und stürzten auf ihn zu. »Nicht schießen!«

Doch es war zu spät.

Ohrenbetäubend zerriss der Schuss die Luft.

* * *

Marleene hatte sich die Augen zugehalten und blinzelte nun zwischen den Fingern hervor. Julius rannte auf die Stelle zu, wo sie das Reh zuletzt gesehen hatten. Von der anderen Seite des Feldes kam wild gestikulierend der Jäger herbei, und sie hetzte hinterher.

»Na, das habt ihr mir ja schön vermasselt«, beschwerte er sich, und erst an der Stimme erkannte sie, dass es Hartmut war.

Julius war in die Hocke gegangen, das bebende Reh lag zu seinen Füßen. »Wie konntest du nur?«, fuhr er Hartmut an. »Das ist unser Grund und Boden, du hast kein Recht, hier zu jagen.«

Julius hob die Ricke behutsam auf und trug sie davon. Gemeinsam gingen sie ins Schwalbennest, und Julius legte das Tier in eine der ehemaligen Stallungen, wo Marleene sachte über den bebenden Körper strich und beruhigende Worte sprach. Julius hatte die Ricke höchstpersönlich als Junge aufgepäppelt, wie er ihr erzählt hatte, und ihr ein Lager in einem Gewächshaus bereitet. Nachdem sie wieder bei Kräften gewesen war, hatte sie auf dem Gelände der Hofgärtnerei gelebt und war Julius gegenüber stets zahm gewesen.

Ihre Mutter und Frieda kamen herbei. »Was ist geschehen?«

»Es war zum Glück nur ein Streifschuss«, diagnostizierte Julius, der die Wunde mit etwas Wasser säuberte. »Kannst du einen Verband holen?«, fragte er Frieda, und sie eilte sogleich davon.

Marleenes Mutter beugte sich über das Tier. »Hebbt wie smeerige Lammswull oder Katzenfell? Dat mut warm verwohrt werden.«

Julius' Blick zuckte zu Marleene und deutete ein Kopfschütteln an, denn ihre Mutter schwor nach wie vor auf die gute alte Volksheilkunde. Als ihr Vater damals krank geworden war, hatten sie lange keinen Arzt kommen lassen, sondern ein Hausmittelchen nach dem anderen und schließlich die Pillen von Doktor Winkelmann versucht. Als dann doch der Arzt hinzugeholt worden war, hatte dieser tief Luft geholt angesichts dessen, was sie bereits alles probiert hatten. Das Warmhalten galt in der Volksheilkunde generell als wichtig, war doch die Erkältung die häufigste Todesursache, und so hatten sie Decke um Decke um ihren Vater gehüllt, damit er die Krankheit endlich ausschwitzen möge. Dazu hatte er allerlei heiße Getränke bekommen. Kamillentee, Fliedertee, heiße Milch, heißes Bier mit Kandiszucker, und auch ein ordentlicher Schluck Schnaps und Franzbranntwein hatten natürlich nicht fehlen dürfen.

Erst Jahre später hatte Marleene im Hotel Holthusen, wo stets verschiedene Tageszeitungen auslagen, in der *Weserzeitung* eine Artikelreihe eines Obermedizinalrats über die veraltete Volksheilkunde gelesen und erfahren, dass vieles reinster Aberglaube war.

Frieda hatte Julius mittlerweile die Baumwollstreifen gereicht, und er wickelte sie vorsichtig um die Wunde. »Kannst du alleine zum Stammtisch fahren?«, erkundigte er sich danach bei Marleene.

»Soll ich nicht besser hierbleiben?« Marleene hatte ein ungutes Gefühl, Julius in dieser Lage allein zu lassen, doch er lächelte in Richtung ihrer Mutter und Frieda. »Ich denke, ich habe hier genug Unterstützung, und Trientje braucht ohnehin erst mal Ruhe. Ich frage mich, wie sie vom Gelände der Hofgärtnerei hierhergekommen ist? Sie ist doch gewiss nicht durch das Haupttor spaziert? Nun ja, das werden wir wohl nie erfahren. Dennoch solltest du zum Stammtisch gehen, er ist ja nur alle zwei Wochen. Und wer weiß, vielleicht hat noch jemand einen entscheidenden Tipp für die Allgemeine Gartenbau-Ausstellung? Wenn wir den noch umsetzen wollen, müssen wir uns beeilen, nach dem nächsten Treffen könnte es schon zu spät sein.«

»Du hast recht. Dann mache ich mich besser rasch auf den Weg. Gut, dass wir das Fahrrad haben.«

Eine Dreiviertelstunde später betrat Marleene die leicht verräucherte Gastwirtschaft und sah sich um. Vereinzelte Gäste saßen an der Theke und klammerten sich an ihre Bierhumpen. Weiter hinten an einem großen Ecktisch hatte sich eine Männerrunde versammelt. Sie erkannte Jan-Died Eppendorf und Gerthold Weber, bei denen sie damals auch für eine Lehrstelle vorstellig geworden war. Das musste der Stammtisch sein. Die Stimmung war gelöst, und sie lachten über die Erzählung eines Mannes, der mit dem Rücken zu ihr saß.

Marleene ging mit zögerlichen Schritten auf die Runde zu, überlegte, was sie als Erstes sagen sollte. Doch dann hörte sie die Stimme des Mannes, der offenbar recht erheiternde Geschichten zum Besten geben konnte.

»Und ich schleiche mich an, habe nicht einmal meine Tarnkleidung an, aber das Rebhuhn sitzt vollkommen unbeweglich da …« Er lachte hustend.

Marleene erstarrte in der Bewegung und fühlte sich wie betäubt. Wer da gerade von seiner Jagd berichtete, war kein anderer als de Vos. Sie hatte ihn schon immer gehasst, doch seit er sich auch an Frieda hatte vergreifen wollen, verspürte sie einen starken Drang, ihn zu verletzen. Sie atmete tief ein, um sich unter Kontrolle zu behalten.

»Und dann schieß ich das Rebhuhn«, er ließ eine Hand auf den Tisch knallen, »und den Hahn noch gleich dazu.« Sein Lachen heischte um Anerkennung, einige stimmten zögerlich ein, doch Marleene hielt es nicht länger aus. Sie trat mit einem bitterbösen Blick an den Tisch und klatschte langsam und mit deutlichen Pausen dazwischen.

»Ein Rebhuhn samt Hahn zur Paarungszeit zu töten. Welch vortreffliche Leistung«, sagte sie voll triefendem Spott. »Ich wundere mich aber, dass Sie überhaupt noch Zeit zum Jagen haben, denn normalerweise haben Sie es ja auf junge Frauen abgesehen.«

De Vos rutschte unruhig auf seinem Stuhl hin und her. »Ich? Junge Dinger? Red doch keinen Unsinn. Ich bin verheiratet!«

»Und warum haben Sie sich dann an meiner Cousine vergriffen?« Sie blickte in die Runde. »Wenn meine ältliche Mutter ihm nicht den Schürhaken über den Kopf gezogen hätte, hätte er ihr ein Leid angetan.«

»Ist das wahr?«, fragte Gerthold Weber mit ernster Miene.

»Das würde mich auch dringend interessieren«, ergänzte ein geschniegelter Mann mit grauer Kappe und sah zwischen de Vos und Marleene hin und her.

Sie verschränkte die Arne. »So wahr ich hier stehe, ich …«

»Ich bitte euch«, fiel de Vos ihr scharf ins Wort. »Ihr werdet ihr doch nicht etwa Glauben schenken? Diese Dirne lügt wie gedruckt.«

»Warum sollte sie das tun?«, fragte Bauer Harms mit versteinerter Miene, und Marleene hörte zustimmendes Brummen.

»Ganz einfach. Sie hat mir schöne Augen gemacht, ich bin nicht darauf eingegangen, und deswegen will sie sich nun rächen.«

Mit seinem wulstigen Finger deutete er auf Marleene, die sich verzweifelt zu wehren versuchte.

»Das ist nicht wahr«, protestierte sie.

Der Wirt warf bereits misstrauische Blicke zu ihnen herüber, weil es in ihrer Ecke so laut geworden war und sich ihre Stimmen deutlich über den Pegel der restlichen Wirtshausdebatten erhoben. Aber wie sollte sie den Männern glaubhaft machen, dass sie die Wahrheit sprach? Auf de Vos' Gesicht zeichnete sich bereits ein triumphaler Ausdruck ab. »Und selbst wenn, hättest du es nicht anders verdient, einige junge…«

»Schluss jetzt!«, rief Jan-Died Eppendorf und schlug mit der Faust auf den Tisch. »Das ist Alexanders Schwiegertochter. Sie hat gewiss kein Interesse an einem alten Sack wie dir. Und wenn du wirklich so einer bist, der sich an jungen Dingern vergreift, werden wir dich in unserer Runde nicht länger dulden. Schlimm genug, dass du die Schonzeiten der Tiere nicht beachtest, aber das geht nun wirklich zu weit.«

»Was?«, fragte de Vos verwundert, doch die anderen Männer brummten und nickten bestätigend.

Bauer Harms deutete mit einer knappen Kopfbewegung zur Tür: »Scheer di rut!«

»Herrschaftszeiten, das muss man sich mal vorstellen«, grummelte de Vos, griff nach seinem abgetragenen Hut, erhob sich, warf Marleene einen vernichtenden Blick zu und verließ die Gastwirtschaft.

Marleene lächelte in sich hinein. Immerhin hatte de Vos nun unwillentlich dafür gesorgt, dass sie in die Gärtnerrunde aufgenommen wurde.

56. Kapitel

Alma stand vor dem großen messingumrandeten Spiegel in ihrem Zimmer und sah die Spiegel-Alma aufforderungsvoll an. »Wollen wir vielleicht…?«

Ach, das klang zu zaghaft. Sie wollte ja, ganz gewiss. Aber wie sollte er ebenfalls wollen, wenn sie klang, als hätte sie vor seiner Antwort Angst? Es war wie verhext. Nach einem sehr langen Gespräch mit ihrem Vater, in dem er ihr alle Veränderungen aufgezeigt hatte, die sie erwarten würden, wenn sie in einem ärmlichen Heuerhus statt in einem riesigen Bauernhaus lebte, hatte er gesagt: »Ich will vor allem, dass du glücklich wirst, Alma. Und wenn du all diese Einschränkungen für diesen Bruno in Kauf nehmen willst, soll es an mir nicht scheitern. Es ist deine Entscheidung. Alles, was ich verlange, ist, dass du dir die Folgen deines Handelns vorher ganz genau bewusst machst.«

Sie hatte es ihm versprochen, und es war kein leeres Versprechen geblieben. Immer wieder hatte sie die Augen geschlossen und sich alles ganz genau vorgestellt, wie es sein würde. Dort gäbe es keine geräumige Bauernküche mit allen Zutaten, die das Herz begehrte, sodass sie jederzeit kochen konnte, wie es ihr beliebte. Sie hätten keine Magd, keinen Knecht, vermutlich nur ein paar Ziegen oder Schafe und eine Kuh. Wahrscheinlich gäbe es weder einen Backspieker, noch bliebe ihr die Zeit für ihre liebste Beschäftigung.

Ganz gewiss wäre es eine Umstellung.

Aber was wäre die Alternative? Das Leben auf einem großen Hof an der Seite eines Mannes, der ihr Herz nicht zum Leuchten brachte? Das wollte sie nicht. Sie hatte sich mit Haut und Haaren in Bruno verliebt und wollte ihr Leben an seiner Seite verbringen. Nur wusste sie nicht, wie sie ihm das vermitteln sollte. Am Sonntag hatten sie sich wieder bestens verstanden, und sie hatte versucht, ihm durch die Blume zu sagen, wie sehr sie ihn mochte. Er wirkte nicht abgeneigt, dennoch bat er einfach nicht darum, sie einmal besuchen zu dürfen.

Daher hatte sie ihren Vater gefragt, ob er sie vielleicht zur Hochzeit ihres Cousins in Leer begleiten könne, der vor Kurzem eine Einladung geschickt hatte. Und er hatte gerne zugestimmt, denn so würde er Bruno endlich kennenlernen.

Jetzt musste sie ihn nur noch fragen – doch das war leichter gesagt als getan.

Sie setzte ein keckes Lächeln auf und bedeutete ihrem Spiegelbild mit einem Kopfnicken mitzukommen. »Na, wie wäre es mit uns beiden?«

Entnervt schlug sie in die Luft, nicht nur weil das S wieder ein wenig zu spitz aus den Worten hervorstach.

Das war lächerlich.

Wahrlich lächerlich.

Sie knickste wie ein Hausmädchen – und bemühte sich nicht einmal um Worte, sondern vergrub das Gesicht in den Händen. Das kam ebenso falsch rüber. Alma holte tief Luft.

»Hallo, Bruno, hättest du vielleicht Lust, mich auf die Hochzeit meines Cousins zu begleiten?«

Das war schrecklich! Alma warf sich auf ihr Bett und boxte wütend in die Kissen. Sie konnte ihn einfach nicht fragen. Es wäre doch an ihm, sie zu bitten.

»Also, so übel fand ich die letzte Version jetzt nicht«, sagte eine tiefe Stimme, und Alma fuhr erschrocken hoch. Jost hatte sich grinsend an den Türrahmen gelehnt.

»Wie lange stehst du schon da?«

»Eine Weile.«

Alma setzte sich auf die Bettkante und wünschte, sie könnte sich in Luft auflösen. »Vergiss, was du gesehen hast. Es war eine absurde Idee.«

»Wieso?«

»Wieso?« Alma sprang auf und lief wild gestikulierend durch das Zimmer. »Weil er mich fragen sollte. Ich bin die Frau! Seit Monaten reiße ich mir ein Bein aus, um ihm zu zeigen, wie sehr ich ihn mag, und er …«, sie wog den Kopf hin und her, »er ist hinreißend und süß, wenn wir uns treffen, aber darüber hinaus macht er einfach nichts! Rein gar nichts! So viel kann ihm nicht an mir liegen. Wieso sollte ich ihn also bitten, mich auf die Hochzeit zu begleiten? Normalerweise fragt das der Mann.«

»Aber warum eigentlich nicht? Gibt es eine Bauernregel dagegen?«

»Haha«, Alma funkelte ihn an. »Würdest du dies bitte ernst nehmen?«

»Na schön. Die Begründung war die falsche, aber es war mein voller Ernst. Warum solltest du ihn nicht fragen? Sonst wollt ihr doch auch immer gleichberechtigt sein …«

»Ja, schon …« Alma presste die Lippen zusammen. Hatte er recht? »Aber das ist irgendwie etwas anderes. Es bietet dem Mann die Gelegenheit, sich als Kavalier zu zeigen …«

»Weißt du, was? Vielleicht ist es für uns Männer ja auch nicht leicht. Vielleicht kann man es gar nicht immer einschätzen, wie die Frau einem gesinnt ist, denn es gibt welche, die einem mal einen gesamten Abend ihre Aufmerksamkeit schenken und danach kaum noch in die Augen sehen.«

Alma runzelte die Stirn. »Ich habe Bruno stets meine gesamte Aufmerksamkeit geschenkt.«

»Aber trotzdem. Ich für meinen Teil würde mich freuen, wenn eine Frau *mich* bitten würde. Warum probierst du es nicht einfach aus? Ich bin mir sehr sicher, dass Bruno es ganz genauso sieht. Wenn er Nein sagt, fress ich den Dreschflegel.«

***

Konstantin schritt beschwingt den Hauptweg entlang. Sein neuer Freund hatte eine Nachricht hinterlassen, dass er für das Wochenende ein ganz besonderes Fest für sie aufgetan hatte, eine weitere *Danz op de Deel* auf dem Lande, diesmal in Rostrup. Und soeben hatte er sich zumindest ein paar Küsse stehlen können. Er war guter Dinge, dass er die Motte bald so weit hätte. *Ingelore*. Er musste sich verdammt noch mal den richtigen Namen angewöhnen, wenn er sie für sich gewinnen wollte. Erst neulich war ihm wieder ein »Motte« herausgerutscht, und er hatte sich abermals mit fadenscheinigen Erklärungen wie »Königin der Nacht« und »Schönheit in Tarnung« herausreden müssen, damit sie nicht beleidigt wegging. Er hatte das Unheil aber noch abwenden können, und danach war sie umso zutraulicher gewesen.

Und nun wollte er sich um sein anderes Erfolgsprojekt kümmern.

Voller Elan riss er die Gewächshaustür mit den Wettbewerbspflanzen auf – und blinzelte mehrmals.

Das konnte nicht sein.

»Nein!«, wisperte er wieder und wieder, das Wort wurde zu einem Wimmern, während er ungläubig durch den Mittelgang schritt. Sein Protest wurde schließlich immer lauter, bis ein einziges gellendes, lang gezogenes »Nein!«, das Mark und Bein erschütterte, über das gesamte Gelände hallte.

Das satte Grün der Pflanzen – es war einem kläglichen Gelbgrün gewichen. Und nicht nur das, vereinzelte gänzlich gelbe Blätter lagen bereits auf dem Boden, eines löste sich gar jetzt, wo er es anstarrte, segelte viel zu langsam zu Boden und kündete dort davon, dass noch viele weitere folgen würden.

Das durfte einfach nicht wahr sein.

Er fuhr sich durch das Gesicht, zerraufte sich die pomadigen Haare, doch als er die klebrigen Hände sinken ließ, sahen ihn die kläglichen Pflanzen noch immer jammervoll an.

Es war zu viel des Guten gewesen. Die Pflanzen waren ganz offensichtlich überdüngt. Er sank in sich zusammen und machte sich inmitten des Gewächshauses so klein, wie er nur konnte.

Mit diesen Pflanzen konnte er keinen Wettbewerb gewinnen. Es würde Monate dauern, bis sie sich erholt hatten, aber die Prämierung war bereits in gut zwei Wochen.

Jetzt blieben ihm nur noch die Mahonien, sonst war der Wettbewerb verloren. Wenn er mit der Neuheit nicht siegte, hätte er das Privileg des Hoflieferanten verspielt. Und das würde die Gärtnerei nicht überleben.

***

Nachdem Bruno die Frühbeete und Gewächshäuser schattiert hatte, wie Oskar es ihm aufgetragen hatte, ging er zu den Juniperus, die heute umgepflanzt werden sollten. Rosalie war bereits an der Arbeit, doch ihre Bewegungen waren langsam und wirkten lustlos.

»He, was ist denn mit dir los?«, fragte er sie, als er sie erreicht hatte.

Sie musterte ihn argwöhnisch, sodass er sich vorkam, als hätte er etwas verbrochen.

»Sag du mir lieber, was mit dir los ist. Warum grinst du wie ein Honigkuchenpferd? Hast du es noch nicht mitbekommen? Die herrschende Gesellschaftsschicht beutet dich aus, da solltest du nichts zu grinsen haben.«

Doch selbst ihre spitze Bemerkung konnte seinen Frohsinn nicht trüben. Er wunderte sich nur, dass es so offensichtlich war. Aber seitdem er nahezu den gesamten Sonntag an Almas Seite verbracht hatte, fühlte er sich so luftig-leicht wie ein Strohhalm. Das Zusammensein mit ihr war so … einfach. Wenn sie miteinander sprachen, gab es immer etwas zu lachen, und die Art, wie sie ihn anlächelte, verlieh ihm stets eine gewisse Sicherheit. Wenn sie um ihn war, hatte er das Gefühl, ein wertvoller Mensch zu sein. Sollte er vielleicht doch einen Vorstoß wagen und sie um ein Treffen bitten?

»Aha!«, riss Rosalie ihn aus den Gedanken. »Es geht um eine Frau.«

Brunos Ohrläppchen wurden heiß, und Rosalies Miene hellte sich ein wenig auf. »Wusste ich es doch! Dann waren deine Bemühungen also erfolgreich? Hach, vielleicht sollte ich eine Art Beraterin für Herren werden, die einer Dame den Hof machen wollen. Wäre das nicht ein vortrefflicher Beruf?«

Bruno dachte an das nie abgegebene Gedicht mit dem riesigen Tintenfleck und den traurigen Feldblumenstrauß auf dem Boden zurück. Die Hitze kroch von seinen Ohrläppchen weiter in die Schläfen.

»Gewissermaßen«, murmelte er. »Aber so ganz sicher bin ich mir noch nicht, ob sie mich mag.«

»Na, dann musst du ihr wohl mal einen Besuch abstatten.«

Allein die Vorstellung machte ihn abermals nervös – auch wenn die Zeichen gut standen. Rosalie musste seine Panik bemerkt haben. »Ansonsten wirst du niemals Gewissheit haben.«

»Aber …«

»Bruno«, Rosalie schien bis in seine Seele zu blicken. »Manchmal ist ein bisschen Mut gefragt. Wenn wir immer nur die gewohnten Wege gehen, werden wir auch nur an den gewohnten Zielen ankommen. Trau dich!«

Bruno nickte, spürte tief im Innern, dass Rosalie diesmal recht hatte. Er musste es tun. Er würde es tun. Am besten gleich heute Abend! Mit einem Mal schien die Sonne noch heller vom Himmel zu leuchten, und die Pflanzen wirkten umso grüner. Ja, er würde es wagen. Er strahlte Rosalie an.

»Einverstanden. Aber nur wenn du mir erzählst, warum du Trübsal bläst. So schlimm wird es ja wohl nicht sein. Auf Sonnenschein folgt doch stets Regen.«

Rosalie kaute gedankenverloren an ihrer Unterlippe. »Ich hatte eine Auseinandersetzung mit meinen Freundinnen«, sagte sie schließlich.

»Ja? Ich dachte, jetzt, wo du wieder auf diese Tanztees gehen darfst, wäre alles wieder gut!«

»Das dachte ich auch. Aber es sind neue Beschwerlichkeiten aufgetaucht.«

»Was für Beschwerlichkeiten denn? Hat Johannes etwas falsch gemacht und dich blamiert?«

Sie sah in die Ferne. Bruno folgte ihrem Blick und erkannte, dass sein Kollege am anderen Ende des Pflanzenquartiers seine Arbeit verrichtete. Vermutlich pflanzte er die dortigen Scheinzypressen um, dabei sollten sie immer erst eine Sorte fertig machen. Es konnte nur eins bedeuten: Er ging Rosalie aus dem Weg.

»Nein«, sagte diese nun seufzend. »Er hat nichts falsch gemacht – bis auf die Tatsache, dass er in die falsche Schicht hineingeboren wurde.«

»Woher wissen die das denn überhaupt? Und dafür kann er doch nichts …«

»Das habe ich ihnen auch gesagt.«

Bruno glaubte, sich verhört zu haben. »Du hast ihn vor deinen Freundinnen verteidigt?« Das hätte die Rosalie, die im Herbst in der Hofgärtnerei angefangen war, niemals zustande gebracht. Doch die neue Rosalie nickte.

»Und deswegen habt ihr euch gestritten?«

Sie nickte abermals und wirkte dabei so hilflos wie ein Küken, das aus dem Nest gefallen war.

»Aber weswegen ist Johannes denn dann sauer auf dich?«

Rosalie lächelte mit traurigen Augen. »Ich vermute, weil ich in die falsche Schicht hineingeboren wurde.«

Bruno wollte etwas sagen, klappte den Mund jedoch wieder zu. Erst jetzt erkannte er, wie verfahren die ganze Sache war. Da hatte er mit Alma noch ein leichtes Spiel. Das Vermögen trennte auch sie, aber immerhin gehörten sie annähernd der gleichen Schicht an, nur dass sich Alma am oberen und er am unteren Ende befand.

In stiller Zweisamkeit arbeiteten sie Seite an Seite weiter. Zwischenzeitlich hörte Bruno, wie Konstantin, schnaubend wie ein wild gewordener Ochse, aus dem Gewächshaus gerannt kam. Heute war dann wohl kein guter Tag, um zu fragen, ob er früher gehen könnte. Aber am Sonntag, da würde er mit Alma sprechen, ganz in Ruhe.

Als er müde zu Hause ankam, sagte seine Mutter ihm, er solle einmal in sein Zimmer gehen.

Verwundert folgte er ihrer Aufforderung und war noch verblüffter, als er Greta auf dem Holzstuhl an seinem kleinen Tisch sitzen sah. Sie erhob sich, sobald er eingetreten war, und wirkte verlegen.

»Du kommst spät.«

»Ja, wir sollten noch das Beet fertig machen, bevor wir gehen, und das hat länger gedauert als erwartet.« Konstantins Laune war auch später noch übel gewesen, und als er bemerkt hatte, dass er und Rosalie recht trödelig gearbeitet hatten, war er ausgerastet und hatte so polternd seine Wut an ihnen ausgelassen, dass er sich allein bei der Erinnerung daran ganz kleinmachen wollte.

»Ich habe etwas für dich gemacht.« Greta hielt ihm lächelnd ein sauber gefaltetes kariertes Tuch entgegen. Bruno nahm es, staunte, wie weich sich der Stoff in seinen rauen Händen anfühlte. Doch noch verblüffter war er, als sein eigener Name ihm vom Taschentuch entgegenstierte.

Bruno hatte sie in einer geschwungenen Schrift mit blau glänzendem Garn darauf gestickt.

»Greta …«, stotterte er und fühlte, wie sich sein Herz zusammenkrampfte. So etwas Nettes hatte noch nie jemand für ihn getan. Er sank auf die Strohmatratze im Alkoven nieder.

Dennoch wollte er es nicht.

Jetzt nicht mehr. Jetzt, wo er sich doch für Alma entschieden hatte.

Am liebsten hätte er es weit von sich geschleudert, so wie Rosalie es mit den Pflanzen tat, wenn sie einen Dickmaulrüssler oder eine Spinne darauf entdeckte.

Verdattert blickte er vom Taschentuch zu Greta und las in ihren Augen die Hoffnung, die er so lange in sich getragen hatte.

»Wo… womit habe ich das verdient?«, fragte er hilflos.

»Ich wollte einfach mal Danke sagen.« Sie erhob sich von dem Holzstuhl, trat zu ihm ans Bett und setzte sich neben ihn auf die Matratze. »Bruno, du hast so viel für mich getan, und ich habe mich nie so richtig erkenntlich gezeigt.« Jetzt griff sie nach seinen Händen. Wie oft hatte er sich das gewünscht? Doch ihre langen spitzen Finger fühlten sich kalt an, und seine Hände waren viel zu schwitzig. Gemeinsam mussten sie einen ekligen Aal ergeben, die es einst so zahlreich im Zwischenahner Meer gegeben hatte, schoss es ihm durch den Kopf. Das war seit der Überfischung lange vorbei, aber das Meer, das eigentlich eher ein See war, war wunderschön. Vielleicht könnte er Alma dorthin ausführen?

Greta holte ihn mit einem Räuspern zurück. »Und ich möchte, dass du weißt, dass du mir sehr wichtig bist.« Sie nickte. »Wirklich sehr wichtig.«

»Du bist mir ebenfalls wichtig. Du und Elias«, sagte Bruno halb flüsternd, denn das war die Wahrheit. Sie würde immer von Bedeutung für ihn sein und der kleine Mann ebenso.

Doch mehr nicht. Er liebte sie nicht mehr. Eine strahlende Sonne hatte die schlichte Dauerflamme überstrahlt.

»Das ist gut«, sagte Greta schüchtern und war noch hübscher, als nun ein sanftes Lächeln ihre Mundwinkel umspielte. »Denn ich bin nun bereit, mit dir in das Heuerhus zu ziehen …«

Er stockte. Wollte seine Gedanken anschreien, doch ein einziges Mal flüssig zu laufen, damit er jetzt etwas Kluges sagen konnte. Etwas, das ihm aus dieser vertrackten Situation half, denn alles in ihm wehrte sich. Er wollte dies nicht. Er wollte Alma.

Doch Greta sah ihn aus weit geöffneten Augen mit einem Schleier aus Hoffnung und Traurigkeit an.

»So, wie du es mir versprochen hast«, flüsterte sie mit einer ungekannten Dringlichkeit in der Stimme.

57. Kapitel

Frieda hörte kaum darauf, was der Pfarrer in der St.-Ulrichs-Kirche in Rastede an diesem Sonntag predigte. Sie war zu aufgeregt. Nervös glitt ihr Blick so unauffällig wie möglich durch die Menschenreihen, bis sie ihn entdeckt hatte. Am Rande der dritten Reihe saß er. Herr Oltmanns hatte einen dunklen Hut auf seinem Schoß liegen, die grau melierten Haare und der dunkle Vollbart waren akkurat frisiert, und im Gegensatz zu ihr schien er gebannt der Predigt zu lauschen. Das war gewiss doch gut? Sollte er dann nicht von der Nächstenliebe hohe Stücke halten?

Normalerweise übernahm Frieda den Kirchgang bereitwillig und lauschte von Herzen gern der sanften Stimme des Pfarrers, schickten seine Geschichten ihre Gedanken doch auf weite Reisen. Seit sie aber den gesuchten Herrn entdeckt hatte, rutschte sie unruhig auf der harten Bank hin und her, konnte sich nicht einmal an den Liedern oder dem imposanten Orgelspiel erfreuen und sehnte sich nach dem gemeinsamen *Amen* nach dem abschließenden Segen.

Sie beeilte sich, als eine der Ersten aus der Kirche zu kommen, stellte sich dann aber etwas abseits hin und beobachtete den Eingang. Noch immer strömten die unterschiedlichsten Menschen, allesamt in ihrer besten Sonntagsmontur, hinaus. Viele begrüßten sich auf dem sonnigen Kirchplatz mit Handschlag und hielten im Schatten der Birken einen kleinen Klönschnack, wie es hierzulande hieß. Auch Herr Oltmanns und seine Gattin wurden von einem ebenso adrett gekleideten Paar angesprochen, sodass Frieda weiterhin unauffällig im Hintergrund blieb. Das Gespräch dauerte an. Als sie sich endlich verabschiedeten, waren auf dem Platz vor der Kirche nur noch wenige Menschen zu sehen.

Herr Oltmanns bot seiner Frau den Arm dar, und gemeinsam gingen sie auf die Hauptstraße zu. Jetzt musste sie es wagen, sonst würde sie ihn abermals verpassen.

Mit wackeligen Knien trat sie auf ihn zu und räusperte sich. »Herr Oltmanns?«, fragte sie mit bebender Stimme.

Überrascht blickte er auf, lächelte sie dann aber freundlich an.

»Bitte entschuldigen Sie, dass ich Sie hier so unvermittelt anspreche …«

»Ich bitte Sie, das macht doch nichts. Worum geht es denn?«

Frieda strich sich eine Strähne aus dem Gesicht. »Wie mir zu Ohren gekommen ist, gehört Ihnen der leer stehende Laden hier an der Oldenburger Straße?«

»Das ist richtig.«

»Ich würde ihn gerne anmieten, um ein Blumengeschäft dort zu eröffnen. Vor Kurzem habe ich meine Lehre als Blumenbinderin beendet und habe zudem gute Kontakte zu Gärtnereien, von denen ich die Ware beziehen kann. Da es in Rastede noch kein Blumengeschäft gibt und die Lage in der Nähe der Kirche ganz vortrefflich ist, denke ich, dass es ein überaus vielversprechendes Unterfangen wäre.«

Die Worte hatte sie sich genau zurechtgelegt, und während sie sie vorgetragen hatte, hatte der feine Herr die gesamte Zeit über genickt und blickte sie nun sogar hocherfreut an.

»Ein Blumenladen, was hältst du davon, Heidemarie?«, fragte er seine Frau mit begeisterter Miene, und Frieda spürte, wie ihre Fingerspitzen zu kribbeln begannen.

»Eine famose Idee! Ein Blumenladen fehlt hier wahrhaftig.«

Er nickte Frieda abermals freundlich zu. »Wir können es gerne versuchen. Ich verpachte Ihnen den Laden für ein Jahr. Schicken Sie doch Ihren Mann vorbei, damit ich das Geschäftliche mit ihm besprechen kann.«

»Meinen Mann?«

»Ja, dieser ganze Papierkram ist doch nichts für Frauen. Kümmern Sie sich um die Blumen, und überlassen Sie das Geschäftliche den Männern«, sagte er mit wohlwollender Stimme und ahnte vermutlich nicht einmal, dass er Frieda damit zerschmetterte.

Doch sie ließ es sich nicht anmerken. Sie streckte die Schultern nach hinten und schnappte kaum merklich nach Luft.

»Mir macht der Papierkram nichts aus. Ich habe in meiner Lehrzeit oft die Abrechnung übernommen.«

»Das können Sie ja auch gerne tun. Aber den Mietvertrag würde ich dennoch lieber mit Ihrem Mann machen.«

»Aber ich …«, sie sah hilflos zu seiner Frau und dann wieder in seine grünen Augen. »Ich habe keinen Mann. Ich bin alleinstehend.«

Herr Oltmanns verzog kurz das Gesicht, fing sich aber rasch wieder.

»Sind Sie etwa eine von denen?« Seufzend wandte er sich an seine Frau. »Es werden immer mehr.«

Frau Oltmanns bedachte Frieda mit einem Blick, als hätte sie sich etwas zuschulden kommen lassen. »Es nimmt wahrlich kein Ende. Ich werde noch heute einen Leserbrief an die Zeitung schreiben, um die Bevölkerung wachzurütteln.«

Was ging hier eigentlich vor? Frieda hatte keinen blassen Schimmer, wovon die beiden sprachen. Ging es wieder darum, dass Frauen angeblich der Verstand für jegliche bürokratischen und rechnerischen Dinge fehlte? Sie hatte Mühe, weiterhin freundlich zu bleiben, aber wenn die Umstände ohnehin ungünstig waren, würde ein wutentbrannter Abgang sie wohl kaum voranbringen. Vielleicht lag ja auch nur ein Missverständnis vor?

»Wer soll ich sein?«, hakte sie also zaghaft nach.

»Na eine dieser … *Frauenrechtlerinnen*«, erklärte Frau Oltmanns mit gediegener Stimme und zupfte ihre Spitzenhandschuhe zurecht. »Eine, die behauptet, eine Frau könne all die Aufgaben der Männer ebenso gut erledigen, und die die naturgegebene Rolle der Mutter als Fürsorgerin der Familie leugnet.«

»Ich … äh«, Frieda benetzte ihre Lippen. Was sollte sie dazu sagen? Ursprünglich hatte sie ja auch eine Familie gewollt und sich nur wegen ihrer Unglücksgriffe davon abgewendet. Doch selbst wenn sie Kinder hätte, würde sie ebenso weiterhin ihrem Beruf nachgehen wollen. Was sollte daran schlimm sein? Zweifelte sie dadurch gleich die Rolle der Frau an? War denn wirklich etwas gegen eine Frau einzuwenden, die auf eigenen Beinen stand?

Herr Oltmanns zog seine silberne Taschenuhr hervor und klappte sie in einer fließenden Bewegung auf. Auf der Innenseite des Deckels lächelte Frieda ein Porträt seiner Frau aus jungen Jahren entgegen.

»Ich fürchte, wir müssen uns auf den Weg machen, wir erwarten zu Hause Besuch. Aber es war uns eine Ehre, Sie kennenzulernen.« Er zog den Hut, und dann gingen die beiden davon.

Frieda beobachtete sprachlos, wie Herr Oltmanns seiner Frau in die Kutsche half, die bald darauf unter den klappernden Hufen der Pferde davonfuhr.

Sie war so kurz vor ihrem Ziel gewesen.

Und nun war sie abermals gescheitert.

»Frieda?«

Sie drehte sich überrascht zu der tiefen Stimme um. Jost stand nicht weit von ihr, den Hut in der Hand, und wirkte verlegen. »Ich hatte dich hier auf dem Kirchhof gesehen und wollte fragen, ob ich dich mit zurücknehmen soll?« Er deutete mit dem Kinn zum Friesengespann. »Aber dann warst du im Gespräch, und ich habe solange gewartet. Es klang wichtig, und ich wollte nicht stören …«

An der Art, wie er den Blick senkte, erkannte Frieda, dass er alles gehört hatte. Mal wieder war er Zeuge geworden, wie sie sich lächerlich gemacht hatte. Am liebsten hätte sie sich zusammengezogen wie ein Gänseblümchen in der Nacht.

Grimmig stapfte sie auf das Gespann mit den edlen Pferden zu. »Worauf warten wir dann noch?«

Er folgte ihr, und nachdem er mühelos das Fahrrad auf die Ladefläche gehoben hatte, fuhren sie schweigend durch den Ort.

»Du möchtest also einen Blumenladen eröffnen?«, fragte er dann jedoch, während sie abbogen.

»Ja, aber anscheinend habe ich als Frau einfach nicht ausreichend Verstand dazu …«

Er rieb sich das Kinn. »Warum bittest du Julius und Marleene nicht um Hilfe?«

Darüber hatte sie bereits einige Male nachgedacht, den Gedanken jedoch wieder verworfen. In diesem Jahr hatte sie ihren zweiten Beinaheverlobten verloren und dazu noch ihre Anstellung und infolgedessen auch die Kammer in der Herberge. Sie liebte Marleene wie eine Schwester und freute sich über die Erfolge, die sie trotz aller Widrigkeiten erkämpfen konnte. Marleene konnte überaus stolz auf sich sein.

Und das wollte sie auch.

Sie brauchte dieses Erfolgserlebnis.

Sie hatte den Laden anmieten und alle mit ihren Plänen überraschen wollen, sodass die Leute sie nicht mehr als die jämmerliche Person wahrnahmen, die sie war. Dann würden sie sagen: *Oh, ja, Frieda, die hat Biss. Die setzt sich Ziele und erreicht sie auch.*

Doch nun scheiterte sie bereits an der ersten Hürde.

Mit einem Schulterzucken fasste sie all das für Jost zusammen.

»Du wolltest es alleine schaffen«, sagte er, und sie sah ihn überrascht von der Seite an. Er hatte den Blick stur geradeaus gerichtet, als verlangte das Kutschieren seine gesamte Aufmerksamkeit. Und waren da etwa kleine Schweißperlen in seinem Gesicht? Wärmte die sanfte Frühlingssonne ihn dermaßen?

»Um ehrlich zu sein, schon«, gab Frieda zu. Für einen Wimpernschlag sah er in ihre Richtung.

»Woher hast du denn das Geld dazu?«, stellte er die nächste logische Frage, geriet aber sogleich ins Stocken, als er seinen Tabubruch bemerkte. »Also, wenn ich fragen darf … äh … nein. Vergiss einfach, was ich gesagt habe. Was Alma heute wohl Leckeres backen wird, hmmm?«

Frieda schmunzelte. So viel am Stück hatte sie Jost nie zuvor reden hören.

»Ich habe meine Mitgift verkauft.«

»Was?«, stotterte er. Die Panik in seiner Stimme warf in ihr abermals die Frage auf, ob sie einen Fehler begangen hatte. Nicht umsonst wurde den jungen Mädchen von klein auf gepredigt, dass eine ordentliche Mitgift das A und O sei.

»Um an das notwendige Startkapital – ja, ich habe mich eingelesen, so heißt das – für den Laden zu kommen, habe ich meine gesamte Mitgift verkauft. Es waren einige sehr edle Stoffe in meiner Truhe, und eine junge Dame, die dieselben Initialen wie ich trägt, war bereit, eine großzügige Summe dafür zu zahlen.«

»Aber …«

»Ich habe keine Verwendung mehr dafür.« Frieda verschränkte die Arme und betrachtete zwei braune Fohlen, die auf der Weide vor einem Bauernhaus mit blauen Fensterläden herumtollten.

»Willst du denn nicht heiraten?«

Die Traurigkeit in seiner Stimme überraschte sie, und als sie ihm das Gesicht zuwandte, sah sie ehrliches Bedauern in seinen Augen.

»Nein!«, sagte sie so hart, wie sie konnte, da ihr Brustkorb sich schon bei dem Gedanken daran zusammenkrampfte. »Wie gesagt, ich brauche die Mitgift nicht mehr«, schoss sie hinterher und betrachtete wieder die übermütigen jungen Pferde. »Ich habe genug von Männern.«

Den restlichen Weg legten sie schweigend zurück, und Frieda traute sich nicht einmal, in Josts Richtung zu sehen, aus Angst, was sie in seiner Miene finden würde. Sobald er den Wagen auf Julius' und Marleenes Hof gelenkt hatte, sprang sie vom Wagen.

»Danke fürs Mitnehmen«, sagte sie über ihre Schulter und stürmte dann ins Haus und kurze Zeit später wieder hinaus, nachdem Marleenes Mutter ihr gesagt hatte, dass ihre Cousine im Gewächshaus wäre.

»Marleene«, rief sie aufgeregt und ließ sich vom Duft des Frühlingsgrüns umhüllen. Die Pflanzen sahen prächtig aus, und Frieda war ganz sicher, dass sie in Hamburg gewinnen würden – auch wenn sie aus Angst, dass an dem Aberglauben etwas dran war, das niemals laut sagen würde.

Marleenes hübsches Gesicht tauchte im Blumenmeer auf. »Was gibt es?«

»Wann ist noch mal dieser Frauenstammtisch, von dem du erzählt hattest? Ich möchte dort ab sofort hingehen.«

* * *

Bruno hatte in den letzten Tagen so viel nachgedacht, dass ihm schwindelig war. *Alma oder Greta?*, schienen die Stimmen in seinem Kopf in einer schier endlosen Schleife zu flüstern.

Doch er wusste es nicht.

Sein Herz hatte zunächst mächtig laut *Alma* geschrien, und eigentlich stand es außer Frage, wen er wählen würde. Doch dann hatte er Greta und Elias beim Spielen zugeschaut und gemerkt, wie verzückt seine Mutter die beiden betrachtete. War er zudem durch Gretas Eingeständnis nicht endlich am Ziel seiner Träume angelangt? In wie vielen schlaflosen Nächten hatte er sich nach Greta verzehrt – und nun zögerte er?

Dann erinnerte er sich an das warme Gefühl zurück, das ihn durchströmte, wenn er mit Alma zusammen war. Diese innerliche Hochstimmung, die ihn dazu zwang, ohne Unterlass zu grinsen, die jedes noch so große Problem winzig erscheinen ließ und ihn dazu brachte, selbst griesgrämigen Menschen so herzlich ins Gesicht zu lachen, dass auch sie sanft lächelten.

Hatte er mit Alma nicht etwas ganz Besonderes und Einzigartiges gefunden? Dennoch konnte er nicht sicher sein, ob ihn sein Gefühl nicht trog. Alma war eine Frohnatur, die alle Menschen freundlich und zuvorkommend behandelte. Womöglich war auch ihr wohlwollendes Verhalten ihm gegenüber reine Höflichkeit? Ihre Gegenwart erfüllte ihn mit solch einer Freude, dass sie vielleicht ansteckend war?

Missmutig tauchte er den Pinsel in die Kalkmilch- und Waschblautunke, um sie auf dem Glas der Mistbeetfenster zu verteilen. Dies sollte die empfindlichen Pflanzen vor der stärker werdenden Frühjahrssonne schützen.

Das alles überforderte ihn. Wie sollte er sich je entscheiden?

Alma war so großartig. Aber Greta hatte er einst versprochen, dass er immer für sie da sein würde – ganz gleich, was käme. Und er hatte es ernst gemeint. Damals. Jetzt erinnerte sie ihn daran, dieses Versprechen einzulösen. Durfte er da überhaupt einen Rückzieher machen? Es ging ja auch um den kleinen Elias, den er nicht im Stich lassen wollte. Und auch wenn Greta nicht solche Gefühle in ihm auslöste wie Alma, hieß es nicht: *Lieber den Spatz in der Hand, als die Taube auf dem Dach?*

Die Sache mit Greta war immerhin ziemlich sicher, sie hatte ihm klipp und klar gesagt, was sie wollte …

»Welche Ratte ist dir denn über die Leber gelaufen?«, fragte Johannes in seiner gehässigen Art, die er seit den letzten Wochen an den

Tag legte. Aber Bruno wusste genau, dass er sich lustig machte, weil er hin und wieder die Sprichwörter nicht richtig zusammenbekam.

Offenbar hatte er alle Warmhäuser gelüftet und sollte ihm nun mit den Frühbeeten helfen. Ob er es ihm verraten sollte? Vermutlich konnte er besser mit einem Mann über die ganze Sache reden als mit seiner Mutter, die Greta verehrte, oder mit seinen Schwestern, die Greta nicht besonders mochten.

Er seufzte und fasste alles – was in den letzten Tagen und Wochen mit Greta und Alma geschehen war und in welch einer Zwickmühle er jetzt steckte – für Johannes zusammen.

Der hatte die ganze Zeit so verblüfft zugehört, dass der Pinsel noch immer ohne Kalkgemisch in seiner Hand lag. »Es gibt jetzt also gleich zwei Frauen, die um dich buhlen?«, fragte er fassungslos.

»Also … *buhlen* würde ich es jetzt nicht nennen.«

»Doch, doch«, Johannes verzog das Gesicht zu einem breiten Grinsen und klopfte Bruno kräftig auf den Rücken. »Ich fasse es nicht, der kleine Bruno schafft es durch seine gutmütige Art doch noch, dass die Frauen bei ihm Schlange stehen. Ich verstehe aber einfach nicht, wo dein Problem ist. Nimm doch die, die dir besser gefällt.«

»So einfach ist das nicht. Es geht ja nicht nur um mich … Und bei Alma bin ich mir wie gesagt nicht vollkommen sicher, ob sie mich mag.«

»Also, für mich klingt es ganz danach!«

»Trotzdem ist es nicht gewiss. Und selbst wenn, hätte ich ihr nichts zu bieten. Ich wäre für sie ein Abstieg. Will ich ihr das wirklich zumuten? Sollte man das jemandem zumuten, den man … liebt? Zeugt es nicht eher von Liebe, wenn ich auf sie verzichte, damit sie es mit einem anderen besser hat? Für Greta, die als Waise rein gar nichts hat, wäre es hingegen ein kleiner Aufstieg. Und ich habe es ihr versprochen. Außerdem ist da ja noch der Kleine …«

»Na dann …«, mit großen Bewegungen bestrich Johannes nun die

Fenster, »nimm halt Greta. Ist doch kein Problem. Freu dich einfach, dass du jemanden gefunden hast, der es ernst mit dir meint. So viel Glück hat nicht jeder, einige Menschen werden schlichtweg als Spielzeug zum privaten Amüsement benutzt.«

Bruno schmiss erbost seinen Pinsel weg und sprang auf. »Kein Problem? Wie war das mit den Betten? Siebzehn Betten, achtzehn Kinder, und alle wollen an der Wand schlafen? Genau das ist dein Problem! Du tust immer so schlau, siehst aber selbst den Wald vor lauter Bäumen nicht. Du hast kein Problem! Niemand benutzt dich als Spielzeug. Du hast eine liebreizende Tochter aus gutem Hause, die dir zugetan ist, und du stößt sie fort …«

Johannes hörte auf zu pinseln und wurde plötzlich ganz kleinlaut. »Was willst du damit sagen?«

»Rosalie natürlich. Sie mag dich.«

Jetzt pinselte Johannes hastig weiter. »Woher willst du das wissen?«

Bruno stand auf und begann umherzulaufen. »Nun ja, ich bin schließlich nicht blind. Jedes Kind bemerkt, dass sie etwas für dich empfindet. Aber wenn dir das nicht genügt: Sie hat es mir gesagt.«

Johannes zog die linke Augenbraue hoch und musterte ihn genau. »Wirklich?«

»Ja. Glaubst du etwa, ich denke mir das aus?«

Sein Freund sprang abrupt auf, drängte sich ganz nah an ihn heran und redete auf ihn ein. »Das ist jetzt wichtig, Bruno. Was genau hat sie gesagt? Du musst es mir erzählen, Wort für Wort.«

»Ähhh«, Bruno durchpflügte sein Gedächtnis. Wie war das noch gewesen? »Sie hat von einer Landpartie am vergangenen Wochenende erzählt. Anscheinend haben ihre Freundinnen doch noch herausgefunden, dass du nur ein Arbeiter bist, und darüber sind sie in Streit geraten. Rosalie hat sich für dich eingesetzt! Sie hat sich mit all ihren Freundinnen überworfen, weil sie dich nicht mochten, und ist dann sogar ganz allein nach Hause gefahren …« Dass Rosalie sich ohne

Begleitung in der Öffentlichkeit hatte sehen lassen, war bereits ein Wagnis gewesen. Noch bemerkenswerter fand Bruno jedoch, dass sie wegen Johannes ein Zerwürfnis mit ihren Freundinnen hatte. Hatte sie nicht vor Kurzem noch alles getan, damit sie sie wieder in ihrer Mitte aufnahmen?

»Oh, nein«, fluchte Johannes leise. »Und ich habe ihr unterstellt, sich nie für jemanden einzusetzen … Was mache ich denn jetzt nur?«

Bruno lachte freudlos auf. »Das fragst du mich? Ich bin doch selbst vollkommen ratlos.«

58. Kapitel

»Nein, du musst schneller fahren«, kreischte Frieda vom Gepäckträger in einer Mischung aus Panik und Lachen, als das Fahrrad bedrohlich ins Schwanken geriet. Da zumeist sie die Besorgungen im Ort erledigte, war sie viel erfahrener, was das Radfahren betraf, hatte Marleene nach dem halben Weg jedoch mit hochrotem Kopf schnaufend darum gebeten, dass sie sich abwechselten. Also hatte Marleene sich auf den Sattel geschwungen und Frieda auf dem Gepäckträger Platz genommen.

»Vielleicht hätten wir doch um den Wagen bitten sollen«, japste sie jetzt außer Atem.

»Unfug, selbst ist die Frau!«, rief Frieda von hinten. »Ich denke, dafür wollen wir kämpfen. Dann können wir genauso gut schon einmal mit dem Weg anfangen.«

Marleene lachte, fragte sich aber gleichzeitig noch immer, was nur in Frieda gefahren war. Seit sie aus Italien zurückgekehrt war, hatte sie sich verändert. War selbstbewusster und eigenständiger geworden, das hatte Marleene gefallen. Doch seit einigen Tagen wurde sie in ihren Aussagen immer drastischer. Ständig betonte sie die Missstände der Gesellschaft, die Marleene in den vergangenen Jahren selbst am eigenen Leibe erfahren hatte, und ließ sich in Schimpftiraden darüber aus, was sie eigentlich tun müssten.

»Da vorne ist es«, rief Marleene erleichtert, als sich in der Ferne ein Gebäude im Zwielicht zwischen den Zweigen abzeichnete. Sie lehnten das Fahrrad gegen die Häuserwand, wo bereits mehrere Gefährte dieser Art standen. Frieda stieß die schwere Holztür der Gastwirtschaft auf. Malzgeruch hüllte die beiden ein. Sie sahen sich im Raum um, und Marleene zermarterte ihr Hirn. Was hatte Dorothea damals in der Hofgärtnerei noch gesagt, an welchem Tisch sie immer saßen, als sie sie über die Frauenbewegung ausgequetscht hatte? Es war doch der Mittwoch gewesen?

»Sie müssen im Hinterraum sein«, entschied Frieda, da sich im Hauptraum kein Tisch mit ausschließlich Frauen befand, und schritt bereits auf einen breiten Durchgang in der hinteren Wand zu. Marleene folgte ihr. Im Nebenraum saß tatsächlich eine Gruppe von Frauen um einen Holztisch, viel mehr, als sie vermutet hatte, es waren bestimmt zwölf oder dreizehn.

»Ist dies der Frauenstammtisch?«, erkundigte sich Frieda. Ihre Stimme klang noch schüchtern, aber Marleene wunderte sich, dass sie es überhaupt gewagt hatte, das Wort zu ergreifen.

»Wer will das wissen?«, fragte eine Frau, die nicht nur in aller Öffentlichkeit rauchte, sondern zudem kurze Haare trug. So, wie sie sich gab, wirkte sie ein wenig wie ein Mann, und Marleene spürte, dass Frieda unruhig wurde. Vermutlich wusste sie nicht recht, wie sie damit umgehen sollte. Marleene riss ihren Blick los, denn seit ihrer Enttarnung hatte sie sich aufgrund ihrer kurzen Haare und der Blicke, die sie deswegen geerntet hatte, unbehaglich gefühlt. Und nun war hier diese Frau, die ganz offensichtlich aus vollkommen freien Stücken die Haare kurz geschnitten trug und all die Dinge tat, die sich für eine Frau in der Öffentlichkeit eigentlich nicht geziemten.

»Ich … äh … also wir … « Die Frau verengte die Augen, während Frieda bei ihrer Antwort mehr und mehr ins Straucheln geriet. Marleene wollte ihr bereits zu Hilfe eilen, doch eine andere Frau kam ihr zuvor.

»Sie sind in Ordnung.«

Erst anhand der vertrauten Stimme entdeckte Marleene Dorothea, die weiter hinten zwischen den vielen Frauen saß. Sie hatte stark abgenommen und Ringe unter den Augen. Marleene fragte sich, ob es an den durchwachten Nächten mit dem Kind lag oder ob ihr etwas zu schaffen machte. Konstantin würde sie doch hoffentlich gut behandeln? Auf dem Frühlingsball hatte sie immerhin nichts Verwerfliches beobachtet.

Marleene lächelte ihr zu. »Danke, Dorothea.« Sie blickte in die Runde. »Meine … Schwägerin hat mir von eurem Treffen erzählt. Und wir«, ihr Blick glitt zu Frieda, »wir wollen mithelfen und euer Vorhaben unterstützen.«

»Genau, gleiches Recht für alle«, rief Frieda und boxte dabei sogar in die Luft.

Marleene war verblüfft, doch den Frauen schien es zu gefallen, denn es breitete sich ein wohlwollendes Gemurmel aus.

»Na, dann herzlich willkommen!«, rief eine Frau mit Ringellöckchen, deutete auf zwei freie Stühle und stellte sich und die anderen vor.

Gudrun, die Frau mit den kurzen Haaren, ergriff danach wieder das Wort. »Also, dann bringen wir die zwei Neuankömmlinge mal auf den neuesten Stand. Klara?« Sie blickte auffordernd zu einem jungen Mädchen mit Ponyfransen.

Klara setzte sich aufrecht hin. »Noch immer ist es so, dass vor allem die Jungen in den öffentlichen Schulen auf das spätere Berufsleben vorbereitet werden. Für Mädchen gibt es viel zu wenige öffentliche Schulen, und dort, wie auch in den Privatschulen, werden sie vor allem auf die Ehe vorbereitet – oder eben auf eine unterbezahlte und kräftezehrende Stellung als Hilfs- oder Fabrikarbeiterin.«

»Und das muss ein Ende haben!«, rief die junge Frau mit den Ringellöckchen und wurde sofort von weiteren Frauen unterstützt.

»Genau«, sagte Gudrun. »Wir haben deswegen bereits eine Petition eingereicht, denn mit der Bildung beginnt alles, deswegen müssen wir diese Hürde als Erstes nehmen. Wir wollen aber auch, dass Lehrerinnen genauso gut und zahlreich ausgebildet werden wie Männer, denn gewiss lehrt eine Lehrerin anders als ein Lehrer. Nicht zuletzt deswegen muss der Zugang zu Universitäten gewährt werden. Leider sieht es politisch nicht gut für uns aus, daher haben wir vor, die Sache selbst in die Hand zu nehmen.«

»Wie das?«, fragte Frieda wissbegierig.

»Wir werden selbst Kurse organisieren, die auch Mädchen ermöglichen, die Hochschulreife zu erlangen – dann können sie zumindest in der Schweiz studieren. Und wir werden Lehrerinnenseminare einrichten.«

Sie verloren sich in Debatten um die nächsten Schritte und ob sie es abermals mit einer Petition versuchen sollten. Mit Freuden sah Marleene, wie Frieda aufblühte und immer wieder betonte, dass insbesondere die Arbeitermädchen mehr Berücksichtigung finden müssten und man sich nicht zu sehr auf das Bürgertum konzentrieren solle.

Als sich die ersten Frauen verabschiedeten und die Gespräche zu einfacheren Themen übergingen, erhob Marleene sich und setzte sich neben Dorothea.

»Wie geht es dir? Ist alles gut mit deiner kleinen Tochter? Ich hätte sie zu gerne gesehen, aber du weißt ja …«

»Dass unsere Ehemänner wie Stiere aufeinander losgehen würden?«

»Du sagst es«, meinte Marleene schmunzelnd. »Arbeitest du denn auch wieder in der Hofgärtnerei?«

Dorothea senkte den Blick. »Nein … ich … ich kümmere mich zunächst um unsere Tochter.«

»Verstehe. Aber du wirst doch zurückkehren?«

Dorothea betrachtete die aufsteigenden Bläschen in ihrem Wasserglas. »Ich bin noch nicht sicher. Vermutlich nicht.«

»Was? Aber warum denn nur?«, rief Marleene erstaunt. »Du liebst doch die Arbeit in der Gärtnerei.«

»Ja, schon.« Noch immer schien sie in ihrem Glas eine Geschichte lesen zu können. »Aber Konstantin ...«

Marleene schwante, was hier vor sich ging. Aber gerade von Dorothea hatte sie anderes erwartet. »Er verbietet es dir?«

Dorothea hob die Schultern, deutete dann aber ein Nicken an.

»Und das lässt du dir gefallen? Dorothea, ich erkenne dich ja gar nicht wieder. Was ist denn mit dir los? Was ist aus der vehementen Verfechterin von Frauenrechten geworden? Du hast dich doch stets dafür eingesetzt ... Und nun lässt du dir selbst vorschreiben, was du zu tun oder zu lassen hast?! Wo ist die Dorothea von damals geblieben? Die, die selbst den Obergärtner zusammengestaucht hat?«

Jetzt schnellte Dorotheas Kopf zu Marleene. »Bist du denn so viel besser? Was hast du damals vor dem Großherzog vom Wandel der Zeit und gesellschaftlichen Veränderungen gesprochen ... Damit hast du doch uns gemeint, uns Frauen. So habe ich es zumindest verstanden. Du hast gesagt, es sei an der Zeit, die künstlichen althergebrachten Strukturen zu überwinden und zur Natürlichkeit zurückzukehren.«

Marleene nickte zaghaft, denn sie wusste nicht, worauf Dorothea hinauswollte.

»Und was hast du daraus gemacht?«

»I-ich«, stotterte Marleene, doch Dorothea schnitt ihr das Wort ab.

»Ich sag dir, was du gemacht hast: nichts!« Das Wort fuhr wie ein Schwerthieb durch Marleenes Körper. »Dabei hättest du doch die Gelegenheit gehabt. Du bist Mitbegründerin der Gärtnerei. Ich habe euch extra das Fahrrad zur Hochzeit geschenkt, das Symbol der Frauenbewegung, und ich hatte gedacht, dass du dich für uns Frauen einsetzt. Konstantin lässt sich nichts sagen, aber du hast doch Julius, der sehr viel liberaler ist. Ich dachte, ihr würdet euch als neumodische

Gärtnerei positionieren, in der alles anders vonstattengeht. Aber was höre ich da? Selbst ihr habt einen männlichen Lehrling eingestellt?« Sie schüttelte leicht den Kopf. »Das hat mich wirklich enttäuscht, Marleene. Was ist denn nur aus deinen großen Plänen geworden?«

Marleene sackte in sich zusammen, und in der Gastwirtschaft schien es mit einem Mal dunkler zu werden. Sie hatte ja vor, das alles noch anzugehen, musste aber zugeben, dass sie im gesamten vergangenen Jahr fast nur auf den Aufbau der Gärtnerei konzentriert gewesen war. Hatte sie darüber ihre Ideale verraten?

***

Alma begann zu strahlen, sobald sie Bruno vor den Gewächshäusern entdeckte. Er hockte vor den Frühbeeten und schien die Scheibe mit etwas einzupinseln. Ihre Schritte beschleunigten sich wie von selbst, und der Bienenschwarm in ihrem Innern erwachte zum Leben und sauste durch ihren Körper.

»Hallo, Bruno«, sagte sie dann aber recht schüchtern, als sie ihn erreicht hatte.

Er zuckte zusammen, war offenbar tief in Gedanken gewesen und sah nur ganz kurz hoch. »A-Alma.«

Mehr sagte er nicht. War er nervös? Vielleicht sogar ihretwegen?

»Heute habe ich Schmandkuchen gebacken«, sagte sie mit warmer Stimme, da sie wusste, dass sich Bruno für Kuchen immer begeistern konnte.

Er lächelte. »Das klingt sehr lecker.«

Sein Lächeln gab ihr Mut. »Kann ich dir helfen? Was soll das überhaupt mit der Farbe auf den Glasscheiben? Schützt das vor bösen Geistern oder so?«

Er erklärte ihr, dass es nicht darum ging, die Mistbeetfenster anzumalen, sondern dass das Kalkgemisch die Pflanzen lediglich vor der prallen Sonne schützen sollte und dass er genau das unter der Woche in der Hofgärtnerei auch schon erledigt hatte.

»Und trotzdem machst du selbst am heiligen Sonntag unermüdlich weiter«, lobte Alma ihn. »Brauchst du denn niemals eine Pause?«

»Das fragt die Richtige …« Er zwinkerte ihr zu.

Alma kicherte. »Aber übernächsten Monat, am 15. Juli, werde ich gewiss eine Pause einlegen.«

»Ach ja? Was ist denn an dem Tag? Hast du etwa Geburtstag? Dann muss ich …«, er wirkte zunächst freudig, unterbrach sich dann aber selbst. »Ach nichts. Was ist am 15. Juli?«

»Da bin ich auf eine Hochzeit eingeladen, der Brief hat uns vor Kurzem erreicht. Büttenpapier mit Goldrand. Mein Cousin aus Leer heiratet, es wird wohl ein größeres Unterfangen … Ein großartiges Fest mit feinstem Essen und Tanz bis tief in die Nacht.« Alma holte tief Luft.

Jetzt musste es raus.

Sie musste ihn fragen, sonst würde sie nie erfahren, wie es um sie stand.

»Und da wir zwei ja an Julius' und Marleenes Hochzeit bereits so großartig getanzt haben, aber nicht nur deswegen, auch weil ich dich gerne dabeihätte, ich meine … ich habe mich gefragt … ob wir beide … ich meine, du … Verflixt noch mal!« Sie verdrehte die Augen über sich selbst, verfluchte ihre Lispelzunge und setzte neu an. »Ich habe mich gefragt, ob du mich zu der Hochzeit begleiten würdest?«

Perfekt. Lediglich beim »zu« hatte sie ganz leicht gelispelt. Drei Säcke Mehl wurden von ihrem Brustkorb gehoben, und mit neuer Leichtigkeit sah sie ihn erwartungsfroh an.

Recht zaghaft erwiderte er ihren Blick. Er war so süß, wenn er schüchtern war. Doch was sie dann sah, ließ sie innerlich erfrieren, während gleichzeitig ihr Herz verbrannte. Brunos Augen waren dermaßen von Traurigkeit durchtränkt, dass sie unwillkürlich ihr eigenes

Herz wie einen verkohlten Klumpen vor sich liegen sah ... Wie das Brot, das sie einst im Backspieker vergessen hatte. Sogar die kleine Rauchfahne stieg noch davon auf.

Die Zeit schien sich zu verlangsamen, denn sie sah ihn blinzeln.

»Alma, ich ...«, er breitete hilflos die Arme aus, sah nach links und nach rechts. »Ich würde dich wirklich gerne begleiten, aber es geht einfach nicht.« Er betrachtete die halb bestrichene Glasscheibe des Frühbeets. »Greta und ich ...«

Alma sprang auf. Die Bienen waren fluchtartig davongestoben und hatten in ihrem Innern eine Leere hinterlassen, die absurderweise schmerzte und Platz für etwas machte, das sich nagend ihre Kehle hinaufarbeitete. »Vergiss es«, rief sie eilig. »Es war ohnehin eine blöde Idee. Halt nur, weil du so gut tanzen kannst. Allein deswegen habe ich gefragt. Aber wenn du mit Greta ... Oh, ich habe ganz vergessen, dass der Kuchen ja noch im Spieker ist.«

Sie rannte davon und spürte dabei Brunos Blick zwischen ihren Schulterblättern, selbst als sie bereits hinter den Kastanien verschwunden war. Die Tränen hatte sie einfach laufen lassen, damit er nicht mitbekam, wie sie sie wegwischte. Um sich keinem lästigen Verhör unterziehen zu müssen, schlich sie sich zu Hause auf den Heuboden und gab sich erst dort oben im vertrauten Geruch der Sonne des letzten Sommers, den die Grashalme eingefangen hatten, ihrem Leid hin. Hatte er nicht erst vor Kurzem glaubhaft versichert, dass zwischen ihm und Greta nichts war? Hatte er sie zum Narren gehalten? Denn was sollte sich in so kurzer Zeit schon ändern?

Sie weinte, bis keine Tränen mehr übrig waren, doch selbst dann blieb sie mit brennender Kehle im Heu liegen – auch als sie das Knarzen der hölzernen Leiter hörte und bald darauf Josts Lockenkopf am Rande des Heubodens erschien.

»Was ist mit dir?«

»Guten Appetit!«, sagte sie höhnisch.

Seine Stirn legte sich in Falten. »Hm?«

»Für dich gibt es heute Dreschflegel anstatt Schmandkuchen.«

»Nein!« Bestürzt sah er sie an, kletterte die letzten Sprossen hinauf und setzte sich an ihre Seite. »Er hat nicht zugesagt?«

Alma schnaubte. »Nicht nur das. Er hat dankend abgelehnt und mich wissen lassen, dass er mit Greta zusammen ist.«

»Bruno und Greta? Aber er schien ihr nicht einmal zu gefallen. Und so, wie er dich angesehen hat, hätte ich schwören können …« Er zuckte unschlüssig die Achseln.

Unwirsch zupfte Alma an den trockenen Grashalmen. »Dann hat sie ihre Meinung wohl geändert. Letztendlich ist es ohnehin gleich. Wichtig ist doch, was Bruno will, und offensichtlich hat er sich für sie entschieden.«

Jost sah in die Ferne. Mit der Hand am Kinn sah er aus, als wäre er innerlich ganz woanders.

»Anscheinend lohnt es sich also doch nicht, mutig zu sein«, murmelte er.

»Wieso, wolltest du etwa deinen inneren Schüchternheitshund überwinden und auch jemanden fragen?«

Er stutzte für einen Moment, dann lächelte er, als wäre das gänzlich absurd, und sagte: »Nein, ich doch nicht.«

59. Kapitel

Mit einem Schnauben schob Rosalie am Montagmorgen die *Oldenburger Nachrichten*, die stets am Mittwoch und Sonntag erschienen, von sich. Normalerweise interessierte sie sich ja eher für die beiliegende *Gartenlaube,* doch heute hatte die Überschrift auf dem Titelblatt ihre Aufmerksamkeit erregt. »Die Aufgabe der Frau« stand dort in fetter Frakturschrift, und als Verfasserin war lediglich »Von einer Frau« angegeben.

Mit Vorfreude waren Rosalies Augen über die Zeilen gehuscht. Gewiss, so hatte sie gedacht, würde sich jetzt endlich mal eine Frau gegen die tradierten Vorstellungen wehren. Doch schon sehr bald folgte die Ernüchterung. Nachdem die Verfasserin darauf hingewiesen hatte, dass sie keineswegs die Frauen zum öffentlichen Kampf herausfordern wolle, verwies sie darauf, dass ihrer Meinung nach der Beruf der Frau darin liege, nicht hereinzureden und zu organisieren, sondern vielmehr im Hören und im Vorarbeiten.

Widerwillig zog Rosalie die Zeitung wieder zu sich heran. Es war grauenvoll, dennoch musste sie wissen, wie es weiterging. Die Verfasserin verlangte, dass jede Frau zugeben solle, dass es im sozialen Gebiet ein reiches Feld an Betätigungen gebe, die für sie angemessen seien. Kopfschüttelnd las Rosalie weiter und stieß einen Schrei aus. »›Des Weibes Heimat ist der Herd – und über ihrer trauten Heimat soll die Frau sich nicht ungestraft hinauswagen‹?«, flüsterte sie fassungslos. Wie konnte eine gebildete Frau so etwas behaupten? Freiwillig?

Sie musste an Julia, Henrietta und Mathilde denken, denen im Grunde genommen ganz ähnliche Worte zuzutrauen wären. Wenn man in der Schule stets nur darauf vorbereitet wurde, eine gute Hausfrau zu sein, lernte man nicht, die Dinge zu hinterfragen. Auch sie hatte dazu Zeit benötigt, und womöglich wäre sie ohne Johannes' Sticheleien nie darauf gekommen, all dies kritisch zu betrachten. Der Gedanke an ihn durchzuckte sie, als wäre er mit Dornen versetzt, und sie beugte sich rasch wieder über die Zeitung. Dieser Schmerz war ebenfalls unschön, doch er ließ sich leichter ertragen.

»›… das Weib bewahre, was der Mann errungen; der Frauen Kraft liegt lediglich im Lieben, Hegen, Pflegen, Dulden.‹«

Dulden? Sie würde überhaupt nichts mehr dulden. Wenn das der Maßstab für Weiblichkeit war, war sie offenbar ein verkappter Mann. Doch es kam noch schlimmer. *»›Es sei der Frauen Leben so wie ein frommes Lied, das leise, ohne Rauschen am Ohre vorüberzieht* – singt einer unsrer Lieblingsdichter, und ich denke, er hat damit nicht nur unsre Gefühle wiedergegeben, sondern es werden gleich jenem, viele deutsche Männer den Wunsch hegen, dass das Weib nie seine Schranken verlassen, niemals aus dem gewiesenen Kreise heraustreten, sondern so recht in der Stille wirken und Segen verbreiten möge, Freude und Behaglichkeit spenden. Ich will zum Gegensatz der echten Weiblichkeit nicht einmal die sogenannte emanzipierte Frau aufstellen, diese Abart der Frauen, welche, Sitte und Anstand häufig verletzend, sich innerlich bereits gelöst haben von jedem weiblichen Gefühl; nein, ich ziehe die Grenzen unsres Wirkungskreises noch enger; ich will eben der Frauen Arbeit auf die Stille beschränkt wissen.‹«

Die Verfasserin war offensichtlich der Meinung, dass die Frauen – die »Schwachen«, wie sie sie nannte – es nicht nötig hätten, ihre gesellschaftliche Stellung zu verbessern, denn die Männer würden schon für ihre Rechte eintreten und dafür kämpfen, dass die Stellung der Frauen gewahrt und der Herd gesichert sei. Die Frau solle sich im

Gegenzug in ihrem gesamten Frauenleben um das Sorgen und Versorgen kümmern, um sich den Männern würdig zu zeigen.

Rosalie stürmte wutentbrannt nach draußen und bemerkte, als sie die Standuhr im Foyer sah, dass sie fast eine halbe Stunde zu spät war. Auf dem Hauptweg traf sie auf Oskar.

»Du bist zu spät«, zischte er ihr zu, doch Rosalie stapfte einfach weiter. Am liebsten würde sie heute Holz hacken, um all die Wut loszuwerden.

»Hallo, Knöterich«, begrüßte Johannes sie.

Es ging so nicht mehr weiter! Wenn selbst Frauen die Frauenbewegung sabotierten und schlechtredeten, wie sollten sie dann jemals vorankommen?

»Ich werde nicht in der Stille wirken, Segen verbreiten und Behaglichkeit spenden«, schrie sie ihn an und griff so ruckartig nach der ersten Pflanze, dass die Erde sich von den Wurzeln löste und in dicken Klumpen herabrieselte.

»Einverstanden«, sagte er verblüfft.

»Und überhaupt … Du nicht auch noch! Ich kann deine Nörgeleien jetzt nicht gebrauchen! Ich will es doch selbst nicht mehr … Ich verzichte liebend gerne! Ich brauche gar nicht jede Saison neue Kleider zu kaufen, nur um ein Gesprächsthema zu haben! Vermutlich komme ich auch ohne Stubenmädchen zurecht, ich brauche keinen Firlefanz, und ich will ja gar nicht im Luxus schwelgen, wenn es anderen so schlecht geht. Ich würde doch auch viel lieber die Gesellschaft ändern, wenn das bedeutet, dass ich meine eigenen Entscheidungen treffen darf, aber ich weiß einfach nicht, *wie*!«

Mit halb geöffnetem Mund starrte er sie an und schüttelte sich leicht, bevor er sprach. »Ich wollte doch gar nichts sagen …«

»Nein?«

»Nein, im Gegenteil. Ich wollte mich entschuldigen.«

»Entschuldigen?« Sie kam sich dumm vor, dass sie lediglich Ein-

Wort-Rückfragen stellte, aber sie brauchte ihre gesamten Kapazitäten, um gedanklich durchzugehen, ob sich jemals ein Mann bei ihr entschuldigt hatte. Marleene hatte sich entschuldigt, aber das zählte nicht richtig. Und sonst? Sonst war ihr das, abgesehen von nicht wirklich ernst gemeinten Höflichkeitsfloskeln, nicht untergekommen. Vermutlich weil keiner sie so richtig ernst nahm. Sie war ja nur eine Frau.

Johannes stellte jetzt aber die Pflanze beiseite und sah sie durchdringend an. »Es tut mir aufrichtig leid, wie ich mich in den letzten Tagen verhalten habe. Insbesondere nach … Na ja, du weißt schon. Aber um ehrlich zu sein, hast du in deinen Wochen hier in der Hofgärtnerei eine großartige Entwicklung durchgemacht, eine, die ich dir offen gestanden niemals zugetraut hätte, und du hast vollkommen recht. Es ist nicht deine Schuld, du vertrittst die Werte der Bourgeoisie nicht mehr, und es gibt wenig, was du tun kannst.«

Das waren verdammt viele unterschiedliche Gefühle für einen Tag, und Rosalie wusste kaum, wie sie damit umgehen sollte. Also nickte sie knapp und schnitt die Pflanzenspitzen ab. »Schön, dass du das endlich einsiehst.«

Sie hingen eine Weile ihren Gedanken nach und arbeiteten still vor sich hin, dann wandte sie sich abermals an Johannes.

»Es gibt wenig, was ich tun kann. Aber wenn du eine Frau wärst und eine Revolution starten wollen würdest … wie würdest du vorgehen?«

Er überlegte nur kurz. »Ich würde mit den Schulen beginnen, deswegen ist mir die Bildung der Arbeiterkinder ja auch so wichtig, denn das ist die Grundlage für alles. Ihr Frauen müsst von klein auf lernen, in eine andere Richtung zu denken, dazu benötigt ihr allerdings mehr Lehrerinnen. Soweit ich weiß, wird das bereits versucht …«

Rosalie zog ihre Unterlippe seitlich zwischen die Zähne. Sie musste unbedingt mit Dorothea sprechen und fragen, ob sie auch einmal mit zu diesem Frauenstammtisch kommen durfte.

Ihre Gedanken hinsichtlich des Artikels und der Missstände in der Gesellschaft hielten Rosalie den ganzen Tag über so beschäftigt, dass sie sich wunderte, als Johannes am Nachmittag seinen Arbeitsplatz aufräumte.

Genussvoll klopfte er sich die Erde von den Händen. »So. Genug für heute.«

»Du willst bereits Feierabend machen?«

»Jap. Wir haben den Ersten Mai zum Tag der Arbeit erklärt. Das wollen wir in Eversten groß feiern. Haben wir letztes Jahr auch schon gemacht, und es war eine ordentliche Sause.« Er musterte sie einen Moment nachdenklich. »Komm doch mit, dann zeige ich dir mal, wie bei uns gefeiert wird …«

»Was?« Erst redete er tagelang kaum mit ihr, und nun sollte sie ihn auf eine Feier begleiten? »Ich … aber das …« Sie hatte ja nicht einmal eine schriftliche Einladung erhalten. Es war einer der seltenen Momente, in denen ihr die Sprache wegblieb, was Johannes offenbar Rückenwind gab. Er grinste.

»Soweit ich weiß, habe ich ohnehin noch etwas gut wegen unserer Wette. Ich darf einen Tag über dich verfügen … Oder traust du dich etwa nicht?«

Rosalie warf entrüstet ihre Gartenschere auf den Pflanztisch. »Selbstverständlich traue ich mich, das steht außer Frage. Aber du weißt genau, dass ich nicht ohne Anstandsdame in der Öffentlichkeit mit einem Mann gesehen werden darf.«

»Du nicht.« Johannes' Augen funkelten. »Eine Arbeiterin schon. Und ich will Ihnen nicht zu nahe treten, gnädiges Fräulein, aber schauen Sie doch bitte einmal an sich herunter …«

Sie wollte es nicht, aber unwillkürlich glitt ihr Blick an ihrem Körper hinab. Die Schürze zerknittert und schmutzig, der Rock fleckig, und die Schuhe starrten vor Dreck, da es am Vortag geregnet hatte und der Boden recht matschig war. Noch am Morgen hatte sie außerdem festgestellt, dass ihre vornehme Blässe verschwunden war, denn aus dem Spiegel hatte ihr ein gebräuntes Gesicht mit Sommersprossen um die Nase entgegengeblickt. Fürchterlich.

Auf der anderen Seite standen ihr nach dem Zerwürfnis mit ihren Freundinnen keinerlei gesellschaftliche Anlässe mehr bevor. Und sie musste zugeben, dass es sie durchaus interessierte, wie die Arbeiter feierten. Würden sie schlicht gefertigte Tanzkarten haben? Und welches Essen würden sie wohl reichen? Vermutlich wäre das alles eine überaus triste Angelegenheit.

»Na, bist du mit von der Partie? Du könntest es als Theaterstück sehen. Rosalie Goldbach in der Rolle der Arbeiterfrau.« Er hatte die Hände weit ausgebreitet und tat so, als wäre er ein Theaterdirektor, der sie groß ankündigte.

Rosalie lächelte in sich hinein, die Vorstellung gefiel ihr. Sie überlegte. Konstantin war bei einem Kunden. Dorothea besuchte ihre Eltern mit der kleinen Helene, Bruno konnte man ohnehin jeglichen Bären aufbinden, Alois konnte sie vertrauen, der grummelige Neue verließ niemals die Orangerie, und Motte, Schmetterling und den Lehrling hatte es nicht zu interessieren, wo sie war.

Es war eine einmalige Gelegenheit.

Und die Aussicht auf einen aufschlussreichen Abend war allemal besser, als im schummerigen Licht allein im Salon der riesigen Villa ein Buch zu lesen. Ihr ganzer Körper begann zu prickeln, als ihr klar wurde, dass sie sich in dieses Abenteuer stürzen würde. Sie würde etwas Verbotenes tun – und es gefiel ihr. Endlich war ihr Leben nicht mehr eintönig und langweilig. Aber war es das nicht schon, seit sie mit der Arbeit begonnen hatte?

»Oder bist du doch ein Hasenfuß?«

Sie warf die Haare nach hinten. »Ich doch nicht! Lass mich nur noch schnell …«

Johannes schüttelte den Kopf. »Glaub mir, du bist genau so richtig, wie du jetzt gerade bist. Wir brauchen keine extravaganten Kleider oder Frisuren. Also?« Er bot ihr seinen Arm zum Geleit, und Rosalie ergriff ihn.

»Wie kommen wir denn dorthin?«, erkundigte sie sich.

Johannes verdrehte die Augen. »Na, wie wohl? Wir laufen.«

»Laufen? Nach Eversten?«, kreischte Rosalie entsetzt. »Das sind beileibe fünf Kilometer … Soll ich nicht lieber Alois Bescheid sagen, dass er uns Lotte einspannt?«

Johannes grinste. »Wenn du dich sofort als Fräulein von Stand zu erkennen geben möchtest, gerne. Ich kann dir aber nicht garantieren, dass meine Genossen dir unter den Umständen noch wohlgesinnt sind.«

***

Schon unterwegs fühlte Rosalie sich, als hätte die Welt sich verwandelt. Überall zogen Arbeiter in Scharen durch die Straßen, ein Leierkastenspieler hatte wohl extra die *Marseillaise* aufbringen lassen, und Johannes sang begeistert ein paar Takte mit und hinterließ dem faltigen Mann gleich mehrere Münzen. »Selbst die Lieder haben sie uns bis zur Aufhebung der Sozialistengesetze verboten, und wir konnten sie nur heimlich verbreiten. Und heute dürfen sie öffentlich in der Stadt gespielt werden, das ist so großartig!« Sein Enthusiasmus war ansteckend, und Rosalie freute sich, diese Seite an Johannes kennenzulernen.

Eine gute halbe Stunde später hatten sie die Stadt hinter sich gelassen und erreichten eine riesige Scheune, aus der bereits leise Musik zu hören war. Davor stand ein meterhoher dünner Birkenbaum mit wehender Fahne und bunt flatternden Bändern.

»Der Maibaum, das Symbol unserer Freiheit, das er schon zur Französischen Revolution war. Die Kundgebungen haben wir leider verpasst, Konstantin meinte, wenn ich den ganzen Tag freinehme, kann ich gleich die gesamte Woche wegbleiben, und das konnte ich mir nicht leisten. Aber für die Feier sind wir nicht zu spät!«

Sie betraten das rauchig-dunstige Innere der Scheune, und Rosalie sah sich vollkommen verblüfft um, denn so etwas hatte sie noch nie erlebt. Es war unglaublich laut, alle schienen durcheinanderzureden, Leute saßen auf einfachen Bänken und Tischen, ein Fidler und ein Akkordeonist spielten am Rand und tanzten dabei noch ausgelassen mit.

Die Tanzfläche war zum Bersten voll, hier gab es offenbar keinen Zeremonienmeister, der sich um einen geregelten Tanz kümmerte.

»Komm mit«, sagte Johannes lachend. Er zog sie zwischen die Paare und führte sie in einer wilden Polka über die improvisierte Tanzfläche.

»Was ist mit den Tanzkarten?« Rosalie musste in sein Ohr rufen, damit er sie auch verstand, und er erklärte ihr amüsiert, dass es so etwas hier nicht gab. Später, als sie vor lauter Tanzen kaum noch Luft bekam, ließ er sie allein an einem Tisch zurück, um Bier zu holen. Zunächst fühlte es sich seltsam an, doch dann gefiel es Rosalie, hier ganz allein sitzen zu dürfen und sich in Ruhe umzusehen. Sie brauchte keinen Aufpasser.

Als er mit einem kühlen Bier zurückkehrte, stürzte Rosalie es so gierig hinunter, dass er sie danach auf ihren Bierbart aufmerksam machen musste, und Rosalie tupfte ihn verlegen mit einem Spitzentaschentuch ab.

»Bist du verrückt?«, raunte er ihr zu. »Ich hätte dir ebenfalls vorher Unterricht geben müssen. So macht man das.« Er wischte sich den Mund großflächig mit dem Unterarm ab. Rosalie lachte, doch als sie wieder ernst wurde, machte er sie ganz unruhig, da er ihren Blick intensiv erwiderte. Sollte sie ihn fragen, warum er in den vergangenen Tag so zornig gewesen war? Dachte er, sie wäre seinetwegen aus der Kutsche gestürmt?

»Also wegen …«, setzte sie an, doch ausgerechnet jetzt erschien ein Handwerksgeselle in schwarzer Kluft mit Knöpfen bis zum Hals an Johannes' Seite.

»Jo, da bist du ja«, sagte er und klopfte ihm auf den Rücken. Johannes begrüßte ihn ebenfalls und forderte ihn und drei weitere junge Männer und eine Frau auf, bei ihnen Platz zu nehmen.

Er stellte sie kurz vor, aber Rosalie konnte sich so schnell nicht alle Namen merken, sie behielt nur, dass das junge Mädchen mit der weißen Haube und der blauen Schürze Evke hieß.

»Wir sind schon eine Weile hier, wo wart ihr so lange?«, erkundigte Johannes sich.

»Evke durfte mal wieder nicht früher gehen«, erklärte der Handwerker und legte mitfühlend den Arm um sie.

Johannes' Kiefermuskulatur verhärtete sich. »Warum wechselst du nicht endlich die Stellung?« Er wandte sich kurz an Rosalie. »Evke bekommt dort nur das Allernötigste zum Essen, manchmal sind die Sachen bereits verschimmelt, und sie wird auch oft angeschrien.«

»Das ist ja fürchterlich«, sagte sie zu dem jungen Mädchen, das vollkommen erschöpft wirkte. »Dann solltest du wahrhaftig kündigen.«

Evke senkte den Kopf. »Ich habe leider einen von diesen alten Verträgen unterschrieben, der es mir erst in einem halben Jahr erlaubt zu kündigen. Und ich möchte keinen schlechten Eintrag in mein Gesindebuch …«

Rosalie nickte verständnisvoll. Bei den Hausangestellten war es lange Zeit üblich gewesen, dass nur zu zwei Zeitpunkten im Jahr gekündigt werden konnte, damit die Arbeitgeber es einfacher hatten, für Ersatz zu sorgen. »Für besondere Fälle sollte es die Möglichkeit geben, auch früher zu kündigen«, sagte sie aus dem Herzen heraus.

Der Handwerker nickte anerkennend. »Wir können es gerne in unsere Agenda aufnehmen. War ja klar, dass du dir ein Mädchen suchst, das genau unsere Gesinnung teilt«, fügte er mit einem Augenzwinkern in Johannes' Richtung hinzu. Rosalie wagte nicht, ihn anzusehen, und hoffte, dass in dem schummrigen Licht keiner bemerkte, wie rot sie wurde.

Rosalie Goldbach am Tisch der Sozialisten, schoss es ihr in den Kopf. Wenn das ihr Vater wüsste, würde er sich im Grabe umdrehen. Aber die Zeiten hatten sich geändert, und zum Glück hatte sie zudem eine Idee, wie sie von dem Thema ablenken konnte, wenn das hier alles Johannes' Parteikollegen waren.

»Habt ihr den Artikel über die Frauen in den *Oldenburger Nachrichten* gelesen?«, erkundigte sie sich neugierig. Sofort brandeten empörte Stimmen auf.

»Ja, er hat sich zwar vor allem an die Oberschicht gerichtet, dennoch war er eine Zumutung«, sagte Evke.

Rosalie nickte. »Deswegen finde ich es so gut, dass die Sozialisten sich auch für die Belange der Frauen einsetzen.« Sie zitierte einige Dinge, die sie im Parteiprogramm gelesen hatte, und sonnte sich in Johannes' überraschten, aber anerkennenden Blicken von der Seite.

»Arbeitet ihr eigentlich mit der Frauenbewegung zusammen?«

Der Geselle wirkte begeistert. »Bisher noch nicht, aber eigentlich sollten wir das unbedingt machen. Ich nehme an, du hast Kontakte diesbezüglich?«

Rosalie wurde heiß, und sie hätte sich am liebsten auf die Zunge gebissen. Doch dann dachte sie an Dorothea – sie konnte sie doch gewiss als Kontakt zählen? »Ja, ich könnte da etwas arrangieren.«

Der Handwerksgeselle wandte sich an Johannes. »Jo, warum hast du diese scharfsinnige und gut vernetzte Kollegin so lange vor uns versteckt? Das war eine brillante Idee!«

Rosalie hielt die Luft an. Wie sollten sie da je wieder herauskommen?

»Nun ja … Rosa war bisher eher … verdeckt unterwegs.«

Fast hätte sie aufgelacht, das war eine gelungene Umschreibung. Und *Rosa* hatte er auch gut gewählt, das klang nicht so herrschaftlich, und so würde keiner Verdacht schöpfen.

Doch Evke sah nachdenklich zu ihr herüber. »Rosa? Hieß so nicht diese eingebildete Tochter des Hauses? Die mit den tausend Kleidern, die von ihrer eigenen Schönheit so überzeugt ist und sich nie die Finger schmutzig machen will? Und wie lacht sie noch mal? Das kannst du doch so gut nachmachen …«

So war das also.

Rosalie zwang unter Höchstanstrengung ihre Augenbrauen dazu, sich nicht zu erheben. Sie sah aber dennoch zu Johannes, der jetzt aufsprang und vermutlich nicht wagte, auch nur in ihre Richtung zu schauen, während sie gegen die dumpfe Enttäuschung ankämpfte. Sie hatte allen Ernstes vermutet, dass er sie mochte, aber wieder einmal hatte sie es sich offenbar nur eingebildet. Wie damals mit Manilo.

»Ich geh erst mal noch 'ne Runde Bier holen. Möchte jeder eins?«

Rosalie hätte am liebsten einen doppelten Cognac bestellt, fürchtete aber, sich dadurch zu verraten. Als er weg war, spürte Rosalie, dass nun alle Blicke erwartungsvoll auf ihr ruhten und auf Aufklärung warteten.

»Das war *Rosalie.* Sie ist ein richtiges Biest, es ist nicht schön, ihre halbe Namensvetterin zu sein, aber ich bin einfach nur Rosa. Ich arbeite mit meiner Schwester in der Gärtnerei, sie müsste hier auch irgendwo sein.« Suchend ließ sie den Blick über die tanzenden Paare gleiten, da solch kleine Details Lügen glaubhafter machen.

»Und ist diese Rosalie wirklich so schlimm, wie Johannes immer behauptet hat?«, fragte Evke und beugte sich wissbegierig näher.

Ein kurzer Schmerz durchzuckte Rosalies Seele. Er fand sie so schlimm, dass er sich bei seinen Freunden über sie ausgelassen hatte. Wenn sie jetzt aufstand und ging, könnte sie sich jedoch verraten, und dann wäre das alles nur noch blamabler. Sie hatte sich zu weit hineingeritten und musste dadurch, also nickte sie theatralisch. »Ja, sie ist unglaublich anstrengend. Es gibt nur drei Dinge, die Rosalie Goldbach interessieren.«

»Und die wären?«, erkundigte sich ein Mann im karierten Hemd von weiter hinten. Alle hingen an ihren Lippen, und Rosalie legte eine Kunstpause ein, um ihre Aussage noch effektvoller zu machen. Dann zählte sie an den Fingern ab:

»Rosalie Goldbach, Rosalie Goldbach und noch mal Rosalie Goldbach.«

Alle lachten und ermunterten sie dadurch weiterzumachen.

»Auf den nächsten Rängen kommen dann ihre Haare und natürlich die Kleider. Eigentlich dreht sich ihr ganzes Leben nur um die Frage, was sie als Nächstes anziehen und auf welche Weise sie sich die Haare frisieren lassen wird.«

Wieder lachten die Zuhörer und nahmen dankbar die Bierhumpen entgegen, die Johannes vor ihnen aufbaute. Dann fragte Evke: »Ist das nicht auch irgendwie traurig?«

Für einige Sekunden blieb es ruhig, dann stimmte Rosalie ihr zu. »Ja, irgendwie schon. Aber als gebildete Frau, läge es da nicht auch an ihr, sich über die Gesellschaft und die wirklich wichtigen Themen zu informieren?«

»Manchmal benötigt man auch etwas Abstand, um die Dinge zu erkennen«, warf Johannes ein. »Und letztendlich … ist sie nicht durch und durch schlecht.«

Rosalie neigte den Kopf. »Ach ja? Was ist denn gut an ihr?«

»Meintest du nicht, sie wäre ein ziemlich heißer Feger?«, rief ein Mann mit Schnauzbart, dessen Stimme Rosalie an Bruno erinnerte, und gegen ihren Willen schöpfte sie ein klein wenig Hoffnung. Wenn er sie immerhin hübsch fand, wäre das ein Anfang, denn die anderen Dinge betrafen vornehmlich die alte Rosalie. Und die war sie ja nicht mehr.

»Ja … äh … nun ja … Also, joa«, sagte Johannes lang gezogen. Seine Stimme geriet zunächst ins Wanken, doch dann grinste er für einen Moment konspirativ in ihre Richtung. »Sie ist ein ziemlicher Blickfang. Besonders wenn sie nicht so aufgetakelt ist.«

Rosalie lächelte ihn an, während ihr Herz aufgeregt klopfte. Sie vermisste ihren Fächer, da war zu viel überschüssige Hitze, die sie loswerden musste. Sie gefiel ihm sogar, ohne dass sie den ganzen Aufwand betrieb, um das Beste aus ihrem Aussehen herauszuholen?

»Das meinte ich aber gar nicht, sondern eher die Art, wie sie den Hof fegt«, rief der Schnauzbärtige und klopfte sich auf die Schenkel. Am sogleich einsetzenden Lachen der Runde erkannte Rosalie, dass Johannes die Geschichte, wie sie den Hof gefegt hatte, ebenfalls zum Besten gegeben hatte.

»Ich glaube, sie behandelt ihr Stubenmädchen ganz gut«, sagte Johannes dann wie zur Entschuldigung und warf ihr einen raschen Blick zu.

Rosalie dachte mit Unbehagen daran zurück, wie oft sie ihre Laune an Meike ausgelassen hatte und dass diese noch immer vor ihr aufstand, damit sie ein warmes Zimmer hatte. »Da wäre ich mir nicht so sicher.«

Sie kam nicht dazu, mehr zu sagen.

Als Nächstes spürte sie, wie jemand den Arm um ihre Schultern legte. »Soso, Rosalie Goldbach am Tisch der Sozialisten.« Konstantin lallte auffällig, und auch die Dunstwolke, die seinen Mund verließ, verriet, dass er jenseits von Gut und Böse war. Alles in ihr spannte sich an, und ihr wurde übel. Warum zum Teufel war er nicht auf einem Kundenbesuch, wie angekündigt, und was hatte er auf einer Feier der ländlichen Bevölkerung zu suchen? Langsam blickte er jeden Einzelnen am Tisch an und schaute dann wieder zu ihr. »Wenn das unser Vater mitbekommen würde, würde er sich im Grabe umdrehen.«

60. Kapitel

Marleene rührte lustlos in ihrem Tee herum, der kalt geworden war. Sie kam immer gegen zehn ins Haus, um ihrer Mutter kurz Gesellschaft zu leisten, doch diese hatte sich bereits wieder zurückgezogen, da ihre Hüfte sie malträtierte. Frieda streckte den Kopf zur Tür herein und setzte sich zu Marleene, als sie sie am Küchentisch entdeckte.

»Was ist denn mit dir?«, fragte sie und drückte kurz ihre Hand.

»Ach, mir gehen Dorotheas Worte einfach nicht aus dem Kopf«, gab Marleene zu. »Habe ich meine Ideale verraten, und tue wirklich zu wenig, um die Frauenbewegung zu unterstützen?«

Frieda legte einen Zeigefinger ans Kinn. »Letztendlich liegt da ein riesiger Berg Arbeit vor uns«, sagte sie, und Marleene stimmte zu.

»Wir müssen das ändern, was über Generationen hinweg eben so war, wie wir es gewohnt sind.«

»Genau! Und als wir noch einfache Arbeiterinnen in der Herberge waren, was hätten wir da groß tun können? Vielleicht ein paar Petitionen unterzeichnen oder an Protestmärschen teilnehmen – wenn wir nicht zu müde gewesen wären … Das ist nicht viel. Aber als Inhaberin einer Gärtnerei, da kannst du schon mehr machen. Doch welch eine Macht hast du erst, wenn ihr der neue Hoflieferant seid? Das wird ein Zeichen setzen, wenn die Wahlgärtnerei des Großherzogs weibliche Lehrlinge einstellt!«

Marleene lachte leise auf. »Du klingst ganz so, als hätten wir bereits gewonnen.«

»Vielleicht habe ich ja guten Grund dazu? Auf jeden Fall denke ich, es ist nicht verwerflich, einen Schritt nach dem anderen zu tun. Es ist schwer genug, eine Gärtnerei aus dem Nichts aufzubauen und dann auch noch Hofgärtnerei zu werden. Wie soll man denn gleichzeitig noch mehr machen? Aber das heißt ja nicht, dass du es nicht vorhast, oder?«

»Nein, mein großer Traum ist immer noch, eine eigene Gärtnerinnenschule neben der Gärtnerei aufzubauen …«

Frieda tätschelte ihren Arm. »Na also. Und sobald ihr die neuen Hoflieferanten seid, seid ihr einen Schritt weiter durch die finanziellen Mittel, die euch dann zur Verfügung stehen.«

»Wenn, Frieda, *wenn* wir die neue Hofgärtnerei werden.«

Frieda lächelte abermals und stand auf. »Komm mit.«

Marleene folgte ihrer Cousine zum Gewächshaus, in dem sie schon den ganzen Morgen über immer wieder mit Alma verschwunden war. Jetzt ahnte sie, was Frieda ihr zeigen wollte.

»Ihr seid schon fertig?«, fragte sie ungläubig, und Friedas Kopf samt Haarkranz wippte auf und ab, als sie nickte. Dann öffnete sie die Gewächshaustür und rief laut: »Trara!«

Marleene ging zögerlich einige Schritte hinein und blieb schließlich fassungslos stehen. Ergriffen schlug sie die Hand vor den Mund und blickte abermals auf dieses kleine Paradies aus Pflanzen, das sich vor ihr auftat, während der blumige Duft sie einhüllte. Langsam ließ sie die Hand wieder sinken, sah ungläubig in Almas strahlendes Gesicht und griff Halt suchend nach Friedas Hand. Sie konnte nur immer wieder den Kopf schütteln, denn es war schier unglaublich!

Neben dem Mittelweg hatten sie ein geschwungenes Beet aus Pflanzen gesetzt. Es wirkte wie ein grünes Meer, immer wieder unterbrochen von kleinen Blumeninseln, die sich wie Gestalten aus dem Wasser erhoben. Die Flieder und die Rhododendren wurden von weißen und roten Blumen umrandet, und die Schönheit ihrer Blüten wurde dadurch noch betont. Für den Probeaufbau ihres Schaubeetes für die Gartenbau-Ausstellung hatten sie Pflanzen gewählt, die bereits blühten, während die eigentlichen Wettbewerbspflanzen im dauergelüfteten Kalthaus standen, damit ihre Blüten so weit wie möglich zurückgehalten wurde.

Langsam ging Marleene an dem Schaubeet vorbei und konnte noch immer kaum fassen, wie prächtig alles aussah. Jede einzelne Pflanze war buschig gewachsen, zeigte eine satte Farbe und schmiegte sich perfekt in die Wettbewerbspräsentation ein.

»Das gibt es ja nicht«, wisperte sie ergriffen. »Es sieht einfach himmlisch aus!« Sie fühlte, wie sie von Dankbarkeit und Rührung durchströmt wurde, und fiel erst Frieda und dann Alma um den Hals.

Wenn das Beurteilungskomitee auch nur ansatzweise so beeindruckt wäre wie sie, sähe es ziemlich gut für sie aus. Zuversicht breitete sich in ihr aus. Sie rannte zurück zum Ausgang und erinnerte sich im letzten Moment daran, dass Julius auf Einkaufsfahrt in Holland war. Aber sie musste diese Pracht jemandem zeigen.

»Franz!«, rief sie kurzerhand. »Das musst du dir ansehen!«

Sie gab sich gänzlich der übersprudelnden Vorfreude und der Aufregung hin, die von ihr Besitz ergriffen hatten, denn jetzt war es gewiss.

Sie konnten es wirklich schaffen!

61. Kapitel

»Das ist wahrhaftig beeindruckend«, gab Konstantin zu, ohne den Blick von der wunderlichen Maschine zu lösen, die das Wasser wie punktierten Regen in die Luft warf und sich dabei um sich selbst drehte. Jan-Died, sein Gärtnerkollege aus dem Oldenburger Umland, hatte die sogenannten Sprenger in Holland gekauft und ihn eingeladen, sie in seiner Gärtnerei zu begutachten.

»Was kostet der Spaß denn?«

Er pfiff leise, als er die Summe hörte. Das wäre selbst mit dem eingebrachten Vermögen von Dorothea ein kleiner Kraftakt. Zumal die finanziellen Polster stetig weniger wurden, da er seine Lebensweise dem neuen Wohlstand angepasst – und sich dabei womöglich ein wenig übernommen hatte, wie er jetzt festgestellt hatte. Aber auf den Feierlichkeiten der ländlichen Bevölkerung guckten ihn diese köstlichen Mädchen stets ganz verzückt an, wenn er Runde um Runde für sie und alle Umstehenden spendierte. Das hatte er sich angewöhnt, als er festgestellt hatte, wie günstig das Bier bei diesen Scheunenfesten war.

Selbstredend trank er dann mit. Und zwischendurch Branntwein und Genever, den Wacholderschnaps. Natürlich war er auch auf der Maifeier irgendwann sternhagelvoll gewesen, aber warum er seine Schwester nicht wegen ihres Sozialistengeplänkels hatte aufziehen dürfen, verstand er noch immer nicht. Und auf seine Frage, was sie überhaupt dort zu suchen hatte, hatte sie nicht einmal geantwortet.

Sie war selbst heute, drei Tage später, noch so erzürnt, dass sie nicht mehr mit ihm sprach.

Jan-Died setzte sich mit auf dem Rücken verschränkten Armen in Bewegung. »Aber du musst ja auch die Ersparnisse berechnen, die die Vorrichtung mit sich bringt«, wandte er ein. »In der Zeit, wo der Sprenger läuft, kann mein Lehrling etwas anderes machen. Über kurz oder lang habe ich eine ganze Arbeitskraft durch die Sprenger eingespart, dann rentiert sich das wieder.«

Langsam gingen sie den gepflasterten Weg zum Haupthaus zurück.

»Das stimmt!« Ob er mit dem Argument Dorothea überzeugen könnte? Konstantin lag viel daran, dass seine Gärtnerei als eine der modernsten dastand, in gewisser Weise mussten sie das als Hofgärtnerei auch. Aber am Ende würde Dorothea nur erneut darauf bestehen, dass sie als Arbeiterin in die Gärtnerei zurückkehrte, wenn er mit der Ersparnis argumentierte.

Vielleicht würde er die Dinger einfach ohne ihre Zustimmung anschaffen und den wahren Preis verschweigen, denn verstecken ließen sich diese mobilen Wasserwerfer gewiss nicht. Er trat auf seine Kutsche zu und drehte sich ein letztes Mal um.

»Nun gut, dann danke ich dir für die kleine Vorführung, wir sehen …«

Er hielt mitten im Satz inne und glaubte, seinen Augen nicht zu trauen. Sah er dort etwa das, was er zu sehen glaubte? Er stürzte auf die Pflanzen zu. Dieses ginsterfarbene Gelb und die eigentümlich dunkelgrün glänzenden Blätter, die so sehr denen der Lorbeere ähnelten, kannte er doch! Er beugte sich darüber und erschnupperte Honig – den Duft, den auch seine Gewächse in die Luft schickten.

»Woher hast du diese Pflanzen?«, fragte er mit einem Kratzen in der Stimme.

»Die Mahonien sind ein echter Blickfang, nicht wahr?« Fast liebevoll wanderte Jan-Dieds Blick über die prall bepflanzten Beete. »Aber es tut mir leid, mein Guter. Diese Pflanzen habe ich vor einigen Jahren exklusiv bei de Vos gekauft. Hat eine ganze Stange Geld gekostet, aber dafür darf ich sie exklusiv weitervertreiben. Wenn du willst, verkaufe ich dir einige Exemplare. Für einen entsprechenden Preis natürlich.«

»Nein, nein, nein. Das darf nicht wahr sein, es darf einfach nicht!« Verzweifelt schritt Konstantin das Beet ab, doch es war definitiv seine Sorte. Wie hatte de Vos ihm das antun können? »Hast du schon welche davon veräußert?«

»Ein paar …«

»So ein vermaledeiter Bockmist!«, schrie er, riss sich den Hut vom Kopf und schmiss ihn zu Boden.

»Aber, aber«, sagte Jan-Died hilflos. »Wenn ich gewusst hätte, wie wichtig sie dir sind … Ich kann dir doch gewiss im Preis entgegenkommen …«

Das könnte er. Aber würde er auch vier Beete voller Mahonien zerstören? Denn das müsste er, wenn Konstantin sie auf der Gartenbau-Ausstellung als eigenständige Neuheit anpreisen wollte. Doch wenn die Sorte nun bereits im Handel war, ging es ohnehin nicht mehr. Das war gegen die Regeln. Seine letzte Chance war dahin.

***

Am späten Samstagnachmittag fuhren Bruno und Greta mit Elias zur großen Windmühle in Neuenkruge, um ihr restliches Korn mahlen zu lassen. In den kommenden Tagen würde seine Mutter daraus den Teig für das köstliche Steinofenbrot zubereiten und vom Bäcker backen lassen, darauf freute er sich bereits. Aber nicht so wie sonst. Seit dem vergangenen Sonntag schien er einen Schatten mit sich herumzutragen. Immer wieder sah er Almas tieftraurige Augen vor sich – wie die Hoffnung weggesickert und von Elend ersetzt worden war.

Er hasste es, ihr dies antun zu müssen.

Rasch schüttelte er den Gedanken ab und besann sich auf Greta. Worüber könnte er sich noch mit ihr unterhalten?

»Hoffentlich schaffen wir es vor dem Regen nach Hause«, sagte er aus der Not heraus mit Blick auf die tief hängenden Wolken, denn über den Hof und die Neuigkeiten aus der Gärtnerei hatten sie bereits gesprochen.

»Das will ich doch hoffen, ich habe kein Umhängetuch dabei«, erwiderte Greta, und damit war auch das Gespräch offenbar abgehakt. Was sollte er noch sagen? Sein Magen fühlte sich an wie aus Stein, wenn er daran zurückdachte, wie leicht ihm die Gespräche mit Alma fielen. Greta schien er einfach nur zu langweilen.

Doch er hatte ihr sein Wort gegeben.

Deswegen würde er dazu stehen. Er war kein Mann, der leere Versprechen gab. Sie hatte ja auch sonst niemanden, was sollte denn andernfalls aus dem kleinen Elias werden?

»Kaum zu glauben, wie groß er geworden ist«, sagte Bruno und zwinkerte dem Jungen zu, der zufrieden zwischen ihnen saß und sich neugierig die vorüberziehenden Backsteinhäuser und Felder ansah.

»Hmm«, murmelte Greta zustimmend.

Würde so auch ihre Ehe aussehen? Nichtssagende Gespräche, die man eigentlich nicht einmal »Gespräch« nennen konnte, denn dazu gehörte ja ein Austausch von Erlebnissen oder Meinungen und nicht nur eine Person, die vereinzelte Sätze in den Raum warf.

Wie eine kleine Familie saßen sie auf dem Kutschbock, und normalerweise hätte Bruno voller Stolz gestrahlt wie die Sonne, doch heute hatte eine merkwürdige Schwere von ihm Besitz ergriffen. Er lächelte Greta kurz zu, sie erwiderte sein Lächeln, doch anstatt ihn zu beflügeln, tat es nur noch mehr weh in seiner Brust.

Aber das war egal. Er war kein Konstantin, der süße Versprechungen gab und dann zurückscheute wie ein junges Pferd, wenn es ernst wurde. Und Alma konnte letztendlich froh sein. In dem kleinen Heuerhus hätte sie sich doch nur gelangweilt, da gab es nichts zu planen, ja nicht einmal einen Backspieker hätte sie. Außerdem war sie nicht nur unglaublich hübsch und geistreich, sondern obendrein eine sehr gute Partie. Ganz gewiss würde sie einen Jungbauern heiraten, der viel besser zu ihr passte.

Die beeindruckende Windmühle tauchte vor ihnen auf und schien ihnen mit den riesigen Flügeln würdevoll zuzuwinken. Elias staunte, und Bruno lenkte das Fuhrwerk auf den Hof des Müllers, wo sie bald darauf die Kornsäcke zum Mahlen abgaben.

»Dat könnt ihr in twee Stünnen wedder abholen«, sagte er ihnen.

Sie ließen Elias, der sich in den wenigen Minuten mit dem Müllerssohn angefreundet hatte und ganz begeistert von den kleinen Kätzchen der Hofkatze war, unter der Aufsicht der Müllerin zurück und machten einen Spaziergang an der Bäke entlang. Nach einer Weile setzten sie sich auf einen Zaun und beobachteten die ausladenden Flügel der Mühle, die sich stetig drehten und so den riesigen Mühlsteinen die Kraft gaben, ihr Korn zu Mehl zu mahlen.

»Ich … ich freu mich bereits auf unseren Umzug in das Heuerhus«, sagte Greta, nachdem sie eine ganze Weile geschwiegen hatten. In Bruno merkte etwas auf. Endlich zeigte auch sie ein wenig Gefühl.

»Ich auch«, gab er schüchtern zu. Gewiss würde es sich schrecklich erwachsen anfühlen, wenn sie zu dritt dort einzogen. Dann waren sie eine richtige Familie. Und bestimmt würde sich mit der Zeit alles einfinden – auch die Liebe.

Sie würden glücklich werden.

Er merkte, dass Greta unruhig auf dem Baumstamm umherrutschte. »Wann wollen wir das eigentlich machen?«

»Na ja, ich denke«, auf einmal fühlte sich auch sein Platz auf dem

Baumstamm viel zu hart und störend an, und er musste sich umsetzen, »... ich denke, direkt nach der Hög?«

»A-also werden wir heiraten?« Greta wirkte vielleicht nicht überglücklich, aber zumindest hoffnungsvoll und erleichtert.

Rasch verbannte er die Bilder von Alma aus seinem Kopf, wie sie aufleuchtete, wenn sie sich freute – und es gab so immens viel, worüber sie sich freuen konnte. Er hob die Schultern. »Schon, oder? Ich meine ... Na ja, so wird es doch gemacht, oder?«

Sie nickte heftig und umarmte ihn dann. »Danke, Bruno«, flüsterte sie. Nie hätte er gedacht, dass er einmal auf diese Weise einen Heiratsantrag machen würde. Er hatte gesehen, wie Julius mit einem bedeutungsvollen Flieder auf dem Oldenburger Schlossplatz um Marleenes Hand angehalten hatte. Das war herzergreifend gewesen. Und er sagte nur: »Na ja, so wird es doch gemacht«, während sie auf einem Feld die Zeit totschlugen?

Am liebsten hätte er den Kopf in den Händen vergraben, doch als er vorsichtig zu Greta blickte, sah sie direkt in seine Augen. Und sie lächelte. Bruno erwiderte es und spürte einen zarten Hauch der alten Gefühle aufflackern.

Sie rückte etwas näher.

Alles in Bruno versetzte sich in Alarmbereitschaft. In ihren Augen las er, dass es jetzt geschehen würde, und sein Atem ging schneller. Er rutschte ebenfalls dichter an sie heran und war froh, dass er sich am Holz des Zauns festhalten konnte.

Sie streckte ihm den Kopf entgegen. Er näherte sich ihr, wusste nicht, ob er sie berühren sollte, merkte, dass ihre Nasen zusammenstoßen würden, neigte sich nach rechts im selben Moment, in dem auch Greta sich in genau diese Richtung beugte. Gleichzeitig wechselten sie zurück in die andere Richtung und lachten nervös auf.

Schließlich schafften sie es. Irgendwie.

Ihre Lippen trafen aufeinander. Sie waren warm und weich – allerdings mit einigen kratzigen, spröden Stellen. Und recht feucht. Ihre Zunge drängte sich in seinen Mund, und er fühlte sich etwas … überrumpelt. Was hatte er sich über die Jahre alles vorgestellt …? Einen Glücksrausch, ein Freudenfeuer, das innerlich aufloderte, ganze Feuerwerke, die explodierten … Doch jetzt, wo es nach jahrelangem Sehnen so weit war, fühlte er … ganz einfach …

Nichts.

Er hätte ebenso gut seinen eigenen Handrücken küssen können.

62. Kapitel

Marleene erwachte mit den ersten sanftgelben Sonnenstrahlen, die durch die Mullgardinen gleichmäßig auf den Holzdielen verteilt wurden. Wie jeden Morgen kuschelte sie sich näher an Julius, der spät am Abend aus Holland zurückgekehrt war. Er roch nach Kiefernholz und Behaglichkeit, und sie versuchte, diese kostbaren Minuten der Zweisamkeit gänzlich auszukosten, wenn sie schon ansonsten in jeder freien Minute an der Verwirklichung ihres Traums arbeiteten.

Jetzt regte er sich, und mit noch geschlossenen Augen erschien ein Lächeln auf seinem Gesicht. Er legte den Arm um sie und zog sie an sich heran, brummte genüsslich, und sie schmiegte sich an ihn, schwelgte im Gefühl der unerschütterlichen Zusammengehörigkeit.

»Wie war es in Holland?«, fragte sie flüsternd, um den Zauber des Augenblicks nicht zu vertreiben. »Schade, dass ich dich diesmal nicht begleiten konnte.«

Julius lachte leise, weiterhin ohne die Augen zu öffnen. »Puh, damals hast du mich ganz schön in Bedrängnis gebracht …«

»Das tut mir so leid«, sagte Marleene und vergrub den Kopf in seinem Hals. »Aber dann hast du es damals auch gespürt?«

»Machst du Witze? Die Luft hat ja förmlich geknistert zwischen uns …«

Marleene lachte verlegen. Dass sie Julius so lange über ihre wahre Identität belogen hatte, war ihr noch immer unangenehm, aber damals war es nicht anders möglich gewesen.

Er richtete sich halb auf, stützte sich auf seinen Unterarm und fuhr zärtlich mit den Fingerspitzen über ihren Arm. »Aber jetzt …«

»Jetzt gehören wir hochoffiziell zusammen.«

»Haben unser eigenes Haus und sogar unsere eigene Gärtnerei.«

Marleene strahlte über das ganze Gesicht. »Und vielleicht werden wir bald sogar Hofgärtnerei.«

Seine Hand fuhr zärtlich über ihren Rücken. »Auf einmal so optimistisch?«

Ihre Lippen trafen sich, und Marleene wisperte zwischen zwei Küssen: »Das erkläre ich dir später.«

Sie liebten sich so innig, dass Marleene am liebsten gar nicht mehr aufgestanden wäre, doch dann erinnerte sie sich an das wundervolle Schaubeet, das sie ihm zeigen wollte. Sie freute sich bereits jetzt auf die Begeisterung in seinen Augen und sprang aus dem Bett.

»Na los, na los, na los«, drängelte sie später beim Frühstück, kaum dass er den letzten Happen heruntergeschluckt hatte. »Ein Brot muss reichen.«

Frieda, ebenfalls bereit zum Aufbruch, lachte, doch Marleenes Mutter sagte: »Lass den Jungen doch essen, up nöchtern Magen is slecht arbeiden.«

Schließlich aß Julius als Kompromiss sein nächstes Brot im Gehen, während Marleene ihn förmlich zum Gewächshaus zerrte. »Du wirst Augen machen! Es ist wirklich kaum zu glauben, was Frieda und Alma aus unseren Pflanzen geschaffen haben. Ich meine, dass sie gut aussehen, wusste ich ja, aber so, wie sie sie präsentiert haben …«

Sie öffnete die Tür, stürmte ins Glashaus und stellte sich in einer präsentierenden Geste neben das Schaubeet. »Trara!«

Begeisterung zeichnete sich auf seinem Gesicht ab. Sie folgte seinem Blick zum opulenten Schaugarten – und ließ den Arm sinken.

Irgendetwas war anders als gestern.

Auch Julius blieb stehen, zog die Stirn kraus. Die Pflanzen standen noch genau wie am Vortag – und dennoch hatte sich etwas verändert.

»Was zum Teufel …?«, fragte Julius nahezu tonlos und ging langsam auf die Pflanzen zu. Die Blätter wirkten irgendwie verändert. Marleene beugte sich näher heran, und im nächsten Moment schien ihr Herz stehen zu bleiben. Die warme Gewächshausluft wurde von eisiger Kälte in ihrem Innern vertrieben, und gleichzeitig spürte sie Schweiß ihren Rücken herunterrinnen.

»Was ist denn?«, fragte Frieda von der Tür aus.

Aus den Augenwinkeln sah Marleene etwas Dunkles davonhuschen. Die Einbuchtungen am Blätterrand und die grauenvoll aufklaffenden Halbmonde im saftigen Grün der Blätter bestätigten ihre Vermutung.

Ihr Blick traf auf Julius, dessen Gesicht ebenso vom blanken Entsetzen gezeichnet war.

»Dickmaulrüssler«, riefen sie wie aus einem Munde. Ein einziger Käfer war nicht schlimm, gehörte zum Gleichgewicht der Natur. Doch während Marleenes Augen über die Blätter flogen, wurde ihr etwas klar. Sie beugte sich näher über die Pflanze, zog die nicht sichtbaren Blätter hervor, untersuchte auch die Nachbarpflanzen.

Nahezu jedes Blatt zeigte Bissspuren.

Einige waren stellenweise gar nur mehr ein Gerippe, ein grünes Skelett, das in seiner Verkümmertheit fast schmerzvoll anzusehen war.

»Sie sind alle zerfressen!«, rief Marleene alarmiert.

»Meine auch«, sagte Julius von der anderen Seite des Beetes.

»Und die hier vorne ebenso«, ergänzte Frieda wenig später beklommen vom vorderen Teil des Gewächshauses.

Marleene dachte in zwanzig verschiedene Richtungen gleichzeitig, fuhr sich durch das Gesicht, spürte, wie sie zu zittern begann. Sie zwang sich, tief durchzuatmen. Es war fatal für den Verkauf, aber die Gartenbau-Ausstellung war noch zu retten und die war zunächst wichtiger. Zum Glück standen die Wettbewerbspflanzen ja im Kalthaus. Sie rannte dicht gefolgt von Julius ins gegenüberliegende Gewächshaus, beugte sich über die Pflanzen und schließlich auch in die benachbarten zwei Häuser. Gleich darauf drang ein lang gezogenes, markerschütterndes »Nein!« über den Hof. Marleene merkte nicht einmal, dass es ihr eigener Schrei war.

***

Alma balancierte den randvollen Milcheimer nach dem Melken vorsichtig über den Hof, als sie den herzzerreißenden Schrei hörte. Um Himmels willen! Es musste etwas Furchtbares geschehen sein. Achtlos stellte sie den Eimer ab, die übergeschwappte Milch rann über den Hof, kroch in die Ritzen zwischen den Steinen, während Alma lospeste. Ob jemand ernstlich verletzt war? Das eine Huhn mit dem zerrupften Kamm hatte neulich gekräht wie ein Hahn – sie hatte es für sich behalten, damit sie nicht wieder damit aufgezogen wurde, aber wenn das geschah, kündete es von einem Todesfall oder einem Unglück. Hätte sie die anderen doch warnen sollen?

Völlig außer Atem kam sie auf dem Hof des Schwalbennests an und sah sich um. Wo waren sie? Da, aus einem Gewächshaus heraus sah sie Friedas roten Rock lugen, die wohl in der Tür stand.

»Was ist geschehen?«, rief sie noch im Laufen.

Keiner antwortete.

Sie standen einfach nur da, im Gewächshaus. Alle wirkten ein wenig neben sich, doch keiner blutete oder jammerte. Asta winselte leise.

Jetzt kam auch Jost mit seiner Kappe in der Hand angerannt. »Was ist los? Ich habe einen Schrei gehört …«, fragte er schwer atmend und sah als Erstes besorgt zu Frieda.

Julius löste den Blick von den Pflanzen, sank auf eine Holzkiste und fuhr sich völlig verzagt durch die Haare. »Wir können den Wettbewerb vergessen. Und den Pflanzenverkauf eigentlich auch.«

Marleene setzte sich wortlos neben ihn, legte den Kopf an seine Schulter und starrte ins Leere.

Was war hier eigentlich los? Warum benahmen sie sich, als wären die Pflanzen geklaut worden?

»Ich verstehe nicht …« Alma deutete auf das Beet. »Die Pflanzen sind doch noch hier …«

»Sieh dir die Blätter einmal ganz genau an.« Friedas Stimme war voller Pein.

Gemeinsam mit Jost ging Alma auf die Pflanzen zu und hockte sich davor. »Aber die sind ja …«

»Vollkommen zerfressen«, bestätigte Frieda.

Jost sah sich um. »Was ist mit den anderen Pflanzen?«, fragte er und lief bereits ins benachbarte Gewächshaus.

Frieda schüttelte stumm den Kopf, als könnte sie das Desaster schlichtweg nicht aussprechen.

»Aber sie können doch nicht alle …«

»Doch«, presste Frieda hervor. »Hier sind es die Käfer, und die zarteren Pflanzen sind voller Schnecken. Nacktschnecken, sie sind überall, ein einzig brauner Teppich.«

Alma sah zu Julius und Marleene, die noch immer ins Nichts starrten. Die stillen Tränen, die über Marleenes Gesicht liefen, rissen ihr die Seele auf.

Es konnte nicht sein.

Es durfte nicht sein.

»Wirklich alle?«, fragte sie in einem letzten Versuch, und Frieda nickte mit geschlossenen Augen. In dem Moment kehrte Jost zurück, und spätestens der Ausdruck auf seinem Gesicht zeigte Alma, dass es wahrhaftig so war. Ihr wurde schwindelig, sie tastete nach Halt und fand eine Palette, auf der sie sich niederließ.

Jost verschränkte die Arme. »Die Anzahl der Tiere geht weit über das natürliche Ausmaß hinaus. Selbst wenn ihr niemals abgesammelt hättet – und ich weiß, dass ihr da immer sehr hinterher wart –, würde es nie und nimmer dermaßen viele Tiere hier geben. Das heißt …«

»Wir sind sabotiert worden«, sagte Marleene mit kraftloser und zugleich rauer Stimme.

»Aber wer sollte …?«, fragte Alma und hielt inne. »Hildegard«, beantwortete sie sich ihre Frage selbst.

»Oder mein Bruder«, gab Julius mit kraftloser Stimme zu bedenken.

Wäre Konstantin wirklich so skrupellos und würde seinem Bruder mit einer solchen Plage zusetzen? Alma verwarf die Frage, denn zunächst gab es Wichtigeres. Wie konnten sie die Situation noch retten? Ihre Gedanken rasten, was wäre der nächste logische Schritt? »Na los!« Sie beugte sich über die Pflanzen neben sich. »Worauf warten wir noch? Wir müssen die Biester loswerden.« Sie drehte und wendete die Rhododendren in alle Richtungen, konnte zwar jede Menge Bissspuren, aber keine Käfer entdecken. Wo waren sie denn nur?

»Bemüh dich nicht.« Julius klang restlos resigniert. »Die Käfer sind nachtaktiv und überaus gut darin, sich zu verstecken.«

»Und jetzt lassen wir es einfach alles so, oder wie?«, fragte Alma und stemmte die Hände in die Hüften.

»Siehst du denn nicht, wie viele es sein müssen?« Aus Julius sprach nun die pure Verzweiflung. »Sie sind auf jeder Pflanze, auf jedem einzelnen vermaledeiten Beet. In den Gewächshäusern und auf den Freilandquartieren. Selbst wenn wir zu fünft oder zu sechst suchen … Es sind Tausende. Tausende von Käfern, die sich meisterlich verstecken können.«

»Aber sie müssen weg!« Alle Gesichter fuhren zu der neuen Stimme herum. Franz war im Eingang des Gewächshauses aufgetaucht. »Die Rüsselkäfer können jeden Moment ihre Eier ablegen, dazu müssen sie nicht einmal befruchtet werden. Und dann legt jeder von ihnen achthundert Eier direkt am Wurzelstamm ab, und danach wird es dann richtig haarig. Das ist so ziemlich das Erste, was ich in der Hofgärtnerei gelernt habe …«

Es würde noch schlimmer werden? Alma wollte es gar nicht wissen, aber sie erkundigte sich dann doch. »Was passiert denn dann?«

»Die kleinen Larven fressen zunächst die feinen Wurzeln, die die Pflanze für die Wasserversorgung braucht.«

Alma stellte sich vor, wie die Pflanzen bei lebendigem Leibe verdursteten. »Wie schrecklich.«

»Allerdings«, sagte Franz und trat in das Gewächshaus. »Aber das ist noch nicht alles. Wenn die Larven größer sind, nagen sie die weiche Rinde der Hauptwurzeln ab. Und selbst wenn die Larven die Rhododendren nicht töten, können über die Fraßstellen an den Wurzeln gefährliche Pilze in die Pflanzen eindringen …«

»Oh mein Gott!« Hektisch beugte Alma sich erneut über die Pflanzen und suchte sie ab. »Das müssen wir sofort verhindern!« Sie entdeckte zumindest einen kleinen schwarzen Käfer und pflückte ihn von der Unterseite des Blattes.

»Es sind zu viele«, flüsterte Marleene mit hängenden Schultern. »Wir können dichtmachen. Danke für eure Hilfe, aber …« Ihre Stimme versagte.

Doch Alma wollte nicht aufgeben. »Nein. Es muss einen Weg geben!«

»Was sind die natürlichen Feinde der Dickmaulrüssler?«, fragte Jost in die Runde, und da Julius und Marleene noch immer wie gelähmt wirkten, ergriff Franz erneut das Wort.

»Oh, sie haben viele Feinde: freilaufende Hühner, Spitzmäuse, Igel, Maulwürfe, Eidechsen, Erdkröten und so allerlei Gartenvögel«, sagte er, als hätte er ein Lehrbuch auswendig gelernt. »Aber wie soll uns das helfen?«

»War nur eine Überlegung«, Jost massierte die Stirn unter seinen Locken und ging ein paar Schritte.

»Sollen wir unsere Hühner herüberholen?«, schlug Alma zaghaft vor.

»Das wäre ein Anfang. Aber eigentlich bräuchten wir etwas, das man schneller und gezielter einsetzen kann. Was könnte denn noch gegen Käfer helfen? Kann man sie irgendwohin locken? Aber das wirkt wohl nur nachts, wenn sie ohnehin unterwegs sind. Was mögen Käfer überhaupt nicht?«

»Kann die Frage nicht anders lauten?«, fragte Frieda. »Ich weiß nur, wer Käfer und jegliches Ungeziefer heiß und innig liebt. Jörn-Fied und Lieschen haben mich erst neulich wieder mit einer ganzen Streichholzschachtel voll Kellerasseln beglückt …«

Jost sagte etwas, doch Alma hörte nicht mehr richtig zu. Jörn-Fied liebte tatsächlich Käfer und Kriechtiere jeglicher Art, und Lieschen tat alles, was ihr großer Bruder tat. So langsam fügte sich eine Idee in ihrem Kopf zusammen. Aufgeregt rannte sie davon.

»Jörn-Fied, Lieschen!«, rief sie schon von Weitem. »Trommelt eure Freunde zusammen, ich habe eine Aufgabe für euch …«

* * *

»Was für ein Tag!«, seufzte Marleene und ließ sich auf einen Stuhl in der Wohnküche sinken. Die Pendeluhr hatte vor Kurzem sechsmal geschlagen, doch sie fühlte sich so müde, als wäre Mitternacht bereits angebrochen. Auf dem Küchentisch zeugten nur noch einige verbliebene Krümel Apfelkuchen von der Meute, die noch vor einer Stunde heuschreckengleich als Lohn für ihre Dienste über die Kuchen hergefallen war. Rasch wischte sie den Tisch ab, steckte Asta einen Restzipfel Wurst zu und setzte sich dann zu den anderen.

»Seht ihr, ich habe euch doch gesagt, dass es nichts gibt, was sich nicht durch eine Schwedische Apfeltorte lösen lässt …« Triumphierend lächelte Alma in die Runde, und Marleene drückte ihre Hand. Was ihre Nachbarin heute organisiert hatte, war wahrlich beeindruckend gewesen. Sie hatte ihre kleinen Geschwister mit Jost in den Ort geschickt, und bald darauf war das Friesengespann mit einer ganzen Ladung Kinder zurückgekehrt, die einen Heidenspaß daran hatten, die gut versteckten Käfer und Schnecken ausfindig zu machen. Noch dreimal war Jost losgefahren, denn es hatte sich rasch herumgesprochen, dass es im Schwalbennest Kartoffelsalat mit Würstchen und Apfeltorte für alle gab, die bereit waren, auf Käfersuche zu gehen. Gut fünfzig oder sechzig Kinder hatten vermutlich die Gärtnerei bevölkert und eimerweise das Getier herangeschleppt, das sich tagsüber dunkle Ecken zum Schlafen suchte und von dort weggesammelt werden konnte.

Abermals bedankte Marleene sich bei allen, doch Alma und Jost wollten nichts davon hören.

»Also geht es wie geplant mit dem Nachtzug nach Hamburg?«

Marleene sah zu Julius und nickte dann kläglich. »Da bereits alles bezahlt ist, werden wir wohl dennoch fahren. Einige wenige Pflanzen sind ja ohne Fraßschäden davongekommen. Aber die Rhododendren …«

Julius stützte den Kopf auf die Arme, als könnte er die Last der Sorgen anders nicht tragen. »Von den wichtigen Ausstellungspflanzen hat keine einzige ohne Schäden überlebt.«

Frieda seufzte tief. »Mit dem Sieg war es das dann also. Aber vielleicht könnt ihr dennoch neue Kunden gewinnen oder zumindest Kontakte knüpfen …«

Marleene nickte, da sie nicht wusste, was sie sagen sollte. Es traf sie zu hart. All die Arbeit, all die Mühe in der kurzen Zeit war letztendlich vergebens gewesen. Zumindest, was den Wettbewerb betraf.

»Moment, Moment, was soll das heißen?«, fuhr Alma auf. »Nur

wegen ein paar Knabberspuren ist der Wettbewerb gelaufen? Dafür könnt ihr doch nichts! Kann man den Preisrichtern nicht sagen …«

Marleene lachte traurig auf, Almas Optimismus war herzerwärmend. »Die beurteilen nur, was sie sehen. Und das ist ja auch gut so, sonst könnte man schließlich alles erzählen … Und abgesehen davon, was sollen wir denn sagen?«

»Dass mein Bruder von Neid so zerfressen ist, dass er mit allen Mitteln kämpft«, sagte Julius mit bedrohlich ruhiger Stimme.

»Was macht dich so sicher, dass er es war?«

»Ich habe mir das noch mal durch den Kopf gehen lassen, es passt einfach alles zusammen. Bruno hat mir erzählt, dass Konstantin seine eigenen Pflanzen überdüngt hat, und nun, nun kämpft er mit unlauteren Mitteln!« Er schlug mit der flachen Hand auf den Tisch, und Marleene spürte, selbst ohne ihn anzusehen die immense Wut, die durch seinen Körper tobte. Jetzt sprang er auf.

»Das werde ich mir nicht länger gefallen lassen. Jost, darf ich euren Wagen leihen? Ich werde ihn umgehend zur Rede stellen.«

»Klar!«, sagte Jost ohne Umschweife, doch Julius zögerte.

»Eigentlich müssen wir die Pflanzen aufladen.«

»Macht euch darum mal keine Sorgen«, sagte Jost und stand auf. »Das übernehmen wir.«

»Gut.« Marleene sprang ebenfalls auf, ihre Energie war zurückgekehrt. »Ich komme mit.« Sie wollte sichergehen, dass die Situation zwischen den beiden Brüdern nicht aus den Fugen geriet.

Als sie wenig später vom Hof fuhren, sprang Asta auf die Ladefläche, doch Julius beorderte sie wieder herunter. »Du bleibst hier, Asta. Frieda, halt sie bitte so lange fest, bis wir fort sind. Ich will nicht, dass Konstantin mir auch noch meinen Hund nimmt.«

Eine halbe Stunde später tauchten die altehrwürdigen Linden der Allee vor ihnen auf.

Sie trafen Konstantin vor der Fliedervilla an. Offenbar bereitete sich auch die Hofgärtnerei auf die Hamburger Gartenbau-Ausstellung vor, denn vier hoch beladene und ein erst zum Teil befüllter Wagen mit Pflanzen standen auf dem Hof. Als Konstantin sie erblickte, hob er die Augenbrauen.

»Bruderherz, was führt dich zu mir? Ich habe ehrlich gesagt wenig Zeit, ich habe einen Wettbewerb vorzubereiten … Du etwa nicht?« Er wirkte so arrogant, dass Marleene es Julius nachsehen konnte, dass er ohne Umschweife vom Wagen sprang und seinen Zorn herausspie.

»Dickmaulrüssler? Ernsthaft, Konstantin? Ich hätte nie gedacht, dass du bereits so tief gesunken bist und uns Schädlinge auf den Hals hetzen musst, um zu gewinnen!«

Zwischen den Topfpflanzen entdeckte Marleene nun auch Rosalie, die so verändert wirkte, dass sie sie nahezu nicht erkannt hätte. Ihr einfaches Kleid wies schmutzige Stellen auf, sie hatte nur die oberen Haare in einem Zopf zusammengefasst, die restlichen fielen statt der kunstvoll gedrehten Korkenzieherlocken in leichten Wellen über ihre Schultern. Ihre Haut war schon jetzt leicht gebräunt, und mit den Sommersprossen um die Nase wirkte sie keck – trotz des grüblerischen Ausdrucks in ihrem Gesicht.

Konstantin hingegen schien vollkommen erhaben und belud weiterhin den letzten halb vollen Wagen. »Es ist mir ein Rätsel, wovon du sprichst. Wenn du dein Ungeziefer nicht im Griff hast, ist das nicht meine Sorge.«

»Das meine ich ja, gerade Dickmaulrüssler! Die Käfer, um die wir uns als Kinder gemeinschaftlich gekümmert haben … Weißt du, Marleene und ich haben uns mit leeren Händen mehr oder weniger aus dem Nichts etwas aufgebaut. Selbst Hildegard hat mehr, da sie viel früher mit dem Aufbau begonnen hat. Wusstest du eigentlich, dass sie auf dem Frühlingsball den Großherzog überredet hat, auch antreten zu dürfen?«

Rosalie schnappte überrascht nach Luft, etwas in ihr schien zu arbeiten, doch Konstantin hörte nicht einmal mit dem Beladen auf.

»Natürlich wusste ich das.«

»Aber wir haben nur das Land bekommen und jede freie Minute gearbeitet. Du hast mit der Hofgärtnerei alles! Alle Pflanzen, alle Gebäude, alle Arbeiter, sämtliche Gerätschaften … Und jetzt nimmst du uns die einzige Möglichkeit, uns ebenfalls als Gärtnerei zu etablieren? Wenigstens die Stecklinge hättest du uns lassen können, die nehmen wir doch ohnehin nicht mit nach Hamburg.«

Kurz wirkte Konstantin irritiert, griff dann aber nach der nächsten Topfpflanze. Jetzt trat Rosalie an ihn heran. »Ist das wahr, Konstantin?«

»Halt du dich da raus!«, herrschte er sie an. »Du bist mir schon genug damit in den Rücken gefallen, mit den Sozis anzubandeln, nur weil dich offenbar sonst keiner will.«

Rosalie schnaubte vor Wut. »Es können ja nicht alle jedem Rockzipfel hinterherlaufen!«, spie sie, ließ zusätzlich eine schallende Backpfeife auf Konstantins Wange niedersausen und stapfte davon. Konstantin legte eine Hand an die rot glühende Wange und sah Marleene und Julius unwirsch an. Seine distanzierte Haltung war dem Zorn gewichen.

»Was wollt ihr hier noch? Ich habe euch nicht hergebeten, somit ist es Hausfriedensbruch. Also macht, dass ihr fortkommt, sonst rufe ich die Wachtmeister. Es ist meine Gärtnerei, Vater hat sich für mich entschieden, er hat schon immer gewusst, wer der Bessere von uns ist.«

»Jämmerlich, du bist einfach jämmerlich!«, zischte Marleene. »Weißt du, eigentlich wollten wir hauptsächlich eine Gärtnerinnenschule aufmachen und nur eine kleine Gärtnerei. Aber nach dem, was du dir geleistet hast, ist Kampf angesagt. Wir werden die schöneren, besseren und vielfältigeren Pflanzen als die Hofgärtnerei anbieten.«

Er prustete verächtlich und bückte sich zur nächsten Pflanze. »Das könnt ihr gerne versuchen.«

»Es wird bestimmt ein Leichtes. Du schaffst es ja nicht einmal, den Dünger richtig zu berechnen.«

Marleene wusste, dass sie einen Fehler begangen hatte, sobald die Worte aus ihrem Mund gepurzelt waren. Sie war so erpicht darauf gewesen, Konstantin auch nur den Ansatz des Schmerzes zuzufügen, den er ihnen heute beschert hatte, dass sie nicht aufgepasst hatte. Mit dem nächsten Wimpernschlag waren Konstantins braune Augen fast schwarz vor Zorn, und er verstand sofort.

»Bruno!«, rief er so gellend über den Hof, dass die Fenster zitterten. Dass dieser bereits wenig später mit eingezogenem Kopf über das Kopfsteinpflaster schlich, zeigte, dass auch er die Szene vermutlich im Verborgenen beobachtet hatte.

»Du berichtest der Konkurrenz von den Geschehnissen in der Hofgärtnerei?«

Marleene betete, dass er alles abstreiten würde, denn wie sollte Konstantin es je nachweisen. Doch allein schon sein hochroter Kopf verriet ihn umgehend.

»I-ich …« Bruno war eine viel zu ehrliche Natur.

»Erst die Sache mit dem Gartenplan voriges Jahr, und trotz unserer Unterredung machst du weiter? Ich hätte dich für schlauer gehalten, das war wohl mein Fehler.«

»Aber …«

Konstantin schnitt ihm das Wort ab. »Du bist gefeuert.«

Er riss die Augen auf, während Marleene ihre am liebsten fest zusammengepresst hätte. Was hatte sie nur getan?

Sie wollte etwas sagen, doch ein Bellen hinderte sie daran. Rasend schnell kam Asta nicht von der Lindenallee, sondern über den Hauptweg der Gärtnerei gehetzt.

»Ja, Asta«, sagte Julius überrascht und hob sie auf den Wagen. »Wo kommst du denn her?«

Marleene wandte sie sich derweil an Konstantin.

»Bitte bestrafe Bruno nicht für unseren Zwist. Er hat nichts damit zu tun.«

»Ach ja? Denkt ihr, ich wüsste nicht, was an den Sonntagen läuft? Die Leute reden, wisst ihr? Solch unloyale Arbeiter kann ich nicht gebrauchen.« Konstantin deutete auf ihren Wagen. »Du kannst gleich mitfahren, Bruno. Und jetzt fort mit euch, ich will euch hier nicht mehr sehen!«

63. Kapitel

»Oh Gott, Bruno, es tut mir so unendlich leid! Ich habe nicht nachgedacht… Ich… Und nun hast du deine Arbeit verloren…« Marleenes Kinn zitterte, als sie über die Schulter zu Bruno sah, der zusammengesunken auf der Ladefläche saß. Dieser Tag schien unter keinem guten Stern zu stehen. Erst die Dickmaulrüssler, die ihnen jede Chance auf den Sieg nahmen, und nun hatte sie sogar ihren treuen Freund um seine Anstellung gebracht.

Wie sollte sie das je wiedergutmachen?

»Es ist nicht deine Schuld«, sagte Bruno gedrückt. »Konstantin mochte mich nie. Seit er herausgefunden hat, dass ich euren Plan für den Schlossgarten aus dem Müll geholt und zum Schloss gebracht habe, erst recht nicht. Er hat mir schon damals gesagt, dass ich bei einem weiteren Fehltritt draußen bin.«

»Du hast was?«, riefen Julius und Marleene wie aus einem Munde. »Wieso, im Himmel, lag unser Plan überhaupt im Müll? Hat Konstantin ihn etwa dort hineingeschmissen?«

»Ich fürchte, ja. Ich sollte ihn zum Schloss bringen, er hat mir jedoch versichert, dass er das übernehmen würde. Und ich habe ihm vertraut.«

Das war doch wirklich nicht zu glauben! Wenn Bruno den Plan nicht gerettet hätte, wären sie nach all der Arbeit nicht einmal in Betracht gezogen geworden. Das erklärte auch, warum er so zerknittert gewesen war.

»Danke, Bruno«, stammelte Marleene und fühlte sich gleich noch schlechter.

»Aber ist der Plan denn überhaupt noch rechtzeitig dort hingekommen?«

Bruno winkte ab. »Lange Geschichte.«

Was Bruno offenbart hatte, war wirklich harter Tobak, aber sollte allein das der Grund dafür sein, dass Konstantin ihn entließ?

»So wie ich ihn kenne, fühlt er sich außerdem schlecht, dass du dich um sein uneheliches Kind kümmerst, will sich das aber nicht eingestehen. Dennoch ist es nicht rechtens, dass er dich einfach so rauswirft. Wir sollten ihn verklagen!«

Bruno lachte freudlos. »Das wird doch viel zu teuer. Zudem hätten wir wahrlich schlechte Aussichten. Aber macht euch keine Sorgen, ich werde schon etwas finden. Und verhungern werde ich auch nicht, dafür wird meine Mutter sorgen.« Er schaffte es sogar, ihnen zuzuzwinkern, doch seine Bemühungen, ihnen das schlechte Gewissen zu nehmen, machten Marleene nur noch trauriger, und so ganz konnte sie ihm auch nicht glauben. Heutzutage war es sehr schwer, eine gut bezahlte Anstellung zu finden.

»Du kannst natürlich bei uns in der Gärtnerei arbeiten«, versicherte sie ihm. »Mit den zerfressenen Pflanzen allerdings …«

»… wird auf absehbare Zeit erst mal kein Geld in die Kasse kommen, ich weiß. Ich helfe trotzdem gerne, bis ich etwas gefunden habe. Allein schon, um Konstantin eins auszuwischen. Gibt es denn wirklich gar keinen Weg, um nicht doch noch auf der Gartenschau zu gewinnen?«

Julius und Marleene sahen sich an. Marleene spürte, dass er das Gleiche dachte wie sie. Der Flieder im Wäldchen der Hofgärtnerei. Wenn sie den hätten, hätten sie eine Chance in der Kategorie der Frühjahrsblüher. Doch der Zug ging bereits in dieser Nacht, und es wäre zu heikel, ihn vom Hof zu schaffen. Marleene schluckte und merkte, dass der Kloß in ihrem Hals nicht weichen wollte. Sie mussten den Flieder vergessen, auch diese Möglichkeit war verloren.

Bruno bat darum, mit zu ihnen kommen zu dürfen, da er die schlechte Nachricht noch nicht bei sich zu Hause beichten mochte. Als sie am Schwalbennest ankamen, waren Frieda, Alma und Jost noch damit beschäftigt, die Wagen für die Ausstellung zu beladen.

»Und, wie war es?« Alma war ihnen entgegengerannt, stockte aber, als sie Bruno entdeckte.

Asta sprang vom Wagen und auf Frieda zu, und sie wuschelte zärtlich durch ihr Fell. »Da bist du ja, du kleiner Schlawiner. Entschuldigt, sie hat sich einfach losgerissen. Dann hat sie euch also eingeholt?«

»Seltsamerweise kam sie aus dem hinteren Teil der Hofgärtnerei auf uns zu«, erklärte Julius und kletterte herunter. »Aber es lief ehrlich gesagt nicht so gut. Konstantin hat alles abgestritten.«

»Und durch meine Schuld hat Bruno nun auch noch seine Anstellung verloren«, gestand Marleene kleinlaut, die ebenfalls vom Wagen gestiegen war.

Alle redeten protestierend durcheinander, bis Alma schließlich sagte: »Das bringt doch alles nichts. Ich mach uns jetzt erst einmal einen Heet und Söet, und dann entwickeln wir einen Schlachtplan.«

* * *

Klick. Klickklick. Klick. Klick. Nächtlicher Regen prasselte gegen die Fensterscheibe von Johannes' schmalem Fenster. Klickklick. Klick. Oh nein, nun würden die Wege der Hofgärtnerei am nächsten Morgen vollkommen durchnässt sein, die Schubkarren voll mit Wasser, und der Regen auf den Blättern würde über seine Hand und in kleinen Rinnsalen in die Ärmel laufen, überlegte er im Halbschlaf und drehte sich mürrisch auf die andere Seite.

Klick. Klick. Klick. Das war ziemlich lauter Regen.

Ein Klirren ließ ihn hochfahren.

Mit rasendem Herzen sah er zum Fenster, durch dessen unteres Viereck sich nun spinnennetzgleich feine Risse zogen. In der Mitte prangte anstelle der Spinne ein klaffendes Loch.

Und auf den Dielen unter dem Fenster lag ein unförmiger grauer Stein. Johannes stolperte aus dem Bett und zog den eisernen Haltestab aus der Öse, um das Fenster aufzuklappen. Hatten die Kapitalisten von seiner neuen Führungsposition bei den Sozis Wind bekommen? War dies eine Art Anschlag? Allerdings war es etwas fragwürdig, warum sie dann lediglich einen walnussgroßen Stein durch sein Fenster warfen.

Nicht einmal Anschläge bekamen die Kapitalisten ordentlich auf die Reihe.

Doch als er sich aus dem nun weit geöffneten Fenster beugte, schnappte er wie ein Aal zu Land nach Luft, als er sah, wer dort unten stand. Keine wild tobende Meute mit brennenden Fackeln. Kein zorniges Gesicht mit einem wurfbereiten Stein in der Hand. Einsam und allein mit im Mondschein glänzenden Haaren stand dort Rosalie und sah leicht verlegen zu ihm herauf. Er hasste es, dass sie schon wieder so hinreißend aussah und ihn dadurch ganz nervös machte. Immer wieder schaffte sie es, dass er seine Selbstbeherrschung verlor. Normalerweise hielt er die Frauen mit ruppigen Sprüchen auf Abstand, doch sie hatte stets etwas dagegenhalten können, und das hatte die Sache nur noch interessanter gemacht – bis alles außer Kontrolle geraten war und er sie geküsst hatte.

Ausgerechnet am nächsten Tag war er zum Parteivorstand gewählt worden – ein Ziel, für das er schon lange hart gearbeitet hatte. Aber wie hätte das ausgesehen, wenn er als Parteivorstand der Arbeiterpartei mit einer Kapitalistentochter anbandelte?

Doch als ihm zu Ohren gekommen war, dass sie sich seinetwegen mit ihren Freundinnen überworfen hatte, da hatte er alles wiedergutmachen wollen. Nur dass dabei herausgekommen war, dass er sich früher das eine oder andere Mal das Maul über sie zerrissen hatte. Dass das nur geschehen war, um seine Gefühle in den Griff zu bekommen, hatte er schlecht zugeben können.

Daher konnte er verstehen, dass sie über zwei Wochen nicht mit ihm gesprochen hatte. Aber jetzt hier mitten in der Nacht aufzutauchen und seine Fensterscheibe einzuschmeißen?

»Bist du von allen guten Geistern verlassen? Weißt du, wie teuer Glas ist?«, zischte er hinunter. »Und was willst du überhaupt hier? Konntest du es nicht abwarten, mich endlich wiederzusehen?«

Er schmunzelte, da ihr Schnauben ihm verriet, dass sie gerade die Augen verdrehte.

»Stell keine absurden Fragen, sondern komm endlich runter. Oder denkst du, ich bin hier, um einen kleinen nächtlichen Plausch zu halten?«

Eilig zog Johannes seine Sachen über und schlich dann die Holztreppe hinunter, um niemanden aufzuwecken. Draußen stand Rosalie neben Lotte, dem Arbeitspferd.

»Ich wusste nicht, dass du reiten kannst«, sagte er überrascht.

»Du weißt so einiges nicht über mich«, erwiderte sie mit spitzer Stimme, doch die Art, wie sie versuchte, auf das Pferd zu klettern, zeigte ihm, dass sie keine Ahnung vom Reiten hatte. Er half ihr hoch, und Rosalie nickte danach auffordernd auf den Platz hinter sich.

»Worauf wartest du noch?«

»Ich soll mit aufs Pferd?«

»Gewiss, wir haben es eilig. Wir müssen umgehend zur Hofgärtnerei. Wenn du lieber nebenher rennen willst …«

Johannes' Rumpf wurde heiß. Er war schon einige Male geritten, das war es nicht. Er war bloß nicht sicher, ob er es aushalten würde, sich so dicht an Rosalie zu drücken. Allerdings würde sie wohl kaum mitten in der Nacht sein Fenster einwerfen, wenn es nicht überaus dringend war. Ihm blieb somit keine Wahl. Er unterdrückte ein Seufzen, führte das Kaltblutpferd neben einen Zaun und kletterte dann hinauf. Vergebens versuchte er, zu Rosalies delikatem Körper Abstand zu wahren, denn der sanft geschwungene Pferderücken ließ ihn immer wieder direkt gegen ihren Rücken rutschen. Rasch wandte er den Kopf zur Seite, um den verführerischen Rosenduft ihrer Haare nicht länger in der Nase zu haben. Schlichtweg alles an dieser Frau führte ihn in Versuchung. Ihr wohlgeformter Körper, ihre lieblichen Gesichtszüge, die vollen Haare, aber vor allem ihr blitzgescheites Wesen. Sie mochte ein wenig weltfremd und politisch schlecht unterrichtet gewesen sein, doch an Denkvermögen hatte es ihr nie gefehlt.

Er hatte so sehr dagegen angekämpft, ihren Reizen nicht zu erliegen.

Und dennoch hatte er verloren.

So dicht bei ihr zu sitzen, war eine Qual. Wusste sie eigentlich, was sie ihm hier antat? War das die große Rache für all die Gemeinheiten, die er sich so sorgfältig für sie überlegt hatte? Immer wieder rasselte er die Prämissen des Parteiprogramms in seinem Kopf herunter, um zu verhindern, dass das Blut seinen Kopf verließ und sich an einer gar ungünstigen Stelle sammelte.

Allgemeines, gleiches, direktes Wahl- und Stimmrecht mit geheimer Stimmabgabe aller ohne Unterschied des Geschlechts für alle Wahlen und Abstimmungen. Direkte Gesetzgebung durch das Volk …

»Johannes?« Sie klang ungeduldig. Hatte sie schon einmal etwas zu ihm gesagt?

»Was ist?«, fuhr er sie barsch an.

»Ich habe dich gefragt, ob du die Zügel nehmen könntest. Ich kenne mich damit ehrlich gesagt nicht so aus.«

Ohneinohneinohnein. Wenn er die Zügel hielt, war er gezwungen, um Rosalies Oberkörper herumzufassen. Seine Arme wären dann nur noch eine Handbreit von ihren Brüsten entfernt, und sein Kopf schwebte gleich neben den Haaren mit ihrem betörenden Duft.

»Wenn es sein muss«, sagte er unwirsch und nahm die Zügel auf. »Es ist mir ohnehin ein Rätsel, wie du es alleine bis zu mir geschafft hast.«

An seinen Brustmuskeln fühlte er, dass sie mit den Achseln zuckte. Puh!

Selbstbestimmung und Selbstverwaltung des Volks in Reich, Staat, Provinz und Gemeinde. Abschaffung aller Gesetze, welche die Frau in öffentlich- und privatrechtlicher Beziehung gegenüber dem Manne benachteiligen …

»Wie bitte?« Rosalie hatte ihr Gesicht ihm leicht zugewandt, sodass er im Licht des Mondes nun auch noch diese braunen Augen mit dem goldenen Rand um die Pupille sehen konnte. *Gommes!* Zum Glück waren sie nun fast an der Lindenallee angelangt, und er würde bald von seiner Qual erlöst werden.

»Nichts. Ich habe nur gerade geflucht, dass ich mitten in der Nacht aus dem Bett getrommelt werde und dann noch nicht einmal erfahre, was der ganz Zirkus soll. Klärst du mich jetzt endlich auf?«

»Später. Wir müssen leise sein, sonst hört uns noch jemand«, flüsterte Rosalie und deutete mit dem Kinn auf die Fliedervilla. »Reite einfach weiter bis zum Ende des Hauptweges.«

Dort angelangt, banden sie Lotte fest, und sie zog ihn mit sich in den Wald am Ende des Gärtnereigrundstücks. Es war seltsam. Obwohl er bereits seit fünf Jahren in der Hofgärtnerei arbeitete, hatte er das Wäldchen nur wenige Male im Herbst betreten, um Laub für die Einwinterung der Pflanzen aufzuklauben.

Rosalie folgte zielstrebig einem für ihn nicht sichtbaren Pfad, und er musste sich zu seiner Schande eingestehen, dass es ihm gefiel, dass sie dabei seine Hand nicht losließ.

»Da sind wir.« Sie war auf einer kleinen Lichtung stehen geblieben, hob einen Spaten auf, der neben einem Handwagen lag, und hielt ihn ihm entgegen. »An die Arbeit.«

* * *

Nachdem sie auch die letzten Pflanzen aufgeladen hatten, setzten sie sich an den Tisch, und Marleene durchforstete ihren Kopf, ob es noch irgendetwas gab, das die Situation retten könnte. Aber wie sollte man einen Schlachtplan entwickeln, wenn die Schlacht längst ausgefochten schien und ihre Pflanzen quasi halb tot am Boden lagen – beziehungsweise zerfressen im Anhänger? Sie nahm das heiße, nach Malz duftende Getränk von Alma entgegen und pustete kleine Löcher in die Oberfläche, um rasch einen ersten beruhigenden Schluck nehmen zu können.

»Was ist denn nun mit diesem besonderen Flieder auf dem Gelände der Hofgärtnerei? Der ist gewiss nicht zerfressen. Könntet ihr den nicht mitnehmen?«

Marleene nickte traurig, und Julius sagte: »Der wäre perfekt. Er müsste jetzt in voller Blüte stehen, ist ein wahrer Blickfang, wäre einzigartig und hätte dadurch überaus gute Gewinnaussichten. Aber Konstantin wird uns ganz sicher nicht damit vom Hof fahren lassen. Am Ende beansprucht er ihn noch für sich, und wir schneiden uns ins eigene Fleisch.«

Wieder legte sich ratlose Stille über die Wohnküche, und alle blickten hoffnungslos in die Tonkrüge, als könnte die Antwort im heißen Bier schwimmen. Alma schlug vor, Blumen aus ihrem Garten zu nehmen. Doch abgesehen von dem Weihnachtsrhododendron hatte sie keine aus den angemeldeten Kategorien. Marleenes Mutter zog sich zurück, und Marleene fragte sich, ob nicht auch die anderen langsam gehen wollten, denn es war bereits Mitternacht, doch keiner schien diesen letzten Strohhalm loslassen zu wollen.

Schließlich schlug Bruno schüchtern vor, dass sie ja womöglich mit etwas anderem werben könnten als mit dem Titel der Hofgärtnerei, wenn sie auf den nun keine Chance mehr hätten.

»Und was soll das sein? ›Gärtnerei Langfeld – die kleinste Gärtnerei der Welt‹? Oder vielleicht: ›Kaufen Sie bei uns, alle haben unsere

Pflanzen zum Fressen gern …« Die Runde lachte traurig, und Marleene schüttelte müde den Kopf. »Nee, nee, das klappt nicht. An sich fände ich die Idee gar nicht schlecht, Bruno, aber wir haben einfach noch nichts zu bieten. Die Auszeichnung als Hoflieferant war unsere einzige Chance.«

Alle nickten mit glasigen Augen, und Alma versteckte ihr Gähnen.

»Kommt schon, ihr müsst doch morgen früh raus«, drängte Marleene daher, denn es war mittlerweile schon fast eins. Ihr Zug fuhr um vier Uhr dreißig, und sie mussten sich eingestehen, dass es nichts mehr gab, was sie tun konnten. »Wir nehmen den Rhododendron mit, den wir euch zu Weihnachten geschenkt haben, das ist bereits eine große Hilfe. Außerdem habe ich drei entdeckt, an denen die Blätter nur wenige Bissspuren aufweisen.«

»Aber es wird für den Sieg nicht reichen«, wisperte Alma, und es klang nicht wie eine Frage.

»Vermutlich nicht. Trotz alledem es ist einen Versuch wert, und es wird gewiss helfen, um Kunden auf uns aufmerksam zu machen. Und nun ab ins Bett mit euch!« Sie machte eine fortscheuchende Bewegung mit den Händen in Richtung Grootdör.

Jost machte allerdings nicht einmal Anstalten aufzustehen. »Was ist mit dem Hund?«, fragte er tief in Gedanken.

»Was soll mit Asta sein?«

»Sie kam vom hinteren Teil des Geländes? Der ummauerte Bereich, den wir nach dem Polterabend abgesucht haben?«

»Ja«, sagte Marleene. »Sie muss sich irgendwie an uns vorbeigemogelt haben.«

»Aber da war kein Hund«, warf Bruno ein. »Ich habe hinter den Juniperus alles ganz genau beobachtet. Ich bin mir todsicher, dass Asta nicht die Lindenallee entlanggekommen ist. Und was ich mich schon eine Weile frage: Wie hat Hildegard die ganzen Pflanzen weggeschafft?«

Julius nickte langsam. »Trientje sieht es auch nicht ähnlich, das Wäldchen über den Hauptweg zu verlassen. Die zahlreichen Menschen auf dem Gelände der Hofgärtnerei haben ihr stets Angst gemacht, sodass sie das Gebiet immer gemieden hat.« Instinktiv sah er zur Tür, hinter der das Reh sich von der Schusswunde erholte.

Es war Frieda, die den Gedanken aussprach, der sich ihnen aufdrängte. »Es muss also einen Durchschlupf geben.«

Alma sprang begeistert auf. »Worauf wartet ihr noch? Wir haben nicht mehr viel Zeit…«

Abermals traten sie den Weg zur Hofgärtnerei an und stiegen am Ende des Geländes vom Wagen. Julius teilte sie systematisch ein, sodass ihnen diesmal nichts entgehen konnte. Jeder schritt seinen Abschnitt an der Mauer ab. Marleene fuhr mit den Händen über die rauen Backsteine, blieb immer wieder an kleinen runden Mooshügeln hängen. Und dann war etwas anders. Einer der Steine wirkte wackeliger als die restlichen. Eifrig tastete sie seine Ränder ab. Ließ er sich herauslösen?

In dem Moment hörte sie Brunos Stimme aus der Ferne. Er hatte den allerersten Abschnitt neben dem Wäldchen übernommen.

»Hier herüber, ich glaube, ich habe etwas gefunden!«, rief er mit gedämpfter Stimme.

Marleene sprang über den kleinen Graben und rannte den Schotterweg entlang. Sie kam als Letzte an, da sie sich am weitesten entfernt hatte, und sah, dass Jost mithilfe seiner Jacke ein Bündel Brombeerranken beiseitehielt. Ihre Beine zitterten, als sie erkannte, was sich dahinter verbarg. Ein Loch im unteren Teil der Mauer und eine Art Tunnel, der darunter gegraben worden war, um mehr Platz zu schaffen. Wenn die Ranken normal herunterhingen, war er so gut wie unsichtbar. Alle lobten Bruno, und er freute sich wie ein junger Hund.

»Ich fürchte, wir passen nicht hindurch«, sagte Jost zu Julius und

Bruno, die beide zwar nicht ganz so breitschultrig wie er waren, dennoch aber zu groß und muskulös für den Durchschlupf.

»Dann gehe ich alleine. Wo ist der Spaten?«

»Das kommt gar nicht infrage«, protestierte Frieda. »Alma und ich werden dich begleiten, du kannst doch die ganze Arbeit nicht alleine machen. Außerdem muss auch jemand Wache stehen.«

Also machten sie sich zu dritt auf den Weg, nachdem Julius sich versichert hatte, dass Marleene noch wusste, wo der Flieder stand.

Sie schlichen zwischen Kiefern und Eichen bis zu der kleinen Lichtung, die Julius Marleene im vergangenen Jahr gezeigt hatte, als er seine Sachen aus der Fliedervilla geholt hatte. Sie blickte um sich. Es war gewiss die richtige Stelle, so weitflächig war der Wald nicht, als dass es gleich mehrere Lichtungen geben könnte, und auch an die uralte Eiche am südlichen Ende, die so ehrfurchtgebietend war, erinnerte sie sich. Suchend ging sie zu der Stelle, wo sie den Busch zuletzt gesehen hatte, dann nach links und nach rechts und murmelte leise vor sich hin.

Es konnte einfach nicht sein.

Er musste doch hier sein.

»Stimmt etwas nicht?«, fragte Frieda behutsam.

»Es müsste eigentlich hier sein …« Marleene presste die Lippen zusammen. Selbst im Dunkel der Nacht hätte sie den Flieder auf der Stelle erkannt. Wo, um alles in der Welt, war er bloß?

»Er kann ja schlecht davongelaufen sein«, entschied Alma. »Los, jeder übernimmt eine Seite, und die vierte machen wir zusammen.«

Sie stoben auseinander, und Marleene steuerte abermals den Flecken an, wo sie ihn vermeintlich zuletzt gesehen hatte. Gleich da vorne neben dem Wacholder.

Aber was war das?

Sie ging näher an den dunklen Fleck heran – und blieb erschüttert stehen.

»Nein!«, rief sie schockiert, und Alma und Frieda stürzten umgehend an ihre Seite. Genau dort, wo der sensationelle Flieder einst mit seinen zweifarbigen Blütenblättern gestanden hatte, war nur noch ein großes tiefes Loch.

64. Kapitel

»Das darf doch alles nicht wahr sein, nun reparier schon das dämliche Rad!«, herrschte Rosalie Johannes an, während sie unruhig neben dem Handwagen auf und ab ging. Ihnen war nichts anderes übrig geblieben, als den handlichen Bollerwagen zum Transport des Flieders zu nehmen, da das Pferdefuhrwerk einfach zu laut gewesen wäre.

Sie waren erst wenige Minuten unterwegs gewesen, als Johannes behauptete, eine grandiose Abkürzung zu kennen, die auf schmalen Wegen zwischen den Feldern entlangführte und nur zu Fuß passierbar war. Offenbar hatte er nicht bedacht, dass auch für den Handwagen die gepflasterten Straßen um einiges besser gewesen wären als halb zugewachsene Feldwege. Er hatte zwar beteuert, dass der holprige Weg recht gut befahrbar war, wenn die Erde festgetreten war, doch an die Schlaglöcher hatte er offensichtlich nicht gedacht.

Und nun saßen sie mitten im Nirgendwo zwischen Oldenburg und Rastede mit gebrochener Achse fest, und Johannes war allem Anschein nach unfähig, den Wagen zu reparieren. Sie hatten ihn auf die Seite gelegt, nachdem sie den kostbaren Flieder beiseitegestellt hatten.

»Ich bin nun mal Gärtner und kein Wagenbauer«, beschwerte Johannes sich, dicht über die Unterseite des Wagens gebeugt, und versuchte, im Mondlicht mehr zu erkennen.

»Dass hier aber auch niemand ist, der uns helfen kann«, jammerte Rosalie. Zu ihrer Linken weideten schwarz-weiße Milchkühe, und auf der anderen Seite wuchsen Weizen oder Gerste oder was auch immer das war.

»Ich brauche noch mehr Bänder«, ordnete Johannes an.

»Noch mehr?«, rief Rosalie entrüstet. Was stellte er sich eigentlich vor? »Ich habe dir schon all meine Haarbänder, meine Strumpfbänder und sogar mein Spitzentaschentuch gegeben!«

»Aber das reicht nicht. Und sie müssten vor allem länger sein.« Er blickte auf ihren Rock. »Wenn du mir deinen Unterrock gibst, kann es immerhin auch nicht mehr im Süden schneien …«

Das hatte er sich tatsächlich gemerkt? Sie schnaubte, wollte zu neuerlichem Protest ansetzen, verwarf den Gedanken dann aber. Sie riskierte hier nicht Kopf und Kragen, um auf den letzten Metern zu scheitern. Als Marleene auf dem Hof erwähnt hatte, dass sie planten, eine Gärtnerinnenschule zu eröffnen, war ihr etwas bewusst geworden. Marleene war ihr voraus! Sie tat schon lange das, was sie selbst gerade erst erkannt hatte, und kämpfte bereits für die Rechte der Frauen, indem sie ihnen das bieten wollte, was ihnen die Betriebe versagten: eine Gärtnerinnenausbildung. Jetzt hatte sie, Rosalie, die Möglichkeit, sich einzubringen und diesen Kampf zu unterstützen. Marleene hatte sie schon bei ihrem Besuch in der Fliedervilla erinnert, dass Frauen zusammenhalten müssten.

Und damit hatte sie recht, das war Rosalie mit einiger Verspätung klar geworden.

Sie wusste, dass Marleene diesen Flieder brauchte, also würde sie ihr den bringen. Es war ihre Art der Entschuldigung. Konstantin hatte zur Genüge bewiesen, welch ein Missetäter er war, da unterstützte sie lieber Julius und Marleene, die wiederum die Frauenbewegung vorantreiben wollten.

Aber wer hätte ahnen können, wie viel ihr all dies abverlangte? Sie ließ es sich nicht nehmen, laut und vernehmlich vor sich hin zu schimpfen, während sie sich umständlich aus dem Unterrock ihres

Kleides wand, damit Johannes nicht etwa ihre Knöchel oder gar ihre Waden zu Gesicht bekam.

»Hier!« Sie sah demonstrativ in die entgegengesetzte Richtung, während sie ihm das weiße Bündel am weit ausgestreckten Arm entgegenhielt. »Nutze ihn sinnvoll, damit sich das Opfer lohnt.«

Eine halbe Stunde später verkündete Johannes, dass es losgehen könne. Ihren Rock hatte er in feine Streifen gerissen und damit die gebrochenen Balken zusammengebunden. Sie setzten sich endlich in Bewegung – nur dass die Achse nach drei Metern erneut brach.

Johannes fluchte, und Rosalie trat gegen den Wagen. »Zum Teufel noch mal! Das darf doch nicht wahr sein.«

»Aber, gnädiges Fräulein …«, sagte Johannes grinsend.

»Ach, hör doch auf! Sag mir lieber, was wir jetzt machen sollen?«

»Wir brauchen etwas zur Stabilisierung. Ein Stück Holz oder einen Ast.«

Angestrengt versuchte Rosalie, im hohen Gras am Wegrand etwas Brauchbares zu entdecken, während Johannes den Weg in die entgegengesetzte Richtung absuchte. Doch es schien ein schier unmögliches Unterfangen zu sein. Hier wuchsen nur Butterblumen und Gräser, ja nicht einmal Büsche waren in absehbarer Entfernung zu sehen. Rosalie wandte sich entmutigt dem Grasstreifen auf der anderen Seite des Weges zu und traf bald darauf vor dem kaputten Wagen mit Johannes zusammen, der mit ebenso leeren Händen zurückkehrte wie sie. Sollten sie so kurz vor dem Ziel scheitern?

»Was machen wir denn nur?«, jammerte sie mutlos.

Johannes atmete hörbar aus, sah sich in alle Himmelsrichtungen um und deutete schließlich auf einen Wall, der sich in der Ferne hinter der Kuhweide im Anschluss an zwei weitere Weiden abzeichnete. Darauf wuchsen recht stattliche Bäume.

»Ich werde dorthin gehen. Wo Bäume stehen, gibt es auch Äste. Du wartest hier!«

Er kletterte bereits über den Zaun der Kuhweide, doch Rosalie eilte hinterher. Der Gedanke, mitten in der Einöde mutterseelenallein zurückzubleiben, gefiel ihr ganz und gar nicht.

»Du kannst mich doch hier nicht einfach so zurücklassen!« Rasch kletterte sie ebenfalls über den Zaun.

»Ach was, braucht das Fräulein Rosalie einen Beschützer?«

»Unsinn! Ich will nur nicht, dass du später alle Lorbeeren einheimst und sagst, du hättest es alleine geschafft. Es war meine Idee, und ich bin maßgeblich für die Ausführung…« Aus einem unguten Gefühl heraus blieb sie stehen.

Irgendetwas stimmte nicht.

Vorsichtig spähte sie über die Schulter. »Äh, Johannes, warum sieht uns diese Kuh so seltsam an?«

Johannes war ebenfalls stehen geblieben. Die Kuh wandte ihnen die Breitseite zu, die wirklich massig war. Rosalie hatte nie zuvor eine dermaßen große Kuh gesehen, wurde ihr bewusst.

Jetzt senkte die Kuh den Kopf, und Rosalie wurde ganz anders, als diese voller Wucht ihr rechtes Horn in die Erde rammte, sodass vereinzelte Erdklumpen durch die Nachtluft stoben.

»D-das ist keine Kuh«, stammelte Johannes und schob ganz langsam seine breite Hand vor ihren Körper.

»N-nein?«

»Es ist der Zuchtbulle«, flüsterte er, während das Tier unwirsch mit dem Vorderbein scharrte. »Wir gehen jetzt ganz langsam rückwärts.«

»Und dann?«, presste Rosalie zwischen zusammengebissenen Zähnen hervor, ohne den Bullen aus den Augen zu lassen.

Er stieß einen solch horrenden Laut aus, dass ihnen die Seele hätte erfrieren können. Angsterfüllt sahen sie sich an, und die Welt schien einen Herzschlag lang stillzustehen.

Johannes löste sich aus seiner Erstarrung. »Renn!«, brüllte er im nächsten Moment, griff nach ihrer Hand, und Rosalie fühlte sich, als flöge sie über die Wiese. Sie hörte nichts und sah einzig und allein den viel zu weit entfernten Zaun am anderen Ende der Weide. Die kühle Nachtluft fuhr eisig über ihre Haut, und erst als ihre Lunge zu platzen drohte und ihre Seite sich anfühlte, als würde jemand wiederholt ein Messer hineinrammen, hatten sie ihr Ziel erreicht. Sie fiel auf der anderen Seite des Zaunes ins Gras, noch während der Bulle sein Horn in die Latten rammte und das Geräusch des zerberstenden Holzes die Stille der Nacht durchbrach.

Rosalie presste die Augen zusammen und betete, dass der Zaun halten möge – und hatte Glück. Nach drei weiteren Versuchen schien der Bulle zu erkennen, dass er vergebens kämpfte, und zockelte schnaubend davon.

Mit rasselndem Atem tastete Rosalie nach Johannes' Hand. Sie sahen sich fassungslos und erleichtert zugleich an, beide unfähig zu sprechen, da sie noch immer um Luft rangen. Als sie wieder besser atmen konnte, ließ Rosalie sich nach hinten fallen und lachte, während sie verzückt die funkelnden Sterne am Himmel betrachtete. Bald darauf sah sie Johannes' Gesicht dicht neben sich im Gras liegen.

»Mit dir erlebt man vielleicht was …«

Sie hatte das Gleiche gedacht. Niemals hätte sie vermutet, dass sie einmal solch ein ereignisreiches Leben führen würde. Wenn sie im vergangenen Jahr die Verlobung nicht gelöst hätte, hätte sie Tag für Tag im Salon eines herrschaftlichen Hauses in Lübeck verbracht, und das Aufregendste wäre gewesen, sich beim Kaffeekränzchen über die neuesten Stickmuster auszutauschen. Was die eigene Erheiterung betraf, konnte man einzig und allein vom Klatsch und Tratsch der Gesellschaft zehren. Jetzt hingegen besuchte sie Bälle und Landpartien, beschäftigte sich aber zugleich mit Politik, nahm an der Maifeier teil – und war erfolgreich vor einem tobsüchtigen Bullen geflüchtet.

Johannes lächelte sie so zärtlich an, dass sie sich fühlte, als würde sie innerlich zu Honig zerschmelzen. Da sie für ihn aber offensichtlich nur eine Lachfigur war, wie sie auf der Arbeiterfeier erfahren hatte, sprang sie schnell auf. »Was ist jetzt mit dem Ast? Wenn wir uns nicht beeilen, kommen wir nicht vor morgen früh bei Julius und Marleene an, und ich weiß nicht, wann sie abfahren …«

Nach langem Suchen fanden sie zwei mögliche Äste, die sie zur Stabilisierung der Achse verwenden konnten, mussten danach aber noch einen weiten Umweg in Kauf nehmen, um die Weide mit dem Bullen zu umgehen.

Nachdem Johannes den Wagen abermals repariert und sie eine Zeit lang schweigend nebeneinanderher gelaufen waren, richtete Johannes das Wort an sie.

»Woher dieser plötzliche Umschwung?«

Rosalies Ohren wurden heiß. Woher wusste er, dass sie sich gerade gefragt hatte, wie ihre Gefühle gegenüber Johannes sich so hatten wandeln können? Von Manilo war sie auf Anhieb begeistert gewesen. Aber Johannes hatte sie nie leiden können, und als sie Seite an Seite mit ihm gearbeitet hatte, hatte er sie nahezu in den Wahnsinn getrieben. Sie wusste selbst nicht, woher dieser Umschwung kam. Aber woher wusste er, wie sie fühlte? Sie tat doch alles dafür, ihre Gefühle zu verbergen …

»Wie bitte?«, fragte sie unsicher.

»Na ja, es ist kein Geheimnis, dass du Marleene spinnefeind bist. Warum bringst du ihr jetzt den Flieder?«

Erleichtert atmete Rosalie aus, verschränkte dann aber die Arme. Sie wurde nicht gerne daran erinnert, was sie Marleene angetan hatte.

Sie zuckte mit der linken Schulter. »Manchmal ändern sich die Zeiten eben.«

»Bei dir habe ich aber eher das Gefühl, dass die Person sich geändert hat.«

Rosalie lächelte. »Sagen wir einfach, manchmal verlangen die veränderten Zeiten, dass man zur besten Version seiner selbst wird.«

65. Kapitel

Julius sah auf seine einfache Uhr, die er vor Monaten gegen die goldene Taschenuhr seines Großvaters getauscht hatte, um mehr Geld in die Gärtnerei stecken zu können.

»Wenn wir den Zug nicht verpassen wollen, müssen wir jetzt los.«

Keiner erhob Protest, vermutlich ahnte jeder die peinvolle Wahrheit: Sie waren so weit vom Sieg entfernt, dass es gleich war, ob sie vereinzelte Pflanzen oder Schleifen oder andere Dekorationen vergaßen. Es würde keinerlei Unterschied machen.

Immerhin haben wir einen stattlichen Rhododendron, erinnerte er sich, um keine trübselige Stimmung zu verbreiten. Alma, Jost, Bruno und natürlich Marleene hatten sich alle unglaublich angestrengt, und er musste sich jetzt zusammenreißen, um das Beste aus der Situation zu machen, anstatt sich zusammengekauert in das nun käferfreie Gewächshaus zurückzuziehen.

Er stieg auf einen der drei dicht bepackten Wagen, Marleene übernahm den zweiten und Jost den dritten. Alma, Jost und Bruno kamen mit, um die Gefährte später zurückzufahren, nachdem sie alles in den Eisenbahnwaggon umgeladen hätten.

»Hoffentlich begegnet ihr nicht den Claußens unterwegs«, sagte Alma in ihrer umsichtigen Art und löste den Blick einen Moment vom Friesenpferd, das durch die nächtlichen Straßen trabte.

Julius seufzte. »Ich fürchte, das wird sich nicht umgehen lassen.

Wenn man rechtzeitig zur Prämierung da sein will, bleibt eigentlich nur der Nachtzug nach Hamburg.«

Als er den Namen der Stadt erwähnte, bekam Almas Gesicht einen schwärmerischen Ausdruck, wurde aber schnell wieder ernst. »Vielleicht sind sie ja bereits gestern Morgen gefahren?«

»Das mag sein, aber sobald man Pflanzen dabeihat, deren Blüten vorgetrieben oder zurückgehalten werden müssen, wird man sie so lange wie möglich im Gewächshaus belassen.«

Sie bogen auf die Bahnhofstraße ein, und wenig später sah Julius bereits die mächtige schwarze Dampflok mit ihrem stolzen Schornstein und den unzähligen Rohren und Luken im Bahnhof stehen. Der Kohlenkarren kam direkt dahinter, und erst danach folgte die endlose Wagenreihe, von denen sie einen einzig und allein für sich und ihre Pflanzen gemietet hatten. Die Investition war immens gewesen, hätte sich jedoch lohnen können, wenn sie im Gegenzug Hofgärtnerei geworden wären.

Julius schluckte und versuchte, nicht weiter darüber nachzudenken.

Mit geübten Griffen luden sie die Pflanzenkisten in den Waggon.

»Ich wünschte, ich könnte mitkommen«, sagte Alma, während er die letzte Kiste verstaute und sich die Hände abklopfte.

Marleene legte eine Hand auf die Schulter ihrer Freundin. »Gräme dich nicht, vermutlich verpasst du allemal eine grauenvolle Schmach …«

»Wer weiß das schon? Man soll den Tag zwar nicht vor dem Abend loben, aber auch nicht verfluchen! Ich wünsche euch dennoch viel Glück, und wenn ihr wiederkommt, wird erst einmal gefeiert. Ich werde eine Kleinigkeit vorbereiten.«

Julius lachte leise, Alma schien wahrhaftig unermüdlich zu sein. »Schon wieder feiern?«

»Na klar! Man muss auch die kleinen Siege feiern. Außerdem …«, für eine winzige Sekunde blinzelte sie in Brunos Richtung, »habe ich gerne etwas zu tun.«

Die Lok zischte in der Ferne, lange würde es nicht mehr dauern, und so kletterte Julius, gefolgt von Marleene und Frieda, die ihnen beim Aufbau des Schaubeets helfen würde, in den Waggon.

»Ihr werdet das Rind schon schaukeln«, rief Bruno, der tiefe Ringe unter den Augen hatte.

Julius schmunzelte, doch es fühlte sich falsch an. Wem machten sie etwas vor? Sie würden ohnehin nur ihrer Niederlage entgegenfahren.

***

Rosalie klopfte so heftig an die Tür des Schwalbennests, dass ihre Fingerknöchel brannten. »Julius? Bist du da?« Sie sah in Johannes' dunkle Augen, während sie mit angehaltenem Atem auf Geräusche im Inneren des Hauses lauschte.

Nichts. Vollkommene Stille.

Rosalie pochte abermals gegen das grün gestrichene Holz. »Julius? Marleene? So öffnet doch bitte!«

Noch immer rührte sich nichts.

»Wo bleiben sie denn nur? Schlafen sie etwa so fest? Es ist doch ohnehin bald Aufstehzeit, und …«

»Äh, Rosalie?«

Sie drehte sich um und schrak zusammen. Die Tür schien sich wie von Geisterhand doch noch geöffnet zu haben, und eine ältere Frau mit tiefem Knoten lächelte ihr zahnlos aus einem faltigen Gesicht entgegen.

»Wat is jo Begehr?«, fragte sie höflich, und obwohl Rosalie sich denken konnte, dass sie sich nach ihrem Anliegen erkundigte, sah sie hilflos zu Johannes, da sie nicht sicher war, ob sie auf Hochdeutsch antworten durfte, wenn sie Plattdeutsch angeredet wurde.

Johannes trat an ihre Seite, und Rosalie versuchte, das Gefühl von

Sicherheit abzuschütteln, das sie sogleich umhüllte, als sein Oberarm den ihrigen berührte.

»Moin, Frau Langfeld, ich habe schon viel von Ihnen gehört. Das ist Rosalie, Julius' Schwester. Ich bin Johannes, ein Freund von Julius und Marleene. Sind die beiden da? Wir müssen sie dringend sprechen …«

»Oh, dat deit mi leed. Die sind schon aufgebrochen, sie mussten mit der Eisenbahn nach Hamburg. Zur großen Gartenschau.«

Rosalie sank in sich zusammen. »Sie sind schon weg?«

»Jo, sie wollten den Nachtzug nehmen …«

»Wann? Wann sind sie losgefahren?« Johannes sah Marleenes Mutter so eindringlich an, dass wohl nicht mehr viel fehlte, bis er die alte Frau geschüttelt hätte.

»Vor ungefähr einer halven Stunde.«

Rosalies Herzschlag beschleunigte sich. »Das könnten wir noch schaffen. Sie müssen ja gewiss die Pflanzen auch noch aufladen …«

Johannes' Blick glitt über den Hof. »Haben die zwei inzwischen ein Pferd?«

Bedauernd schüttelte die alte Frau den Kopf. »Wi hebbt nur das da. Dafür solltet ihr aber 'nen Hemd unner anhebben, dat geit richtig flott«, sagte sie und deutete mit dem Kinn nach rechts, wo Rosalie jetzt im Licht des Mondes ein Fahrrad an der Wand lehnen sah. Sie war verwundert. Wie, zum Teufel, kamen sie an ein teures Gefährt wie ein Fahrrad? Sie selbst hatte einst damit geliebäugelt, dann aber festgestellt, dass es hundert Mark kostete. Dafür müsste sie monatelang schuften …

»Das wird uns leider nicht helfen«, sagte Johannes betrübt. »Wie sollen wir auf zwei Rädern den Fliederbaum transportieren?«

Rosalie ging dennoch darauf zu, umfasste die glatten Ledergriffe am Lenker und schob das Rad ein wenig vor und wieder zurück. Stück für Stück setzte sich eine Idee in ihrem Kopf zusammen. Schon einige Male hatte sie Menschen, vor allem Frauen, mit einem Fahrrad fahren sehen. Oft wurden sie belächelt, dennoch hatte es etwas Faszinierendes, und man war um einiges schneller als zu Fuß. Man müsste nur irgendwie den Wagen daran befestigen können.

»Na los, Rosalie, wenn wir sie noch erreichen wollen, müssen wir uns sofort auf den Weg machen.«

»Lass uns zunächst etwas versuchen.« Sie ordnete an, dass Johannes auf das Fahrrad stieg, und setzte sich selbst auf den Gepäckträger. »Wenn Sie mir jetzt den Handwagen reichen könnten?«

Die alte Frau schlurfte unendlich langsam aus dem Haus und reichte ihr die Zugstange des Handwagens. Johannes setzte sich schlingernd in Bewegung, und Rosalie kreischte einige Male, doch schon nach wenigen Metern, als Johannes kräftiger in die Pedale trat, kamen sie zurecht. Es funktionierte! Mit der Linken klammerte sich Rosalie an Johannes, und in der Rechten hielt sie die Lenkstange des Handwagens, der mitsamt dem Flieder über den Weg holperte. Sobald sie die gepflasterte Straße, die nach Rastede führte, erreicht hatten, lief es sogar noch besser. Der Fahrtwind fuhr ihr über die geröteten Wangen und durch die Kleider, und Rosalie juchzte übermütig. Johannes wagte einen kleinen Blick nach hinten. »Das solltest du dir patentieren lassen!« Auch in seiner Stimme klang deutlich die Freude mit.

Im Nu hatten sie Rastede erreicht. Zum Glück kannte Johannes sich hier aus und wusste, wo der Bahnhof war. An einer riesigen Backsteinkirche bog er ab. Rosalie lugte an seinem breiten Kreuz vorbei, und ihr Herz flatterte voller Erleichterung, als sie in der allmählich einsetzenden Dämmerung den Bahnhof samt Zug auf dem Gleis erblickte. Marleene und Julius würden Augen machen, wenn sie als Retterin in der Not auftrat!

Damit würde sie alles wiedergutmachen. Vor dem Gebäude hüpfte sie vom Gepäckträger – doch ein unheilvolles Geräusch ließ ihre

Hoffnung zerplatzen: ein lang gezogenes Pfeifen, das die Abfahrt ankündigte.

»Nein!«, schrie sie inbrünstig und sah voller Panik, wie der Zug sich in Bewegung setzte. »Pass du auf das Rad auf«, rief sie Johannes zu und rannte samt Handwagen am Bahnhofsgebäude entlang, um es zu umrunden. »Stopp! Haltet den Zug an!«, kreischte sie verzweifelt.

Aber natürlich blieb er nicht stehen.

Sie handelte sich einzig und allein mehrere konsternierte Blicke ein. Doch das war ihr gleich. Sie hetzte weiter. Endlich war das Ende des Gebäudes erreicht, und sie konnte an der Seite in Richtung Gleis abbiegen.

»Wartet, wartet!«, schrie sie. »Es fehlt noch etwas …«

Indessen war der Zug so richtig in Fahrt gekommen. Waggon um Waggon zog an ihr vorbei, sie konnte bereits kaum mehr die Konturen erkennen.

Sie rannte, so schnell sie nur konnte, mit, der Atem brannte in ihrem Hals.

»Anhalten, ihr müsst wieder anhalten!« Ihre Stimme brach, und ihre Schritte wurden schließlich langsamer und kraftloser. Es war zu spät, der Zug war nun so schnell, dass es unmöglich war, ihn noch zu erreichen. Drei Menschen, die der Eisenbahn ebenfalls hinterhergestarrt hatten, drehten sich um – und blieben verblüfft stehen, als sie sie sahen. Rosalie kannte jedoch nur einen davon.

»Bruno?!«, sagte sie verdattert.

Er starrte an ihr vorbei und ging schließlich auf den Flieder zu. »Du hast ihn?«, fragte er zornig und schien sie mit seinen Augen erdolchen zu wollen.

»Ja, ich … ich …« Ihr aufgeblühtes Herz durchlief in Sekundenschnelle alle Jahreszeiten. »Ich wollte ihn Julius und Marleene bringen.«

»Und da kommst du erst jetzt?«, fragte ein atemberaubend hübsches Mädchen mit einem leichten Lispeln, das nun bedrohlich nah auf sie zukam. »Warum hast du den Flieder nicht einfach gelassen, wo er war? Julius und Marleene haben so sehr gekämpft, sie haben alles gegeben!« Mit kleinen Fäusten begann sie, auf Rosalie einzuhämmern, die sich duckte und vor ihr zurückwich.

»Ganz ruhig, wir nehmen einfach den nächsten Zug«, versuchte Rosalie, sie zu beschwichtigen – und erreichte das Gegenteil.

»Es gibt keinen nächsten Zug«, kreischte das Mädchen am Rande der Hysterie und ließ die kleinen Fäuste weiter auf sie niederprasseln.

»Schschsch, Alma«, sagte ein hochgewachsener Mann neben ihr, griff sie an den Oberarmen und zog sie sanft davon.

»Sie haben alles versucht. Alles! Und nun …« Ihre Faustschläge verebbten, nachdem sie mehr und mehr ins Leere gegangen waren, und Alma sank in sich zusammen wie eine leere Papiertüte. Sie begann, vehement zu schluchzen. »Nun war alles vergebens. Es ist zu spät, die beiden haben jede Chance vertan. Zu spät. Sie werden nie wieder glücklich werden.«

Mittlerweile weinte sie hemmungslos, und der stille Mann nahm sie in den Arm und strich sachte über ihren Hinterkopf. Bruno stand hilflos daneben. Obwohl Rosalie sich fürchterlich fühlte, fragte sie sich, ob es dieser Alma wirklich allein um Julius und Marleene ging oder hier noch etwas anderes mitspielte.

Letztendlich war es aber gleich. Abermals starrte sie dorthin, wo die Gleise zusammenzulaufen schienen und der Zug verschwunden war. Sie hatte versagt. Sie war doch keine große Retterin und würde ihr Vergehen nie wiedergutmachen können.

66. Kapitel

Julius, Frieda und Marleene stiegen aus der Trambahn und blieben fasziniert vor dem Holstentor stehen, das neben dem Millerntor als Eingang zur Allgemeinen Gartenbau-Ausstellung diente. Ein weißes Torhaus mit roten Dächern und einem angegliederten Türmchen, von dessen Spitzhelm eine rote Flagge in der steifen Hamburger Brise wehte, nahm die zahlreichen Besucher in sich auf. Marleene schritt mit den anderen beiden hindurch und tauchte fasziniert in die künstlich erschaffene Traumwelt aus Blumen ein.

Die Blütenpracht der Beete wurde immer wieder von herrlich verzierten Holzbauten unterbrochen, in denen sich die Gasträume verschiedener Restaurants befanden. Auch der rötliche Fachwerkpavillon der Bodega-Gesellschaft lockte mit Wein, und das Etablissement mit dem passenden Namen *Zum Treibhaus* bot in einem weißen Treppengiebelhäuschen den Spezialausschank eines Münchner Bieres.

Staunend liefen sie weiter, und Frieda ließ sich von einer der zahlreichen Frauen in Vierländer Tracht eine Broschüre reichen. »Ich wünsche viel Vergnügen.« Die Frau mit dem blauen Rock und der eng anliegenden Jacke mit dem spitz-ovalen Ausschnitt, der Platz für einen aufwendig bestickten Brustlatz bot, lächelte ihnen unter einem niedrigen Strohhut zu.

Als sie einen See passierten, aus dem eine Wasserfontäne in die Höhe schoss, spürte Marleene Friedas Griff am Ärmel. Sprachlos deutete sie auf den Springbrunnen.

»Und das dort vorne wäre etwas für Jörn-Fied und Lieschen«, sagte Julius mit Blick auf eine riesige Wasserrutschbahn. Marleene stimmte ihm zu. Am liebsten wäre sie selbst dort einmal hinuntergerutscht, doch das schickte sich natürlich nicht.

Sie passierten eine riesige Hängebrücke auf dem Weg zum Hauptgebäude, und Marleene beäugte ängstlich die zahlreichen Menschen auf der Brücke, die viel zu fragil wirkte.

»Das muss es sein!«, rief Frieda nun aber aus und deutete auf ein riesiges ebenfalls in Rot-Weiß gehaltenes Gebäude, das auf einer leichten Anhöhe hinter einigen Bäumen aufragte. Es war mehrstöckig und wurde von zahlreichen Türmchen geziert. Am prächtigsten aber war der Mittelteil des Gebäudes: Über die breiten Bogenfenster spannte sich ein Spitzdach, unter dem sich selbst aus der Entfernung sichtbare Malereien abzeichneten. Dahinter erhob sich ein gigantisches Runddach, das von einem Türmchen mit Rundhaube gekrönt wurde.

»Und das soll nach der Ausstellung wieder abgerissen werden?«, fragte Marleene fassungslos, denn sie konnte ihre Augen kaum von den Gebäuden losreißen.

Julius nickte verständig. »Es ist wahrlich ein Jammer.«

Doch das alles war noch nichts im Vergleich zu dem, was sie im Inneren des Bauwerks erwartete. Entgegen Marleenes Annahme hatte es nicht mehrere Geschosse, sondern eine mehrere Meter hohe Decke. Von den geschwungenen Streben des Runddachs hing ein exorbitant großer Kronleuchter an Stahlseilen herab. Darunter erstreckte sich ein regelrechter Park mit Wasserläufen, Grünflächen sowie Palmen und anderen exotischen Gewächsen.

Zudem war es für das Innere einer so großen Halle überraschend hell. Mit in den Nacken gelegten Köpfen sahen Marleene und Julius sich um.

»Anscheinend haben die Hamburgischen Electricitätswerke extra von ihrer Zentralstation bis zum Ausstellungsplatz elektrische Zuleitungen gelegt, und es wurden über zehntausend Glühlampen auf dem Gelände installiert«, berichtete Frieda, die Nase dicht in die Broschüre gesteckt.

Julius drehte sich leicht schwankend um die eigene Achse. »Unglaublich! Das müssen ja mehr als in ganz Hamburg sein.«

»Und wusstet ihr, dass hier auch Gartenbearbeitungsgeräte und die Gartenmöblierung der Öffentlichkeit präsentiert werden?«

»Eine Gartenbau-Ausstellung ist immer sehr breit aufgestellt«, erklärte Julius. »Ah, da vorne ist die Anmeldung, ich werde rasch nachfragen, wo unser Schaubeet hinsoll.«

Schon kurze Zeit später kehrte er zurück und führte sie an eine Stelle am äußeren Rand der Halle. Sobald ihre Pflanzen, die über Fahrzeuge der Gartenschau vom Bahnhof abgeholt worden waren, eintrafen und die Halle zur Umgestaltung geschlossen wurde, würden sie beginnen können. Die Begutachtung sollte noch am selben Tag stattfinden, da viele Gärtner die Blüten bis zur Schau zurückgehalten hatten und es hier keine Kühlmöglichkeit gab.

Im Vorübergehen sah Marleene Konstantin, der an der anderen Seite der Halle offenbar seinen Standort begutachtete. Dorothea stand nicht weit von ihm und schob einen weißen Kinderwagen auf und ab. Sie hob die Hand zaghaft zum Gruß, und Marleene lächelte leicht. Ob ihre Schwägerin wusste, was Konstantin getan hatte?

Julius, der vorausgeeilt war, winkte sie herbei. »Unsere Pflanzen sind angekommen.«

Marleene beschleunigte ihre Schritte und musterte die Fläche, die ihnen zugeteilt worden war. Sie hatten Glück, denn direkt daneben verlief einer der künstlichen Bäche und sorgte allein durch sein behutsames Plätschern für eine romantische Stimmung. Doch es gab etwas, das ihr Sorge bereitete: die Größe des Beetes. Sie hatten viel mehr Platz auszufüllen, als ihr geplantes Schaubeet eingenommen hatte. Frieda knetete unruhig die Hände.

»Oje, oje, Marleene…« Sie schritt die lange Seite ihrer zu befüllenden Fläche ab und blickte danach unsicher auf die drei gut gefüllten Pflanzenwagen. »Das ist ja um einiges größer, als wir eingeplant hatten. Einer von uns muss sich vermessen haben.« Mit zusammengepressten Lippen blickte sie von Julius zu Marleene und dann wieder auf das Beet. »Wie furchtbar! Ich bin wahrhaftig untröstlich und weiß gar nicht, was ich sagen soll.« Es war ihr anzusehen, wie sehr der Fehler ihr zu schaffen machte.

»Mach dir nichts draus«, Marleene legte eine Hand auf ihre Schulter, »es ist nicht deine Schuld, wir hätten selbst nachmessen müssen. Außerdem … wenn wir ehrlich sind, dann wissen wir alle, dass wir ohnehin ohne jegliche Gewinnaussichten sind.«

»Trotzdem wäre es schön, wenn wir nach der Ausstellung nicht wie komplette Hohlköpfe wirken würden …«

Sie begannen trübsinnig mit dem Aufbau, und die überbordende Freude, die sie bei der Probe im Gewächshaus ergriffen hatte, blieb wie zu erwarten aus, als Marleene Stunden später den Blick über ihr Schaubeet wandern ließ. Das Meer aus bodendeckenden Pflanzen war nicht zustande gekommen, da sie die Pflanzen mit viel mehr Abstand hatten stellen müssen und so die Übergänge zwischen den Gewächsen sichtbar waren. Auch die blühenden Pflanzen konnten nun nicht mehr in verschiedene Farbnuancen übergehen, da zu viel Freiraum zwischen ihnen war, und die meisten Blickfangpflanzen wirkten durch die angefressenen Blätter zerrupft. Alles in allem wirkte es eher wie ein frisch geschlüpftes Vogeljunges: Man ahnte wohl, dass es einmal hübsch werden könnte, doch mit dem spärlichen Gefieder, unter dem die nackte Haut hervorblitzte, war es für den Moment schlicht und ergreifend nur eins: hässlich.

***

Rosalies Kopf sagte ihr, dass sie aufgeben musste. Hände und Füße stimmten umgehend zu. Die Schlacht war verloren. Die ganze Nacht war sie auf den Beinen gewesen, all ihre Kraft war verbraucht. Sollte man nicht wissen, wann man sich geschlagen geben musste?

Es war jetzt so weit, sie hatten alles versucht. Vergebens.

Doch ihr Herz war noch nicht für eine Niederlage bereit.

Es war 1894, zum Himmel noch mal. Sie lebte in einem hochmodernen Zeitalter! Eine Zeit des Dampfes und der Elektrizität, in welchem das Licht auf wundersame Weise durch die Leitungen rauschte und Glühbirnen ohne Feuer zum Leuchten brachte und wo durch Telegrafen in beeindruckender Schnelligkeit Nachrichten übermittelt werden konnten.

Es musste einfach möglich sein, auch ohne Zug nach Hamburg zu gelangen!

Vielleicht mit dem Pferdeomnibus? Allerdings waren die Doppeldeckerbusse meist fürchterlich voll, würde sie dort samt Fliederstrauch überhaupt Platz finden? Einen Versuch wäre es wert.

»Wartet kurz!«, rief sie den anderen zu, die mittlerweile neben Johannes vor dem Bahnhofsgebäude standen. In eiligen kleinen Schritten rannte sie zum Abfahrtsplan an der dem Bahnhof gegenüberliegenden Haltestelle. Doch leider musste sie feststellen, dass der nächste Bus erst gegen Mittag das Örtchen verließ. Das wäre zu spät, er bewegte sich ohnehin quälend langsam durch die Straßen und hielt gefühlt an jeder Milchkanne.

Mit hängenden Schultern kehrte sie zu den anderen zurück.

»Ich muss irgendwie nach Hamburg gelangen!«

»Gib auf, Rosalie«, Johannes bedachte sie mit einem einfühlsamen Blick, »das wird nichts mehr.«

In dem Moment fuhr etwas vor, das alle verstummen ließ. Das offene Automobil war in Tannengrün gehalten, hatte hinten zwei größere und vorne etwas kleinere Räder. Links und rechts der abgesteppten Sitzpolster ragten goldene Scheinwerfer in die Luft. Fasziniert beobachteten sie, wie der Fahrer im dunklen Anzug das Gefährt zum Stehen brachte, ausstieg und es gleich darauf umrundete, um einer eleganten Dame hinauszuhelfen. Sie warf ihm eine Kusshand zu, winkte und verschwand im Bahnhofsgebäude.

»Vielleicht doch!«, sagte Rosalie und ging entschlossen auf den Fahrer zu, der gerade wieder eingestiegen war.

»Ein sehr beeindruckendes Gefährt haben Sie hier«, säuselte Rosalie in ihrem verführerischsten Tonfall, und erst der irritierte Blick des Fahrers erinnerte sie daran, wie verbraucht sie nach den Strapazen der Nacht vermutlich aussah.

Dennoch lächelte er. »Danke, das ist mein ›Velo‹. Ein Benz-Patent-Motor-Wagen-Veloziped, um genau zu sein.«

Umgehend hörte sie heraus, wie stolz er auf sein Automobil war, und strich ehrfürchtig über den glatten Lack der Motorhaube.

»Und wie schnell ist dieses Prachtstück?«

Sein Lächeln wurde breiter. »Fünfundzwanzig Kilometer pro Stunde.«

Rosalie hatte keinen blassen Schimmer, ob das viel oder wenig war, doch die Art, wie er es sagte, zeigte ihr, dass Begeisterung angebracht war.

»Das ist ja unglaublich«, rief sie aus.

Er klopfte mit beiden Händen sanft auf das mit braunem Leder bezogene Lenkrad. »Ich habe es mir angeschafft, um meine Hausbesuche zu machen, ich bin Arzt. Aber heute habe ich mir freigenommen, um eine kleine Spritztour zu machen.«

»Oh, eine Spritztour?« Rosalie beugte sich etwas näher an ihn heran. »Dafür suchen Sie nicht zufällig noch eine Begleitung?« Sie plinkerte mit den Augen, merkte aber zusehends, dass das Bezirzen ohne eine ordentliche Toilette deutlich schwieriger war.

Kurz begutachtete sie ihre staubigen und mit Matsch beschmierten Schuhe, über die sich die Strümpfe stauchten, die ohne Strumpfbänder keinen Halt mehr hatten. Sie musste ihm dringend klarmachen, dass sie keine Landpomeranze war, und streckte ihm in bester Mädchenschulmanier die Hand entgegen. »Wenn ich mich zunächst vorstellen darf, ich bin Rosalie Goldbach. Aus der Hofgärtnerei in Oldenburg.«

Für einen Moment wirkte der Arzt überrascht, begrüßte sie dann aber formvollendet. »Und nun soll ich Sie nach Oldenburg fahren? Haben Sie den Zug verpasst?«

»Äh … ja, gewissermaßen schon. Aber ich müsste noch ein Stückchen weiter als Oldenburg.«

»Noch weiter? Wohin denn? Nach Hatten? Wüsting? Oder gar nach Delmenhorst?«

»Hamburg«, brach es aus ihr hervor, und er sah sie entgeistert an. »Nach Hamburg? Ich kann doch nicht nach Hamburg fahren!«

»Wie … wie lange würde es denn rein theoretisch dauern?«

Er antworte nicht sofort, schien in seinem Kopf nachzurechnen. »Gewiss sieben oder gar acht Stunden.«

Nun rechnete Rosalie ihrerseits, was etwas dauerte, weil Mathematik in der Schule bei den Mädchen für nicht wichtig erachtet wurde und sie daher nur leidlich geübt war, dennoch gelang es ihr. Unter den gegebenen Umständen wäre sie um dreizehn oder vierzehn Uhr dort. Die Begutachtung war am Nachmittag, hatte Konstantin erzählt. Eine glühende Aufregung zog von den Fingerspitzen in ihr Herz – es könnte so gerade ausreichen!

»Oh, bitte, Sie müssen!«, bekniete sie ihn. »Es ist von immenser Wichtigkeit, dass ich so schnell wie möglich nach Hamburg komme.« Sie legte all ihre Hoffnung in ihren Blick – doch sie sprach hier nicht mit ihrem Vater, den sie noch immer um den Finger hatte wickeln können.

Mitleidig verzog er das Gesicht, wollte etwas sagen, und Rosalie sah sich geschwind nach allen Seiten um, um Inspiration für Argumente zu finden. Ihr Blick fiel auf den Flieder, der strahlend schön mit seinen zweifarbigen Blüten aus dem Handwagen ragte.

»Sie sind ein Freund von Neuerungen, nicht wahr?« Ohne seine Antwort abzuwarten, winkte sie Johannes heran und bedeutete ihm, den Flieder mitzubringen. Zusammen mit Alma, Jost und Bruno trat er zu ihnen. »Dies ist ein vollkommen neuartiger und einzigartiger Flieder. Sehen Sie nur, seine Blütenblätter sind zweifarbig.«

»Es ist der erste seiner Art«, ergänzte Johannes, der zu ahnen schien, was sie vorhatte.

Mit gekräuselter Miene zog der Arzt das Kinn an die Brust. Dann stieg er aus, ging auf den Busch zu und betrachtete die Blütendolden aus nächster Nähe.

»Höchst interessant«, murmelte er und umrundete den Handwagen, um den Flieder von allen Seiten zu begutachten.

»Und wäre es nicht großartig, wenn wir beide, Sie und ich, diesem Flieder helfen könnten, seine wohlverdiente Prämierung auf der größten Gartenbau-Ausstellung des Landes zu ergattern?«

Der Arzt legte eine Hand ans Kinn, neigte den Kopf nach links und nach rechts, wirkte allerdings noch sehr unentschlossen.

»Wir können gewiss auch arrangieren, dass Sie Ableger von dieser besonderen Pflanze erhalten«, setzte Johannes hinzu und tätschelte den Busch, als wäre er ein Kinderkopf. »Kostenfrei!«

»Genau, wäre das nicht ein vorzügliches Geschenk für Ihre Herzdame? Eine einzigartige Pflanze, wie sonst keiner sie hat?«, baute Rosalie sein Argument aus und tauschte mit Johannes einen verschwörerischen Blick. Sie ergänzten sich gut. »Denken Sie nur an die Karte, die Sie dann beifügen könnten: *Eine einzigartige Pflanze für eine einzigartige Frau.*« Versonnen blickte sie ihrer Hand hinterher, die sie zeitgleich theatralisch in die Höhe steigen ließ, und Alma stieß zur Untermalung einen Herzensseufzer aus.

So langsam schien der Arzt der Sache schon eher gewogen zu sein. Mit geschürzten Lippen umrundete er abermals das Gewächs.

»Ich würde ohnehin alles tun, um auf die allseits bekannte Allgemeine Gartenbau-Ausstellung in Hamburg gehen zu können«, sagte Alma träumerisch. Da nur noch dezente rote Flecken in ihrem Gesicht an den kleinen Nervenzusammenbruch erinnerten und sie die pure Sehnsucht in ihrer Stimme trug, wirkte sie sehr glaubhaft. Aber auch das ließ sich noch übertrumpfen, fand Rosalie.

»Jeder von Rang und Namen wird dort sein«, zwitscherte sie. »Sogar Karl May wird erwartet.« Tagelang hatte Dorothea sie mit dieser Neuigkeit genervt, sodass sie jetzt schon fast wie von selbst aus ihr heraussprudelte.

Umgehend blieb der Arzt stehen. Seine Augen wurden urplötzlich zu denen eines kleinen Jungen, solch eifrige Freude strahlten sie aus.

»Karl May?«, fragte er mit sich nahezu überschlagender Stimme.

Alle nickten.

»Seine Kolportageromane sind vortrefflich! Ich habe sie alle meinen beiden Jungen vorgelesen, was für Abenteuer! Als würde man selbst an Winnetous Seite durch den Wilden Westen galoppieren«, sagte er voller Begeisterung. »Ich wünschte, so etwas hätte es zu meiner Jugend schon gegeben …«

Rosalie nickte gediegen. »Und der Autor höchstpersönlich wird da sein.« Sie unterdrückte den Gedanken, dass die Gartenbau-Ausstellung über ein halbes Jahr gehen würde und sie nicht wusste, wann genau Karl May sich dort zeigen würde, um überzeugend lächeln zu können.

Eifrig stieg er ins Auto und funkelte sie abenteuerlustig an. »Junge Dame, worauf warten wir dann noch? Ich habe heute ja ohnehin nichts mehr vor. Wir müssen gleich nur noch aus der Apotheke mehr Benzin besorgen.«

Erleichterung beseelte Rosalie, und sie wollte auf das Gefährt zugehen, doch Alma hinderte sie am Einstieg. Sie löste ihr gepunktetes Kopftuch und reichte es ihr. »Das wirst du brauchen. Und …«, sie senkte den Blick, »tut mir leid, wenn ich vorhin etwas überreagiert habe …«

Rosalie lächelte. »Das macht doch nichts. Vergeben und vergessen.« Da sie selbst von der Hoffnung auf Vergebung erfüllt war, fiel es ihr leicht, der jungen Frau zu verzeihen. Bruno, Jost und Johannes hatten derweil den Fliederbusch im hinteren Teil des Wagens mit dicken Seilen festgebunden. Jetzt trat Johannes zu ihr und zog sie ein kleines Stück beiseite. »Du bist dir sicher, dass du das tun willst? Ich meine, bis vor Kurzem wolltest du nicht einmal mit mir ohne Anstandsdame das Haus verlassen …« Er blickte zum Velo, auf dessen Polsterbank leider nur für zwei Menschen Platz war.

Bei dem Gedanken daran musste Rosalie nervös auflachen. »Nun ja, er ist immerhin Arzt … Und mittlerweile war ich schon häufiger ohne Begleitung unterwegs. Es wird schon gehen.«

Eindringlich sah er ihr in die Augen, die Luft knisterte, doch keiner von ihnen schien zu wissen, was er oder sie sagen sollte. Aber als Rosalie sich abwenden wollte, zog er sie an sich, sie spürte seine Lippen auf ihren, und sein Bart kratzte leicht.

Sprachlos sah sie ihn an.

»Ich dachte mir, den könntest du auch gebrauchen«, sagte er schlicht.

Galant half er ihr in den Wagen, drückte ihre Hand noch einmal, bevor er sie entließ, und entzündete damit ein Feuerwerk in Rosalies Innerem.

Der Arzt lächelte ihr zu, und sie sah überglücklich von ihrem Platz im Automobil zu Bruno, Jost, Alma und schließlich auch zu Johannes.

Sie hatte einen Weg gefunden.

»Das Abenteuer kann beginnen«, sagte sie strahlend zum Fahrer. Sie hob die Hand zum Abschied, und alle winkten zurück. Er startete den Motor, der zunächst etwas hustete. Dann ging er wieder aus. Rosalies Lächeln verschwand.

»Das passiert schon mal«, erklärte der Arzt beruhigend.

Abermals drehte er an der Kurbel. Der Motor rasselte, der Wagen begann zu zittern – und ging wieder aus.

»Das gibt es doch nicht«, fluchte er nun leise, und die ersten Sorgenwolken zogen dicht über Rosalies Kopf.

Mit gerunzelter Stirn drehte er aber und abermals an der Kurbel. Doch es tat sich nichts mehr.

***

»Um Himmels willen, Dorothea, was machst du denn da?« Konstantin blickte sich um, ob jemand gesehen hatte, was er sah, bevor er auf seine Frau zustürzte, die am Rand ihres Schaubeets hockte, und ihr das Glas samt Pinsel aus der Hand riss.

»He!«, beschwerte sie sich. »Was soll das denn? Das ist meine Geheimwaffe. Glycerin. Sieh nur, wie schön die Blätter glänzen, wenn ich sie damit bestreiche. Das habe ich damals auf der Gärtnerinnenschule im Blumenbindeunterricht gelernt, es ist ein Trick aus England.«

Konstantin ging nicht darauf ein. »Jesus, Maria und Josef!« Da sich das Mittel nicht lösen ließ, nahm er die drei übernatürlich glänzenden Pflanzen aus dem Beet. »Hier, lass sie irgendwo verschwinden, die darf keiner sehen.«

»Aber wieso?«, fragte Dorothea, und es war offensichtlich, dass sie verletzt war. Doch dafür hatte er jetzt keine Zeit. Außerdem hatte er es ihr schon oft genug erklärt.

»Das Kleingedruckte. Du musst immer das Kleingedruckte lesen, das kann einem ungemein viel Ärger ersparen.«

Dorothea nahm Helene, die durch den Tumult erwacht war, aus

dem Kinderwagen und wiegte sie sanft hin und her. »So wie du bei der Verwendung des Kunstdüngers?«, fragte sie zuckersüß, und er schnaubte zornig. Musste sie immer wieder damit anfangen? Nur weil sie ein Mal angedeutet hatte, dass sie es besser wüsste?

Sofort ruderte sie wie erhofft zurück. »Entschuldige. Aber was stand denn nun im Kleingedruckten der Ausstellung?«

»Dass solche Hilfsmittel verboten sind. Verwendet man sie doch, wird man umgehend vom Wettbewerb ausgeschlossen.«

Dorothea war bestürzt. »Oh! Das wusste ich nicht.«

»Schon gut. Aber jetzt hilf doch auch mal beim Aufbau mit.« Sie mussten sein minutiös geplantes Schaubeet, für das er auf andere Pflanzen der Hofgärtnerei zurückgegriffen hatte, die zwar nicht überragend, aber immerhin nicht krank aussahen, schon in zwei Stunden fertig haben. Das würde wahrhaftig knapp werden.

»Tja, leider untersagst du es mir ja, als Gärtnerin zu arbeiten. Außerdem kann ich unser Lenchen nicht einfach hier stehen lassen«, sagte sie, ohne ihn auch nur anzusehen, und reckte den Kopf von links nach rechts und wieder zurück, als würde sie etwas suchen.

»Ich verstehe ohnehin nicht, warum du keinen von den Hausangestellten mitgenommen hast.« Wütend holte er die nächste Kiste heran. »Und was gibt es denn dahinten zu sehen, das so wichtig ist?«

»Die haben sich auch einmal ein paar freie Tage verdient.«

»Jetzt klingst du schon wie Johannes, hast du dich etwa von ihm einwickeln lassen? Und verrätst du mir jetzt endlich, was es dort hinten so Spannendes zu sehen gibt?«

Ein fast mädchenhaftes Lächeln umspielte plötzlich Dorotheas Züge und erinnerte ihn an ihre Anfangszeit, als ihre Liebe noch jung, frisch und geheimnisvoll gewesen war. »Ich habe dir doch schon erzählt, dass selbst Karl May zur Ausstellung kommen wird. Anscheinend hat er sich ein Anwesen zugelegt und benötigt nun Inspiration für den Garten. Vielleicht ist er hier ja irgendwo.«

»Karl May?«, fragte er, während er Campanula in wechselnden Farben am Rand des Beetes aufstellte. »Wer soll das denn sein?«

Dorothea schnaubte verächtlich. »Ich gehe mal eine Runde spazieren, vielleicht schläft Lenchen dann wieder ein.«

Konstantin richtete sich auf, um ihr etwas Sarkastisches hinterherzurufen, doch er sah nur noch ihren durchgestreckten Rücken, und sie war bereits außer Hörweite. Gerade wollte er sich dem nächsten Abschnitt widmen, als er in einiger Entfernung ein weiteres vertrautes Gesicht mit Kopftuch entdeckte, dessen Anblick blanken Zorn in ihm auflodern ließ. Hildegard.

Würden auch sie zerfressene Pflanzen zur Schau stellen, da bereits alles bezahlt war? Mit Absicht hatte er die Schnecken bei ihnen ausgesetzt und nur die Käfer zu Julius und Marleene gebracht. Er wies Oskar und die Motte an, ohne ihn weiterzumachen, und schlenderte mit den Händen in den Hosentaschen zu ihnen hinüber, um den Zustand der Ausstellungsstücke zu inspizieren.

Das Beet, das sie bauten, war recht unkreativ und einfach, doch letztendlich kam es bei der Beurteilung der Pflanzen nicht darauf an, das war nur schmückendes Beiwerk für die Zuschauer.

Dicht beugte er sich über die rosafarbenen Blüten der Pfingstrosen. Er konnte nichts entdecken. Unauffällig ging er einige Schritte weiter, tastete die Blätter ab. Wieder nichts. Da, der Rand des nächsten Gewächses wies minimale Fraßspuren auf, doch ansonsten waren die Pflanzen einwandfrei. Wie war das nur möglich?

»Na, Konstantin, spionierst du bei der Konkurrenz?«

Im ersten Moment wollte er verächtlich lachen und Hildegard daran erinnern, dass sie sich kaum Konkurrenz nennen konnten, nachdem sie ihr Sortiment aus Pflanzen der Hofgärtnerei aufgebaut hatten. Doch wenn er eins im Leben wusste, dann war es das, dass er mit Freundlichkeit weiterkam als mit Zorn. Und wenn er hier noch etwas erreichen wollte, musste er sie in Sicherheit wiegen. Ihm sollte jedoch besser schnell etwas einfallen, für eine Bronzemedaille könnten diese Pflanzen allemal reichen, und ganz gleich, welche Prämierung sie ergatterten, sie mochte genügen, um ihm das Privileg der Hofbelieferung abzujagen.

Also ging er so vor wie bei seiner Jagd auf junge Frauen, immerhin war das seine Paradedisziplin.

Phase 1: *Vertrauen schaffen.* Betont ließ er den Blick über die Pflanzen gleiten und nickte anerkennend. »Alle Achtung, Hildegard, ich muss schon sagen … Was ihr hier geleistet habt, kann sich sehen lassen.«

Wachsam blickte sie ihn an. Ihre Stirn zeigte den Hauch einer steilen Falte zwischen ihren Augenbrauen. »Dann grollst du mir nicht mehr?«

Konstantin lächelte. Dass sie das Kompliment angenommen hatte, zeigte, dass es Zeit für Phase 2 war: *Das Verhältnis bekräftigen.* Dazu musste er sie in ihrer Sichtweise bestärken. Den Frauen wisperte er an dieser Stelle in der Regel ins Ohr, was sie hören wollten. Dass sie schön, einzigartig oder scharfsinnig waren. Was wollte Hildegard hören? Gewiss hatte sie bei aller Skrupellosigkeit dennoch ein schlechtes Gewissen. Wenn er ihr das nahm, hätte er sie in der Hand.

Gönnerhaft winkte er ab. »Papperlapapp. Das ist doch längst vergessen. Die paar Pflanzen … Letztendlich hattest du sie dir verdient. Du warst eine sehr fleißige Arbeiterin und dafür eigentlich unterbezahlt.« Ein Teil von ihm hasste sich selbst dafür, dass er ihr das sagte. Doch es war für ein höheres Gut, erinnerte er sich.

Normalerweise würde er jetzt zunächst etwas Zeit verstreichen lassen, doch die hatte er heute nicht. Schon in einer Stunde würde die Prüfungskommission ihre Runde machen.

»Die Pflanzen sehen wirklich prächtig aus«, beteuerte er abermals und war überrascht, dass sich Hildegards Miene daraufhin verdüsterte. Hatte sie ihn durchschaut?

»Dank deines Bruders wäre es fast schiefgegangen.«

Konstantin überlegte fieberhaft, was sie damit sagen wollte. Julius sah es nicht ähnlich, jemanden zu manipulieren. »Was hat er denn gemacht?«

»Der Bastard und seine Kumpanin haben doch tatsächlich Schnecken auf unsere Jungpflanzen gesetzt. Beinahe hätten sie alles zerfressen.«

Konstantin wurde heiß, und er versuchte, unauffällig seinen Kragen zu öffnen. »Fürwahr? Warum sollten sie das tun?«

»Ach, es gab da so einen Vorfall mit einem Reh. Und irgendwie machen sie uns dafür verantwortlich, dass ihre Pflanzen fast erfroren wären, aber da können wir ja nun wirklich nichts für. Das Reh vielleicht, aber beim Wetter weiß man ja nie.«

Er verstand kein Wort davon, was sie brabbelte. Aber was auch immer zwischen den beiden Parteien vorgefallen war, es spielte ihm jetzt in die Hände, dass Hildegard nicht auf die Idee kam, dass ja auch er noch eine Rechnung mit ihr offen hatte. »Schweinerei, so was! Dafür, das muss ich aber sagen, sehen die Pflanzen noch sehr gut aus. Von Schnecken keine Spur.«

»Nein«, ein diabolisches Lächeln erschien auf ihrem Gesicht. »Zum Glück haben Hartmut, unsere Kinder und ich es noch rechtzeitig bemerkt, sie flugs abgesammelt und sie ihnen in die eigenen Stecklinge gesetzt. Ha! Sollen die doch sehen, wie sie zurechtkommen.«

Es kostete Konstantin alles, seine Contenance zu bewahren. Das hatte Julius also mit den Stecklingen gemeint. Jetzt war sein kleiner Bruder tatsächlich Opfer sämtlicher Schädlinge geworden. War das vielleicht etwas zu hart?

Er blickte zu Julius' Stand hinüber, der von der Mitte der Halle aus zu sehen war. Julius legte gerade den Arm um Marleene und streichelte mehrmals über ihren Arm. Gemeinsam beobachteten sie Frieda, die auf einem verschnörkelten weißen Eisentisch, der zwischen zwei ebenso verschnörkelten weißen Stühlen stand, eine weiße Vase mit Fliederdolden bestückte. Schiet! Das war eine ziemlich gute Idee. Sie hatten in einem Meer aus Pflanzen eine Art Terrasse geschaffen, die nun modisch dekoriert wurde.

»Das sieht sehr einladend aus«, kommentierte Hildegard, und er konnte nur zustimmen. Gott sei Dank wusste er, dass die Pflanzen bei näherer Betrachtung keiner Qualitätsprüfung standhalten konnten. Nur Hildegard musste er noch aus dem Weg räumen.

Nachdenklich strich er über die Blätter der Pfingstrose vor ihm. »Hmmm.«

»Stimmt damit etwas nicht?«

»Doch, doch, sie ist schon … in Ordnung.«

»Aber?«

Er beeilte sich, verdächtig schnell zu antworten. »Kein Aber!«

»Na komm schon, Konstantin. Was ist es?«

»Also diese Blätter …« Er strich über das Grün, das an sich keinen Anlass zur Beanstandung gab. »Für einen Wettbewerb wie diesen … Es wäre optimal, wenn sie so richtig glänzen würden.«

Hildegard schob ihr Kopftuch nach hinten und kratzte sich am Haaransatz. »Aber wie sollen wir das machen?«

»Nun ja, also die Profis unter den Ausstellern …«, er senkte geheimnistuerisch die Stimme, »die haben das gewisse Mittel.«

Hildegard riss die Augen auf. »Was für ein Mittel?«

Konstantin sah sich um, als vergewisserte er sich, dass ihn niemand beobachtete. »Komm mit, ich zeige es dir.« Gemeinsam gingen sie zum Schaubeet der Hofgärtnerei, wo Oskar und Motte die letzten Pflanzen an Ort und Stelle räumten. »Hier, als letzte Feinheit werden wir die Pflanzen damit behandeln …« Er holte Dorotheas Glas mit Pinsel hervor und bestrich die Pflanze damit großzügig. Im auffälligen Glanz der Blätter spiegelten sich nun die Lichter von gut sechzig Glühbirnen an der Decke, und Hildegard starrte fasziniert darauf.

»Das ist ja … das ist ja …«, hauchte sie und suchte vergebens nach dem richtigen Wort.

»Praktisch, nicht wahr? Wenn man sieht, was das Glycerin aus den Pflanzen macht, ist es nachvollziehbar, dass die Stände ohne Blattglanz eigentlich ohne jegliche Chance sind.«

Niedergeschlagen nickte Hildegard.

»Aber damit das hier zwischen uns ein gerechter Wettbewerb bleibt, wäre ich bereit, dir ein Glas Glycerin zu verkaufen.«

Hildegard richtete sich mit neuem Mut auf. »Wirklich?«

»Aber gewiss doch. Jeder soll die gleichen Chancen haben.« Endlich war es mal lohnenswert, ein paar von Johannes' aufrührerischen Sprüchen zu kennen. »Allerdings hat dieses Zaubermittel natürlich einen recht hohen Preis.«

»Wie viel?«, presste sie hervor und sah aus ihren blassen Augen ängstlich zu ihm hoch.

Jetzt kam es ihm zugute, dass er früher ihre Lohntüte ausgegeben hatte. Er wusste ganz genau, wo ihre Schmerzgrenze lag. »Zwei Mark.«

Ihr Hals bewegte sich, als sie schluckte. Davon konnte man ein ganzes Kilo Butter kaufen. Aber er wollte nicht, dass sie ihm auf die Schliche kam, weil er einen spottbilligen Preis veranschlagte oder ihr das Mittel, dessen Nutzung ihre Pflanzen vom Wettbewerb ausschließen würde, gar schenkte.

»Du musst auch nicht …« Scheinbar gleichgültig schraubte er den Deckel auf das Glas und machte Anstalten, es wieder wegzustecken. »Es war sogar ein Freundschaftspreis. Aber wie heißt es so schön: Wer nicht will, der hat schon.«

»Doch, doch, ich weiß dein Angebot sehr zu schätzen. Warte einen Moment, wir haben etwas Geld für diese Reise beiseitegelegt.« Er sah ihr hinterher und beobachtete hinter einer Thuja, wie sie mit ihrem Mann sprach, der grimmig zuhörte, dann aber schließlich seine Geldkatze hervorholte und ihr einige Münzen reichte. Konstantin biss die Backenzähne zusammen, um nicht zu grinsen.

Außer Atem kam sie wieder bei ihm an und hielt ihm die Hand hin. Sie umschloss die Münzen so kräftig, dass sich ihre Fingerknöchel deutlich unter der Haut abzeichneten. »Hier!«, sagte sie mit bebender Stimme.

Er nahm das Geld entgegen und reichte ihr feierlich das Schraubglas. »Viel Vergnügen damit! Den Pinsel gibt es noch dazu.«

Sie umklammerte das Glas so andächtig, als wäre es mit Edelsteinen besetzt, und lächelte ihn noch einmal an, bevor sie ungewohnt beschwingt zu ihrem Beet lief. Sobald sie außer Sichtweite war, erlaubte Konstantin sich ein siegessicheres Lächeln auf dem Gesicht. Phase drei war vollzogen. *Er hatte sie triumphal verführt.*

67. Kapitel

»Tut mir leid, kein Einlass ohne Karte«, sagte der Mann mit der Falte über der langen Nase und blickte sie aus seinen gelbgrünen Augen unter den buschigen Brauen unnachgiebig an.

»Aber ich liefere eine Pflanze«, beteuerte Rosalie und zog den Flieder etwas weiter hervor. »Er wird der Blickfang der heutigen Frühjahrsblüher-Ausstellung sein.«

Der uniformierte Mann schnaubte. »Wenn Sie wüssten, wie viele Menschen versuchen, sich über diese Ausrede in die Ausstellung zu schmuggeln …« Er verschränkte grummelnd die Arme. »Dabei haben wir die Eintrittspreise extra niedrig gehalten, um möglichst viele Menschen in den Genuss der Ausstellung kommen zu lassen.«

Rosalie warf einen erneuten Blick auf das Preisschild. Es war wahrhaftig nicht viel. Und doch, wenn man ohne einen Pfennig in der Tasche das Haus verlassen hatte und sich nur über Umwege bis nach Hamburg hatte durchschlagen können, war es trotzdem unerschwinglich. Wenn der nette Arzt noch hier wäre, hätte er ihr gewiss auch das Geld für den Eintritt geliehen.

»Nicht schon wieder«, hatte er in Rastede gestöhnt, nachdem der Motor sich nicht hatte starten lassen. Jost hatte ihn bereits hoch interessiert unter die Lupe genommen. »Passiert das also öfter?«

»Ständig«, hatte er sich beschwert. »Ich muss eigentlich auch permanent nach Gehör fahren, um sicherzugehen, dass sich die Kette nicht verlängert hat.«

Jost hatte eine Hand an sein Kinn gelegt. »Aber ist das Automobil denn überhaupt für solch eine lange Strecke geeignet?«

»Aber gewiss doch!«, hatte der Arzt ausgerufen. »So bin ich ja überhaupt erst auf das Gefährt aufmerksam geworden. Die Zeitungen haben berichtet, dass eine gewisse Bertha Benz, die Frau des Erfinders, damit bis nach Pforzheim gefahren ist. Unterwegs hat sie mehrmals eigenständig das Automobil reparieren müssen. Das hat sie mit nichts als einem Strumpfband und einer Hutnadel geschafft. Kann sich das einer vorstellen?«

»Hmmm«, hatte Jost geantwortet, ohne den Blick vom Motor zu wenden. Rosalie wusste nicht, wie er es angestellt hatte, aber er hatte ganz so gewirkt, als verstünde er die Zusammenhänge allein durch das Betrachten.

»Mit einer Hutnadel und einem Strumpfband?«, hatte er dann noch einmal nachgehakt, und Rosalie war ganz mulmig geworden, da sie befürchtet hatte, dass er nun nach diesen Utensilien verlangen würde und sie dann enthüllen müsste, dass sie nicht einmal mehr Strumpfbänder trug. Aber Alma hatte ihre gewiss noch.

»Hat denn jemand eine Hutnadel?«, hatte Jost tief über den Motor gebeugt gefragt, und alle hatten sich ratlos angesehen, denn so vornehm war keiner von ihnen gekleidet gewesen. Der Arzt hatte jedoch derweil seinen Arztkoffer hervorgezogen und Jost einen langen spitzen Stab entgegengehalten. »Wird auch das gehen?«

»Perfekt«, hatte Jost gesagt und zum ersten Mal gelächelt. Dann hatte er dem interessierten Mann gezeigt, wie er die Benzinleitung von einer Verstopfung befreien konnte, damit er es beim nächsten Mal selbst schaffte.

Der freundliche Arzt war wahrlich begeistert gewesen und hatte die halbe Fahrt von nichts anderem geredet. Doch da die Zeiger seiner Taschenuhr so unnachgiebig zitternd nach vorne gerückt waren, als sie endlich in Hamburg angekommen waren und die Begutachtung immer näher gerückt war, hatte er sie rasch am Millerntor aussteigen lassen, während er einen sicheren Ort suchte, wo er sein edles Gefährt bedenkenlos abstellen könnte.

Sie war folglich ganz auf sich gestellt.

Und wenn ihre Überredungskünste nicht halfen, musste sie schärfere Geschütze auffahren. Sie rief sich geschwind die Lösung ihrer Verlobung in Erinnerung und wie sie danach von der Gesellschaft geächtet worden war. Umgehend fühlte sie sich ganz beklommen. Bei dem Gedanken an den Tod ihrer Mutter und den ihres Vaters nur ein Jahr später stellte sich zudem das heiße Brennen in ihrer Kehle ein, und sie versuchte, den aufkommenden Schluchzern Einhalt zu gebieten. Sie spürte die Hitze hinter ihren Augäpfeln und das Ziehen neben den Nasenflügeln und ließ zu, dass ihre Augen sich mit Tränenflüssigkeit benetzten. Hastig vertrieb sie die Gedanken, damit die Tränen genau dort auf dem Lid verweilten, und sah durch den wässrigen Schleier hoffnungsvoll zu dem Uniformierten.

»Wenn Sie wüssten, was ich alles durchgemacht habe, um diesen Flieder hierherzubekommen«, presste sie hervor.

Sie würde ihm alles sagen. Wie sie ganz allein versucht hatte, im Mondschein den Flieder aus dem Boden zu stechen. Aber sie hatte Angst gehabt, etwas falsch zu machen, und schließlich hatte sich gezeigt, dass, selbst wenn sie den Spaten mit aller Macht in den Boden rammte und auf dem eisernen Ende herumhüpfte, der alte Waldboden schlicht und einfach viel zu fest für ihre Kräfte war. Also hatte sie einen neuen Plan entwickelt. Sie könnte ihm erklären, wie sie zum ersten Mal ganz alleine ein Pferd aufgezäumt hatte und in Todesangst durch die laue Frühlingsnacht zu Johannes geritten war. Und der war einfach nicht wach zu bekommen gewesen, daher hatte sie immer größere Steine immer heftiger geworfen. Sie hätte sich am liebsten in Luft aufgelöst, als die Scheibe zersprungen war, so unendlich beschämend war dies gewesen.

Dann die gebrochene Achse, ihre Flucht vor dem Bullen, der verpasste Zug und die atemberaubende Fahrt mit dem Automobil – würde er all dies überhaupt glauben?

Eindringlich sah sie ihm in die Augen, hoffte, dass er spüren würde, von welch immenser Wichtigkeit es für sie war. »Bitte«, flüsterte sie und legte all ihre Hoffnung in die brennenden Augen.

Es war absurd.

Erstmalig setzte sie ihre Tränen für die Wahrheit ein – und erstmalig hatte sie damit keinen Erfolg.

Unwirsch, fast schon entnervt schob er sie weg.

»Treten Sie bitte zur Seite, wenn Sie keine Karte erstehen wollen.«

Für einen Moment schloss sie die Augen. Sie öffnete sie wieder, sah durch das Tor und konnte die Pracht der Gartenschau nur gefiltert durch die Gitterstäbe betrachten. Dem Ziel so nah und doch so fern.

* * *

Marleene blickte abschließend über das Schaubeet und war zufrieden. Frieda hatte die grandiose Idee gehabt, bei der benachbarten Ausstellung für Gartenmöbel zwei modische Stühle samt Tisch mit verschnörkelten Eisenstreben in Weiß zu leihen, und hatte damit inmitten ihres Beetes einen Platz geschaffen, der zum Verweilen einlud. Sie hatte die Möbel unter einer umrankten Säule platziert. Auf dem Tisch mit der Spitzendecke stand eine Vase mit überbordenden Fliederdolden in Altrosa; vereinzelte Blüten lagen dekorativ auf der Decke, darunter ein Buch, das neben einer runden Nickelbrille aufgeschlagen lag, sodass der Buchrücken nach oben zeigte. Filigrane Kaffeetassen samt Zuckerdöschen mit Silberlöffel standen bereit und luden zum Verweilen ein. Durch die freie Fläche, die diese improvisierte Terrasse benötigte, hatten sie die restlichen Pflanzen dichter stellen können, sodass sie wie geplant ein Meer aus Blüten ergaben und keine Topfränder zu sehen waren.

Dankbar drückte Marleene Frieda an sich, und auch Julius trat freudestrahlend zu ihnen herüber. »Eine wahrlich großartige Idee, Frieda!«

Frieda sprudelte vor Freude, doch Marleenes Gemüt wurde nun doch wieder etwas schwer, denn ganz gleich, wie fantastisch ihr Schaubeet auf den ersten Blick aussah, würde es keiner näheren Betrachtung standhalten. Womöglich machten sie alles nur schlimmer, wenn sie solch hohe Erwartungen schürten und dann zerfressene Pflanzen präsentierten?

»Was macht Hildegard denn dort?«, fragte Frieda mit gekräuselter Stirn, die so gar nicht zu den fröhlichen Blüten in ihrem Haarkranz passte.

Julius und Marleene folgten ihrem Blick, und Marleene glaubte, ihren Augen nicht trauen zu können. Hildegard hockte dicht über den Pflanzen und pinselte sie mit etwas ein; schneckengleich hatte sie eine riesige glänzende Spur an allen Pflanzen hinter sich gelassen, die sie bereits passiert hatte.

»Oh, nein!«, stieß Marleene kopfschüttelnd hervor, doch Julius lachte leise. »Geschieht ihnen doch recht.«

»Was geschieht ihnen recht? Die Pflanzen sehen mit den glänzenden Blättern hervorragend aus. Schaut nur, wie sich das Licht auf ihnen spiegelt!«, sagte Frieda.

»Das schon«, Julius schmunzelte schadenfroh, »aber es ist verboten. Man darf den Pflanzen nicht mit künstlichen Hilfsmitteln zum Sieg verhelfen.«

Frieda schnappte nach Luft. »Das heißt … sie sind raus?«

Julius und Marleene nickten zeitgleich. »Aller Wahrscheinlichkeit nach schon.«

Für einen Moment blickte Frieda glückselig auf ihr Beet, doch dann wirkte auch ihr Lächeln wie weggewischt. Selbst wenn Hildegard sich soeben ins eigene Aus pinselte, gab es noch acht weitere Konkurrenten. Und Konstantin.

In dem Moment nickte Julius zum Eingang. Eine Gruppe von fünf Menschen hatte soeben mit Klemmbrettern in der Hand die Ausstellungshalle betreten.

»Die Prüfungskommission«, raunte Julius ihnen zu.

Marleene wurde schwindelig vor Aufregung, als sie beobachtete, wie eine Frau mit kastanienbraunen streng zurückgebundenen Haaren, die ihre schlichten Perlenohrringe zur Geltung brachten, und vier Männer in Anzügen den Gärtnern am ersten Schaubeet die Hände schüttelten. Jetzt ging es also los.

68. Kapitel

Verdrossen zerrte Rosalie den Flieder hinter sich her. Dass das Ding aber auch so schwer sein musste! Dennoch bemühte sie sich, keine der kostbaren Blütendolden zu beschädigen, denn sie hatte noch immer nicht aufgegeben. Selbst wenn jeder Muskel in ihrem Körper sie malträtierte und ihr zuzuschreien schien, sich endlich hinzusetzen und sich geschlagen zu geben, und ihre Augenlider schwer wie Pflanzenkisten waren, würde sie nicht ruhen, bis sie den verdammten Flieder auf dieses verdammte Gelände gebracht hatte.

In der Ferne konnte sie die roten Türmchen und Dächer des imposanten Hauptgebäudes ausmachen, also ging sie immer weiter am schmiedeeisernen Zaun entlang. Vielleicht gab es ja eine Stelle, an der er weniger unnachgiebig war oder? Es war eher unwahrscheinlich, doch der Gedanke ans Scheitern schien mit Brennhaaren besetzt, sodass sie ihn noch nicht fassen wollte.

Ihre Augen suchten die Gesichter der Besucher nach einem vertrauten ab, doch weder Julius noch Marleene, Frieda oder jemand von der Hofgärtnerei kam des Weges entlang. Sie kreischte verzweifelt die Namen über den Zaun, erntete dafür aber nur konsternierte Blicke fremder, schick herausgeputzter Besucher.

Schließlich blieb sie in einer Lücke zwischen Pavillon und Gebüsch stehen. Wenn sie jetzt noch weiterging, wäre sie hinter dem Hauptgebäude und hätte keinerlei Chance mehr, entdeckt zu werden. Aber und abermals rief sie nach Julius und Marleene.

Vergebens.

In der Ferne läutete eine Kirche dreimal. Die Begutachtung begann. Rosalies Herz klopfte schneller, als ein kleines Mädchen mit roten Schleifen an den langen Zöpfen zu ihr an den Zaun trat.

»Was machst du hier?«, fragte sie mit einer nervtötenden Quäkstimme.

Ein Blick über den Kopf der Kleinen zeigte ihr, dass ihre Mutter im hellen Sonntagskleid sich bei ihrem Gatten eingehakt hatte und unter einem ebenso weißen Spitzensonnenschirm mit einem Ehepaar gleichen Alters sprach. Lachend lehnte sie sich nach hinten, schien das Fehlen des Mädchens nicht einmal zu bemerken.

»Ich suche jemanden.« Rosalie ging in die Hocke und lächelte. »Und vielleicht kannst du mir sogar helfen. Wie heißt du?«

»Edda.«

»Was für ein schöner Name«, flötete Rosalie, obwohl sie das Gegenteil dachte. »Hör zu, Edda, dieser Flieder, ist der nicht hübsch?«

Edda nickte eifrig, sodass ihre Flechten hüpften.

»Genau, deswegen gehört er auch auf diese Gartenschau. Und darum muss ich mit der Besitzerin sprechen.« In wenigen Worten beschrieb sie Marleene mit ihren halblangen hellblonden Haaren und zur Sicherheit noch Julius mit dazu. Sie bedauerte, dass sie nichts zu schreiben hatte, und wiederholte daher ihre Worte noch einmal.

»Sag ihr, dass Rosalie hier ist, hörst du? Rosalie. Ich habe den Flieder.« Rasch brach sie im unteren Bereich des Busches ein Zweigchen ab und reichte es der Kleinen. »Gib ihr das, dann weiß sie Bescheid. Sie soll so schnell wie möglich zum Zaun beim Teepavillon kommen. Hast du das verstanden?«

Wieder nickte die Kleine. Rosalie hätte es am liebsten ein drittes Mal wiederholt, doch in dem Moment schallte eine liebliche Stimme zu ihnen herüber. »Edda?«

Das Mädchen keuchte auf. »Ich muss gehen!«, rief es und rannte davon.

Ihre letzte Hoffnung.

Doch ihr Herz sank, als sie sah, wie die Mutter dem Mädchen den Zweig aus der Hand nahm und ihn kopfschüttelnd wegwarf – fast tat es ihr weh, das mit anzusehen. Vielleicht würde zumindest ihre Botschaft den Weg finden? Edda redete gerade aufgeregt auf ihre Eltern ein, doch diese gingen nun auf die Hängebrücke zu. Das war die verkehrte Richtung.

Hatte sie jetzt alles getan?

Müde ließ sie sich auf einen Stein sinken – ihr fiel partout nichts mehr ein.

***

Marleene ließ die Prüfungskommission keine Sekunde aus den Augen – auch dann nicht, als völlig überraschend ein kleines Mädchen mit Zöpfen an ihrer Hand zerrte.

»Bist du Marleene?«, fragte die Kleine mit quäkender Stimme, und Marleene blickte sie erstaunt an. »Ja! Woher weißt du das?«

»Da … da ist ein Mädchen. Sie sagt … sie … sie heißt«, die Kleine rümpfte die Nase und kratzte sich am Haaransatz. »Irgendwas mit Blumen … Fliederike. Sie hieß Fliederike. Und … und … und sie hat die Rose! Du sollst ganz, ganz, ganz schnell zum Zaun beim Teepavillon kommen!«, rief die Kleine aufgeregt.

Julius, der an ihre Seite getreten war, tauschte einen verdatterten Blick mit ihr. Fliederike? War das überhaupt ein Name?

»Wer soll da sein?«, hakte sie nach.

»Dieses Mädchen. Sie war blond und wunderschön.«

Marleene wollte noch mehr Fragen stellen, doch dann trat eine junge Frau mit Sonnenschirm näher.

»Edda, nicht schon wieder! Jetzt lass doch mal die Leute in Frieden.« Die Mutter entschuldigte sich und zog das Mädchen fort.

»Sie wartet dort auf euch!«, rief es ihnen noch zu, bevor es in den Besuchermassen verschwand.

»Was war das denn?«, fragte Frieda, und Marleene zuckte hilflos die Achseln. »Ich fürchte, wir werden es wohl nie erfahren. Oder soll ich draußen nachgucken?«

»Lass lieber. Die Kleine scheint einfach eine blühende Fantasie zu haben.«

»Ja, aber vielleicht … Ich weiß nicht, ihre Stimme hatte so etwas … Dringliches.«

Julius nickte zur Prüfungskommission, die nun Konstantins Schaubeet begutachtete. Die Frau mit den Perlenohrringen beugte sich gerade über seine Pfingstrosen und wirkte recht angetan.

»Bleib besser hier, wer weiß, ob die Prüfer der Reihe nach vorgehen? Vielleicht kommen sie als Nächstes zu uns, und wenn uns jemand wegen der zerfressenen Pflanzen herausreden kann, dann du.« Sachte strich er über ihren Rücken und lächelte sie zärtlich an.

Marleene nickte, konnte aber nicht leugnen, dass sich ein nagendes Gefühl in ihr ausbreitete, das sie nicht so recht abschütteln konnte. »Rosen, Tee, Flieder …«

Da war doch etwas … irgendetwas, das ihr entging …

* * *

Rosalie war nicht lange sitzen geblieben. Nachdem ein Drehorgelspieler an ihr vorübergezogen war und das Lied an sie herangetragen hatte, war sie aufgesprungen und hatte zu singen begonnen. Und sie hörte nicht auf zu singen, als sie lächelnd um sich blickte. Eine Schulklasse mit Jungen in weiß-blauen Matrosenanzügen war auf dem Nachhauseweg von der Gartenbau-Ausstellung vorbeigekommen, und der chorverliebte Lehrer hatte beschlossen, sie in ihren Bemühungen zu unterstützen. Mit gut zwanzig Jungenstimmen zur Verstärkung war sie nun viel besser zu hören. Das wiederum hatte weitere Passanten angelockt, und nun musste sie bis weit über das Gelände zu hören sein.

Unruhig ging Rosalie am eisernen Zaun entlang, ließ abwechselnd ihren Blick über die Besucher der Ausstellung und dann wieder motivierend über ihre freiwilligen Helfer wandern.

»Und nun noch lauter!«, rief sie in die immer größer werdende Menge hinein und stimmte selbst wieder mit ein: »... Im Sommer, da wächst der Klee, im Winter schneits den Schnee, da komm ich wieder«.

Es war skurril, im helllichten Sonnenschein inmitten der Blütenpracht dieses Lied zu singen, aber wenn sie Marleene irgendwie an den Zaun locken konnte, dann damit. Sie musste nur aus dem Hauptgebäude herauskommen, dann würde sie es ganz gewiss hören.

Na los, Marleene, versuchte Rosalie, sie innerlich zu beschwören. Sie betete in Gedanken zu Gott, dass er sie herausschicken möge.

Komm raus, Marleene, komm raus!

Ängstlich huschte ihr Blick wieder zur großen Uhr, deren Zeiger nun unerbittlich auf halb vier standen und just in dieser Sekunde ein weiteres Stück vorrückten.

Komm raus, Marleene, und um Gottes willen: Beeil dich!

***

Marleene kaute auf ihrer Unterlippe, während sie die Kommission beobachtete, die nun Hildegards Schaubeet inspizierte. Die Stifte schienen nur so über das Papier zu fliegen, und wenn sie es richtig gesehen hatte, hatte die adrette Frau für eine winzige Sekunde die Nase gerümpft, als sie die allzu glänzenden Blätter bemerkt hatte. Auch einer der männlichen Prüfer hatte kaum merklich die weißgrauen Augenbrauen hochgezogen, und die anderen beiden hatten miteinander geflüstert.

Sie versuchte, ihr eigenes Beet mit den Augen der Gutachter zu betrachten. Lagen da nicht zu viele Blätter auf den Wegen?

»Ich hole noch rasch einen Besen«, kündigte sie an, doch Julius zog sie zurück. »Der Geräteschuppen liegt doch außerhalb der Ausstellungshalle, das dauert viel zu lange. Was willst du denn jetzt noch fegen?«

Marleene deutete auf die vereinzelten Blätter auf dem Weg neben dem Schaubeet, und Julius winkte ab. »Sie werden wohl kaum die Besucherwege mit in die Beurteilung einfließen lassen. Außerdem …« Seine Schultern versteiften sich.

Stimmt, sie waren ja ohnehin raus. Wozu die Mühe? Der Stand sah dank Frieda so großartig aus, dass Marleene beizeiten vergaß, dass die Blätter zerfressen waren.

Dennoch blickte sie sehnsüchtig nach draußen. Sie war noch immer von dieser merkwürdigen Unruhe ergriffen, etwas schien sie regelrecht hinauszuziehen. Sie versuchte, ruhig zu bleiben, und ging die botanischen Namen ihrer Ausstellungspflanzen durch. Gewiss war es lediglich die Nervosität wegen der anstehenden Begutachtung ihrer kläglichen Pflanzen.

* * *

Die letzte Silbe des Liedes war verklungen, und der Lehrer klatschte in die Hände. »Das war ein vortreffliches Vergnügen, doch nun sollten wir uns beileibe auf den Weg machen.«

»Nein, nein, nein, ich bitte Sie«, rief Rosalie von Pein erfüllt, »hören Sie noch nicht auf. Wir können es noch schaffen!«

Er strich sich über den Schnurrbart, zog seine Taschenuhr hervor und wirkte gequält. »Es tut mir leid …«

»Bitte, nur noch zehn Minuten!«

»Ich …«

»Fünf Minuten? Ich flehe Sie an! Nur fünf Minuten, und dann können Sie nach Hause gehen und den Feierabend genießen.« Fast hätte Rosalie sich auf die Knie geworfen, solch eine Verzweiflung hatte sie ergriffen. Doch endlich seufzte er. »Na schön, wir singen es ein letztes Mal.« Er hob den Finger, und auf sein Zeichen hin setzten die kleinen Matrosen wieder ein, und ein vollstimmiges *Ade zur guten Nacht* … zog über das Gelände.

***

Marleene umrundete mit schwitzigen Händen ihr Schaubeet zum wohl hundertsten Mal. Ihr Blick flog abermals zwischen Prüfkommission und den Pflanzen hin und her.

Was war das?

Wie vom Donner gerührt blieb sie stehen.

Die ersten Pflanzen ließen die Blätter hängen. Hektisch sah sie sich nach einer Gießkanne um. Keinesfalls würde sie sich die Blöße geben, nicht nur zerfressene, sondern auch noch schlaffe Blumen zu präsentieren. Doch sie konnte nirgends Eimer oder Gießkannen entdecken. Auch die müssten im angrenzenden Geräteschuppen sein. Skeptisch sah sie erneut zu den Preisrichtern, die nun das gegenüberliegende Schaubeet begutachteten.

Wenn sie sich beeilte, könnte sie es schaffen, denn die Kommission nahm sich gerne Zeit, wie sie beobachtet hatte, und sie hatten mit dem Nachbarbeet gerade erst angefangen.

»Ich hole rasch etwas Wasser«, raunte sie Julius kurz entschlossen ins Ohr und rannte davon. Diesmal würde sie es sich nicht ausreden lassen.

Außer Atem kam sie beim Schuppen an und zog eine der verzinkten Eisenkannen hervor, die ihr seit der Lehre so vertraut in der Hand lagen. Doch wo waren die Wasserzapfstellen? Sie trat aus dem Schuppen und sah sich in alle Richtungen um.

Etwas ließ sie innehalten.

Ganz leise trug der sommerliche Wind vertraute Worte an sie heran. Sie hielt die Luft an, um sich gänzlich darauf zu konzentrieren.

Das Brünnlein rinnt und rauscht
Wohl dort am Holderstrauch,
Wo wir gesessen,
Wie manchen Glockenschlag,
da Herz bei Herzen lag …

Das Schlaflied, das ihr Vater stets für sie gesungen hatte! Vor nicht allzu langer Zeit hatte sie es schon einmal gehört. Auf Rosalies Spieluhr im Wintergarten.

Die Worte des kleinen Mädchens tanzten noch einmal durch ihren Kopf. Ein wunderschönes blondes Mädchen mit einem Namen, der an eine Blume erinnerte, die eine Rose für sie hatte. Sie hatten es abgetan, da kein Mensch auf der Welt Fliederike hieß. Aber was, wenn die Kleine in ihrer Aufregung etwas durcheinandergebracht hatte? Könnte der blumige Name dann nicht auch Rosalie sein?

Nein, das war zu absurd. Die Hoffnung webte ihr Hirngespinste in den Kopf. Wie sollte Rosalie denn so schnell nach Hamburg kommen? Und warum? Sie wandte sich ab, um endlich das Wasser zu holen.

69. Kapitel

Es ging nicht. Sie musste einfach nachsehen, das Bauchgefühl ließ ihr keine Ruhe, und der Teepavillon, von dem die Kleine gesprochen hatte, befand sich direkt neben der Ausstellungshalle. Sie rannte flink wie ein Wiesel dorthin, wo aufgeregt plappernde Menschen in feiner Sonntagsmontur mit abgespreizten kleinen Fingern an fragilen Porzellantassen nippten. Die Gesangsstimmen wurden lauter und lauter, Marleene spürte, dass sie die Quelle fast erreicht hatte – doch dann ertönte die letzte Strophe, schon bald die letzte Zeile, und die Stimmen verklangen. Dafür ertönte eine andere wohlbekannte hohe Stimme. »Nein, bitte gehen Sie noch nicht! Ein letztes Mal? Können wir es nicht ein allerletztes Mal singen?«

Marleene hatte den Teepavillon umrundet und konnte kaum fassen, was sie da sah. Eine aufgewühlte Rosalie rannte in einem fleckigen Kleid und mit zerzausten Haaren zwischen einer ganzen Horde von Jungen in Matrosenanzügen umher und versuchte, sie am Fortgehen zu hindern. Wie ein blondes Schneewittchen zwischen Matrosenzwergen.

»Rosalie?«, rief Marleene ungläubig über den Zaun.

Rosalie schwang zu ihr herum und erstarrte, als sie Marleene sah – doch nicht für lange.

»Na, Gott sei Dank!«, schimpfte sie. »Das hat ja eine Ewigkeit gedauert. Dabei habe ich dir etwas Wichtiges zu übergeben.« Fast schüchtern deutete sie auf eine Pflanze, die Marleene bisher im Trubel übersehen hatte.

Die leere Gießkanne fiel scheppernd zu Boden.

Das war unglaublich.

»Du hast…« Alle Worte waren aus Marleenes Kopf hinfortgeweht. Sie konnte den Flieder einfach nur anstarren. »Was…? Wie…?«

»Das erkläre ich dir später, lass uns lieber zusehen, wie wir ihn über den Zaun bekommen!«

Marleenes Fassungslosigkeit war zunächst der Erleichterung gewichen – doch nun wurde diese durch Panik ersetzt. Es schien schier unmöglich, den Zaun zu überwinden.

Ihr Blick schlitterte umher. Selbst wenn sie einen Stuhl oder gar einen Tisch vom Teepavillon heranholte, wäre sie nicht weit genug oben.

»Warte hier«, rief sie Rosalie schließlich zu und ignorierte deren gehässigen Kommentar, »Als wenn ich jetzt wieder gehen würde«, in ihrem Rücken, während sie zum Geräteschuppen raste. Sie holte eine Holzleiter, eilte damit zum Zaun zurück und legte sie an. So tief wie möglich beugte sie sich über die eisernen Streben, und Rosalie stellte sich auf Zehenspitzen, doch Marleenes Finger reichten nicht einmal an die obersten Blüten.

Plötzlich kreischte Rosalie auf, und Marleenes Gesicht verschwand bald darauf in einem Wald aus Blättern. Ohne weiter darüber nachzudenken, griff sie nach mehreren Ästen des Fliederbuschs und hievte ihn auf die Spitze des Zauns. Erst jetzt erkannte sie, dass die umliegenden Zuschauer Rosalie kurzerhand hochgehoben hatten.

»Danke, meinen allerherzlichsten Dank!«, rief sie rasch in ihre Richtung und kletterte samt Flieder die Leiter hinunter.

Sie jagte mit brennender Lunge auf das Hauptgebäude zu, den Flieder hinter sich herziehend, und hoffte inständig, dass sie nicht zu spät kommen würde. Doch als sie ihr Beet fast erreicht hatte, traten zeitgleich die Prüfer darauf zu.

»Halt, noch nicht anfangen!«, rief sie aus der Mitte der Halle und zog die gesamte Aufmerksamkeit auf sich. Mit dem Flieder hetzte sie durch die Gänge. »Unser wichtigstes Ausstellungsstück ist gerade erst angekommen …«

Julius' Augen wurden rund wie Alliumblüten, und die Gutachter sprachen leise miteinander.

»Es tut mir leid … Es gab einige … Lieferschwierigkeiten. Aber diesen Flieder werden Sie nicht verpassen wollen …«

Ein Mann mit Kinnbart im knautschigen Gesicht trat etwas näher an die Pflanze heran, und die harten Züge um seine Augen wurden weicher und sein Blick schließlich erstaunt. »Er hat zweifarbige Blütenblätter«, teilte er seinen Kollegen beeindruckt mit. »Das ist eine Sensation.«

»Ich gebe Ihnen eine Minute«, entschied ein Mann mit Nickelbrille, und während Marleene noch darüber nachdachte, wo zum Teufel sie ihren Flieder integrieren könnten, schnappte Frieda sich bereits die Pflanze und verstaute sie in einem leicht erhöhten Tontopf, wo zuvor ein herkömmlicher Flieder gestanden hatte, für den sie rasch einen anderen Platz gefunden hatte. Und so thronte der besondere Flieder nun direkt hinter der Sitzgruppe aus den verschnörkelten weißen Eisenstühlen und dem dazugehörigen Tisch. Er fügte sich perfekt in das Meer aus Blüten ein, wurde wie ein Schiff auf weiter See zum Blickfang und harmonierte bestens mit den größeren Rhododendren, die ebenso aus dem Meer hervorragten. Gewinnend lächelte Frieda die Kommission an. »Die benötigen wir gar nicht. Es kann losgehen!«

70. Kapitel

Drei Tage später griff Marleene nicht nur nach Julius' Hand, der rechts von ihr saß, sondern auch nach Friedas zu ihrer Linken, als sie auf harten Holzstühlen ausharrten und auf die Verkündung der Sieger warteten. Wenn sie eine dritte Hand gehabt hätte, hätte sie gar noch Rosalies gedrückt, die zwischen Julius und Konstantin saß, solch eine Tortur war die Siegerehrung der teilnehmenden Gärtnereien.

Die Gewinner der Medaillen für die besten Schnittblumen, Grünpflanzen, Orchideen, Sukkulenten, Gehölze und Balkonpflanzen standen bereits fest. Bei jeder Nennung einer neuen Kategorie hatte Marleenes Herz hoffnungsvoll schneller geschlagen – nur um kurz darauf wieder enttäuscht zu werden.

»Jetzt kommen wir zur Kategorie …« Marleene hielt die Luft an und presste Julius' und Friedas Hände noch fester, während der Redner zwischen mehreren Zetteln blätterte. Seine Lippen wurden von einem Bart umrundet und bewegten sich leicht, während er vor sich hin murmelte; die mittelbraunen Barthaare, die von seinem Kinn abstanden, gingen dabei auf und ab. Schließlich legte er den Papierstapel beiseite und klopfte mit der flachen Hand darauf. »Karnivoren, fleischfressende Pflanzen.«

Marleene sank in sich zusammen. Selbst die wurden hier gezeigt? Ungeduldig scharrte sie mit den Füßen, während sie mit halbem Ohr lauschte, wer die Bronze-, Silber- und schließlich die Goldmedaille ergatterte.

»Und nun kommen wir zur wichtigsten Kategorie des heutigen Tages. Die besten Frühjahrsblüher.«

Alles in Marleene kribbelte, das war der Moment, auf den sie hingefiebert hatte. Aufgeregt blickte sie nach links und nach rechts und sah, dass Frieda und Julius ebenso von nervöser Hoffnung erfüllt waren wie sie. Marleene biss die Zähne zusammen und wischte sich unauffällig die Hände an ihrem Sommerkleid ab, nur für den Fall, dass diese gleich beim Händeschütteln mit der Prüfungskommission zum Einsatz kommen sollten.

»Die Bronzemedaille für die besten Frühjahrsblüher geht an …«, der Redner machte eine Kunstpause, »an die Pfingstrosen von …« Marleene hörte nur mit halbem Ohr hin, wem diese preisverdächtigen Pfingstrosen gehörten. Sie war zu sehr damit beschäftigt, die Enttäuschung niederzukämpfen und ein ruhiges Äußeres zu bewahren.

Gewiss hatte der sensationelle Flieder nach seiner langen Reise ein wenig mitgenommen ausgesehen, aber dennoch hatte sie gehofft, dass seine Einzigartigkeit darüber hinwegscheinen würde und die Gutachter nichtsdestotrotz beeindruckt sein würden.

Vielleicht ist es ja sogar die Silbermedaille?, regte sich ein kleiner Hoffnungsfunke in ihr, der einfach nicht erlöschen wollte.

»Die silberne Medaille bekommen«, wieder diese unsägliche Kunstpause, »die Ranunkeln von …«

Marleene schloss die Augen und blendete alles Weitere aus, was um sie herum geschah. Keinesfalls durfte sie sich irgendeine Blöße geben. Sie wagte es nicht, Julius oder Frieda in die Augen zu sehen, denn dann wäre es um ihre Selbstbeherrschung geschehen.

Und da flüsterte dieser unsägliche Hoffnungsfunke auch noch das Unmögliche: *Dann vielleicht die Goldmedaille?*

Doch das wäre nun wirklich unwahrscheinlich. Die Konkurrenz hatte wunderschöne Pflanzen aufgefahren, sollten sie wirklich all die übertrumpft haben mit ihrem einmaligen Flieder?

Die Gratulationen waren abgeschlossen, und der bärtige Redner wühlte wieder in den Zetteln. »Und die Goldmedaille geht an …«, Marleene presste Zähne und Augen zusammen, um sich für die Schmerzwelle zu wappnen, die über sie hereinbrechen würde, sobald er eine andere Pflanze als ihren Flieder nannte.

»Die Medaille geht an den Rhododendron«, Marleene schnappte nach Luft und spürte zeitgleich festen Druck an ihren Händen, während sie mit Julius einen Blick tauschte. Sollte am Ende doch noch ihre Alpenrose das Rennen gemacht haben?

»… den Rhododendron aus der Baumschule Späth.«

Marleene fühlte sich, als hätte ein Mammutbaum sie erschlagen. Was hatten diese Rhododendren, was sie nicht hatten?

Am liebsten hätte sie die Siegerehrung verlassen, doch das schickte sich nicht, und sie wollte zudem keine schlechte Verliererin sein. Die anderen Gärtner wussten ja nicht, dass für sie die Existenz auf dem Spiel stand.

Sie fing einen zerknirschten Blick von Rosalie auf und lächelte ihr mit aufgerissenem Herzen traurig zu. Zumindest konnte keiner sagen, dass sie nicht alles versucht hätten.

Julius beugte sich an ihr Ohr. »Noch ist nicht alles verloren. Mir ist zu Ohren gekommen, dass die Claußens tatsächlich ganz vom Wettbewerb ausgeschlossen wurden. Solange Konstantin ebenfalls ohne Auszeichnung bleibt, stehen wir Kopf an Kopf.«

Marleene nickte wehmütig, und der dämliche Hoffnungsfunke in ihrem Herzen begann wieder zu glimmen.

»Als Nächstes folgt«, der Redner benetzte kurz seine Lippen, »die beste Standgestaltung.«

Abermals sank Marleenes Herz bis ins Grundwasser. In dieser Kategorie waren sie ebenfalls ohne jede Aussicht auf Erfolg wegen der durchweg zerfressenen Pflanzen. Bei Konstantin hingegen sah es anders aus. Auch wenn er keine Hinguckerpflanzen gehabt hatte,

hatte er doch ein sorgfältig durchgeplantes Gesamtkonzept bei seinem Schaubeet präsentiert.

Aber sie hatten Glück, die Bronzemedaille ging an jemand anderen, und alles andere wäre für seinen Stand maßlos übertrieben gewesen. Marleene drückte Julius' Hand, und er erwiderte den Druck umgehend.

»… und die Silbermedaille dieser Kategorie geht an …«, verkündete der Redner mit leicht kratziger Stimme, nahm einen Schluck Wasser und beugte sich näher über das Papier, »… die Hofgärtnerei aus Oldenburg, Konstantin Goldbach.«

Die Worte durchfuhren Marleene wie ein Blitz und nahmen auch dem letzten störrischen Hoffnungsschimmer das Licht. Das war es. Sie hatten endgültig verloren, und Konstantin hatte gewonnen. Er blieb weiterhin Hofgärtner. Beklommen beobachtete sie, wie Dorothea Konstantins Arm drückte und dieser sich mit seinem scheußlichen Schleimlächeln erhob, als wäre es nicht anders zu erwarten gewesen und ohnehin nichts weiter dabei. Mit zittrigen Händen fiel sie der Form halber in den Applaus ein, obwohl jeder Klatscher ihre eigenen Traumblasen zerstörte.

Da jeder mitfühlende Blick sie dem Zusammenbruch näher gebracht hätte, sah sie mit eng gewordener Kehle stur nach vorne, wo Konstantin gerade zahlreiche Hände schüttelte, die Medaille im samtenen Kästchen entgegennahm und sie stolz dem Publikum präsentierte, sodass sie gezwungen waren, erneut zu klatschen. Marleene bekam nicht einmal mit, wer die Goldmedaille ergatterte, sie nahm alles nur noch wie in Trance wahr.

Sie hatten verloren.

Immer wieder sagte sie sich diesen Satz vor, damit sie sich endlich daran gewöhnte.

All die Arbeit war vergebens gewesen. Konstantin hatte gewonnen, sie verloren. Mit einem Stechen in der Brust dachte sie daran zurück, wie sie das Gelände am Birkenweg zum ersten Mal besichtigt hatten. Nichts als verwilderte Wiesen und das kleine Waldstück hatte es gegeben. Sie dachte an das zugestellte Schwalbennest und Almas engelsgleichen Auftritt, an die zahlreichen Tage des Unkrautjätens, sah, wie Jost Zäune baute und Julius mit dem Heizkessel im Gewächshaus kämpfte. Sie dachte an die heiteren Stunden mit ihren Freunden in der Küche, gestohlene Küsse im Gewächshaus und wie sie beinahe im Moor versunken wäre.

Das alles, um die Gärtnerei rechtzeitig fertig zu bekommen.

Und nun hatten sie sich vergeblich bemüht.

Ein fester Händedruck holte sie ins Hier und Jetzt zurück. Julius sah wie gebannt auf die Bühne, und ein weiterer Seitenblick zeigte Marleene, dass auch Frieda wie gefesselt war.

Der Redner fasste die Zettel zu einem Stapel zusammen und klopfte damit mehrmals auf den Tisch. »Und die Goldmedaille unserer letzten Kategorie Pflanzenneuheiten geht an …« Trotz seiner mittlerweile heiseren Stimme ließ er es sich nicht nehmen, das A diesmal noch stärker in die Länge zu ziehen, und klang dabei wie ein sterbender Motor. Bedeutungsvoll blickte er auf das Publikum, das sich bereits entgegen dem Anstand etwas ausgedünnt hatte, und ein leises Wispern brandete auf. Er räusperte sich und fuhr sich mit der Zunge über die rauen Lippen. »Die letzte Goldmedaille geht an eine wirklich wunderschöne neue Pflanze, so etwas habe selbst ich noch nie zuvor gesehen. Der Flieder ›Sensation‹ der Gärtnerei Langfeld.«

Marleene sprang auf, schlug die Hände vors Gesicht und spürte, wie sich Tränen hinter ihren Augen sammelten. Wenn ihr Vater das gehört hätte! *Der Flieder »Sensation« der Gärtnerei Langfeld.* Sie hatten nicht nur eine eigene Gärtnerei, sie hatten es auch mit dem von ihm entdeckten Flieder zum Sieg geschafft.

Sie umarmte Julius und Frieda und schlängelte sich mit ihnen an einer strahlenden Rosalie, einem grimmigen Konstantin und an Dorothea vorbei auf die Bühne. Julius bedeutete ihr, die Medaille in Empfang zu nehmen, nachdem sie jedem Prüfer die Hand geschüttelt und die Glückwünsche entgegengenommen hatte. Auf roten Samt gebettet, lag die goldene Münze, die eine Frau in Vierländertracht zeigte – eine, wie sie sie zu Beginn der Ausstellung begrüßt hatte. In der rechten Hand hielt sie ein gefülltes Blumenkörbchen und in der linken ein kleines Sträußchen.

Wie sie es bei den anderen beobachtet hatte, präsentierte Marleene die Münze dem Publikum und strahlte Julius und Frieda an, während sie sich im Applaus der Besucher sonnte.

***

Sie hatten gerade die Pflanzen wieder in die Kisten verfrachtet, die nun die Heimreise antreten würden, als Marleene eine vertraute Gestalt zwischen den exotischen Gewächsen entdeckte. Gefolgt von seinem Hofstaat kam der Großherzog von Oldenburg mit weit geöffneten Händen auf sie zu.

»Herzlichen Glückwunsch«, sagte er in feierlichem Tonfall und schüttelte ihnen die Hände. »Sie haben Unglaubliches geleistet, und nun will ich meinem Versprechen nachkommen.« Er räusperte sich und sah zwischen Marleene und Julius hin und her. »Wie Sie wissen, ist der Titel des Hoflieferanten an eine Person gebunden. Nun sind Sie ja beide Inhaber … Wem von Ihnen soll die Ehre also zuteilwerden?«

Marleene trat einen Schritt zurück und lächelte Julius entgegen. Er stammte aus der Hofgärtnerei und würde sich den Titel jetzt zurückholen. Wenn sie nicht aufpasste, würde sie noch vor Freude zerspringen. Es würde ihr Leben so viel leichter machen. Zwar hatten sie noch nicht viele Pflanzen, aber mit dem entsprechenden Budget könnten sie exotische Gewächse aus anderen Ländern hinzukaufen. Immerhin hatte Alexander das auch getan.

Doch Julius blieb stehen.

Minimal deutete sie mit dem Kinn auf den Großherzog, der sie noch immer abwartend ansah. Dennoch bewegte Julius sich nicht und musterte sie nachdenklich.

»Julius«, raunte Marleene kaum hörbar.

Endlich lächelte er, räusperte sich ausgiebig und wandte sich dem Großherzog zu. »Wenn Sie uns die Wahl lassen, würde ich gerne meiner Frau den Vortritt lassen. Ich denke, sie wäre eine ganz hervorragende Hofgärtnerin.«

Marleenes Herz schien stillzustehen.

Sie? Eine *Hofgärtnerin*?

Das Wort selbst klang fast schon absurd in ihren Gedanken, kannte sie es doch seit jeher nur in seiner männlichen Form. Sie hatte gar nicht darüber nachgedacht, dass es auch eine Hofgärtner*in* geben könnte. Sollte das wirklich möglich sein?

Unsicher sah sie zu Julius, der ihr strahlend zunickte.

Dann blickte sie voller Ehrfurcht zum Großherzog. Würde er womöglich zornig werden? Oder vielleicht lachen?

Er schien die Sache genauestens abzuwägen, doch dann nickte er entschieden und hielt ihr seine Hand entgegen, die sie zaghaft nahm.

»Hiermit ernenne ich Sie zum hochoffiziellen neuen Belieferer des großherzoglichen Hofes. Sie sind die neue Hofgärtnerin! Die Bekanntmachung wird in der kommenden Woche in der Zeitung erscheinen.«

In der Zeitung? Das Ganze würde sogar in der Zeitung stehen? Julius und Marleene tauschten einen glücklichen Blick, bemühten sich aber, vor dem Großherzog Haltung zu bewahren. Am liebsten wäre sie Julius jedoch um den Hals gefallen. Sie waren nicht nur mit ihrer Gärtnerei einen riesigen Schritt vorangekommen – wenn nun auch noch öffentlich in der Zeitung verkündet würde, dass sie Hofgärtnerin war, würde das zugleich dem Kampf um die Gleichberechtigung zugutekommen.

»Wir danken Ihnen vielmals, Durchlaucht«, stammelte Marleene im Rausch ihrer Gefühle. »Das bedeutet uns wirklich viel, und wir werden alles daransetzen, Ihre Wünsche zu erfüllen.« Sie knickste, und Julius neigte den Kopf in einer tiefen Verbeugung.

Sein Sekretär erinnerte den Großherzog an seine nächste Verpflichtung, und sie verabschiedeten sich. Marleene sah ihm nach, bis er außer Sichtweite war.

»Ist das eben wirklich geschehen?«, fragte sie Julius fassungslos. Er schloss sie in eine feste Umarmung und flüsterte in ihr Ohr, was sie noch immer nicht glauben konnte. »Ja, du bist jetzt Hofgärtnerin. Herzlichen Glückwünsch.«

71. Kapitel

»Mein Gott, Alma hatte zwar angekündigt, dass sie etwas plant, aber diesmal hat sie sich wirklich selbst übertroffen«, sagte Marleene zu Julius, als sie tags darauf mit dem Pferdefuhrwerk durch das Fichtenwäldchen auf das Schwalbennest zusteuerten, und sah sich ungläubig um. Eine bunte Lampionkette spannte sich vom Dachfirst bis zum ersten Baum des kleinen Waldes, eine weitere vom Uhlenloch quer herüber zum nächsten Gewächshaus, und auf dem Hof war der Tanzboden verlegt worden. Seitlich davon standen allerlei Tische und improvisierte Bänke, und auf einer langen Tischreihe türmten sich wieder Emailleschüsseln voll Essen neben Kuchenblechen. Es waren sicherlich bald fünfzig Leute da, sie redeten gut gelaunt durcheinander, und im Hintergrund war ein Fidelspieler zu hören.

»Sie kommen«, rief Alma, die eine hübsche Flechtfrisur und Ammerländer Tracht trug, nun alarmiert nach links und nach rechts. Die Nachbarn und Freunde bildeten eine breite Gasse und ließen die vier Wagen, mit denen sie die Pflanzen vom Bahnhof zurückbrachten, unter ihrem freudigen Klatschen und Gejubel passieren.

Julius drückte Marleenes Hand, und ihr Herz wurde ganz weit, als sie ihre Mutter entdeckte, die ihr aus einem Schaukelstuhl in der Sonne zuwinkte, und in die zahlreichen strahlenden Gesichter sah.

»Endlich seid ihr wieder da. Wie war es denn?«, fragte Alma freudig, während sie vom Wagen stiegen und Asta begrüßten, die schwanzwedelnd an ihnen hochsprang. Marleene merkte, dass Alma rasch nach hinten schielte, wo Bruno und Greta ihrerseits vom Fuhrwerk kletterten. Julius hob vorsichtig ihren besonderen Flieder herunter, den sie auf dem Rückweg keine Sekunde aus den Augen gelassen hatten. Er würde noch heute einen Ehrenplatz in der Gärtnerei bekommen.

»Nun sagt schon: Habt ihr gewonnen? Ihr müsst einfach gesiegt haben, oder? Das spüre ich doch. Und offensichtlich hat Rosalie es noch rechtzeitig zu euch geschafft?« Alma winkte Rosalie enthusiastisch zu, die sich kurzerhand entschlossen hatte, ebenfalls mit dem Zug und nicht mit Konstantins Kutsche heimzukehren. Sie hatte Wagen Nummer drei gelenkt, sodass Julius und Marleene zusammen hatten fahren können. Wie ein Honigkuchenpferd hatte sie gegrinst, als ihr dies problemlos gelungen war, und keiner hatte ihr verraten, dass die Pferde in der Regel ohne viel Zutun einander hinterherliefen, wenn man innerhalb einer Gruppe unterwegs war. Johannes, den Alma offenbar ebenfalls ausfindig gemacht hatte, ging auf sie zu und half ihr beim Abstieg.

»Hast du das gesehen?«, rief Rosalie und warf ihre Haare nach hinten. »Ich habe ganz eigenständig den Wagen gelenkt.«

Marleene presste die Backenzähne aufeinander, um nicht loszulachen. Würde Johannes ihr verraten, dass das keine große Sache war? Es wäre die perfekte Gelegenheit, um sie zu verhöhnen. Doch er lächelte nur und ließ ihre Hand nicht los, obwohl sie jetzt auf dem Boden stand.

»Dir traue ich mittlerweile alles zu«, sagte er so charmant, wie Marleene ihn noch nie gehört hatte. Kein Wunder, dass Rosalie Gefallen an ihm gefunden hatte.

»Also, sagt schon«, plapperte Alma weiter. »Habt ihr die Medaille? Seid ihr der neue Hofbelieferer? Oh, das wäre ja solch eine Ehre für uns, direkt daneben zu wohnen! Nicht wahr, Jost?», rief sie zu ihrem Bruder hinüber, der letzte Nägel in den Tanzboden hämmerte. »Wäre das nicht fantastisch? Dann würde endlich mal etwas Leben hier in die Gegend kommen.«

»Jo«, sagte er und hämmerte weiter.

»So oder so, heute wird gefeiert. Es gibt Kartoffelsalat mit Würstchen, Schinkenbrot, Rosinenstuten mit Butter, und ich habe den einen oder anderen Kuchen gebacken.« Marleene schielte zum Essenstisch und stellte schmunzelnd fest, dass sie damit mindestens sieben meinte, wie sich auf den ersten Blick erkennen ließ. Sie wunderte sich nur, dass offenbar kein Marmorkuchen dabei war.

»Papa hat uns einige Flaschen Schnaps für heute spendiert, die Hamjes haben ein Fass Bier mitgebracht, und es gibt sogar Wein, außerdem …« Das war sogar mehr, als es auf ihrer Hochzeit gegeben hatte, stellte Marleene beeindruckt fest und tauschte einen anerkennenden Blick mit Julius aus. Sie wartete die ganze Zeit auf einen Moment, um sich bei Alma bedanken zu können, wollte ihr aber auch nicht ins Wort fallen. Hermann, der nun mit seiner Pfeife im rechten Mundwinkel auf sie zutrat, schien diesbezüglich weniger Hemmungen zu haben.

»Nun lass die beiden doch mal zu Wort kommen, mien Deern. Wir alle brennen darauf zu erfahren, ob der Sieg geglückt ist.«

Erst jetzt merkte Marleene, dass die Blicke nahezu aller Anwesenden auf ihnen lagen. Lächelnd griff sie nach Julius' Hand, und schließlich bestätigten sie gemeinsam den Sieg. »Wir haben wahrhaftig gewonnen, wir werden künftig den Hof beliefern«, sagte Marleene.

»Und da Marleene den Titel entgegengenommen hat, ist sie von nun an die Hofgärtnerin!«, schob Julius hinterher. Spontaner Applaus erhob sich, Alma hüpfte mehrmals in die Höhe.

»Oh, wie wundervoll!« Marleene genoss die Wärme, die sie durchflutete, und lehnte sich glücklich an Julius. All die Mühe hatte sich letztlich doch gelohnt.

»Wo ist die Medaille, darf ich sie sehen? Oh, ich wünschte, ich wäre dabei gewesen! Es ist solch ein Jammer, dass wir es verpasst haben.« Zustimmendes Gemurmel erhob sich, und Marleene tat es ebenso in der Seele weh, dass nicht all die Menschen, die ihr wie eine Familie ans Herz gewachsen waren, hatten dabei sein können.

»Ist die Medaille aus echtem Gold? So zeigt sie doch endlich! Und wie habt ihr sie bekommen? War der Großherzog auch da? Ich werde mich wohl bis ans Ende meiner Tage ärgern, dass ich nicht mitgefahren bin«, sprudelte Alma weiter und vermied es dabei, in eine andere Richtung zu gucken als zu ihnen, da Bruno und Johannes damit begonnen hatten, die Wagen abzuladen.

Julius tastete seine Innentasche nach der edlen Schachtel ab, doch sobald er sie Alma entgegenhielt, schnappte eine schmale Hand danach und nahm sie an sich. Verwundert blickte Marleene Rosalie an.

»Wenn jeder hier so gerne dabei gewesen wäre, werden wir die Verleihung eben nachstellen«, sagte sie entschieden.

Marleene lachte auf. »Ach komm, Rosalie, das ist doch absurd.«

»Nein, das ist die brillanteste Idee, die ich seit Langem gehört habe«, protestierte Alma umgehend und sah flehentlich zu ihnen.

»Genau, wir wollen die Verleihung sehen!«, tönte es nun mehrheitlich von den Nachbarn, sodass Julius ergeben mit den Schultern zuckte.

»Na dann, walte deines Amtes«, sagte er zu Rosalie.

Diese wandte sich lachend ab, schnappte sich kurzerhand die Nickelbrille von Bauer Hamje und baute einige Holzkisten zu einem Rednerpult auf. Mit zwei Fingern schob sie die Brille herunter und blinzelte darüber hinweg. »Soll ich vorher die sechsunddreißig anderen Kategorien verlesen oder lieber gleich zur Sache kommen?« Mit Ausnahme von Johannes, der wohl das volle Programm wollte, entschieden sie sich für die kompakte Version der Preisverleihung, und in perfekter Nachahmung nahm Rosalie eine gebeugte Haltung ein und sortierte mit leicht zitternden Händen die Blätter einer Zeitung. Sie ließ es sich nicht nehmen, die Gäste mit der Verlesung der Bronze- und Silbermedaille auf die Folter zu spannen, aber schließlich verkündete sie mit deutlich mehr Enthusiasmus als der echte Redner, wer die Goldmedaille gewonnen hatte. Unter tosendem Applaus betraten Julius und Marleene den Tanzboden, nahmen abermals die Goldmedaille entgegen und präsentierten sie diesmal deutlich gelassener und voller Freude dem Publikum.

Wie bei der echten Preisverleihung hätten sie die Bühne nun wieder verlassen können, doch Marleene wollte die Gelegenheit nutzen, dieses Mal die Rede zu halten, die sie vorher nur in ihrem Herzen gehalten hatte, und wandte sich an die anwesenden Gäste.

»Herzlichen Dank für diese feierliche Überreichung der Goldmedaille! Ich möchte die Gelegenheit nutzen, um ein paar Worte zu sagen, denn diese Medaille gebührt nicht nur Julius und mir, sie gebührt uns allen. Ohne euch hätten wir es niemals rechtzeitig geschafft! Wir bedanken uns bei allen Nachbarn, die es uns durch ihre tatkräftige Unterstützung ermöglicht haben, endlich zu heiraten.« Abermals brandete der Applaus auf, und Julius übernahm das Wort.

»Und wir bedanken uns insbesondere bei den Thormälens, ohne die wir das Haus niemals fertig bekommen hätten, bei Jost, der uns so oft mit seinem technischen Verständnis gerettet hat, der schier unermüdlichen Alma und Marleenes Mutter, ohne die wir vermutlich verhungert oder erfroren wären.« Gemeinsam klatschten sie in Richtung der jeweils genannten Personen, und danach trat Marleene wieder vor.

»Ein riesiges Dankeschön auch an alle Dorfkinder, die geholfen haben, die lästigen Käfer loszuwerden, an Frieda für ihr Gespür für Farben und die großartige Gestaltung des Schaubeets und nicht zuletzt an Rosalie, die Himmel und Hölle in Bewegung gesetzt hat, um den Flieder rechtzeitig zu uns zu bringen.«

Friedas Gesichtsfarbe wechselte zu tiefem Rot, und Rosalie lächelte glücklich in die Menge. Mit einem Blick besprach Marleene mit Julius, dass er die große Neuigkeit verkünden würde, die sie sich während der Zugfahrt überlegt hatten.

»Unverzichtbar war auch die gärtnerische Hilfe von Bruno und Greta.« Bruno strahlte von einem Ohr zum anderen, und Greta blickte wie eine Königin um sich, bevor Julius weitersprach. »Deswegen würden wir uns sehr freuen, wenn ihr künftig bei uns in der neuen Hofgärtnerei arbeiten würdet.«

Jetzt, wo sie mit regelmäßigen Aufträgen rechnen konnten, brauchten sie dringend Unterstützung, und sie konnten sich niemand Besseren als Bruno vorstellen. Greta hatten sie dabei nicht außen vor lassen wollen. Die Gäste klatschten, und Marleene sah, dass Greta Bruno etwas ins Ohr flüsterte und ihn aufforderungsvoll ansah. Daraufhin erhob Bruno sich und blickte leicht verlegen um sich.

»Danke, Julius, ich fange natürlich gerne bei euch an.« Greta räusperte sich vernehmlich. »Außerdem möchte ich die Gelegenheit nutzen, ebenfalls eine große Neuigkeit zu verkünden.« Kurz flatterte sein Blick zu Greta und dann wieder in die Runde. »Greta und ich werden nächstes Jahr heiraten!«

Marleenes Herz schien einen Takt auszusetzen, und für einen Moment hörte sie nur das Zirpen der Grillen. Die beiden heirateten nun doch? Irgendjemand begann, übermütig zu klatschen, vielleicht war es Alma, und die anderen setzten ebenso ein.

»Das ist… hervorragend«, sagte Julius etwas perplex, aber Marleene bewunderte ihn dafür, dass er überhaupt etwas sagen konnte, denn sie hatten beide darauf spekuliert, dass Alma und Bruno zueinanderfinden würden. Unauffällig sah sie in die Richtung ihrer lieben Nachbarin, ihr Lächeln wirkte einen Hauch angestrengt, sie klatschte besonders eifrig in die Hände und riss Marleene damit das Herz auf. Das hatte sie nicht verdient. Sie musste schnell zu einem anderen Thema finden.

»Aber nun genug der Worte«, rief sie in die Menge. »Wir sind schließlich hier, um zu feiern. Lasst uns essen, tanzen, heute einmal voll und ganz die Arbeit vergessen und das Leben genießen!« Alma reichte ihr ein Glas, an dessen Rand ein Teil einer blasslila Fliederdolde hing.

»Ich hab euch zu Ehren einen Fliedercocktail entworfen«, wisperte sie, und Marleene ahnte so langsam, warum Alma noch eifriger und unermüdlicher gewesen war als ohnehin schon. Doch das war gewiss kein Thema, das sie unter hundert Augen besprechen sollten.

Sie konnte ihr nur aufmunternd zulächeln und flüsterte: »Du bist wirklich einmalig, Alma!« Dann hob sie das hübsche Glas in die Höhe. »Prost! Auf euch!«

»Prost«, tönte es zahlreich aus der Menge zurück, und ebenso viele Gläser und Bierhumpen stießen aneinander.

Danach ließen sie sich das Essen schmecken und tanzten so viel, bis Marleene das Gefühl hatte, die Füße würden ihr abfallen. Nur zu gerne hätte sie diesen perfekten Tag damit gekrönt, noch eine ganz persönliche gute Nachricht für Julius zu haben, doch bisher stand kein Kindersegen ins Haus.

Die sanfte Abendsonne stand schon tief am Himmel und warf lang gezogene Schatten auf den Boden, als Julius von hinten die Arme um sie legte und sie bat, mit ihm zu kommen. Hand in Hand liefen sie an den ausgelassenen Gästen vorbei. Der Schnaps und das Bier ließen sie immer wieder laut lachen, und der Fidelspieler wurde schon mit Geld bestochen, um gewisse Lieblingslieder zu spielen. Zu ihrer Überraschung hatte sie kurz zuvor sogar Jost mit ihm sprechen sehen.

Im Vorbeigehen sah sie den bärigen Mann nun auf Frieda zutreten. »Ich … äh …« Er räusperte sich. »Möchtest du vielleicht tanzen?«

Frieda zögerte, doch dann ergriff sie seine prankengleiche Hand, und die beiden entschwanden auf die Tanzfläche, während Julius Marleene ein wenig abseits des Trubels zog, an den Ort, wo sie am Polterabend seine Hose verbrannt hatten. Er reichte ihr einen Spaten und nickte zu dem besonderen Flieder. »Wollen wir nun auch unserem Flieder ein Zuhause geben?«

»Gerne!« Gemeinsam hoben sie eine Grube aus, stellten den Flieder hinein und schichteten die Erde um ihn auf. Nachdem Julius ihn ordentlich gegossen hatte, legte er einen Arm um Marleene, und sie betrachteten ihr Werk. Der zweifarbige Flieder blühte nun neben ihrem Reetdachhaus, hinter ihm die Freilandflächen, auf denen das erste zarte Grün spross. Die Grillen zirpten lauter, und die zweifarbigen Blätter leuchteten in der Sonne des herannahenden Sommers, dessen Duft bereits in der Luft lag. Marleene spürte Julius' Arm um ihre Schulter und ließ sich beseelt gegen ihn sinken.

»Kannst du glauben, dass wir wahrhaftig alles geschafft haben?«

»Ja«, sagte er sanft, aber überzeugt und schlang die Arme um sie. »Denn gemeinsam schaffen wir alles.«

Marleene drehte sich zu ihm und sah ihm glücklich in die Augen, bevor sie in einem Kuss versanken.

Nachwort

Liebe Leserin, lieber Leser,

wie bereits im Anschluss an den ersten Teil der Hofgärtnerinnen-Saga möchte ich gerne wieder Aufschluss über die historischen Hintergründe geben und aufzeigen, was Wahrheit und was Fiktion war.

Historische Gärtnerei und Setting

Die Gärtnerfamilie Goldbach ist sehr vage an die Gärtnerfamilie Bosse angelehnt, die sowohl in Rastede als auch in Oldenburg vor allem für die Schlossgärten tätig war. Der Aufbau der Gärtnerei in Rastede fußt aber diesmal eher auf der Biografie von Christian Ludwig Bosse, der tatsächlich in Neusüdende bei Rastede einen ersten Gärtnereibetrieb aufbaute. Er beriet auch weiterhin die herzogliche Verwaltung und gab fachliche Ratschläge zur Aufforstung von Sandgebieten und zu der Gründung einer Baumschule auf genossenschaftlicher Basis in Rastede mit dem Ziel, die Obstbaumkultur auf wirtschaftlich schwächeren Höfen der Kleinbauern und Siedler zu fördern. Er gilt daher als Begründer der Ammerländer Baumschultradition, allerdings geschah dies bereits 1821.

Es war auch tatsächlich so, dass die Hofgärtner in einem hervorgehobenen Verhältnis zu Herzog Peter Friedrich Ludwig standen, da dieser wirklich großes Interesse an der Kunst der Landschaftsgärten und auch an Rhododendren zeigte. Dem Großherzog war auch wirklich daran gelegen, Baumschulen als neuen Wirtschaftszweig zu fördern.

Allerdings gab es meines Wissens keinen Frühlingsball auf dem Rasteder Schloss, und ich weiß nicht, wie es von innen aussieht. Daher habe ich mich bei den Beschreibungen am dazugehörigen Palais orientiert, das auch für Besucher geöffnet ist.

Rastede war aber tatsächlich der Sommersitz des Herzogs, und wenn er ihn bezogen hat, war der ganze Ort in hellem Aufruhr. Die Beschreibungen des Herzogeinzugs, die damit verbundene Aufregung und die kleine Anekdote, dass der Diener in der Livree für den Herzog gehalten wurde, stammt aus Zeitzeugenberichten. Auch über die beschriebenen historischen Läden im Ortskern von Rastede wurde in der *Nordwest-Zeitung* berichtet, und ich habe dies aufgegriffen. Die Beschreibung des alten Rasteder Posthauses, neben dem die Pferde für die Schnellpost nach Jever und Bremen gewechselt wurden, und der Briefe, die stets ins Fenster gestellt wurden, entstammt ebenfalls einem Zeitzeugenbericht.

Auch wenn die Bosses selbst interessante Verwirrungen innerhalb der Familie haben (so ist Christian Ludwig Bosse zugleich Julius' Stiefvater und Onkel), waren sämtliche Liebesgeschichten in diesem Buch wieder rein fiktional. Zudem wurde Julius Bosse zwar mit dem oldenburgischen Haus- und Verdienstorden ausgezeichnet, es gab aber keinen Wettkampf, der über die Hamburger Gartenbau-Ausstellung ausgetragen wurde.

Allgemeine Gartenbau-Ausstellung

Abgesehen davon, dass sie erst 1897 stattgefunden hat, stimmen viele der erwähnten Rahmenbedingungen. Es wurde ein enormer Aufwand betrieben, wunderschöne Pavillons wurden gebaut, und es gab mehr Glühbirnen als in ganz Hamburg. Das Gelände ist heute als »Planten un Blomen« bekannt. Im Internet lassen sich unter dem Stichwort »Allgemeine Gartenbau Ausstellung 1897« auch wunderschöne historische Postkarten zur Ausstellung finden, an denen ich mich für die Beschreibungen orientiert habe. Die Kategorien und das Vorgehen des Auswahlkomitees waren hingegen fiktional.

Norddeutsche Bräuche

Natürlich habe ich mich wieder bemüht, viele Bräuche und Traditionen aus der damaligen Zeit aufleben zu lassen. Eine große Hilfe war mir dabei das Buch *Das Ammerland – ein Heimatbuch*.

Viele Kleinigkeiten, die oft nur am Rande erwähnt wurden, wie etwa die Spielsachen (die Klöterdose, die selbst geschnitzte Flöte, der Flitzebogen), die historische Behandlung von Verletzungen und auch der Umstand, dass viele sich wirklich nur an den Feiertagen so richtig, richtig satt essen konnten und sie deswegen als Dickbuksabende bezeichnet wurden, und auch die Speisen, die gegessen wurden, entstammen aus den Berichten in diesem Buch und wurden mir zumeist von der älteren Generation bestätigt.

Die Neujahrs- oder Krüllkuchen werden in Norddeutschland teilweise noch heute traditionellerweise zum Neujahrstag zubereitet. Man kann sie sich wie Eiswaffeln vorstellen; sie werden mit speziellen Waffeleisen gebacken und dann über ein Rundholz zu einer Röhre gerollt.

Auch die Rulken sind ein Oldenburger Traditionsessen und wurden zuvor in der Seefahrt gern verwendet, denn das Eingelegte konnte gut als Proviant mit an Bord genommen werden. Wurden früher Rinderpansen verwendet, nimmt man heute zumeist Wurstdärme. Dazu werden Salzkartoffeln, Preiselbeeren, Rote Beete oder Apfelmus gereicht.

Als Vegetarierin konnte ich Rulken nie probieren, an »Heet und

Söet« habe ich mich allerdings herangewagt. Meine Reaktion ging jedoch eher in die Richtung von Julius, denn für mich war es etwas … gewöhnungsbedürftig, heißes Bier mit Zucker zu trinken. Dass Alkohol vor allem mit Zucker zu sich genommen wurde, ist mir bei meiner Recherche allerdings immer wieder untergekommen. Und noch heute schwören einige Norddeutsche darauf, dass »Heet und Söet« bei Erkältungen hilft. Ich schlage daher vor, dass jeder – der es noch nicht kennt – sich ein eigenes Bild macht und es einmal ausprobiert, ganz gleich ob mit oder ohne Erkältung. Ein Rezept dazu finden Sie im Anhang.

Eine Bauernhochzeit fand tatsächlich ungefähr so statt wie beschrieben. Ich habe mich hierbei an Erzählungen, dem oben genannten Buch und dem 1924 erschienenen Roman *Die Hartjes* von August Hinrichs orientiert. Ich musste allerdings einige der zahlreichen Bräuche unerwähnt lassen. Das Kranzbinden findet aber so statt, und auch der nachbarliche Zusammenhalt und die Unterstützung sind in dieser Form historisch – und es gibt sie teilweise noch heute.

Es war auch tatsächlich so, dass von der ländlichen Bevölkerung das meist schwarze Kirchgangskleid getragen wurde, während in der gehobenen Schicht bereits Weiß sehr gefragt war. Ich fand das eine schöne Betonung der Unterschiede der beiden Hochzeiten.

Die Schauplätze

Ich hoffe, dass sich spätestens nach diesem Buch jeder ein Bild von einem norddeutschen Bauernhaus machen kann. Ein echtes altes Ammerländer Bauernhaus kann man übrigens noch heute in Bad Zwischenahn besichtigen, und ein Besuch des Museumsdorfs Cloppenburg eignet sich hervorragend, um einen Eindruck von früher zu bekommen.

Dangast ist bis heute ein beliebtes Ausflugsziel mit ganz besonderen Charme. Die erwähnte Malerin, Olga Potthast von Minden, hat wirklich früher dort gearbeitet. Das beschriebene Bild heißt *Weg am Mühlenteich*, es ist allerdings nicht klar, wann genau dies fertiggestellt wurde. Dangast war tatsächlich eine kleine Künstlerkolonie, und das Kurhaus mit dem selbst gebackenen Kuchen ist noch heute dafür bekannt.

Das Moorbrennen wurde früher im großen Stil durchgeführt, um es urbar zu machen, und auch die erwähnten Legenden und Geschichten sind authentisch. Für die Beschreibung der Moorhütte habe ich mich am Museumsdorf in Moordorf orientiert.

Norderney war tatsächlich der Heiratsmarkt des Nordens, und im Museum in der Evenburg in Leer kann man sich sogar die Gästelisten ansehen, die damals ausgehängt wurden.

Pistoia liegt zwischen Pisa und Florenz und ist heute das größte Baumschulgebiet Europas. Friedas Weg dorthin führt sie über die Bahnstrecke Albula, die zusammen mit der Strecke Bernina die Kernzone des dortigen UNESCO-Welterbes bildet. Sie wurde als klassische Gebirgsbahn für Dampfbetrieb konstruiert, und wenn man sich Bilder des Landwasserviadukts ansieht, kann man vielleicht nachvollziehen, warum Frieda nicht aufhören konnte, aus dem Fenster zu blicken. Allerdings wurde die Strecke eigentlich erst 1903 vollendet.

Technischer Fortschritt

Haben Sie die »elektronischen Sommersprossen« bemerkt, die Edeltraud befürchtet hat, wenn Rosalie zu viel Zeit im Bühnenlicht verbringt? Diese Sorge gab es wirklich, ich habe die Bedenken dazu in einem Artikel in der *Gartenlaube* von 1885 entdeckt und fand sie sehr spannend.

Auch das Fahrrad als Symbol der Frauenbewegung durfte in diesem Roman natürlich nicht fehlen, und es war damals wirklich sündhaft teuer.

Es gab sogar den erwähnten Pferdeomnibus, und vereinzelt sah man auch erste Automobile. Für das im Roman erwähnte habe ich mich am 52 Benz-Patent-Motor-Wagen Veloziped (genannt Velo) orientiert, das ich auf den Seiten des Schlossmuseums von Jever entdeckt habe. Es beherbergt eine ganze Sammlung der ersten in Deutschland serienmäßig hergestellten Automobile; der Patent-Motor-Wagen Benz wurde ab 1893 bei Benz & Cie. in Mannheim hergestellt.

Friedas Tiramisu ist von einer Wunderkerze gekrönt, deren Entstehungsdatum ungewiss ist. Es wurde allerdings 1907 ein »Verfahren zur Herstellung eines funkensprühenden Leuchtstabes« von Franz Jacob Welter von der *Vereinigten Wunderkerzen-Fabriken Gesellschaft* angemeldet.

Bezüglich der Mahonien, die Konstantin exklusiv vertreiben wollte, ist zu sagen, dass das heute durchaus so gemacht wird. Damals wäre der Vertrieb einer geschützten Pflanzensorte allerdings noch nicht möglich gewesen. Es gab zwar bereits 1833 eine Regelung für neue landwirtschaftliche Arten, das Sortenschutzrecht hat sich anders als das Patentrecht jedoch erst spät entwickelt, obwohl das Pflanzenzüchtungswesen bereits alt ist. In Deutschland wurde der erste Entwurf eines Saat- und Pflanzgutgesetzes 1929 vorgelegt, in den Niederlanden wurden hingegen schon recht früh Schutzsysteme geschaffen.

Frauenbewegung

Alexanders kritische Vorstellungen zum Wahlrecht der Frauen – dass sie ja höchstens beschließen würden, dass kein Mann über fünfundzwanzig unverheiratet bleiben und dass Heiraten ohne jegliche Voranmeldung möglich sein solle, und sie gar nicht in der Lage seien, eine politische Entscheidung zu treffen – stammen von Karikaturen und Plakaten gegen die Suffragetten der damaligen Zeit.

Diesmal ging es mir vor allem auch darum zu zeigen, dass der Gegenwind wirklich aus allen Richtungen kam, indem sogar einige Frauen sich selbst für die niedere Stellung der Frau und eine Beschränkung auf das Häusliche ausgesprochen haben. So ist der Zeitungsartikel, den Rosalie liest, am 1. Mai genau so in den *Oldenburger Nachrichten* erschienen, allerdings bereits im Jahr 1892.

Wenn man sich den Werdegang der meisten Frauen damals ansieht, ist der Inhalt des Artikels aber gar nicht so verwunderlich, wie es auf den ersten Blick erscheinen mag, denn letztendlich war genau dieses Bild der aufopferungsvollen Hausfrau genau der Eindruck, der immer wieder im sozialen Umfeld, in der Schule, in Büchern und Zeitschriften vermittelt wurde, und ohne entsprechende Bildung und Denkanstöße ist es nicht unbedingt selbstverständlich, solche Werte zu hinterfragen. Deswegen hat auch Rosalie ihre Zeit gebraucht, obwohl sie bereits in Band 1 das vage Gefühl hatte, dass da noch mehr sein müsse. Ohne ihren Kontakt zur Arbeiterschicht wäre ihr eine solche Entwicklung aber vermutlich nicht geglückt, daher bleiben ihre Freundinnen auch weiter dem traditionellen Bild verhaftet, weil sie keine alternativen Konzepte kennen.

Oldenburger Nachrichten.

Die „Oldenburger Nachrichten“ erscheinen wöchentlich zweimal, Mittwochs und Sonntags, mit der illustrirten „Neuen Gartenlaube“ als Sonntags-Beilage.

Abonnementspreis vierteljährlich 1 Mk. — Insertionspreis für die dreigespaltene Corpuszeile oder deren Raum 10 Pf., bei Wiederholungen Rabatt.

№ 35. Oldenburg, Sonntag, den 1. Mai. 1892.

№ 35.

Die Aufgabe der Frau.

Von einer Frau.

Sobald wir uns dessen erst bewußt geworden sind, daß wir in einer ernsten Zeit leben, in welcher Scheidung und Entscheidung nach einer oder der andern Seite nicht zu umgehen ist, werden wir auch zu dem Entschluß gelangen, unsererseits zu thun, was für uns Pflicht erscheint, um den sozialen Bestrebungen der Neuzeit unsern schuldigen Tribut und Kraft und Zeit zu widmen. Ferne sei von mir, die deutschen Frauen zum öffentlichen Kampf herauszufordern oder etwa zu einem Hervortreten aus den Grenzen der Weiblichkeit und bescheidener Zurückhaltung; auch liegt nach meinem Dafürhalten unser Beruf nicht darein zu reden und zu orgarnisieren, sondern vielmehr im Hören und im Vorarbeiten, Ausbeuten und Anwenden des gehörten Guten und Neuen. Das wird mir doch jede Frau zugeben, daß es auch für uns ein reiches Feld der Thätigkeit auf dem sozialen Gebiet giebt, so grundverschieden dasselbe auch immer sei von demjenigen, welches unsre Männer beherrschen. Des Weibes Heimath ist der Herd — und über ihrer trauten Heimath und Grenzen soll die Frau sich nicht leicht ungestraft hinauswagen, das wird mir zugegeben werden! An die Oeffentlichkeit gehört der Mann, der kämpfe um Heimath und Herd, um Recht und Gerechtigkeit; darin liegt sein Beruf, denn Stärke, Muth und Kampfesfreudigkeit sind ihm eigen — das Weib bewahre, was der Mann errungen; der Frauen Kraft liegt lediglich im Lieben, Hegen, Pflegen, Dulden. —

Es sei der Frauen Leben so wie ein frommes Lied, das leise, ohne Rauschen am Ohre vorüberzieht — singt einer unsrer Lieblingsdichter, und ich denke, er hat damit nicht nur unsre Gefühle wiedergegeben, sondern es werden gleich jenem viele deutsche Männer den Wunsch hegen: daß das Weib nie seine Schranken verlassen, niemals aus dem gewiesenen Kreise heraustreten, sondern so recht in der Stille wirken und Segen verbreiten möge, Freude und Behaglichkeit spenden. Ich will zum Gegensatz der echten Weiblichkeit nicht einmal die sogenannte emanzipierte Frau aufstellen, diese Abart der Frauen, welche, Sitte und Anstand häufig verletzend, sich innerlich bereits gelöst haben von jedem weiblichen Gefühl; nein, ich ziehe die Grenzen unsres Wirkungskreises noch enger; ich will eben der Frauen Arbeit auf die Stille beschränkt wissen. Unser ganzes Naturell ist nicht dazu angethan, in den Kampf einzutreten, den die heutige Zeit erfordert! Sollten wir Schwachen unsere Rechte wahren, die Schäden in des Weibes sozialer Stellung selbst heilen, die gesellschaftliche Stellung der Frau bessern müssen? Das haben wir Gottlob nicht nöthig! Unsre Männer sind bereit einzutreten für unsre Rechte; sie wollen unsre Stellung als deutsche Frauen gewahrt, unsern Herd gesichert wissen. Sie werden mit aller Macht einstehen für die gute Sache, und die gute Sache wird obsiegen, troß aller Anfechtungen und aller Widersacher, aber sie wird nur dann siegen, wenn wir Frauen uns solches Kampfes und Schutzes seitens deutscher Männer würdig zeigen; darin liegt nach meiner Meinung einzig und allein unsre Aufgabe. Die Aufgabe ist nicht leicht; wer von uns hätte das nicht schon empfunden? Es handelt sich hier nicht um eine muthige That schnellen Entschlusses, nicht so zu sagen um ein modernes Bravourstück kecken Muthes, sondern es liegt die große Aufgabe eines ganzen Frauenlebens darin beschlossen; es ist eine Zusammensetzung von unzähligen Kleinigkeiten zur Einheit eines großen Ganzen! Diese Kleinigkeiten, um welche es sich hier handelt, sind des alltäglichen Lebens Mühen und Plagen; das Sorgen und Versorgen ist der Frauen Sache; das Ganze aber ist im engeren Kreise Haus und Familie; im weiteren Kreise das liebe deutsche Volk und Vaterland.

Persönlicher Hintergrund

Dieses Buch ist meinem Onkel und meiner Tante gewidmet, da sie neben meinen Eltern mich so wundervoll an ihren Geschichten um die Schwierigkeiten beim Aufbau ihrer Baumschule haben teilhaben lassen. Mein Großvater hatte damals einen kleinen Landstrich in der Nähe von Rastede erworben, da er immer von einer Gärtnerei geträumt hatte. Nach ihrer Gärtnerlehre und einigen Praxisjahren (unter anderem im Nachfolgebetrieb der Gärtnerei des Hofgärtners Bosse) haben sie begonnen, ihren eigenen Baumschulbetrieb aufzubauen.

Einige der Schwierigkeiten finden sich in diesem Buch wieder, wobei ich sie natürlich für das maximale Lesevergnügen noch verschärft habe. Aber so sind auch mein Onkel und mein Vater, damals allerdings mit einem kleinen Trecker, ins Moor gefahren, um Torf zu stechen, und es war wirklich ein Privileg. Tatsächlich wäre der Trecker fast versunken, und letztendlich stand der ganze Aufwand wohl in keinem Verhältnis zum wahren Nutzen.

Auch die Beschaffung von Mutterpflanzen für die erste Vermehrung war ohne nennenswertes Startkapitel eine Herausforderung, und so gingen die beiden tatsächlich von Haus zu Haus und baten darum, Stecklingsmaterial im Garten schneiden zu dürfen. Als Ausgleich boten auch sie neue Pflanzen aus der Vermehrung an.

Mein Onkel hat mir übrigens auch geholfen, Rosalie auf den Boden der Tatsachen zu holen, nachdem ich ihn gefragt hatte, was ganz früher die schlimmsten Arbeiten in einer Gärtnerei waren, und er mir daraufhin vom Einreiben der Töpfe mit Kuhdung erzählte. Ich hätte Rosalie auch mit dem *Viburnum rhytidophyllum* (Schneeball) arbeiten lassen können, von dessen Blättern sich ein sehr feiner Staub löst, der die Augen zum Tränen und einen Husten- und Juckreiz auslöst, oder mit *Juniperus* (Wachholder), bei dem sich die feinen Nadeln in die Haut bohren, sodass man roten Ausschlag bekommt, der ebenfalls juckt. Aber Rosalie mit ihren edlen Kleidern und der Jauche war solch ein absurdes Zusammenspiel, dass ich das einfach nehmen musste.

Alexanders tragischer Unfall, der auf die Kombination des vorherigen Kalkens des Bodens mit Alkohol zurückzuführen ist, wurde ebenfalls durch Erzählungen meines Onkels inspiriert, denn es gab leider tatsächlich einige Bauern, denen dies widerfahren ist.

»Räuchern« mussten sie nie, aber mein Onkel hat mir von dieser Technik erzählt, und ich fand das Verfahren spannend, denn der Frostschutz ist ein großes Thema bei Baumschulen. Noch heute erinnere ich mich daran, wie in manch kalter Frühlingsnacht der »Frostalarm« losging – ein schrecklicher durchdringender Ton, der nicht abriss und fast das gesamte Haus aufweckte – und mein Vater in Windeseile Kleidung überstreifte, denn es zählte jede Minute. Dann hieß es für ihn: hinaus in die Kälte. Immerhin musste er nicht mehr umständlich Laubhaufen aufschichten und anzünden, denn auch wenn der Frost junge Pflanzen genauso zerstören konnte wie gut hundert Jahre zuvor, reichte es in seinem Fall, die Frostschutzberegnung anzustellen. Das Wasser, das hierbei an den Blättern haften bleibt, gefriert dann bei den Minustemperaturen und setzt Kristallisationswärme frei, die die Blätter vor Frostschäden bewahrt.

Aber noch heute sagt er, dass die damalige permanente Angst vor dem Frost eine sehr quälende war. Es waren also recht widrige Umstände damals, und ich bewundere die Menschen damals wirklich sehr dafür, wie sie das alles geschafft haben.

Plattdeutsch

Zu den plattdeutschen Wendungen und Sätzen sei noch gesagt, dass es hier viele regionale Unterschiede und daher auch keine einheitliche Schreibweise gibt. Damit es im gesamten deutschsprachigen Raum verständlich ist, habe ich mir erlaubt, stellenweise zu vereinfachen.

All up Stee! – Alles beim Alten!
ankieken – angucken
Bliev daar of! – Fass das nicht an!
Blixem!/Gommes! – Zum Teufel!
butschern – stapfen/laufen
Danz op de Deel – plattdeutscher Name für das gemeinsame Feiern
Dat deit mi leed. – Das tut mir leid.
De Hektars passt nicht tosammen. – Die Hektar passen nicht zusammen (wird gesagt, wenn zwei Menschen von sehr unterschiedlicher Herkunft heiraten wollen).
Deern – Mädchen
Die andere staart ständig wie een dood Enter. – Die andere starrt wie ein totes Kalb.
Die eene takelt sük up. – Die eine takelt sich auf.
Du hest ja 'n Gesicht as 'n utmulken Schaapjidder. – Du siehst nicht gut aus (wortwörtlich: Du hast ein Gesicht wie ein ausgemolkenes Schafseuter).
en bietje – ein bisschen

Fruunsperson – Frau
Geiht die dat nich good? – Geht es dir nicht gut?
Harrijassesne!!! – Du meine Güte!/Donnerwetter!
Holl du dien Piepen in de Sack! – Sei ruhig!
Ik meen nicht. – Ich finde nicht.
Konstantin hat se een Deenst gestellt. – Konstantin hat sie eingestellt.
lütscher Dubsack – Kosename für kleine Kinder
moi – schön
nix – nichts
Plünnen binanner smeten – heiraten (wortwörtlich: Sachen zusammenschmeißen)
Slagrohm – Schlagsahne
Sleev – Suppenkelle/Kochlöffel
snacken – reden
snatern – plappern
twee – zwei
unnerantrecken – unteranziehen
Up nöchtern Maag un mit ’n löss Liev is slecht arbeiden. – Mit leerem Magen kann man schlecht arbeiten.
verdümmbüddeln – verblöden
vertellen – erzählen/berichten
Wat mutt, dat mutt. – Was sein muss, muss sein.
Wo geiht di dat? – Wie geht es dir?

Leckereien aus der Welt der Hofgärtnerin

So lassen Marleene, Frieda, Alma und Rosalie es sich gut gehen …

Rosalies Himbeer-Rosen-Konfitüre

Als letzten kleinen Luxus in ihrem Leben schwelgt Rosalie gerne in ihrer Himbeer-Rosen-Konfitüre. Wollen Sie sie auch einmal versuchen?

Man benötigt für 6 kleine Gläser

- 6 aufgeblühte Duftrosenblüten (frisch geschnitten, optional Rosenwasser)
- 450 g Himbeeren (frisch oder tiefgefroren)
- 1 Prise gemahlene Vanille
- 3 EL Weißwein (trocken)
- 225 ml Wasser
- 375 g Gelierzucker 3:1

Zubereitung

Schneiden Sie die Rosen ein Stück über dem Stielansatz ab, um die Blätter zu vereinzeln; dabei sollten keine weißen Stellen zurückbleiben, da diese Bitterstoffe enthalten. Geben Sie nun die Rosenblätter zusammen mit den Himbeeren, der Vanille und dem Wein in einen Topf und füllen Sie ihn mit dem Wasser auf. Lassen Sie das Gemisch circa fünf Minuten kochen. Danach den Gelierzucker unterrühren und gemäß der Gebrauchsanweisung des Zuckers gelieren lassen.

Im Anschluss die fertige Marmelade in die Gläser füllen und mithilfe eines Tuches die Deckel fest auf die Gläser schrauben. Stellen Sie die Gläser für fünf Minuten auf den Kopf, danach wieder umdrehen und auskühlen lassen.

Heet und Söet

Möchten Sie auch einmal das norddeutsche Nationalgetränk Heet und Söet probieren? Hier finden Sie Almas Rezept.

Man benötigt

- ½ Liter mildes Bier
- 1 TL fein gemahlenen Anis
- 2 EL Honig
- 3 Schnapsgläser Arrak

Zubereitung

Erwärmen Sie das Bier zusammen mit dem fein gemahlenen Anis langsam in einem Kochtopf, ohne es zum Kochen zu bringen. Geben Sie danach den Honig hinzu (Vorsicht, es könnte schäumen!), und füllen Sie die Flüssigkeit in das Glas. Erst jetzt kommt der Schnaps hinzu.

Das Getränk kann mit Zimt und Zucker zum Nachwürzen und einem Extraschnaps serviert werden. Als Beilagen eignen sich Zuckergebäck, Milch- oder Franzbrötchen zum Einstippen oder norddeutscher Kranzkuchen.

Schwedische Apfeltorte

Nach diesem Rezept ihrer Oma backt Alma die himmlische Apfeltorte, die Groß und Klein stets begeistert.

Man benötigt

Für den Biskuitboden

- 3 Eier
- 60 g Zucker
- ½ TL Backpulver
- 70 g Mehl

Für die Füllung

- 1 kg Apfel
- 300 ml Wasser
- Saft 1 Zitrone
- 1 Päckchen Vanillezucker
- 150 g Zucker
- 1 Prise Zimt
- 1 Päckchen Vanillepudding

Für den Belag

- 400 g Sahne
- 2 Päckchen Sahnesteif
- 50 g Kakao-Zimt-Gemisch

Zubereitung

Schlagen Sie die Eier zusammen mit dem Zucker schaumig und sieben Sie vorsichtig das mit dem Backpulver vermischte Mehl hinzu. Füllen Sie danach den Teil in eine gefettete Springform und backen Sie ihn bei 180 Grad Ober- und Unterhitze für zwanzig Minuten.

Währenddessen können Sie die Füllung vorbereiten. Schälen und entkernen Sie hierzu die Äpfel, und raspeln Sie sie grob. In einem Topf Wasser, Zitronensaft, Vanillezucker, Zimt und Vanillepudding unter Rühren kurz aufkochen. Danach für zwei Minuten auf mittlerer Stufe unter Rühren köcheln lassen. Nehmen Sie das Gemisch vom Herd und lassen Sie es etwas abkühlen, bevor Sie die geraspelten Äpfel unterheben. Verteilen Sie im Anschluss die Apfelmasse auf dem abgekühlten Biskuitboden.

Wenn die Apfel-Pudding-Masse abgekühlt und dadurch fest geworden ist, schlagen Sie die Sahne steif und verteilen eine Schicht über den Äpfeln, die Sie zur Abrundung mit dem Kakao-Zimt-Gemisch bestäuben. Schöne Effekte erzielen Sie, wenn Sie mit einer Papierschablone in Herzform oder einer Zahl einen Bereich aussparen.

Alma wünscht smakelk Eten!

Almas Fliedercocktail

Was für ein Jahr! War nicht allerhand los in den vergangenen Monaten? Um bewusst die schönen Seiten des Lebens zu genießen, bereitet Alma gerne ihren speziellen Fliedercocktail vor, um dann im sanften Schein der untergehenden Sonne im Duft des Flieders auf den Frühling anzustoßen.

Man benötigt pro Cocktail

- 6 cl Gin
- 1 TL Honig
- Saft 1 Zitrone
- 1 Spritzer Wasser
- 1 TL frischer essbarer Flieder
- etwas Eis

Zubereitung

Füllen Sie die Zutaten in einen Cocktailshaker, mixen sie für zehn Sekunden und füllen Sie den Cocktail in hübsche Gläser. Als Dekoration bieten sich eine Zitronenscheibe und einige frische essbare Fliederblüten an.

Alma sagt Proost!

Der Fächercode

Rosalie hatte recht, als sie Johannes berichtete, dass sie mit dem Fächer kleine Botschaften übermitteln kann. Das war notwendig, da es früher wenige Gelegenheiten gab, um unter vier Augen miteinander zu sprechen.

Hier eine kleine Liste der wichtigsten Botschaften

Langsames Fächeln:	Ich bin verheiratet.
Schnelles Fächeln:	Ich bin verlobt.
Fächer in der linken Hand halten:	Ich würde gern Ihre Bekanntschaft machen.
Fächer in der rechten Hand halten:	Sie sind mir zu aufdringlich.
Fächer in der linken Hand herumwirbeln:	Lassen Sie mich bitte in Ruhe.
Fächer in der rechten Hand herumwirbeln:	Es tut mir leid, aber ich bin vergeben.
Fächer in der rechten Hand vors Gesicht halten:	Folgen Sie mir bitte.
Fächer langsam schließen:	Ich möchte mit Ihnen sprechen.
Fächer heftig schließen:	Ich bin sehr erzürnt.
Fächer an linke Wange halten:	Nein.
Fächer an rechte Wange gehalten:	Ja.
Fächer über eine Wange streichen:	Ich liebe Sie.

Fächer durch die Hand ziehen:	Ich hasse Sie.
Fächer über die Stirn streichen:	Man beobachtet uns.
Fächer über die Augen streichen:	Es tut mir leid.
Mit dem Fächergriff kurz die Lippen berühren:	Küssen Sie mich.

Verwendete Quellen

Bachmann, Lore und Peter: Alt-Oldenburg … entdecken. Historische Fotos zur Geschichte Oldenburgs. https://www.alt-oldenburg.de (letzter Aufruf 30.09.2021)

Büsing, Fritz: Ammerland – Erinnerungen in Wort und Bild. Westerstede 1985. Ries Verlag.

von Droste-Hülshoff, Annette: Der Knabe im Moor. Morgenblatt Nr. 40, 16.02.1842.

Hinrichs, August: Die Hartjes. Bremen 1956, Verlag Heinrich Döll & Co.

Jaksch, Adelheid: Knechte, Mägde, kleine Leute. Lebensgeschichten aus dem 20. Jahrhundert. Linz. Denkmayr Verlag.

Lembke, Sandra: Scheuersand und Schnürkorsett – Wie Frauen lebten und litten. Berlin 2017. Steffen Verlag.

Niehoff, Anneliese: »Wir fordern einfach nur unser Recht!« Frauen und Politik in Oldenburg 1900–1950. Oldenburg 1992. Isensee Verlag.

Nordwest-Zeitung (Hg. und Verlag): Oldenburg gestern und heute – Die große NWZ-Serie 1&2. Oldenburg 2020 und 2021.

Goseberg, Volker Hennig: Der gute Ton. Buch des Anstandes und der guten Sitten. Leipzig – Neuausgabe der Originalausgabe von 1886. Reprint Verlag.

Hartong, Kurt und Ries, Hermann (Hg.): Das Ammerland – ein Heimatbuch. Westerstede 1940. Ries Verlag.

Kautsky, Karl: Das Erfurter Programm in seinem grundsätzlichen Teil erläutert. Erstmals 1892 als Buch erschienen (vgl. Originalausgabe). Die Wiedergabe folgt der Ausgabe des Dietz Verlags (Berlin) von 1965.
https://www.marxists.org/deutsch/archiv/kautsky/1892/erfurter/index.htm (letzter Aufruf 30.09.2021)

Kröner, Adolf (Hg.): Die Gartenlaube – Illustriertes Familienblatt. Stuttgart 1885. Keil Verlag.

Oldenburger Nachrichten vom 01.05.1892. Littmann Verlag.
https://digital.lb-oldenburg.de/lbolrz/periodical/pageview/866221 (letzter Aufruf 30.09.2021)

Oldenburgischer Landeslehrerverein (Hg.): Heimatkunde des Herzogtums Oldenburg. Bremen 1913. Niedersachsen Verlag.

Pauly, Margarethe (Hg.): Die Lebenserinnerungen des Hofgärtners Gottlieb Bosse (1799–1885). Oldenburg 2019. Isensee Verlag.

Von Seggern, Andreas (Hg.): Oldenburg um 1900 – Zwischen Restauration und Aufbruch. Ein fotografisches Porträt. Oldenburg 2018. Isensee Verlag.

Settegast, Hans: Illustriertes Handbuch des Gartenbaus. 3. Auflage. Nordhausen 1922. Killinger Verlag.

Späth, Hellmut L.: Späth-Buch. Berlin 1930.

Stein, Leopold G.: Allgemeine Gartenbau-Ausstellung zu Hamburg 1897; free-ebook24.de, Rodgau 2011.
http://www.free-ebook24.de/html/gartenbauausstellung_1897.html (letzter Aufruf 30.09.2021)

Von der Vogelweide, Walther: Heimliche Minne. In: Sämmtliche Gedichte von Walther von der Vogelweide. Übersetzt von Eduard Kleber. S. 9–10. Straßbourg 1894. Heitz Verlag.

Weber-Kellermann, Ingeborg: Frauenleben im 19. Jahrhundert. München 1983. Beck Verlag.

Die Hofgärtnerinnen-Saga geht weiter –
Der große Abschluss der Trilogie

Der dritte Band der *Hofgärtnerin*
ist ab Winter 2022/2023
im Handel und als E-Book erhältlich.

Entdecken Sie schon jetzt viele Infos rund um
Marleene, Julius und alle anderen auf
www.RenaRosenthal.de.